LYNNE WILDING

Das Lied der roten Steine

Buch

Jessica Pearce ist eine erfolgreiche Anwältin, verheiratet mit dem angesehenen Arzt Dr. Simon Pearce und liebevolle Mutter eines hinreißenden kleinen Jungen namens Damian. Mit Damians plötzlichem Tod im Alter von 14 Monaten bricht für Jessica die Welt zusammen. Erst Wochen nach ihrem schweren Verlust und gerade wieder bei Kräften will sie sich mit Arbeit von ihrem Kummer ablenken und kehrt in ihre alte Kanzlei in Perth zurück – mit dramatischem Ausgang.
Simon beschließt, sich eine Auszeit zu nehmen und mit Jessica nach Norfolk Island zu ziehen, wo seine Frau zur Ruhe kommen soll. Was Simon jedoch nicht weiß: Norfolk Island hat eine traurige Vergangenheit. Auf der kleinen Insel vor der Pazifikküste Australiens spielten sich Mitte des 19. Jahrhunderts zahlreiche Dramen unter den Siedlern, Soldaten und Gefangenen ab. Die Geschichte einer jungen Irin, Sarah O'Riley, und deren Tochter Meggie geht Jessica besonders unter die Haut – nicht ahnend, dass ihr eigenes Schicksal und das ihrer neuen Freunde Nan und Marcus, zweier gebürtiger Inselbewohner, eng damit verknüpft sind …

Autorin

Lynne Wilding, in Sydney geboren, hielt sich erst mit den unterschiedlichsten Jobs über Wasser – u. a. war sie unter dem Namen Linda Gaye als Cabaret-Sängerin erfolgreich –, bis sie in den Achtzigerjahren ihr Talent fürs Schreiben entdeckte. Seither veröffentlichte sie einen Bestseller nach dem anderen, wird in Australien als die Königin der großen Sagas gefeiert und für ihre Romane immer wieder ausgezeichnet. Die Gründungspräsidentin und treibende Kraft der »Romance Writers of Australia« verstarb im Juni 2007.
Mehr Informationen zur Autorin und zu ihren Büchern unter:
www.lynnewilding.com

Bei Blanvalet bereits erschienen:

Pfad deiner Träume (36301)
Das Herz der roten Erde (36330)
Land meiner Sehnsucht (36329)

Lynne Wilding

Das Lied der roten Steine

Australien-Saga

Aus dem Englischen
von Tanja Ohlsen

blanvalet

Die Originalausgabe erschien unter dem Titel
»Whispers Through the Pines«
bei HarperCollins*Publishers* (Australia) Pty Limited Group, Sydney.

Verlagsgruppe Random House FSC-DEU-0100
Das für dieses Buch verwendete FSC-zertifizierte Papier
Holmen Book Cream liefert Holmen Paper, Hallstavic, Schweden.

Deutsche Erstveröffentlichung Januar 2008 bei Blanvalet,
einem Unternehmen der Verlagsgruppe
Random House GmbH, München
Copyright © der Originalausgabe 1999 by Lynne Wilding
Dieses Werk wurde vermittelt durch die Literarische Agentur
Thomas Schlück GmbH, 30827 Garbsen.
Copyright © der deutschsprachigen Ausgabe 2008 by
Verlagsgruppe Random House GmbH, München
Umschlaggestaltung: HildenDesign, München
Umschlagbild: © Paul Mayall
Redaktion: Michaela Jürgs
lf · Herstellung: Heidrun Nawrot
Satz: Uhl + Massopust, Aalen
Druck und Einband: GGP Media GmbH, Pößneck
Printed in Germany
ISBN 978-3-442-36331-5

www.blanvalet.de

*Für meinen Sohn Brett Gambley,
in Liebe*

Vorwort

Geologen behaupten, dass Norfolk Island bei einem Vulkanausbruch auf dem Grund des Pazifiks entstand, der Gestein bis zu einer Höhe von 318 m über dem Meeresspiegel auftürmte.

Die acht mal fünf Kilometer große Insel liegt etwa 1700 Kilometer nordöstlich von Sydney. Über drei Millionen Jahre lang war die namenlose Insel von nichts anderem als der dort entstandenen Flora und Fauna besiedelt. Eine Reihe von Bananenstauden, die man bei der Gründung der ersten Niederlassungen fand, ließ eine frühere Besiedelung durch Polynesier vermuten. Weitere Hinweise haben diesen Verdacht bestätigt.

1774 entdeckte Captain James Cook die Insel auf dem Weg von New Caledonia nach Neuseeland mit der *Resolution* und taufte sie »Norfolk«, nach der damaligen Herzogin von Norfolk.

Sechs Wochen nach der Landung der First Fleet in Sydney Cove 1788 wurde die erste Niederlassung auf Norfolk Island mit neun männlichen und sechs weiblichen Sträflingen, sieben freien Männern und einer Kompanie Soldaten gegründet. In dieser Siedlung sollten Produkte für die Menschen in Sydney Town erzeugt werden. Man sollte einen Weg finden, den auf der Insel vorgefundenen Flachs zu kultivieren und, wenn möglich, die Norfolk-Pinien zum Bau von Schiffsmasten zu fällen. Sowohl die Bemühungen um den Flachs als auch die um die Schiffsmasten schlugen fehl, und Anfang des 19. Jahrhunderts benötigte Sydney Town keine Erzeugnisse mehr von der Insel. Daher wurde die Siedlung 1814 vollständig aufgegeben.

Erst 1825 entschloss sich die britische Krone, auf Norfolk Island ein Gefängnis zu errichten, das die Gefangenen aufnehmen sollte, die während ihrer Haft in den Strafkolonien von New South Wales und Van Diemen's Land erneut straffällig geworden waren. Diese Entscheidung machte Norfolk Island zum berüchtigtsten Ort für britische Gefangene im 19. Jahrhundert. Die Bedingungen, unter denen die Sträflinge untergebracht waren, und die Grausamkeit derjenigen, die das Sagen hatten, waren so entsetzlich, dass die Insel bald als ein Ort der Niedertracht und des Schreckens bekannt wurde.

Der größte Erfolg der Kommandos, die einander von 1825 bis 1855 ablösten, war der Bau vieler schöner Gebäude, denn mit den Gefangenen stand ihnen eine schier unerschöpfliche Menge an Arbeitskräften zur Verfügung. Die Gebäude sind noch heute gut erhalten oder sorgfältig renoviert und stellen Paradebeispiele der georgianischen Architektur dar: das Vorarbeiterhaus, das Arzthaus, das Ingenieurbüro, der Laden der Intendantur, die alten und neuen Militärbaracken und das stattliche Gouverneurshaus sowie verschiedene andere Unterkünfte an der Quality Row sind alles großartige Bauten, die immer noch bewohnt sind und Zeugnis vom Können jener ablegen, die sie einst errichteten.

1847 entschied die britische Regierung, dass die Strafgefangenensiedlung aufgelöst werden sollte. Mitte der 50er-Jahre des 19. Jahrhunderts hatten die meisten Bewohner die Insel verlassen.

Am 8. Juni 1856 begann die dritte und einzige dauerhafte Besiedelung von Norfolk Island, als die Insel den Nachfahren der Meuterer von der Bounty, die bis dahin auf Pitcairn gelebt hatten, als neue Heimat zugewiesen wurde. Bis heute noch behauptet die Hälfte der rund 1500 ständigen Einwohner stolz, von den »Meuterern« abzustammen.

Heute zeugen neben den von den Gefangenen gebauten Häusern nur noch die pittoresken Ruinen des Gefängnisses und des Hospitals von der brutalen Zeit der Strafgefangenenkolonie. Zurzeit erfreuen sich die Einwohner von Norfolk Island eines beneidenswerten Lebensstils. Praktisch ohne nennenswerte Arbeitslosigkeit und mit einem ausgeglichenen Haushalt exportiert die Insel die dort wachsende Norfolk-Pinie und die Kentia-Palme (die ursprünglich von der Lord-Howe-Insel kommt) in die ganze Welt. Die Lebensmittelproduktion macht sie fast unabhängig von Importen, und die Einwohner zahlen keine Einkommensteuer, obwohl Steuern erhoben werden, mit denen die Insel zu Einnahmen in Höhe von jährlich über 10 Millionen Dollar kommt.

Eine eigenständige Regierung sorgte dafür, dass die Insel viele sowohl landschaftliche als auch geschichtliche Attraktionen bietet, und der zollfreie Einkauf macht sie zu einem beliebten Ziel für Besucher aus Australien und Neuseeland.

Wie ein echter Norfolker sagt: *Si yorli morla* – Wir sehen uns morgen.

Lynne Wilding

Prolog

Regenschwer jagten die Wolken über den Himmel, und in der Ferne grollte der Donner.

Sie blickte von ihrer Betrachtung der vom unaufhörlich rollenden Ozean im Laufe der Zeit glatt gewaschenen Steine auf, als ein greller Blitz in die kochende See einschlug. Das Wetter spiegelte ihre Gefühle wider, denn ihr Zorn glich dem des nahenden Sturms, und die grollenden Geräusche der Natur in übelster Stimmung passten zu ihrer eigenen düsteren Laune.

Ihr Blick streifte über die Bucht und registrierte, wie sich haushohe Wellen gegen die Felsen warfen. Der Wind hatte ihre Spitzen zu schäumenden Kämmen geformt, die ein paar Sekunden auf ihrem Gipfel thronten, nur um sich dann einzurollen und zusammenzufallen, immer wieder, bis nur noch kleine Kräuselwellen übrig blieben.

Der Ozean war genauso ruhelos wie sie selbst, ständig in Bewegung. Hatte sie solche Szenen nicht schon so lange beobachtet? Wartend ...? Zu lange. Wartend auf eine Veränderung in ihrem Dasein, die sie befreien würde. Endlich.

Ihre Hände ballten sich zu Fäusten, und die Nägel, von denen einige abgebrochen und andere lang waren, gruben sich so fest in die Handflächen, dass sie die Haut durchdrangen. Als sie die Finger wieder öffnete, betrachtete sie den Schaden, den sie auf der Haut angerichtet hatte, und stellte sich die gleiche Frage wie jeden Tag: *Wie lange soll ich das noch ertragen? Ich habe schon eine Ewigkeit ge-*

wartet – so zumindest kam es ihr vor. *Lieber Gott, erbarme Dich meiner...*

Sie stand auf, breitbeinig, um dem böigen Wind standzuhalten, und hob in einer flehenden Geste beide Arme über den Kopf zum Himmel empor. *Bitte, lieber Gott, mach, dass es ein Ende hat mit dieser... dieser Leere, diesem Nichts.* Nur der Wind gab ihr Antwort. Wie ein lebendiges Wesen zupfte er an ihrer Kleidung und ließ sie um ihre Glieder flattern, breitete ihr langes Haar fächerartig über ihrem Gesicht aus und verschleierte so ihren schmerzverzerrten Gesichtsausdruck. Er flüsterte und pfiff und versagte ihr doch die Antwort, die sie ersehnte.

Ihre Kehle schnürte sich zusammen, und von ihren Lippen löste sich ein Schrei, unmenschlich in seiner Verzweiflung. *»Helft mir! Bitte, so hilf mir doch jemand!«*

Einen Kilometer von der Küste entfernt, in einem Pinienhain, hielt ein verwittertes Holzhaus dem Sturm stand, wie es das seit über achtzig Jahren getan hatte. Hinter dem Haus stand ein im Vergleich dazu überdimensional großer Schuppen.

Im Inneren des Schuppens waren drei Wände mit Regalen verstellt, auf denen Keramiken in unterschiedlichen Fertigungszuständen standen. An der Töpferscheibe saß eine Frau mit nassen, lehmigen Händen und begann, einen Lehmklumpen zu einer breiten, niedrigen Obstschale zu formen.

Der Pony von Nan Duncans kurzen, einstmals blonden, mittlerweile aber mit Grau durchzogenen Haaren, fiel ihr ins Gesicht. Ungeduldig schob sie die Strähnen zurück, wobei sie einen Lehmstreifen über ihre Stirn zog. Nan wurde in viereinhalb Monaten fünfzig und hatte vier ungezogene Kinder großgezogen, die mittlerweile alle erwachsen waren und zwischen Australien und Neuseeland verstreut lebten. Die Tatsache, dass sie früh Witwe geworden war und gelegentlich hart für ihr Auskommen arbeiten musste, obwohl sie eine talentierte Töpferin war, stand ihr ins Gesicht geschrieben. Es war ein Leben mit Höhen und Tiefen gewesen. Kräftige Furchen zogen sich über ihr Gesicht und ihren Hals, doch minderten sie irgendwie nicht die frische, vom Leben im Freien geprägte Anziehungskraft ihres Gesichtes. Hinter der Bifokalbrille glänzten graue Augen, und ihr ein wenig zu breiter Mund schien immer zu lächeln, trotz ihres schweren Lebens. Sie war so schlank, dass es schon fast dürr schien. Ihre Arbeitskleidung bestand aus einem alten Pullover mit Jeansflicken an den Ellbogen und ausgefransten Ärmeln, einem Schottenrock, rotgestreiften Socken und lehmverschmierten Turnschuhen.

Ein plötzlicher Windstoß bog einen hohen Busch so weit um, dass seine Äste auf dem Sprossenfenster des Schuppens, den ihre Familie augenzwinkernd als ihr *Atelier* bezeichnet hatte, einen lauten Trommelwirbel schlugen. Doch das Stakkato der Zweige wurde von einem schrillen Heulen übertönt.

Nans Hände hielten in ihrer rastlosen Bewegung inne. Das Lächeln gefror. Die Finger, die in letzter Zeit die ersten Anzeichen einer rheumatischen Arthritis zeigten, versteiften sich. Ihr Kopf flog empor, ihr Körper erstarrte, und ihr Herzschlag beschleunigte sich, während das durchdringende Geräusch sich ihr ins Gehirn, dann in ihr Herz und schließlich in ihre Seele bohrte. Ihr Fuß löste sich vom Pedal, als der unheimliche Laut ihre Konzentration durchbrach und sie von ihrer Aufgabe ablenkte.

Stirnrunzelnd saß sie still wie eine Statue im Licht der starken Neonlampe. Das Geräusch war ihr nicht unbekannt, sie hatte es schon oft zuvor gehört – eigentlich so lange sie denken konnte. Es erklang immer, wenn der Wind aus Süden blies und sich ein Sturm ankündigte. Auch daran erinnerte sie sich. Ihre Mutter – Gott hab sie selig – hatte ihr, als sie noch klein war, erklärt, dass das Geräusch auftrat, wenn der Wind um die Felsen der Cresswell Bay fegte. Eine logische Erklärung, musste Nan zugeben, aber dennoch kratzte das schrille Pfeifen an ihren Nerven. Das war auch schon immer so gewesen.

Ein weiterer Windstoß ließ die alte Wand erzittern, dass die Holzbalken an den Ecken knackten und das dünne Dach klapperte. Dann wurde das Kreischen innerhalb weniger Sekunden plötzlich schwächer und verstummte schließlich völlig.

Nan legte den Kopf schief, während sie einen Moment lang nachdachte. Vielleicht würde ihr Bruder Marcus eines Tages die Ursache für dieses nervtötende Geräusch finden. Zweimal hatte er es schon versucht, doch das schlechte Wetter hatte ihn jedes Mal daran gehindert, ganz so, als ob die Natur versuchte, ihr Geheimnis für ewig zu bewahren. Bald würde er hier sein, wenn das Semester an der Universität von Auckland zu Ende war. Wieder legte ein Lächeln ihre Wangen in Falten. Sie freute sich auf das Wiedersehen.

Langsam entspannten sich ihre Finger. Sie tauchte ihre Hände in die Schüssel Wasser auf dem Seitentisch neben der Drehscheibe und presste ihren Fuß erneut auf das Pedal. Die Töpferscheibe begann sich zu drehen, zuerst langsam, dann immer schneller, als das Pedal, das es antrieb, sich zunehmend schneller hob und senkte. Die Finger bearbeiteten den Lehm liebevoll, nach außen und oben, außen und oben, glättend, formend, schaffend… Das unnatürliche Kreischen des Windes wurde ganz weit hinten in ihrem Gedächtnis gespeichert, als sie sich wieder hingebungsvoll ihrer Aufgabe widmete.

1

Ein spitzer Finger mit gefeiltem und poliertem Nagel
drückte auf den Etagen-Knopf des Aufzugs. Sechs. Sie
sah auf die Uhr. Fünfundzwanzig Minuten nach acht am
Morgen. Da sie sich allein im Aufzug befand, konnte sie
überprüfen, ob ihre graue Kostümjacke richtig zugeknöpft
war, der Rock exakt saß und jede einzelne Strähne des kastanienbraunen Haars anständig lag und nicht wie so oft
störrische Locken aus dem glatten Knoten rutschten. Während sie zum sechsten Stock emporschwebte, arbeitete sie
an ihrem Gesichtsausdruck. Ruhig. Gelassen. Akzeptie-
rend. Ja, ganz besonders Letzteres. Als sich die Tür öffnete,
holte sie tief Luft, fasste die Aktentasche fester und ging
zuversichtlich durch das Foyer zur Rezeption von Greiner,
Lowe und Pearce.

»Jessica!« Faith Wollinskis Gesichtsausdruck verriet
Überraschung, als sie ihre Chefin erkannte. »Ich habe...
wir haben Sie heute nicht erwartet. Ähm... noch nicht.«
Sie biss sich verlegen auf ihre frisch bemalten Lippen, unsicher, was sie sagen sollte, außer »Es tut mir leid... Ihr Verlust.« Mit einem Seufzen gestand sie sich ein, dass dieser
Satz inadäquat war.

Jessica Pearce hob die Hand. »Bitte, Faith, ich sehe es
Ihrem Gesicht an. Mir geht es *gut*. Die Familie ist einverstanden. Die beste Medizin für mich ist Arbeit, und zwar
jede Menge Arbeit.«

Sie verzog den Mund zu einer Art Lächeln und versuchte,

nonchalant zu wirken, als sie sich an den Tresen lehnte und einen Stapel Akten durchblätterte. »David sagt, davon gäbe es hier reichlich.«

»Damit haben Sie nicht mal Unrecht«, warf Mandy, die zwanzigjährige Rezeptionistin mit ihrer piepsigen Stimme ein. »Mr. Greiner und Mr. Lowe haben Sie die letzten Wochen wirklich sehr vermisst.«

»Nun, jetzt muss mich niemand mehr vermissen«, erklärte Jessica energisch. Sie nahm ihre Aktentasche und ging den Korridor zu ihrem Büro entlang. Über die Schulter hinweg bat sie: »Darf ich Sie um einen Gefallen bitten, Faith? Eine Tasse Kaffee, schwarz… in zehn Minuten, wenn ich die Post durchgegangen bin.«

»Zwei Stück Zucker«, bestätigte Faith. »Ich habe nicht vergessen, wie Sie Ihren Kaffee trinken.« Sie knirschte mit den Zähnen ob der Belanglosigkeit ihrer Bemerkung und war sich bewusst, mit der peinlichen Situation nicht gut fertig zu werden. Sie bekam Jessicas müdes Lächeln mit, an dem ihre Augen keinen Teil hatten. Nachdenklich sah sie ihrer Chefin nach, als sie die acht Meter zu ihrer Bürotür zurücklegte. Die Schultern angespannt, der Rücken steif wie ein Brett. *Sie reißt sich zusammen*, vermutete sie.

»Hast du ihre Augen gesehen – die waren doch merkwürdig«, sagte Mandy halb flüsternd. »Glaubst du, dass es ihr gut geht, Faith?«

Acht Jahre Loyalität ließen die Antwort der Frau im mittleren Alter positiv klingen. »Natürlich. Jessica hat ein furchtbares Trauma durchlitten, aber sie ist stark. Sie wird es überleben.« Faith sah die jüngere Frau an und fügte in autoritärem Tonfall hinzu: »Ich bin mir sicher, das Letzte, was sie jetzt will, sind Leute, die um sie herumglucken und besorgte Gesichter ziehen. Ruf David und Max an. Sag ihnen, dass sie hier ist.«

Jessica war sich bewusst, dass sie den Atem anhielt, als sie von den beiden Frauen wegging, und stieß ihn kraftvoll aus, als sie leise die Tür hinter sich zumachte. Sie schloss die Augen. Die erste Prüfung – die Kontaktaufnahme – war vorüber. Sie lehnte ihren Körper an das Holz der Tür, als ob ihr das solide Material Kraft geben könnte.

Mit immer noch geschlossenen Augen lauschte sie dem Summen der Klimaanlage und stellte fest, dass sie unverändert lästig rasselte. Vor dem Fenster erklangen gedämpft die Geräusche der Fahrzeuge, die während der Rushhour die St.-George-Terrace entlangkrochen, ohne aufdringlich laut zu sein. Durch die geschlossenen Augenlider nahm sie das Licht wahr, das durch die auf Hüfthöhe ansetzenden Fenster einfiel, die einen großartigen Blick über den Swan River und einen Teil der Skyline von Perth boten. Ansonsten herrschte Stille, vollkommene Ruhe, abgesehen vom lächerlich schnellen Schlag ihres Herzens.

Langsam öffnete sie die Lider und sah sich in dem Büro um, das ihr für so viele Jahre fast ein zweites Zuhause gewesen war.

Es sah alles genauso aus wie noch vor drei Wochen. Die zedernholzgetäfelte Wand hinter ihrem Schreibtisch. An der linken Wand hing ein Bild des australischen Landschaftsmalers Pro Hart – weit weg von ihrem eigenen Aquarell einer Buschszene, die sie bei New Norcia gemalt hatte und die bei einem staatlichen Kunstwettbewerb den zweiten Platz gemacht hatte, als sie fünfundzwanzig gewesen war. Die beiden Aktenschränke aus Teakholz, der Schreibtisch mit der Glasplatte, dank Faiths fast krankhafter Aufräumsucht sehr ordentlich, und auf der Fensterbank stand eine einsame Bromelie, kurz vor der Blüte. Fotos von ihr und Simon in der Pinnacle-Wüste waren die einzigen Ornamente auf den Aktenschränken. An der gegenüberliegenden Wand stand ein Bücherschrank mit Gesetzesbüchern. Der beigefarbene Teppichboden, weich und flauschig, passte zu den gedeckten Farben des Raumes. Vertraut. Gemütlich. Derselbe…

Ja, der Raum war wohl derselbe, nur sie selbst war anders, verändert. Für immer.

Plötzlich fühlten sich ihre Glieder sehr schwer an, und es bedurfte einer bewussten Willensentscheidung, zum Schreibtisch hinüberzugehen. Sie hängte ihre Jacke und die Handtasche an den Hutständer hinter dem Tisch und setzte sich in den gepolsterten Drehstuhl. Einatmen, ausatmen. Kontrolle, sagte sie sich. Denk nicht an ihn. *Arbeit, harte Arbeit ist die einzige Medizin für dich, das weißt du.* Es wird den Schmerz lindern, die Erinnerungen, so sagte ihr der gesunde Menschenverstand, so sagten ihr alle, aber sie war sich da nicht so sicher.

Sie betrachtete ihren Posteingangskorb. Mehrere von pinkfarbenen Bändern zusammengehaltene Akten warteten auf ihre Bearbeitung. Ein leerer Notizblock lag bereit, unter der rechten Ecke des ledergebundenen Tagesordners. An einer anderen Ecke lag ein sauberer Stapel Nachrichten. Rechts vom Kalender lagen ungeöffnete Briefe. Als sie danach griff, stellte sie fest, dass ihre Hand spürbar zitterte. Mehrere Sekunden lang ballte sie die Hand zur Faust, nahm dann den obersten Brief und schlitzte den Umschlag auf. Es war ein handgeschriebener Kondolenzbrief…

Obwohl die Raumtemperatur angenehme 22° Celsius betrug, bildeten sich auf Jessicas Stirn und auf ihrer Oberlippe Schweißperlen. Sie zuckte zusammen, als die Nervenenden unter ihrer Haut zu pulsieren begannen. Gerne hätte sie sich gekratzt, um sie zu beruhigen. Nicht, befahl sie sich. Geh an die Arbeit. Sie schob den Briefstapel beiseite und griff nach einer Akte, legte sie vor sich und öffnete sie. Der

Text verschwamm. Lesebrille, Dummchen! Sie nahm die Goldrandbrille aus ihrer Aktentasche und setzte sie auf. Dann begann sie zu lesen. Smithers gegen Smithers ...

Innerhalb der Kanzlei Greiner, Lowe und Pearce hatte sich Jessica auf Familienrecht spezialisiert und war erst im letzten Jahr zur Juniorpartnerin geworden. Während der letzten fünf Jahre hatte sie sich bei den Gerichtshöfen von Perth einen Namen als erfolgreiche und faire Anwältin gemacht. Traurigerweise gab es keinen Mangel an Fällen. Scheidungen, Eigentumsklärungen, Streitfälle über das Besuchsrecht von Kindern. Diese Fälle und der emotionale Stress, den die Klienten mit sich brachten, nahmen kein Ende.

Sie zwang sich, die ersten drei Seiten der Smithers-Akte zu lesen, dann durchbrach ein aufmüpfiger Gedanke ihre Konzentration.

Ruckartig hob sie den Kopf. Ihr Blick wanderte durch das Zimmer, durchsuchte jeden Winkel und jede Ecke. Da stimmte etwas nicht. Es fehlte etwas Wichtiges in diesem Zimmer, von der Ecke ihres Schreibtischs. Mit einem panikartigen, krampfhaften Herzschlag verschlang sie die Hände ineinander und zog an ihrem Verlobungs- und Ehering, während sie nach dem fehlenden Stück suchte. Sie stand auf, ging zu den Aktenschränken und öffnete jede einzelne Schublade. Nichts. Dann überprüfte sie die Schubladen ihres Schreibtisches. Auch nichts.

Die Tür öffnete sich, und Faith trat mit ihrem Kaffee ein.

Jessica verengte misstrauisch ihre Augen zu Schlitzen und fragte geradeheraus: »Wo haben Sie es hingetan?«

»Was denn, meine Liebe?«

Mit Verzweiflung in der Stimme zischte sie: »Das wissen Sie ganz genau! Haben die anderen Ihnen befohlen, es zu verstecken?« Sie sah Faiths ausdrucksloses Gesicht, und ihre Niedergeschlagenheit und ihr Ärger wuchsen. Die Nervenenden unter ihrer Haut machten sie fast wahnsinnig, es fühlte sich an, als ob unter der obersten Schicht etwas lebendig war. Unbewusst rieb sie die Innenseite ihrer Unterarme. »Das Foto, Faith! Wo ist das Foto?«

»Oh!« Verständnis. »Ja. Die Partner und ich«, Faith bemerkte Jessicas zunehmende Erregung und sagte schnell, »wir hielten es für besser, es eine Zeit lang wegzustellen, bis Sie... bis... genug Zeit vergangen ist und...«

»Holen Sie es. Sofort.« Jessica hatte nicht schreien wollen, aber so kam es heraus, gellend, unkontrolliert. Sie bereute ihren Fehler sofort.

Faith stellte die Kaffeetasse auf den Schreibtisch und ging zum Aktenschrank. Sie öffnete die unterste Schublade und nahm ganz hinten das in braunes Papier gewickelte Foto heraus.

»Stellen Sie es auf den Schreibtisch.«

»Sind Sie sicher, dass Sie das wollen, Jessica?«, fragte Faith, während sie das Foto des vierzehn Monate alten Damian Pearce an die Stelle auf dem Schreibtisch stellte, an der es die letzten drei Monate gestanden hatte. »Es wird Sie ständig an ihn erinnern. Sie werden es sehen, sein Gesicht, jedes Mal, wenn...«

In Jessicas blauen Augen schwammen Tränen. »Glauben Sie, dass ich sein Gesicht nicht jeden Tag vor mir sehe, Tag und Nacht, jede verdammte Sekunde seine Stimme höre? Glauben Sie das?« Wieder dieses Kreischen. Sie seufzte. Zu hoch. Keine Kontrolle. Sie wischte sich mit der Hand über die Augen, um die Tränen zurückzuhalten. Tief holte sie Luft, kämpfte um das Gleichgewicht, das sie zu verlieren drohte. »Es tut mir leid...« Selbst in ihren eigenen Augen klang die Entschuldigung lahm.

»Geht es Ihnen gut, Jessica?« Faith runzelte die Brauen.

Jessica fühlte, dass Faith beobachtete, wie sie um ihre Fassung rang. Die Frau wusste, dass Selbstbeherrschung stets eine ihrer Stärken gewesen war. In der Vergangenheit hatte ihr diese Stärke oftmals geholfen, einen Fall zu gewinnen. Was mochte Faith denken?, fragte sie sich. Dass Jessica kurz vor einem Ausbruch stand von ... Sie wusste selbst nicht von was. Oder schimpfte sie im Geiste mit Simon, dass er sie ins Büro gehen ließ, obwohl sie noch nicht dazu in der Lage war? Verdammt, was spielte das für eine Rolle! Sie riss sich aus ihren Gedankenspielen und blickte ihre Sekretärin an.

»Nein, es geht mir nicht gut.« Jessica nahm einen tiefen, beruhigenden Atemzug. »Aber das wird schon wieder.« Sie betrachtete die Akte, die sie gelesen hatte. »Würden Sie bitte Max fragen, ob er in einer halben Stunde Zeit hat? Ich würde mich gerne mit dem Smithers-Fall vertraut machen und ihn mit ihm besprechen, da er die Vorbereitungen dazu durchgeführt hat.«

»Ich bin sicher, er hat bis um zwölf keine Termine. Er arbeitet an einer Präsentation für das Gericht morgen. Ich sage ihm zehn Uhr, ist das in Ordnung?«

Jessica nickte. Sie hielt die Lider gesenkt, bis Faith gegangen war. Dann wandte sie sich ganz langsam, fast unwillkürlich, zur goldgerahmten Fotografie ihres Sohnes. Blaue Augen, ihren eigenen sehr ähnlich, sahen ihr aus dem zweidimensionalen Bild entgegen. Er hatte Simons – seines Vaters – blonde Haare und dunkle Haut, und auch sein Lächeln. Damians Lächeln. Fest schloss sie die Augen, als sie der Schmerz wie mit Tentakeln ergriff. Sie zerrten an jedem Muskel, jeder Faser ihres Körpers. Sie konnte es nicht ertragen ... Es gab kein Entrinnen vor diesem Schmerz, diesem Gefühl des Verlusts. Es nagte innerlich an ihr, zerstörte ihre Muskeln, ihr Gewebe, ihre Energie und lähmte ihre Fähigkeit, zu denken. Ihrer Kehle entrang sich ein dunkler, schluchzender Ton, den sie herunterschluckte, unerlöst. Sie musste es ertragen.

Fort, ihr Sohn. Und mit ihm jeder Funken Freude, alles zukünftige Glück, selbst ihr Lebenswille.

Leben. Sie schaukelte vor und zurück, schlang die Arme um den Oberkörper, als wollte sie den Schmerz umarmen, innen behalten, unter Kontrolle bringen. Das war doch kein Leben. Das war Überleben, und auch das nur gerade so. Und wozu? Ohne ihn war alles so sinnlos. Sie blinzelte schnell, als ihr dieser Gedanke kam. Wozu die Mühe?

Sie holte erneut tief Luft, und vor ihrem gequälten Geist stieg der süße Duft seiner Babyhaut auf, die Frische seines gewaschenen Haars. *Hör auf, dir das anzutun!*, sagte eine Stimme in ihrem Inneren. *Diese Quälerei bringt dir nichts, wird zu nichts Nennenswertem führen!*

Aber es gibt nichts Nennenswertes mehr, widersprach eine andere Stimme. Auf was sollte sie sich denn noch freuen können ohne Damian? Mit achtunddreißig, fast neununddreißig, würde sie keine weiteren Kinder mehr bekommen. Nach elf kinderlosen Ehejahren und drei Fehlgeburten war Damian für sie und Simon ein kleines Wunder gewesen. Außerdem würde niemand Damian ersetzen können. Er war etwas … Besonderes gewesen – ihr kleiner Sohn war es wert gewesen, so lange auf die Mutterfreuden zu warten. Mit einem erneuten tiefen Atemzug zwang sie sich, sich zu beruhigen …

Sie setzte die Brille wieder auf und las weiter. Mehrere Minuten lang konnte sie die Konzentration aufrechterhalten, doch als eine einzelne Träne über ihre Wange lief und auf das Papier tropfte, gab sie sich geschlagen und nahm die Brille ab. Ihre Hand griff nach dem Foto, das sie an die

Brust presste, wo der Schmerz wohnte. Die Kühle des Glases und des Metallrahmens drang durch den dünnen Stoff ihrer Bluse an ihre Haut. Sie erinnerte sich daran, wie warm er sich angefühlt hatte, wie gerne er mit ihr gekuschelt hatte. Tränen strömten ihr über das Gesicht und fielen auf die Bluse.

Erinnerungen ...

Lachen. Sein unsicherer Gang, seine paar Worte: »Dadda«, »da«, »Mama«. Wie anbetungswürdig er ausgesehen hatte, wenn er schlief oder sich völlig auf etwas konzentrierte, das ihn interessierte ... Jessica schloss die Augen, während Myriaden von Bildern in ihr aufstiegen.

Der Schmerz wurde stärker, ihr Atem presste sich durch die von den Gefühlen verkrampften Lungenmuskeln. Mehr Schmerz. Vielleicht hatte sie einen Herzanfall. Gut. Dann würde der Schmerz ein Ende haben. Doch dann dachte sie an Simon, und ihre Trauer wurde noch größer, während sein Bild undeutlich vor ihren geschlossenen Augenlidern auftauchte. Simon. Was nutzte sie ihm denn noch? Sie funktionierte ja kaum noch, wollte es auch gar nicht. Sie wollte mit diesem Elend nicht leben. Wieder wiegte sie ihren Körper im Stuhl vor und zurück, während sich kleine Seufzer ihren Lippen entrangen und im Nichts verklangen. *Schließ den Schmerz aus, schließ den Schmerz aus,* intonierte sie ihr Mantra immer wieder. Schließ ihn aus. Für alle Ewigkeit.

Plötzlich riss etwas in ihrem Inneren, und ihr Körper erschlaffte ...

Sekunden, vielleicht auch Minuten später öffnete Jessica wieder die Augen. Ihr Blick ging ins Leere, richtete sich auf nichts Bestimmtes. Ihr Atem wurde gleichmäßiger, und eine gespenstische Ruhe überkam sie wie eine weiche Decke. Sie wusste, was sie tun musste. Damian, denk an Damian.

Sie stellte das Foto ihres Sohnes auf den Tischkalender, löste den Knoten, zu dem sie am Morgen ihre Haare aufgesteckt hatte, und legte die Haarnadeln fein säuberlich nebeneinander auf den Schreibtisch. Sie fuhr sich mit den Fingern durch die kastanienbraunen Haare, deren Spitzen sich aufrollten, besonders bei feuchtem Wetter. Ihre Lippen bewegten sich, während sie ein Schlaflied vor sich hin sang, eines von denen, die Damian am liebsten gehabt hatte...
»Hush, little baby, don't you cry, Mamma's gonna sing you a lullaby...«

Mit ruckhaften, automatischen Bewegungen zog sie die Schublade rechts oben an ihrem Schreibtisch auf und nahm eine Schere heraus. In tranceartiger Genauigkeit schnitt sie sich Haarsträhnen ab und drapierte sie als Hommage um Damians Foto herum. In der Schublade entdeckte sie einen Lippenstift, und nach wie vor leise singend und den Blick ganz auf das Foto gerichtet, öffnete sie ihn und begann, ihre Augen und ihren Mund mit großen roten Kreisen zu umfahren. Nachdem sie das zu ihrer Zufriedenheit bewerkstelligt hatte, zog sie die Lippenstiftkreise auch auf ihrer reinen weißen Bluse. Doch das war noch nicht genug. Daher nahm sie die Schere, zog die Bluse aus dem Rock und schnitt Stücke davon ab, die sie ebenfalls vor dem Foto niederlegte. Das Jucken unter ihrer Haut wurde stärker. Sie kratzte und kratzte, bis sich hässliche Schwellungen zeigten.

»They're changing guards...«, summ, summ, »at Buckingham Palace...«

Die Sprechanlage am Telefon piepte. Sie ignorierte sie, wischte jedoch mit einer einzigen, zornigen Handbewegung mit ausgestrecktem Arm den Schreibtisch leer. Akten, Telefon, Stifte, Büroklammern fielen zu Boden. Alles, bis nur noch der Tischkalender und Damians Foto übrig blieben.

Zufällig piekste sie das spitze Ende der Schere in den Unterarm, sodass sie blutete. Augenscheinlich fasziniert davon, wie das Blut über ihre weiße Haut lief, beobachtete sie, wie es einen kleinen Bach auf ihrer Haut bildete. Blut war Leben. Natürlich. Sie kicherte irre, sie wusste es. Jessica starrte Damians Foto an, dann hielt sie den Arm darüber und stach sich erneut in die Haut, sodass die Tropfen auf das Foto fielen. Dann legte sie vorsichtig die Schere weg und wartete. Damians Bildnis erwachte nicht zum Leben, und ihren Lippen entsprang ein dumpfer Klagelaut. Wieder begann sie zu schaukeln, vor und zurück, vor und zurück, immer schneller, immer schneller.

Max Lowe, der Seniorpartner der Kanzlei, erhob sich aus seinem Bürostuhl, schaute auf die Uhr und ging nach draußen auf den Gang. Jessica war nicht zur verabredeten Zeit gekommen, um mit ihm über den Smithers-Fall zu reden, was ihm seltsam vorkam. Normalerweise war sie sehr pünktlich. Er würde nachsehen, was sie aufgehalten hatte...

Als er ein merkwürdiges Geräusch aus ihrem Büro hörte, runzelte er die Stirn. Hatte sie sich verletzt? Seine Hand ergriff die Klinke und zog die Tür auf.

Als erfahrenen Anwalt in den Fünfzigern konnte Max so schnell nichts schockieren, doch beim Anblick seiner Juniorpartnerin blieb ihm der Mund offen stehen. Jessica sah aus wie eine Verrückte. Ihr kastanienbraunes Haar stand in wirren Büscheln vom Kopf ab – sie hatte gnadenlos daran herumgeschnitten. Auf ihrem Gesicht waren rote Flecken, ihre Bluse an mehreren Stellen zerrissen. Und, fast erst nachträglich, bemerkte er die grässliche Schweinerei auf und um ihren Schreibtisch.

Doch was ihm noch mehr als das bis ins Mark fuhr, war

ihr starrer Blick, die Abwesenheit in ihren Augen. *Mein Gott, sie hat den Verstand verloren!*

Max zog sich von der offenen Tür zurück, wandte den Kopf und erhaschte einen Blick auf Mandy, die Rezeptionistin, die durch das Foyer ging. »Mandy!«, kläffte er. »Holen Sie Faith! Schnell!«

2

Am Fuß des Bettes im Licht der Wandlampe über dem Bett der Patientin stand ein Mann. Er war groß, trug einen maßgeschneiderten Nadelstreifenanzug, ein weißes Hemd, eine dezent gemusterte Krawatte und italienische Schuhe und wirkte wie ein Mann, der einen gewissen Grad von Macht und Respekt gewohnt war.

Mit geübtem Blick betrachtete er die Patientin. Das Haar war so gut wie möglich gekämmt worden, sodass es nicht allzu schlimm aussah. Dennoch zuckten seine Finger, als er daran dachte, wie dicht und glänzend es war, dass es in einem bestimmten Licht wie poliertes Kupfer schimmern konnte und wie gerne er mit seinen Fingern hindurchfuhr. Er tröstete sich mit dem Gedanken, dass es wieder wachsen würde. Die Reste des Lippenstifts waren entfernt worden, doch die Haut war gerötet und fleckig. Das schlecht sitzende Krankenhausnachthemd verhüllte ihre perfekte Figur, und tief sediert atmete sie ruhig und gleichmäßig. Doch obwohl sie fest schlief, zuckten gelegentlich ihre Glieder, ein Zeichen für ihren verstörten Geist.

Dr. Simon Pearce nahm das Klemmbrett vom Fußende des Bettes, zog seine Brille aus der Brusttasche und sah sich das Krankenblatt an. Das Licht reichte nicht aus, um die

Anspannung um seine Mundwinkel erkennen zu lassen, die seine Verzweiflung andeutete. Seine wunderbare, fähige Frau, die sich bislang jeder Herausforderung im Leben gestellt und sie gemeistert hatte, war, wie das Krankenblatt es andeutete, ein emotionales Wrack. Ein Muskel in seinem Kiefer zuckte, und sein Adamsapfel hüpfte, als sich ihm die Kehle zuschnürte. Jessica hatte einen völligen Nervenzusammenbruch erlitten – davon musste er zumindest ausgehen, solange Nikko ihm nicht etwas anderes sagte. Schnell verbannte er die Worte aus seinen Gedanken, unfähig, sich zu diesem Zeitpunkt damit zu befassen.

Er legte das Krankenblatt zurück und blieb stehen, abwartend. Seine Kiefernmuskeln spannten sich, während er vor seinem geistigen Auge die Ereignisse Revue passieren ließ, die dazu geführt hatten, dass seine Frau in einem Krankenhausbett eines Privatsanatoriums für geistig und psychisch labile Menschen lag.

Damian... tot. Daran ließ sich nicht zweifeln, doch er musste die Augen fest schließen, um nicht in Tränen auszubrechen. Sein Sohn. So klein, so kostbar. Und er hatte nichts tun können, um es zu verhindern, trotz all seiner ausgezeichneten medizinischen Examen, seiner FRCS-Qualifikation und seiner langjährigen Erfahrung.

Der Tod war nachts im Schutz der Dunkelheit gekommen und hatte sein Opfer schmerzlos zu sich genommen... Dafür zumindest konnte er wenigstens ein bisschen dankbar sein. Doch nie würde er Jessicas Schrei vergessen – er war ihm nicht aus dem Kopf gegangen, bis er ihn im Unterbewusstsein vergraben hatte. Sonst hätte er nicht weitermachen können. Sie hatte ihn ausgestoßen, als sie ihn in der frühen Morgendämmerung ins Kinderzimmer gerufen hatte.

Gott, wie hatte er gearbeitet. Panisch. Er hatte Jess angebrüllt, ihm seine Tasche zu bringen. Sich das Stethoskop in die Ohren gerammt und versucht, einen Herzschlag zu finden. Nichts. Den Puls an dem kleinen Hals gesucht. Seine Finger in den Hals des Kindes gesteckt, um sich zu vergewissern, dass die Atemwege frei waren. Er hatte ihm den Frotteeschlafanzug ausgezogen, den kleinen Körper auf den Wickeltisch gelegt und trotz des bläulichen Schimmers der Haut mit Mund-zu-Mund-Beatmung und Herzmassage begonnen. Er erinnerte sich daran, Jess mit hohler Stimme befohlen zu haben, den Notruf zu wählen und die Wiederbelebungsmaßnahme fortgesetzt zu haben, bis der Krankenwagen gekommen war.

Später, an einem schönen, sonnigen Tag, hatte er den mit weißen Rosen bedeckten, weißlackierten kleinen Sarg getragen und ihn neben das klaffende Loch in der Erde gestellt… Er schluckte den Kloß in seinem Hals herunter, und die Muskeln in seinem Kiefer arbeiteten erregt, bis er sich langsam beruhigte.

Simons Finger krampften sich um das Geländer am Fußende des Bettes, die Knöchel spannten sich weiß um die Muskeln, Knochen und das Gewebe. Plötzlicher Kindstod, der latente Albtraum aller Eltern. Und kein einziges verdammtes Warnzeichen, bis es zu spät war. Mit der Rechten zwickte er sich in den Nasenrücken, während ihm die Gedanken durch den Kopf flogen. Hatte es vielleicht kleine Anzeichen gegeben, die er übersehen hatte? War das Babyphon angeschaltet gewesen? Hatten sie beide den Alarm überhört? Wie oft war er jedes einzelne Detail bereits durchgegangen, hatte sich gefragt…, sich gewünscht… Jesus Christus, es war sein Sohn, ihr *gemeinsamer* Sohn. Es war einfach nicht fair.

»Dr. Pearce?«, fragte die Nachtschwester von der Tür her.

Simon wandte sich um. »Ja, bitte?«

»Dr. Stavrianos wird in ein paar Minuten bei Ihnen sein. Möchten Sie vielleicht lieber in seinem Büro auf ihn warten? Es ist am Ende des Flurs.«

Simon nickte kurz zur Bestätigung. Nikko, sein alter Kumpel von der Universität, der Mann, der ihn mit Jessica zusammengebracht hatte, war wie üblich außerordentlich gewissenhaft. »Danke, das werde ich.« Er trat an die Seite des Bettes, beugte sich nieder, küsste seine Frau auf die Stirn und strich ihr das Haar zurück, bevor er sich umwandte und das Zimmer verließ.

Erst als er allein in Nikko Stavrianos' engem Büro saß, wo Akten auf jedem freien Platz verstreut lagen, erlaubte sich Simon, etwas locker zu lassen, und ließ den Kopf in die Hände sinken. Schockwellen durchliefen ihn, während er sich an die Sekunden erinnerte, die zwischen dem Telefonanruf von Max Lowe – der ihn, da er im Operationssaal gewesen war, verspätet erreicht hatte – und jetzt vergangen waren. Er hatte darauf bestanden, dass der Krankenwagen Jess ins Sanatorium Belvedere brachte, wo sie die beste Pflege bekommen würde. Er selbst war hierher gejagt, sobald er dem Assistenzarzt Anweisungen gegeben hatte, wie er seinen Patienten versorgen sollte.

Es hatte ihn fast alle Kraftreserven gekostet, mit Damians Tod fertig zu werden, besonders, da er sich selbst zum Teil die Schuld daran gab, dass er seinen kleinen Sohn nicht hatte retten können – auch wenn die Autopsie einen klaren Fall von plötzlichem Kindstod belegte. Tief im Inneren würde er immer glauben, dass er etwas hätte tun müssen. Plötzlich hob er den Kopf: Dachte Jess das etwa auch?

Jetzt war sie völlig zusammengebrochen. Gott, er war Arzt – warum hatte er die Anzeichen nicht bemerkt, dass sie nicht damit fertig wurde?

War er zu sehr mit seiner eigenen Trauer beschäftigt gewesen, um zu sehen, dass sie in tiefe Depressionen verfiel, was schließlich zu diesem totalen emotionalen Zusammenbruch führte? Jessica, die immer so stark gewesen war! Es war schwer zu verstehen, obwohl er nur zu gut wusste, dass der Tod eines Kindes auch die Intelligentesten und Willensstärksten aus der Bahn werfen konnte, und… in Jess' Fall musste man zudem die Vererbung in der Familie berücksichtigen. Er seufzte auf. Himmel, noch eine Sorge mehr.

Er hörte, wie sich die Tür öffnete, und erhob sich, um Nikko die Hand zu schütteln.

»Wie schade, dass wir uns unter solchen Umständen treffen müssen, alter Kumpel«, begrüßte Nikko Simon und nahm hinter seinem Schreibtisch Platz. Dunkelhäutig, mit schwarzen Haaren und einem verknitterten, schlecht sitzenden Anzug erschien Nikko wie das genaue Gegenteil seines Gegenübers. Geschäftig schob er Akten von einem Stapel auf den anderen, zog schließlich eine Mappe hervor und legte sie offen vor sich. Während er den Inhalt überflog, wechselte er ein paarmal den Gesichtsausdruck. Schließlich blickte er Simon an.

Simon wartete darauf, dass Nikko sprach. Er wusste, dass es sinnlos war, der Diagnose des angesehenen Psychiaters vorzugreifen.

»Wegen Jessica. Ich habe mich bislang nur kurz damit befassen können, für tiefer gehende Untersuchungen war sie viel zu aufgeregt.«

Da Nikko nur wenig sagte, füllte Simon die Lücken selbst aus. Wahrscheinlich hatte sie unzusammenhängendes Zeug geredet, war dann in Tränen ausgebrochen und in hilfloses, unkontrolliertes Gelächter, das eher wie das Gackern einer alten Frau klang als wie ein bewusstes, intelligentes Lachen. O ja, es war ohne Zweifel so schlimm gewesen.

Nikko sah Simon prüfend in das ausdruckslose Gesicht, bevor er fortfuhr: »Sie braucht Ruhe, Simon. Ich nehme an, dass sie nur sehr wenig therapeutischen Schlaf bekommen hat, seit ... Damian gestorben ist. Ich habe ihr ein Sedativum verschrieben, das sie für etwa sechsunddreißig Stunden in Tiefschlaf versetzt. Das gibt ihrem Körper und ihrem Geist die Gelegenheit, sich zu entspannen. Dann werden wir weitersehen.«

»Verdammt noch mal, Nikko, geht es nicht ein bisschen genauer?«

»Ich fürchte, nein.« Nikko blickte auf, als er den angespannten Tonfall vernahm. Doch er konnte die Befürchtungen seines Freundes verstehen, zuckte mit den Schultern und kratzte sich die schwarzen Bartstoppeln am Kinn. »Ich kann dir keine Prognose geben, bevor ich nicht mit ihr gesprochen und festgestellt habe, wie tief ihr Schmerz sitzt. Das weißt du.«

»Also ...?«

»Warten wir ab. Ich werde ihr eine Trauerberaterin zur Seite stellen, Penny Matheson. Sie ist die Beste. Sie wird mit Jessica arbeiten, wenn sie ruhig genug ist, um sich mit den schmerzhaften Aspekten von Damians Tod auseinanderzusetzen. Bis dahin können allerdings noch Wochen vergehen.« Er musterte seinen Freund – Jessica und Simon Pearce waren die Paten seiner Tochter – und schien plötzlich Mitleid mit ihm zu haben. »Simon, was Jessica durchmacht, ist nicht ungewöhnlich. Viele Frauen sind unter der Trauer über den Tod eines Kindes zusammengebrochen. Manchmal trifft es die Stärksten am härtesten ...«

»Das weiß ich, aber ich mache mir ein wenig Sorgen wegen ... nun, du weißt schon, ich habe doch ihren Großvater erwähnt. Viel weiß ich nicht von ihm, außer, dass der alte Henry Ahearne die letzen vier Jahre seines Lebens in einer Nervenheilanstalt verbrachte. Jessica war zwölf Jahre alt, als sie mit ansah, wie die Angestellten kamen und ihn in einer Zwangsjacke fortbrachten, sabbernd und schimpfend wie ein Irrer, was er ja auch war. Das Ereignis hat einen bleibenden Eindruck bei ihr hinterlassen, und ich glaube, dass tief im Innersten – auch wenn sie es selbst mir gegenüber nie zugeben würde – sowohl sie als auch ihre Schwester Alison Angst haben, dass sie Henrys Schwäche geerbt haben könnten.«

»Es gibt keinen endgültigen Beweis dafür, dass Geisteskrankheit, oder genauer gesagt Schizophrenie, erblich ist, auch wenn es gelegentlich in manchen Familien eine Neigung zu geistiger Instabilität gibt. Ich werde mich mit den Einzelheiten von Henrys Fall vertraut machen. Aber bitte bedenke, dass das fast dreißig Jahre her ist. Die Psychiatrie hat seitdem große Fortschritte gemacht.«

Simons Mund verzog sich zu einem Lächeln. »Gott sei Dank.« Erregt fuhr er sich durch die blonden Haare, die an den Schläfen langsam dünner wurden. »Himmel, ich wünschte, ich hätte das Rauchen nicht vor drei Jahren aufgegeben, ich könnte jetzt gut eine Zigarette brauchen.«

Nikko grinste ihn mitleidig an. »Du siehst ziemlich fertig aus, mein Junge. Warum gehst du nicht nach Hause? Du kannst hier sowieso nichts weiter tun. Geh nach Hause und schlaf dich erst mal aus. Die Oberschwester wird dich morgen anrufen und dir sagen, wie Jessica die Nacht verbracht hat, in Ordnung?«

Simon seufzte tief. Im Moment konnte er nichts tun, um Jessica zu helfen, doch der Gedanke, alleine in ihrem Stadthaus oder ihrem geräumigen Heim in Mandurah zu bleiben, behagte ihm überhaupt nicht. Dort lauerten jetzt viel zu viele unglückliche Erinnerungen. Mühsam erhob er sich vom Sessel.

»Du hast Recht. Wie immer. Wir werden morgen weiterreden. Gute Nacht.«

Rührei, Bohnen und Toast, hinuntergespült mit einer Dose Fosters. Nicht gerade eine kulinarische Spezialität, musste er zugeben. Jessica wäre entsetzt gewesen. Sie hatte das Talent, in der Küche aus praktisch nichts etwas Schmackhaftes zu zaubern. Derartige Fähigkeiten gingen ihm völlig ab, stellte er fest, als er sich mit einem verdrießlichen Kichern im Wohnzimmer in den Ledersessel sinken ließ, bevor er die Fernbedienung für den Fernseher betätigte, um sich die Abendnachrichten anzusehen.

Es fiel ihm schwer, die Stille im Haus nicht zu bemerken. Und die Einsamkeit. Viel zu groß, hatte er oft gedacht. Er kippte den letzten Rest Bier hinunter. Ganz anders als das Holzhaus mit den zwei Zimmern zehn Kilometer östlich von York, in dem er bei seinen Eltern aufgewachsen war. Mittlerweile waren beide tot.

Delia und Don Pearce waren Weizenfarmer gewesen, die es oft schwer gehabt hatten, je nachdem, ob es viel regnete – oder gar nicht. Er erinnerte sich noch daran, wie enttäuscht sie gewesen waren, als sie feststellen mussten, dass er ihre Liebe zum Land nicht geerbt hatte. Seine Leidenschaft waren von frühester Jugend an Bücher gewesen, Bücher jeder Art über alles und besonders alle Geschichten, die mit Medizin zu tun hatten. Nach Art der Kinder hatte er seine schlummernden medizinischen Fähigkeiten am gebrochenen Flügel einer Amsel ausprobiert und hatte ein Kalb mit einem gebrochenen Bein gesund gepflegt. Als sein Vater es schlachten wollte, hatte er verbissen um sein Leben gekämpft.

Sie hatten nicht genügend Geld, um sein Studium zu finanzieren, also hatte er die ganze Zeit nebenher gearbeitet, sich eine Wohnung mit anderen Studenten geteilt und drei Teilzeitjobs gleichzeitig gemacht, um die Studiengebühren, seine Bücher und seinen Unterhalt bezahlen zu können. Das war ein weiterer Grund, warum er große Häuser nicht gewohnt war, bis sie das in Mandurah bauten. Wieder kicherte er vor sich hin. Daher konnte er auch Rührei mit Bohnen kochen. Gelegentlich waren das seine Grundnahrungsmittel gewesen.

Nachdenklich wanderte sein Blick vom weichen Licht der Messinglampe auf dem Tisch durch den ganzen Raum. Die weiße Ledersitzgruppe war sehr stilvoll, der Marmorfußboden mit dem türkischen Teppich, der die Fußbodenheizung verdeckte, war teuer gewesen. Gemälde – Originale – ein Heyse, eine Bleistiftskizze von Brett Whiteley – hingen an der Wand und ergänzten die Schränke, in denen eine ganze Reihe Elektrogeräte untergebracht waren: Fernseher, Stereoanlage, CD-Spieler – alles von Jessica ausgewählt.

Seine Kollegen in der Medizin behaupteten, er habe alles Zubehör, das einen erfolgreichen Arzt ausmachte, was ihn insgeheim enorm befriedigte. Er hatte hart dafür gearbeitet, tat es immer noch, aber… vor seinem Auge tauchte Jessica auf, wie sie still und schweigend in ihrem Krankenhausbett lag. Er stieß einen langen, gequälten Seufzer aus. Der Erfolg, das elegante Heim, die Aktienpakete, all das war keinen Pfifferling wert, wenn er daran dachte, wie sie so verletzlich dalag. Er musste den Tod seines Sohnes verschmerzen, und das würde er auch schaffen, aber gleichzeitig Jessica zu verlieren… Dann wäre er wirklich alleine, und… er wollte nicht alleine sein. Schon der Gedanke daran ließ ihn erschaudern.

Sie sollte hier bei ihm sein, dachte er plötzlich bitter. Sie hatten sich die Spätnachrichten immer zusammen angesehen. Und auch wenn es vielleicht egoistisch klang, für ihn kam Jessicas Zusammenbruch zu diesem Zeitpunkt äußerst ungelegen. Er wollte gerade in ein aufregendes Projekt einsteigen, ein Geriatrieprojekt für das 21. Jahrhundert, das sie bis an ihr Lebensende finanziell absichern würde. Niedergeschlagen grollte er in den leeren Raum. Das würde nun warten müssen, bis es Jessica wieder gut ging.

Während er mit halbem Ohr den Nachrichten lauschte, wanderten seine Gedanken zehn Jahre in die Vergangenheit, zu einer Silvesterparty in einer kleinen Wohnung in Chelsea…

Fast wäre er nicht zu Nikkos Party gegangen, doch nach einer sträflich langen Schicht in Sankt Pancreas allein in London zu bleiben, war keine vergnügliche Aussicht gewesen, ebenso wenig wie ein Abend in der Schachtel jener Pension zwei Blöcke nördlich des Krankenhauses, die er sein Zimmer nannte. Nikkos muffiges Bettsofa war voll besetzt, dicht an dicht drängten sich die Menschen in der Wohnung. Aus dem verkratzten Plattenspieler, den Nikko für zehn Mäuse auf dem nächsten Flohmarkt ergattert hatte, ertönte die Musik der späten Achtzigerjahre. Zusammen mit dem Lärm, den die vielen Leute machten, klang es wie in einem Bienenkorb.

Er sah auf die Uhr. 23:15 Uhr. Noch eine Stunde, dann würde er abhauen; wenn er Glück hatte, konnte er noch sechs Stunden schlafen, bevor er wieder zum Dienst musste. Unterdrückt gähnend hielt er sein lauwarmes Bier hoch und versuchte herauszufinden, ob es sich lohnte, sich für ein neues Glas zu der provisorischen Bar auf der anderen Seite des Zimmers durchzukämpfen.

In diesem Moment sah er sie, als ein Pärchen zur Seite trat. Sie lachte, das Gesicht dem Licht zugewandt. Sie wirkte so lebendig und durch ihre Sonnenbräune so gesund! Ganz offensichtlich kam sie nicht aus London. Nicht schön im eigentlichen Sinne des Wortes, aber ihre Lebendigkeit zog seine Aufmerksamkeit auf sich. Durch den ständig dichter werdenden Dunstschleier, der seiner Meinung nach zu gleichen Teilen aus Zigarettenqualm und Hasch bestand, beobachtete er ihren Gesichtsausdruck, besonders aber ihre Augen. Er wünschte, er wüsste, welche Farbe sie hatten. Sie glänzten, während sie einem großen, rothaarigen Typen zuhörte. Wahrscheinlich erzählte er ihr irgendeinen Mist, um sie ins Bett zu kriegen.

Vorsichtig bahnte er sich mit den Ellbogen den Weg zu ihr. Aus der Nähe sah sie noch besser aus. Hohe Wangenknochen, hübsche Nase, auf jeden Fall nicht aristokratisch, da sie an der Spitze nach oben wies. Sie lächelte viel, stellte er fest. Irgendetwas – wahrscheinlich die Muskeln, die um ein lebenswichtiges Organ, sein Herz, lagen – verkrampfte sich. In seiner Kehle bildete sich ein Klumpen. Er atmete tief ein, hustete den Klumpen aus, nahm seinen Mut zusammen und sagte zu ihr: »Ich gehe gerade zur Bar, soll ich Ihnen etwas mitbringen?« Ihre Augen waren blau, so blau wie Kornblumen. Wunderschön.

Jessica Ahearne starrte den blonden Mann zu ihrer Linken an. Durch seinen intensiven Blick verwirrt, blinzelte sie. »Ja, danke. Wein. Weiß oder rot, ist egal.«

»Kommt sofort.«

Aus irgendeinem Grund fasziniert, blickte sie ihm nach, als er sich durch die Menge schob. Er war einen halben Kopf größer als alle anderen Partygäste. Nikko, der Gastgeber und einer ihrer Freunde seit der High School, versuchte, sich vorbeizudrängeln. »Wer ist der blonde Typ?«, fragte sie ihn und wies mit dem Finger in Richtung Bar. »Der da.«

»Simon Pearce, Arzt in St. Pancreas«, informierte sie Nikko grinsend. »Kein Geld, keine Verbindungen, meine Liebe. Simon ist ein Junge vom Land irgendwo östlich von Perth. Lebt vom Geruch eines öligen Lumpens, wie man hört.«

»Du weißt ganz genau, dass ich daran nicht interessiert bin!«, empörte sich Jessica. Wäre er nicht ein so guter alter Freund gewesen, hätte sie ihn zum Teufel geschickt.

»Weiß ich doch«, erwiderte Nikko ungerührt und riet ihr dann: »Und du willst auch nicht jedem Knaben von deinem Geld erzählen, stimmt's?«

Die siebenundzwanzigjährige Jessica seufzte und nickte widerstrebend. Gelegentlich war ihre Erbschaft mehr der sprichwörtliche Stachel in ihrem Fleisch als ein Segen. Bei seinem Tod hatte James Ahearne, einer der erfolgreichsten Bauunternehmer von Perth, seinen beiden Kindern, ihr und ihrer Schwester Alison, ein kleines Vermögen zu gleichen Teilen hinterlassen. Immerhin war es so viel, dass es durch die geschickte Anlage durch den Finanzberater der Familie dazu ausreichte, dass sie eigentlich nicht mehr für ihren Unterhalt hätte arbeiten müssen. Doch sie hatte Jura studiert und arbeitete, weil sie beweisen wollte, dass sie es konnte, auch wenn sie es nicht musste.

Jessicas Interesse an dem jungen Arzt wurde nicht geringer. Sie heftete den Blick auf seinen Kopf und bemerkte, wie sein feines Haar wippte, als er sich entschlossen zur Bar durchkämpfte.

»In der Medizin soll er sehr gut sein, wie ich gehört habe. Der geborene Chirurg. Einige, die es wissen sollten, meinen, dass er eine große Karriere vor sich hat«, meinte Nikko im Weitergehen.

37

Der rothaarige Mann, der entschieden zu viel getrunken hatte, zupfte sie am Jackenärmel. »Willst du einen Joint, Jess? Ziemlich guter Stoff. Der beste.«

Jessica schüttelte den Kopf und schob seine Hand von ihrem Arm. Wie sollte sie ihn loswerden? Sie drehte sich halb um und prallte fast gegen Simons Brust.

»Ich bin Simon«, stellte er sich vor. »Kommen Sie, da drüben ist ein Balkon, auf dem wir unseren Drink in Ruhe genießen können.«

»Jessica Ahearne«, erwiderte sie und nahm das Weinglas. Obwohl sie insgeheim froh war, den Trottel losgeworden zu sein, hob Jessica bei der Einladung die Augenbrauen und tat, als ob sie zitterte. »Da draußen ist es unter null Grad. Ich werde mir den Tod holen.«

Simon lächelte zuversichtlich. Da sie nach wie vor ihren Mantel anhatte, bezweifelte er, dass sie wirklich frieren würde. »Machen Sie sich keine Sorgen, ich bin Arzt. Wenn Sie krank werden, mache ich Sie wieder gesund.«

Jessica lachte, und ihr kam der Gedanke, dass Doktorspiele mit Simon Spaß machen müssten. Wow! Das war ein ziemlich abwegiger Gedanke, doch sie war ehrlich genug, zuzugeben, dass er der erste Mann war, den sie anziehend fand, seit sie sich von Greg La Salle getrennt hatte.

Sie nahmen ihre Drinks auf dem Balkon und redeten über ihre Heimat Australien und ihre Herkunft. Sie über ihre kürzlich beendete Beziehung zu Greg La Salle, einem Börsenmakler aus Adelaide, er über seine medizinische Laufbahn. Als sie um Mitternacht Big Ben schlagen hörten und staunend zusahen, wie dicke Schneeflocken fielen – er sah zum ersten Mal im Leben Schnee – dämmerte in Simon eine erstaunliche Wahrheit auf. Er hatte sich im lächerlich kurzen Zeitraum von weniger als einer Stunde heftig und unwiderruflich in Jessica Ahearne, Rechtsanwältin, verliebt, die nach England gekommen war, um ihr angeblich gebrochenes Herz zu kurieren und einen Monat Ferien zu machen, bevor sie ihre neue Stelle in einer angesehenen Kanzlei in Perth antrat.

Bei ihrer dritten Verabredung schliefen sie in Jessicas Fünf-Sterne-Hotel miteinander, danach flog sie für eine Woche nach Edinburgh zu entfernten Verwandten. Es war die einsamste Woche in Simons Leben gewesen. Als er sie in Heathrow wieder traf, wäre er am liebsten sofort aufs Knie gesunken und hätte sie gebeten, ihn zu heiraten. Doch er schaffte es, sich zusammenzureißen und seine Gefühle unter Kontrolle zu bringen. Stattdessen bat er sie, in London zu bleiben und zu ihm zu ziehen. Sie stimmte zu. Zwei Wochen lang irrten sie auf der Suche nach einer geeigneten Wohnung kreuz und quer durch London. Schließlich fanden sie eine Einzimmerwohnung in Islington zu einer völlig überhöhten Miete, und Jessica rief die Kanzlei in Perth an, um ihnen mitzuteilen, dass sie die angebotene Stelle nicht antreten konnte. Dann bekam sie einen Job bei einer Kanzlei im Süden von London.

Sechs Monate später hatten sie geheiratet, und als Simons Auslandsaufenthalt endete, kehrten sie nach Perth zurück, wo er sich innerhalb von sechs Jahren mit seiner eigenen Praxis zu einem der führenden Chirurgen Australiens entwickelte.

Simon riss sich von seinen Erinnerungen über den Beginn ihrer Beziehung los. Liebste Jess! Er musste dafür sorgen, dass sie so schnell wie möglich wieder gesund wurde.

Aus der Besinnungslosigkeit wieder aufzutauchen war, als ob man sich seinen Weg aus einer dunklen, glattwandigen Grube zu einem stecknadelkopfgroßen Lichtschimmer kämpfen musste. Ihr Körper fühlte sich an wie Blei, ihr

Atem ging flach, ihr Kopf war unfähig, einen Gedanken für mehr als eine Sekunde festzuhalten. Alles schien ihr zu entgleiten. Sie zwang sich, die Lider einen Spaltbreit zu öffnen – was an sich schon anstrengend war, da sie sich anfühlten, als ob ein Gewicht darauf lastete – und überprüfte durch die Sehschlitze ihre Umgebung.

Wo war sie? Nichts kam ihr bekannt vor. Grell weiße Wände und Decke, ein pastellfarbener, langweiliger Druck in einem Rahmen an der Wand. Vertikale Jalousien vor einem vergitterten Fenster. Gitter! Sie versuchte, die Hände zu bewegen, doch irgendetwas hielt sie fest. Sie kämpfte gegen die Fesseln an, verwirrt, und öffnete die Augen weiter, als sie weit oben an der Wand einen Fernsehbildschirm erkannte.

Was zum... Wo war sie?

Fast gegen ihren Willen senkten sich Jessicas Augenlider wieder und schlossen sich. Sie war so müde, so verdammt müde. Kann nicht denken, kann nicht fühlen. Der 'Anflug eines Lächelns umspielte ihre Lippen. Damian. Erinnerung. Eine Träne rollte aus ihrem linken Augenwinkel. Will nicht denken. Dankbar überließ sie sich erneut der Dunkelheit.

Alison Marcelle, in Begleitung ihres Mannes Keith, starrte ihren Schwager ungläubig an, während David Greiner und Max Lowe, Jessicas Geschäftspartner, versuchten, im Wohnzimmer des Pearce-Hauses am Hauptkanal von Mandurah möglichst unauffällig zu wirken.

»Das ist nicht dein Ernst, Simon. Ich kann nicht glauben, dass du Jessica wegbringen willst. Das ergibt doch gar keinen Sinn!«, stieß Alison hervor. Mühsam beherrschte sie ihr berüchtigtes Temperament, das zu ihrem feuerroten Haar passte.

Simon warf einen Blick auf Jessicas Schwester, die einen

modisch gemusterten Hosenanzug trug. Für ihr Alter von dreiundvierzig hielt sie sich sehr gut, auch wenn sie ein paar Kilo zu viel hatte. Er hatte gewusst, dass er bei Alison einiges an Überzeugungsarbeit würde leisten müssen. Seit Jessica ins Sanatorium gekommen war, wachte Alison über sie wie die sprichwörtliche Glucke über ihr Küken. Regelmäßig besuchte sie das Krankenhaus, versuchte, Informationen über Jessicas Geisteszustand zu bekommen, stellte Fragen, ob ihre Krankheit irgendwie mit Schizophrenie in Verbindung stand, unter der ihr Großvater gelitten hatte, und wurde so langsam zu einer Plage. Alles natürlich aus Sorge um ihre Schwester. Er bezweifelte nicht, dass sie sich nahestanden, doch ihr Getue war eine Belastung – für alle.

Zusätzliche Sorge bereitete es ihm, dass Nikko bislang nicht in der Lage gewesen war, die Möglichkeit auszuschließen, dass Jessica oder auch Alison in Zukunft die Krankheit ihres Großvaters bekommen konnten. Schizophrenie war eine Krankheit, die sich nicht vorherbestimmen ließ, und trotz aller medizinischer Forschung wusste man noch nicht alles darüber. Man hatte ihm gesagt, er solle einfach abwarten, was ihn absolut nicht befriedigte. Doch er würde Himmel und Hölle in Bewegung setzen, um seine Frau wieder gesund zu machen, und wenn das hieß, sein Projekt auf Eis zu legen, dann würde er genau das tun.

»Eigentlich ergibt das schon einen Sinn.« Simon blieb ruhig, im Gegensatz zu Alison. »Jessica ist jetzt seit fast drei Monaten im Sanatorium. Nikko ist mit ihren Fortschritten zufrieden, wie ihr wisst, und sie ist fast so weit, nach Hause zu kommen.« Er machte eine Pause, um die verschiedenen Möbelstücke zu betrachten, die seine Frau für den Raum ausgesucht hatte. »Ich glaube nicht, dass es ihr guttut, hierher zurückzukommen.«

»Dann kauf ein anderes Haus in einer anderen Vorstadt«, empfahl ihm Alison. »Lass sie es selbst einrichten – das wäre doch eine Hilfe, oder? Dann wäre sie beschäftigt.« Ihr Blick folgte Simons, und sie bemerkte die fehlenden Fotos. Früher hatten im ganzen Haus verteilt Fotos von dem kleinen Damian gestanden, Fotos von seiner Taufe, beim Krabbeln, als er seinen ersten Zahn bekommen hatte, laufend, einen Ball tretend. Sie erinnerte sich daran, dass sie ihre Schwester damit aufgezogen hatte, dass sie wahrscheinlich ständig Staub wischen würde.

»Ja, aber sie wäre nach wie vor in Perth. Nah genug am Friedhof«, erwiderte Simon. »Das ist eines, was Nikko bei seinen Therapiesitzungen mit ihr herausgefunden hat. Jessica war jeden Tag auf dem Friedhof. Stundenlang hat sie weinend an Damians Grab gesessen und sich gewünscht, auch tot zu sein, damit sie bei ihm sein kann.« Er sah Max an. »An dem Tag, als Sie sie im Büro gefunden haben, das hätten doch Anzeichen für einen Selbstmordversuch sein können, nicht wahr?« Er sah Max zustimmend nicken.

»Scheiße«, stieß Keith Marcelle halb unterdrückt hervor. Der große Mann schüttelte den Kopf. »Das haben wir nicht gewusst. Al hat versucht, ihr so gut wie möglich zu helfen, aber sie musste schließlich die Kinder zur Schule bringen und wieder abholen und so. Sie konnte ja nicht den ganzen Tag bei ihr sein.«

»Natürlich nicht«, gab David knapp zu und wandte sich an Simon. »Glauben Sie, dass sie gesund genug ist, um entlassen zu werden?«

»Nikko glaubt, ja. Jessica ist immer noch labil, emotional gesehen. Sie wird einige Monate lang leichte Antidepressiva nehmen, bis sie wieder normal ist, und ich werde die Dosierung überwachen.« Er stellte plötzlich fest, dass sie zum ersten Mal seit Damians Beerdigung wieder alle in einem Raum waren. Er hatte sie eingeladen, um sie von seinen Plänen zu unterrichten, da seine Entscheidung sie alle betreffen würde.

»Aber sie gleich tausend Kilometer von allem fortzubringen, was sie gewohnt ist. Freunde, Verwandte. Ich kann mir nicht vorstellen, dass ihr das guttun soll. Heißt das nicht, sie ohne Rettungsleine ins Wasser zu werfen?«, beharrte Alison, in der üblichen Kampfhaltung, die Hände in die Hüften gestemmt. Sie liebte ihre jüngere Schwester, litt mit ihr für das, was sie durchmachen musste, und wollte es Simon nicht erlauben, sie einfach für sechs Monate auf eine gottverlassene Insel zu verschleppen. Zumindest nicht kampflos.

Simon blieb geduldig. »Nikko, Jessica und ich haben das besprochen. Sie ist ebenfalls der Meinung, dass eine vollständige Veränderung ihr guttun würde.«

»Nimm sie auf eine Kreuzfahrt mit, eine Fernreise, irgend so etwas«, schlug Alison vor, die als Einzige dagegen war.

»Nein.« Sein Tonfall ließ keine Widerrede zu. »Ich habe das mit Nikko besprochen. Er ist der Meinung, dass Jessica in ein normales Umfeld zurück muss und nicht den Touristen spielen sollte.« Er zuckte die Schultern. »Außerdem ist das schon entschieden. Ich habe mich als Assistenzarzt am Norfolk Island Hospital beworben, und sie haben angenommen. Sie wollten eigentlich einen Zwei-Jahres-Vertrag, aber als ich sagte, dass ich nicht länger als sechs Monate bleiben könnte, haben sie überraschenderweise zugestimmt.« Was er nicht sagte, war, dass der Aufsichtsrat hocherfreut gewesen war, einen Chirurgen seines Kalibers zu bekommen. »Wir werden nächste Woche abreisen.«

»Norfolk Island!« Alison lachte höhnisch. »Was ist das

überhaupt? Irgendein gottverlassener Fleck im Pazifik. Eine blöde Steueroase für Leute und Gesellschaften, die ihre Steuerausgaben senken wollen. Es wird Jessica wahrscheinlich schon nach einem Monat zu Tode langweilen. Und was dich angeht.« Sie wies mit dem Finger auf Simon. »Welche Herausforderungen erwarten einen Chirurgen mit deinen Fähigkeiten an so einem Ort?«

»Oh, das ist gar nicht so schlimm«, meinte Simon. »Das Krankenhaus hat dreißig Betten und verfügt über eine Geburtsstation und eine Station für Geriatriepatienten. Insgesamt über vierzig Leute arbeiten dort. Außerdem kommen Spezialisten von außerhalb, mit denen man medizinische Probleme besprechen kann.« Seine Augenbrauen hoben sich zuversichtlich und senkten sich dann wieder. »Ich bezweifle, dass ich in den sechs Monaten sehr einroste. Außerdem kann ich in dieser Zeit an meinem Bauprojekt arbeiten, dem Geriatriezentrum.«

»Aber vor Weihnachten wegzugehen! Wir haben diese Zeit immer zusammen verbracht! Weihnachten ist ein Familienfest«, wandte Alison ein. Sie verzog das Gesicht, als sie den flehenden Tonfall in ihrer Stimme bemerkte, doch sie konnte sie nicht kontrollieren.

»Mein Vertrag am Krankenhaus beginnt am fünfzehnten Dezember. Darauf hatte ich keinen Einfluss und bin verpflichtet, dann auch tatsächlich dort anzufangen.«

»Waren Sie jemals da, Alison?«, fragte Max Lowe. »Auf Norfolk Island?«

»Natürlich nicht«, grollte Alison, »es gibt wohl interessantere Orte, an denen man Ferien machen kann.«

»Es ist sehr schön dort«, versicherte ihr Max. »Wunderbare Landschaft und sehr ruhig. Jessica könnte malen, das würde ihr guttun, nicht wahr?« Er sah Alison direkt an. »Außerdem ist es keine ganz steuerfreie Gegend. Bewohner und Feriengäste zahlen eine ziemliche Menge indirekter Steuern. So kommt die Inselregierung ohne Beihilfe der Bundesregierung zu ihrem jährlichen Budget von zehn Millionen Dollar.«

»Na, ich bin da nicht so sicher«, murmelte Alison.

»Ich glaube, Simon und Nikko haben Recht, Alison«, mischte sich nun David Greiner, der Seniorpartner von Greiner, Lowe und Pearce, ein, nachdem er Max angesehen hatte, der leicht nickte. »Wenn Jessica jemals wieder die Person sein soll, die sie einst war, dann wird ihr eine vollständig andere Umgebung dabei eher nutzen als schaden. Wir haben Simons Entscheidung in gewisser Weise vorweggenommen, indem wir vorläufig eine Rechtsanwältin angestellt haben, die sie vertreten wird. Aber«, fügte er an alle gewandt hinzu, »Jessica bleibt unsere Juniorpartnerin, und wenn sie so weit ist, werden wir sie wieder willkommen heißen.«

»Vielen Dank, David, das wird sie zu schätzen wissen«, verkündete Simon mit echter Dankbarkeit.

Alison Marcelle presste die Lippen zusammen. Sie war klug genug, um zu erkennen, dass sie die Schlacht verloren hatte. Die Entscheidung war gefallen, und sie hatte nicht die geringste Chance, Simons Entschluss zu ändern. Manchmal konnte dieser Mann genauso verbohrt sein wie ihre kleine Schwester. »Ihr habt euch also alle gegen mich verschworen«, stellte sie fest.

»Meine Liebe«, versuchte Keith die aufgeregte Frau vor dem marmornen Kaminsims zu beruhigen. »Jessicas Gesundheit ist wichtiger als alles andere, auch wichtiger als die Tatsache, dass du sie vermissen wirst, meinst du nicht auch?«

»Na gut«, gab sie nach. Dann wandte sie sich mit blitzenden Augen an Simon. »Und wer weiß, vielleicht macht die Familie innerhalb der nächsten sechs Monate ja einmal Urlaub in Norfolk.«

3

Verdammte Flugzeuge!

Er verzog das Gesicht und zerrte mit Daumen und Zeigefinger an seinem Ohrläppchen, um den Druck auf sein Mittelohr auszugleichen, als das Flugzeug abhob und steil aufstieg. Das passierte ihm jedes Mal, wenn er flog, was glücklicherweise nicht allzu oft der Fall war. Der Druckausgleich in der Kabine verursachte ihm Schmerzen, und er musste erst ein Glas Wasser trinken oder sich die Nase putzen, bevor es aufhörte, weh zu tun.

Eine Stewardess kam den Gang entlang. »Alles in Ordnung?«

Marcus Hunter nickte. »Nur der Druck. Ist gleich vorbei.«

Zehn Sekunden später hielt eine weitere Stewardess an seinem Platz, um zu fragen: »Möchten Sie vielleicht eine Zeitung oder eine Zeitschrift haben?« Ihren einstudierten Satz beendete sie mit einem Lächeln, das wohl charmant wirken sollte.

Marcus klopfte auf das Buch in seinem Schoß. »Nein, danke, ich habe alles.«

»Machen Sie Urlaub auf Norfolk?«, versuchte sie sich in Konversation, während sie ihn ganz offen abschätzend ansah.

»Meine Familie lebt dort. Ich bin da geboren«, sagte Marcus höflich. Er sah auf sein Buch und öffnete es dort, wo das Lesezeichen steckte.

»Dann wünsche ich Ihnen einen schönen Aufenthalt. Es ist schön, Weihnachten zu Hause zu sein.«

»Ja, ich freue mich darauf.«

Halb flüsternd fügte sie hinzu. »Ich bin regelmäßig in Auckland, weil ich meist die Route Neuseeland-Sydney fliege. Ich gebe Ihnen meine Telefonnummer. Falls Sie mal Zeit haben...« Sie zog ein Stück Papier aus ihrer Jackentasche.

Marcus sah sie genauer an. Blond gefärbtes Haar, grüne Augen, ein hübsches Gesicht und ein wohlgeformter Körper. Er nahm das Stück Papier mit einem Kopfnicken an. Sobald sie weg war, kam die erste Stewardess wieder und brachte ihm sein Wasser. Während er die Flüssigkeit nippte, fragte er sich, ob auf seiner Stirn ein Stempel mit der Aufschrift »Getrennt lebend, bald geschieden, verfügbar« prangte. Er war nicht eingebildet genug, um zu glauben, dass es sein Aussehen oder seine Persönlichkeit waren, die seit einiger Zeit eine Reihe von Frauen dazu veranlasste, sich mehr als notwendig darum zu bemühen, mehr als nur nett zu ihm zu sein. Vielleicht hatten Frauen eine Art Gespür dafür, festzustellen, dass er frei war. Ein interessanter Gedanke. Oder ging es vielleicht von ihm aus, von der Art, wie er sie ansah oder von seiner eigenen Körpersprache?

Nicht, dass er etwas dagegen hätte. In letzter Zeit hatte er ein paar sehr angenehme Verabredungen mit verschiedenen Frauen gehabt. Amanda Townley, Dozentin für neuere Geschichte an seiner Fakultät der Universität von Auckland zum Beispiel. Attraktiv, ehrgeizig und geschieden.

Bei ihrer zweiten Verabredung hatte er festgestellt, dass sie viel gemeinsam hatten. Das Dumme war nur, dass er sich im reifen Alter von vierundvierzig Jahren immer noch wie ein verheirateter Mann vorkam, obwohl er bereits seit sechs Monaten von Donna und den Kindern getrennt lebte.

Er vermisste sie sogar, die Familienrituale und die Kameradschaft, auch wenn die gegenseitige Zuneigung in ihrer Ehe schon vor Jahren aufgehört hatte zu existieren. Jetzt lebte sie mit einem Elektriker zusammen, der fünf Jahre jünger war als sie selber. Viel Glück, dachte er ohne Bitterkeit. Da er an das Schicksal glaubte, war er der Meinung, Donna und ihm sei es nicht vorbestimmt gewesen, für ewig zusammen zu bleiben. Doch er musste zugeben, dass es für die Kinder schwer war. Mit vierzehn und dreizehn waren Rory und Kate in einem Alter, in dem sie sehr verletzlich waren; sie brauchten die Stabilität einer normalen Familie mit beiden Elternteilen. Er konnte nur hoffen, dass Joe Malankini, der Elektriker, ein verständnisvoller Mann war.

Er vermisste Rory und Kate und das Alltagsleben mit ihnen sehr, ihnen bei den Hausaufgaben zu helfen oder ihre gelegentlichen Ausflüge zu planen. Zu beobachten, wie sie zu jungen Erwachsenen wurden. Es gab Nächte, in denen ihn der Gedanke quälte, dass sie ihn nicht mehr brauchten. Sie wurden so schnell groß, und er machte sich Sorgen, dass ihm Donna die Kinder entfremdete, sei es nun absichtlich oder unabsichtlich.

Als der Schmerz in seinen Ohren nachließ, lehnte er den Kopf an die Rückenlehne und schloss die Augen, während er an seine winzige Junggesellenwohnung in Laufweite zur Universität dachte. Sie war gerade groß genug für ihn und seine Bibliothek, doch wenn die Kinder da waren, wurde ihm bewusst, wie eng es war. Im neuen Jahr würde er noch vor dem Beginn des ersten Semesters eine bessere Wohnung finden, entschied er. Oder sollte er doch lieber warten, bis die Scheidung durch war und die Besitzverhältnisse geklärt waren?

Seufzend hob er unruhig die Schultern unter dem leichten Pullover, schlug das Buch in seinem Schoß auf und versuchte, sich auf die Handlung zu konzentrieren, anstatt auf die Unwägbarkeiten in seinem Leben. In einer Stunde würde er zu Hause bei Nan sein. Es war merkwürdig, dass er Norfolk nach all den Jahren unverändert als Zuhause bezeichnete. Die Insel war ihm so vertraut wie sein nicht sonderlich dicht behaarter Handrücken. Überall hatte er sich dort damals herumgetrieben, entweder mit dem Fahrrad, mit dem Auto oder zu Fuß. Und wenn er zu Hause war, konnte er fernab vom Campus seiner Leidenschaft frönen, die vollständige Geschichte der Insel für die Nachwelt aufzuzeichnen. Er ging davon aus, dass er für diese Arbeit sein ganzes Leben brauchen würde.

Seine Schwester hielt das Vorhaben für verrückt und darüber hinaus für äußerst undankbar, doch er war anderer Meinung. Seit er vor drei Jahren damit begonnen hatte, hatte er viele interessante Facetten der Inselgeschichte gefunden, von den ersten Fußspuren eines weißen Mannes auf der Insel bis zum heutigen Tage. Vom Beginn der Kolonisation bis zur Gegenwart. In diesen Ferien würde er die Grabsteine auf dem Friedhof fertig katalogisieren. Die Details der Toten zu sammeln, betrachtete Nan als eine gruselige Arbeit, doch als Historiker wusste er, wie wichtig solche Aufgaben waren. Sie würden die Grundlage für sein Geschichtswerk bilden.

Die blonde Stewardess kehrte lächelnd zurück. »Kaffee, Tee, Orangensaft, Sir?«

Marcus lächelte zurück. »Kaffee.« Es würde ein sehr interessanter Flug werden.

Jessica stand am Fenster der Zweizimmer-Suite im neunten Stockwerk des Novotel-Hotels und betrachtete die Szene unter ihr. Simon hatte ihr verboten, in ihr Haus am Stadtrand von Mandurah zurückzukehren. Seit Damians Geburt hatten sie werktags das Stadthaus genutzt und die Wochenenden in dem Ferienort etwa eine Autostunde südlich von Perth verbracht. Simon liebte Mandurah wegen der lässigen Atmosphäre, und das am Kanal gelegene Haus erlaubte es ihm, mit dem zwanzig Jahre alten Motorboot, das am Anleger festgemacht war, zum Fischen zu fahren. Das Haus hatten sie an ein berufstätiges Ehepaar vermietet. Die Dieselyacht war auf einen Slip gezogen worden, damit man die Muscheln vom Rumpf entfernen und ihm einen neuen Antifouling-Anstrich verpassen konnte, damit sie wieder einsatzbereit war, wenn sie von seinem Posten in Norfolk zurückkehrten.

Simon hatte ihr ihre gesamte Garderobe ins Hotel gebracht, damit sie sich aussuchen konnte, was sie mitnehmen wollte und was eingelagert wurde. Sie wusste, dass Simon Recht hatte, was ihre Rückkehr anging. Im Stadthaus wie auch in Mandurah würde sie wieder nur in eine melancholische Stimmung verfallen oder, noch schlimmer, in tiefe Depressionen... wegen der Erinnerungen.

Es war besser, reinen Tisch zu machen, und wenn etwas Zeit vergangen war, konnten sie vielleicht dorthin zurückkehren. Sie hatte sich dazu entschlossen, die vor ihr liegenden Monate auf Norfolk als eine Art »Entwicklungszeit« zu betrachten, bis sie wieder zu hundert Prozent sie selbst war. Sie lächelte ihr Spiegelbild an. Gott sei Dank war ihr Haar wieder gewachsen. Sie hatte es zu einem gestuften Bob schneiden lassen, mit einem Halbpony, von dem die Friseuse behauptet hatte, dass er modern sei. Auf jeden Fall passte er zu ihrem herzförmigen Gesicht.

Alle Leute und die Freunde waren ungewöhnlich freundlich gewesen. Faith und Mandy vom Büro waren mit ihr ein paar Sommerkleider einkaufen gewesen, womöglich auch nur, um sie zu beschäftigen. David und Max luden sie zum Lunch ein und gaben sich große Mühe, ihr zu versichern, dass sie Juniorpartnerin bleiben würde und dass sie jederzeit zurückkommen konnte. Keith, Alison und ihre beiden Teenager Lisa und Andrew hatten sie jeden zweiten Abend zum Essen in ihr Haus am Kings Park eingeladen. Dadurch waren die Tage wie im Flug vergangen, und heute würde sie mit Simon von Perth, ihrem Geburtsort, aus zu einer entfernten Pazifikinsel fliegen, die, wie sich Alison oft genug beschwert hatte, höchstwahrscheinlich ein »gottverlassener Fleck im Ozean« war.

Sie betrachtete den Lauf des Swan River, dessen Wasser an einem ungewöhnlich bedeckten Tag grau schimmernd seinen gewundenen Weg zum Meer suchte. Im Hauptfahrwasser fuhren mehrere Wasserfahrzeuge entlang. Auf der gegenüberliegenden Seite erstreckten sich, so weit das Auge reichte, die südlichen Vorstädte von Perth.

Ein Geräusch riss sie aus ihren Gedanken. Sie wandte sich um und sah Alison mit einem riesigen Koffer.

»Meine Güte, was ist denn da drin? Das Familiensilber? Oder nimmst du Sachen für ein paar Jahre mit?«, grollte sie, als sie den Behälter mit Schwung auf das große Bett warf.

»Heb dir keinen Bruch daran!«

»Klasse. Das sagst du mir jetzt! Nur gut, dass ich einen Arzt als Schwager habe. Vielleicht gibt er mir ja Rabatt auf die Behandlung.« Alison gab sich fröhlich, um die Tatsache zu überspielen, dass ihr der Abschied von Jessica schwerfiel, besonders so kurz vor Weihnachten. Sie würden sechs Monate getrennt sein. Diese Erkenntnis traf sie schlimmer als erwartet. Noch nie waren sie so lange getrennt gewesen, außer als Jessica in London gewesen war. Sie hatte geglaubt, sich mit der Trennung abgefunden zu haben, aber es gefiel ihr ganz und gar nicht.

»Es ist ja nicht für immer, Al«, sagte Jessica, die Gedanken ihrer großen Schwester erratend.

»Natürlich nicht.« Wieder diese aufgesetzte Fröhlichkeit. »Es wird dir guttun, wenn ich mal eine Zeit lang nicht an dir herummeckere.«

Jessicas Mundwinkel zuckten. Sie versuchte, nicht zu lächeln, weil Al sich bemühte, ernst zu sein. So lange sie denken konnte, war Alison ihr Halt im Leben gewesen, besonders nach dem plötzlichen Tod ihrer Mutter Sally Ahearne, als Jessica sechzehn Jahre alte gewesen war. Die fünf Jahre ältere Alison hatte das Kommando im Haushalt übernommen, die Buchführung, die Geschäftsessen ihres Vaters und die Rolle der Ersatzmutter für ihre kleine Schwester akzeptiert. Sie hatte Ratschläge erteilt, wenn Jessica sie brauchte oder darum bat – egal, ob sie sie wollte oder nicht – hatte sie in ihrem Jurastudium unterstützt und ebenso bei ihrer Hochzeit mit Simon und in ihrer Karriere. Obwohl sie sich sehr nahestanden, hatten sie ihre Auseinandersetzungen, sehr viele sogar. Bei Alisons tatkräftiger Persönlichkeit, die der ihres Vaters ähnelte, und Jessicas eigener Neigung dazu, sich auf die Hinterbeine zu stellen, wenn sie sich etwas in den Kopf gesetzt hatte, wurde das Leben im Haushalt der Ahearnes nie langweilig.

Plötzlich erinnerte sie sich an ein besonderes Ereignis… Sie hatte Hausarrest bekommen, weil sie zu spät nach Hause gekommen war, und Alison hatte entschieden, dass sie am Wochenende nicht zu einer Party gehen durfte. Ihr lag viel daran, weil auch Mike Treloar, ein aufsteigender Football-Star der Aussie Rules, dort sein würde, und sie wusste, dass er sie mochte. Am Abend der Party war sie zwei Stockwerke die Regenrinne heruntergerutscht und war zur Party gegangen, auf der sie sich mit Mike blendend amüsiert hatte. Als sie dann zu Hause die Vordertür aufschließen wollte, musste sie feststellen, dass irgendjemand – zweifellos Alison – sowohl die Vorder- als auch die Hintertür verriegelt hatte.

Sie hatte überlegt, ob sie versuchen sollte, auf demselben Weg in ihr Zimmer zu klettern, wie sie es verlassen hatte, aber der Aufstieg erschien ihr weitaus schwieriger als der Abstieg. Schließlich hatte sie die Nacht in der Garage verbracht und versucht, im Sportwagen ihres Vaters, einem Jaguar XK120, einigermaßen gemütlich zu schlafen. Nicht zu empfehlen, wenn man wirklich schlafen will.

Es kam zum unausweichlichen Streit mit Alison, und ihr Vater musste schlichten, etwas, was er hasste. Denn wenn es darum ging, einem der Mädchen Disziplin beizubringen, versagte er meistens. Beide konnten ihn um den kleinen Finger wickeln, und Jessica kam mit einer geringfügigen Strafe davon, was Alison in Rage versetzte und dazu veranlasste, ihre Schwester tagelang zu ignorieren.

»Nun, du bist jetzt ein großes Mädchen. Ich bin sicher, du kommst zurecht«, meinte Alison. Sie tätschelte Jessica die Wange. »Werde mir nur nicht zur Eingeborenen.«

»Werde ich nicht, wenn du mir versprichst, uns in den Ferien zu besuchen«, entgegnete Jessica.

Alison seufzte. »Weißt du, wie lange man von hier nach Norfolk fliegt?«

»Ja, etwa elf Stunden. Du kannst den Nachtflug von Perth nehmen, dann bist du um sechs Uhr in Sydney, und gegen zehn geht ein Flug nach Norfolk. Aber schieb ja nicht die Entfernung als Entschuldigung vor«, warnte sie mit erhobenem Zeigefinger, »wo du doch jedes zweite Jahr fröhlich nach Cannes oder sonst wo in Europa fliegst. Außerdem weißt du, dass Keith und Lisa Geschichte lieben, und Andrew kann mit den Touristinnen flirten. Ihr würdet euch prächtig amüsieren.«

»Es würde dir ganz recht geschehen, wenn wir alle vier euch überfallen«, drohte Alison scherzhaft.

»Ostern wäre eine gute Gelegenheit.« Jessicas Augen blitzten, als sie ihre Schwester neckte. »Nicht zu heiß und nicht zu kalt.«

Alison hob die Augenbrauen. »Hhmmm.«

Die Tür zum Badezimmer ging auf, und Simon trat mit seinem Kulturbeutel heraus, den er in einen der kleineren Koffer steckte. »Ostern wäre eine gute Gelegenheit für was?«, erkundigte er sich.

»Für einen Besuch der Marcelles in Norfolk Island.«

»Gute Idee«, sagte Simon mit unbeweglichem Gesichtsausdruck und versuchte, begeistert zu klingen. Er kam mit Keith und den Kindern gut aus, doch gelegentlich geriet er mit Alison aneinander. Trotzdem … sie war Jessicas Schwester, und Ostern würde sie sie wahrscheinlich schon vermissen.

»Wir werden sehen.« Alison wollte sich nicht festlegen.

»Nun, dann ruft mal besser an der Rezeption an, damit man eure Koffer runterbringt. Ihr …«, sie hielt inne, sah Jessica an und musste sich prompt räuspern, »ihr müsst euer Flugzeug erwischen.«

Die muffige, verbrauchte Luft in dem alten Häuschen ließ Jessica die Nase rümpfen, als sie Simon durch die Zimmer folgte. Das Dreisitzersofa mit dem gemusterten Damastbezug und die beiden nicht dazu passenden Sessel waren alt, und wenn sie tief einatmete, konnte sie den Geruch von Bienenwachs wahrnehmen. Alle Möbel waren, soweit sie sehen konnte, liebevoll gepflegt, wenn auch nach heutigem Standard unmodern. Die fleckigen Holzböden waren glänzend poliert und mit großen Flickenteppichen bedeckt, und im kombinierten Wohn-/Esszimmer stand ein riesiger Kamin aus handbearbeitetem Vulkangestein. Aus diesem Gestein bestand die ganze Insel, behauptete Simon. Rußflecken klebten an den Steinen, und obwohl es früh im Sommer war, war Holz darin aufgeschichtet, das nur noch angezündet werden musste.

Das Bad und die beiden Schlafzimmer waren sehr einfach eingerichtet. Im größeren Zimmer stand ein Doppelbett mit einer handgemachten Quilt-Decke und dazu passenden Kissen. Die Wände waren anscheinend bereits vor beträchtlicher Zeit in gedecktem Grau und Blau tapeziert worden. Am Fenster stand ein alter Schaukelstuhl, von dem aus man einen schönen Blick auf die dicht stehenden Bäume vor dem Haus hatte. Das einzige andere Möbelstück bestand aus einem riesigen Kleiderschrank aus Walnussholz mit einem abgeschrägten Spiegel auf dem mittleren Paneel.

»Nun, was hältst du davon?«, fragte Simon. Er beobachtete, wie sie kommentarlos durch die Räume ging. Nikko hatte ihm gesagt, es sei wichtig, dass sie sich hier wohl fühlte, sie hätte auch so schon genug Probleme, ohne dass sie sich in den fremden Räumen des Hauses fremd fühlte. Und er brauchte irgendein physisches Anzeichen, positiv oder negativ, dass er das Richtige getan hatte, als er sie hierher brachte. Er war kein Psychiater, aber er glaubte, an ihrer Reaktion erkennen zu können, ob sich ihr geistiges Gleichgewicht hier weiter erholen würde oder ob sie sich durch die plötzliche Veränderung noch weiter in sich zurückziehen würde.

»Du hasst es, stimmt's?«

»Nein.« Sie schüttelte den Kopf, wobei ihr Pony auf und ab hüpfte. »Es ist hübsch.« Sie sah Simon an und hob eine Augenbraue. »Viel besser als die Löcher, in denen wir in Islington gehaust haben.«

»Bist du sicher?«

»Ja. Ich bin nur müde. Die Reise, weißt du.« Sie wusste, dass sie nicht sehr begeistert klang, wo er sich doch so sehr bemühte. »Es tut mir leid.« Es klang lahm, selbst in ihren eigenen Ohren, und – sie suchte für sich selbst eine Entschuldigung zu finden – sie wurde in letzter Zeit so schnell müde … als ob sie keine oder nur wenig Energie hätte. Vielleicht verursachten die Medikamente, die Nikko ihr verschrieben hatte, diese Müdigkeit. Sie hasste Pillen, hasste, was ihr geschehen war, schwach und unbeherrscht zu sein. Sie wollte wieder einhundertprozentig fit sein, jetzt, nicht erst in ein, zwei oder drei Monaten.

»Hinter dem Haus ist ein kleiner Garten«, versuchte er sie für das Haus zu begeistern. »Der muss allerdings erst mal in Ordnung gebracht werden, er ist ziemlich verwildert. Man hat mir gesagt, dass die meisten Insulaner ihr eigenes Gemüse ziehen, weil es im Laden nicht immer gibt, was man braucht, besonders Obst und Gemüse, das gerade nicht Saison hat. Die Regierung hat offenbar ein paar Richtlinien gegen den Import von verderblichen Waren.«

»Hört sich primitiv an«, meinte Jessica. Gegen Gartenarbeit hatte sie nichts. Ihre Mutter war eine gute Gärtnerin gewesen und hatte ihr, als sie klein war, alles über Pflanzen und Schneiden und Düngen beigebracht. Wenn man es richtig machte, bekam man jedenfalls den Erfolg seiner Bemühungen zu sehen – nicht wie bei anderen Dingen, die man so tat.

»Ich schätze schon, aber du weißt doch, bist du in Rom …« Er sah ihr prüfend in die hageren Gesichtszüge, sah die Anspannung um ihre Mundwinkel. »Du kannst gut mit Pflanzen und so umgehen, Jess. Ich bin sicher, dass dein grüner Daumen hier alles schnell zum Blühen bringt.«

Er nahm sie an der Hand und führte sie durch die Küche

zu einer weiteren Tür. »Das Beste habe ich mir bis zum Schluss aufgehoben. Schließ die Augen«, befahl er geheimnisvoll.

Sie lächelte über seine kindliche Freude, gehorchte ihm und wurde über einen Holzfußboden geführt, bis er ihre Hand, sie immer noch festhaltend, an eine Glasscheibe legte. »Jetzt. Mach die Augen auf!«

Jessica gehorchte und hielt den Atem an. Der Blick aus der aluminiumgerahmten Glaswand war überwältigend. Sanft abfallende Felder, mit Natursteinmauern voneinander abgegrenzt, zogen sich bis zum Meer hin. In einiger Entfernung stand ein rotgedecktes Bauernhaus, zu dessen Melkstelle ein paar Kühe mäandrierten. Auf der linken Seite waren Bäume, ein kleines, dichtes Wäldchen, das so weit reichte, wie sie sehen konnte. »Meine Güte, das sieht ja richtig … englisch aus!«

»Deswegen habe ich mich für dieses Haus entschieden, als mir der Makler Bilder geschickt hat. Ich wusste, dass dir die Aussicht gefallen würde. Und dort, wo das Land abfällt, kannst du das Ende vom Garten sehen. Siehst du den Gitterbogen? Von da aus führt ein Tor zu den Feldern, und wenn man weitergeht, kommt man nach Kingston, wo die erste Siedlung gegründet wurde. An der Hintertür ist noch eine kleine, gepflasterte Terrasse mit einem Grill.« Er grinste. »Alles hochmodern, wie du siehst.«

Sie ging zur Hintertür und spähte durch die halb gläserne Tür. Dicht daneben befand sich eine geflieste Terrasse mit einem Gartentisch und Stühlen, komplett mit weinberankter Pergola. »Ja, das ist alles sehr hübsch«, gab sie zu. Nicht Mandurah und auf jeden Fall nicht so modern wie ihr Stadthaus am Ostrand des Riverside Drive, aber sie konnte sich gut vorstellen, hier sechs Monate zu verbringen.

»Sieh dir mal den Wintergarten an, Jess. Das wäre ein perfektes Atelier. Der Makler hat mir erzählt, dass er schon einmal als Atelier genutzt wurde. Du hättest genügend Licht und eine Aussicht, die du malen kannst, wenn dir danach ist.«

»Ich weiß nicht, Simon, ich habe seit Jahren nicht mehr gemalt.«

Er sah sie vorwurfsvoll an. »Malen ist wie Radfahren, das verlernt man nicht. Liebling!« Er zog sie in die Arme und küsste sie auf die Stirn. »Ich sage doch nicht, dass du malen musst, nur, dass dir dieser Raum zur Verfügung steht, wenn dir danach ist.« Er persönlich war der Meinung, dass Malen eine gute Therapie für sie war, eine Meinung, die Nikko teilte. Doch nach elf Jahren Ehe kannte er Jessicas Dickkopf. Ob und wann sie malte, war alleine ihre Entscheidung. Für alle Fälle hatte er ihre Staffelei, ein paar Leinwände und ihre Farben herbringen lassen. »Was möchtest du jetzt als Erstes tun? Auspacken oder essen?«

Sie betrachtete erst die drei Taschen mit Lebensmitteln auf der Küchenbank, danach Simon und fragte dann: »Wer kocht denn?«

»Ich.« Er hob die Hand wie ein Schuljunge, der eine Antwort für seine Lehrerin hat. »Kann ich nicht prima Steaks mit Pommes frites machen?«

Sie musste lächeln. Sie wussten beide, dass das ungefähr das Einzige war, was er zustande brachte, ohne irgendwelche Nahrungsmittel vollständig zu ruinieren. »Mit Salat?«

»Klar.«

»Okay. Du fängst an, während ich die Lebensmittel verstaue.« Sie sah sich in der Sechziger-Jahre-Küche nach einer Speisekammer um, und da sie keine entdeckte, verstaute sie die Dosen und anderen Dinge in dem Schrank, der am weitesten vom Herd weg war.

Als sie gegessen hatten und ihren Kaffee tranken, klingelte das Telefon über der Arbeitsfläche in der Küche. Simon nahm den Hörer ab.

»Ja, ich bin es. Danke, ja, wir richten uns ein. Wie bitte? Oh, ich verstehe. Natürlich.«

Jessica war lange genug die Frau eines Arztes, um zu wissen, was der ernste Gesichtsausdruck und sein steifer Tonfall zu bedeuten hatten.

»Gut, sagen Sie mir noch einmal, wie ich dorthin komme. Im Dunkeln sieht die Straße anders aus... Danke, ich bin in zehn Minuten da. Bereiten Sie den Patienten schon einmal vor.«

Vorsichtig legte er auf. »Ein Blinddarmdurchbruch, sagt die Oberschwester. Ich muss weg.«

Sie lächelte ihn an und zog dann die linke Augenbraue hoch. »Natürlich. Ich finde nur, sie hätten damit warten können, bis du den Abwasch erledigt hast.«

»Sieh an, dieser Job hat also auch seine Vorteile.« Simon blickte zur Decke. »Ich danke dir, Gott.« Dann fügte er hinzu: »Kommst du allein hier klar?«

»Simon! Ich bin kein Kind. Alles in Ordnung. Nun geh schon.«

So konnte sie in Ruhe auspacken, ohne dass er ständig um sie war, konnte ein Bad nehmen und später das Haus gründlich untersuchen und sich an die Umgebung gewöhnen, die in den nächsten Monaten ihr Zuhause sein würde. Sie musste versuchen, das Neue zu akzeptieren anstatt dagegen anzukämpfen. Komisch, früher hatte sie alles Neue gemocht, hatte gerne Herausforderungen angenommen, bis... Sie war in den letzten Monaten eine andere Person geworden. Sie seufzte. Wann würde die alte Jessica zurückkommen? Die Jessica, die sie gewohnt war, die *richtige* Jessica Pearce.

Nikko hatte gesagt, dass Zeit das beste Heilmittel gegen

die Trauer war. Sie glaubte ihm nicht. Wenn sie an Damian dachte, fühlte sie sich noch genauso schlecht wie am Tag seines Todes. Das Einzige, was sich verbessert hatte, war ihre Fähigkeit, den Schmerz auszuschließen. Doch er blieb in ihr, tief, dunkel, gärend. In einer Ecke ihres Herzens herrschte schwarze Leere, und sie wusste, dass sie sie nie ganz würde füllen können, so sicher, wie sie wusste, dass morgen die Sonne aufgehen würde. Mit den Jahren würde sie nur lernen … damit zu leben.

Da sie wusste, wohin diese Gedanken führen würden, erhob sie sich energisch und begann aufzuräumen. Um etwas Gesellschaft zu haben, schaltete sie das Radio ein, doch es rauschte so stark, dass sie zu dem Schluss kam, es müsse kaputt sein. Sie drehte das verdammte Ding ab und lauschte der Stille, während sie arbeitete.

Nach einem erfrischenden Bad tappte Jessica im Bademantel zum hinteren Wintergarten, um in die Dunkelheit hinauszusehen. Sie konnte nur ein paar blinkende Lichter erkennen, wahrscheinlich von dem rotgedeckten Bauernhaus. Selbst die Insekten der Nacht waren verstummt.

Es war ein langer Tag gewesen, und der Müdigkeit in ihrem Inneren nachgebend lehnte sie sich an die Fensterscheibe. Sie blickte auf die Uhr. Fast Mitternacht. Bei Simons Patient musste es Komplikationen gegeben haben. Sie wusste, dass der Patient in den besten Händen war. Das war eines der ersten Dinge, die ihr an Simon aufgefallen waren, als sie ihn das erste Mal getroffen hatte – er hatte schöne Hände. Seine langen, schmalen Finger passten eher zu einem Künstler oder Musiker als zu einem Arzt, doch Ärzte waren auf ihrem Gebiet schließlich auch Künstler. Ihre Gedanken wanderten weiter. Als ihr ein Gähnen entschlüpfte, unterdrückte sie es mit der Hand.

Ohne auch nur ein paar Sekunden Vorwarnung, die ihr vielleicht die Gelegenheit gegeben hätten, anders darauf zu reagieren, überfiel sie plötzlich die Stille und damit ein Gefühl der Einsamkeit, das so stark war, dass es ihr den Atem verschlug. So weit weg von allem, was sie kannte, allem Komfort, den sie gewohnt war, von Familie, Freunden, den Arbeitskollegen, allen vertrauten, sicheren Dingen und vor allem von Damian und seiner letzten Ruhestätte. Das war alles, was ihr von ihm geblieben war: ein marmorner Grabstein, Goldbuchstaben, Zement, die einzigen Beweise, dass er je außerhalb ihrer Erinnerung existiert hatte. Ihre Finger verkrampften sich, und sie presste sie gegen das Glas. Wie konnte sie es ertragen, ihn nie wieder zu berühren, nie wieder mit den Fingern durch das feine Haar zu fahren, seine Wärme zu spüren oder seine Kinderstimme zu hören? Nie wieder würde seine kleine Hand ihr Gesicht berühren, nie wieder würde er ihr die Arme entgegenstrecken, damit sie ihn hochhob, niemals wieder... niemals...

Einen Augenblick versteifte sie sich und hielt den Atem an, während sie versuchte, die Tränen zurückzuhalten. Die Anstrengung erwies sich als umsonst. Fast wie in Zeitlupe traten die Tränen aus ihren Augen und liefen ihr über die Wangen. Die Tropfen wurden zu einem Bach und schließlich zu einem Strom, während ihr Körper von Trauer geschüttelt wurde, ihre Emotionen hervorbrachen und kostbare Erinnerungen sie überfluteten, die sich nicht aufhalten ließen. Du musst aufhören, dir das anzutun. Wie soll es dir je besser gehen, wenn du dich nicht beherrschen kannst?

Die Worte hallten in ihrem Kopf wider, doch dann fiel ihr ein, dass Nikko gesagt hatte, es sei in Ordnung, zu weinen, dass sie damit ein Ventil für ihre Gefühle öffnete. Er hatte gesagt, es könne heilsam sein, solange sie aufhören konnte, wenn sie merkte, dass der Druck nachließ, und die nachfolgende, tiefe Depression verhindern.

Schließlich ließ das Zucken ihrer Schultern nach, und das Schluchzen wurde zu einem Schniefen. Dann gewann das gewohnte Gefühl der Leere, als ob sie alle Kraft verlassen hätte, die Oberhand. Erschöpft wandte sie sich vom Fenster ab und ging ins Schlafzimmer. Sie zog die Decke zurück und schlüpfte zwischen die Laken, schloss die Augen und betete, wie sie es jetzt gewohnt war, um einen traumlosen Schlaf…

Auf dem Felsen saß eine Gestalt, die Ellbogen auf die Knie gestützt, das Kinn in den Händen, nachdenklich. Um sie herum schwarze Wirbel, die sie wie eine willkommene Decke einhüllten. Sie war die Dunkelheit gewohnt, fühlte sich wohl in ihr. Eine sanfte Brise zupfte an ihren Haaren und blies es ihr ins Gesicht. Plötzlich spürte sie etwas. Zuerst war es nur ein leises Flüstern. Sie erstarrte, lauschte, angestrengter als je zuvor. Sie stand auf, wandte sich vom Meer dem Land zu, obwohl es viel zu dunkel war, um etwas zu erkennen. Was war das?

Das Geräusch in der Nacht… nur ein kleines Vibrieren im Kosmos… war da. Spannung zerriss sie fast, als das Geräusch lauter wurde. Nein, sie irrte sich nicht.

Ihr Kopf neigte sich zur Seite, als sie versuchte, sich vollkommen auf einen Laut zu konzentrieren, den nur wenige wahrnehmen konnten. Es war wichtig, dass *sie* ihn hören und verstehen konnte.

Der Wind trug Wellen der Verzweiflung heran. Dann war das Geräusch plötzlich überall um sie herum, wie ein Wirbelwind, an- und abschwellend, tiefer werdend, als ob er jemandem die Lebenskraft aussaugte. Wellen von Traurigkeit. Verzweiflung. Ein Mensch in Qualen.

Sie überließ sich erst den Vibrationen, dann den ganzen Gefühlen. Oh, sie waren stark, sehr stark.

Sie hob ihr Gesicht zu den Sternen, während ein triumphierendes Lächeln um ihre von der kalten Nachtluft aufgesprungenen Lippen spielte. Sie flüsterte denen, die sie hören konnten, zu: »*Danke!*«

4

Marcus Hunter lief die Hauptstraße von Burnt Pine entlang, sich einen Weg durch die Touristen bahnend. Man erkannte sie an der Art, wie sie sich kleideten, und an der unvermeidlichen Kamera oder dem Camcorder über der Schulter, noch bevor ihre unterschiedlichen Akzente sie als Ausländer verrieten. Nan mochte Touristen nicht sonderlich, obwohl sie mit ihrem Besuch in Norfolk, um Ferien zu machen oder zollfrei einzukaufen, dafür sorgten, dass sie mit ihren Keramikerzeugnissen ein halbwegs vernünftiges Einkommen hatte. Sie war der Meinung, dass sie überall herumliefen, dafür sorgten, dass ein paar Händler gierig wurden und die Privatsphäre der Einheimischen störten. Womit sie Recht hatte, musste er zugeben, während er zum Einkaufszentrum mit dem größten Supermarkt der Stadt ging, doch die Unannehmlichkeiten waren der Preis, den die Inselbewohner für ihren Wohlstand zahlen mussten.

Auf dem Weg in ihr Atelier hatte ihm Nan eine Einkaufsliste gegeben und gesagt, wenn er etwas Anständiges essen wollte, sollte er lieber einkaufen gehen. Da sie acht Jahre älter war als er, kommandierte sie ihn immer noch herum, wie als Kind. Meistens ließ er es sich gefallen, weil es ihm

63

egal war. Aber gelegentlich rebellierte er und sagte ihr, wohin sie gehen konnte, nur um den schockierten Ausdruck auf ihrem von der Zeit zerfurchten Gesicht zu sehen.

Etwa sieben Meter entfernt kam ein Mann auf ihn zu, ein blonder Mann in Khakihosen, einem blauen Hemd und Krawatte. Er sah nicht aus wie ein Tourist und lief auch nicht so. Wahrscheinlich ein neu zugezogener Bürger, vielleicht ein Geschäftsmann. Marcus zuckte mit den Schultern. Vielleicht. In seinem Gehirn tauchte eine Erinnerung auf, als er den Mann betrachtete. Das gutaussehende Gesicht kam ihm irgendwie bekannt vor, als ob er ihn schon einmal irgendwo getroffen hätte.

Marcus war stolz auf sein Gedächtnis, es half ihm, ein guter Historiker zu sein, da er sich mühelos an Menschen, Namen und Daten erinnern konnte.

O ja, gelegentlich vergaß er einen Namen, aber niemals ein Gesicht, wenn er die Person einmal getroffen hatte. Daher nahm er an, dass er den Mann mit der Khakihose kennen musste. Aber woher? Universität? Gesellschaftlich? Die Tatsache, dass er die Erinnerung nicht greifen konnte, ärgerte ihn. Als sie auf gleicher Höhe waren, verlangsamte er seinen Schritt. Der Mann sah ihn fragend an und runzelte angesichts von Marcus' offensichtlichem Interesse die Stirn. Eine Sekunde lang zögerte er, dann jedoch ging er weiter.

Marcus blieb stehen. Als er sich umwandte, tat der andere Mann das Gleiche. Er machte den ersten Schritt. Lächelnd ging er auf den Fremden zu. »Ich kenne Sie, aber ich kann mich nicht daran erinnern, wo wir uns getroffen haben.«

Simon Pearce grinste ebenfalls. »Geht mir ebenso. So etwas ist ärgerlich, nicht wahr?«

Marcus' Gesichtsausdruck wurde ernst, als er versuchte,

sich zu erinnern. »War das vielleicht an der Auckland University?«

Simon schüttelte den Kopf. »Das glaube ich nicht. Vielleicht eine Konferenz. Ich habe an einigen teilgenommen. Ich bin Arzt, ich habe gerade hier am Krankenhaus angefangen.«

Marcus schnippte mit den Fingern. »Das ist es! Sydney 1997, das Kongresszentrum von Darling Harbour. Sie haben einen Vortrag über die geriatrische Entwicklung im neuen Jahrtausend gehalten. Auch wenn ich nicht mehr praktiziere, nehme ich gelegentlich noch an Konferenzen teil, um auf dem Laufenden zu bleiben, sozusagen.«

»Dr. Simon Pearce.« Simon streckte die Hand aus. »Sie sind auch Arzt…?«

Marcus ergriff die angebotene Hand. »Psychologe. Ich habe einige Jahre in Christchurch praktiziert, bin dann aber an die Universität zurückgegangen. Mein Gebiet an der Universität von Auckland ist die Geschichte der südpazifischen Randgebiete. Es macht mir mehr Spaß als Psychologie. Marcus Hunter«, stellte er sich vor.

»Es wundert mich, dass Sie sich noch an diese Geriatriesache erinnern können. Das war ein ziemlich trockenes Thema«, meinte Simon und betrachtete den Mann genauer. Er war nicht ganz so groß wie er selbst, aber gebaut wie ein Footballspieler. Sein grünes T-Shirt spannte sich über die breiten Schultern, und unter den abgeschnittenen Jeans sahen muskulöse Beine hervor. Das dunkelbraune, lockige Haar war für Simons Geschmack etwas zu lang, aber Marcus stand es. Das hervorstechendste Merkmal waren die braunen Augen, in denen Humor und Intelligenz glitzerten. Weit auseinander standen sie in dem kantigen Gesicht mit hohen Wangenknochen, einer großen Nase, die wohl einmal gebrochen war, und einem breiten Mund.

Marcus lächelte ein wenig spöttisch. »Wissen Sie, Sie sprechen von einer zukünftigen Wachstumsindustrie, bezogen auf Medizin. Ich habe gehört, dass eine Menge unserer Kollegen stark in Altersheime und Seniorenstifte investieren.« Mit hochgezogener Augenbraue fügte er hinzu: »Ist wohl ihre Art der Altersvorsorge.«

Simon nickte. »Diesen Weg würde ich ehrlich gesagt selbst gerne einschlagen. Ich habe in Perth gerade ein entsprechendes Projekt gestartet. Und Sie haben Recht, diese ganze Geriatrieangelegenheit hat ein enormes finanzielles Potenzial.«

»Sie sind also der neue Leiter des hiesigen Krankenhauses. Ich habe schon gehört, dass jemand mit guten Verbindungen in der Medizin kommen würde. Meine Schwester und ich sind mit Oberschwester Levinski befreundet.«

Einvernehmlich gingen die beiden Männer auf das Einkaufszentrum zu, während sie sich unterhielten.

Simon nickte. »Wir sind erst seit einer Woche hier, und ich kenne mich noch nicht sehr gut aus.«

Marcus verkniff sich den Kommentar, dass es auf Norfolk nicht viel gab, womit man sich auskennen musste. Stattdessen fragte er: »Sind Sie mit Ihrer Familie hier?«

»Mit meiner Frau, einer Rechtsanwältin.« Simon hielt inne, bevor er hinzufügte: »Jessica ging es in letzter Zeit nicht sehr gut. Ich hoffe, dass ihr die Abwechslung guttut und dass sie wieder anfängt zu malen. Man hat mir erzählt, dass die Landschaft hier wunderschön sein soll.«

Marcus lachte leise. »Damit kann sie sich sicher die Langeweile vertreiben. Wenn man kein Tourist ist und nichts mit dem Tourismus zu tun hat, ist es hier ziemlich ruhig.«

»Das ist genau, was sie jetzt braucht.«

Als Marcus' Blick auf den Getränkeladen fiel, hatte er eine Idee. »Am Samstagabend haben wir eine kleine Weihnachtsfeier bei meiner Schwester. Nan hat ein Keramikatelier. Sie beliefert ein paar Händler mit ihren Arbeiten«, erklärte er. »Es ist nur ein kleines Treffen, Insulaner, Einheimische. Wenn Sie und Ihre Frau Zeit hätten…?«

»Das ist sehr freundlich von Ihnen, wir kommen gerne.«

Marcus schrieb die Adresse auf ein Stück Papier, das er in seiner Hosentasche fand. Dann wedelte er mit Nans Liste. »Der Einkauf wartet.«

Noch einmal schüttelten sie sich die Hände, und Marcus sah dem Arzt nach. Er neigte den Kopf schief, während er nachgrübelte. Warum sollte sich ein Arzt mit seiner Reputation und seinem Können an einem so rückständigen Ort wie Norfolk vergraben? Ein derartiger Rückschritt in seiner Karriere schien seltsam und passte nicht zu seinem Ruf.

Am Samstagabend war es brütend heiß, ohne dass ein leichter Wind nach dem langen Tag mit hoher Luftfeuchtigkeit ihnen etwas Abkühlung brachte. Eine solche Hitze hätte Jessica auf einer Pazifikinsel nicht erwartet. Sie hatte gedacht, dass sanfter Wind vom Meer die Temperaturen erträglich machen würde, besonders im Sommer. Unwohl rutschte sie auf dem Sitz der kleinen Limousine hin und her, als Simon sie zu Nan Duncan fuhr. Der Sitz klebte an ihrer Haut, ebenso wie das leichte Trägerkleid, für das sie sich nach langem Überlegen entschieden hatte.

»Du bist doch nicht nervös, weil wir diese Leute treffen, oder?«, erkundigte sich Simon mit einem Seitenblick.

»Nein«, behauptete sie, obwohl es so war. Seit mehreren Monaten, sowohl in dem Sanatorium in Perth als auch danach, hatte sie praktisch isoliert gelebt. Im Sanatorium hatte sie nur wenig Leute gesehen, und danach hatte Simon versucht, sie zu beschützen, indem er sie auf diese Insel brachte, weit weg von der Rechtsanwaltspraxis, ihrer Familie und den Freunden, die sie seit Jahren kannte. Sie musste zugeben, dass sie eigentlich ganz gerne allein war. Sie mochte allerdings auch den Umgang mit Menschen aus vielen sozialen Schichten – nur dass sie jetzt ein wenig aus der Übung war.

»Mein Gott, das musst du nicht. Marcus ist ein sehr umgänglicher Mensch, und seine Schwester zweifellos genauso. Und später kommt noch Sue dazu, dann lernst du sie auch kennen.«

Erstaunt hob Jessica eine Augenbraue. Die unermüdliche Sue Levinski. Seit Simon seine Stelle an der Klinik angetreten hatte, hatte er von ihren Fähigkeiten geschwärmt. Eine medizinische Superfrau, ober-effizient, sorgfältig, die geborene Organisatorin… Die Liste ihrer Tugenden war endlos und hatte ihr das Bild eines Oberfeldwebels vermittelt. Gestärkt und glänzend wie die Oberschwestern, die es früher an den Krankenhäusern gegeben hatte. Vielleicht war die Frau ein Rückschritt in die Vergangenheit. Sie seufzte leise auf. Nun, bald würde sie sich eine Meinung bilden können.

Als Simon in der einbrechenden Dunkelheit drei Kühe gemächlich die Straße überqueren sah, verlangsamte er das Fahrzeug. Schon kurz nach ihrer Ankunft auf der Insel hatten sie gelernt, dass das Vieh hier das Wegerecht auf Straßen und Wegen hatte. Wie merkwürdig, hatten sie gedacht und darüber gelacht. Er hupte ein paarmal, und nachdem die Leitkuh trotzig zurückgemuht hatte, bewegten sich die drei langsam zur Seite.

Fünf Minuten später hielt Simon hinter ein paar Autos, die vor einem schmalen Holzhaus mit einem Jägerzaun parkten. Im Haus schienen alle Lichter an zu sein, und über den Garten wehten Musikfetzen, als ob sie sie hineinlocken wollten.

Jessica hielt Simons Hand fester als notwendig, als sie die Holzstufen zur Veranda hinaufgingen. Obwohl es unsinnig war, hatte sie das Gefühl, als ob sie durch eine Feuertaufe ging, und musste den Drang, fortzulaufen, unterdrücken. Sie war noch nicht bereit dazu... zu so etwas... Mein Gott, sie hatte *Angst* vor einem Raum voller Fremder! Das war lächerlich! Sie hatte noch nie im Leben vor etwas oder jemandem Angst gehabt... bis der Verlust von Damian diese schreckliche Leere in ihr hinterlassen hatte.

Simon spürte ihr Zögern und tätschelte beruhigend ihre Wange. »Okay?«

Sie schüttelte den Kopf... »Ich...«

Vor ihnen tauchte ein Mann in der offenen Tür auf und trat beiseite, wobei er fast den Namen des Hauses verdeckte, Hunter's Glen. Wie das Haus war er kräftig gebaut, und als er lächelte, lächelten seine Augen mit und ließen an seinen Schläfen feine Falten entstehen.

Die Männer schüttelten sich die Hände und gingen dann hinein.

Simon hielt ihrem Gastgeber eine eingepackte Weinflasche hin. »Fröhliche Weihnachten!«

»Ich bin Marcus Hunter, Nans Bruder«, erklärte er, als er Jessica die freie Hand schüttelte. »Kommen Sie durch, wir sind alle auf der Terrasse, weil es so heiß ist.«

Die Wärme in seiner Stimme nahm Jessica die Nervosität.

Als sie durch das Haus gingen, über die Holzdielen im Wohnzimmer und durch das kleine Esszimmer auf die geräumige Terrasse traten, die eine weinumrankte Pergola vor der Sonne schützte, überkam sie ein überwältigendes Gefühl der Geborgenheit. Das Cottage war ziemlich klein. Die Möbel standen dicht gedrängt, so als ob es seit Generationen von derselben Familie benutzt worden war, von denen jeder im Laufe der Jahre ein paar persönliche Stücke hinzugefügt hatte. An der Wand entdeckte sie eine Reihe Familienfotos und selbstgehäkelte Überwürfe auf dem Sofa. An den Fenstern, wo sie Licht und Wärme bekamen, standen Blumentöpfe, Palmen, Wein, Drachenbäume und Efeutute. Eine der holzgetäfelten Wände im Wohnzimmer verschwand hinter einem ordentlich bestückten Bücherregal.

Auf der Terrasse standen etwa ein Dutzend Leute mit Gläsern in der Hand und unterhielten sich, während eine schlanke, grauhaarige Frau mit einem Tablett mit Häppchen herumging.

»Kommen Sie, ich stelle Ihnen Nan vor«, forderte sie Marcus besitzergreifend auf und führte Jessica von Simon fort. Mit einem Seitenblick erhielt er durch ein Kopfnicken Simons Zustimmung, hielt sie leicht am Arm und führte sie zu seiner Schwester.

Während Simon beobachtete, wie Marcus Jessica verschiedenen Leuten und dann der Frau mit dem Essen vorstellte, musste er zugeben, dass er innerlich einigermaßen angespannt war. Der Abend war wichtig für Jessica. Er war sich nicht sicher, ob sie für diese Art von Gesellschaft schon bereit war, daher hatte er sie auch nicht dazu aufgefordert, die Insel zu erkunden oder irgendetwas anderes zu tun als einzukaufen. Ehrlich gesagt vermisste er Nikkos gute Ratschläge, wie er es anstellen konnte, dass sie zur Normalität zurückkehrte. Geistige Erkrankungen lagen jenseits seines Spezialgebietes. Sicherlich war sie die meiste Zeit ziemlich normal, doch dann kamen Stimmungsschwankungen, bei denen sie in tiefe Abgründe von Niedergeschlagenheit versank, die – Dank sei den Herstellern von Valium – nur kurze Zeit anhielten.

Er wollte die alte Jessica wiederhaben. Dringend. Ganz abgesehen von allem anderen war ihr Liebesleben seit ihrem Zusammenbruch praktisch nicht mehr vorhanden. Sie ertrug es nicht, berührt zu werden, und hatte solche Angst, wieder schwanger zu werden, dass sie darauf bestanden hatte, wieder die Pille zu nehmen. Trotzdem war sie nach wie vor desinteressiert und reagierte nicht auf ihn. Er war weiß Gott ein normaler Mann mit normalen Ansprüchen, doch manchmal schien ihm das Warten unerträglich.

Simon sah sie lächeln und hörte sie dann über etwas lachen, das Marcus gesagt hatte. Sofort hob sich seine Stimmung. Er nippte an dem Bier, das ihm jemand in die Hand gedrückt hatte, und hörte halbherzig dem Mann zu, der ihn in ein Gespräch verwickelt hatte. Es ging um den Import von...

»Marcus hat mir erzählt, dass Sie malen«, sagte Nan in dem Versuch, die junge blasse Frau aus ihrem Schneckenhaus hervorzulocken.

»Früher habe ich gemalt, aber jetzt bin ich ziemlich eingerostet. Ich habe seit Jahren keinen Pinsel mehr in der Hand gehabt.«

»Sie sollten über die Insel fahren und sich die Landschaft ansehen. Manchmal kommen ganze Kunstklassen hierher, um zu malen. Es sieht hübsch aus, wenn sie alle ihre Staffeleien aufstellen und eifrig drauflos malen.«

»Ich lebe mich momentan noch ein. Wir sind erst vor zwei Wochen hier angekommen«, meinte Jessica ausweichend. Es hatte genügend Zeit und Gelegenheit gegeben, die Insel zu erkunden, doch sie wollte nicht. Ihr fehlte einfach die Kraft dazu.

»Nan, zeig Jessica doch dein Atelier«, schlug Marcus vor. »Ich bin sicher, sie interessiert sich für deine Arbeit.«

»Sie machen Keramiken, nicht wahr?«, fragte Jessica mit einem Anflug von Interesse.

»Und zwar verdammt gute«, bestätigte Marcus, »auch wenn sie die Letzte wäre, die das je zugeben würde.«

»Ich lasse meine Arbeit für sich sprechen«, lächelte Nan bescheiden und sah ihren Bruder an. »Wenn du zwischenzeitlich hier die Party schmeißt, gehe ich mit Jessica ins Atelier.«

»Natürlich.« Er lächelte sie liebevoll an. »Lasst euch Zeit!«

Als die beiden Frauen zu dem großen Blechschuppen hinübergingen, der Nan als Studio diente, sah er ihnen nach. Jessica Pearce hatte etwas Ätherisches. Sie war nicht eigentlich schön, aber irgendwie anziehend und zugleich verstörend in ihrem Bemühen, ruhig und beherrscht zu erscheinen. Sie war offensichtlich unsicher, Leute zu treffen, die sie nicht kannte. Interessant. Jessica Pearce. Er spürte ihren inneren Kampf. Obwohl die äußere Hülle intakt war, spürte er Risse in ihrer Persönlichkeit, eine mühsam verborgene Zerbrechlichkeit. Als ob sie ein schweres Trauma durchlebt hätte. Er fragte sich, was das wohl gewesen war.

Bist du verrückt?, warnte er sich selbst. Du hast die Psychologie vor Jahren aufgegeben, damit du damit aufhörst, jede halbwegs interessante Person zu analysieren, die dir begegnet ist. Besonders die, mit denen du wahrscheinlich nicht in engeren Kontakt treten wirst. Seine braunen Augen glitten über Jessicas Gestalt. In ihm begann sich etwas zu rühren, ein bekanntes Ziehen, eine Welle des Verlangens. Sie ist tabu, Junge. Definitiv. Damit wandte er sich wieder den Gästen zu und setzte sein Partylächeln auf.

Im Schuppen war es heiß. Das Blechdach gab in der Hitze metallisch klingende Geräusche von sich.

Nan führte Jessica ausführlich herum, erklärte ihr die verschiedenen Tonarten und für welche Art von Keramik man sie verwendete. Sie erläuterte die Funktion des Brenn-

ofens und wie man eine Glasur herstellte. »Das ist Drecks-
arbeit«, gab sie zu. »Ich werde den Ton unter meinen Fingernägeln nie ganz los, egal, wie lange ich sie einweiche.«

Jessica nahm eine glasierte Schüssel mit einem dunklen
Wirbelmuster auf. »Das ist ein kleiner Preis für so eine
Kunst, würde ich sagen.« Sie bemerkte einige handbemalte
Becher. »Malen Sie auch?«

»O nein, die sind mit Schablonen gemacht. Wenn ich sie
von Hand bemalen würde, würden sie ein Vermögen kosten. Das auszugeben sind nur wenige bereit.«

»Exportieren Sie Ihre Arbeiten?«

»Gelegentlich nach Auckland und Brisbane. Bei Bedarf
natürlich. Manche Läden stellen gerne ein paar Beispiele
meiner Arbeit aus.«

Selbst wenn Jessicas Seufzer kaum hörbar war, vernahm
ihn Nan. Als geborene Zuhörerin wartete sie ab.

»Sie haben Glück«, sagte Jessica nach kurzem Zögern,
»dass Sie sich auf Ihre Fähigkeiten konzentrieren können
und das Ergebnis Ihrer Bemühungen vor sich sehen.« Dann
meinte sie: »Das muss sehr befriedigend sein.«

»Das ist es«, gab Nan zu. »Wenn Sie die Arbeit interessiert, kommen Sie mich besuchen. Jederzeit.« Sie grinste sie
an. »Aber ziehen Sie nicht Ihre besten Sachen an, wahrscheinlich werde ich Sie Ton kneten lassen oder so, und Sie
werden genauso dreckig wie ich.«

Jessica lächelte. Sie mochte die Frau auf Anhieb und
schätzte ihre Freundlichkeit. Wenn alle Menschen auf Norfolk so waren wie Nan Duncan, dann sollte sie wirklich
ausgehen und sie kennen lernen, anstatt nur in ihrer Hütte
zu hocken. »Es macht mir nichts aus, schmutzig zu werden.
Ich versuche gerade, den Garten an unserem Haus wieder-
zubeleben. Simon ist nicht gerade ein Gärtner. Er kann eine
Pflanze nicht von Unkraut unterscheiden, auch wenn er

vom Lande kommt. Mir macht es Spaß, im Dreck zu wühlen, solange es danach besser aussieht.«

»Gut.« Nan betrachtete ein Regal mit unglasierten Kaffeebechern. »Das hier, meine Töpferei, hat mir dazu finanzielle Unabhängigkeit geboten«, gestand sie. »Nach Phils Tod war das Geld knapp. Alle meine Kinder – ich habe vier – wollten, dass ich bei ihnen lebe, aber ich wollte lieber hier bleiben«, meinte sie mit einem Blick durch das Atelier. »Ich wollte bei den vertrauten Dingen bleiben, und bei meinen Erinnerungen.«

»Phil war Ihr Mann?«, fragte Jessica, erkannte jedoch gleich darauf, wie überflüssig die Frage war.

»Er ist jetzt seit fast fünf Jahren tot«, nickte Nan.

»Das tut mir leid«, stammelte Jessica, da ihr nichts Besseres einfiel.

»Schon gut.« Nan zuckte mit den schmalen Schultern. »Die Zeit ist ein großer Heiler. Sie lässt uns das Unerträgliche ertragen. Meine Brut wird Weihnachten hier sein, mit allen ihren Kindern.« Sie lächelte. »Das ist das einzige Mal im Jahr, dass ich meine Enkel sehe, denn Lissy und Amy wohnen in Wellington. Margot ist in Brisbane, und Liam – er ist noch nicht verheiratet – arbeitet in Cairns.«

Jessica dachte an das kleine Haus und fragte sich, wie sie alle mit Ehemännern und Kindern dort Platz finden würden.

Als ob sie ihre Gedanken erraten hätte, erklärte Nan: »Es ist schon etwas eng, wenn plötzlich fast fünfzehn Leute im Haus herumschwirren. Hinter dem Atelier haben wir einen alten Falt-Caravan, den wir abstauben. Außerdem stellen wir ein großes Zelt mit Feldbetten auf. Wir kriegen das schon hin, obwohl der Andrang in Bad und Küche immens ist. Sie bleiben etwa fünf Tage, und ich brauche dann eine Woche, um alles wieder in Ordnung zu bringen«, fügte sie mit müdem Lächeln hinzu. »Marcus ist mir eine große Hilfe. Er kümmert sich um die Kinder, auch wenn seine eigenen beiden diese Weihnachten nicht hier sein werden. Er hat sich vor kurzem von seiner Frau getrennt, müssen Sie wissen«, erklärte sie die Abwesenheit seiner Kinder.

Jessica malte sich aus, wie Nans lauter Haushalt am Weihnachtsabend wohl aussehen würde, und verglich ihn unwillkürlich mit ihrem eigenen. Nur sie und Simon. Plötzlich konnte sie den Gedanken nicht mehr verdrängen. Kein Damian. Unser erstes Weihnachten ohne ihn. Was hatte Nan gesagt? Dass das Unerträgliche erträglich wird? Tränen blinkten in ihren Augen auf, und sie wandte sich ab, um ihren Kummer zu verbergen.

Aufmerksam wie immer bemerkte Nan den Blick und den Schmerz darin. »Geht es Ihnen gut, meine Liebe?« Sie runzelte die Stirn und versuchte, sich daran zu erinnern, was sie gesagt hatte. »Habe ich etwas gesagt, das Sie verletzt hat?«

Es kostete sie eine gewaltige Willensanstrengung, doch es gelang Jessica, die Trauer dorthin zu verbannen, wo sie sie kontrollieren konnte. Sie spürte die mitfühlende Seele der älteren Frau, straffte die Schultern und wandte sich zu ihr um. »Ich habe vor ein paar Monaten meinen kleinen Sohn verloren. Er war erst vierzehn Monate alt. Entschuldigung, aber manchmal ... überwältigt mich die Erinnerung.« Sie atmete tief ein und aus. »Ich ... ich habe Sie um Ihr Familienfest an Weihnachten beneidet. Simon und ich haben keine große Familie, nur meine Schwester und ihre Familie, und die leben in Perth.«

»Oh, meine Liebe, das tut mir leid.« Die Wärme in Nans Stimme verriet, dass sie es genauso meinte. Dann schnalzte sie verächtlich mit der Zunge. »Es tut mir leid. Das klingt so erbärmlich. Ich kann mir nicht vorstellen, was Sie bei so einem Verlust durchgemacht haben. Niemand kann das.«

»Ich war krank, deshalb hat mich Simon hierher gebracht«, erklärte Jessica. Nikko hatte gesagt, dass es heilsam sein konnte, mit jemandem darüber zu sprechen, was geschehen war, und ihren Verlust einzugestehen. Er hatte allerdings nicht gesagt, wann es ihr helfen würde, ihren Verlust anderen gegenüber zu verbalisieren. Sie konnte nur hoffen, dass es noch in diesem Leben geschehen würde.

»Sie müssen mit Simon kommen und Weihnachten mit uns verbringen. Meine Familie würde sich freuen, Sie beide kennen zu lernen«, sagte Nan bestimmt, während sie Jessica aus dem Studio wieder zu ihren Gästen zurückbrachte.

»Ich ... das können wir nicht«, protestierte Jessica.

»Ich bestehe darauf«, entschied Nan. »Ich werde mit Marcus reden und mit Simon. Für Sie ist es viel besser, mit anderen Leuten zusammen zu sein, als alleine zu bleiben.«

Trotz Jessicas und Simons Protesten, dass sie sich den Duncans nicht aufdrängen wollten, konnten Marcus und Nan sie schließlich überreden.

Überraschenderweise genoss Jessica den Rest des Abends. Jedermann war freundlich und interessiert, meist an Simon als Leiter des Krankenhauses. Sie wusste, wie gerne er im Mittelpunkt stand. Es war lustig, aber bis letztes Jahr hatte sie nie bemerkt, wie sehr er die Bewunderung brauchte. Es machte ihr nichts aus, ganz im Gegenteil. Aber sie hatte das Gefühl, als befinde sie sich auf einem emotionalen Spießrutenlauf, traf Fremde, machte Smalltalk, agierte und überlebte, was sie als Prüfung angesehen hatte. Sie wusste, dass ihre Zuversicht zur Zeit sehr gering war, und hatte zuerst geglaubt, dass sie alle anstarren würden, sie untersuchen würden, als ob sie eine merkwürdige, einigermaßen interessante Subspezies sei. Paranoia, ein Übel, unter dem sie bislang noch nie gelitten hatte, drohte Oberhand zu gewinnen. Wo, fragte sie sich, wie so oft in diesen Tagen, wo war die alte Jessica? Einst hätte sie solche Gedanken als sinnlos abgetan. *Diese* Jessica, die Rechtsanwältin, die erfolgreiche Juristin, schien in einem anderen Leben existiert zu haben. Vielleicht – sie wollte nicht daran denken, zwang sich jedoch dazu –, vielleicht war diese Jessica für immer verschwunden.

»Alles in Ordnung?«, erkundigte sich Simon, als sie am Geländer lehnend zu Abend aßen.

»Ja. Nur ein Ausrutscher«, gab Jessica mit einem mageren Lächeln zu und schob sich Krautsalat in den Mund. Sie bemerkte, wie sich Simons Blick auf die Hintertür des Duncan-Hauses heftete und folgte ihm.

Die Silhouette einer kleinen, dunkelhaarigen Frau zeichnete sich im Türrahmen ab. Mit selbstbewusstem Hüftschwung ging sie auf die kleine Gruppe von Menschen zu, nach allen Seiten grüßend. Sie trug einen lila Hosenanzug und Schuhe mit zehn Zentimeter hohen Absätzen, auf denen sie kaum laufen konnte, war perfekt frisiert und geschminkt. An ihren Armen, Fingern und am Hals glitzerte Schmuck wie bei einer Zigeunerin, die ihren gesamten Reichtum bei sich trägt, damit ihn alle bewundern und sie beneiden können.

»Sue«, informierte Simon Jessica leise.

Jessica schaute noch einmal genauer hin und stellte fest, dass Sue Marcus die Arme um den Hals geschlungen hatte und ihm einen Kuss auf die Wange gab.

»Marcus, mein Lieber.« Sue Levinskis Stimme klang rauchig und für einen aufmerksamen Zuhörer auch leicht undeutlich. »Ich habe gehört, dass du wieder auf dem Markt bist. Du weißt doch noch, wo ich wohne, oder?«, flirtete sie kurz mit ihm, bevor sie zum Nächsten ging.

Jessicas Mundwinkel zuckten, doch keineswegs vor Vergnügen. Was Simon ihr über die Oberschwester des Krankenhauses erzählt hatte, hatte ihr den Eindruck vermittelt, dass sie eine eher vierschrötige, militante Matrone im mittleren Alter war. Doch dieses Bild hatte nichts mit der Wirklichkeit zu tun. Sue Levinski war ohne ihre Uniform eine verdammt attraktive Frau, die das genau wusste und damit kokettierte. Außerdem verströmte sie den Duft eines aufdringlichen Parfums. Es hing überall um sie herum in der Luft.

»Es tut mir leid, dass ich so spät komme«, entschuldigte sich Sue armwedelnd bei Nan. »Ich war noch auf zwei anderen Partys…«

»Ich kann nur hoffen, dass du nicht hergefahren bist«, meinte eine stattliche Frau im mittleren Alter. Offenbar war sie der Meinung, dass Sue bei ihren vorherigen Zwischenstopps bereits zu viel getrunken hatte.

»Natürlich nicht. Jemand hat mich hergebracht«, gab Sue unbekümmert zu, während sie an dem Champagner nippte, den Marcus ihr in die Hand gedrückt hatte. Sie hob fragend die Augenbrauen und wandte sich an die Frau: »Aber du fährst mich doch heim, nicht wahr, meine Liebe?«

»Möglicherweise«, entgegnete die Frau mit einer Grimasse.

»O Simon!«, quietschte Sue und rannte auf ihn und Jessica zu. »Der beste Arzt der Welt, das ist unser Simon Pearce«, erklärte sie begeistert, während sie ihm die Hand tätschelte. »Wunnerbare chirurgische Fähigkeiten, wunnerbare Hände. Und ein guter Verwalter. Das Krankenhaus hat Glück, ihn bekommen zu haben«, verkündete sie allen in Hörweite. »Er ist ein absolut fabelhafter Arzt.«

Das war wohl etwas zu viel der Heldenverehrung. Jessica richtete sich zu ihrer vollen Größe auf, wobei sie Simon ansah. Seine Wangen waren vor Verlegenheit gerötet. Er hatte nichts gegen Komplimente, er liebte sie sogar, aber man konnte es wirklich übertreiben. Wusste die dumme Frau das denn nicht? Wahrscheinlich war sie zu betrunken, um es zu merken.

»Ich bin Jessica Pearce.« Sie streckte Sue die Hand hin.

»Ahhh, Simons *kleines* Frauchen!«

Irgendetwas in ihren Augen warnte Jessica, dass die Frau nicht ganz so betrunken war, wie sie tat. Sie war allerdings ziemlich überzeugend, auch wenn sie keinen Grund dafür erkennen konnte. Schwarze, durchdringende und intelligente Augen blickten sie so intensiv an, dass sie sich unbehaglich zu fühlen begann.

Sue hielt Jessicas Hand fest. »Nett, Sie endlich kennen zu lernen, Jessica Pearce. Simon hat mir viel von Ihnen erzählt.«

»Tatsächlich?« Jessicas Augenbraue schoss in die Höhe. Die Worte klangen zwar harmlos, doch die Art, wie Sue sie ansah, hatte etwas merkwürdig Beunruhigendes. War es Feindseligkeit, wollte sie eine Reaktion provozieren? Sie hatte keine Ahnung… Jessica musste über ihren eigenen Gedankengang lachen. Ihre Fantasie schien Überstunden zu machen und sorgte dafür, dass der durchdringende Blick der Oberschwester sie aus der Bahn warf. Wozu sollte Sue das wollen? Keiner ihrer Gedanken machten einen Sinn, besonders nicht ihre Reaktion auf die Frau. Ganz plötzlich war sie abweisend und defensiv geworden, ohne dass sie einen guten Grund dafür hätte nennen können.

»Ja, Jessica, ich weiß Bescheid über Sie und Ihre Probleme«, sagte Sue so leise, dass es niemand anderes hören konnte, und ließ ihren Blick über Jessicas Figur wandern. »Und ich muss sagen, für eine Verrückte sehen Sie ziemlich gut aus, meine Liebe.«

5

Jessica verschluckte sich an einem Stück Brot. Ihre Augen tränten, und sie schnappte nach Luft, als sie der Schreck über die mangelnde Sensibilität der Frau wie eine Riesenwelle überfiel. Aus ihrem Gesicht wich alle Farbe, und sie begann zu zittern. Was war Oberschwester Levinski nur für eine Frau, dass sie in aller Öffentlichkeit solche Dinge zu ihr sagte?

»Sue!«, sagte Simon in scharfem Ton, und ein angespannter Zug um den Mund verriet seinen Ärger. Schützend legte er den Arm um Jessica und zog sie an sich.

»Was ist?« Dunkle Augen sahen ihn gespielt überrascht an. Sue blickte von Simon zu Jessica und fragte: »Aber Sie waren doch eine Weile verrückt, oder?«

»Halt den Mund!«, zischte Simon.

»Hat Simon das erzählt?«, wollte Jessica wissen. Sie presste die Lippen aufeinander, um den Wunsch zu unterdrücken, der Frau zu sagen, wohin sie sich scheren sollte, während Sue vielsagend mit den Schultern zuckte. Wollte sie absichtlich eine Art Szene provozieren? Wollte sie das zunichte machen, was dieser Abend ihr an Gutem gebracht hatte? Mit einem Seitenblick auf Simon stellte sie sich die noch viel wichtigere Frage, was und wie viel genau er der Oberschwester des Krankenhauses erzählt hatte. Sie musste die aufsteigende Feuchtigkeit in ihren Augen zurückdrängen, als sie der Gedanke quälte, dass ihr Ehemann dieser aufdringlichen, neugierigen Frau gegenüber eventuell ihr Vertrauen missbraucht hatte.

»Sue, ich habe Ihnen streng vertraulich von meiner Frau erzählt. Sie werden Sie jetzt nicht aufregen, indem Sie sie an die Vergangenheit erinnern. Habe ich mich deutlich genug ausgedrückt?« In Simons Stimme schwang Enttäuschung mit. Was war mit der Frau los? Er arbeitete zwar erst seit etwas mehr als einer Woche mit ihr zusammen, aber er hätte schwören können, dass sie nicht so einen Unsinn reden würde. Ihr Atem roch nach Alkohol, und so kam er zu dem Schluss, dass sie offensichtlich nichts Hochprozentiges vertrug. Ein Blick in Jessicas Augen zeigte ihm, wie tief sie verletzt war; und er sah noch etwas, was seinen Ärger auf Sue Levinski noch anwachsen ließ. »Es tut mir leid, Jess, ich hätte nie gedacht, dass sie...« Er brach ab, da ihm bewusst wurde, wie unbeholfen seine Worte klingen mussten, und, schlimmer noch, weil er den Verdacht in Jessicas Blick sah.

Aufstöhnend rekapitulierte er den Abend. Bis jetzt war alles so gut gelaufen... Er hatte bemerkt, dass Jessica aus ihrem Schneckenhaus herauskam und sich endlich wieder für etwas anderes als ihr eigenes Leid interessierte. Sie hatte sich Nan Duncan und Marcus sofort verbunden gefühlt. Wieder zuckten seine Kiefermuskeln, als er Sue anstarrte. Mit größtem Vergnügen hätte er ihr den Hals umgedreht, obwohl er nicht nur als Arzt genau wusste, dass es wenig Sinn hatte, ihr die Leviten zu lesen, wenn sie derart durch den Wind war. Aber morgen würde sie etwas zu hören bekommen. Darauf konnte sie sich verlassen!

»Huch!« Sue schlug sich mit der Hand vor den Mund und sah Simon an. »Habe ich etwas Falsches gesagt?«

Irgendwo in ihrem Inneren fand Jessica, bekannt für ihre schnellen Überlegungen vor Gericht, die Geistesgegenwart, sarkastisch zu antworten: »Nein, Sie haben uns nur die Mühe erspart, eine Anzeige in den *Norfolk Islander* zu setzen, um allen von meinem Nervenzusammenbruch zu berichten, und den Fortschritten, die ich mache. Die Nachricht wird sich nun zweifellos wie ein Buschfeuer unter den Inselbewohnern verbreiten. Also vielen Dank, dass sie uns die Ausgaben für die Anzeige erspart haben.« Sie konnte das Zittern kaum noch unterdrücken und wandte sich ab. Sie nahm Simons halb abgegessenen Teller und ging durch die Hintertür in die Küche, um so viel Abstand wie möglich zwischen sich und diese Frau zu bringen.

Auf der anderen Seite der Holzveranda hatte Marcus, der gerade in ein Gespräch mit Sam Oliver vom Tourismusbüro der Insel ins Gespräch vertieft gewesen war, die Szene zwischen den Pearces und Sue Levinski beobachtet. Auch wenn er nicht verstehen konnte, was gesprochen wurde, sagten ihm Simons wütender Gesichtsausdruck und Jessicas Körpersprache – sie wurde so steif wie ein Brett – nur allzu deutlich, dass Sue die Grenzen der Höflichkeit wohl überschritten hatte. Unmerklich nickte er verständnisvoll. Die Oberschwester war dafür bekannt, Szenen zu machen, wenn sie zu viel getrunken hatte. Dafür war sie auf der Insel berüchtigt, aber es war ihr einziger wirklicher Fehler. Zumindest der einzige, der ihm aufgefallen war, seit er sie kannte. Alkohol schien ihr die Zunge zu lösen und ihre Hemmungen fortzuspülen. Sie plauderte einfach alles heraus, egal, wen sie dabei gerade beleidigte.

Er veränderte seine Position, sodass er Jessica durch das Küchenfenster beobachten konnte. Sie sprach mit Nan und Derec Owens, dem der Getränkeladen in der Taylor Road gehörte. Als Analytiker fiel ihm auf, dass Jessica Schwierigkeiten hatte, sich auf das Gespräch zu konzentrieren. Sie wirkte jetzt angespannt, schloss und öffnete die Fäuste, als ob sie sich über etwas aufregte. Wieder kam ihm der Gedanke, dass Jessica Pearce ein interessantes Thema war.

Erst als alle Gäste gegangen waren und er mit Nan noch aufräumte, erfuhr Marcus, mit welchen Worten Sue für Aufregung gesorgt hatte.

»Diese Levinski! Wenn sie nicht so eine gute Kranken-schwester wäre, ich schwöre dir, ich würde mich beim Krankenhaus über sie beschweren«, grollte Nan, während sie die Spüle auswischte. »Du weißt doch, wie schrill ihre Stimme sein kann, wenn sie will. Nun, sie hat jeden wissen lassen, dass Jessica krank gewesen ist, sie hat sie als Ver-rückte bezeichnet. Kannst du dir das vorstellen? Du kannst dir ja denken, dass Julie Withingon diese erfreuliche Neu-igkeit mit dem größten Vergnügen morgen im Supermarkt und in der Kirche verbreiten wird. Ich kann es schon richtig hören: ›Wisst ihr schon, dass die Frau des neuen Kranken-hausleiters ein Fall für die Psychiatrie ist?‹ Oh, Julie wird morgen ihren großen Tag haben.«

Trotz seiner Entscheidung, sich nicht in den Inselklatsch einzumischen, war Marcus' Neugier geweckt. Es hatte sei-ne Vorteile, immer nur für kurze Zeit nach Hause zu kom-men: Der Klatsch und Tratsch und die Politik der Insel in-teressierten ihn nicht viel. »Verrückt? Was soll das hei-ßen?«

Nan legte das Abtrockentuch weg und löste die Schürze von ihrer schmalen Taille. Kurz ging sie zur alten Norfolker Sprache über und sagte: »*Haet sohri faret, claa pua gehl uni jes lors de beibi.* Es ist eine Schande. Jessica hat nicht viel gesagt, aber ich habe gesehen, wie sehr es sie aufgeregt hat. Das ist ja nur zu natürlich. Das Trauma hat sie sehr krank gemacht. Simon hat sie gerade deswegen herge-bracht, damit sie von den Erinnerungen loskommt.«

Markus strich sich gedankenverloren über die Bartstop-peln am Kinn, während er Nans Norfolk-Dialekt übersetzte. Die Pearces hatten ein Kind verloren, und Jessica hatte höchstwahrscheinlich einen Zusammenbruch erlitten. So etwas kam vor. Jetzt war ihm auch klar, warum ein Arzt von Simons Ruf sich an einem so ruhigen Ort vergrub.

»Ich verstehe. Nun, dann müssen wir ihr helfen, wieder neu anzufangen, nicht wahr?« Als Antwort auf seine Frage erhielt Marcus nur ein unterdrücktes Gähnen von seiner Schwester.

»Ja, mein Lieber, das werden wir.« Nan lächelte ihn an. »Ich bin fertig. Lass uns morgen früh darüber sprechen.«

Irgend etwas hämmerte in ihrem Kopf. Oder hatte irgendein gemeiner Mensch ein Metallband um ihren Schädel gelegt und zog es nun boshaft immer fester zu? Sie betete, dass der Schmerz aufhören sollte, aber das tat er nicht. Stöhnend wälzte sie sich auf den Bauch und vergrub das Gesicht in den Kissen. Sie lag im Sterben, so viel war klar. Wer sich so schlecht fühlte, hatte nicht mehr lange zu leben. Auch ihr Magen fühlte sich seltsam an, irgendwie schwächlich. In ihrer Kehle stieg etwas Galle auf, und sie würgte. Nein, das war mehr als nur ein Schwächegefühl.

Sue Levinski kletterte, sich den Kopf haltend, aus dem Bett und bewegte sich, so schnell es ihre bleiern müden Beine zuließen, ins Bad. Fünf Minuten später hatte sie ihren Mageninhalt in die Toilettenschüssel entleert, schnappte nach Luft und wartete darauf, dass sich das Schwindelgefühl verzog. Es half ihr dabei, sich am Waschbecken festzuhalten, während sie versuchte, ihr Bild im Spiegel klar zu erkennen.

Es gelang ihr erst, nachdem sie ein paarmal heftig geblinzelt hatte. Die üblicherweise glatte Haut auf ihrer Stirn war von Runzeln zerfurcht. Ihre dunklen Augen hatten blassblaue Ringe, und ihr tintenschwarzes Haar, auf das sie sonst so stolz war, klebte ihr im wahrsten Sinne des Wortes aalglatt am Kopf. Ihre Haut – die um diese Jahreszeit normalerweise sportlich gebräunt war – wirkte außergewöhnlich blass.

Sie sah schrecklich aus, und genauso fühlte sie sich.

Wie viel hatte sie gestern Abend nur getrunken? Unsicher zuckte sie mit den schmalen Schultern, was den Schmerz in ihrem Kopf verstärkte. Sie konnte sich nicht mehr erinnern. Sie wollte es eigentlich auch nicht. An einiges allerdings konnte sie sich erinnern, vor allem daran, dass sie Schwierigkeiten hatte, was ihre Übelkeit nur noch schlimmer machte.

Sie war stolz auf ihre Diplomatie, auf ihre Fähigkeit, mit allen Leuten auszukommen. Selbst aus einer harten Umgebung in den Hinterhöfen von Newtown kommend, einer Vorstadt von Sydney, hatte Sue Levinski früh im Leben gelernt, dass nett zu sein sie weiter bringen konnte, als wenn sie missgelaunt und gemein war. In ihrer Schulzeit hatte sie sich bei allen Lehrern beliebt gemacht, selbst wenn sie in dem Fach, das sie unterrichteten, nicht immer gut war. Sie war der Meinung, dass sie nie irgendwo durchgefallen war, weil sie sie glauben ließ, dass Sue Levinski eine nette Person war, die sich redlich bemühte, sodass die Lehrer sie dafür entsprechend belohnten, zumindest damit, dass sie ihr gute Noten gaben. Während ihrer ganzen Karriere und dem schnellen Aufstieg in den Rängen der Krankenschwestern zur stellvertretenden Oberschwester in einer Pflegeanstalt in Liverpool im jugendlichen Alter von achtundzwanzig Jahren und nun zur Oberschwester im Krankenhaus von Norfolk Island waren Nettigkeit und Freundlichkeit sowie der intuitive Umgang mit Menschen der Schlüssel zu ihrem Erfolg gewesen.

Das, was sie über das Vorwärtskommen im Leben gelernt hatte, hatte sie nicht unbedingt mit der Muttermilch aufgesogen.

Bereits mit acht Jahren hatte Sue gelernt, sich von ihrer Mutter fernzuhalten, besonders, wenn Joan Levinski, im

Alter von fünfunddreißig bereits Alkoholikerin, von einer Sauftour kam. Die Stimmungsschwankungen ihres Vaters Yani und sein Hang zu Beruhigungsmitteln – um den Schmerz zu betäuben, der von einem Arbeitsunfall auf einer Baustelle herrührte, wie er sagte – machten ihn zu einem Grenzfall von manischer Depression. Und ihr großer Bruder Rick war, da er bereits mit vierzehn angefangen hatte, Hasch zu rauchen, ebenfalls kein großes Vorbild. Bereits mit zwanzig wies er die gleichen Schwächen auf wie seine Eltern.

Sobald sie konnte, war Sue aus ihrem Elternhaus und aus Newtown geflüchtet und hatte während ihrer Ausbildung zur Krankenschwester im Schwesternwohnheim gewohnt. Ihr Jugendtraum war es gewesen, einen Arzt zu heiraten, wovon in ihrem Jahrgang die Hälfte der Schwestern träumte, weil ihnen das ihrer Meinung nach ein bequemes, finanziell unabhängiges Leben bescheren würde. Ein paarmal war sie nahe daran gewesen, doch der eheliche Erfolg blieb aus, daher konzentrierte sie sich auf ihre Karriere. Sie hatte nicht die Absicht, ihr ganzes Leben lang Oberschwester am Krankenhaus von Norfolk zu bleiben. O nein, Norfolk war nur ein Sprungbrett für Besseres. Da war sie sich ganz sicher.

Sie wusste, dass sie ihren Job als Oberschwester am Krankenhaus gut machte. Durch sie lief das kleine Krankenhaus wie eine gut geölte Maschine. Sie hatte stets den Finger am Puls des Geschehens und sorgte für gute Laune bei Patienten und beim Personal, mit dem sie gut zusammenarbeitete. Hatte sie Schwierigkeiten mit einem bestimmten Mitglied des Mitarbeiterstabes, vielleicht persönliche Differenzen oder wenn jemand einfach schwierig war, dann sorgte sie dafür, dass die betreffende Person ihren Job nicht lange behielt.

Das gehörte für sie grundsätzlich dazu, wenn man ein strenges Regime führte. Am Krankenhaus war jeder Mitarbeiter Teil eines Teams, und alle mussten miteinander auskommen. Jeder, der nicht dazu passte, musste gehen. In den sechs Jahren, die sie am Krankenhaus war, hatte sie nur drei Mitarbeiter entlassen müssen, und das hatte sie so geschickt bewerkstelligt, dass sie nicht einmal mitbekommen hatten, dass sie den Verlust ihrer Stelle ihr zu verdanken hatten.

Sue starrte ihr Spiegelbild an. Wie zur Hölle hatte sie gestern Abend nur so dumm sein können? Ja, *dumm* war genau der richtige Ausdruck dafür. Jetzt war Dr. Simon Pearce, ihr Boss, wütend auf sie. Stinksauer wegen dem, was sie zu seiner Frau gesagt hatte. Gott, warum konnte sie ihr Mundwerk nicht unter Kontrolle halten? Es war fast, als ob es ein Eigenleben führte.

Sie steckte den Stöpsel ins Waschbecken und drehte das kalte Wasser an. Als das Becken halb voll war, spritzte sie sich das Wasser mehrere Male über das Gesicht und erschauderte, als die Kälte durch die drei Hautschichten bis in ihr Gehirn drang. Sie unterdrückte ein schmerzliches Stöhnen, da die Kopfschmerzen sofort intensiver wurden. Geschieht dir recht, du dumme Kuh! Wieder schüttelte sie in fast masochistischer Selbstbestrafung heftig den Kopf über ihre Dummheit.

Normalerweise war sie die personifizierte Disziplin. Als Oberschwester der einzigen größeren medizinischen Einrichtung auf der Insel musste sie das auch sein. Aber sie war sich selbst gegenüber ehrlich genug, um einzugestehen, dass sie einen Charakterfehler geerbt hatte, im Grunde genommen sogar mehrere. Wenn sie trank, richtig trank, dann löste sich alles, einschließlich ihrer Zunge, und sie plapperte aus, was immer ihr gerade in den Sinn kam. Viele Leute hielten sie für eine Art Kontrollfreak, und tief im Inneren hatte sie Angst, in Norfolk nicht mehr weiterzukommen. Nein. Verdammt, sie konnte noch mehr erreichen... und sie würde es auch!

Ihre Gedanken kehrten zu ihrem Boss zurück. Simon würde sie heute in Stücke reißen. Sie schloss die Augen, und vor ihren geschlossenen Lidern tanzte Jessicas Gesicht. Ein leises, zynisches Lächeln umspielte ihre schmalen Lippen. Jessica Pearce war nicht schnell oder clever genug gewesen, um den Schmerz zu verbergen, als sie sie als verrückt bezeichnet hatte. Die Frau war mental labil und kämpfte mühsam um Selbstbeherrschung. Das war für jeden deutlich erkennbar, der nur halbwegs genau hinsehen konnte.

Sue griff in die Duschkabine und stellte das Wasser an. Wenn sie schlau war, würde sie sich krank melden, was sie genau gesehen ja auch war. Aber das würde die unvermeidliche Begegnung mit Simon nur hinauszögern. Also war es besser, es so schnell wie möglich hinter sich zu bringen. Sie ging unter die Dusche und hielt das Gesicht dem sprudelnden Duschkopf entgegen.

Sie konnte nur hoffen, dass sie ihre Beziehung zu Simon nicht dauerhaft geschädigt hatte. Bisher hatten sie gut angefangen. Irgendwie musste sie es schaffen, dass er wieder eine gute Meinung von ihr hatte. Das war für die Arbeit im Krankenhaus und vor allem für sie selber wichtig. Simon hatte Einfluss, er kannte Leute in der Medizin, die ihr in ihrer weiteren Karriere hilfreich sein konnten, und sie wollte verdammt sein, wenn sie sich die Gelegenheit einer solchen Verbindung durch die Finger gleiten ließ. Sie war bereit, die Insel für größere Dinge zu verlassen.

Sie kippte sich Shampoo über ihre schwarzen Haare und massierte es ein. Das Wasser half ihr, ihren Kater zu überwinden. Kein Alkohol mehr, versprach sie sich, doch sie vergaß, dass sie sich dieses Versprechen schon mehrmals gegeben hatte und nicht in der Lage gewesen war, es zu halten.

Das heiße Wetter in Norfolk hielt an. Doch das konnte Jessica am Tag nach der Party nicht davon abhalten, in Shorts, Top und einem alten Paar Turnschuhe ihren Angriff auf das Unkraut im Vorgarten fortzusetzen. Allerdings begann sie erst spät am Nachmittag damit, als es schattig genug war, dass ihre helle Haut keinen Schaden nahm.

Fast den ganzen Tag hatte die Wut auf Simon in ihr gebrodelt. Als er sie nach Hause gefahren hatte, hatten sie sich gestritten. Nun, sie musste zugeben, dass der Streit zum größten Teil von ihr ausgegangen war. Sie hatte ihn beschuldigt, ihr Vertrauen missbraucht zu haben, als er der Oberschwester von ihrer Krankheit erzählte. Er hatte gemeint, er hätte es nur getan, weil er erwartet hatte, dass Levinski darüber Stillschweigen bewahren würde. Er hatte sich entschuldigt. Sie hatte ihm nicht verziehen. Als sie sich auszogen und ins Bett gingen, hatte sie ihm den Rücken zugewandt und war irgendwann in einen betäubenden Schlaf gesunken. Als sie aufgewacht war, war er schon wieder im Krankenhaus. Das war nicht ungewöhnlich. Seit vielen Monaten, selbst schon vor Damians Tod, war eine wachsende Entfremdung zwischen ihnen zu spüren gewesen, doch sie wollte nicht daran denken. Ihre Ehe war stark, und sie hatten nur gerade eine schlechte Zeit, die es in vielen Ehen gab. Das hatte sie ihre Arbeit gelehrt. Man sollte die kleinen Dinge nicht überbewerten. Meine Güte, hast du nicht auch so genug Sorgen, ohne dass du versuchst, noch mehr Probleme an den Haaren herbeizuziehen?

Wütend stieß Jessica den Handspaten in einen Grasklumpen und zerrte am Griff, um die Wurzeln zu lockern, bevor sie ihn herauszog und zu einem Haufen anderer störender Gewächse aus dem Gartenbeet warf. Sie erinnerte sich daran, was ihre Mutter ihr vor Jahren beigebracht hatte. Es war schon lustig, was für Erinnerungen man hatte. Durch die physische Arbeit der letzten Stunde war viel von ihrem Zorn auf Simon verraucht. Es war schwer, ihm lange böse zu sein. So war es immer gewesen. Im Inneren wusste sie, dass er ein guter Mensch war, der ihr nie absichtlich Schmerz zufügen würde. Wenn ihn irgendeine Schuld traf, dann die, dass er naiv genug gewesen war, zu glauben, dass die Oberschwester sein Geständnis als vertraulich behandeln würde.

Jessica hockte sich hin, um ihr Werk zu betrachten. Die beständige Arbeit der letzten Wochen begann ihre Wirkung zu zeigen. Im Vergleich dazu, musste sie feststellen, waren die Ergebnisse im juristischen Beruf nicht immer so klar. Dort gab es Ernüchterung, Enttäuschung, und selbst wenn man gewann, schmeckte der Sieg oftmals schal.

Sie hatte die meisten Jahresgehölze beschnitten, eines der Gartenbeete am Ziegelsteinpfad zur vorderen Veranda gejätet, und wenn sie heute mit dem anderen Beet fertig werden würde, würde der Vorgarten wieder so aussehen, als ob sich jemand darum kümmerte. Ja, dachte sie, als sie die Pflanzen und die Klematis betrachtete, die über das Geländer der Veranda wucherte, und nickte sich selbst zu. Es war befriedigend, die Resultate seiner Arbeit vor sich zu sehen.

Außerdem war Jessica der therapeutische Effekt von körperlicher Arbeit klar geworden. Es ermüdete sie angenehm und erlaubte ihr, sich auf etwas anderes als die unglückliche Vergangenheit zu konzentrieren. Dennoch war es nach wie vor schwer, und sie focht einen ständigen Kampf damit aus, Damian aus ihren Gedanken und Erinnerungen zu verbannen. Dabei waren Erinnerungen alles, was ihr von ihm blieb.

Sie riss an einem besonders hartnäckigen Unkraut, bis es endlich aus dem Boden kam. Hab ich dich! Sie grinste triumphierend, als sie es auf den Haufen warf. Dann stand sie auf und streckte sich, wobei sich ihr Top anhob und einen Bauch ohne jeden Fettansatz freigab. Als sie ihren Rücken streckte, spannten sich die Muskeln an und entspannten sich dann langsam wieder, doch die Steifheit blieb. Sie machte ein paar halbherzige Übungen für ihre Beine und die Wadenmuskeln, die wehzutun begannen. Meine Güte, war sie schlecht in Form! Vor Damians Tod war sie dreimal wöchentlich im Fitness-Studio gewesen. Aber seitdem…

Schwer atmend von der Anstrengung nahm sie sich Zeit, um sich umzusehen. Grüne Weiden, von Bäumen und Sträuchern befreit, erstreckten sich bis zum Meer hinunter, und das Land war mit grasenden Kühen gesprenkelt. Es war schön hier. Der Inbegriff der Ruhe. Früher wäre sie zur Küste gerannt und zurück, ohne nur ein bisschen ins Schwitzen zu geraten. Sie fuhr sich mit nicht allzu sauberen Fingern durch das Haar, das am Ansatz feucht war, und kämmte die kastanienbraunen Locken. Jetzt nicht, gab sie zu. Vielleicht wäre sie den Hügel hinuntergekommen, aber nicht wieder hinauf. Eindeutig nicht.

Jessica ging zu der halb verrosteten Schubkarre, die sie am Ende des hinteren Gartens gefunden hatte, und füllte sie mit Unkraut und Grasbüscheln. Danach schob sie die Karre zum Seitentor und wandte sich dann wieder ihrer Arbeit zu. Sie war fast fertig.

Die Nachmittagssonne warf durch die Bäume ihre Strahlen auf ihre Haut, als sie plötzlich stillstand, weil sie ganz unvermittelt zu frieren begann. Schnell breitete sich Gänsehaut auf ihren Unterarmen aus, und die Nackenhaare stellten sich ihr auf. Im nächsten Moment stockte ihr der Atem und wurde ungleichmäßig. Ihr Puls jagte, ihr Herz klopfte… ihr Körper versteifte sich.

Sie wurde beobachtet.

Jessica spürte, wie sie von der anderen Straßenseite gegenüber der Hütte, wo das Gebüsch sehr dicht war, Augen betrachteten, neugierige, kritische Augen. Aber sie hätte nicht sagen können, was sie darauf aufmerksam gemacht hatte, dass sie beobachtet wurde. Vielleicht war es zuerst das abrupte Schweigen im Busch gewesen, in dem die Vögel aufhörten zu zwitschern, oder weil die leichte Brise, die sie beim Arbeiten kühlte, auf einmal aussetzte.

Die Stille und die Reaktion ihres Körpers machten sie nervös. Es war ein sehr merkwürdiges Gefühl.

Du machst dich lächerlich, schalt sie sich selbst. *Wer sollte sich denn die Mühe machen, dir nachzuspionieren?* Und um sich ihre Dummheit zu beweisen, wandte sie sich zu den Büschen an der Lichtung um. Angestrengt glitten die blauen Augen den Waldstreifen ab, bemüht, eine Bewegung, eine Farbe, das Beben eines Zweiges oder irgendetwas anderes zu entdecken, das ihre Wahrnehmung beweisen würde. Nichts. Doch das eindringliche Gefühl, dass jemand ihr Tun beobachtete, blieb bestehen.

Na und? Ignoriere es, befahl ihr eine Stimme in ihrem Kopf. *Wahrscheinlich sind es Kinder, irgendwelche Teenager, die versuchen, dich aus der Fassung zu bringen.*

Im nächsten Moment traf ihren Körper ein Windstoß, der so kalt war, dass er ihren ganzen Körper erzittern ließ. Danach herrschte wieder Stille. Durchdringend. Erstickend. Und außerdem war da noch etwas, ein Geruch, den sie nicht identifizieren konnte. Süßlich, wie Blumen, und doch – sie sah sich im Garten um – außer den Kletterrosen, die keinen

Duft hatten, blühten im Moment keine Blumen. Wie außerordentlich merkwürdig!

Erinnerungsfetzen aus ihrer beruflichen Laufbahn schossen ihr durch den Kopf, von Voyeuren und Spannern bis zu den gefährlicheren Stalkern, die Frauen nachstellten, und von freigelassenen Vergewaltigern. Nur mit Mühe brachte sie die beunruhigenden Vorstellungen unter Kontrolle.

Jessica fuhr sich mit der rechten Hand über die Stirn, wobei sie feststellte, dass ihre Finger zitterten. Spielte ihr ihre Fantasie einen Streich? Um Gottes willen, sagte sie sich, da ist niemand. Erneut spähte sie in das dunkle Grün und forderte denjenigen, der sich dort versteckte, in Gedanken auf, sich zu zeigen. Doch niemand erschien.

Konnte es sein, dass sie einen Sonnenstich hatte?

Sie geriet immer mehr durcheinander, obwohl dazu kein offensichtlicher Grund vorlag, daher wandte sie sich von dem ungejäteten Gartenbeet ab. Nur ein paar Minuten brauchte sie, um ihre Geräte zusammenzusuchen. Dann ging sie hinein und verschloss die Vordertür hinter sich. Mehrere Minuten lang lehnte sie an dem kühlen Holz, lauschte dem schweren Schlag ihres Herzens und stellte fest, dass ihre Beine so zitterten, dass sie unter ihr nachzugeben drohten. Was zum Teufel war nur mit ihr los?

War sie verrückt? War das das erste – nun, vielleicht nicht einmal das erste – Anzeichen dafür, dass sie geistesgestört war? Dieser Gedanke traf sie wie ein Schlag. War ihr Zusammenbruch nur der Anfang gewesen? Aber der Anfang von was? Paranoia? Weitere psychische Störungen? Demenz? Würde sie enden wie ihr Großvater?

Den Anblick, wie er in einer Zwangsjacke abtransportiert wurde, hatte sie nie vergessen können. Mit wirrem Blick und wirrem Haar und Sabberfäden am Kinn. Im Alter von zwölf Jahren, einem Alter, in dem man besonders beeinflussbar ist, hatte ihr die tragische Szene noch Monate später Albträume beschert.

Die Möglichkeit, selber psychisch krank zu werden, ließ ihr die Knie weich werden, und sie sank zu Boden. Sie schlug die Hände vors Gesicht und schluchzte, bis die Anspannung nachließ. Nach mehreren Minuten hob sie den Kopf und schob das Kinn vor. Nein, das würde sie nicht zulassen. Mit jeder Unze geistiger und körperlicher Kraft würde sie dagegen ankämpfen, dass die Krankheit, die das Gehirn ihres Großvaters umnachtet hatte, von ihr Besitz ergriff.

Nachdem sie sich beruhigt hatte, ließ sie sich ein Bad ein. Während das Wasser in die Wanne lief, ging sie ins Schlafzimmer, um sich auszuziehen. Sie hüllte sich in einen Frotteemantel und warf auf dem Weg ins Bad – wie so oft – einen Blick auf das Foto von Damian auf dem Toilettentisch. Es war zum Fenster gerichtet. Sie hätte schwören können, dass es zum Bett gesehen hatte, damit sie es sehen konnte, wenn sie morgens aufstand. Und ihre Parfumflakons. Sie legte großen Wert darauf, sie in einer ordentlichen Reihe aufzustellen. Jetzt standen sie völlig durcheinander auf der gläsernen Oberfläche des Tisches. Sie runzelte die Stirn, und als sie die Schranktür ansah, stellte sie fest, dass sie aufstand. Sie war vorher geschlossen gewesen, da war sie sicher. Sie erinnerte sich dunkel, dass sie Simons Jacke hineingehängt und die Tür geschlossen hatte.

Jemand war im Haus gewesen!

Mit laut klopfendem Herzen ging sie von Raum zu Raum und überprüfte ihn. Im Wintergarten, wo Simon die Staffelei aufgestellt hatte, in der Hoffnung, dass sie wieder anfangen würde zu malen, waren ein Skizzenblock und eine Schachtel Stifte bewegt worden. Alle Pinsel hatten in einem Glas gesteckt, jetzt aber lag einer davon daneben auf dem Tisch.

Mist, das begann wirklich gruselig zu werden. Wenn jemand versuchte, ihr Angst einzujagen, dann machte er seine Sache wirklich gut. Doch wer sollte so etwas tun, und warum?

Jessica überprüfte die Hintertür, dann die Fenster. Sie hatte sie nicht verschlossen, weil sie geglaubt hatte, es sei nicht nötig. Also ging sie durch das Cottage und verschloss alles. Verdammt! Das Bad fiel ihr ein. Die Wanne war fast voll, als sie das Wasser abdrehte. Sie konnte weiß Gott ein entspannendes Bad brauchen, doch als sie sich in das heiße Wasser sinken ließ, fühlte sie sich alles andere als entspannt.

Eigenartig. Das Wort passte am besten. Zuerst das Gefühl, beobachtet zu werden, und dann die Gegenstände, die im Inneren des Hauses bewegt worden waren. Ja, das war schon sehr eigenartig. Kein Wunder, dass sich ihre Nerven angegriffen fühlten. Es war ja auch eine Art Angriff!

»Nein, Simon, ich übertreibe nicht. Ich weiß doch, was ich gespürt habe. Jemand hat mich beobachtet, und in verschiedenen Räumen sind Dinge berührt worden. Als ob jemand das Haus überprüft hätte. Es macht nur keinen Sinn.«

Simon hob flehend die Hände. »Ich stimme dir ja zu, Jess, das macht alles keinen Sinn, und ich bezweifle ganz und gar nicht, was du da draußen gespürt hast.« Er konnte sehen, dass ihre Sorge echt war. Jessica war eine besonnene Frau, die außerhalb des Gerichtssaales nicht zur Dramatisierung neigte. Wenn sie sagte, dass Dinge bewegt worden waren, dann glaubte er ihr. »Aber wer? Wir beide kennen hier doch niemanden«, überlegte er, während sie zusammen auf dem Sofa saßen.

»Ich habe keine Ahnung«, gestand sie und sah ihn an. »Sollen wir mit der Polizei darüber sprechen?«

Simon dachte kurz nach, wobei sich seine Züge verdüsterten. Er würde ihnen von Jessicas *Problem*, dem Zusammenbruch, erzählen müssen, und sobald er das tat, würden sie wahrscheinlich glauben, dass sie sich das nur eingebildet hatte. »Was sollen wir ihnen sagen? Wir haben keinen wirklichen Beweis dafür, dass jemand im Haus war, nur einen Verdacht.«

Nachdem Jessica zustimmend genickt hatte, sprach sie aus, was sie sich überlegt hatte, als sie sich die Angelegenheit überlegt hatte: »Es müssen Kinder gewesen sein. Du weißt, welche Streiche sie einem spielen können, besonders, wenn man irgendwo neu ist. Kleine Teufel. Wenn ich je herausfinde, wer das gewesen ist…!« Dann lächelte sie unsicher. »Ich habe mich zu Tode gefürchtet, weißt du.«

Simon zog sie an sich. »Das kann ich mir vorstellen. Also nur als Vorsichtsmaßnahme: Schließ immer alles ab, selbst wenn du nur in den Garten gehst, ja?«

»Okay.«

Es tat gut, sie im Arm zu halten. Vorsichtig begann er ihr Haar zu streicheln und erwartete dabei fast, dass sie sich von ihm lösen und hinter dem Schutzwall verkriechen würde, den sie um sich herum aufgebaut hatte, aber das tat sie nicht. Er küsste ihre Schläfe, ihre Wange, ihren Mundwinkel.

Sie wandte sich zu ihm um, unvergossene Tränen in den Augen und ein Lächeln auf den Lippen. »O Simon, ich war nicht sehr nett zu dir, seit… seit…«

»Pssst, meine Liebe«, flüsterte er, als er von ihrem Mund Besitz nahm.

Ihr Körper erbebte an seinem, ihre Wärme brannte auf seiner Haut, erhöhte und intensivierte die Hitze. Es fühlte sich wundervoll an. *Sie* fühlte sich wundervoll an, so nachgiebig und bereit. Er hatte lange gewartet ...

Ihr Atem strich über seinen Hals, als sie sich dichter an ihn schmiegte, die Arme um seinen Hals legte und mit den Händen in sein blondes Haar griff. Seine Hand glitt unter ihr Seidenhemd, und da sie keinen Büstenhalter trug, knetete er ihre Brüste sofort sanft und kniff die Brustwarzen zwischen den Fingern, bis sie hart und steif waren. Er schmunzelte, als er das leise Murmeln in ihrer Kehle hörte, den Laut, den sie von sich gab, wenn er etwas tat, was sie mochte.

Wieder fand sein Mund den ihren, ihre Zungen tanzten miteinander und entzündeten die schlafende, lange zurückgehaltene Leidenschaft in ihm. Mit einer abrupten Bewegung stand er auf und zog sie mit sich. Seine Augen stellten die Frage, die er nicht laut auszusprechen wagte, aus Angst, die Stimmung zu zerstören.

Wortlos lächelte sie, berührte seine Wange und nickte zustimmend.

Im Bett verschlangen sich ihre Leiber auf köstliche Weise miteinander. Simon nahm sich Zeit, obwohl es das Letzte war, was er wollte. Nach Monaten geistiger und körperlicher Enttäuschung wollte er in sie eindringen und sie für immer für sich gewinnen. Doch er beherrschte sich, umwarb sie, war zärtlich, erkundete alle Nuancen ihres Körpers neu, die Kurven, Schatten, die Weichheit, bis zuletzt seine Hand zwischen ihre Schenkel glitt und ihre empfindlichste Stelle fand. Sie stöhnte vor Vergnügen, als er sie streichelte, seine Finger unbeirrbar daran arbeiteten, sie in einen Zustand höchsten Verlangens zu bringen, worin er sehr erfolgreich war.

Bald wölbte sie sich ihm entgegen, sich windend, mit flehenden kleinen Seufzern, während ihre eigenen Hände über seinen Körper glitten, ruhelos, streichelnd, fordernd. »Bitte Simon… nicht mehr.«

»Nicht mehr?« Er hielt inne. »Willst du, dass ich aufhöre?«

»Nein.« Wieder stöhnte sie, die Augen halb geschlossen, angestrengt atmend. »Nicht aufhören. Nur…«

»Was?«, neckte er. »Was willst du?«

»Dich, Simon. Dich. In mir. Jetzt.«

Er küsste sie lange und fest, seine Zunge drang tief in ihren Mund als Vorspiel zu einem tieferen, befriedigenderen Eindringen. Schließlich kam er mit einem Seufzen ihrem Wunsch nach. Sie war heiß, feucht und bereit für ihn, als er in ihre Tiefen vorstieß. Seine Selbstbeherrschung schwand, und sofort nahmen sie den Rhythmus an, den sie in den langen Jahren ihrer Liebe gelernt hatten – sie kannten ihre Körper so gut –, und gingen zusammen bis zum Rand der Erfüllung und darüber hinaus.

Später lagen sie ineinander verschlungen im Bett, und Jessica lauschte Simons schwerem Atem, als er schlief. Zum ersten Mal seit Monaten fühlte sie eine seltsame Art von Frieden. Mit Schrecken und auch ein wenig Schuldgefühl musste sie sich eingestehen, dass sie die physische Seite ihrer Ehe vermisst hatte. Sie waren beide so beschäftigt gewesen, schon Monate bevor Damian… So war die Liebe, die körperliche Liebe zwischen ihnen in den Hintergrund gedrängt, als weniger wichtig eingestuft worden als die Entwicklung ihrer Karriere und in seinem Fall die Planung seines kostbaren *Projektes*. Sie biss sich nachdenklich auf die Lippe, als ihr die Wahrheit dämmerte. Warum hatte sie nicht schon früher gemerkt, dass ihrer Ehe etwas gefehlt hatte – und nach wie vor fehlte?

Sie runzelte die Stirn, schockiert über dieses Eingeständnis. Sie drifteten auseinander. Nein – sie wies diese Annahme zurück. Es war nur so, dass sie eine außerordentlich anstrengende Phase durchgemacht hatten, die jede Ehe belastet hätte. Doch nun, da sie das Problem erkannt hatte, würden sich die Dinge ändern. Ja, natürlich würden sie das, versicherte sie sich selber.

Sie sah Simon an, die feinen Linien um seine Augen, die Bartstoppeln an seinem Kiefer. Er hatte Damians Tod heil überstanden, hatte innerlich getrauert, sich dazu gezwungen, den Job zu machen, den er am besten konnte, kranke Menschen zu heilen, während sie wie ein Kartenhaus zusammengebrochen war. Sie nickte leicht und seufzte, als sie die Angemessenheit des Vergleiches erkannte. Das Trauma hatte ihre Beziehung auf den Prüfstand gestellt, es hätte sie zerstören können, aber das hatte es nicht. Sie hatte wirklich Glück. Glück, aus dem Abgrund der Depression gekrochen zu sein, die ihren Geist beinahe für immer gebrochen hätte.

Morgen war Weihnachten. Sie würde ihnen ein schönes Essen kochen, mit Kerzen, wenn sie welche finden konnte, um diese Wiederauferstehung zu feiern. Zufrieden seufzend schmiegte sie sich an seinen Rücken.

Sie stand vor dem Schlafzimmerfenster und schaute auf das schlafende, vom Mondlicht beleuchtete Paar, ihre Körper halb von einem Laken bedeckt. Scham- und leidenschaftslos hatte sie ihren Akt der Liebe beobachtet. Sie hatte die Zärtlichkeit des Mannes und das Verlangen der Frau erkannt. Der Mann sah gut aus, in gewisser Weise weich, aber er interessierte sie nicht. Die Frau allerdings schon.

Sie hatte sie im Vorgarten arbeiten sehen, die Beweglichkeit ihrer Glieder gesehen, gesehen, wie sie den Kiefer spannte, wenn sich ihr ein Unkraut widersetzte. Sie hatte ein interessantes Gesicht, auch wenn sie nicht wirklich schön war, jedenfalls nicht nach ihrem Maßstab. Auch die Augen der Frau waren interessant, ein echter Spiegel ihrer Seele, wie sie bei den Beobachtungen in den letzten Tagen festgestellt hatte. Hinter der oberflächlichen blauen Farbe lauerte tiefer Schmerz. Sie spürte die emotionale Labilität und die Bemühungen, die Gefühle zu beherrschen.

Das war gut, entschied sie. Die Frau war stark, aber eine Tragödie hatte sie geschwächt, und sie hatte die Absicht, diese Schwäche zu nutzen, um zu bekommen, was sie so dringend brauchte.

Bald. Es war nur eine Frage der Zeit.

Mit geschlossenen Augen, noch halb schlafend, tastete Jessica das Bett nach Simon ab. Sie fand nichts als Leere, öffnete die Augen und blinzelte ein paarmal, bevor sie das Blatt Papier auf seinem Kissen sah.

Musste früh zu einem Meeting. Du sahst so schön aus, ich wollte Dich nicht wecken.

Wir sehen uns heute Abend.

In Liebe, Simon

Jessica streckte sich, entspannte sich und streckte sich wieder. Sie fühlte sich so verjüngt, so lebendig. Sie rollte sich auf die Seite und betrachtete das Schlafzimmer. Der Stuhl neben dem Tisch am Fenster stand in einem merkwürdigen Winkel, über der Lehne hingen Simons Jackett und eine Krawatte. Seine Schuhe und Socken waren unter dem Stuhl. In ihr machte etwas Klick.

Immer noch den Stuhl betrachtend, stand sie auf. Auf dem Tisch lag einer von Simons Notizblöcken und ein Bleistift. Mit kräftigen, sicheren Strichen begann sie die häusliche Szene zu zeichnen.

Nach einer halben Stunde hatte sie die Bleistiftskizze vollendet. Sie stellte sie ans Fußende des Bettes, um die

Komposition zu betrachten. Nicht schlecht, entschied sie lächelnd. Sie konnte es noch.

Als Simon aus dem Krankenhaus zurückkehrte, hatte Jessica die Vorarbeiten an ihrem ersten Aquarell beendet. Auf ihre große Staffelei, fast einen Meter lang und etwa sechzig Zentimeter breit, hatte sie ein großes Stück leicht raues, körniges Papier geheftet. Ihr Motiv war der Blick vom Wintergarten mit dem schmiedeeisernen Bogen am hinteren Zaun. Fast vollständig von blutroter Bougainvillea überwachsen, wölbte sich der Bogen über ein verrostetes, halb offenes Tor. Es stand auf, als ob es jeden, der vorüber kam, einladen wollte, auf die Weiden hinauszugehen. Mit einem feinen Pinsel hatte Jessica die Szene gemalt und musste nun noch die Details einfügen.

Simon fand sie im Wintergarten und blieb in der Küchentüre stehen, um zu sehen, was sie tat. Sie hatte ein altes Laken auf dem Boden ausgebreitet, da sie dazu neigte, mit der Farbe herumzuklecksen. Auch ihre Kleidung, ein loses Hemd und Jeans, waren bereits mit verschiedenen Farben bespritzt. Zufrieden lächelte er. Jessica malte! Das musste für sie ein Wendepunkt sein, da war er sicher.

Er trat hinter sie und legte ihr die Arme um die Taille. Erschrocken zuckte sie zusammen.

»Tut mir leid«, entschuldigte er sich dicht an ihrem Ohr. »Ich dachte, du hättest mich hereinkommen gehört.«

»Nein, habe ich nicht«, lachte sie. »Ich habe mich darauf konzentriert, das hier richtig hinzubekommen.«

»Das sieht gut aus.«

»Das sagst du immer von meinen Arbeiten«, gab sie spöttisch zurück. Sie wussten beide, dass Simon kein großer Kunstkenner war. Die Feinheiten der Malerei interessierten ihn nicht, dennoch fand er jedes ihrer Werke schön und machte ihr Komplimente dafür.

»Das stimmt schon, aber…« Er suchte nach dem richtigen Satz, einem, den er im Laufe der Jahre auf einer Reihe von Vernissagen gelernt hatte. »Die Komposition ist gut, es ist ausgeglichen und hat schöne Farben und Leuchtkraft.« Er umarmte sie. »Was gibt es zum Abendessen?«

Jessicas Pinsel hielt mitten in der Bewegung inne. Das Essen! Sie hatte es völlig vergessen… und dabei hatte es doch etwas ganz Besonderes werden sollen!

Er lachte leise. »Mach dir keine Sorgen. Ich habe gedacht, wir könnten essen gehen. Ich habe einen Tisch bestellt in dem Restaurant, in dem wir letzte Woche waren, Annabelle's. Um halb acht. Ich habe Glück gehabt, an Weihnachten überhaupt einen Tisch zu bekommen.«

»Danke, Simon. Entschuldigung. Ich habe völlig die Zeit vergessen.«

»Ich freue mich, dass du wieder malst, Jess. Es ist ein Schritt in die richtige Richtung.«

Sie sah erst ihn an und dann wieder die kleinen Pinselstriche von dem, was ihre erste Landschaft seit mehreren Jahren werden würde. In ihre Arbeit vertieft, hatte sie nicht bemerkt, wie die Stunden verflogen, und zum ersten Mal hatte sie es geschafft, den Gedanken an Damian tief in ihr Unterbewusstsein zu verdrängen. Einen Moment lang bekam sie deswegen ein schlechtes Gewissen. Es war erst viereinhalb Monate her. Sollte sie nicht jede Minute mit jedem Atemzug und jeder Bewegung um ihn trauern?

Ja – und dann wiederum nein. Ob es ihr gefiel oder nicht, ob sie ein Teil davon sein oder sich davon trennen wollte, das Leben musste weitergehen. Sie hatte sich damit abgefunden, dass Damian von ihr gegangen war. Nichts, was sie tun konnte, konnte das ändern. Oh, sie konnte sich ewig grämen und ihn vermissen, was sie natürlich tat, sie vermisste ihn schrecklich. Oder sie konnte die Erinnerung an ihn an einem Platz in ihrem Kopf und in ihrem Herzen bewahren und weiterleben.

Wieder sah sie die Staffelei an, die Linien und die weichen Farben. Ein zittriges Lächeln hob ihre Mundwinkel. Es schien, als ob sie die Entscheidung unwillkürlich getroffen hatte, daher würde sie dieses Bild Damian widmen.

Nachdem Jessica diese Erkenntnis gekommen war, normalisierte sich das Leben der Familie Pearce. Sie amüsierten sich am Weihnachtstag großartig mit Nan Duncan und ihrer Familie, es wurde nur ein wenig traurig, als sie nach Hause kamen und das Telefon klingelte. Es war Alison, die ihnen mit ihrer Familie aus Perth frohe Weihnachten wünschte.

»Bist du sicher, dass es dir gut geht?«, fragte Alison besorgt. »Ich habe mir Sorgen gemacht, weil du so weit weg bist.«

»Es geht mir nicht immer gut, aber die meiste Zeit werde ich gut damit fertig«, entgegnete Jessica. »Ich habe wieder angefangen zu malen, und ich werde losziehen und mir die Insel ansehen, um weitere Motive zu finden. Marcus ...«

»Wer ist Marcus?«

»Ein Bekannter von Simon. Ein Psychologe, der den Beruf gewechselt hat und jetzt Geschichte an der Universität von Neuseeland unterrichtet. Er hat mir von ein paar großartigen Plätzen erzählt, die ich mir ansehen sollte.«

»Mit ihm?«, wollte Alison neugierig wissen.

Jessica lachte leise. »Nein, allein, oder mit Simon. Marcus ist viel zu beschäftigt, er hat Arbeit, irgendein historisches Projekt auf dem Friedhof.«

»Friedhof.« Alison schnalzte ins Telefon. »Von diesem Ort solltest du dich definitiv fernhalten.«

Jessica seufzte auf. Sie sah Simon an, der dem Gespräch

mit halbem Ohr lauschte, und hob die Augenbrauen. »Ja, Alison, natürlich werde ich das.«

»Oh, übrigens, dein Partner Max hat mich davon überzeugt, dass wir, die Familie Marcelle in toto, Ostern Urlaub auf Norfolk machen sollten. Was hältst du davon?«

Jessicas Stirn legte sich in Falten. Die Hütte war klein, sie konnte sich nicht vorstellen, dort vier Leute unterzubringen. »Eine wundervolle Idee«, sagte sie und versuchte, begeistert zu klingen.

»Wir würden uns natürlich eine Ferienwohnung in der Nähe suchen. Dann hättest du deine Ruhe, wenn wir da sind«, informierte sie Alison in ihrer raschen Art. »Ach, außerdem: Kann man da wirklich so gut einkaufen, wie Max behauptet?«

»Ausgezeichnet. Bis dahin kann ich als euer persönlicher Touristenführer dienen.«

Es entstand eine kurze Pause, bevor Alison leise sagte: »Liebes, ich habe jede zweite Woche Blumen auf Damians Grab gelegt. Ich dachte, das wäre dir recht.«

Jessica schnürte sich die Kehle zu. Sie war heute so gut gewesen. Den ganzen Tag war er an diesem besonderen Platz in ihren Gedanken gewesen. »Danke.« Sie zwinkerte ein paarmal, um die Tränen zu unterdrücken. »Ich freue mich sehr darauf, euch alle zu sehen«, sagte sie etwas zu fröhlich. »Jetzt, wo ich es weiß, kann Ostern gar nicht früh genug kommen.«

»Gut, Jessica. Grüß Simon. Wir melden uns bald. Bye!«

Eine Minute lang saß Jessica ganz still, nachdem sie aufgelegt hatte. Ihre Augen waren geschlossen, und hinter den Lidern sammelten sich Tränen. Oh, ihr süßer Damian! Bilder und Erinnerungen überfluteten sie. Bei seinem ersten und einzigen Weihnachten war er erst sechs Monate alt gewesen. Er hatte natürlich nicht verstanden, was vor sich ging und was die Geschenke in den bunten Papieren bedeuteten. Er hatte sich über das knisternde Papier gefreut und über das Geräusch, das es machte, mehr gelacht als über den kuscheligen Bären und das pädagogisch wertvolle Spielzeug, das ihm Freunde und Verwandte geschenkt hatten. Ihre Hände ballten sich zu Fäusten, und sie versuchte, die Erinnerung zurückzuschieben, bevor die Depression die Oberhand gewann.

Sie sah Simon an, der auf dem Sofa eingeschlafen war, die Hände zufrieden über dem vollen Bauch gefaltet. Marcus, Nan und ihre Familie hatten ein Festmahl aufgetischt, und er hatte nichts abgelehnt. Heute Abend brauchte er kein Essen, da war sie sicher.

Es war schön gewesen, von Alison zu hören, stellte sie fest. Sie vermisste ihre Familie. Keith, Alisons Mann, konnte gelegentlich ziemlich nervig werden. Seine Leidenschaft waren Autos, und er konnte unaufhörlich über die neuesten Modelle sprechen. Doch abgesehen davon war er ein angenehmer Gesellschafter. Und ihre Nichte und ihr Neffe, nun, Lisa und Andrew waren Teenager und benahmen sich entsprechend. Aber sie hatte nun mal nur die Marcelles als Familie. Und Simon. Er hatte ein paar Cousins draußen in der Pilbarra und einen in Darwin, mehr jedoch auch nicht.

Jessica zwang sich, nicht mehr an Damian zu denken. Heute wollte sie der Melancholie nicht nachgeben, trotz eines fast übermächtigen Dranges. Stattdessen ging sie in den Wintergarten, betrachtete ihre Staffelei, nahm einen Pinsel und begann Farben zu mischen, obwohl das Licht in der Dämmerung nicht mehr ausreichte, die Strukturen und Farben genau genug zu erkennen. Innerhalb weniger Minuten war sie voll auf ihre Aufgabe konzentriert und bemerkte nicht einmal die Farbtropfen, die auf ihr Leinenkleid fielen.

Später würde ihr auffallen, dass die Malerei ihr half, die Erinnerungen hinter einer unsichtbaren Tür zu verschließen, tief in ihrem Unterbewusstsein, und dass sie die Einzige war, die einen Schlüssel zu dieser Tür hatte und damit die Kontrolle darüber, ob sie offen oder geschlossen war.

6

Marcus Hunter drosselte die Maschine seines Motorrades, als die Hütte der Pearces in Sicht kam. Man nannte es das Cassell Cottage, weil es einst Victor Cassells Familie gehört hatte, die dort gelebt hatte, bis das letzte Familienmitglied die Insel vor etwa fünf Jahren verlassen hatte. Das Cottage thronte hoch auf einem Hügel über der Landschaft Kingston. Es war eine außerordentlich einsame Lage, fand Marcus, auch wenn er sich vorstellen konnte, dass die Aussicht aufs Meer von dort aus großartig sein musste.

Marcus parkte das Motorrad, eine alte Harley Davidson aus der Zeit kurz nach dem Zweiten Weltkrieg, an der er ständig herumreparieren und Ersatzteile organisieren musste, um sie in Gang zu halten. Doch er tat es gerne, weil sie ideal dafür war, die Insel zu erkunden und Pfade zu befahren, die für ein Auto zu schmal waren. Einen Augenblick lang sah er das Häuschen an. Ein Lächeln ließ seine Züge weicher wirken, als er bemerkte, wie sich Jessicas Arbeit an dem verwucherten Vorgarten bezahlt gemacht hatte. Nur ein kleiner Teil musste noch gejätet werden.

Er öffnete das Tor und ging auf die Vordertür zu, innerlich erbost darüber, wie sein Körper auf die bevorstehende Begegnung mit ihr reagierte. Gestern hatte er zu Hause die

Gelegenheit gehabt, sie in einer familiären Umgebung zu beobachten, und was er gesehen hatte, hatte ihm gefallen. Sie war natürlich, ungeziert, aber sie war *auch* mit einem Mann verheiratet, den er bis jetzt mochte und respektierte. Und genauso offensichtlich wie die gebrochene Nase in seinem Gesicht war die Tatsache, dass Jessica Pearce ihren Mann liebte. Ende der Geschichte, Ende aller weiterer Möglichkeiten, soweit es ihn betraf. *Na, sicher doch!*, lachte ihn eine kleine Stimme in seinem Hinterkopf aus.

Er klopfte an die Hintertür und wartete.

Mit einem Pinsel voll blauer Farbe in der Hand und einem Lumpen in der anderen sah Jessica durch das halbtransparente Glas, erkannte den Besucher und öffnete die Tür weit und einladend.

»Guten Morgen, Marcus. Ich dachte, Sie wollten heute zu Hause bleiben und sich nach der Feierei von gestern erholen?«

»Hi, Jessica.« Sein Mund verzog sich zu einem Grinsen. »Bei vier Kindern unter fünf Jahren kann sich in Hunter's Glen niemand wirklich entspannen. An den Plätzen, an denen sich normalerweise die Touristen gerne aufhalten, dürfte es heute ziemlich ruhig sein. Da dachte ich, ich fahre mal runter zum Friedhof, um etwas zu arbeiten.« Er hielt eine Plastiktüte hoch. »Sie haben Ihre Strickjacke bei uns vergessen. Nan dachte, Sie würden sie vielleicht brauchen, wenn es kühler werden sollte, bevor Sie das nächste Mal zum Atelier kommen. Sie sagte, Sie wollen einen Tag mit ihr dort verbringen, wenn die Familie wieder weg ist?«

Jessica nahm die Tasche. Die Strickjacke hatte sie ganz vergessen. »Vielen Dank!« Dann antwortete sie auf seine Frage: »Ja, mich interessiert der Arbeitsablauf. Nan war so freundlich, mir anzubieten, an einem ihrer Arbeitstage zusehen zu dürfen.«

»Freundlich!«, lachte Marcus leise. »Ja, freundlich ist meine Schwester schon, aber sie hat darüber hinaus nichts gegen Hilfe einzuwenden. Sie werden kein passiver Beobachter sein, glauben Sie mir. Sie werden arbeiten müssen. Ziehen Sie unbedingt alte Sachen an, ja?«

Jessica betrachtete die Bluse, die sie über einen gemusterten Rock gezogen hatte. Beide Kleidungsstücke waren mit Farbe bekleckert. Sie lächelte ihn an. »So etwas wie das hier?«

Sein Grinsen wurde breiter, als er sie von oben bis unten musterte, ein Prozess, der seinen Blutdruck um einige Grad nach oben steigen ließ. »Perfekt.«

Jessica erinnerte sich daran, dass Nan gestern beim Essen über Marcus' Leidenschaft für die Geschichte der Insel gesprochen hatte. Deren Aufzeichnung würde ihrer Meinung nach zu seinem Lebenswerk werden. Sie musste die Bemerkung unterdrücken, dass es ihr als eine merkwürdige Beschäftigung erschien, so viel seiner Freizeit in den Ferien den Toten zu widmen. Stattdessen bot sie ihm an: »Möchten Sie vielleicht einen Kaffee, bevor Sie nach Kingston fahren?«

»Gerne«, nahm er an. Sie wanderten in die Küche, wo er Jessica zusah, wie sie den Kaffee machte, und gingen dann in den Wintergarten.

»Ich habe mir schon gedacht, dass man von hier aus einen herrlichen Blick hat«, meinte Marcus, als sie am Fenster standen und über die weiten Weiden zum Pazifik hinunterschauten.

»Macht es Ihnen etwas aus, wenn ich weitermale?« Sie wedelte mit dem Pinsel und zeigte auf die Staffelei. »Das Licht ist gerade richtig, und die da«, meinte sie mit einen Blick auf die weißen Cumuluswolken, die sich vom Wasser her näherten, »werden in einer Stunde da sein.«

»Nein, bitte machen Sie nur. Darf ich mal sehen?«, fragte er, neugierig geworden.

»Es gibt noch nicht viel zu sehen«, erklärte sie, »aber nein, ich habe nichts dagegen. Es hat mich wirklich wieder gepackt. Ich will nur noch malen. Nachdem ich so viele Jahre lang keinen Pinsel mehr angerührt habe, ist das wirklich erstaunlich.«

Er stand schräg hinter ihr und beobachtete, wie sie einen pastellblauen Himmel als Hintergrund aufs Papier brachte. Ihre Gesichtszüge waren konzentriert, während sie arbeitete, und das gab ihm die Gelegenheit, sie zu betrachten, ohne dass es ihr zu sehr bewusst wurde.

»Mir gefällt es«, sagte er schließlich, nachdem er die Landschaft betrachtet und mit dem Blick aus dem Fenster verglichen hatte. Sie hatte die Selbstvergessenheit des Weins eingefangen, der sich um den schmiedeeisernen Bogen rankte und durch den sich eine Art Kletterrose wob, deren Blüten dem Grün an einigen Stellen leuchtende Farbtupfer verliehen.

»Erzählen Sie mir doch, was Sie auf dem Friedhof tun.«

Marcus nippte am Kaffee und fragte sich, wie lange er sich wohl an der einen Tasse festhalten konnte, ohne dass es unanständig wirkte.

»Das ist zeitaufwändig, aber das ist es wert. Schon viele Bücher sind über Norfolk geschrieben worden. Gemessen an der Größe der Insel und dem kurzen Zeitrahmen der menschlichen Geschichte hier ist sie wahrscheinlich besser dokumentiert als die meisten anderen Inseln des Pazifiks. Ich konzentriere mich auf das, was noch nicht bearbeitet wurde. Der Friedhof ist erst der Anfang. Ich möchte eigentlich alle größeren Grundstücke auf der Insel und deren Besitzer historisch untersuchen.«

»Also eher eine Geschichte für und über die Bewohner

von Norfolk Island als die Beschränkung auf die Sträflingssiedlung und so?«

Er nickte, beeindruckt von ihrer Fähigkeit, seine Absichten in ein paar klare Worte zu fassen. »Das ist eine gute Beschreibung. Zur Zeit mache ich Abriebe von Grabsteinen. Zuerst mache ich ein Foto und übertrage dann die Grabsteine mit ihren Inschriften auf Gewebe. Wenn das dokumentiert ist, befasse ich mich mit der Geschichte der Person und lege für jeden, der dort begraben ist, eine Biografie an.«

»Das hört sich aber nach einer Menge Arbeit an«, fand sie und setzte einen letzten Pinselstrich an den Rand des Blattes. Fast hätte sie »düstere Arbeit« gesagt, entschied sich aber rasch dagegen. Wenn Marcus in seiner Freizeit auf einem Friedhof arbeiten wollte, anstatt sich zu entspannen, dann war das seine eigene Angelegenheit.

»Das ist es garantiert. Wie Malen. Wie viele Stunden dauert es, bis ein Gemälde wie dieses fertig ist?« Seine Frage brachte sie zum Lachen, ein kehliger, amüsierter Laut, der seinen Puls beschleunigte.

»Regelmäßig länger als ich angenommen habe. Ich glaube jedes Mal, es müsste eigentlich ganz schnell fertig sein. Aber wenn man es zum Leben erwecken will, muss man sich auf die Details konzentrieren. Das kennen Sie sicherlich ebenso, nehme ich an.« Sie trat zurück, um einen besseren Überblick über die Komposition zu bekommen, betrachtete zuerst das Gemälde und dann den Himmel draußen. Schließlich drehte sie sich zufrieden zu ihm um und stellte fest, dass er sie ansah.

Ertappt leerte Marcus seine Tasse und stellte sie auf den Beistelltisch. »Ihnen bei der Arbeit zuzusehen hat mir ein schlechtes Gewissen gemacht, dass ich selbst nichts tue. Ich sollte mich lieber mal auf den Weg machen.« Er blickte ihr geradewegs in die Augen, in deren Blau er hinreißende goldene Punkte entdeckte. »Und wann immer Sie nach Kingston kommen möchten, um Tourist zu spielen, werde ich vormittags da sein. Ich werde Ihnen eine persönliche Führung bieten.«

Jessica mochte Nan und Marcus, aber sie dachte, dass er nur höflich sein wollte. Lächelnd stimmte sie zu, als sie ihn zur Vordertür brachte. Friedhöfe standen auf ihrer Prioritätenliste nicht sonderlich weit oben, und sie wusste, dass weder Simon noch Alison damit einverstanden wären, wenn sie sich an einem solchen Ort aufhielt. Für sie war es wichtig, im Gleichgewicht zu bleiben und nicht zuzulassen, dass die Melancholie die Oberhand gewann. Malen half ihr, die Depression in Schach zu halten.

Sie sah zu, wie er den Kickstarter des Motorrades betätigte und in Richtung Kingston davonknatterte, wo die erste Sträflingskolonie gegründet worden war. Ihr Kopf neigte sich gedankenverloren zur Seite, und sie schaute ihm nach, bis er aus ihrem Blickfeld verschwunden war.

Jessica vollendete innerhalb einer Woche zwei Gemälde, was Simon und sie sehr freute.

Da ihr von ihrem »Wintergarten-Atelier« aus langsam die Ansichten ausgingen, begann sie die Insel zu erkunden, auf der Suche nach weiteren Motiven, die sie verewigen konnte. Sie nahm ihre Kamera mit, und wenn sie zu einer Stelle kam, die ihr günstig erschien, und das Licht richtig war, machte sie Aufnahmen aus mehreren Blickwinkeln, ließ die Fotos entwickeln und dann vergrößern. Wenn sie diese Fotos dann auf ein großes Stück Pappe aufzog, bildeten sie die Vorlage für ihr neuestes Gemälde, bei dem es sich in diesem Fall um eine Ansicht der Anson Bay handelte.

Am Dienstagmorgen zogen drohende Sturmwolken vom Meer her auf. Bald peitschte der Regen um das Cottage und schlug einen Stakkatorhythmus gegen die Fenster des Wintergartens und das verrostete Eisendach. Stundenlang schüttete es.

Ungewohnt ruhelos streifte Jessica durch das kleine Haus. Sie war ungeduldig, weil sie arbeiten wollte, um ihr neuestes Motiv zu vollenden, aber selbst wenn alle Lichter im Wintergarten brannten, war es nicht hell genug. Und wenn sie bei ungenügendem Licht malte, würde sie ihr Werk womöglich ruinieren. Dieses Experiment hatte sie vor Jahren schon ein paarmal unternommen, und sie hatte aus den Fehlern gelernt.

Stattdessen setzte sie sich aufs Sofa und, das Kaffeetischchen als Schreibtisch nutzend, beantwortete sie die Post, unter anderem einen Brief von Max und David aus der Kanzlei, der sie über den neuesten Klatsch informierte. Mandy von der Rezeption hatte gekündigt, und Faith Wollinski, die seit fünfzehn Jahren in der Firma arbeitete, würde heiraten. Gleichermaßen wichtig war die Information über die neuesten Fälle und wie sich die Rechtsanwältin machte, die sie vertrat. Sie runzelte die Stirn, als sie versuchte, Max' Handschrift zu entziffern, und musste erkennen, dass ihr die Büroräume von Greiner, Lowe und Pearce, die Rechtsstreitigkeiten und die Gerichtstermine nicht im Mindesten fehlten.

Wer hätte das gedacht? Sie sah von dem Brief auf, als sie über diese neue Erkenntnis nachgrübelte. Früher hatte sie für ihren Beruf gelebt, für das Schlagen und Parieren, wenn sie einen Fall annahm mit dem Ziel, ihn für ihren Klienten und die Firma zu gewinnen. Familienrecht war ein anstrengendes Spezialgebiet – und ein deprimierendes. Es gab so viele Ungerechtigkeiten und oftmals keinen klaren Gewinner. Dazu hatte man nicht immer das Gefühl, dass das Urteil wirklich richtig war.

Vermutlich lag ihr mangelndes geschäftliches Interesse daran, was sie seit Damians Tod durchgemacht hatte. Gott wusste, dass sie sich seitdem nur für wenig interessiert hatte. Aber, stellte sie an ihrer Unterlippe nagend fest, sie machte Fortschritte. Ihr Leben bekam langsam wieder eine gewisse Regelmäßigkeit.

Sie ging in den Wintergarten und merkte, dass der Regen nachgelassen hatte, doch immer noch war es zu dunkel, um zu malen. Es war ein weicher, diesiger Nieselregen, fast unsichtbar. Der Anblick führte sie viele Jahre zurück in die Zeit in London, als sie und Simon sich warm anzogen, um im Regen spazieren zu gehen. Die Einheimischen hatten sie für verrückt erklärt, aber wenn man aus dem westlichen Australien kam, wo es manchmal monatelang nicht regnete, und wenn man dazu jung und frisch verliebt war, dann genoss man solche Dinge. Plötzlich traf sie eine Entscheidung. Genau das würde sie tun: spazieren gehen. Hatte sie Regenkleidung eingepackt? Sie konnte sich nicht mehr daran erinnern ...

So durchstöberte sie den Kleiderschrank und fand eine Nylonjacke mit Kapuze, die Simon gehörte. Sie zog ihre ältesten Jeans an und ein paar verwitterte Doc Martens, schnappte sich einen Regenschirm und stieg in den kleinen Kombi, den Simon für sie gemietet hatte. Während sie zum Meer fuhr, erinnerte sie sich an Marcus' Einladung zu einer Hunter-Tour. Nein, sie würde sich nicht aufdrängen. Sie würde einfach drauflosfahren ...

Stundenlang wanderte Jessica die Quality Row entlang und durch die Gebäude, die zum größten Teil während der zweiten Besiedlungsphase der Insel entstanden waren, befasste sich mit ihrer Geschichte und las die Tafeln und Broschüren für die Touristen. Es war nicht schwer, sich das Elend der Strafgefangenen vorzustellen, die hierher geschickt worden waren, und auch das ihrer Aufseher, die ebenfalls unter Entbehrungen gelitten haben mussten. Kingston, wie die Siedlung jetzt hieß, sah friedlich und landschaftlich reizvoll aus, doch seine Geschichte war alles andere als das. Die Mutterkolonie von Sydney Town, wie die Stadt früher hieß, hatte nur die gefährlichsten Sträflinge hierher geschickt, diejenigen, die noch während ihrer Gefangenschaft wieder straffällig geworden waren. Viele der Kommandanten, die die Lager beaufsichtigen sollten, mussten nach heutigen Standards noch schlimmere Monster gewesen sein als ihre Sträflinge.

Vor wenig mehr als zweihundert Jahren war mit der Einrichtung der Kolonie von Kingston die erste geschichtlich belegte menschliche Siedlung auf der Insel gegründet worden, obwohl Jessica auch von früheren Besiedelungen durch Polynesier gelesen hatte, die einen Bananenhain angelegt hatten. Der anfängliche Zustrom an Strafgefangenen und Soldaten sollte die Insel mit dem lavareichen Boden kultivieren. Eine weitere Aufgabe für die Bewohner der Siedlung war es, Bäume für Schiffsmasten zu fällen, die reichen Flachsvorkommen zu ernten und Gemüse anzubauen, um die Läden von Sydney Town zu beliefern, das auf sandigem, unfruchtbarem Boden gegründet worden war.

Absichtlich oder unabsichtlich war Jessica stetig weiter von der Quality Row fortgewandert und befand sich schließlich auf dem Weg zum Jägerzaun des Inselfriedhofes. Irgendetwas – Instinkt oder vielleicht auch nur reine Neugier – veranlasste sie, an den Reihen von Marmorgrabsteinen und den kürzlich verstorbenen Menschen von Norfolk entlangzulaufen bis zu den ungleichmäßigen Reihen alter

Grabdenkmäler aus Sandstein, die stark verwittert waren und näher an der Küste lagen, alle nach Osten ausgerichtet. Viele der Grabsteine hatten sich durch die Erosion und die Kraft der Elemente gefährlich zur Seite geneigt.

Während sich mittags die Sonne den Weg durch die dichten Wolken bahnte, wanderte Jessica zwischen den Grabsteinreihen hindurch, las gelegentlich eine der Inschriften und schüttelte den Kopf, als sie die traurigen Zeilen las: *»Hier ruht Dora, die geliebte Tochter von John und Jane Quintal, die an den Folgen von Verbrennungen starb am 7. August 1866. Sie war 2 Jahre und 6 Monate alt. Leb wohl, mein Liebling.«*

Dass so viele so jung gestorben waren und manche auf so tragische Weise, war eine Tatsache, für die diese Inschriften manchmal das einzige Zeugnis waren, der einzige Beweis, dass diese Person je existiert hatte. Ein Sonnenstrahl fiel schräg auf einen flechtenüberwachsenen Grabstein und erlaubte es Jessica, die Botschaft zu lesen, die eigentlich für alle Ewigkeit hätte dort stehen sollen. Doch sie war fast unlesbar, da zu viele Buchstaben in etwas mehr als anderthalb Jahrhunderten zerstört worden waren. Hätte Jessica daran gedacht, dann hätte sie es sicher seltsam gefunden, dass sie keine Parallele zu ihrem eigenen Verlust zog, während sie die Geschichte der Siedlung nachverfolgte.

»Jessica.«

Das leise Rufen ihres Namens in singendem Flüstern ließ sie sich umdrehen. Es war niemand da. Es war niemand in der Nähe. Sie sah den Hügel entlang und stellte fest, dass außer ihr nur noch eine Familie an einem weit entfernten frischen Grab auf dem Friedhof stand.

Verwirrt ging sie weiter, sie dachte schon, dass sie es sich eingebildet hätte, und lachte leise über die unsinnige Vorstellung. Von alten Grabsteinen und einer gewissen Melancholie, die die Geschichte dieses Ortes mit sich brachte, wollte sie sich nicht einschüchtern lassen. In der Vergangenheit hatte es ihr nie etwas ausgemacht, über Friedhöfe zu gehen – sie hatte es in Griechenland und in England getan –, also warum sollte sie jetzt beunruhigt sein?

»*Jessica.*«

Wieder. Eindringlicher.

Jessica stand still, hielt den Atem an und lauschte. Nur das Geräusch der Brandung in der Ferne und das schwache Flüstern des Windes in den majestätischen Pinien drang an ihr Ohr. Wieder diese Kinder?

Sie wirbelte herum, so schnell sie konnte, halb erwartend, einen Kopf hinter einem Grabstein verschwinden zu sehen. Wieder nichts. Ihr Herz begann schneller zu schlagen, ihre Lippen pressten sich vor Zorn aufeinander... und noch einem anderen Gefühl. Sie war nicht erfreut. War das dieselbe Person, die am Haus gewesen war und sie aus dem Schutz der Büsche im Garten beobachtet hatte? Warum taten sie – und sie ging davon aus, dass es mehrere waren – ihr das an und versuchten, sie aus der Fassung zu bringen? War es ein Spiel, das sie mit unwissenden Besuchern spielten, von denen sie wussten, dass sie nicht für immer bleiben würden?

Sie blieb, wo sie war, sie war nicht bereit, irgendjemandem die Genugtuung zu verschaffen, sie wie ein erschrockenes Kaninchen vom Friedhof flüchten zu sehen, boxte die Hände in die Jackentaschen und tat, als ob ihr das nichts ausmachte.

Bis... plötzlich überkam sie eine Welle von Feuchtigkeit und ungewöhnlicher Kälte. Es begann in ihren Füßen, schien durch die dicken Sohlen ihrer Schuhe zu sickern, wanderte durch ihre Beine in ihren Körper, ihre Arme entlang, den Rücken hinauf bis zum Nacken und gelangte schließlich in ihren Kopf. Ihre Zähne begannen zu klappern, und in weniger als zwanzig Sekunden schien ihre Körpertemperatur um mehrere Grad gesunken zu sein, so musste sie zittern.

Ihr Blick wanderte zurück zu den Leuten am oberen Ende des Friedhofs. Ein Mann trug Shorts, die Frau ein Sommerkleid, und mittlerweile waren alle Grabsteine und alle grasbewachsenen Hügel in Sonnenlicht getaucht. Es war offensichtlich nicht kalt, aber sie zitterte vor Kälte von Kopf bis Fuß.

Noch etwas anderes war seltsam, so unmerklich, dass sie es beinahe nicht wahrgenommen hätte. Eine Art Parfum. Sie versuchte, herauszubekommen, an was es sie erinnerte, doch der Duft war zu schwach. Weder die Kälte noch dieser Geruch ergaben irgendeinen Sinn. Ihr Körper versteifte sich in dem Bemühen, dieser Invasion von Kälte Einhalt zu gebieten. Dann erinnerte sie sich daran, dass sie genau so eine Kälte schon einmal gespürt hatte…

Sie war einmal am Mount Hotham Skifahren gewesen und hatte auf den Pisten die Orientierung verloren. Der gesunde Menschenverstand und Gespräche, die sie von anderen Skifahrern in der Hütte gelegentlich mit angehört hatten, sagten ihr, dass es am besten war, sich bergab zu halten. Doch als sich die Kälte und eine betäubende Erschöpfung bemerkbar machten, wurde der Wunsch, anzuhalten, sich in den weichen Schnee sinken zu lassen und ein paar Minuten auszuruhen, zunehmend stärker.

Jeder Muskel in ihrem Körper hatte geschmerzt von der Anstrengung, die Ski und Stöcke vorwärtszubewegen und zu versuchen, durch den Schnee etwas zu erkennen. Anhalten, Ausruhen, zu Atem kommen, weil sie immer weniger Luft bekam – jede Faser in ihrem Körper schrie danach, diesem Wunsch nachzugeben und der Natur ihren Lauf zu lassen.

Sie war nahe daran, unterkühlt zu sein und aufzugeben, als sie eine Gruppe Skifahrer gefunden hatte ...

Es war eine heilsame Lektion für Jessica gewesen, die sie auch im Laufe von fast fünfzehn Jahren nicht vergessen hatte. Vielleicht hätte sie ihr sogar geholfen, die schlimmste Erfahrung ihres Lebens, Damians Tod, durchzustehen, wenn sie sich darauf hätte konzentrieren können, als sie Kraft brauchte.

Jetzt wusste sie nur, dass sie auf keinen Fall nachgeben durfte, sich nicht schwächen lassen durfte. Doch ihr Körper wurde so taub, dass sie sich nicht bewegen konnte. Selbst ihr Gehirn wollte nicht mehr arbeiten. Lieber Gott, was geschah mit ihr?

Mit einer verzweifelten Anstrengung versuchte Jessica, ihre Beine zu bewegen, bevor ihr Gehirn seine Funktion ganz einstellte und die notwendigen Informationen nicht mehr weiterleitete. Stolpernd wandte sie sich halb um und stürzte in die Arme eines Mannes.

»Jessica!«

Marcus Hunters ruhige, vernünftige Stimme brachte sie aus der Leere zurück, in die sie zu stürzen drohte, und sie klammerte sich an ihn wie an einen Rettungsring.

»Was ist passiert? Sind Sie krank? Was ist geschehen?« Marcus sah ihr verzerrtes Gesicht, die blasse Haut, den Ausdruck in ihren Augen, ihre Angst und die gehetzte Atmung. Er schloss sie in die Arme und streichelte etwa eine halbe Minute ihren Kopf, wobei er leise murmelte: »Es ist alles gut, Jessica, Sie sind in Sicherheit.«

Langsam spürte sie, wie seine Wärme ihren Körper wiederbelebte und damit auch ihre geistige Stärke zurückkehrte. Was war geschehen? Hatte sie einfach eine Panikattacke gehabt? Wenn ja, was hatte sie ausgelöst? Sie konnte sich an keinen Katalysator erinnern. Und hatte sie wirklich jemanden ihren Namen rufen gehört, oder hatte sie sich das nur eingebildet? Sie seufzte innerlich auf. So viele Fragen und keine Antworten!

»Möchten Sie darüber sprechen?«, bot ihr Marcus an, als er seinen Griff lockerte, wenn auch nur widerwillig. Es war schön, sie in den Armen zu halten, und es war schon viele Monate her, seit er eine Frau so gehalten hatte. Er riss sich zusammen und ließ sie los.

»Ich weiß nicht«, sagte sie kopfschüttelnd. »Ich ... mir war auf einmal so komisch. Kalt, klamm, fast so, als ob ich ohnmächtig würde. Und ich habe gedacht, ich hätte Stimmen gehört ...«

»Ich verstehe.« Er verzog nachdenklich den Mund. »Haben sie Ihren Namen gerufen?«

»Ja, tatsächlich.« Sie riss die Augen auf. »Waren Sie das?«

Er schüttelte den Kopf und fuhr sich mit der Hand durch das lockige Haar, um es aus der Stirn zu schieben. Er blickte sich auf dem Friedhof um und stellte fest, dass sie im ältesten Teil standen, wo viele Strafgefangene der ersten Kolonie bestattet lagen. Im Laufe der Jahre hatte er viele Geschichten gehört und sie als Unsinn abgetan, aber vielleicht ...

»Ich glaube, Sie haben gerade etwas erlebt, was die Bewohner von Norfolk als eine Erscheinung bezeichnen.«

»Was ist eine Erscheinung?«

»Jessica, glauben Sie an Gespenster oder Geister?«

Erstaunt hob sie die Augenbrauen.

»Was?« Sie dachte einen Moment nach. »Nein, natürlich nicht.« Ihr Tonfall deutete an, dass sie die Vorstellung absurd fand. Welche moderne, gebildete Person würde zugeben, dass sie an so einen Unsinn glaubte? Damit klang man genauso verrückt wie die Geister angeblich waren.

»Nun, sei es, wie es wolle«, meinte Marcus, »und ich hatte auch noch nie das zweifelhafte Vergnügen, aber es gibt da so Geschichten. Besuchern der Insel, und vor allem Besuchern dieses Friedhofs ist schon so manches Mal etwas Seltsames passiert.« Er bemerkte ihren skeptischen Blick und erklärte: »So etwas, was Ihnen gerade geschehen ist. Stimmen, Kältegefühl, Ohnmachtsanfälle. Hellseher sind hierher gekommen, die gesagt haben, dass sie hier so viel spirituelle Energie verspürten, dass sie vor Angst schlotterten, obwohl sie solche Dinge doch gewohnt sein sollten.«

Ihr Gesichtsausdruck änderte sich nicht. »Sie nehmen mich auf den Arm, nicht wahr?«

»Nein.« Er schüttelte den Kopf. »Ob Sie an Geister glauben oder nicht, es ist möglich, dass sie einer von ihnen eben heimgesucht hat. Soweit ich gehört habe, warten sie normalerweise bis nach Einbruch der Dunkelheit oder tun es vor Sonnenaufgang. Aber manchmal, wenn sie sehr stark sind, können sie auch bei Tag kommen.«

Jessica sah sich auf dem Friedhof um, das weiche Gras, die hohen Pinien im hellen Sonnenschein. Die Vorstellung von Geistern, Gespenstern oder Ähnlichem war abstrus.

»Marcus, Sie erwarten doch nicht, dass ich Ihnen das glaube, oder?«

Er zuckte mit den Schultern und schaute zur Seite. »Ich habe leider keine logischere Erklärung für das, was Ihnen passiert ist. Ich habe mit Leuten gesprochen, die ähnliche Erfahrungen gemacht haben, und die meisten zeigten die gleichen Symptome und reagierten genauso wie Sie.«

Jessica lachte und hielt sich dann die Hand vor den Mund. Entschuldigend sah sie ihn an. »Es tut mir leid, aber ich kann das, was Sie sagen, nicht wirklich ernst nehmen.«

»Na gut, dann vergessen Sie es.« Er merkte, dass er versuchte, eine Skeptikerin zu überzeugen, und eventuell war es in ihrem Zustand besser, wenn sie nicht daran glaubte, auch wenn er wusste, dass sich seine Meinung auf vernünftige Fakten gründete. Lächelnd meinte er: »Dann geben Sie unserem launischen Norfolk-Wetter die Schuld. Aber erzählen Sie mir doch, was Sie hier tun?«

»Oh, das Licht war zu schlecht zum Malen, also habe ich gedacht, ich spiele ein bisschen Tourist.«

»Ich verstehe. Haben Sie Hunger? Möchten Sie etwas essen gehen?«

Sobald er das Wort »Essen« aussprach, stellte Jessica fest, dass sie kurz vor dem Verhungern war. Das musste an der frischen Inselluft und dem Spaziergang liegen.

»Liebend gerne. Aber ich lade Sie ein.« Ein Lächeln zauberte Grübchen auf ihre Wangen. »Um mich dafür zu bedanken, dass Sie mich vor *Casper, dem freundlichen Geist*, gerettet haben.«

Seine linke Augenbraue hob sich als Zeichen der Zustimmung. »Unten am Museum ist ein Imbiss. Kommen Sie, ein schneller Marsch wird Ihnen guttun. Wir nehmen die Abkürzung über den Golfplatz.«

Einvernehmlich liefen sie über die einsamen Grünflächen, bis sie zu den noch aufrecht stehenden Wänden des Gefängnisses der zweiten Besiedlungsphase kamen und dahinter ein Häufchen cremefarben gestrichener Häuser sahen.

»Marcus.« Sie legte ihm kurz die Hand auf den Arm, zog sie aber gleich wieder fort. »Bitte tun Sie mir den Gefallen, und erzählen Sie Simon nicht, dass ich hier gewesen bin. Er sagte mir, es wäre nicht gut für mich, auf den Friedhof zu gehen.« Nach kurzem Zögern fügte sie hinzu: »Womöglich hatte er ja Recht.«

»Natürlich. Es bleibt unser Geheimnis.« Es freute ihn, ein Geheimnis mit ihr zu teilen, von dem er hoffte, dass es nur das erste aus einer Reihe von vielen sein würde, doch als Realist bezweifelte er es. Genauso gut wusste er, dass aus seiner wachsenden Zuneigung zu Jessica Pearce nichts Gutes und kein dauerhaftes Glück entstehen konnte.

Zwei Tage nach Jessicas Besuch in Kingston begannen die Albträume.

Dabei begannen die Träume immer ziemlich friedlich mit einer Szene in einer Straße der Siedlung, der Quality Road, mit Menschen, Soldaten, Sträflingskolonnen mit klirrenden Fußeisen auf dem Weg zu ihrer täglichen Arbeit, einer Frau mit einem Korb, die ihres Weges ging, und ein paar Kindern, die auf der Straße spielten.

Dann erschien in ihrem Traum das Gesicht eines Mannes, das von einer schrecklichen Apparatur verdeckt wurde, durch die jeder seiner Atemzüge pfeifend aus seinem Mund kam.

Jessica erkannte das Gerät, sie hatte über diesen Knebelzaum gelesen, eine Form der Bestrafung, die ein Gefängnisaufseher jedem beliebigen Übeltäter auferlegen konnte, manchmal für das geringste Vergehen. Für Summen oder Singen, für die Worte »Oh, mein Gott!« während der Arbeit in der Sträflingskolonne, oder dafür, dass man nicht schnell genug lief. Nach heutigen Standards waren die Gründe unglaublich banal.

Der Erfinder des Knebels hatte gewusst, wie man Menschen quält. Das Zaumzeug wurde um den Kopf und den Hals geschlungen und besaß ein Stück Holzrohr mit etwa zehn Zentimeter Durchmesser, das den Mund des Mannes völlig ausfüllte. Nur durch ein kleines Loch im Rohr konnte er atmen, und auch das nur schwer, und er stieß die Luft mit einem hohen Pfeifen wieder aus.

In ihrem Traum erstickte der Mann, dessen Kleidung nur aus ein paar grauen Lumpen bestand, als Schleim die Öffnung im Rohr verstopfte. Seine Augen blickten angsterfüllt, und er fiel auf die Knie, wodurch er die Kolonne zum Stillstand brachte. Hustend, würgend und nach Luft schnappend griff er sich ins Gesicht, versuchte, sich die Maske abzureißen, was er jedoch nicht schaffte. Seine Nägel zerrissen seine Haut, und tiefe rote Striemen breiteten sich über seinen Wangen und der Stirn aus.

Ein Soldat kam hinzu, in der einen Hand das Gewehr, in der anderen eine kräftige Peitsche. »Steh auf, du fauler Sack! Hier wird nicht simuliert, mein Junge!«

Ein Stiefel knallte dem Mann in die Rippen und nahm ihm den Atem. Das Gesicht des Sträflings änderte die Farbe von weiß über rot nach blau.

Wieder trat der Soldat nach ihm und schrie: »Steh auf, oder es wird dir schlecht ergehen!«

Die Weigerung des Sträflings, aufzustehen, schien den Soldaten nur noch zorniger zu machen. Er begann, im Gleichtakt mit seinen Fußtritten mit der Peitsche auf ihn einzuschlagen, auf Schultern, Beine und Rumpf. Der Sträfling stöhnte unter den Schlägen, die auf ihn einhagelten. Bald war er unfähig, aufzustehen, unfähig, der Wut seines Peinigers zu entgehen.

Dann veränderten sich die Figuren im Traum.

Jessica bemerkte den leeren Ausdruck im Gesicht der anderen Sträflinge, während sie stumm zusahen. Sie hatten solche Szenen schon oft gesehen, so oft, dass sie immun waren gegen die Grausamkeit, mit der ein Mensch einen anderen wie ein Tier quälte. Nein, schlimmer als ein Tier.

»Lass ihn. Siehst du nicht, dass er stirbt, Mann?«, rief eine Stimme aus der Reihe der Gefangenen.

Der Soldat, den der Ungehorsam des Mannes in einen wahren Blutrausch getrieben hatte, konnte oder wollte nicht sehen, was geschah. Er schlug weiter auf den Wehrlosen ein, bis er nur noch ein blutiger, lebloser Klumpen war.

Plötzlich nahmen die Gesichter der Sträflinge dicht bei dem Gefallenen einen anderen Ausdruck an, verschlagen, wissend, wie in Zustimmung zu einem bereits vorher getroffenen Pakt. Sie nickten einander zu, als sich der Soldat schwer atmend von der Anstrengung erholte. Seine rote Jacke und die weißen Hosen waren mit dem Blut des Gefangenen bespritzt. Sein Gesicht war von der Anstrengung rot angelaufen, und Schweiß lief ihm auf den Uniformkragen.

Das Klirren der Ketten machte ihn auf die Bewegung aufmerksam, aber da war es bereits zu spät. Mehrere Sträflinge, die nahe genug waren, um ihn zu erreichen, entwanden ihm das Gewehr und die Peitsche. Sie wussten, dass ihnen kaum mehr Zeit blieb als eine halbe Minute, und schlugen ihn, seine eigenen Waffen als Keulen benutzend, genauso zusammen, wie er es mit ihrem Kameraden getan hatte. Dann knallten Schüsse aus Musketen, unter denen zwei Sträflinge fielen, drei andere wurden bewusstlos geschlagen, aus der Kolonne entfernt und in Zellen gebracht.

Drei Körper schwangen im Wind am Galgen, die Gesichter bläulich-rot, mit geschwollenen Zungen und hervorquellenden Augen …

Jessica wachte mit einem Ruck schweißgebadet auf.

Schläfrig stützte sich Simon auf einen Ellbogen und blinzelte sie an.

»Was ist los, Liebes? Schlecht geträumt?« Er gähnte. »Willst du darüber sprechen?«

Sie schüttelte den Kopf. Wenn sie ihm von ihrem Traum erzählte, würde er wissen, dass sie in Kingston gewesen war, und das wollte sie nicht, weil sie fürchtete, er würde sie deswegen schelten. Sie zog die Decke fort und schwang die Beine aus dem Bett. »Ich mache mir ein Glas warme Milch, das beruhigt mich. Schlaf weiter.«

Es war der erste von vielen Träumen, die mit der Zeit zu schrecklichen Albträumen wurden. Jedes Mal ging es dabei um die Geschichte der Insel und darum, was den Sträflingen während der zweiten Siedlungsphase geschehen war. Die Albträume wurden regelmäßig – Szenen von Gefangenen in Fesseln oder von mehreren Sträflingen, die die Peitsche bekamen, während Soldaten und Offiziere mit roten Jacken zusahen und sich am Schmerz und Blut der Männer ergötzten.

Der grausigste Traum war eine lebhafte Wiederholung des Tages, an dem ein berüchtigter Sträfling namens »Jacky-Jacky« Amok gelaufen war. Mit einer Keule bewaffnet war er in den Küchenbau gestürmt und hatte einen Aufseher, einen Wärter und einen Konstabler erschlagen, die versucht hatten, mit ihm zu reden. Der Letzte von ihnen wurde von dem Mann, den ständige Misshandlungen zum Wahnsinn getrieben hatten, buchstäblich in Stücke gerissen.

Als Jessica eines Morgens vor dem Spiegel stand und die dunklen Ringe unter ihren Augen betrachtete, wusste sie, dass sie ihr Geheimnis nicht viel länger würde bewahren können. Die Albträume wurden schlimmer und immer bedrohlicher. Sie erschöpften sie emotional zutiefst.

»Du siehst nicht ganz auf der Höhe aus, Jess. Du bekommst doch keine Grippe, oder?« Simon hatte als aufmerksamer Arzt die dunklen Schatten unter ihren Augen bemerkt und die Lethargie, mit der sie ihnen ein leichtes Frühstück zubereitete.

»Ich muss dir etwas gestehen. Bitte nicht böse sein«, begann sie. »Erinnerst du dich an den Morgen letzte Woche, als es so heftig geregnet hat? Ich konnte nicht malen, und als der Regen nachgelassen hat, bin ich zu diesem historischen Ort, Kingston, hinuntergefahren. Ich habe mir da mehrere Stunden lang die verschiedenen Häuser und das Museum angesehen.« Sie warf ihm einen kurzen Blick zu. »Ich war sogar auf dem Friedhof.«

»Jess, ich …«

»Ich weiß, du hast mir geraten, mich davon fernzuhalten, aber ich hatte nicht gedacht, dass es mir schaden könnte.«

»Schaden? Inwiefern?«

Sie versuchte, es möglichst locker klingen zu lassen. »Ich hatte eine merkwürdige Erfahrung. Ich wäre fast ohnmächtig geworden. Marcus war da und hat mich gerettet.«

»Gerettet?« Simon war jetzt ganz aufmerksam und runzelte die Brauen. »Hast du an Damian gedacht?« Gott, es war ihr so gut gegangen, durch die Medikamente und durch das Malen. Er hatte gehofft, dass sie das Schlimmste überstanden hatte, dass die schlimmen Tage endgültig vorbei seien. Ihre Krankheit wurde irgendwie – lästig. Er schluckte seinen Frust herunter und wartete, dass sie weitersprach.

»Nein. Wirklich nicht. Es war seltsam, Simon. Mir wurde auf einmal eiskalt. Ich konnte mich nicht mehr bewegen. Es war, als ob ich am Boden angefroren wäre.«

Simon nickte unverbindlich. »Was hat Marcus gesagt?« Glücklicherweise war er da gewesen, als sie jemanden brauchte. Er musste daran denken, ihn anzurufen und sich zu bedanken. Marcus war ein guter Mensch. Jeder, der von ihm sprach, mochte und respektierte ihn, seine Arbeit und eigentlich seine ganze Familie.

Jessica versuchte, die Sache mit einem Lachen abzutun, aber es klang erstickt. »Er hat gesagt, ich wäre möglicherweise von einem Geist heimgesucht worden. Ziemlich lächerliche Idee, fand ich.«

»Und ...?«

»Nun, seitdem habe ich merkwürdige Träume. Es sind mehr als Träume, sie wandeln sich ständig zu schrecklichen Albträumen.« Sie sah ihn flehend an. »Ich verstehe nicht, warum, aber in den letzten vier Nächten habe ich nicht mehr richtig geschlafen. Ständig dringen Strafgefangene, Grausamkeit und Mord in meinen Schlaf ein. Es ergibt einfach keinen Sinn.«

Er betrachtete eine Weile eingehend ihr Gesicht und dachte darüber nach, was sie gesagt hatte. Dann streichelte er ihre Hand. »Für mich auch nicht. Ich schätze, dass das, was du gelesen und gesehen hast, sich auf irgendeine Weise in deinem Unterbewusstsein festgesetzt hat und in den Träumen wieder hochkommt. Einer Theorie zufolge entledigt sich das Gehirn in Träumen der Dinge, die es nicht speichern kann oder will.« Er grinste sie an. »Keine sonderlich wissenschaftliche Erklärung. Ich vermute, dass Nikko es besser könnte, aber zumindest scheint es so.«

»Aber ich kann nicht schlafen, ich bin ausgelaugt.« Ihr Blick wanderte zum Wintergarten und zu der Staffelei mit dem halbfertigen Bild von der Landschaft um die Anson Bay. »Selbst wenn ich tagsüber ein Nickerchen mache, kommen die Albträume.«

»Ich könnte dir ein leichtes Beruhigungsmittel verschreiben, das könnte helfen.«

»Du weißt, dass ich nicht gerne Medikamente nehme.

Es … das kommt mir dann so vor, als ob ich den leichtesten Weg wählen würde«, protestierte sie und fuhr sich mit der Hand durch das braune Haar, das langsam nachwuchs und fast ihre Schultern wieder erreicht hatte.

»Aber du brauchst auch mal wieder eine Nacht Schlaf«, meinte Simon. »Versuch es doch einfach eine Woche mit den Tabletten und sieh, ob es hilft.«

Widerwillig gab Jessica nach. Es hörte sich vernünftig an. »Na gut. Aber nur für eine Woche.«

Auf einem Hocker sitzend sah Jessica beeindruckt zu, wie Nan Duncan dem Ton mit der Leichtigkeit jahrelanger Übung die Form einer Vase gab.

Sie hatten einen wundervollen Vormittag zusammen verbracht. Seit dem frühen Morgen hatte Nan Jessica mehrere Stunden lang Grundkenntnisse in der Töpferei vermittelt und sie sogar mit der Drehscheibe experimentieren lassen.

Als sich nun die Scheibe zu drehen begann, tauchte Jessica die Finger in eine Schale mit Wasser, die neben dem Hocker stand. Man musste einen bestimmten Grad an Feuchtigkeit erhalten, sonst ließ sich der feuchte Ton, der durch die Drehbewegung noch weicher wurde, nicht formen. Zögernd legte sie die Hand an den Ton und versuchte, Nans Anweisungen umzusetzen. Sie verglich es mit einer erwachsenen, anspruchsvollen Art und Weise, im Matsch zu spielen – wie sie es als Kind getan hatte, als sie im Hinterhof Lehmkuchen gebacken und simuliert hatte, sie zu essen.

Sie versuchte, den Ton nach oben zu ziehen, und hielt Zeige- und Mittelfinger auf beiden Seiten gleichmäßig an den Ton. Bald stellte sie fest, dass sie sich voll darauf konzentrieren musste, was sie tat, sonst wackelte die Form und brach auseinander.

»Das machen Sie gut, dafür, dass es das erste Mal ist«, fand Nan.

»Es ist schwerer als ich dachte«, gab Jessica mit einer Grimasse zu.

»Üben Sie Druck aus, aber nur leicht.«

Mit gelegentlicher Hilfe von Nan und ihren Ratschlägen wurde bald die Form eines Bechers erkennbar.

»Machen Sie den Rand nicht zu dünn, sonst bricht er beim Brennen oder zerkrümelt.«

Nach einer halben Stunde Arbeit und zwei neuen Ansätzen stellte Nan fest, dass der Becher eine ordentliche Form hatte.

»Marcus hat mir erzählt, dass Sie letzte Woche in Kingston waren«, plauderte Nan, während sie Jessica zeigte, wie sie einen Griff für die Tasse machen konnte und sie am Ton befestigte.

»Ja, ein interessanter Ort«, erwiderte Jessica etwas abgelenkt, da sie sich auf den Becher konzentrierte. »Hat er Ihnen erzählt, was mir auf dem Friedhof passiert ist?«

»Er hat es flüchtig erwähnt. So etwas ist nicht ungewöhnlich. Das ist auch schon anderen passiert.«

Jessica warf ihr einen amüsierten Blick zu, strich sich eine Strähne aus der Stirn, wobei sie einen Lehmstreifen in ihrem Gesicht hinterließ. »Mist. Und ich hatte gehofft, es wäre etwas Einzigartiges«, murmelte sie herausfordernd. Sie hatte bereits festgestellt, dass sie Nan sehr leicht vertrauen konnte, da sie sie in gewisser Weise an Alison erinnerte. Beide hatten die gleiche nüchterne Einstellung gegenüber der Welt und dem Leben im Allgemeinen. Sie war sicher, dass beide die Heimsuchung von Geistern, freundlich oder nicht, für Unsinn halten würden.

»Der Ort hat mir Albträume beschert – über Kingston und die Strafgefangenensiedlung. Anscheinend bekomme ich das nicht aus dem Kopf oder meinem Unterbewusstsein.«

Nan musterte sie scharf. »Tatsächlich? Das ist merkwürdig. Ich werde es Marcus erzählen.«

»Simon hat mich kuriert«, versicherte Jessica ihr. »Er hat mir ein leichtes Schlafmittel gegeben. Das hat mich geheilt. Seit drei Nächten habe ich keine Albträume mehr.«

»Das ist gut.«

Mit einem Stück Draht löste Nan den Boden der Tasse vom Rest des Tons und stellte sie auf ein Brett. »Sie muss eine Weile trocken, bevor sie gebrannt wird.« Kritisch betrachtete sie das Werk und meinte: »Sie würden eine gute Töpferin werden, glaube ich.«

Jessica säuberte sich die Hände und versuchte, den Ton unter den Fingernägeln hervorzukratzen. »Ach ja? Und wie lange haben Sie gebraucht, um eine fähige Töpferin zu werden?«

»Etwa neun Jahre.« Nan zwinkerte vergnügt. »Wie lange hat es denn gedauert, bis Sie malen konnten?«

Jessica betrachtete ihre Hände und lächelte. »Touché.«

»Kommen Sie, wir essen etwas.«

Beim Essen, einem Lachssalat, den sie auf der Terrasse zu sich nahmen, wo die Weihnachtsparty stattgefunden hatte, tauschten die beiden Frauen Geheimnisse aus. Zwischen ihnen herrschte eine erstaunliche Harmonie, und Jessica wurde klar, wie wichtig das war. Es war gut für sie, jemanden zu haben, eine Frau, mit der sie reden konnte. Manche Dinge wollte sie nicht einmal Simon erzählen, sie dachte nicht, dass es ihn interessieren würde. Doch bei Nan hatte sie das Gefühl, dass sie ihr immer zuhören würde.

Während sie ihren Kaffee tranken, schlief der leichte Wind ein, der ihnen etwas Abkühlung gebracht hatte. Es wurde vollkommen windstill.

Nan bemerkte es, sie kannte die Anzeichen. »Kommen Sie, wir gehen lieber hinein.«

Jessica runzelte die Stirn, denn Nans veränderte Stimmung wunderte sie. Sie spürte eine Spannung, die für die Frau untypisch war. »Warum? Es ist herrlich hier draußen.«

»Das wird sich gleich ändern.«

Ungläubig schüttelte Jessica den Kopf. Es war ein milder Sommertag, wolkenlos, warm. Perfekt.

Doch kaum hatte Nan ausgesprochen, als ein Windstoß die Ecken des Tischtuchs flattern ließ. Dann hörte Jessica von weit weg, irgendwo aus der Richtung des Meeres, ein merkwürdiges, undefinierbares Geräusch. Sie legte den Kopf zur Seite und lauschte, doch sie konnte den Laut nicht identifizieren.

Eine plötzliche Windböe fegte über die Terrasse. Die Topfpflanzen bogen sich unter dem heftigen Ansturm der Natur, während die hängenden Töpfe wild ins Schaukeln gerieten. Als die volle Kraft der Böe das Töpferatelier traf, hatte Jessica das Gefühl, als würden sich die Metallplatten leicht wölben, so stark war der Wind auf einmal.

Dann zerriss ein schriller Laut – wie ein hohes Kreischen – die Luft.

»Mein Gott, was ist das?«, fragte Jessica. Sie stand auf und half Nan, den Tisch abzuräumen.

»Das ist nur der Wind«, erklärte Nan beiläufig, »nur der Wind. Das passiert immer, wenn der Wind aus Süden kommt.«

»Aber dieses Geräusch!« Jessica dröhnten die Ohren von diesem Fanfarenstoß, und die Lautstärke zerrte an ihren Nerven. »Wodurch wird das verursacht?«

Nan zuckte mit den schmalen Schultern. »Das weiß niemand so ganz genau, obwohl schon manch einer versucht hat, es herauszufinden. Auch Marcus, aber bislang ist es ihm nicht gelungen.«

»Himmel, da tun einem ja die Zähne weh!«

»Ja, bei manchen Leuten hat das Geräusch diese Wirkung«, stimmte Nan zu. »Ich höre das schon seit vielen Jahren, deshalb habe ich mich daran gewöhnt.«

Sie gingen in die Küche zurück und schlossen die Tür hinter sich.

Jessica starrte aus dem Fenster über der Küchenspüle. Aus der Sicherheit der gemütlichen Küche bestaunte sie die Macht des Windes. Kleine Bäume bogen sich, als ob sie brechen wollten, und Büsche peitschten hin und her, als ob sie eine unsichtbare Hand in alle Richtungen zerren würde. Der Wind fegte über das Haus, pfiff um die Ecken, fand die Spalten in der alten Hütte und fing sich kreischend in ihnen, bis es kein Entrinnen mehr vor den gruseligen Geräuschen der Natur gab.

»Es dauert nicht lange«, prophezeite Nan.

»Gott sei Dank. Das ist verdammt nervenaufreibend«, gab Jessica zu. »Und Sie sagen, Sie hören das seit Jahren?«

»O ja. Als ich noch klein war, hat meine Mutter mir eine Geschichte erzählt, und wenn man es genau bedenkt, war es auch nicht mehr. Nur eine Geschichte.« Sie bemerkte Jessicas fragenden Blick. »Von einer Frau, die angeblich in einer Höhle unten am Wasser lebte. Die Leute sagten, sie sei eine Art Einsiedlerin. Ihr Name war Maddie Lynch, obwohl ich nie jemanden getroffen habe, der sie tatsächlich kannte. Man nahm an, dass sie wartete, bis der Wind aus Süden wehte. Dann kam sie aus ihrer Höhle und hat so laut wie möglich geschrien. So erklären die Leute das Geräusch.«

Jessica runzelte die Stirn. »Aber – lebt sie denn noch?«

Nan schürzte die Lippen. »Es ist nur eine Geschichte, Jessica. Mit Geschichten versuchten sich die Inselbewohner früher vieles zu erklären, was sie nicht verstanden. Ich halte die Geschichte von der Einsiedlerin und der angeblichen Höhle oder dem Grund für den Lärm für wenig glaubhaft, gerade heute.«

Verwirrt, aber neugierig, wollte Jessica die Idee jedoch nicht so schnell aufgeben. »Gibt es überhaupt eine Höhle?«

»Es hat noch niemand eine gefunden. Auch Marcus nicht, obwohl er fast jeden Zentimeter dieser Insel abgewandert ist.« Nan lächelte sie an. »Hören Sie? Es hat aufgehört, wie jedes Mal.«

Jessica schüttelte verwundert den Kopf. Das Ganze schien ihr sehr mysteriös. So langsam verstand sie, dass Norfolk ein Ort war, an dem gelegentlich seltsame Dinge geschahen. Dieser kreischende Wind war offensichtlich nur eines davon.

Versteckt in den Bäumen und Büschen, die vor dem Atelier wuchsen, betrachtete sie Jessica Pearce, als sie aus dem Fenster sah. Viele Tage hatte sie die Frau schon beobachtet, die sich ihrer Macht bislang noch nicht ergeben hatte. Sie bewunderte die innere Stärke dieser Frau und verfluchte sie gleichzeitig.

Sie hatte Jessica über den Friedhof gehen sehen und hatte ihre Gefühle gespürt, als sie ein paar der herzzerreißenden Inschriften auf den alten Grabsteinen las. Sie war sicher, dass sie emotional reif war.

Ihr Warten hatte ein Ende. Jessica war die Richtige.

Sie sah, wie Jessica steif wurde und still wie eine Statue stand. Das war ein gutes Zeichen. Wie sie es gedacht hatte, war sie für ihren Willen formbar.

Ihre Energie zu kanalisieren – das hatte sie seit langem nicht mehr getan, und es barg sowohl für sie als auch für ihr Objekt Risiken, wenn sie sie jetzt so frei fließen ließ.

Doch sie wusste so gut, wie sie sich selber kannte, dass es sein musste.

Ihr Verlangen war stärker als ihre Furcht davor, ihre innere Kraft zu verlieren. Nach all dieser Zeit, der *Wartezeit*, wie sie es nannte, war die Gelegenheit gekommen, diesen Ort für immer zu verlassen. Und dann... würde sie frei sein!

»Der Wind lässt nach«, stellte Nan erleichtert fest. »Kommen Sie, wir gehen ins Atelier, dann zeige ich Ihnen den Glasierungsprozess.«

Jessica bewunderte im Stillen Nans Fähigkeit, das Wetter vorherzusagen, und sah aus dem Fenster. Was sie dort erblickte, bestätigte Nans Worte.

Der Sturm hatte sich gelegt. Die Bäume und Büsche um den Garten und das Gebäude, das man »die Scheune« nannte, weil die Hunters früher einmal ein paar Milchkühe gehalten hatten, kam langsam zur Ruhe, die Zweige hielten still.

Ein paar Sekunden lang starrte sie ihr eigenes Spiegelbild im Fenster an. Doch als sie sich abwandte, um Nan nach draußen zu folgen, stieg vor dem Glas plötzlich ein leichter Nebel auf. Verwundert beobachtete Jessica ihn. Der Nebel lichtete sich, und anstelle ihres eigenen Spiegelbildes sah sie das Bild einer anderen Frau.

Leuchtend rotes Haar, dessen Strähnen unter einer Art Kappe hervorlugten, und die größten blauen Augen, die sie je gesehen hatte, blickten unter geraden Augenbrauen intelligent in die Welt. Es waren die Augen einer magnetischen Persönlichkeit. Jessica zwinkerte, zu erstaunt über das Gesicht, um sich die Frage zu stellen, wie es ihr eigenes Spiegelbild ersetzen konnte. Wieder zwinkerte sie und erwartete, dass das Bild verschwand. Doch das tat es nicht.

Die Gesichtszüge der Frau waren attraktiv, ohne wirklich schön zu sein, und sie schien sehr gesund. Doch das Erschreckendste, was Jessica feststellte, war, dass dieser Kopf keinen Körper besaß!

Was zum Teufel ... ging hier vor?

7

Ein nie gekannter Schrecken jagte Jessica über den Rücken und fuhr ihr in die Knie. Plötzliche Feuchtigkeit überzog ihre Haut, und ihre Nervenenden kribbelten erwartungsvoll. Sie war sich nur nicht sicher, warum.

Spielten ihre Augen ihr einen Streich? War das ein weiteres Zeichen dafür, dass sie die Kontrolle verlor?

»Kommen Sie, meine Liebe, lassen Sie uns hinübergehen.«

Sie hörte Nans Stimme wie aus einer anderen Dimension, obwohl sie direkt hinter ihr stand. Im nächsten Moment schien es, als ob ihre Hand, die die Kaffeetasse hielt, abrupt weich wurde, alle Kraft schien daraus zu weichen. Die Tasse glitt in die Spüle und schlug auf dem Geschirr auf, das sie zum Mittagessen benutzt hatten. Irgendwie verfing sich die Hand in dem Geschirr - Jessica merkte, dass sie keine Kontrolle darüber hatte. Sie zuckte zusammen, als ihr eine Scherbe in die weiche Haut an der Handinnenfläche schnitt.

Das Gespenst im Fenster lächelte, als ob es zufrieden sei, und verschwand dann.

Insgesamt hatte die Szene nur ein paar Sekunden gedauert, doch die Auswirkungen auf Jessica waren tiefgreifend. Ihr Kopf begann im Rhythmus ihres Herzens zu pochen.

Das Geräusch schwoll in ihren Ohren an zu einem ohrenbetäubenden Rauschen, und dann überkam sie ein Schwindelgefühl, als ob sich alles außer Kontrolle drehte, sodass sie nach der Spüle griff, um sich festzuhalten. Zu spät. Ihre Knie gaben unter ihr nach, und sie glitt zu Boden, dabei einen Küchenstuhl umreißend.

Nan, die Zierlichere der beiden, konnte ihre leblose Gestalt gerade noch auffangen, bevor ihr Kopf auf den marmorgefliesten Boden aufschlug. Ächzend vor Anstrengung versuchte sie, Jessicas Kopf in eine bequeme Lage zu bringen, und legte sie auf den Boden. Erst dann sah sie ihre Hand. Dunkles Blut strömte aus einem tiefen Schnitt, der sich fast über die gesamte Handfläche zog. Der Lebenssaft bildete einen kleinen Fluss, dann eine Pfütze, die sich auf den Fliesen sammelte. Nan streckte sich aus, bekam das Abtrockentuch zu fassen und wickelte es Jessica so fest wie möglich um die Hand. Dann versuchte sie, die Hand hochzuhalten, während sie sich auf die Knie erhob.

Als sie die Vordertür klicken hörte, seufzte sie erleichtert auf. »Marcus? Bist du das? Komm schnell in die Küche!«

Marcus erfasste die Situation mit einem Blick. Er half Nan auf die Füße, bückte sich und hob Jessica mit erstaunlicher Leichtigkeit auf.

»Leg sie aufs Sofa. Sie ist ohnmächtig geworden. Ich habe keine Ahnung, warum.« Nan klang besorgt. »Wir haben uns über den Südwind unterhalten. Sie war neugierig wegen der alten Geschichten, die Mum uns über die sagenhafte Maddie Lynch erzählt hat. Und als der Wind aufgehört hat, hat sie aus dem Fenster gesehen und ist einfach ohnmächtig umgefallen. Ich wäre beinahe selber umgefallen vor Schreck.« Sie warf ihrem Bruder einen wissenden Blick zu, kniff die Augen zusammen und meinte, auf die bewusstlose Jessica weisend: »Vielleicht ist sie schwanger.

Als ich mit Liam schwanger war, bin ich auch einmal ohnmächtig geworden.«

Marcus nickte schroff, er hörte kaum zu. Seine Schwester neigte dazu, in einer Krisensituation zu viel zu reden. Es war ihre Art, damit fertig zu werden. »Nan, hol das Verbandszeug aus dem Badezimmer, etwas Kochsalzlösung und saubere Tücher. Sie wird von selbst wieder zu sich kommen, aber wir müssen uns um die Hand kümmern. Wir machen sie sauber und legen einen Druckverband an.« Er bemerkte, dass das Blut bereits durch das gefaltete Handtuch sickerte.

Er hörte Jessica stöhnen, und neben dem Sofa kniend strich er ihr die Haare aus der Stirn. »Alles in Ordnung, Jessica, Sie sind in Sicherheit.« Er wusste nicht, vor was sie sicher war oder ob es überhaupt etwas gab, vor dem sie sicher sein musste, aber er hoffte, dass die Worte sie beruhigen würden, wenn sie das Bewusstsein wiedererlangte.

Jessica öffnete die Augen. Sie versuchte, sich aufzusetzen, doch ein Rest Schwindelgefühl veranlasste sie, sich wieder in die Kissen fallen zu lassen. Ein paar Sekunden lang starrte sie ihn verständnislos an, doch dann erkannte sie ihn mit einem Aufseufzen. Marcus. Die reine Präsenz des Mannes, sein Optimismus, sein zuversichtliches Lächeln entspannten sie und ließen sie die gerade durchlebte Szene und ihre eigene verstörende Reaktion darauf verdrängen.

»Mich zu retten, scheint Ihnen eine liebe Gewohnheit zu werden«, murmelte sie.

»Bleiben Sie still liegen, und sprechen Sie nicht«, befahl er sanft. »Sie haben sich die Hand verletzt. Ich werde sie mir ansehen, aber ich fürchte, das muss genäht werden.« Er grinste sie schief an und fügte in seiner üblichen praktischen Art hinzu: »Glücklicherweise sind Sie Rechtshänderin. Sie werden also malen können, solange das heilt.«

Nan kam mit dem Verbandszeug zurück und erkundigte sich fürsorglich: »Wie geht es Ihnen, Jessica? Mein Gott, haben Sie mich erschreckt. Soll ich Simon anrufen?«

»Wir sollten uns zuerst die Hand ansehen, nicht wahr?«, schlug Marcus vor.

Doch er sollte Recht behalten. Der Schnitt war tief und musste genäht werden.

»Wir müssen Sie ins Krankenhaus bringen. Aber möchten Sie uns vielleicht vorher noch erzählen, was passiert ist? Was hat Sie ohnmächtig werden lassen?«, fragte Marcus, während er ihr eine sterile Mullbinde auf die Wunde legte, die er dann mit einer elastischen Binde so fest, wie sie es aushalten konnte, verband. Er hoffte, dass der Druck den Blutfluss aufhalten würde, bis sie behandelt wurde.

Jessica wedelte ziellos mit der gesunden Hand, eine ruhelose, nervöse Geste. Wie sollte sie etwas erklären, was sie selbst nicht verstand? Sie konnte ihnen auch nichts von ihrer Angst erzählen – der Furcht, dass sie anfing, Dinge zu sehen und zu spüren, die nicht existieren konnten und für einen normalen Menschen keinen Sinn ergeben würden. Sie machten ja für sie selber ebenfalls keinen Sinn. Denn trotz der Dinge, die ihr schon mehr als einmal geschehen waren, hielt sie sich selber noch immer für ziemlich vernünftig.

»Ich glaube, meine Fantasie hat mir einen Streich gespielt«, versuchte sie das Geschehene zu erklären. »Ich habe geglaubt, etwas zu sehen, was ich … eigentlich nicht hätte sehen können. Ich habe mich erschreckt und bin ohnmächtig geworden. Ende der Geschichte.« Sie blickte Nan an. »Es tut mir leid, dass ich Sie erschreckt und unseren Tag im Atelier ruiniert habe.«

Nan rümpfte die Nase. »Das macht doch nichts, meine Liebe. Das holen wir nach.«

Doch Marcus wollte Jessica nicht so leicht davonkommen lassen. »Was haben Sie denn zu sehen geglaubt?«, forschte er, als er ihr vom Sofa aufhalf.

»Ich weiß nicht, wie ich es erklären soll, es war nur sehr merkwürdig.«

»War jemand am Fenster?«

Unruhig blickte sie ihn an. War das reine Intuition, oder konnte er Gedanken lesen? »Warum fragen Sie das?«

»Ich versuche nur, die Puzzleteile zusammenzusetzen. Nan sagte, Sie hätten aus dem Fenster gesehen, bevor geschah, was auch immer geschehen ist. Ich habe gedacht, vielleicht haben Sie etwas Ungewöhnliches gesehen, das Sie erschreckt hat.«

»In Hunter's Glen ist niemand außer uns«, warf Nan ein.

Marcus sah seine Schwester an und nickte ihr geheimnisvoll zu. »Ich weiß, Nan, aber wir wissen auch, dass bei Südwind gelegentlich seltsame Dinge passiert sein sollen.«

Nan nickte schweigend.

»Na gut. Solange Sie es Simon nicht erzählen. Er will mich so sehr beschützen und fürchtet, dass ich ... nun, dass ich ...«

»... nicht damit fertig werde«, ergänzte Marcus. »Erzählen Sie uns, was Sie gesehen haben, Jessica. Behalten Sie es nicht für sich. Sprechen Sie es aus, damit es Sie nicht mehr beängstigen kann.«

Ihre Brauen hoben sich. »Spricht jetzt der Historiker oder der Psychologe aus Ihnen?«

Er lächelte sie an. »Nur ein Freund.«

»Nun, ich habe aus dem Fenster gesehen, wie Sie vermutet haben. Ich konnte mein Spiegelbild sehen, und dann beschlug das Fenster plötzlich, und das Gesicht einer Frau tauchte an der Stelle meines eigenen Gesichtes auf. Ich glaube nicht, dass ich sie je zuvor gesehen habe.« Sie warf Nan einen Blick zu. »Vielleicht war es eine Darstellung der Frau, von der Sie gesprochen haben, Maddie Lynch. Es war nur seltsam, dass sie nur einen Kopf hatte. Keinen Körper. Und riesige blaue Augen, fast hypnotisch. Ich… ich konnte spüren, wie ich in diesen tiefen Augen versank, als ob sie versuchte, mich in sich aufzunehmen. Es war sehr merkwürdig. Dann wurde mir schwindlig, und den Rest kennen Sie.« Sie wandte sich um, um Marcus anzusehen. »Nun, bin ich jetzt verrückt oder nicht?«

Er grinste sie an. »Die wenigsten Verrückten fragen, ob sie verrückt sind. Sie glauben eher, dass die ganze Welt verrückt ist, nur nicht sie selber. Ich denke also, Sie sind es nicht. Was wahrscheinlich passiert ist, ist, dass eine der Folklore-Geschichten unserer Insel ihren Geist überreizt hat und Sie eine Art Tagtraum hatten.«

»Ist das möglich?«, zweifelte Jessica, nicht ganz überzeugt.

»Beim Gehirn ist fast alles möglich«, erwiderte er rätselhaft. »Ich glaube, wir bringen Sie jetzt lieber ins Krankenhaus. Unterwegs können wir uns überlegen, was wir Simon erzählen, okay?«

Er verstand. Verschwörerisch lächelte sie ihn an. »Okay.«

Oberschwester Sue Levinski klopfte einmal an die Tür mit der Glasscheibe, bevor sie Simons Büro betrat. Seit sie sich auf Nan Duncans Weihnachtsparty so danebenbenommen hatte, hatte sie geschuftet wie eine Wilde, um ihr Ansehen bei ihm zurückzugewinnen. Es hatte einige Zeit gedauert, aber sie hatte festgestellt, dass Simon nicht nachtragend war. Er hatte gesagt, was er zu sagen hatte – hatte sie abgekanzelt –, und danach war ihre Beziehung langsam wieder zu einer freundschaftlichen Professionalität gewachsen. Der einzige Unterschied war, dass er nicht mehr von seiner Frau sprach. Das störte sie wenig. Sie interessierte sich nicht für Jessica, doch sie wollte, dass er ihr wieder vollständig vertraute. Daran wollte sie arbeiten und glaubte, dass bald alles so wie früher sein würde.

Simon war kein komplizierter Charakter, so viel hatte sie schon herausgefunden. Er ging in seiner Arbeit auf und versuchte, diese Arbeit so gut wie möglich zu machen. Außerdem wollte er Jessica beschützen. Das sagte ihr schon die Strafpredigt, die er ihr gehalten hatte. Und wenn Dr. Simon Pearce einen Fehler hatte, dann den, dass er freundlich war und dazu neigte, gut von den Menschen zu denken. Dieses Wissen, entschied sie, konnte sie zu ihrem Vorteil nutzen, sobald sie in seiner Achtung wieder gestiegen war und er ihr erneut völlig vertraute.

»Simon.« Sie sah ihn über einen Stapel Papiere gebeugt und wartete, bis er aufsah. »Ihre Frau ist hier in der Notaufnahme.« Sie versuchte die Nachricht abzumildern und fügte schnell hinzu. »Jessica geht es gut, aber sie hat sich die Hand verletzt.«

Simon wusste, dass Jessica bei Nan gewesen war. Schnell erhob er sich und ging zur Tür. »Wie ist das passiert?« Seine Fantasie überschlug sich. In seiner Vorstellung spielten sich die schlimmsten Unfälle mit einer Töpferdrehscheibe ab, bei der Finger zerquetscht und unheilbar verstümmelt wurden.

»Marcus Hunter ist bei ihr. Er sagt, es sei ein Haushaltsunfall gewesen. Sie hat sich die Hand an einer Geschirrscherbe zerschnitten, das ist alles.« Sie klopfte ihm einmal auf den Arm und sorgte dafür, dass ihr Gesicht die richtige Menge an Anteilnahme ausstrahlte. »Sie ist in Ordnung, Simon. Marcus hat sie gut versorgt. Sie braucht nur ein paar Stiche, nichts Schlimmes, wie Schwester Holbrook sagt.«

In der Notaufnahme saß Jessica auf dem Untersuchungsbett, ihre bandagierte Hand fast waagerecht ausgestreckt. Marcus sprach mit Schwester Holbrook, der stellvertretenden Oberschwester am Krankenhaus, und half ihr, die Einzelheiten in die Patientenakte einzutragen.

»Jess!« Simons Stimme klang besorgt und ein wenig enttäuscht. »Was hast du dir denn angetan?« Er registrierte die Blässe ihrer Haut und den Schmerz, den sie erfolglos zu unterdrücken versuchte.

»Ich habe mich in Nans Küche in die Hand geschnitten. Dumm von mir.«

Simon begrüßte Marcus. »Hallo. Sie haben erste Hilfe geleistet?« Er drehte Jessicas Hand um. »Ziemlich professionell. Wo haben Sie das gelernt?«

Marcus zuckte die Schultern. »Als Teenager auf dem Footballfeld. Irgendein Spieler hat sich regelmäßig irgendein Körperteil verstaucht, gebrochen oder anderweitig verletzt. Der Trainer hatte mich inoffiziell zur medizinischen Betreuung abgestellt, bis der Arzt kam, obwohl ich ja viel lieber gespielt hätte. Ich habe dem Arzt so lange zugesehen, wie er Bandagen anlegt, dass ich weiß, was man im Notfall tut.«

Simon wickelte die Bandage um Jessicas Hand ab und bat Schwester Holbrook: »Machen Sie eine Lokalanästhesie fertig, Schwester.« Er sah Jessica an. »Alles in Ordnung?« Sie nickte zustimmend. »Die Betäubung piekst erst ein bisschen, aber dann spürst du nichts mehr.« Intuitiv fragte er: »Es klopft wie wild, nicht wahr?« Wieder nickte sie. »Gleich fühlst du es nicht mehr.«

»Gut«, lächelte sie vertrauensvoll. »Es ist das erste Mal, dass du mich zusammenflicken musst, nicht wahr?«

Mit einem leisen Grunzen meinte er: »Und ich hoffe, es ist auch das letzte Mal.«

Simon trat zurück, damit Schwester Holbrook die Wunde säubern konnte. Die Blutung hatte fast aufgehört, aber der diagonale Schnitt, fast sechs Zentimeter lang, ging tiefer als ihm lieb war. Eingehend betrachtete er die Wunde, um sicherzugehen, dass keine Sehnen verletzt waren. Doch das schien glücklicherweise nicht der Fall zu sein. Fünf bis sechs Stiche mit 5,0-Nylon sollten genügen, entschied er.

Jessica wandte den Kopf ab, als Simon so vorsichtig wie möglich an der Wunde zu arbeiten begann. Zufällig begegnete ihr Blick dem der Oberschwester, die in der Tür stand und sie beobachtete. Sie knirschte mit den Zähnen, um dem Schmerz nicht nachzugeben. Sie würde Sue Levinski nicht die Genugtuung geben, zu sehen, wie sehr es weh tat – und es tat weh, höllisch sogar. Hatte die Frau denn nichts Besseres zu tun?, fragte sie sich. Oder machte es ihr Spaß, Leute mit Schmerzen zu beobachten? Ja, beantwortete sie sich die Frage selbst, wahrscheinlich war es so.

»Doktor, soll ich Mrs. Pearce eine Tasse Tee machen?«, fragte Sue.

Simon nickte, ohne von seiner Arbeit aufzusehen. »Gute Idee.«

»Nein danke«, lehnte Jessica ab. Missmutig entschloss sie sich, lieber zu verdursten, als dass sie es der Oberschwester erlauben würde, ihr einen noch so kleinen Gefallen zu tun. Sie hatte ein gutes Gedächtnis, und Sue Levinskis Worte und ihr Benehmen auf der Party hatten sich ihr tief ins Gehirn eingebrannt.

Die Oberschwester zuckte mit den Schultern und ging kurz darauf nachdenklich fort. Simons Frau war nicht dumm. Sie hatte den Versuch, die Missstimmung zwischen ihnen beizulegen, durchschaut. Sie erinnerte sich daran, was Simon erzählt hatte, nämlich dass sie eine sehr fähige Rechtsanwältin aus Perth sei. Scharfsinnig, intuitiv und siegesgewohnt. Hmmmm. Sue musste einen Weg finden, Jessica davon zu überzeugen, dass die Szene auf der Party ein Ausrutscher gewesen war und dass sie, Sue Levinski, Oberschwester am Norfolk Island Hospital, zu den Guten gehörte. Wenn es ihr gelang, Jessica Pearce auf ihre Seite zu ziehen, würde es sicher leichter werden, Simon dazu zu bringen, ihr eine bessere Stellung in einem Krankenhaus außerhalb der Insel zu verschaffen.

Nan Duncans Freundlichkeit rührte Jessica. Am Tag nach ihrem Unfall kam Nan sie mit einem Topf Hühnersuppe und frisch gebackenem Kuchen besuchen und bot ihr an, sich um den Haushalt zu kümmern, bis sie wieder einhundertprozentig gesund war. Jessica spürte, dass ihre Freundin sich schuldig fühlte, weil der Unfall in ihrer Küche passiert war, dass sie sich irgendwie dafür verantwortlich fühlte. Was sie nicht war. Wenn irgendjemand oder irgendetwas für Jessicas Wunde verantwortlich war, dann die Erscheinung am Fenster und ihre eigene Reaktion darauf.

Jessica nahm die Suppe und den Kuchen an, sagte jedoch, dass sie mit einer Hand und Simons Hilfe die Hausarbeit allein erledigen könnte, sogar das Kochen – nicht dass sie sehr zuversichtlich gewesen wäre, viel Unterstützung von ihm zu erhalten. Im Haushalt war er eine Katastrophe.

Sie zeigte Nan, an was sie derzeit arbeitete, die Szene an der Anson Bay mit einem umgestürzten Baum, dessen knorriger, entwurzelter Stamm im Vordergrund lag, und ein paar Norfolk-Pinien im Hintergrund.

»Sie haben wirklich Talent, Jessica«, bemerkte Nan, nachdem sie das fast fertige Bild ein paar Minuten lang inspiziert hatte. »Schöne Farben, guter Pinselstrich, interessante Komposition.« Sie betrachtete die beiden fertigen Bilder, die ungerahmt an der Wand lehnten. »Ich kenne jemanden, der sie für Sie rahmen kann.«

»Ich warte, bis ich noch ein paar mehr habe, damit es sich für den Rahmenmacher lohnt«, erklärte Jessica, deren Freude über Nans Lob ihre Stimmung deutlich hob.

»Was macht die Hand?«

»Simon hat mir ein paar Schmerztabletten gegeben, und ich habe gerade eine genommen. Es ist nicht so schlimm, es geht eben nur alles etwas langsamer. Ich vergesse es ständig und fange irgendetwas an, bis mich die Bandage und der Schmerz daran erinnern, dass es nicht geht.«

»Ich glaube, Simon möchte, dass Sie es ein paar Tage lang etwas ruhiger angehen lassen«, tadelte Nan und wechselte dann abrupt das Thema: »Ich kenne jemanden, der eine Ausstellung organisieren würde, wenn Sie etwa fünfzehn Gemälde fertig haben. Ein Restaurant hat ein paar besondere Räume für Ausstellungen. Keramik, Gemälde, handgearbeiteten Schmuck. Wir haben eine kleine, aber aktive Industrie in diesen Hütten, und auf der Insel leben viele Künstler.« Noch einmal glitten Nans graue Augen bewundernd über Jessicas Werke. »Vielleicht könnten wir zusammen etwas ausstellen.«

Jessica zog die Augenbrauen hoch. »Wirklich?« Sie hatte nicht an eine Ausstellung gedacht, sie hatte nicht geglaubt, dass sie gut genug dafür war, aber wenn Nan das glaubte, dann würde sie es vielleicht versuchen. »Ich würde wahrscheinlich die ganzen sechs Monate dafür brauchen, die wir hier verbringen wollen, um an die zwanzig Bilder zu malen. Vorausgesetzt, ich finde passende Motive.«

»Ach, auf der Insel gibt es viel, was sich zu malen lohnt. Emily Bay. Die alten Gebäude in Kingstown. Die Aussicht vom Mount Pitt. Hunderte von Motiven. Marcus kann Sie mit dem Motorrad zu ein paar interessanten Stellen führen, die abseits der gängigen Routen liegen, wenn Sie möchten.«

»Ich will ihm nicht zur Last fallen.«

»Unsinn. Es würde ihm Freude machen. Er liebt es, die Insel vorzuzeigen, als ob sie sein persönliches Reservat wäre«, versicherte ihr Nan. »Malen Sie auch Porträts?«

»Das habe ich noch nie versucht.« Das entsprach nicht ganz der Wahrheit. Sie hatte ein wunderschönes Porträt von Damian gemalt, als er elf Monate alt gewesen war, und es gab ein altes, unvollendetes Porträt von Simon. Beide waren in Westaustralien eingelagert.

Nan nickte. »Marcus ist der Meinung, Sie sollten versuchen, das Gesicht, das Sie an meinem Fenster gesehen haben, zu zeichnen. Falls es Sie nicht zu sehr aufregt. Er hält das für eine gute Therapie, um die Sache zu verarbeiten.«

»Daran habe ich noch gar nicht gedacht.« Jessica schob das Kinn vor. Konnte sie das? Sollte sie? Sie wollte diese merkwürdigen Gefühle eigentlich nicht wieder aufrühren. Das ist Unsinn, entschied sie. Ihr fehlte nichts, und es gab nur einen Weg, das zu beweisen. »Möglicherweise werde ich das tun.«

»Gut, ich würde es dann sehr gerne sehen.«

Nan blieb auf eine Tasse Tee, die sie auf der steingefliesten Terrasse vor der Hintertür einnahmen. Dann fuhr sie nach Burnt Pine, um einige ihrer Keramiken in zwei Läden abzuliefern.

Jessica ging zur Terrasse zurück und setzte sich mit dem Skizzenblock im Schoß hin, den Bleistift einen halben Zentimeter über dem Papier. Eine merkwürdige Nervosität überkam sie. Sollte sie wirklich …? Unvermittelt nahm ihr Gesicht einen entschlossenen Ausdruck an. Ja. Sie schloss die Augen und versuchte sich das Bild vorzustellen, das sie gestern gesehen hatte. Es war nicht sehr schwer, denn es hatte sich ihr mit erstaunlicher Klarheit eingeprägt. Sie begann zu zeichnen.

Eine Stunde später hatte sie ein klares Bild eines Frauengesichts zu Papier gebracht. Sah so Maddie Lynch aus?, fragte sie sich, während sie die Skizze betrachtete. Vielleicht hatte ja jemand ein Bild von der alten Frau, die in der Höhle gelebt hatte. Nan glaubte jedoch, es sei nur eine Geschichte, dass Maddie Lynch nie wirklich existiert hatte. Wenn das stimmte, wessen Gesicht hatte sie da gesehen?

Sie riss das Blatt vom Block, rollte es zusammen und schob ein Gummiband darum. Eine seltsame Lethargie überkam ihren Körper und ihren Geist. Es lag wahrscheinlich am Panadol Forte, vermutete sie, herzhaft und müde gähnend. Sie hatte sich eine Stunde lang konzentrieren müssen, um die Gesichtszüge der Frau zu zeichnen, so, wie sie in ihrer Erinnerung existierte, und ihre verletzte Hand begann zu pulsieren. Vielleicht war sie doch nicht so stark, wie sie glaubte. Sie ging nach drinnen, und nachdem sie die Skizze neben die beiden fertigen Gemälde gestellt hatte, betrat sie das Schlafzimmer.

Als sie zum Bett kam, war ihr schwindelig. Womöglich waren die Tabletten zu stark. Sie würde sie nicht mehr nehmen, bevor sie nicht mit Simon darüber gesprochen hatte. Sie zog die Bettdecke weg, legte sich hin und fiel sofort in einen tiefen, traumlosen Schlaf.

Simon Pearce ging zu dem Auto, das ihm das Krankenhaus zur Verfügung stellte, wobei er die Schönheit des Sonnenuntergangs am wolkenlosen Himmel über der Westseite der Insel bewunderte. Es war ein schlimmer Tag gewesen. Murphys Gesetz hatte in dem 28-Betten-Hospital zugeschlagen, und es war alles schiefgegangen, was nur schiefgehen konnte. Zwei Mitarbeiter hatten auf der Stelle gekündigt. Mr. Smiths Naht war aufgegangen, und die Wunde hatte sich infiziert, was eine langwierige Säuberungsaktion und neue Stiche notwendig gemacht hatte. Dann hatte es einen Unfall auf der Taylor Road gegeben, und zwei Touristen wurden zur Behandlung und Beobachtung aufgenommen. Gott sei gedankt für Sues Effizienz. Durch irgendeinen Kunstgriff hatte sie es geschafft, die verschiedenen Dramen so alltäglich aussehen zu lassen, dass er seine Arbeit leichter bewältigen konnte. Um dem Ganzen die Krone aufzusetzen, war am Abend auch noch die Tagung des Krankenhausvorstands gewesen. Er hatte über seinen ersten Monat am Hospital berichtet, und man ließ ihn wissen, dass man sehr zufrieden mit ihm war. Doch wie fast alle Meetings hatte sich auch dieses hingezogen, und er war gerade erst fertig geworden.

Jessica, der man vor zwei Tagen die Fäden gezogen hatte, würde nicht sehr erfreut sein, dass er erst so spät kam. Doch einige Situationen am Krankenhaus entzogen sich seiner Kontrolle, und er wusste, dass sie das als Arztfrau verstand, selbst wenn sie sich gelegentlich darüber beklagte.

Er öffnete die Wagentür und warf seine Tasche auf den Beifahrersitz, dann folgte die Jacke, die lose darüber lag. Als er sich auf dem Fahrersitz niederließ, lockerte er seine Krawatte und öffnete den obersten Hemdknopf. Er atmete tief ein und aus, um den Stress des Arbeitstages abzulegen. Bevor er den Wagen anließ, streckte er sich ein paarmal, um seine Glieder zu lockern. Als er an das warme Essen dachte, mit dem Jessica ihn erwarten würde, wenn er nach Hause kam, legte ein Lächeln seine ebenmäßigen Züge in Falten. Er war so hungrig, dass er alles essen – und genießen – würde, was sie ihm vorsetzte.

Als er den Wagen im Carport neben dem Cassell Cottage parkte, war es bereits dunkel. Einen Moment lang blieb er sitzen und sah auf das Haus, eine steile Falte auf der Stirn. Merkwürdig, es brannte nirgendwo Licht. Vielleicht war Jessica früh schlafen gegangen. Er wusste, dass sie zu Hause sein musste, denn ihr Auto stand vor seinem.

Simon schloss die Haustür hinter sich und hielt inne, um den Geräuschen zu lauschen. Stille und das gelegentliche Knacken von Holz, das sich nach der Hitze des Tages entspannte, Geräusche, die ihn jedes Mal an seine Kindheit auf der Farm bei York erinnerten, begrüßten ihn. Er schaltete das Licht an. Eine halbe Minute lang, während er schnell die Post auf dem Beistelltisch durchsah, bemerkte er die zusammengekauerte Person in der Ecke des Sofas gar nicht. Da er einen scharfen Geruchssinn hatte, stellte er enttäuscht fest, dass er keine appetitlichen Gerüche aus der Küche wahrnehmen konnte. Und doch... da war ein Geruch.

Seine Nüstern weiteten sich, als er tief einatmete. Alkohol! Dann sah er sie.

»Jess!«

Sie reagierte nicht, schien ihn nicht gehört zu haben. Wie sie dalag – in der klassischen fötalen Lage –, während er zu ihr hinüberging und sich neben sie setzte, beunruhigte ihn. Der Raum stank nach Alkohol. Er sah ein leeres Glas und die Flasche Napoleon Brandy, die er letzte Woche gekauft hatte. Sie war halb leer.

Jesus, was ging hier vor? Seine Augen verengten sich zu Schlitzen, als er ihre geröteten Wangen sah, ihr wirres Haar, ihr Gesicht ohne jedes Make-up. Verdammt, hatte sie eine Art Rückfall? Besorgt legte er ihr den Zeigefinger an die Halsschlagader und fühlte ihren Puls kräftig schlagen. Er schüttelte sie an der Schulter. Keine Reaktion.

»Jessica!« Diesmal klang seine Stimme lauter und ein wenig ungeduldig.

Sie bewegte sich kurz, öffnete ein trübes Auge, seufzte und schloss es gleich wieder.

Simon rieb sich gedankenverloren das Kinn. Er verstand sie nicht. Jessica trank nicht. Nun, gelegentlich trank sie in Gesellschaft, höchstens zwei oder drei Gläser am Abend, aber mehr nie. Niemals hatte sie zur Flasche gegriffen und eine halbe Flasche Cognac geleert. Kein Wunder, dass sie fast bewusstlos war. Zusammen mit dem Rest des Valiums, das er ihr gegeben hatte, reichte der Cognac aus, um mehrere Leute einzuschläfern. Meine Güte, wusste sie nicht, dass sich die beiden Dinge nicht vertrugen? Aber warum? Er rieb sich das Haar an den Schläfen. Warum?

»Jessica, kannst du mich hören?«

Abermals öffnete sie die Augen, versuchte zu sprechen, brachte aber nur unzusammenhängendes Murmeln hervor.

Er zog sie in eine sitzende Position, stellte ihre Füße auf den Boden und legte ihre Hände in den Schoß. Ihr Kopf rollte auf die Seite wie bei einer Puppe. Es musste etwas Ernsthaftes passiert sein, dass sie sich so benahm, sagte er sich, aber er konnte sich beim besten Willen nicht vorstellen, was. Plötzlich hob sie den Kopf und öffnete die Augen.

»Simon. Oh, Simon«, lallte sie, und dann begannen ihre die Tränen über die Wangen zu laufen.

»Was ist los, Jess? Erzähl es mir!« Er nahm ihre Hand in seine, um sie zum Weiterreden zu ermutigen.

»Oh, es ist schrecklich! Ich kann es nicht glauben…« Ihre Augenlider senkten sich, schlossen sich und öffneten sich wieder. Sie brauchte eine Weile, bis sie hervorbrachte: »Ich verstehe das nicht!«

»Was verstehst du nicht, meine Liebe?« Sie antwortete nicht. Er stieß einen enttäuschten Seufzer aus. Es war schlimmer, als mit einem Kleinkind zu reden. Sie hatte so viel getrunken, dass sie nicht klar sehen konnte, und ihr Kopf weigerte sich schlicht, zu funktionieren. Die einzige Lösung war das Bett. Obwohl er sich nicht vorstellen konnte, was sie getan hatte, musste er akzeptieren, dass er nur warten konnte, bis sie ihren Rausch ausgeschlafen hatte.

Es war nicht leicht, Jessicas leblose Gestalt hochzuheben, doch mit ein paar Flüchen und etwas Ächzen schaffte er es, sie ins Bett zu bringen. Er zog ihr die Schuhe aus, bevor er sie zudeckte. Eine Weile stand er am Fußende des Bettes, betrachtete sie, und dabei hatte er eine Art Déjà-vu. Er erinnerte sich, dass er bei ihrer Einlieferung ins Sanatorium genauso dagestanden hatte. Doch nun sah sie anders aus, friedlich wie ein Engel, ihr kastanienbraunes Haar auf dem Kissen ausgebreitet, ihre Züge entspannt.

Er schüttelte indigniert den Kopf, dann knipste er das Licht aus und ging in die Küche, um sich etwas zu essen zu bereiten.

Ein Spiegelei auf Toast mit Käse überbacken und eine Tasse Kaffee waren das Beste, was Simon einfiel. Er musste grinsen, als er daran dachte, was Jessica wohl zu dieser Wahl gesagt hätte, aber was soll's? Während er in der Küche sein einsames Mahl aß, kam er zu dem Schluss, dass, was auch immer Jessica bewogen hatte, zur Flasche zu greifen – wahrscheinlich Erinnerungen an Damian und dann ein schwerer Anfall von Depression – geschehen war, bevor ihr überhaupt der Gedanke ans Abendessen gekommen war. Das bedeutete, dass sie seit Stunden getrunken hatte. Als Amateurin musste sie lange gebraucht haben, um eine halbe Flasche Cognac zu leeren.

Er machte sich eine zweite Tasse Kaffee, inspizierte erneut den Kühlschrank und fand ein Stück Apfelkuchen, das er dazu aß, und grübelte weiter darüber nach, was Jessicas Rückfall verursacht haben könnte. Dabei wanderte er in den Wintergarten hinaus. Er hatte gedacht, sie sei glücklich, dass sie ein gewisses Maß an Zufriedenheit gefunden hatte, was hauptsächlich durch ihre Malerei und die Freundschaft mit Nan Duncan zustande kam. Er hatte gehofft, gebetet, dass die schlimmen Tage hinter ihnen lagen, und doch ... Es schien, dass es Zeiten gab, in denen sie strauchelte und zurückgeworfen wurde.

Nur gut, dass sie sich dagegen entschieden hatten, weitere Kinder zu bekommen. Er seufzte tief. Es klang sehr enttäuscht. Obwohl er sich bemühte, nicht unloyal zu werden, war ein kleiner Teil von ihm der Meinung, dass sie nie wieder so werden würde wie früher. Nikko hatte so etwas angedeutet, ohne es klar auszusprechen. Er fuhr sich mit der Hand über die Augen und versuchte, sich selber Hoffnung zu machen, dass Jess irgendwann wieder ganz gesund würde. Die sechs Monate hier auf Norfolk Island mussten ausreichen, sie mussten! Er hatte die Idee, hierher zu kommen, nur befürwortet, weil es für alle Beteiligten schien, dass er damit das Richtige für sie tat. Und gleichzeitig, weil er gedacht hatte, dass es wirklich reichen würde, in diesen Monaten zur Normalität zurückzufinden. Aber nach dem heutigen Tag war er sich da nicht mehr so sicher ... Er war sich bei überhaupt nichts mehr sicher.

Manchmal war das Warten schmerzhaft. Es drängte ihn, nach Perth zurückzukehren, um an seinem Projekt weiterzuarbeiten. Aber jetzt saß er hier fest, bis die Zeit um war, und er konnte nur hoffen, dass sie tatsächlich ausreichte.

Während er so im Dunkeln stand und aus dem Fenster in die Nacht sah, kam ihm ein guter Gedanke. Was, wenn Jessicas Rückfall etwas mit ihren Bildern zu tun hatte?

Neugierig ging er zur Tür und schaltete das Licht ein. Er schaute zur Staffelei, auf der er das fertige Bild der Anson Bay zu sehen erwartete...

Mein Gott, was hatte Jessica getan?

8

Simon verschüttete vor Schreck seinen Kaffee auf dem Holzfußboden, doch er beachtete es gar nicht, ging zur Staffelei, blinzelnd, unfähig zu glauben, was er sah. Seine freie Hand griff in die Hemdtasche nach seiner Brille. Er setzte sie auf, um Jessicas Gemälde zu studieren.

Das Bild von der Anson Bay war zerstört worden.

Über der Szene in gedämpften Grün- und Pastelltönen waren in schwarzer und grauer Farbe – mit kühnen Strichen, so fest, dass sie das Papier an einigen Stellen zerrissen hatten – die Gesichter von vier Männern gezeichnet worden.

Simon sah sie an, bis seine Augen schmerzten. Was zum Teufel war nur über Jessica gekommen?

Sie hatte die Gesichter der Männer über das Aquarell gezeichnet und damit das schöne Werk, möglicherweise ihr bislang bestes, ruiniert. Er versuchte, es zu verstehen, aber er fand keine Erklärung dafür.

Die harten Striche, der Zorn, der sich in den Linien mitteilte, die verzerrten, gierigen Ausdrücke in dreien der vier Gesichter überstiegen seine Vorstellungskraft. Eingehend betrachtete er die vier Gesichter. Sie hatten alle grobe Züge und langes, ziemlich wirres Haar. Nicht die Gesichter von typischen Touristen, die man auf Norfolk Island traf. Die Gesichter mit dem harten Ausdruck schienen alle aus einer anderen Zeit zu stammen. Interessanterweise war das dominanteste Gesicht sehr detailliert gezeichnet, von dem verwahrlosten Haarschnitt bis zur waagerechten Narbe auf der Wange, dem drohenden Blick und dem grausam verzerrten Mund. Auch der Hals und ein Teil der Schultern waren sichtbar, gekleidet in eine Art Uniform, eine Soldatenuniform. Die anderen drei Gesichter waren nur in groben, schwungvollen Zügen dargestellt, sie sollten wahrscheinlich zu einem späteren Zeitpunkt fertig gestellt werden.

Kopfschüttelnd, völlig verwirrt und beunruhigt durch den Anblick hielt er inne, bis ihm der Gedanke kam: Es sah aus wie das Werk einer Verrückten!

War das – was sie dem Gemälde angetan hatte – der Grund dafür, dass Jessica die Cognacflasche halb geleert hatte? Aber… was hatte sie eigentlich dazu veranlasst, das Gemälde zu zerstören, indem sie die Gesichter von vier Männern darübermalte?

Nur seine Frau konnte diese Frage beantworten, und er wusste, dass er keine Ruhe haben würde, bis er verstand, was sie zu so einem für sie völlig untypischen Verhalten geführt hatte.

Sie kam durch das Schlafzimmerfenster. Kurz verweilte sie an Jessicas Bett und betrachtete sie. Die Frau hatte heute Nachmittag wie wild gearbeitet, und der Cognac war eine notwendige Erleichterung gewesen. Der Gedanke an den leckeren Alkohol, den sie sie trinken sah, bis sie bewusstlos wurde, ließ sie sich die Lippen mit der Zunge befeuchten. Sie selbst hatte gerne den einen oder anderen guten Tropfen getrunken, und es war eines der Dinge, die sie schmerzlich vermisste, seit…

Sie riss sich zusammen und glitt leise durch das teilweise dunkle Haus, bis sie den Mann im Wintergarten sah, der das Tageswerk betrachtete. Die Anspannung um seinen Mund und wie tief er die Hände in die Hosentaschen geschoben hatte, zeigten ihr, dass ihn das, was er sah, mehr als nur ein wenig verwirrte. Sie heftete ihren Blick auf ihn. Hoffentlich war er kein allzu großes Hindernis bei ihrer Aufgabe mit Jessica. Wenn ja, dann würde es ihm schlecht ergehen, wenn er sich einmischte …

Sie bewegte sich so, dass sie schräg hinter ihm stand, damit sie das Bild ebenfalls sehen konnte. Während sie es betrachtete, fuhr sie sich mit der Hand leicht durch das hüftlange, kupferfarbene Haar und schob es zurecht. Dann nestelte sie an dem Tuch um ihren Hals und strich es glatt, bis sie damit zufrieden war. Ja, es war ein schönes Stück Arbeit …

Sie war stolz darauf, Jessica geholfen zu haben, es zu malen, nur dass ihr Protegé gar nicht gewusst hatte, dass sie den Pinsel führte, bis das Werk fertig war. Dann war sie irgendwie durchgedreht und hatte zur Flasche gegriffen. Nun, sie würde sich daran gewöhnen müssen, ihren Befehlen zu gehorchen. Es war notwendig, und sie würde nicht weich werden, denn sie brauchte die Hilfe dieser Frau.

Ihr Blick blieb an dem letzten Gesicht hängen, dem unvollendeten Porträt des jungen Timothy Cavanagh. Ungeduldig unterdrückte sie das erste Anzeichen von Mitleid, das ihr die Feuchtigkeit in die Augen trieb. Lautlos lachte sie harsch über ihren momentanen Fehler. Wie dumm sie war! Alles Mitleid war vor langer Zeit verflogen. Ihr Blick wanderte zu der ersten Gestalt und heftete sich auf dieses Gesicht.

Tief sitzender Hass loderte in ihren blauen Augen auf, und eine Ader an ihrer Schläfe klopfte im Rhythmus zu dem Zorn, der in ihr aufstieg, wann immer sie an *ihn* dachte. Es war eine gute Darstellung des Teufels, denn *er* war der Anführer der anderen drei gewesen. Die anderen waren lediglich rückgratlose Narren gewesen, die seine Befehle ausgeführt hatten. Ja, eine Träne stieg ihr in die Augen, als sie die Erinnerungen überkamen. Wenn dieser Teufel Elijah Waugh nicht an diesem schönen, sonnigen Tag ihren Weg gekreuzt hätte, dann wäre ihr, Sarah Flynns Leben, ganz anders verlaufen...

9

1849

Ein feuchter, salziger Wind vom Meer her strich Sarah über das Gesicht, als sie auf der Schwelle zu Ma Hingertys Pension in der Canal Lane stand, um ihren Hut zu richten und sich dann das Cape um die Schultern zu ziehen. Sie sah, wie sich der Nebel über den Docks hob und die hohen Masten mehrerer Schiffe sichtbar wurden. Die Wimpel flatterten unheimlich im grauen Dunst. Aus Erfahrung wusste sie, dass es ein schöner Tag werden würde, zumindest eine Zeit lang. Im Frühling war das Wetter in Dublin häufig wechselhaft, hatte sie gelernt, da sie seit ihrem elften Lebensjahr in der Stadt lebte.

Die Schritte ihrer praktischen, hochgeschnürten Arbeitsstiefel hallten auf den Pflastersteinen wider, während sie über die Queen Street lief, die zu beiden Seiten entlang des Liffey zum Hafengelände führte. Trotz der frühen Stunde waren schon viele Leute unterwegs, um ihre Morgenarbeiten zu verrichten. Der Laternenanzünder, der die Lichter in der Straße löschte, grüßte den Metzger, der einen Weidenkorb voller Kadaverteile zum Hackklotz brachte.

Ein paar Straßenkinder spielten so lautstark Himmel und Hölle, dass sich eine Putzfrau dazu veranlasst sah, sie zur Ruhe zu mahnen, und Arbeiter wie sie selbst, die von sechs Uhr in der Frühe bis um sechs Uhr abends arbeiteten, strebten zu ihren jeweiligen Zielen in der Nähe des Wassers.

Bridget Muir, mit der sie sich bei Ma Hingerty ein Zimmer teilte, hätte sie eigentlich begleiten sollen, da sie beide denselben Arbeitgeber hatten: »Seamus O'Toole, Schiffsausrüster«. Doch Bridget hatte eine fiebrige Erkältung, und Ma, die alte Glucke, hatte sie wieder ins Bett geschickt. Sarah wusste, dass Seamus das nicht gefallen würde. Aber auch wenn der grantige ehemalige Seemann versuchte, sein weiches Herz zu verbergen, hatte er Bridget mit dem feinen schwarzen Haar, der schlanken Gestalt und dem hübschen Lächeln sehr gern. Sarah vermutete sogar, dass er ziemlich in die achtzehn Jahre jüngere Bridget verschossen war. Selbst wenn diese die Möglichkeit offiziell lautstark ablehnte, war ihr doch nicht entgangen, dass ihre Zimmergenossin jedes Mal erfreut aufblickte, wenn ihr Arbeitgeber in das Vorratslager seines Laden kam, wo sie beide arbeiteten.

Sarah Flynn war so ziemlich das Gegenteil von Bridget. Das war wahrscheinlich einer der Gründe dafür, dass sie so gut miteinander auskamen.

Für ein Mädchen von siebzehn war sie ungewöhnlich groß gewachsen, sie konnte den meisten Männern gerade in die Augen blicken. Ihr leuchtend rotes Haar, das ihr Vater einst als rotbraun bezeichnet hatte, das die meisten anderen Menschen jedoch kupferrot nannten, war dicht und glänzend. Trotz ihrer Versuche, es nach der neuesten Mode zu frisieren, sprangen unvermindert störrische Locken hervor und kringelten sich ihr ins Gesicht. Klare blaue Augen blickten gesund und zuversichtlich in die Welt und sagten allen, die klug genug waren, ihren Ausdruck zu deuten, dass sie sich nichts vormachen ließ. In den fünf Jahren, in denen sie bei O'Toole arbeitete, war sie von einem niedrig bezahlten Ladenmädchen zur Assistentin ihres Arbeitgebers aufgestiegen, eine Leistung, auf die sie außerordentlich stolz war.

Das Leben war nicht immer so gut gewesen für Sarah Flynn. In Armagh County, wo sie geboren war, hatte sie mit ihren Eltern, Mary und Robbie Flynn, und ihrem älteren Bruder Paddy eine kleine Farm bewirtschaftet, die dem Großgrundbesitzer Sir Godfrey LeStrange gehörte, wie es Tausende von Familien in ganz Irland taten. Das Alltagsleben auf dem Land war hart, durch die ständige Bepflanzung war der Boden ausgelaugt. Im Winter 1842 hatte sich Robbie Flynn erst eine Erkältung, dann eine Lungenentzündung zugezogen, und trotz der kundigen Pflege ihrer Mutter, die für eine schlichte Bauersfrau erstaunliche Kenntnisse in der Heilkunde hatte, war er eine Woche später gestorben.

Die restlichen Flynns versuchten, die Farm alleine weiter zu betreiben. Paddy, der damals sechzehn und schon erwachsen war, mühte sich redlich, Essen auf den Tisch zu bringen und genügend Geld aufzutreiben, um die Pacht zu zahlen. Irgendwie schaffte die Familie es, bis das nächste Frühjahr kam.

Dann konnten die Flynns, wie so viele Menschen in ganz Irland, zwei Wochen hintereinander das Geld für die Pacht nicht aufbringen. Und prompt kam Sir Godfreys Verwalter mit Gerichtspapieren bewaffnet und unterstützt von zwei Mitgliedern der örtlichen Polizei angeritten und vertrieb sie aus dem einzigen Heim, das Sarah je gekannt hatte.

Nach ihrer Ankunft in Dublin wartete Paddy nur so lange, bis seine Mutter und seine Schwester untergebracht waren – Mary fand eine Anstellung als Haushälterin bei einem Arzt namens Shaun Bryant –, dann heuerte er als Schiffsjunge auf der *Lady Mantilla* an, einer alten spanischen Barke, die nach Amerika auslief. Er versprach zu schreiben, was er jedoch nicht tat, und träumte davon, sich in Amerika niederzulassen und ihnen das Geld für die Reise zu schicken. So begann Paddy sein großes Abenteuer. Zweieinhalb Jahre später erreichte Mary und Sarah die Nachricht, dass die *Lady Mantilla* vor der Küste von Peru auf Grund gelaufen und mit Mann und Maus untergegangen war.

Für Mary Flynn war diese traurige Nachricht der Anfang vom Ende. Zu viel hatte sie schon gelitten: die vielen harten Jahre mit Robbie, der Verlust ihres Heims, auch wenn es nur ein bescheidenes Heim gewesen war, und nun der Tod ihres Sohnes. Ihre Gesundheit schwand, und trotz Dr. Bryants Bemühungen verschied Mary Flynn sechs Monate, nachdem Sarah begonnen hatte, bei O'Toole zu arbeiten, im Schlaf. Dr. Bryant hatte Mitleid mit ihr und bot ihr an, sie als Assistentin für die neue Haushälterin zu beschäftigen. Doch Sarah, der sich die harten Zeiten eingeprägt hatten, die die Familie durchlitten hatte, war entschlossen, es allein zu schaffen und niemandem einen Penny schuldig zu bleiben. Den Bedenken des Doktors zum Trotz zog sie im Alter von vierzehn Jahren in Ma Hingertys Pension, hauptsächlich, weil sie in der Nähe ihres Arbeitsplatzes lag.

Da sie eine schnelle Auffassungsgabe hatte, gut mit Leuten umgehen konnte, exakt addieren und subtrahieren konnte und eine natürliche Begabung dafür hatte, zu erkennen, wenn sich ein gutes Geschäft bot, wurde sie für Seamus O'Toole unentbehrlich.

»Einen wunderschönen guten Morgen, Miss Sarah«, wünschte ihr Linus O'Keefe, Sarahs rechte Hand. Ohne in der Arbeit innezuhalten, fragte der große, gut gebaute Linus, während er eine große Holzkiste auf die andere stapelte: »Wo steckt denn unsere Bridget heute?«

Sarah glaubte, dass Linus genau wie Seamus O'Toole in Bridget verliebt war.

»Sie ist krank«, erwiderte sie, nahm ihren Hut ab und schüttelte das Haar. »Hast du die Arbeit erledigt, die ich dir gestern aufgetragen habe, Linus?«

»Natürlich.« Sein Tonfall war respektvoll und etwas überrascht, dass sie überhaupt fragte. Sie wussten beide, dass er der beste Arbeiter bei O'Toole war.

»Mr. O'Toole wird heute nicht da sein, er ist geschäftlich unterwegs«, erklärte sie ihm, legte die Schürze an und band sie sich um die Taille. »Du musst heute den Karren herrichten, um die Bestellungen bei einigen Händlern abzuholen. Ich gebe dir die Liste, sobald ich sie fertig habe. Wir brauchen die Sachen heute für eine Bestellung von Proviant für die *Wild Swan*, die morgen mit der Flut ausläuft.«

»Dann fang ich gleich damit an und besorg schon mal den Wagen.«

»Ein paar von diesen Fässern und Kisten sind verdammt schwer für einen Mann«, überlegte Sarah rücksichtsvoll. »Frag lieber Charlie, ob er dir nicht helfen kann.«

Linus tippte sich an die Stirn und murmelte: »Ay, Miss Sarah, dann geh ich jetzt den Wagen organisieren.«

Nach ein paar Minuten hatte Sarah die Liste für Linus fertig geschrieben und wollte ihn gerade suchen gehen, als sie auf dem Weg durch den Laden einen Mann an der Vordertür sah, der die ausgetretenen Stufen hinaufschritt. Er ließ sich Zeit damit, die Tür zu öffnen, was ihr die Gelegenheit verschaffte, ihn aus dem Schatten der Regale, vollgestopft mit allen möglichen Produkten, genauer zu betrachten.

Seine rotweiße Uniform wies ihn als Soldaten der Krone aus, und zwar als ein ziemlich beeindruckendes Exemplar. Er war ein paar Zoll größer als sie selbst, und seine breiten Schultern spannten den Stoff der Uniform so, dass die Nähte zu platzen drohten. Außerdem konnte sie kein Zögern in seinem Schritt erkennen, als er zum Tresen ging und seinen Hut abnahm.

»Guten Morgen, Miss. Ich suche den Besitzer, wenn es recht ist.«

Er hatte einen starken Akzent, der Sarah an das Dorf erinnerte, aus dem sie vor so vielen Jahren gekommen war. Sie fragte sich, ob er wie die Familie Flynn ebenfalls vom eigenen Land vertrieben worden war und ob er, wie so viele junge Iren, den Truppen der jungen Königin Victoria beigetreten war, um sich seinen Lebensunterhalt zu verdienen. Sie trat in den Lichtschein, der aus einer Öllampe fiel, die über dem Tresen brannte und erkannte die Abzeichen eines Corporals.

»Ja, Corporal, wie kann ich Ihnen helfen?«

Corporal William O'Riley sah überrascht auf. Dieses junge Ding konnte doch unmöglich die Besitzerin des Ladens sein, darauf hätte er einen Monatssold verwettet – auch wenn das nicht viel war. Aber, Heilige Maria Mutter Gottes, sie war eine schöne Erscheinung! Einen Moment lang starrte er sie mit offenem Mund an, bevor er sich an die guten Manieren erinnerte, die ihm seine Mutter mit vielen Nasenstübern und Schimpfwörtern eingetrichtert hatte.

»Ich bitte um Verzeihung, Miss, ich … ich … mein vorgesetzter Offizier hat mich gebeten, den Proviant für unser Schiff zu holen. Ich muss mit Ihrem Arbeitgeber, Mr. Seamus O'Toole, reden über … die verschiedenen Dinge.«

»Mr. O'Toole ist heute nicht da, aber Sie können mit mir verhandeln, ich bin die stellvertretende Geschäftsführerin«, erklärte Sarah lächelnd. Sie war die Reaktionen von Männern gewöhnt, wenn sie erfuhren, welche Stellung sie in O'Tooles Geschäft innehatte. Erst ein ungläubiger Blick und dann – meistens – langsam aufdämmernder Respekt.

»Aber Sie sind eine Frau. Es schickt sich nicht, Geschäfte mit… ich meine…« Will fiel plötzlich auf, dass er Unsinn redete, und schwieg.

Sarah konnte sich das Lachen nicht länger verkneifen und platzte heraus. »Oh, Corporal, wirklich! Wäre es denn genauso schwierig, mit mir zu verhandeln, wenn ich eine Taverne besäße oder eine Schneiderwerkstatt?«

Will kratzte sich angesichts ihrer Logik anerkennend den Kopf. »Wahrscheinlich nicht«, gab er zu. Sie war so hübsch, dass er es nicht lassen konnte, sie anzustarren. Und sie schien intelligent zu sein. Er war lediglich den Umgang mit gewöhnlichen Schankmädchen gewohnt oder gelegentlich einer Dienstmagd, was seine Verwirrung nur verstärkte. Er merkte, wie sich seine Wangen vor Verlegenheit röteten, und trat unbehaglich von einem Fuß auf den anderen.

Auch Sarah betrachtete ihn verstohlen unter ihren langen roten Wimpern hervor, und was sie sah, gefiel ihr. Ein großer, blonder Mann, nicht wirklich gut aussehend, aber doch gefällig. Sein Bart und Schnurrbart waren sauber gestutzt und, wie sie bemerkte, einen Ton dunkler als sein Haupthaar. Und er hatte die freundlichsten haselnussbraunen Augen, die sie je gesehen hatte. Zu ihrer eigenen Überraschung durchlief sie ein Schauer von… ja was nur?… Erregung? Vorahnung?… Es war so stark, dass es ihr fast den Atem nahm.

Eine Sekunde später riss sie sich selbst aus solch unsinnigen Gedanken und konzentrierte sich auf ihre Aufgabe. »Vielleicht erlauben Sie mir einen Blick auf Ihre Liste, damit ich sehen kann, ob ich Ihnen behilflich sein kann.«

»Ja, selbstverständlich. Mein Name ist Corporal O'Riley vom 67. Infanterieregiment Ihrer Majestät. Die meisten nennen mich Will O'Riley«, stellte er sich vor. Er sah, dass sie die Hand ausstreckte, und wusste erst nicht, was sie damit meinte, doch dann erinnerte er sich an ihr Angebot. Das Mädchen hat mich völlig um den Verstand gebracht, dachte er mit einem leisen Fluch. Dann zog er mit mehr Eile als Eleganz Captain Stewarts Liste aus seinem Hemd und reichte sie ihr.

Sarah überflog die in gestochen scharfen Buchstaben geschriebene Liste. »Sie benötigen eine ganze Menge Dinge, Corporal O'Riley«, meinte sie, als sie aufblickte. »Wir werden eine Weile brauchen, um alles zu besorgen.«

»Ay, damit hat der Captain gerechnet«, nickte Will. »Wir segeln in zwei Wochen mit der *Raven's Wing*, die zur Zeit neue Masten bekommt.«

»O ja, ich habe davon gehört, dass sie bei einem Sturm vor den Shetlands ihre Masten verloren hat. O'Toole liefert die neuen Segel für die *Raven's Wing*.«

»Das stimmt. Sie hatten Glück, dass sie nicht auf Grund gelaufen sind, sagt der Erste Maat.«

»Captain Stewart ist der Befehlshaber des Schiffes?«, fragte Sarah für den Fall, dass sie ihn wegen irgendwelcher Dinge auf der Liste sprechen musste.

»Nein, Miss...?« Er blickte sie fragend an.

»Sarah Flynn.«

»Nun, Miss Flynn«, lächelte er sie vorsichtig, aber aufmunternd an, »Captain Stewart ist mein vorgesetzter Offizier. Unser Regiment segelt auf der *Raven's Wing* zum Dienst nach Australien.«

»So weit weg!« Die Worte entflohen ihr, bevor Sarah sie zurückhalten konnte.

»Ay. Aber«, fuhr er augenzwinkernd fort, »das ist ein Land mit vielen Möglichkeiten, Miss Flynn. Auch wenn es harte Arbeit bedeutet und gefährlich ist dazu.«

»Gefährlich, Corporal O'Riley?«, fragte sie mit großen Augen.

»Ja, sicher. Giftschlangen und Spinnen gibt es da im Busch. Und dann sind dort die schwarzen Teufel. Aber es gibt Land, viel Land für die, die stark genug sind, es sich zu unterwerfen.«

»Wenn Sie das so sagen, hört es sich aufregend an, Corporal«, sagte Sarah, von seiner Begeisterung angesteckt. »Waren Sie denn schon einmal da?«

»Ay, 1845.« Doch dann zuckte er mit den breiten Schultern. »Aber nun hör sich einer an, wie ich daherrede. Der Captain wäre enttäuscht. Ich sollte meine Pflicht tun, Miss Flynn.« Doch es war recht offensichtlich, dass er nur ungern ging. Es war eine höchst angenehme Beschäftigung, sich mit ihr zu unterhalten und vor allem auch, sie anzusehen. Diese großen blauen Augen, das volle rote Haar. Was würde er nicht darum geben, einmal mit den Fingern durch ihre Locken fahren zu dürfen? Alles – nicht dass er viel von irgendeinem Wert gehabt hätte. Er gab sich im Geiste einen Ruck und schaute angelegentlich auf die Liste des Captains. »Dann darf ich das hier bei Ihnen lassen, Miss Flynn, ja?«

»Natürlich können Sie das, Corporal O'Riley.« Sie dachte einen Moment nach und fügte hinzu: »Wenn es Ihnen möglich ist, fragen Sie doch in ein paar Tagen noch einmal nach. Dann kann ich Ihnen sagen, wie weit wir mit der Beschaffung Ihres Proviants sind.«

Er strahlte sie an. »Das werde ich gerne tun, Miss Flynn.«

Will drehte sich um und verließ den Laden, glücklicher als er je gewesen war seit... Er konnte sich nicht daran erinnern, schon jemals so glücklich gewesen zu sein. Er hatte soeben die Frau getroffen, die er heiraten wollte, und er hatte zwei Wochen Zeit, sie davon zu überzeugen, dass er für Sarah Flynn der beste Ehemann der Welt sein würde. Er schluckte sein Erstaunen über diese rasche Entwicklung seiner Gefühle für eine Frau, die er eben erst getroffen hatte, herunter und erinnerte sich daran, dass seine Mutter ihm einmal gesagt hatte, dass es so etwas gab. Wie ein Blitz aus heiterem Himmel.

Auf der Straße sah Will einen Karren, den ein kräftiger junger Mann zog und der um die Ecke des Ladens verschwand. Da Will annahm, dass der Junge für O'Toole arbeitete, ging er auf den Karrenlenker zu, um von ihm eventuell ein paar Informationen über die hübsche Miss Flynn zu erhalten.

Nachdem er ihm ein Bier und ein Essen in der besten Taverne am Wasser versprochen hatte, im Bull's Head, wenn seine Schicht vorüber war, erklärte sich Linus O'Keefe bereit, dem jungen Unteroffizier alles über Miss Sarah Flynn zu erzählen.

Will machte es sich zur Gewohnheit, unter irgendeinem Vorwand täglich in den Laden des Schiffsausrüsters zu gehen, und tat damit aller Welt sein Interesse an Sarah Flynn kund. Am Sonntag saß er während der Messe hinter ihr und schaffte es, sie und Bridget Muir zu Ma Hingertys Pension zurück zu begleiten, wo er sich dank Mas romantischer Neigung eine Einladung zum Mittagessen verschaffen konnte. Nachdem er Sarah das Versprechen abgenommen hatte, am nächsten Tag nach der Arbeit mit ihm zu Abend zu essen, brachte er die beiden Frauen wieder zu O'Toole zurück, wo sie bis Sonnenuntergang arbeiteten.

Als Sarah sich den Hut richtete und ihre Handschuhe anzog, sah sie, wie Bridget sie von der Tür her ansah, ein wissendes Lächeln auf dem hübschen Gesicht.

»Du siehst bezaubernd aus, Sarah.« Bridget sparte nicht mit Lob und Bewunderung für ihre Freundin. Da sie seit drei Jahren in einem Raum zusammen wohnten, standen sie sich so nahe wie sonst nur Schwestern.

»Ich sehe, du trägst die Brosche deiner Mutter«, zwinkerte Bridget und konnte nicht widerstehen, sie zu necken: »Dann muss es ernst sein. Du trägst die Brosche doch nur zu besonderen Anlässen.«

Sarah wurde rot, leugnete es aber nicht. Sie betrachtete ihr Bild in dem kleinen Spiegel, schob ihr Haar zurecht und sah dann die Brosche an. Es war das einzig Wertvolle, das ihre Mutter ihr hinterlassen hatte, abgesehen von den wundervollen Erinnerungen an ein Leben mit der Familie und an unendliche Liebe. Sie bestand aus einer großen Perle, in Gold gefasst und von kleinen Zuchtperlen umgeben. Seit drei Generationen befand sie sich schon im Besitz der Familie Flynn, und wie schwer die Zeiten auch immer sein mochten, keine Frau der Flynn-Familie würde sich je davon trennen. Das außerordentlich schöne Schmuckstück kam aus Frankreich und passte gut zu den cremefarbenen Rändern aus Brüsseler Spitze an ihren Ärmelaufschlägen und am Ausschnitt ihres Kleides.

»Du magst den jungen Corporal wirklich, nicht wahr?«, fragte Bridget, während sie zusah, wie sich Sarah vorsichtig ein paar Tropfen Rosenwasser hinter die Ohren, auf den Hals und die Handgelenke tupfte.

Sarah dachte gewissenhaft über Bridgets Frage nach. Seit Tagen schon war sie außerstande, an irgendetwas oder irgendjemand anderen zu denken. Selbst Mr. O'Toole hatte ihre ungewöhnliche Gedankenlosigkeit bemerkt. Sie war zwar schon früher umworben worden, zumindest hatten ein oder zwei Jünglinge versucht, ihr den Hof zu machen, aber sie hatte sie zurückgewiesen, da sie sich kein bisschen zu ihnen hingezogen gefühlt hatte. Doch Will… Er rührte etwas in ihr an, ein tiefes, warmes, wunderbares Gefühl, das sie gleichzeitig verwirrte und entzückte und wegen seiner Intensität gelegentlich auch beängstigte. Sie hatte bislang nicht gewusst, dass Menschen zu so starken Gefühlen imstande waren.

»Ja, das stimmt, obwohl ich eigentlich glaube, dass es närrisch ist. Bald segelt er fort, und ich werde ihn jahrelang nicht sehen.« Sie dachte an ihren Bruder Paddy. »Vielleicht nie wieder.« Der plötzliche Gedanke, dass sie den jungen Soldaten nie wiedersehen könnte, ließ sie schwindlig werden, und in der Herzgegend spürte sie ein schmerzhaftes Ziehen. »O mein Gott.« Sie sah Bridget an, und ihre Augen füllten sich mit Tränen. »Ich glaube, ich habe mich verliebt.«

Bridget küsste sie auf die Wange und umarmte sie. »Mach dir keine Sorgen, es wird schon alles gut werden. Jetzt geh erst einmal mit deinem jungen Mann aus und freu dich über den schönen Abend.«

Und genau das tat Sarah Flynn.

Sie aßen in der für Sarahs Verhältnisse ziemlich feudalen Umgebung eines Hotels im Herzen der Stadt, zu dem sie mit einer Mietdroschke fuhren, und gingen dann bis Sonnenuntergang in einem nahe gelegenen Park spazieren.

Es war bereits spät, fast halb zehn, als sie nach dem schönen Abend wieder an der Tür zu Mas Pension standen. Will konnte die Worte, die er sagen wollte, nicht länger zurückhalten.

»O Sarah! Ich glaube, du weißt, was ich für dich empfinde. In der Kaserne machen sie schon Witze darüber und fragen: Wer ist denn das verliebte Kalb? Und dann starren sie mich alle an, bis auf den letzten Mann.«

»Will, ich …«

»Bitte, Sarah, lass mich sagen, was ich sagen muss, solange ich noch den Mut dazu habe.« Er räusperte sich und zog am Kragen seiner Uniform, als ob er zu eng sei. »Ich bin nur ein einfacher Mann, Sarah, ich kann mich nicht so gewählt ausdrücken wie andere vielleicht. Aber … Nun, ich habe mich in dich verliebt – ich weiß, das ging unheimlich schnell –, aber so ist es nun mal. Und ich habe nicht die Zeit, so um dich zu werben, wie es eigentlich sein sollte.« Er hielt inne und nahm ihre Hände in seine großen Pranken. »Ich möchte, dass du mich heiratest, wenn du einen armen, hart arbeitenden Soldaten wie mich haben willst.«

Den ganzen Abend schon hatte Sarah vermutet, dass seine warmen Blicke, seine Aufmerksamkeit, seine Geschichten über sich selbst und seine Familie, die im County Clare lebte, zu diesem Moment führen würden. Dennoch war sie überrascht, als es so weit war. Normalerweise war Sarah nicht um Worte verlegen, aber zum ersten Mal in ihrem Leben wusste sie nicht, was sie sagen sollte. Sie mochte Will, sie mochte ihn wirklich sehr, aber Heirat hatte in ihren näheren Zukunftsplänen bislang noch keine Rolle gespielt.

Seit sie mit ihrer Arbeit bei O'Toole angefangen hatte, hatte sie jeden Penny gespart, den sie entbehren konnte, und sie war fast so weit, dass sie ihren eigenen kleinen Laden aufmachen konnte. Sie hatte sich sogar schon den passenden Ort dafür ausgesucht: den leeren Laden neben dem Stiefelmacher Mallory. Flynn's Victuallers sollte es heißen – es war ihre große Chance, finanziell unabhängig und eine Frau mit zumindest bescheidenen Mitteln zu werden.

Sarah sah Will an, sein ernstes Gesicht, die Liebe in seinen Augen, und ganz plötzlich erschienen ihr ihre Geschäftspläne nicht mehr so wichtig. Hier war ein Mann, der sie liebte, der den Traum hatte – er hatte heute Abend davon gesprochen –, dass er eines Tages Land auf diesem Kontinent besitzen würde, der so weit weg war von Dublin.

»Ich habe dich überrascht«, sagte er. »Du musst mir nicht sofort antworten, Sarah, meine Liebe. Versprich mir nur, dass du darüber nachdenken wirst, … meine Frau zu werden.« Damit neigte er sich vor und küsste sie leicht auf die Lippen.

»Ohh!« Wellen der Erregung, aus reiner Wärme und Verlangen, überfluteten Sarah. Völlig überwältigt von ihrer eigenen Reaktion auf dieses ungewohnte Verlangen, das plötzlich durch ihre Adern pulsierte, flüsterte sie atemlos: »Oh, Will!«

Ermutigt durch ihre Antwort zog er sie an seine Brust und murmelte in ihr Ohr: »Ich werde dich glücklich machen, Sarah, wenn du mir nur die Gelegenheit dazu geben willst.«

Mit geröteten Wangen und einem Herzen, das so schnell schlug, dass sie sich etwas schwach fühlte, lehnte Sarah sich zurück und sah ihm nachdenklich ins Gesicht. Wie konnte sie ihre Gefühle für diesen Mann verleugnen? In der Vergangenheit hatte sie ihre Reaktion auf die beiden Männer, die ihr den Hof gemacht hatten, kontrolliert, weil Liebe schwach machte. Wenn man verliebt war, dann war man voneinander abhängig, so wie ihre Mutter von ihrem Vater abhängig gewesen war. Das war eine Lektion, die sie aus dem harten Leben ihrer Eltern gelernt hatte. Und sie hatte sich im zarten Alter von vierzehn Jahren dazu entschlossen, ihren Weg im Leben allein zu gehen, unabhängig von einem Mann.

Doch niemand hatte ihr gesagt, wie es sich tatsächlich anfühlte, verliebt zu sein. Dieses Gefühl und was es mit ihrem Körper, ihrem Herzen und ihrer Seele machte, war unwiderstehlich.

»Ja, Will, ich möchte deine Frau werden. Ich möchte es sehr gerne!«

Er hob sie hoch und wirbelte sie herum und machte dabei so einen Lärm, dass Ma Hingerty die Vordertür öffnete und sie ausschalt.

»Kommt herein, ihr beiden! Was ist denn das für ein unwürdiges Benehmen an meiner Vordertür?« Sie hatte sie vom Fenster aus beobachtet und erkannt, was da vor sich gegangen war. »Geht in den Salon und ...« Sie machte eine dramatische Pause, bevor sie mit einem wissenden Lächeln fortfuhr: »Ich glaube, jetzt ist ein Glas Brandy zum Anstoßen ganz angebracht.«

Sarah benötigte in den folgenden acht Tagen ihre gesamten Fähigkeiten zum Organisieren und Arrangieren, sowie eine gehörige Portion Diplomatie, um durchzusetzen, dass sie und Will heiraten konnten, bevor die *Raven's Wing* auslief.

Seamus O'Toole drehte fast durch, als er hörte, dass sie fortgehen wollte. Ma Hingerty hatte fast ständig Tränen in den Augen, denn nach fast sieben Jahren war Sarah fast zu einem Familienmitglied geworden. Bridget weinte insgeheim, weil sie die beste Freundin verlor, die sie je gehabt hatte. Und Linus O'Keefe lief strahlend im Laden des Schiffsausrüsters herum, weil Sarah mit Seamus gesprochen hatte und ihn eindeutig als den besten Mann für ihre Nachfolge empfohlen hatte.

Auch Will war beschäftigt. Er musste dringend eine Koje für Sarahs Reise buchen. Das Beste, was er erringen konnte, war ein Bett in einer Sechs-Bett-Kabine, in der einige Dienstmädchen schliefen und eine ältliche Jungfer mit bescheidenen Mitteln, die auf dem Weg zu ihrem Bruder in Sydney war. Wohlhabendere Passagiere hatten Zweier- oder auch Einzelkabinen, die nur wenig größer als Wäscheschränke waren. Er hätte liebend gerne eine Kabine für sie allein gehabt, aber das überstieg die Mittel, die ihm zur Verfügung standen oder die er beschaffen konnte.

Will war kein sonderlich religiöser Mensch, aber er wusste, dass Sarah eine gläubige Katholikin war, und schaffte es mit einigen Schwierigkeiten, einen Priester zu besorgen, der sie trauen wollte, ohne dass die üblichen zwei Wochen vorher das Aufgebot verkündet wurde. Und so wurden sie drei Tage vor Abfahrt des Schiffes in Gegenwart von Sarahs engsten Freunden, Wills Mutter und Schwester und dreien seiner Kameraden getraut.

Der Soldat Elijah Waugh saß in der vordersten Reihe der alten Kirche und beobachtete, wie sich Braut und Bräutigam das Jawort gaben. Er war schon lange mit Will O'Riley befreundet, da sie schon in Indien zusammen gewesen waren und seit fünf Jahren im selben Regiment dienten. Unwillig schüttelte er den Kopf angesichts der unziemlichen Eile bei der Hochzeit seines Freundes. Heirat! Anders als Will machte er sich keine Illusionen über das, was der Priester als den heiligen Stand der Ehe bezeichnete. Heilig, du lieber Himmel! An eine einzige Frau gekettet sein und eine Schar schreiender Bälger großziehen und sich krummlegen, damit sie zu essen und Kleider hatten.

Oh ja, er hatte es gesehen, er war damit groß geworden, sozusagen. Er hatte gesehen, wie seine Mutter zu einem Schatten ihrer selbst wurde und ihre Gesundheit immer weiter dahinschwand, als sie ein Kind nach dem anderen bekam, bis sie so dürr war, dass sein Vater das Interesse an ihr verloren hatte. Was für seine Mutter nicht das Schlechteste gewesen war, musste Elijah zugeben, wenn er an die Grobheit seines Vaters dachte. Immerhin schlug er sie und die größeren Kinder nicht, wenn er sich betrank und sich anderweitig ein warmes Bett und ein paar bereitwillige Arme suchte. Als Elijah zehn Jahre alt war, war sie schlichtweg an Erschöpfung gestorben. In seinem Kiefer zuckte ein Muskel, als er sich an das ärmliche Begräbnis erinnerte, bei dem sich sein Vater fürchterlich betrunken hatte. Seine Mutter war in ihrem Grab noch nicht kalt gewesen, als sein Vater ihn in die Minen mit zur Arbeit genommen hatte.

Er sah, wie Will seine Braut küsste, und sein Blick maß die romantische Szene missbilligend. Sarah Flynn war ein hübsches Mädchen, daran bestand kein Zweifel. Aber er fragte sich, wie lange das wohl so bleiben würde, wenn erst die Kinder kamen.

Nein, Heirat war definitiv nichts für einen wie ihn. Er mochte das freie und leichte Leben ohne Verpflichtungen. Man sucht sich eine hübsche Frau, hat seinen Spaß und zieht weiter. Das war Elijahs Motto, seit er zu einem stämmigen Zwölfjährigen geworden war. Er war den Minen und dem Haus seines Vaters entflohen, ohne einen Blick zurückzuwerfen, und nach Cardiff fortgelaufen, wo er Arbeit und sexuelle Befriedigung als Zuhälter für ein Bordell an den Docks fand. Seine Reisen hatten ihn schließlich nach Dublin geführt, wo er im Alter von fünfzehn Jahren zum Militärdienst gezwungen wurde. Dort war er geblieben, anstatt zu desertieren, weil es ein gutes Geschäft gewesen war. Zum ersten Mal im Leben hatte er einen vollen Bauch, anständige Kleider und wurde auf Kosten der Königin untergebracht. Und obwohl der Sold lausig war, gab es doch auch einen gewissen Ausgleich ... Er hatte stets genügend Münzen für ein oder zwei Mädchen, genug, um sein Verlangen zu stillen.

»Sarah, darf ich dir meinen Freund Elijah Waugh vorstellen? Wir sind seit Jahren im selben Regiment, nicht wahr, Elijah?«, stellte Will seiner jungen Braut seinen ältesten Freund vor.

»Ay, das sind wir, Will«, bestätigte Elijah und schüttelte Sarah höflich die Hand. »Ich gratuliere euch beiden.«

Dann gingen sie zu Wills Mutter und Schwester, was Elijah die Gelegenheit gab, ihnen nachzusehen, ohne dass ihn jemand dabei beobachtete. Seine Augen verengten sich zu Schlitzen, als er Sarahs Profil und ihrer wohlgeformten Gestalt nachblickte. Überraschenderweise verspürte er einen heftigen Stich von Eifersucht, als er sich vorstellte, welche Freuden Will in dieser Nacht in seinem Hochzeitsbett genießen würde. Er befeuchtete sich die Lippen mit der Zunge wie in Erwartung einer leckeren Köstlichkeit, denn sie sah aus, als ob sie eine leidenschaftliche Frau war, diese Sarah Flynn, jetzt Mrs. O'Riley. O ja, er kannte sich aus mit Frauen, und seinem Kameraden Will stand eine heiße Nacht bevor.

Plötzlich hatte er einen säuerlichen Geschmack im Mund, und der wachsende Neid ließ ihn sich abwenden. Zum Teufel mit Will und seiner Braut! Was er wollte, war ein Schluck Rum, beziehungsweise ein paar Schluck Rum und dann ein hübsches Mädchen unter ihm für eine lange, wilde Nacht. So entfernte er sich von der Hochzeitsgesellschaft und begab sich zu seiner Lieblingskneipe.

Bridget und Sarah verabschiedeten sich tränenreich auf der Gangway des Schiffes.

»Wirst du mir schreiben?«, bat Bridget und trocknete sich die Augen.

Sarah war klar, dass sie ihre beste und liebste Freundin verlor, was die Trennung für sie wie befürchtet sehr schmerzlich machte. Seit sie sich vor vier Jahren kennen gelernt hatten, hatten sie viel miteinander geteilt, nicht nur das enge Zimmer. Sie hatten Freuden und Leid erfahren, sich bei Heimweh gegenseitig getröstet und sich von ihren Träumen und Hoffnungen erzählt. Als sie sich jetzt von Bridget verabschiedete, in dem Wissen, sie nie wiederzusehen, dachte Sarah, es würde ihr ein Stück von ihrem Herzen herausgeschnitten und weggeworfen.

»Aber sicher, das weißt du doch. Ich werde so viel zu erzählen haben, da kann ich gar nicht anders«, erwiderte Sarah, die ebenfalls nur mit Mühe ihre Stimme unter Kontrolle brachte.

»Werde glücklich, Sarah, und ich wünsche dir ein langes, schönes Leben an dem Ort, den Will Sydney Town nennt.«

Sarahs Lächeln wurde breiter, als sie Will an Bord entdeckte, der seine Männer befehligte. In seiner Uniform sah er einfach großartig aus. »Oh, das werde ich, meine liebe Bridget, ganz bestimmt. Und ich werde auch ein paar Babys haben, nach und nach«, fügte sie, plötzlich heftig errötend, hinzu. Die physische Seite ihrer Ehe war eine wundervolle Erfahrung gewesen. Will war so zärtlich, geduldig und geschickt gewesen.

Ihr umherschweifender Blick glitt über die schlanke Kontur der *Raven's Wing*. Will hatte gesagt, sie sei ein Clipper und nach einem Modell der Amerikaner gebaut. Er hatte auch gesagt, dass sie aufgrund ihrer Schnelligkeit auf der Zwölftausend-Seemeilen-Reise zur Kolonie New South Wales über einen Monat Zeit sparen würden. Ihre blauen Augen glitten über die Masten und die Takelage. Die Segel blieben noch eingerollt, bis der Kapitän den Befehl zum

Ablegen geben würde. Etwas traurig fragte sie sich, ob Will und sie an Bord des Schiffes, auf dem es von Seglern, Soldaten und zahlenden Passagieren nur so wimmelte, gelegentlich auch mal ein paar Minuten für sich haben würden.

Sie wandte sich zu Bridget und umarmte sie lange. »Das wird ein großes Abenteuer, Bridget.«

»Ich weiß. Ich beneide dich sehr. Du bist so tapfer. Ich glaube nicht, dass ich den Mut hätte, so etwas zu tun.«

»Wir sind alle unterschiedlich mutig«, stellte Sarah weise fest. »Manchmal braucht es Mut, zu bleiben und auszuharren, wie es unsere Mütter getan haben.« Sie lächelte. »Und wenn einem die Liebe den Weg weist, dann ist man mutig genug, alles zu versuchen.«

Elijah pflanzte seine kräftigen Beine weit auseinander auf das Deck, um sich aufrecht zu halten, während das Schiff in einem tiefen Wellental schwer nach Backbord überholte. Er hasste die See. Er hasste alles daran. Die anfängliche Seekrankheit, die salzige Luft, dass man sich ständig leicht feucht fühlte und dass einem ewig kalt war, und die Langeweile, wenn man sich auf bestimmte Decks beschränken musste. Er hasste die Art, wie Captain Stewart und Lieutenant Forbes die Soldaten ständig exerzieren, ihre Ausrüstung säubern und gelegentlich der Crew helfen ließen. Und was noch schlimmer war, es gab nicht einmal die Art von Frauen an Bord, die ihn für die tägliche Langeweile der Fahrt entschädigen konnten.

Ganz in Gedanken verloren hätte er in der einbrechenden Dämmerung das Rascheln von Röcken fast nicht bemerkt. Auf dem Hüttendeck sah er Sarah O'Riley spazieren gehen. O ja, *sie* war das Einzige, das seine Reise erträglich gemacht hatte. Jeden Tag versuchte er, einen Blick auf sie zu erhaschen oder ihr so nahe zu kommen, dass er ihr Parfum riechen konnte, das Rosenwasser, das sie täglich benutzte. Sie roch so gut! Und es musste schon mit dem Teufel zugehen, wenn er es nicht schaffte. Sarah war eine aktive Frau, und solange es das Wetter einigermaßen zuließ, war sie jeden Tag mindestens ein Mal auf Deck zu finden. Er hatte es sich zur Gewohnheit gemacht, sie zu belauern, ihr zu folgen, um zu sehen, was sie tat, und er kannte ihren und Wills geheimen Treffpunkt.

Er merkte, wie sie verstohlen über das Deck lugte und zog sich schnell in die Schatten zurück, damit sie ihn nicht sehen konnte. Nach einer viermonatigen Reise kannte er den Ablauf. So verhielt sie sich, wenn sie sich mit Will traf. Er grinste und eilte unter Deck, mehrere enge Gänge entlang, eine noch engere Treppe in den Laderaum hinunter, wo es muffig und säuerlich roch, bis zum vordersten Teil, in dem ein paar Leinsäcke auf den Boden geworfen worden waren und so eine Art Matratze bildeten. Dorthin würde sie kommen.

Dort hatte er sie schon mehrmals beobachtet, ihrem leisen, drängenden Murmeln gelauscht und festgestellt, wie bereitwillig sie für den alten Will die Beine breit machte. O ja, dabei zuzusehen war fast so gut, wie es selbst zu tun. Fast. Wenn er sie so leidenschaftlich zusammen sah, sie stöhnen und ihn ächzen hörte wie ein Tier und sah, wie er seinen Schwanz immer und immer wieder in sie hineinstieß, wurde er selbst so steif, dass es für Tage anhielt. Und er hatte etwas, von dem er in seiner Hängematte träumen konnte.

Er spürte, wie sein Körper vor Vorfreude schon steif wurde, versteckte sich an seinem Lauschposten und wartete.

Bald schon wurde seine Geduld belohnt, denn im

schummrigen Licht einer einzelnen Lampe, die in der Nähe der Treppe brannte, konnte er sehen, wie sie, dicht gefolgt von Will, hinunterkam. Die beiden konnten es kaum erwarten, einander zu berühren, bemerkte er fast leidenschaftslos, und mit voyeuristischer Freude blinzelte er ins Dämmerlicht, um zu erkennen, was sie taten.

»O Will, Liebster, es ist schon so lange her«, flüsterte Sarah.

»Ay, Liebling«, stimmte er zu und küsste sie auf den Hals. Seine Hände begannen über ihren Körper zu wandern, streichelten und kneteten die vollen, weichen Brüste und ihre Hüften. Er zog ihren Rock hoch und strich ihr über die Schenkel, fasste dann in ihre Unterkleider und berührte ihre süße, feuchte Weiblichkeit.

»Bald sind wir in Sydney Town, meine Liebe. Nur noch ein Monat oder so, dann kann uns nichts mehr trennen«, versprach er leise, als er sie auf die provisorische Matratze legte.

»Liebe mich, Will, bitte ...«

Schamlos beobachtete Elijah sie mit stirnrunzelnder Konzentration, als sie sich ineinander verloren. Sein Schwanz wurde hart wie Stein, und unwillkürlich bewegte er sich im gleichen Takt wie Will, schloss die Augen und überließ sich seiner Fantasie. Es nutzte nichts! Er unterdrückte ein frustriertes Stöhnen, aus Angst, dass sie ihn hören könnten. Gott, die Vorstellung brachte keinerlei Befriedigung, er brauchte es wirklich ... oder zumindest etwas Ähnliches.

Wie schon einige Male zuvor stahl er sich leise aus dem Laderaum und schlich über das Oberdeck, wo er auf einen der Schiffsjungen stieß, der dort seiner Pflicht nachging. Halb verrückt vor unbefriedigtem Verlangen schnappte er sich den Jungen, setzte ihm ein scharfes Messer an die Kehle und beugte ihn nach vorne, riss ihm die Hose herunter und vergewaltigte ihn so brutal, dass er das Bewusstsein verlor.

Endlich befriedigt zog sich Elijah die Kleidung zurecht. Gefühllos blickte er auf den Jungen, der zusammengekrümmt auf dem Boden lag, und stieß ihn mit dem Stiefel an. Dann ging er in die Hocke und schlug ihm so lange ins Gesicht, bis er wieder aufwachte. Mit dem Messer vor seiner Nase fuchtelnd drohte er ihm: »Sag nur irgendjemandem ein Wort davon, und ich stech dich ab!« Er zog den Jungen auf die Füße und stieß ihn grob fort. »Verschwinde jetzt und halt ja den Mund!«

Der erste Brief, den Bridget von Sarah erhielt, abgestempelt in Buenos Aires, beschrieb die tägliche Langeweile, aber auch die Überraschungen, die die lange Seereise für sie bereit hielt, und die Gefahren, die sie erwarteten, wenn sie Kap Hoorn umrundeten. Ein weiterer Brief erreichte sie aus Otaheite. Sarah schrieb, sie würde sich nie wieder über die Kälte in Dublin beschweren, denn die Hitze im Südpazifik sei weitaus schlimmer.

Bridget konnte ihre Antworten an Wills Regiment in Sydney Town adressieren und konnte Sarah und Will zumindest eine erfreuliche Sache berichten, die seit Sarahs Abreise in ihrem Leben geschehen war: Seamus O'Toole hatte sie endlich um ihre Hand gebeten, und sie hatte angenommen.

Der nächste Brief an Bridget kam aus Sydney Town und stammte vom 3. Februar 1850...

Feine Nebelschwaden stiegen über dem blauen Ozean auf, als die *Raven's Wing* an einem schönen Sommertag den Kanal nach Sydney Town hochsegelte. Passagiere und Soldaten säumten beide Seiten des Decks und hielten eifrig Ausschau nach dem Ort, der die nächsten Jahre ihre Heimat sein sollte.

Sarah war nicht weniger aufgeregt als die anderen. Sie war froh, wieder festen Boden unter die Füße zu bekommen, dass der Seewind ihr nicht mehr die Haare zerzauste, dass sie nicht mehr der Langeweile und den strengen Regeln unterworfen waren, die an Bord eines Schiffes notwendig waren, und froh, Elijah Waughs forschendem Blick zu entkommen. Sie sagte sich selbst, dass sie es wohl versucht hatte, Wills Kameraden zu mögen. Aber irgendetwas an ihm, etwas Bösartiges, sein wissender Blick und sein kaum verhohlener gieriger Ausdruck ließ sie sich in seiner Nähe unbehaglich fühlen.

Was die fünfmonatige Reise einigermaßen erträglich gemacht hatte, war nicht, dass sie Will häufig gesehen hatte, denn das war nicht der Fall gewesen, sondern dass sie sich beschäftigt hatte.

Schon als kleines Kind hatte ihre Mutter ihr Sticken und Zeichnen beigebracht, und sie hatte ein regelrechtes Nähkränzchen ins Leben gerufen, um vielen der Frauen, einschließlich Cynthia, der schwangeren Frau von Captain Stewart, eine Beschäftigung zu bieten. Ihre Kohlezeichnungen von vielen Passagieren und einigen Crewmitgliedern waren eine Quelle der Freude und brachten ihr viele Komplimente ein. Ganz abgesehen davon, dass sie dadurch einige Münzen zu ihren Ersparnissen hinzufügen konnte.

Und als sie hörte, wie sich der Schiffskoch darüber beschwerte, dass die Mehlfässer mit Käfern verseucht waren, hatte sie ein Tuchsieb aus mehreren Lagen Stoff gebaut, eine Fähigkeit, die sie beim Schiffsausrüster gelernt hatte, um die kleinen Teufel einzufangen. Dadurch konnte fast die Hälfte der Fässer gerettet werden. Sie hatte sich auf verschiedenste Weise nützlich gemacht und sich sogar etwas Respekt vom Schiffsarzt sowie von den wohlhabenden Passagieren verdient – Kaufleuten und mehreren neuen

Landbesitzern, die nach Australien segelten, um dort ihr Glück zu machen.

Es schien ewig zu dauern, bis das Schiff anlegen konnte. Sarah versuchte, den Seeleuten aus dem Weg zu gehen, wenn sie in den Wanten herumkletterten, die Segel einrollten und begannen, die Koffer der Passagiere zu sortieren. Sie beobachtete, wie die Gebäude und Hausdächer der Stadt in Sicht kamen, erstaunt über den Betrieb und gleichzeitig enttäuscht vom Schmutz am Pier. Zwischen diesen Docks und dem ordentlichen Hafen von Dublin lagen Welten. Im Ankergrund von Sydney Cove lagen Schiffe aller Größen und Arten: eine holländische Fregatte, mehrere Barkentinen, Yachten und Kutter, deren Masten mit Flut und Ebbe stiegen und sanken.

Will konnte ihr noch eine Nachricht überbringen, als sie von Bord ging.

»Sarah, ich muss mit meinem Regiment in die Kaserne, aber ich habe dafür gesorgt, dass dich einer der Seeleute, Mikey O'Mara, im Red Lions Inn an den Rocks unterbringt. Es ist ein respektabler Ort. Sobald ich kann, werde ich uns eine Unterkunft in der Nähe der Kaserne besorgen.« Er küsste sie flüchtig auf die Wange. »Ich weiß, dass du darauf brennst, die Gegend zu erkunden, mein Liebling, aber bitte lauf hier nicht alleine herum. Nach Einbruch der Dunkelheit ist Sydney Town kein sicherer Ort für eine Frau.«

»Wann werden wir uns sehen, Will?«, fragte Sarah stirnrunzelnd. Sie war nicht ganz einverstanden mit den Arrangements, die ihr Mann für sie getroffen hatte. Erwartete er etwa, dass sie in ihrem Zimmer blieb, bis er wiederkam? Das würde sie keineswegs tun. Sarah O'Riley war durchaus in der Lage, für sie eine Wohnung zu finden. Schließlich hatte sie für sich selbst gesorgt, seit sie elf Jahre alt war.

Doch angesichts des ernsten Gesichtsausdruckes ihres Mannes hielt sie es für besser, ihn nicht darauf hinzuweisen.

»Sobald mir der Captain frei gibt.« Er entdeckte O'Mara und winkte ihn heran. »O'Mara, Sie kennen meine Frau, Mrs. O'Riley. Ich verlasse mich darauf, dass Sie sie gut unterbringen.«

»Aye, Sir.« O'Mara, ein kräftiger Seemann um die Vierzig mit Säbelbeinen, lächelte die O'Rileys durch seine Zahnlücken an. »Ich werde auf sie aufpassen, als ob sie mein Eigen wäre.«

Will sah ihn stirnrunzelnd an. »Das ist auch gut so, Mann, sonst ...«

»Mrs. O'Riley« wandte sich O'Mara respektvoll an Sarah, »ich habe hier an Bord zu tun, bis wir ausgeladen haben, ich schlage also vor, dass Sie so lange an Bord bleiben.«

Sarah sah Will an, und der nickte. »Nun gut«, meinte sie und sah dem Seemann nach, als er davonstiefelte.

»O'Mara ist in Ordnung, Sarah. Er bringt dich sicher unter.«

Sarah bemühte sich um ein Lächeln. Es war nicht ganz so, wie sie es erwartet hatte, aber sie war eine praktische Frau. Wie ihr Mann vorgeschlagen hatte, würde sie aufpassen, aber sie würde diese von Leben sprühende Stadt auch erkunden. Sydney Town war jetzt ihre Heimat, und sie war begierig, alles über die Stadt und die Kolonie zu erfahren.

10

Erst sechs Tage später sah Sarah Will wieder. In der Zwischenzeit erkundete sie die Hauptstraßen von Sydney Town, einschließlich des Hafengeländes, wobei sie sich eingedenk der Warnungen von den belebten Tavernen fernhielt, in denen es tagsüber von halb betrunkenen Seeleuten und Leuten auf Bewährung wimmelte und nachts von noch schlimmeren Gestalten. Gleichzeitig feilschte sie um die Miete für ein Häuschen mit drei Zimmern in der Cambridge Street in der Nähe von Dawes Point, das in Laufweite der Kasernen und von Fort Phillip lag. Außerdem, in freudiger Erwartung, endlich anfangen zu können, suchte sie nach Arbeit. Seamus O'Toole hatte ihr ein hervorragendes Zeugnis geschrieben, und obwohl es trotz des oberflächlichen Reichtums der Stadt nicht einfach war, Arbeit zu bekommen, hatte sie eine Stellung in einem neuen Hotel in der George Street gefunden, wo sie für die Vorräte für die Küche zuständig sein sollte.

Will war erstaunt und erfreut, als Sarah ihm von ihrem Glück berichtete, ein Haus und eine Stellung für sich selbst gefunden zu haben.

»Du verschwendest keine Zeit, was, Mädchen?«, fragte er kopfschüttelnd, als sie auf seinem Schoß saß.

»Nun«, meinte sie mit einem Lächeln, das ihre Grübchen vertiefte. Insgeheim war sie erleichtert, dass er sie wegen ihrer eigenmächtigen Bemühungen nicht schalt. »Ich konnte es in diesem stickigen Zimmer nicht Tag und Nacht aushalten.« Ihre blauen Augen glitten über das Dachzimmer, das mit einem niedrigen Bett, einem Schrank, der nicht viel mehr war als eine längliche Kiste, einem Nachttisch mit einer Öllampe und einem einzigen Stuhl nur sehr spartanisch eingerichtet war. Aus dem Sprossenfenster hatte man einen beschränkten Ausblick über den Hafen.

»Ich will so bald wie möglich unser neues Heim beziehen und anfangen, es einzurichten.« Sie sah ihn amüsiert an. »Erinnerst du dich daran, wie du mir von deinem Traum erzählt hast, Will O'Riley, dass du ein Stück Land zugeteilt bekommst, auf dem du ein richtiges Heim für uns baust, Vieh züchtest und Weizen und Mais anbaust, damit wir eines Tages unabhängig sind? Werden wir dazu nicht Geld brauchen?« Zustimmend nickte er. »Je eher wir anfangen, desto eher können wir deinen ... ich meine, *unseren* Traum verwirklichen.«

Er sah sie eine Minute lang ernst an, als er erkannte, dass er nicht nur eine sehr schöne Frau geheiratet hatte, sondern dazu eine, die bereit war, Seite an Seite mit ihm zusammen zu arbeiten, um seine Träume wahr werden zu lassen.

»Ich stelle fest, dass ich mit meiner Heirat in Dublin einen guten Fang gemacht habe«, schmunzelte er augenzwinkernd. »Aber was ist mit Kindern, Sarah? Gehören sie nicht auch zu deinem Traum?«

»O doch, Will, ganz bestimmt«, sagte sie mit plötzlich ganz sanfter Stimme. Ihre Arme schlangen sich um seinen Hals, und sie küsste ihn mit der Kühnheit und dem Verlangen, die seine Abwesenheit und die vielen Monate, in denen sie sich nur wenig gesehen hatten, mit sich brachten. Seine Arme schlossen sich um sie, und sie sah, wie sich seine Pupillen weiteten, als ihn die Leidenschaft ergriff. »Nach und nach werden wir alles haben, wovon wir träumen.«

Einen Monat später peitschten die Sommerstürme durch Sydney Town und verwandelten die Straßen in reißende Bäche aus Matsch. Sarah und Will wohnten bereits in ihrem behaglichen Haus in der Cambridge Street, doch dessen Einrichtung hatte fast die Hälfte von Sarahs Ersparnissen verschlungen. In Dublin hatte sie fünfundvierzig Pfund, sechzehn Shilling und sechs Pence in ihrer Sparbüchse gehabt. Hier in Sydney Town war alles teurer: Möbel, Stoffe und Kleidung kosteten doppelt so viel wie in Dublin.

Andererseits waren die Händler der Kolonie stolz darauf, dass sie die meisten Nahrungsmittel für den Hausgebrauch selbst liefern konnten. Daher bekam man leicht Rind und Hammel, obwohl das Fleisch und die Milchprodukte wegen der Hitze schon nach wenigen Tagen verdarben. Doch durch ihre Arbeit im Hotel konnte Sarah stets einen guten Handel abschließen, und sie aßen gut und kräftig.

Bridget O'Toole erhielt den nächsten Brief von Sarah im März 1851.

»Liebe Bridget!

Meinen herzlichen Glückwunsch zu Deiner Hochzeit mit Seamus.

Ich bete dafür, dass Ihr beide glücklich werdet und dass es Euch gut geht. Ist die Ehe nicht herrlich, Bridget? Will und ich sind sehr zufrieden. Im letzten Monat wurde er zum Sergeanten befördert, und die kleine Lohnerhöhung kommt uns sehr gelegen, da wir nun einen Esser mehr ernähren müssen.

Wir sind stolze Eltern eines wunderschönen Babys. Sie wurde am 30. November 1850 geboren und auf den Namen Margaret Bridget (nach Dir, meine Liebe) Kathleen O'Riley getauft. Sie hat Wills blonde Locken und meine blauen Augen. Wir nennen sie Meggie, ein Spitzname, der gut zu ihr passt.

Einen Monat vor Meggies Geburt hat Will einen Wagen

gemietet, mit dem wir zu einer Stadt namens Parramatta gefahren sind (Bridget, viele der Orte hier haben so seltsame Namen, die ihnen die Eingeborenen gegeben haben, und »Parramatta« heißt »Ort, an dem die Aale geboren werden«), und zu einem Dorf namens Rouse Hill.

Die Landschaft hier ist so anders als alles, was ich zuvor gesehen habe, ganz anders als Irland oder dieser Ort im Pazifik, Otaheite, wo wir auf dem Weg nach Sydney gelandet sind. Auch die Tiere des Waldes sind hier ganz anders, ich bin sicher, solche Tiere gibt es nirgendwo sonst auf der Welt.

Will hofft, dass er, wenn seine Dienstzeit in zwei Jahren vorüber ist, ein Stück Land von etwa zwanzig Morgen bei Rouse Hill bekommen wird. Dort werden wir dann unser Haus bauen, deshalb sparen wir jeden Penny, damit wir einen guten Start haben, wenn es so weit ist.

Zur Zeit bleibe ich zu Hause, um mich um Meggie zu kümmern. Ich lege Dir eine Zeichnung von ihr bei, damit Du sehen kannst, wie schön sie ist. Will besteht eisern darauf, dass ich nicht mehr arbeite, jetzt, wo wir ein Baby haben. Aber ich habe Arbeit gefunden, die ich zu Hause tun kann, und habe einen Stamm an Kunden, die meine Stickereien kaufen.

In tiefer Zuneigung
Deine Sarah«

Nur ganz selten waren Will und Sarah nicht einer Meinung, bis er eines Abends Elijah Waugh zum Abendessen mit nach Hause brachte, um dessen Beförderung zum Corporal zu feiern. Er war bereits zuvor bei ihnen zu Hause gewesen, aber immer nur kurz und nie, wenn Sarah mit Meggie allein war. Sie hatte sich bemüht, ihn zu ertragen, besonders, nachdem Will ihr erzählt hatte, welch schreckliches, raues Leben er als Kind geführt hatte. Aber irgendetwas an diesem Mann, eine gewisse Verschlagenheit, ein Mangel an Respekt vor Frauen und der Gesellschaft im Allgemeinen, störte sie und machte ihr seine Gesellschaft unangenehm.

Will und Elijah saßen in dem kleinen Garten, nicht größer als zehn mal zwölf Fuß. Zwischen Sarahs bescheidenem Gärtchen und den Gemüsebeeten tranken sie ihr Bier und rauchten ihre Tonpfeifen, während sie über das Regiment und die aufregendste Neuigkeit des Tages plauderten: dass in der Nähe der Stadt Bathurst Gold gefunden worden sei.

Im offenen Küchenanbau beschäftigte sich Sarah mit der Zubereitung des gebratenen Lamms mit Kartoffeln und Gemüse. Die ganze Zeit spürte sie dabei die Blicke von Elijah auf sich ruhen. Normalerweise hätte sie das wenig gestört, doch heute Abend hatte sie seltsamerweise einfach genug davon. Seit ihrer Jugend war sie die Blicke von Männern gewöhnt, die sie gelegentlich abschätzend betrachteten, und sie war nicht sonderlich eitel. Doch in Elijah Waughs Blick und seinen Gesten lag eine Lüsternheit, die sie an diesem Abend außerordentlich beleidigend fand. Auch seine Gerissenheit störte sie, denn, als sie nach ihrem Mahl den Tisch abräumte, hatte er mit voller Absicht ihre Brust berührt, während Will mit Maggie spielte. Solches Benehmen brachte sie sehr gegen den Corporal auf, egal, wie hart seine Kindheit gewesen war.

Später am Abend, als Meggie friedlich in ihrer Wiege schlief, hatten Sarah und Will ihren ersten ernsthaften Streit.

»Ich möchte dich bitten, den Corporal nicht mehr in unser Haus zu bringen, Will«, sagte Sarah mit der ihr eigenen Offenheit.

Will, der ein Bier zu viel gehabt hatte, ärgerte sich darüber.

»Und warum nicht? Elijah ist ein Freund von mir, ein alter Freund. Das hier ist mein Haus, Sarah, und ich lade verdammt noch mal ein, wen es mir passt.«

Sarah entschied sich, es anders zu versuchen. »Ich mag ihn nicht, Will. Er hat etwas, da fühle ich mich wie…«

Die Hände tief in die Hosentaschen geschoben hob Will die Augenbrauen und fragte: »Wie denn? Los, spuck es aus, Frau!«

Stolz hob sie das Kinn. »Na gut. Es ist die Art, wie er mich ansieht, es ist… unschicklich. Lüstern. Ich… ich fühle mich unwohl im selben Raum mit ihm.«

Plötzlich musste Will lachen. »Lüstern! Meine Güte, ist das alles? Natürlich will er dich, das hat er mir selbst gesagt.« Er lachte leise, als ob ihn die Vorstellung amüsierte. »Er hat gesagt, wenn du mit irgendeinem anderen Mann verheiratet wärst, würde er sein Glück versuchen.«

Verwirrt durch Elijahs Offenheit starrte Sarah Will an. »Und es stört dich nicht, wenn ein Mann sagt, dass er deine Frau haben will? Macht dich das nicht… wütend?«

»Sarah, ich bin doch nicht blind«, seufzte Will, dessen Zorn langsam verrauchte. »Ich habe gesehen, wie dich andere Männer, viele Männer, ansehen. Wenn ich bei jedem Blick in die Luft gehen würde, müsste ich mich mit der Hälfte aller Männer in der Stadt prügeln. Elijah ist ein guter Kerl, auch wenn er Waliser ist und etwas grob. Er ist ein ausgezeichneter Soldat, und er hat bereits eine Frau, die ihm das Bett wärmt. Deshalb haben seine Worte keine große Bedeutung für mich. Manche Männer müssen eben ständig damit angeben, dass sie hinter allem her sind, was Röcke trägt.«

»Ich habe das Gefühl… als ob er mich mit seinen Blicken auszieht.« Sarah unterdrückte einen Schauder bei dem Gedanken an seinen fast farblosen, starrenden Blick, der sie im Geiste entkleidete und sich vollständig darüber im Klaren war, dass sie es bemerkte. Sie hielt so ein Betragen nicht für normal und fragte sich, warum Will diesen Makel im Charakter seines *Freundes* nicht sehen wollte.

Will runzelte die Stirn und dachte einen Moment lang nach. »Ich rede mit ihm. Er wird dich nicht noch einmal beleidigen. Aber«, sagte er und reckte hartnäckig das Kinn vor, »Elijah ist mein Kamerad, und das, mein Mädchen, ist etwas, was du akzeptieren musst.«

Sarah wandte sich ab, damit sie sich nicht verplapperte, weil sie nicht glaubte, dass irgendetwas, was Will zu Elijah sagte, etwas daran ändern würde, wie er sie anglotzte. Er würde es nur noch heimlicher tun und seine Berührungen noch zufälliger erscheinen lassen. Elijah Waugh bedeutete Ärger. Das spürte sie so sicher wie sie wusste, dass die Sonne am nächsten Morgen im Osten aufgehen würde. Aber Will war ihr Ehemann, und ob es ihr gefiel oder nicht, in ihrem Haus galt sein Wort. War das nicht immer so gewesen?

1852 gab es einen harten Winter, und ein Handelsschiff aus Amerika brachte ihnen nicht nur seine Ladung und Prospektoren für die Goldminen um Hills End, sondern auch ein Fieber, das die Ärzte Influenza nannten. Die Krankheit wütete in den Docks von Sydney Town, erfasste die Starken und die Schwachen, die Reichen und die Armen, die Jungen und die Alten.

Sergeant Will O'Riley und fünfundzwanzig Prozent der Soldaten in seinem Regiment erkrankten an dem Fieber.

Da Sarah fürchtete, dass sich Meggie anstecken könnte, was bei kleinen Kindern oft tödliche Folgen hatte, bezahlte sie eine Frau in der Kent Street, für das Kind zu sorgen, während sie Will pflegte.

Will O'Riley war ein starker Mann, der normalerweise nicht einmal eine Erkältung bekam, doch das Fieber hatte ihn fest im Griff. Sarah und der Regimentsarzt, Dr. Wilkinson, konnten nicht viel für ihn tun, außer die traditionellen Heilungsmethoden anzuwenden, um das Fieber durch Waschen mit einem lauwarmen Schwamm oder durch Aderlass herunterzubringen.

Dr. Wilkinson horchte die Brust seines Patienten ab, lauschte dem zähen Husten und dem schleimigen Rasseln, das sich in beiden Lungenflügeln bemerkbar machte. Schließlich ließ er Will wieder in die Kissen sinken und deckte ihn zu. Er sah Sarah an, die am Fußende stand und versuchte, sich ihre Angst nicht anmerken zu lassen, und bedeutete ihr mit einem Kopfnicken, mit ihm ins Nebenzimmer zu kommen.

»Ich will ehrlich zu Ihnen sein, Sarah. Will ist in schlechter Verfassung. Die Infektion hat sich auf beide Lungenflügel ausgebreitet. Wir nennen das Lungenentzündung. Sie müssen ihm immer mehrere Kissen unter den Kopf geben, damit er besser atmen kann, und geben Sie ihm zu trinken. Schwachen Tee und Brühe. Es ist wichtig, dass er genügend Flüssigkeit bekommt.«

Sarah schüttelte den Kopf. »Er will nichts essen. Erst klappert er mit den Zähnen, und es tun ihm alle Knochen weh, und dann glüht er wieder und wirft alle Decken fort. Was soll ich nur tun?«

Dr. Wilkinson sah sie ernst an. »Ich würde ihn gerne auf die Krankenstation des Regiments bringen, aber die ist bereits überfüllt, und ich fürchte obendrein, dass er zu schwach ist. Ich werde mit Captain Stewart reden, damit er einen Soldaten abstellt, der Sie unterstützt, denn Sie können ihn nicht allein pflegen. Ich glaube, dass das Fieber nicht mehr ansteckend ist, daher besteht keine Gefahr, dass Sie oder der Soldat sich anstecken.«

»Was ist mit Meggie? Ich habe sie bei Mrs. Brown gelassen. Sie passt auf mehrere Kinder auf, deren Eltern das Fieber haben.«

»Lassen Sie sie dort, Sie werden mit Wills Pflege genug zu tun haben.«

Sarah holte tief Luft, bevor sie die Frage stellte, die sie quälte. »Er wird doch wieder gesund werden, oder, Doktor? Mein Will ist so stark wie ein Ochse, er wird niemals krank. Also… dieses Lungenentzündungszeug, das wird doch vorbeigehen, oder?«

Der Doktor berührte kurz den Ärmel ihres Kleides. »Meine Liebe, ich sehe, Sie möchten, dass ich ehrlich zu Ihnen bin, also werde ich ehrlich sein. Es gibt nichts, was die medizinische Wissenschaft auf dem heutigen Stand für ihn tun kann.« Wieder klopfte er ihr auf den Arm. »Beten Sie, meine Liebe, beten Sie. Manchmal sind Gebete die beste Medizin.«

Seine Worte entsprachen ungefähr ihren Erwartungen. Sie kannte die Auswirkungen einer Lungenentzündung. War daran nicht vor so vielen Jahren ihr Vater gestorben? Sie kannte die Zeichen, und ihr Will zeigte alle Symptome eines schwerkranken Mannes. Aber er würde nicht sterben. Robbie Flynn war gestorben, weil er älter gewesen war, sein Körper und Geist waren durch lebenslange harte Arbeit auf dem Land geschwächt gewesen. Ihr Will würde diese Krankheit überwinden und wieder der Mann werden, der er gewesen war. Und wenn sie dazu tausend Ave Maria aufsagen musste, dann würde sie Tag und Nacht auf Knien darum beten.

Der Doktor nahm seinen Hut und ging zur Tür. »Ich

schicke Ihnen den Soldaten noch vor Einbruch der Nacht. Versuchen Sie, sich nicht zu viel Sorgen zu machen, Sarah. Ich komme morgen früh als Erstes noch einmal zu ihnen.«

Am nächsten Morgen ging es Will schlechter. Sein Atem ging flach und rasselnd, seine Haut nahm einen bläulichen Schimmer an. Den ganzen Tag lang schwankte er zwischen halber Bewusstlosigkeit und Delirium hin und her, bis er um Mitternacht den Kampf aufgab und nicht mehr atmete.

Der Soldat, ein achtzehnjähriger Junge, verängstigt, weil er noch nie einen Mann hatte sterben sehen, rannte fort, um den Doktor zu holen. Es mussten bestimmte Vorbereitungen getroffen werden.

Sarah saß zutiefst verstört am Bett. Will, tot. Heilige Maria, Muttergottes, wie konnte das sein? Wenn sie je einen Gedanken an Wills Tod verschwendet hatte – und sie hatte sehr versucht, das nicht zu tun –, dann hatte sie ihn in irgendeiner Schlacht bei der Ausübung seiner Pflichten als Soldat sterben sehen. Nicht so. Nicht so plötzlich. Mit brennenden Augen und tränenlos begann sie, in ihrem Stuhl hin und her zu schaukeln, seine Hand immer noch in der ihren. Sie hasste die Kälte, die langsam in seine Finger kroch, als seine Körperwärme entwich.

Noch vor fünf Tagen war er stark und gesund gewesen, hatte sie geliebt, weil sie sich ein zweites Kind wünschten, und jetzt, jetzt...

Ihr Gehirn versuchte, den Gedanken zu begreifen, dass der Mann, den sie mit ganzem Herzen und aus tiefster Seele geliebt hatte, tot war, doch ihr Gehirn schaffte es nicht.

Endlich allein. Die wenigen Trauergäste, die gekommen waren, überließen Sarah und Meggie sich selbst. Meggie, ein kräftiges Kind von achtzehn Monaten, verstand nicht, was an diesem Tag auf dem Friedhof am Rande der Stadt passiert war. Aber sie erkannte, dass ihre Mutter traurig war, und versuchte auf ihre Kinderart, sie zu trösten, indem sie ihr auf den Schoß kletterte und ihr mit einer pummeligen kleinen Hand die tränenfeuchte Wange streichelte.

So saßen sie, bis die Dunkelheit Sarah zwang, eine Lampe anzuzünden, Feuer zu machen und Meggie etwas zu essen zu bereiten. Die Taubheit, die auf Wills Tod gefolgt war, ließ langsam nach, und sie konnte allmählich wieder nachdenken. Will war tot, aber sie lebte noch, sie hatte das Fieber nicht bekommen, und sie hatte die Verantwortung für Meggie.

Was sollten sie tun? Sie dachte an die Münzen in ihrer Sparbüchse, die sie unter einem losen Bodenbrett unter dem Bett aufbewahrte. Es waren nicht annähernd genug, dass sie sich mit einem Geschäft in Sydney Town selbstständig machen konnte. Und nicht annähernd genug, um sich auch nur die bescheidenste Hütte zu kaufen, damit sie keine Miete zahlen musste. Sie dachte an ihr kleines Stickereiunternehmen und die Möglichkeiten, die es bot. Die Arbeit machte ihr Freude, doch sie war zeitraubend und würde nicht genug einbringen, um sie zu ernähren und ihnen ein Dach über dem Kopf zu bieten.

Sie würde eine Stellung finden müssen, eine, bei der Meggie in ihrer Nähe bleiben konnte. Das hätte Will ganz sicher ebenso gewollt. In den nächsten Stunden ging Sarah ihre Optionen durch. Ihr Geld würde sie eine Weile über Wasser halten, doch sobald eine angemessene Trauerzeit vergangen war, würde sie sich Arbeit suchen.

Sarah seufzte, als Meggie, die ungewöhnlich quengelig geworden war, endlich einschlief. Sie betrachtete das schlafende Kind, und ihre Lippen verzogen sich zu einem schwachen Lächeln. Wenn sie doch nur das Gleiche tun könnte, schlafen! Doch immer, wenn sie ihren Kopf aufs Kissen senkte, kamen ihr Gedanken an Will, und die Tränen liefen ihr erneut über die Wangen. Sie schloss die Schlafzimmertür und ging zurück in den Salon. Ein Bild, nur eine Kohlezeichnung, die sie von Will mit der schlafenden Meggie gemacht hatte, fiel ihr ins Auge. Sie nahm sie vom Kaminsims. Die einfachen Linien, hastig hingeworfen, gaben ein gutes Porträt ihres Ehemannes und ihres Kindes wieder. Sie erinnerte sich an den Abend, an dem sie es gezeichnet hatte; es war gerade hell genug gewesen, um die Züge von Will einzufangen, der mit der Tonpfeife in der Hand und der schlafenden Meggie an seiner Brust im Sessel saß. Eine Träne rann ihr über die Wange. Diese Skizze war das einzige Bild, das ihr nun noch von ihm blieb, abgesehen von ihren Erinnerungen.

Verloren in ihren Erinnerungen und den Gedanken an die Zukunft, hätte sie das Klopfen an der Tür beinahe nicht gehört.

Sie fragte sich, wer sie so spät noch besuchen kam, setzte sich auf und wartete, bis es ein zweites Mal klopfte. Erst dann stand sie auf und ging an die Tür.

Ihr Herz sank, als sie in der Tür Elijah Waugh stehen sah.

»Ich empfange keine Besucher«, sagte sie eisig. Er war bei Wills Beerdigung gewesen und hatte mit den anderen Trauergästen irgendwelche Plattheiten von sich gegeben, aber soweit es sie betraf, hatte sie keine Veranlassung mehr, ihn zu ertragen oder mit ihm zu reden, jetzt, da ihr Mann tot war.

»Ich wollte nur nachsehen, ob es Ihnen und der kleinen Meggie gut geht«, entschuldigte er sich. Gott, sie war eine gut aussehende Frau, selbst so blass und in Trauer, sodass die hohen Wangenknochen scharf in dem farblosen Gesicht hervortraten. Er betrachtete ihr rotes Haar, das ihr in dichten, glänzenden Locken um die Schultern fiel. Er sehnte sich danach, mit den Fingern hindurchzufahren und seine Wärme und Weichheit an seinen Fingerspitzen zu fühlen. Sein Blick glitt tiefer über ihre Brüste, die sich gegen den Wollstoff drängten. In ihm regte sich ein Schmerz, den er zum ersten Mal verspürt hatte, als er ihr in Dublin vorgestellt worden war, und der mit jedem Monat stärker geworden war. Er wollte sie, wie er noch nie eine Frau zuvor gewollt hatte. Niemand konnte sich mit Sarah O'Riley vergleichen, und jetzt war es an der Zeit, sich zu nehmen, was er wollte.

Sarah prallte fast zurück, als sie den Alkohol in seinem Atem roch. Er hatte Wills Totenwache zweifellos in einer der Tavernen gefeiert, die die Soldaten des Regiments häufig besuchten.

»Uns geht es gut. Gute Nacht.« Sie wollte die Türe schließen, aber er stellte schnell seinen Fuß in die Lücke und stieß die Tür auf, was sie aus dem Gleichgewicht brachte.

Elijah trat ein und sah sich in dem Raum mit dem kleinen eichenen Esstisch mit vier Stühlen, der Anrichte mit der Sammlung nicht zueinander passender Teller und dem gepolsterten Lehnstuhl, in dem Will immer am Feuer gesessen hatte, um. Seine Haltung und sein Gesichtsausdruck machten den Eindruck, als ob das alles *ihm* gehörte.

»Nicht so schnell, Sarah O'Riley.« Er wandte sich breitbeinig zu ihr um und verschränkte die Arme hinter dem Rücken. »Ich bin gekommen, um dir ein Angebot zu machen. Dir in der Not beizustehen. Mein Kamerad Will hätte das gewollt.«

Sarah hob das Kinn. »Ich bin nicht in Not, und selbst wenn ich es wäre, Corporal Waugh, dann wären Sie der Letzte, an den ich mich um Hilfe wenden würde.« Das war wohl hoffentlich selbst für einen Dummkopf wie ihn deutlich genug. »Würden Sie bitte gehen.«

»Ganz schön hochnäsig, junge Frau. Obwohl das eines der Dinge ist, die ich an dir mag, Sarah. Dein Temperament reizt mich, ja wirklich«, murmelte Elijah, sie unaufhörlich anstarrend. Er spürte, wie die Nervenenden unter seiner Haut erwartungsvoll kribbelten, seine Muskeln pumpten das Blut durch seinen Körper und ließen ihn steif werden. Er hatte schon so lange darauf gewartet, auf sie gewartet, aber jetzt wollte er nicht länger warten.

Sarah schnalzte angewidert mit der Zunge und wandte sich ab, um die Teller und das Besteck auf dem Tisch aufzuräumen. Sie konnte seine Blicke an ihrem Körper spüren, woraufhin sie zuerst eine heiße Welle von Verlegenheit durchfuhr, die jedoch gleich darauf von eiskalter Wut verdrängt wurde. Heilige Muttergottes, es war nicht fair, dass Will in seinem Grab lag, während dieses erbärmliche Exemplar von einem Mann noch atmete. Will war ein lieber, aufrechter Mensch gewesen, aber sie hatte schon vor Monaten etwas Verstecktes, Böses in Elijah Waugh gespürt, und wenn sie sein unwillkommenes und ungebetenes Erscheinen in ihrem Haus nicht so zornig gemacht hätte, dann hätte sie wohl auch Furcht vor ihm verspürt.

»Wie ich schon sagte, ich will dir ein Angebot machen, Frau. Jetzt, wo Will nicht mehr für dich sorgt, brauchst du Geld. Für eine Frau allein in Sydney Town ist es schwer, für ihr Kind zu sorgen, weißt du? Ich bin bereit, als Mieter hier einzuziehen, ich zahle für das Schlafzimmer und das Essen.« Er sah sie von oben bis unten an. »Ich mag deine Küche, Sarah. Zwei Shilling und sechs Pence die Woche. Ziemlich großzügig von mir.«

»Ich würde das Zimmer lieber dem Teufel vermieten«, erwiderte sie. Sie streckte den Arm aus und wies zur Tür.

»Verschwinden Sie! Ich will Sie nie wieder in meinem Haus sehen!« Oh, sie konnte seine Gedanken wie ein Buch lesen. Er wollte nicht das Zimmer, er wollte sie. Ekel stieg in ihrer Kehle auf, der sie fast würgen ließ, wenn sie daran dachte, dass er in ihrer und Meggies Nähe sein sollte. Niemals. Lieber würde sie verhungern.

Er fuhr fort, als ob er sie nicht gehört hätte: »Ich kann sehr großzügig sein«, wiederholte er, »und nach einer angemessenen Trauerzeit, wie es Kirche und Gesellschaft verlangen, wäre ich sogar bereit, dich zu heiraten.« Das wirkte normalerweise, damit eine Frau nachgab... ein Versprechen, sie zu heiraten, auch wenn er es nicht ernst meinte. Er trat näher, roch ihren süßen Duft, bis sie nur noch ein Fußbreit auseinander waren. »Das ist ein gutes Angebot, ein faires Angebot. Und glaub nicht, dass irgendwann noch ein anderer Mann für dich kommt, Sarah O'Riley. Ich werd schon dafür sorgen, dass kein anderer kriegt, was ich schon seit fast zwei Jahren will.« Sein Gesicht verzog sich zu einer hässlichen Grimasse. »Sehr praktisch, dass Will das Fieber geholt hat, ich bin das Warten nämlich schon ziemlich leid.« Seine Stimme klang schwer und heiser vor Leidenschaft. »Ich hab noch nie eine Frau so begehrt wie dich, Sarah. Du bist schön. Du bist die schönste Frau in Sydney Town.«

Er sprang vor, als ob er sich nicht länger beherrschen könnte, und zog sie an sich. Mit einer Hand hielt er ihre Arme auf dem Rücken fest und strich ihr mit der anderen lachend durch das volle Haar. »Ich habe so lange darauf gewartet, länger als auf jede andere Frau. Du kannst dich mir jetzt nicht verweigern.« Seine Hand glitt weiter über ihren Körper, ihre Brüste, die schlanke Taille, die runden Hüften. Er kicherte, als sie vergeblich versuchte, sich ihm zu entwinden. »Ich zeige dir, was ein richtiger Mann ist,

Sarah. Es wird dir gefallen, mein Liebling. Wusstest du, dass ich dich mit Will beobachtet hab, im Laderaum auf dem Schiff?« Er lachte noch lauter, als er den Abscheu in ihren Augen sah. »Du bist eine leidenschaftliche Frau, Sarah, ich hab gesehen, wie du für Will die Beine breit gemacht hast, ganz freiwillig. Ich mag Leidenschaft bei einer Frau, und ich weiß, wie man eine Frau befriedigt. Das werd ich dir schon noch zeigen.«

»Und Sie nennen sich Wills Kamerad«, warf sie ihm höhnisch vor. »Sie wissen doch gar nicht, was Freundschaft heißt.« Wieder versuchte sie vergeblich, ihre Hände aus seinem eisernen Griff zu befreien. »Lassen Sie mich los, Sie ekelhaftes Schwein! Ich würde nicht mit Ihnen schlafen, auch wenn Sie der letzte Mann auf der Welt wären! Lassen Sie mich los, oder ich schreie!«

11

Oh, schreien willst du?« Das konnte er nicht zulassen, wenn er nicht riskieren wollte, dass ein paar neugierige Nachbarn ihre Nase zur Tür hereinsteckten.

Im gleichen Moment schlug er ihr mit seiner freien Hand hart ins Gesicht und schloss seine Finger dann um ihre Kehle, gerade so fest, um bedrohlich zu sein. »Du wirst nicht schreien, Sarah. Sei ein bisschen nett zu Elijah, und du wirst es nicht bereuen.« Seine geflüsterten Worte waren eine Drohung und das Versprechen, dass es ihr schlecht ergehen würde, wenn sie sich weigerte.

Elijah war sich jetzt sicher, dass er sie da hatte, wo er sie haben wollte, ließ ihre Kehle los und riss am Ausschnitt ihres Kleides, bis es riss. Mit einem animalischen Stöhnen umschloss seine Hand ihre Brüste, die er grob streichelte, knetete und kniff, und zog sie fest an sich, sodass er seinen Unterkörper an ihrem reiben konnte, um sie seine Erregung spüren zu lassen.

»Hier, Sarah, fühl mal, was ich dir bieten kann, meine Schöne. Er ist heiß und hart und wartet seit Monaten darauf.« Er lachte laut auf aus Freude über seine physische Überlegenheit.

Sarah war noch benommen von dem Schlag, den er ihr versetzt hatte, und seiner schmerzhaften Berührung und versuchte, einen klaren Kopf zu bewahren. Elijah war so stark. Er hatte einen Stiernacken und eine breite Brust, und die Muskeln an seinen Oberarmen waren wie Stahlbänder, die sie gefangen hielten. Sie wusste, dass sie ihm physisch unterlegen war, und das Glitzern in seinen Augen verriet ihr, dass er sie mit Gewalt nehmen würde, wenn es sein musste. Ja, er war gemein genug, ein solches Verbrechen zu begehen, und sie war fest davon überzeugt, dass es ihm sogar noch mehr Spaß machen würde.

Sein Mund näherte sich ihrem Hals, er küsste und leckte sie ab wie ein wildes Tier, bis der Ekel in ihr aufstieg und sie dachte, dass sie sich übergeben müsste. Der Gedanke daran, seine Hände auf ihrem Körper und seine Männlichkeit in ihr zu spüren, ließ sie vor Abscheu fast ohnmächtig werden – was vielleicht ein Segen gewesen wäre –, doch sie wollte, sie durfte nicht aufgeben!

Um ihm zu entkommen, musste sie schlauer sein als er, noch verschlagener. *Denk nach, Sarah, denk nach!*

Sie hörte auf, sich gegen ihn zu wehren und erschlaffte in seinen Armen. »Du hast Recht, Elijah, was du sagst, klingt vernünftig, aber … es wäre nicht schicklich, wenn du hier bei mir wohnst. Denk doch, was die Leute sagen würden«, flüsterte sie ihm leise ins Ohr, sich selbst dafür hassend.

»Ich bin eine anständige Frau, ich kann doch meinen guten Ruf nicht so aufs Spiel setzen.«

Er hielt inne, sah sie scharf an und fragte dann langsam: »Und was schlägst du dann vor?«

»O Elijah, das kannst du dir doch sicher vorstellen, oder?« Insgeheim mit den Zähnen knirschend rieb sie ihren Körper aufreizend an seinem, und als er überrascht seinen Griff lockerte, ergriff sie ihre Chance. Mit beiden Händen stieß sie sich mit aller Kraft von seiner Brust weg und riss sich los.

»Was…?«, knurrte er schwerfällig. Seine Mundwinkel senkten sich, und ein Stirnrunzeln machte seine unschönen Gesichtszüge noch hässlicher.

Sarah wusste, dass sie nur eine Chance hatte. Sie nahm das nächstbeste Objekt vom Tisch, eine Gabel, und noch bevor er ahnte, was sie vorhatte, stach sie ihm damit in die Wange und zog die Zinken quer über sein Gesicht bis zum Kiefer.

Elijah schrie vor Schmerz auf und griff sich mit beiden Händen ins Gesicht. Blut schoss aus der Wunde, quoll dunkel zwischen seinen Fingern hervor und lief ihm den Arm herunter auf die Uniform. Heulend wie ein Tier stolperte er erneut auf sie zu. »Du hinterhältiges, verschlagenes Luder, das wirst du mir büßen!« Das Biest hatte ihn doch tatsächlich überlistet… aber nicht lange! Er würde sie grün und blau schlagen, wenn er erst mit ihr fertig war, bei Gott, das würde er! Sie würde schon noch sehen, wer hier der Herr war, und das war Elijah Waugh!

Sarahs Temperament war, noch verstärkt durch ihre Angst, mittlerweile übergekocht, und sie bewegte sich mit der Schnelligkeit, die ihr die Verzweiflung gab. Sie nahm die Bratpfanne vom Tisch, die dort noch von ihrem Essen mit Meggie stand, schwang sie über den Kopf und traf ihn mit aller Kraft an der Schulter. Der Hieb traf ihn unvorbereitet, und er stürzte aufs Knie. Als er wieder aufzustehen versuchte, stieß er Worte aus, die einen alten Seemann stolz gemacht hätten, doch in diesem Moment schlug sie ihm die Pfanne auf den Kopf. Es gab ein knackendes Geräusch, als das Metall auf Knochen traf, dann wurde es still. Er stürzte zu Boden und blieb liegen.

Keuchend vor Anstrengung und Angst blickte sie auf ihn hinab und wartete, ob er wieder aufstehen würde. Doch er blieb liegen.

»Ich habe ihn umgebracht«, sagte sie sich leise, schlug sich die Hand vor den Mund und bekreuzigte sich. »O Heilige Muttergottes, was habe ich getan!«

Sie seufzte gleichermaßen erleichtert und enttäuscht auf, als Elijah stöhnte. Doch dann lenkten sie Meggies Schreie aus dem Schlafzimmer ab, und sie rannte zu ihrem Kind. Sie wickelte Meggie in einen Schal, und ohne auf ihre bloßen, gemarterten Brüste zu achten, presste sie ihr Kind an sich und lief aus dem Haus, um Hilfe zu holen.

Zum Teil, weil Sergeant William O'Riley ein beliebter Unteroffizier gewesen war und seine Frau in der Armee-Gesellschaft respektiert wurde, bestrafte das Regiment Corporal Elijah Waugh für seine Vergehen härter, als es sonst vielleicht der Fall gewesen wäre. Für die versuchte Vergewaltigung erhielt er zwölf Peitschenhiebe, nicht mit der neunschwänzigen Katze, die für die Sträflinge vorgesehen war, sondern mit einer kräftigen Peitsche, die ihm dennoch Narben zufügte, die er sein Leben lang tragen würde. Vor seiner Kompanie wurden ihm die Corporals-Abzeichen abgerissen, er wurde zum Gefreiten degradiert, nach Newcastle versetzt und erhielt vom Tribunal die Auflage, sich nie wieder Sarah O'Riley zu nähern.

Die Leute, ob Nachbarn oder die Frauen einiger Soldaten, waren außerordentlich freundlich zu Sarah und Meggie und halfen ihnen, die Schrecken nach Wills Tod und Elijahs Angriff zu überwinden. Sie brachten ihnen Essen, und mehrere der Mütter kümmerten sich um das Kind, während Sarah versuchte, ihre Trauer über eine so frühe Witwenschaft – sie war erst einundzwanzig – zu bewältigen. Die Information, dass Elijah bestraft wurde, verschaffte ihr eine gewisse Genugtuung, und sie war froh, dass er weit von Sydney Town fortgeschickt worden war.

Erst nach zwei Wochen hatte Sarah sich so weit erholt, dass sie sich auf die Suche nach Arbeit begeben konnte...

»Aber Mr. Peabody, Meggie ist ein gutes Kind, sie wird kein Problem sein«, versprach Sarah dem Besitzer des Ladens *Peabody and Sons General Store* in der George Street.

Peabody war bereits der fünfte Laden, in dem sie um Arbeit bat, doch überall schien man der gleichen Meinung zu sein. Ein Kind war ein Hindernis für den Arbeitgeber, die anderen Angestellten und die Kunden.

»Mrs. O'Riley, ich verstehe Ihre Situation sehr gut, aber Sie müssen mich auch verstehen. Ein Geschäft ist kein angemessener Ort für ein kleines Kind.« Cedric Peabody warf noch einen Blick auf O'Tooles Zeugnis und fuhr fort: »Allerdings haben Sie ausgezeichnete Referenzen, und wenn Sie jemanden finden, der auf Ihr Kind aufpasst, würde ich Sie gerne beschäftigen.«

Egal, wie überzeugend Sarah vortrug, dass Meggie ein sehr ruhiges Kind war, Cedric Peabody ließ nicht von seiner Bedingung ab.

Als sie mit Meggie an der Hand nach Hause ging, stellte Sarah fest, dass sie ihre Pläne überdenken musste. Die einzige Möglichkeit für sie schien zu sein, dass sie eine Stellung in einem wohlhabenden Haushalt annahm, in dem man Meggie mit aufnehmen würde. Doch der Gedanke gefiel ihr nicht. Sie hatte sich immer als eine Geschäftsfrau gesehen, die Erfahrungen sammelt, damit sie eines Tages ihr eigenes kleines Geschäft haben konnte. Eines Tages…

Doch wie das Schicksal so spielt, kam am selben Nachmittag eines der Mädchen von Captain Stewart zu ihr und fragte sie, ob sie Zeit hätte, sich am folgenden Nachmittag mit Mrs. Stewart zu unterhalten.

Pünktlich um halb vier standen Sarah und Meggie vor dem Haus von Captain Stewart, einem Reihenhaus am Hyde Park, der vor langer Zeit einmal die Rennbahn der Stadt gewesen war. Ein Dienstmädchen führte Sarah in den Salon, wo die junge Witwe, die solchen Luxus nicht gewohnt war, staunend die handgearbeiteten europäischen Möbel, den Kristallleuchter und die Keramikornamente bewunderte, die zum Haushalt einer feinen Dame und eines Gentleman gehörten. Will hatte ihr erzählt, dass Captain Edmund Stewart der zweite Sohn eines englischen Grafen war und über ein unabhängiges Einkommen von fast eintausend Guineen im Jahr verfügte – ein riesiges Vermögen!

Das Rascheln von Röcken und das Knistern von mindestens drei Lagen Unterröcken kündigten Mrs. Cynthia Stewarts Erscheinen im Salon an.

»Wie schön, dass Sie gekommen sind, Mrs. O'Riley. Ist das Ihre kleine Tochter?«, fragte Cynthia, fasste Meggie unters Kinn und lächelte, als die Kleine zu ihr aufsah.

»Die Freude ist ganz meinerseits, Mrs. Stewart. Ja, das ist meine Meggie«, entgegnete Sarah höflich, da sie keine Ahnung hatte, warum sie hergebeten worden war. Doch sie war bereit zu warten, bis die Dame des Hauses ihr ihre Absichten erklärte. So sah sie zu, wie die Frau des Captains sanft und fürsorglich Meggies blondes Haar glatt strich.

Cynthias innerlicher Schmerz war ihr nur zu gut verständlich. Es war allgemein bekannt, dass sie in drei Ehejahren vier Fehlgeburten gehabt hatte, und die Armeegemeinde war allgemein der Ansicht, dass sie wohl immer kinderlos bleiben würde, egal, was sie versuchte.

»Möchten Sie eine Tasse Tee?«

Sarah blickte überrascht auf. Tee? Mit der Frau des Captains, in seinem Haus? Wenn das nur Will noch sehen könnte, er würde von einem Ohr bis zum anderen grinsen.

Cynthia zog an einer Schnur neben der Tür, und ein paar Minuten später wurde ein Tablett mit Tee hereingebracht und von dem Mädchen, das sie hereingelassen hatte, auf einem glänzend polierten Holztischchen serviert.

»Meine Liebe, ich möchte ganz offen mit Ihnen reden«, begann Cynthia, während sie den Tee einschenkte. »Bitte seien Sie nicht beleidigt, aber meinem Mann und mir ist zu Ohren gekommen, dass Sie Schwierigkeiten haben, eine Stellung zu finden, die sie finanziell absichert, jetzt, wo Will, ähm, von uns gegangen ist.«

Sarah richtete sich kerzengerade auf, und ihr Gesichtsausdruck wurde eisern. »Meggie und ich kommen zurecht, Mrs. Stewart, wir bitten nicht um Almosen.«

Cynthia nickte zustimmend. »Ich wäre die Letzte, die auf so einen Gedanken käme«, versicherte sie, nahm einen Schluck Tee und fuhr fort: »Ich hatte gehofft, dass Sie mir vielleicht die Freude machen würden, eine Stellung in unserem Haushalt anzunehmen.«

Sarahs Augenbrauen hoben sich überrascht in die Höhe. Dieser Gedanke war ihr noch gar nicht gekommen, und sie fragte sich, ob ihr diese Position angeboten wurde, weil der Captain ihren Will für einen so guten Soldaten gehalten hatte. »Ihr Angebot kommt überraschend, Madam.«

»Das verstehe ich. Aber manchmal hat man nicht den Luxus, über viel Zeit zu verfügen«, erklärte Mrs. Stewart etwas undeutlich. »Vor zwei Tagen erst habe ich erfahren, dass mein Mann eine Zeit lang Dienst auf...«, sie hüstelte leise, um zu verbergen, wie sehr ihr der Gedanke widerstrebte, »auf Norfolk Island tun wird. Ich werde ihn natürlich begleiten, und Edmund, der Captain, hat mir eröffnet, dass ich nur zwei Dienstmädchen mitnehmen kann.«

»Warum ich, Madam?«

Cynthia seufzte auf. »Ich habe gehört, dass Norfolk ein einsamer, trostloser Ort ist. Kein gesellschaftliches Leben, wenig Unterhaltung. Wenn ich meinen Gatten begleite, wie es meine Pflicht ist, dann möchte ich ein oder zwei Leute mitnehmen, die mir gegenüber aufgeschlossen sind.« Sie sah Sarah offen ins Gesicht. »Wir haben uns doch auf der Reise nach New South Wales gut unterhalten, nicht wahr, meine Liebe?« Sie wartete ab, bis Sarah zustimmend genickt hatte. »Ich habe mich an die Nähkränzchen erinnert, die Sie ins Leben gerufen haben. Deshalb«, meinte sie etwas energischer, »habe ich gedacht, ich frage Sie, Mrs. O'Riley, ob Sie mich vielleicht nach Norfolk Island begleiten möchten, als verantwortliche Haushälterin?«

Sarah warf einen Blick auf Meggie, die sich sehr ordentlich benahm, und versuchte, sich an das zu erinnern, was sie über Norfolk Island wusste. Es war nichts Gutes. Ein wildes Gebiet, Schwerverbrecher. Isoliert. Wollte sie Meggie an einen solchen Ort bringen? Aber anders herum gesehen, hatte sie eine andere Wahl? Es hatte sich als sehr schwierig erwiesen, in Sydney Town Arbeit zu finden, und ihre Ersparnisse nahmen rasch ab.

»Ich würde gerne eine Weile darüber nachdenken, Madam. Es gibt einiges zu bedenken.«

»Natürlich, Mrs. O'Riley. Doch leider kann ich Ihnen

nicht viel Zeit geben. Das Schiff nach Norfolk läuft am Samstag mit der Flut aus.«

In vier Tagen schon! Nach ein paar Minuten Plaudern, wobei Cynthia Stewart ihr klarmachte, dass ihr wirklich daran gelegen war, Sarah mitzunehmen, und dass sie Gefallen an der kleinen Meggie fand, wurde Sarah von dem Hausmädchen, das sie hereingelassen hatte, auch wieder zur Tür begleitet.

»Ich bin Maude Prentiss«, flüsterte das Mädchen. »Ich gehe ebenfalls mit der Frau meines Herrn nach Norfolk.« Sie lächelte Sarah schief an. »Bitte komm mit uns, Mrs. O'Riley. Ich habe gehört, dass du vor nichts Angst hast, und ich will nicht mit einem Haufen Sträflinge allein sein, sozusagen. Ich bin sicher, du könntest es ihnen schon zeigen.«

»Ich werde es mir ernsthaft überlegen, Maude«, flüsterte Sarah zurück. Und das tat sie.

Während sie mit Meggie durch den Hyde Park schlenderte, die Elizabeth Street entlangging und die Brücke überquerte, die den Tank Stream zu den Rocks überspannte, wägte sie das Für und Wider von Cynthias Angebot ab.

Eventuell war es ja ganz in Ordnung, nach Norfolk Island zu gehen. Sie wäre die Haushälterin des Captains, der zum stellvertretenden Kommandanten des 58. Regiments ernannt worden war, das sich bereits auf der Insel befand. Das allein brachte ein gewisses Ansehen mit sich, und Mrs. Stewart hatte ihr versichert, dass die Unterbringung angemessen sein würde. Möglicherweise würde es ihr sogar guttun, eine Weile von den traurigen Erinnerungen fortzukommen. Wie lange hatte Mrs. Stewart gesagt? Ein Jahr?

Sie hatte Gerüchte vernommen, die besagten, dass sich die Sträflingskolonie nach der Ernennung von Major Deering als Kommandant im letzten Januar, obwohl noch sechshundert Sträflinge auf der Insel waren, bereits im ersten Stadium der Auflösung befand. Aber sie konnte jeden Penny sparen, den sie verdiente, und zusammen mit dem, was sich noch in ihrer Blechbüchse befand, hatte sie vielleicht genug, um neu anzufangen, wenn sie dann mit Meggie nach Sydney Town zurückkehrte.

Die halbe Nacht diskutierte Sarah die Angelegenheit mit sich selber. Am Morgen schickte sie Captain Stewart eine Nachricht in die Kaserne. Sie würde die Stelle als Haushälterin annehmen und bat um Informationen, wann sie sich mit Meggie bereit halten sollte, an Bord der *Lady Marie* zu gehen und was sie für sich selbst und ihre Tochter auf die Reise mitnehmen sollte.

7. August 1852

Liebste Bridget,

meinen herzlichsten Glückwunsch zur Geburt Eurer Zwillinge Daniel und Sean. Du und Seamus, Ihr müsst sehr stolz sein.

Ich glaube, ich werde den Tod meines geliebten Will nie überwinden. Es war grausam von Gott, ihn mir und Meggie so jung zu entreißen.

Wir hatten große Pläne, wie Du weißt, die jetzt nie zur Ausführung kommen werden. Meine Meggie wächst schnell und sieht Will ähnlicher als mir. Ich werde durch sie ständig an ihn erinnert.

Am Abend von Wills Beerdigung hat mich Wills bester Freund Elijah Waugh angegriffen, der mich jedoch glücklicherweise nicht ernsthaft verletzt hat.

Die Armee hat ihn bestraft und nach Newcastle geschickt. Seitdem habe ich ihn nicht wiedergesehen, und ich hoffe, das werde ich auch niemals. Seine Bosheit macht mir Angst.

Ich habe eine Stelle als Haushälterin bei Captain Stewart angenommen, und morgen segeln wir nach Norfolk Island, einer Strafkolonie im Südpazifik. Ich habe schreckliche Dinge gehört, die dort passieren sollen. Die Grausamkeit der Soldaten und die Bosheit der Strafgefangenen sind hier geradezu sprichwörtlich. Aber ich tröste mich damit, dass wir nur ein Jahr bleiben werden und dann nach Sydney Town zurückkehren, wo ich – das hoffe ich von ganzem Herzen – neu anfangen kann.

In tiefster Zuneigung
für immer
Sarah

12

Sobald Jessica am nächsten Morgen die Augen aufschlug, drängte Simon sie, aufzustehen, obwohl sie ganz offensichtlich einen Kater hatte.

Sie runzelte verwirrt die Stirn, während Simon sie an einer Hand nahm – die andere hielt sie an die schmerzende Schläfe gepresst – und sie aus dem Schlafzimmer durch das Wohnzimmer und die Küche in den schmalen Wintergarten führte. Etwas in seinem Verhalten, eine ungewöhnliche Anspannung, sagte ihr, dass sie sich ihm besser nicht widersetzte. Das Sonnenlicht blendete sie, und sie musste blinzeln, innerlich stöhnend, weil es ihre Kopfschmerzen verstärkte.

»Sieh nur, Jessica. Sieh dir dein Bild an«, forderte Simon

sie auf und zog sie zur Staffelei. Er hatte sich zuvor vergewissert, dass er am Abend zuvor keine Halluzination gehabt hatte. Sie waren immer noch da: Vier Gesichter starrten ihn an, fast höhnisch. Er wartete ihre Reaktion ab, und sie enttäuschte ihn ganz und gar nicht, denn sie starrte entsetzt hin und riss die Augen auf.

Erschrocken holte Jessica tief Luft und stieß langsam den Atem wieder aus. Das Gemälde war ruiniert. Stunden und Stunden mühseliger Arbeit vernichtet. Augenblicklich kamen ihr die Tränen, die sie jedoch mit einer zornigen Geste fortwischte. Wer konnte so etwas getan haben? Und warum? Irgendjemand war ins Haus eingedrungen und hatte die Gesichter dieser vier Schurken mit kräftigen Strichen über ihre schöne Landschaft gezeichnet, über ihr bislang bestes Bild!

»Nun...?«

Jessica wandte sich um und sah Simon an. »Nun was? Oh, Simon, wer hat das getan?« Wieder heftete sich ihr Blick auf das Gemälde. »Und warum? Ich verstehe das nicht...«

Nun war es an Simon, die Stirn zu runzeln. »Jess, erinnerst du dich nicht? Als ich gestern nach Hause gekommen bin, etwa um acht Uhr abends, habe ich diese Gesichter auf dem Gemälde gesehen und dich sturzbetrunken auf dem Sofa gefunden. Kannst du dich denn nicht daran erinnern?«

Fast für eine Minute breitete sich tiefes Schweigen im Raum aus. Dann antwortete Jessica in gedämpftem Ton: »Nein...«

»Du erinnerst dich nicht daran, dass du die Cognacflasche aufgemacht hast, die ich letzte Woche gekauft habe, und sie halb ausgetrunken hast?«

Sie blinzelte ihn entgeistert an. »Nein!« Sie hasste den

Geschmack und sogar den Geruch von starkem Alkohol. Das wusste Simon doch. Worauf wollte er hinaus?

Simon bedeutete ihr, sich in den Sessel gegenüber von dem Gemälde zu setzen. »Na gut, dann erzähl mir mal, was du gestern gemacht hast. Von dem Moment an, als ich ins Krankenhaus gefahren bin bis… nun ja…?«

Jessica versuchte nachzudenken. Ihr Kopf schmerzte, und sie fühlte, wie ihr Puls schneller schlug. Was geschah hier nur mit ihr? Sie verstand das alles nicht, und es war so seltsam, dass sie keine Erklärung dafür fand. Seit ihrer Ankunft in Norfolk Island waren ihr einige seltsame Dinge passiert. Es war, als ob sie unter einem Bann oder, dachte sie halb amüsiert, unter einem Fluch litt. Nichts davon – weder das merkwürdige Gefühl auf dem Friedhof noch das Gesicht im Fenster von Hunter's Glen oder jetzt das hier – ergab irgendeinen Sinn. Es sei denn, sie wurde verrückt. Da sie wusste, was als Nächstes kommen würde, versuchte sie bewusst, die schreckliche Szene mit ihrem Großvater aus ihren Gedanken zu streichen. Nein, sie war nicht verrückt, sie war krank gewesen, weil sie Damian verloren hatte und mit diesem Verlust eine Zeit lang nicht fertig geworden war. Und sie war es nicht gewesen, die diese Gesichter auf das Bild gemalt hatte, da war sie ganz sicher. Doch irgendjemand hatte es getan.

Simon sah auf die Uhr und unterdrückte ein Seufzen. Er würde zu spät zur Arbeit kommen. »Was hast du getan, nachdem ich gegangen bin?«

Sie starrte ihn einen Moment lang verständnislos an. »Ach, das Übliche. Ich habe die Betten gemacht, abgewaschen, eine Maschine Wäsche gewaschen…« Wenn nur das Klopfen in ihrem Kopf aufhören würde, damit sie wieder normal denken konnte! Cognac! Igitt! »Und dann bin ich nach Burnt Pine gefahren, zum Einkaufen.«

»Hast du irgendwann auch an dem Bild gearbeitet?«

»Ja, am späten Nachmittag. Ich musste nur noch ein paar Details einfügen.«

»Wie lange hast du dafür gebraucht?«

»Ich weiß nicht.« Sie legte die Stirn in Falten und musterte ihn angestrengt nachdenkend. »Ich kann mich nicht erinnern.« Sie schloss die Augen und versuchte, sich an die gestrigen Vorgänge zu erinnern. Als sie weitersprach, hatte ihre Stimme einen verträumten Tonfall. »Am Nachmittag ist es überraschend kühl geworden, im Wintergarten war es richtig kalt. Ich habe mir einen Pullover angezogen, als ich gearbeitet habe.« Sie öffnete die Augen und sah Simon an. »Aber der Pullover hat nicht geholfen, ich war richtig durchgefroren. Ja, daran erinnere ich mich. Ich habe meine Finger angesehen, die vor Kälte schon ganz weiß geworden sind, was ich recht merkwürdig fand. Ich konnte nicht aufhören, sie anzustarren, und diese Kälte, das machte keinen Sinn. Draußen schien die Sonne, aber im Wintergarten war es so kalt wie in einem Kühlschrank. Und dann, und…« Sie seufzte und sah ihn ernst an. »Das ist das Letzte, an das ich mich vom gestrigen Nachmittag erinnere.« Warum hatte sie den Rest vergessen? Es war, als ob ein Vorhang über ihr Gedächtnis gefallen war. Sie erinnerte sich nicht daran, zu Abend gegessen zu haben oder dass Simon nach Hause gekommen war. An nichts!

Simon sah sie fest an. »Es war gestern nicht kalt, Jess. Es müssen fast dreißig Grad gewesen sein.«

Ohne Rücksicht auf ihre Kopfschmerzen sprang sie auf und rannte ins Schlafzimmer, aus dem sie eine Minute später wiederkam. »Hier, mein Pullover. Siehst du, es ist Farbe daran. Also, ich habe gemalt, und es war kalt.« Langsam ging ihr Simons Verhör auf die Nerven. Warum glaubte er ihr nicht einfach? Das hatte er früher immer getan, besonders nachdem Damian ... Er war so sanft und mitfühlend gewesen. Warum war er das jetzt nicht? Sie wusste nicht, was mit ihr geschehen war, sie konnte sich an nichts erinnern, was das Bild oder den Cognac betraf.

Er betrachtete den Pullover, auf dem Spuren von grüner, grauer, weißer und einer dunkleren, fast schwarzen Farbe zu sehen waren: der Beweis dafür, dass sie tatsächlich an ihrem Bild gemalt hatte, wie sie behauptete. »Und du weißt tatsächlich nichts mehr davon, dass du dir meinen Napoleon-Cognac einverleibt hast?«

»Wie ich schon sagte, nein.«

Simon fuhr sich mit einer verzweifelten Geste durchs Haar. Die Sache war ihm ein Rätsel, das sich nicht so leicht lösen ließ. Da waren diese Gesichter auf dem Bild. Und jemand hatte sie darauf gezeichnet. Jessica behauptete, es nicht gewesen zu sein, aber die schwarzen Farbspuren auf ihrem Pullover bewiesen, dass sie irgendetwas damit zu tun hatte. Dann kam ihm plötzlich ein Gedanke. Hatte sie vielleicht einen mentalen Blackout und konnte sich deshalb nicht erinnern? Und noch eine weitere Erklärungsmöglichkeit fiel ihm ein: Es konnte sein, dass sie sich vor der Realität verschloss – oder dass die Depression ernster war, dass er vermutet hatte. Doch der beunruhigendste Gedanke war, dass das womöglich die ersten Anzeichen einer beginnenden Schizophrenie waren.

Doch für ihn waren auch das keine ausreichenden Erklärungen dafür, warum sie düstere Gesichter über ihre Landschaft gemalt und sie so ruiniert hatte. Nicht zum ersten Mal fühlte er sich medizinisch überfordert. Geisteskrankheiten – Psychiatrie – lagen jenseits seines Spezialgebietes und auch jenseits dessen, womit er sich wohl fühlte.

»Ich sehe mal nach, ob ich etwas gegen deine Kopfschmerzen habe«, bot er an und ging ins Bad.

Jessica musste in der Zwischenzeit – ob sie wollte oder nicht – das Gemälde ansehen, beziehungsweise das, was mit ihrem Bild geschehen war. Die Gesichter, die kräftigen Farbstriche, der Zorn und die Emotion darin waren außerordentlich. Es war, als ob derjenige, der das getan hatte, die Dargestellten wirklich gehasst hätte. Tief im Inneren spürte sie ihre eigene Unfähigkeit, mit solch einer Leidenschaft zu malen. Nicht, dass sie diese Emotionen nicht hatte. Sie fühlte sie, für Damian. Und für Simon? Sie wischte den Gedanken an ihre Beziehung zu ihrem Mann fort, damit wollte sie sich ein andermal befassen.

Ihre Gedanken kehrten zu dem Bild zurück. Sie war der Meinung, dass sie nicht das Talent hatte, starke Emotionen erfolgreich auf die Leinwand zu bringen. Das erste Gesicht, das einzige, das vollendet war, stellte ein schönes Beispiel für ein Porträt dar, bemerkte sie, das weit über ihre eigenen Fähigkeiten hinausging. Mit den Fingern ihrer rechten Hand strich sie sich über das Kinn, während sie sich auf das erste Gesicht konzentrierte. Hatte sie ihn schon zuvor einmal gesehen?, fragte sie sich. So ein Gesicht konnte man nicht leicht vergessen. Grausamkeit und eine animalische Verschlagenheit standen ihm ins Gesicht geschrieben, über das sich vier parallel verlaufende Narben vom Wangenknochen bis fast zum Kiefer zogen. Wie hatte er sie erhalten? Dann betrachtete sie seine Kleidung. Eine Uniform, aber keine moderne Soldatenuniform. Die Farbe, Rot, und die Paspeln erinnerten sie an etwas, was sie kürzlich gesehen hatte. Sie konzentrierte sich und versuchte, sich zu erinnern…

Simon kehrte zurück und ließ zwei Pillen in ihre ausgestreckte Hand fallen. »Hier, das sollte den Schmerz lindern.« Sanft strich er ihr über das wirre Haar. »Mach dir keine Sorgen, Jess. Wir werden schon herausfinden, was los ist. Es muss eine logische Erklärung für diese Gesichter geben und warum du sie gemalt hast.«

Der herablassende Tonfall ärgerte sie, es war, als ob er mit einem störrischen Kind redete. »Habe ich sie gemalt? Ich kann mich nicht daran erinnern, und sieh sie dir doch an«, verlangte sie, »sieh sie dir genau an. Du bist vielleicht kein Kunstexperte, aber du weißt, wie ich male. So gut kann ich nicht malen, und schon gar nicht Porträts.« Sie sah ihn an, und ihre schönen Züge zeigten eine Spur von Angst. »Mein Gott, Simon, werde ich verrückt?« So, nun hatte sie es gesagt, laut und deutlich, und doch fühlte sie sich keine Spur besser, als sie ausgesprochen hatte, was ihr durch den Kopf ging, seit sie gesehen hatte, was mit ihrem Bild passiert war.

Er nahm sie bei den Schultern und ließ sie aufstehen. »Das bist du nicht«, sagte er entschieden, zog sie an sich und küsste sie auf die Stirn. »Es ist zwar merkwürdig, was hier passiert ist, und ich habe bislang noch keine Erklärung dafür, aber wir bekommen das heraus. Ich setze deine Medikamente ab, bis ich mit Nikko gesprochen habe. Es besteht immerhin die Möglichkeit, auch wenn sie nur gering ist, dass du auf das Valium mit Halluzinationen reagierst.« Doch er glaubte seinen Worten selber nicht, sondern äußerte lediglich Plattitüden, damit sie sich besser fühlte.

»Simon«, flüsterte sie und legte die Hände an seine Brust, um die Wärme eines anderen Menschen spüren zu können. »Simon, ich habe Angst.«

»Das musst du nicht, und das ist ein Befehl, hörst du? Schau, ich möchte, dass du heute nicht zu Hause bleibst. Geh Nan besuchen oder nach Burnt Pine zu einem Einkaufsbummel. Bleib einfach eine Weile nicht zu Hause. Das klingt zwar vielleicht nicht sonderlich logisch, aber es könnte helfen.«

»Ein Einkaufsbummel!« Ihre blauen Augen leuchteten. »Das ist ja sehr mutig von dir.«

Er nickte und meinte, während er in die Küche ging, um seine Aktentasche und die Jacke zu holen: »Natürlich nur, wenn es sich im Rahmen hält!«

Simon legte den Hörer auf und lehnte sich nachdenklich zurück. Nikko hatte entschieden verneint, dass das Antidepressivum bei Jessica zu ungewöhnlichem Verhalten führen konnte. Als guter Freund hatte er ihnen angeboten, von Perth herüberzufliegen, um sich mit Jessica zu beraten und zu sehen, ob er etwas für sie tun konnte. Doch Simon hatte aus Nikkos Worten herausgehört, was dieser nicht ausgesprochen hatte. Wenn er Jessicas Rückfall für schwerwiegend genug hielt, um fast achttausend Kilometer weit zu einer Konsultation zu fliegen, dann war die Sache ernst, so viel stand fest.

Er neigte sich vor, stützte den Kopf in die Hände und war zum ersten Mal seit langer Zeit ratlos, was er tun sollte…

So fand ihn Sue Levinski, als sie ins Büro kam, um ihm den Wochenbericht des Krankenhauses zu überreichen. Eine Weile blieb sie in der Tür stehen, sie wusste, dass er sie nicht bemerkte. Körpersprache konnte sie ziemlich gut lesen, und bei Simon deutete alles auf Depression hin. Seit ihrem Fehler vom Weihnachtsabend hatte sie alles getan, um ihr vorheriges kameradschaftliches Verhältnis wiederherzustellen. Und langsam kam es zurück. Zu langsam für ihren Geschmack. Sie wusste bereits, dass Simon Pearce für gewöhnlich gelassen war, nicht leicht in Panik geriet und absolut nicht zu Depressionen neigte. Der Aufsichtsrat des Krankenhauses war zutiefst beeindruckt von seiner Leistung, daher war der wahrscheinlichste Grund für seine Niedergeschlagenheit... Jessica. Ihre Neugier war schlagartig auf dem Höhepunkt.

Leise hüstelnd machte sie ihn auf ihre Anwesenheit aufmerksam.

Sein Kopf fuhr hoch. »Oh, Sue.« Er entdeckte die Mappe unter ihrem Arm. »Der Bericht. Gut. Ich werde ihn durchgehen, bevor ich nächste Woche nach Sydney fliege.« Er war vom NSW Health Department über eine Konferenz informiert worden, die alle zwei Jahre stattfand, und es wurde erwartet, dass er daran teilnahm.

Sue legte die Mappe in seinen Eingangskorb und setzte sich ihm gegenüber. »Ist alles in Ordnung, Simon?«, fragte sie in dem fürsorglichen Tonfall, den sie sich schon vor Jahren angewöhnt hatte. »Sie sehen nicht gut aus. Sie haben sich doch nicht etwa einen Bazillus eingefangen? Diese Infektionskrankheiten sind eine der unerfreulichen Nebenerscheinungen des Tourismus – die Bazillen, die die Feriengäste mit sich auf die Insel bringen, treffen die Einheimischen manchmal schwerer als die Touristen.«

Er zuckte mit den Schultern. »Es geht mir gut.«

Es ging ihm ganz und gar nicht gut! Schon ein paarmal zuvor hatte sie versucht, dass er sich ihr gegenüber öffnete, und war zurückgewiesen worden. Sollte sie es noch einmal versuchen? Doch andererseits hatte sie nicht viel zu verlieren. Sie könnte es auf die subtile Weise versuchen und um den heißen Brei herumreden – oder sie könnte ihn ganz direkt fragen.

»Simon, ich möchte nicht, dass Sie glauben, ich würde mich in Dinge einmischen, die mich nichts angehen, aber ich kenne Sie gut genug, um zu sehen, dass mit Ihnen irgendetwas nicht stimmt. Bitte, seien Sie versichert, dass alles, was Sie mir sagen, die Wände dieses Büros nicht verlassen wird«, versprach sie. Jetzt lag es an ihm.

Es hatte gut getan, mit Nikko zu sprechen, doch er war so weit weg. Simon sah Sue an, er sah sie zum ersten Mal richtig an. Ihr ernster »Ich möchte Ihnen helfen«-Ausdruck verlieh ihrem Gesicht eine besondere Tiefe, eine gewisse Ausstrahlung. Mein Gott, warum war ihm das noch nicht früher aufgefallen? War er blind? Sue Levinski war eine schöne Frau. Der Gedanke überfiel ihn unerwartet, bevor er seine innere Debatte wieder aufnahm. Er hatte ihr nicht mehr vertraut, seit sie diesen Fehler begangen hatte. Aber, mein Gott, es würde so guttun, sich jemandem anzuvertrauen, der zumindest ahnte, was er durchmachte! Er brauchte das, sehr dringend sogar. Also würde er es tun, entschied er spontan.

»Es ist wegen Jessica. Sie stellt mich vor immer neue Probleme. Sie bildet sich Dinge ein, tut etwas, an das sie sich später nicht mehr erinnert... Vielleicht ist es mehr als nur eine Depression. Ich dachte, es könnte eventuell am Valium liegen, aber Nikko sagt, das könne es nicht sein. Es ist verdammt schwer, zu wissen, was ich tun soll. Ich kann nicht die ganze Zeit zu Hause bleiben und auf sie aufpassen.« Er hielt einen Moment inne und dachte darüber nach. »Sie war auf dem Wege der Besserung, Sue. Ich hatte schon geglaubt, dass sie ihren Nervenzusammenbruch überwunden hat und dass sie, wenn meine Zeit hier um ist, wieder normal sein würde, aber...«

»Erzählen Sie mir alles. Vielleicht finden wir beide eine Lösung, mit der Jessica und Ihnen geholfen ist.«

Simon klärte Sue über die merkwürdigen Vorkommnisse auf, von denen Jessica berichtet hatte, seit sie auf die Insel gekommen waren, und auch über ihren Hintergrund – den Großvater, der die letzten Jahre seines Lebens in einer Anstalt verbracht hatte.

»Sie wird paranoid, und ich fürchte, sie bekommt Wahnvorstellungen.«

»Können Sie nicht die Dosis der Antidepressiva erhöhen?«

»Daran habe ich auch schon gedacht, aber wenn sie Wahnvorstellungen hat, wird ihr eine höhere Dosis nicht helfen. Es wäre ein Rückschritt und würde die Paranoia möglicherweise nur unterdrücken, anstatt dass wir herausfinden, warum sich ihr Problem jetzt in eine andere Richtung entwickelt.«

Sue nickte. »Da haben Sie Recht.« Sie dachte an ihr eigenes Familienleben und daran, wie sie versucht hatten, ihrer Mutter bei ihrem Alkoholproblem zu helfen. Letztendlich hatte gar nichts geholfen. »Sie braucht weitere Untersuchungen und wahrscheinlich eine Therapie.«

Seufzend warf Simon den Stift von sich, mit dem er gespielt hatte. »Das heißt, dass wir Norfolk verlassen müssen. Es gibt hier niemanden, der Jessica die Aufmerksamkeit zukommen lassen könnte, die sie benötigt.«

»Das sollten Sie sich gut überlegen – ob sie von hier fortgehen, meine ich. Gibt es nicht eine saftige Vertragsstrafe, wenn Sie ohne einen für den Aufsichtsrat triftigen Grund Ihren Vertrag mit dem Krankenhaus brechen?«

Simon rieb sich über das Kinn. »Vermutlich. Das steht sicher irgendwo im Kleingedruckten. Aber das wird mich nicht in den Ruin treiben.« Dennoch hasste er es, vertragsbrüchig zu werden. Er hatte sein Wort gegeben, und die Arbeit hier machte ihm wirklich Freude, auch wenn die berufliche Herausforderung längst nicht so hoch war wie in seiner Privatpraxis. Aber jeder würde erwarten, dass er das tat, was für Jessica das Beste war, nicht für ihn. Und wenn es Geld kostete, aus dem Vertrag auszusteigen, dann musste es eben sein. Jessica hatte genug Geld, es würde kein größeres Problem darstellen.

Doch dass Simon Norfolk Island verließ, passte ganz und

gar nicht in Sues Pläne. Während er erzählt hatte, was mit Jessica geschah, hatte sie begonnen, alles in einem anderen Licht zu sehen. Ihre ursprüngliche Absicht war gewesen, Simon Informationen zu entlocken und, wenn möglich, seinen Einfluss zu nutzen, um selbst anderswo eine bessere Stellung zu bekommen. Doch ohne es zu wissen, hatte er ihr eine bessere, kühnere Möglichkeit geboten. Simon war ein attraktiver Mann, und er hatte mehr verdient, als er von Jessica bekam. *Sie* zog ihn doch nur herunter und schränkte ihn ein. Was er brauchte war jemand, der etwas von den Schwierigkeiten der medizinischen Berufe verstand, jemand, der mit ihm zusammenarbeiten konnte, um gemeinsam hohe Ziele zu verwirklichen. Es überfiel sie fast wie eine göttliche Eingebung. Was er brauchte, war sie, Sue.

Die Ehe der Pearces war buchstäblich am Ende, besonders, da Jessicas psychische Probleme eher schlimmer als besser wurden. Wie schwer würde es demnach sein, ihr Simon völlig zu entfremden, und zwar nicht dadurch, dass sie die andere Frau schlecht machte, sondern durch Schlauheit und List? O ja, das würde sie schaffen. Sie wäre verrückt, wenn sie es nicht versuchen würde, und was auch immer Sue Levinski war, verrückt war sie nicht.

»Ich habe vielleicht die Lösung. Zumindest eine Alternative zu Ihrem Vorschlag«, sagte sie ruhig, als ob sie lange darüber nachgedacht hätte.

»Ich bin für jeden Vorschlag offen.«

»Marcus Hunter.«

»Marcus?« Simon runzelte die Stirn. »Wie sollte er uns helfen können?«

Sue lächelte ihn zuversichtlich an. »Bis vor sieben Jahren war er praktizierender klinischer Psychologe mit mindestens zehn Jahren Berufserfahrung. Nan hat mir erzählt, dass er eine Praxis in Christchurch hatte. Marcus könnte Jessica doch untersuchen, ihren Geisteszustand beurteilen, und danach sehen Sie weiter? Oder, wenn Ihnen das nicht zusagt, könnten wir es mit ein paar anderen Psychiatern aus unserer Kartei versuchen. Sie könnten jemanden aus Brisbane einfliegen lassen.«

»Marcus«, wiederholte Simon nachdenklich. »Aber er ist eigentlich ein Freund von uns, und er praktiziert nicht mehr. Es wäre doch unverschämt, ihn zu bitten.«

Sue persönlich traute Marcus nicht zu, den Job gut zu machen, aber was machte das schon aus? Ihr passte es eh weitaus besser, wenn er die Sache verschlimmerte. Sie zuckte die Schultern. »Vielleicht haben Sie Recht. Es war ja nur so ein Gedanke. Aber er kennt Jessica persönlich, und er war bei ihr, als die Sache auf dem Friedhof passiert ist und auch, als sie sich in Nans Haus die Hand zerschnitten hat.« Ihr Blick wurde dunkler, intensiver, und sie neigte sich vor, um kurz seine Hand zu berühren. »Simon, was haben Sie zu verlieren?«

»Ich weiß nicht. Ich bin mir nicht sicher, ob ich Marcus' Gutmütigkeit so ausnutzen sollte.«

»Aber natürlich«, erwiderte sie prompt, während sie aufstand. »Ich bin sicher, Sie werden tun, was für Jessica das Beste ist.« Es ärgerte sie, dass er nicht sofort auf ihre Idee angesprungen war, aber sie war der Meinung, dass sie genug zu diesem Thema gesagt hatte. Nun würde sie ihn allein ein wenig darüber brüten lassen.

Nachdenklich sah Simon Sue nach, als sie das Büro verließ.

Es hatte ihm gutgetan, mit ihr zu sprechen. Sue war eine mitfühlende, intelligente Frau. Selbst wenn Jessica sie nicht mochte, hatte sie ihm doch ein paar konstruktive Ideen geboten. Vielleicht, dachte er, mit den Fingerspitzen auf dem Schreibtisch trommelnd, würde er mit Marcus sprechen.

Seltsamerweise fiel es Simon ganz leicht, mit Marcus und Nan über Jessicas Probleme zu reden. Er kannte sie zwar beide noch nicht lange, doch sie waren so warmherzige, fürsorgliche Menschen, dass er wusste, dass ihr Mitleid mit den Schwierigkeiten seiner Frau ernst gemeint war. Und obwohl er lieber nicht zu sehr darauf eingehen wollte, war er zum Teil heilfroh darüber, das Problem an jemand anderen weitergeben zu können. Er redete sich obendrein ein, dass er seiner Frau viel zu nahestand, um sie objektiv beurteilen zu können, so wie Marcus es tun konnte.

»Ich würde mich freuen, Ihnen helfen zu können«, sagte Marcus, nachdem Simon ihm seinen Vorschlag unterbreitet hatte. »Nan und ich müssen häufig an Jessica denken. Es wäre gut, wenn ich die Unterlagen über ihren Nervenzusammenbruch hätte sowie die Krankengeschichte ihrer Familie.«

Simon zuckte bei Marcus' geschäftsmäßigem Ton zusammen. Nervenzusammenbruch. Krankengeschichte. Die Worte verursachten ihm fast Depressionen. Es war schließlich seine Frau, von der hier in so klinischen Begriffen gesprochen wurde. Nur ruhig. Du hast um seine Hilfe gebeten. Du brauchst sie. Du kannst es dir nicht leisten, seine Wortwahl zu kritisieren.

»Natürlich. Ich werde Nikko bitten, die betreffenden Unterlagen ans Krankenhaus zu faxen, und bringe sie Ihnen dann morgen.«

»Gut. Ich sollte sie lesen, bevor ich Jessica sehe.« Er sah Simon an. »Wie soll ich mich verhalten? Werden Sie ihr sagen, dass ich sie als Psychologe aufsuche, oder soll ich die Sache etwas unauffälliger angehen?«

»Marcus, Jessica weiß, dass du als Psychologe praktiziert hast, und sie ist nicht dumm«, warf Nan ein. »Sobald du sie auf ihr Problem ansprichst, wird sie wissen, was los ist. Sag ihr die Wahrheit, dass du dir Sorgen um sie machst und gerne herausfinden möchtest, was mit ihr geschieht.«

»Nan hat Recht«, stimmte Simon zu. »Jessicas größte Angst – auch wenn sie das noch nie offen zugegeben hat – ist, dass sie enden könnte wie ihr Großvater. Ich bin sicher, sie wird so gut wie möglich mit Ihnen zusammenarbeiten.«

»Gut, Sie müssen nur einsehen, dass bei Störungen geistiger Natur eine Lösung oder Heilung nicht im Laufe von ein paar Tagen zustande kommen wird.«

Marcus brachte Simon zum Auto und winkte ihm mit gemischten Gefühlen nach. Einerseits war er froh, einen offiziellen Grund zu haben, Jessica täglich zu sehen. Andererseits machte er sich Sorgen, dass ihr geistiger Zustand möglicherweise sehr ernst war.

Sarah stand am Fußende des Bettes, blickte auf Jessicas schlafende Gestalt und die des Mannes neben ihr. Sein Name war Simon, sie hatte gehört, wie Jessica ihn so nannte, und sie wusste, dass er Arzt war. Er hatte Jessica einen Trank gegeben, aus dem sie nicht aufzuwecken war, was sie ziemlich ärgerte.

Sie beide mussten noch so viel erreichen, und sie musste dieser Frau noch so viel sagen. Langsam verzog ein Lächeln ihre Lippen. Wenn sie sie nicht aufwecken konnte, dann musste sie ihr Ziel eben auf andere Weise erreichen.

Sie würde Jessica ihre Geschichte durch ihre Träume erzählen ...

13

Jessica warf sich unruhig auf ihrem Bett hin und her, als die Bilder in ihrem Unterbewusstsein immer lebendiger wurden. Sie sah eine Frau, die ihr irgendwie bekannt vorkam, einen Brief auf einem dicken Blatt Papier schreiben, das wie eine Art Pergament aussah. Ihr Schreibgerät war, ja, eine Feder, die sie in ein Tintenfass tunkte. Im Schlaf kniff Jessica die Augen zusammen und versuchte angestrengt, die Worte zu lesen.

Norfolk Island, September 1853

Liebe Bridget,

Meggie und ich sind jetzt seit fast zwei Monaten an diesem Ort, und es war die längste Zeit meines Lebens. Viele Teile der Insel sind wunderschön (auch wenn wir uns nicht weit von der Siedlung Kingston wegwagen), aber die Not der Strafgefangenen und die Art und Weise, wie ihre Aufseher und die meisten Soldaten sie behandeln, bringt ständiges Elend über die Bewohner der Insel.

Tiere werden im Allgemeinen besser behandelt als die Sträflinge, und man sagt, es sei nicht unüblich, dass sich ein Mann lieber das Leben nimmt – egal, ob er dabei seine Seele der ewigen Verdammnis anheimgibt –, als an diesem Ort weiterzuleben, den die meisten Menschen hier als die *Hölle auf Erden* bezeichnen.

Meine Herrin, Mrs. Stewart, ist eine nette und verständnisvolle Frau, die Meggie sehr gern hat und zur Zeit wieder schwanger ist. Der gesamte Haushalt betet, dass sie diesmal ein gesundes Kind zur Welt bringen wird. Das Porträt, das ich vom Captain gezeichnet habe, hat ihr sehr gut gefallen, und sie sagt, wenn wir nach Sydney Town zurückkehren, wird sie es rahmen lassen.

Ich vermisse meinen Will so sehr, Bridget, dass ich, wenn Meggie nicht wäre, häufig nicht mehr weitermachen möchte. Ich tue es nur für sie, für ihre Zukunft, und wenn unsere Zeit hier um ist, dann werde ich mich entscheiden, ob wir in Sydney Town wohnen werden oder ob wir nach Dublin zurückkehren werden.

Ich muss mich beeilen, den Brief fertig zu schreiben. Das Schiff, das vor Point Hunter seine Ladung löscht, läuft morgen mit der Flut aus.

Wie immer in tiefer Zuneigung
Sarah

»Komm schon, Meggie, meine Liebe, lass uns zur Bucht hinuntergehen und dem Kapitän meinen Brief geben.« Sarah nahm ihre Tochter an der Hand und ging durch die Küchentür, über den gepflasterten Seitenweg die Stufen hinab in die Quality Row.

Es war spät am Nachmittag, und die hohen Pinien warfen schattige Streifen auf den Weg, als sie unter den Mauern der Militärkaserne und danach an der abweisenden Fassade des Gefängnisses entlanggingen, in dem nachts fast alle Sträflinge auf der Insel schliefen. Eine Kolonne kehrte gerade von der Arbeit an den Kalkbrennöfen zurück, und obwohl sie damit ein »Kitzeln« mit der Peitsche riskierten, winkten einige der Männer der kleinen Meggie im Vorübergehen zu.

Sarah hätte den Soldaten, der die Gefangenen begleitete, gerne ignoriert, konnte es aber nicht, denn er tippte sich an die Mütze und sprach sie an.

»Guten Tag, Mrs. O'Riley. Gehen Sie mit der kleinen Meggie an den Strand, um Muscheln zu suchen? Ein netter Ausflug für die Kleine.«

»Nein, Soldat Dowd, dafür haben wir heute wahrscheinlich keine Zeit«, entgegnete Sarah kurz angebunden.

»O Mama, bitte! Nur ein bisschen!«, flehte Meggie.

Sarah nickte dem Soldaten nur sehr flüchtig zu, denn sie kannte ihn – Soldat Thomas Dowd –, und sie konnte ihn nicht ausstehen. Sein Anblick erinnerte sie an das Frettchen, das ihr Bruder Paddy als Kind gehabt hatte, und sie mochte es nicht, dass er ständig versuchte, mit ihr zu sprechen. Er erschien unter irgendeinem Vorwand an der Küchentür der Stewarts in der Hoffnung, dass sie ein freundliches Wort für ihn hatte, was jedoch nie der Fall war. Immer schickte sie ihn mit böser Miene weg, sehr zu Maude Prentiss' Erheiterung.

Darüber hinaus konnte sie Dowd schon deswegen nicht leiden, weil er eine so heimlichtuerische Art an sich hatte, die sie an den schrecklichen Elijah Waugh erinnerte. Dowds Blicke flitzten die ganze Zeit hin und her, als ob er nicht den Mut hätte, sie direkt anzusehen. Außerdem gab er sich keine Mühe, ordentlich oder sogar sauber auszusehen, und der Gestank in seiner Nähe ließ sie die Nase rümpfen.

Mit Maude, die Meggie furchtbar verwöhnte, kam sie gut aus. Cynthia Stewart war eine milde Herrin, und zu zweit sorgten sie ziemlich gut für das Haus mit den drei Zimmern in der Quality Row. Gelegentlich bekamen sie Hilfe von Frederick, einem der vertrauenswürdigen Sträflinge, der die schweren Arbeiten erledigte.

»Bitte Mama, können wir Muscheln suchen gehen?«

Sarah lächelte ihre Tochter nachsichtig an. Wie konnte sie dem Kind irgendetwas abschlagen? »Nun gut, aber nur ganz kurz.«

In der Ferne konnte sie das Treiben am Strand sehen, wo die Schiffscrew den Leichter fertig machte. Die *Laird of Dalgleish* lag sicher jenseits des trügerischen Korallenriffs, und sie wünschte sich sehnlichst, dass sie mit Meggie als Passagier an Bord gehen könnte. Sie sehnte sich danach, von diesem Ort fortzukommen, fort von der Traurigkeit, die das Leben aller hier durchdrang, außer vielleicht das von Meggie und den anderen Kindern. In ihrer kindlichen Unschuld erkannten sie die Grausamkeit nicht, die auf Norfolk herrschte. Selbst ihr Herr, Captain Stewart, hatte sich an die Gefühllosigkeit des Gefängniskommandanten und seiner Herrschaft gewöhnt.

Am Strand lungerten mehrere Soldaten in unterschiedlich entspannten Haltungen im Schatten der Pinien herum, während ihr Vorgesetzter mit dem Schiffskapitän sprach. Sarah beachtete sie kaum.

Doch einer der Soldaten bemerkte sie. Er richtete sich auf, als habe jemand an den unsichtbaren Fäden einer Marionette gezogen, und starrte der Gestalt der Frau nach, die ein bescheidenes graues Kleid trug, das durch zwei steife Unterröcke ausstand. Lediglich weiße Manschetten an den Ärmeln, ein weißer Spitzenkragen und Perlenknöpfe, die sich bis zu der schlanken Taille zogen, von der sie die Schürze nicht abgenommen hatte, lockerten das trübe Grau auf. Auf dem Kopf saß eine weiße Haube, die ihr rotes Haar nur knapp verdeckte.

Sie ist hier, flüsterte Elijah leise, so erschrocken, dass er sein Glück kaum fassen konnte. Bislang hatte er diese Insel für das schlimmste Höllenloch gehalten, in dem er je gedient hatte. Schlimmer als Indien, schlimmer als die Minen in Newcastle, doch jetzt erkannte er die göttliche Fügung – der Gedanke war gotteslästerlich, das war ihm klar –, dass er im Rahmen einer Disziplinierungsmaßnahme hierher geschickt worden war, weil er sich in den Minen betrunken und respektloses Benehmen an den Tag gelegt hatte. Dieser lächerliche Lieutenant Forbes hatte gesagt, es sei seine letzte Chance, und wenn er sich nicht änderte, dann würde er aus der Armee fliegen. Seine Lippen kräuselten sich verächtlich. Als ob er davor Angst hätte!

Seit er seine Streifen verloren hatte, ausgepeitscht und zu den Minen versetzt worden war, war seine Begeisterung für das Leben in der Armee ziemlich gesunken. Er sehnte sich nur noch nach einem, und das war, sich an der Person zu rächen, die ihn ruiniert hatte: Sarah O'Riley. Sie plötzlich hier zu sehen, ließ seine Welt schöner erscheinen. Dieses Luder war hier in seiner Reichweite! Er hätte fast laut aufgelacht.

Ein Soldat stieß ihn in die Rippen. »Hey, rate mal, was ich mit der gerne anstellen würde!« Er neigte sich dicht zu seinem Kumpel, um ihm genauestens zu beschreiben, was er mit der Frau anfangen würde, wenn er die Gelegenheit hätte, sie eine Stunde allein zu haben.

Bei der lebhaften Darstellung davon, wie der Mann Sarah nehmen würde, begann die Narbe in Elijah Waughs Gesicht zu glühen. Wütend schnappte er den Soldaten am Hemd und donnerte ihn an: »McLean, wenn du nicht willst, dass dir in einer dunklen Nacht die Kehle durchgeschnitten wird, dann lass bloß die Augen und die Finger von ihr. Sie gehört mir. Hier«, er wies auf die Narbe auf seiner Wange, »das habe ich von ihr, und eines Tages werde ich ihr das heimzahlen!«

Der Soldat namens McLean erblasste angesichts der Feindseligkeit in Waughs Stimme. »Schon gut, Kumpel, alles klar. Sie gehört ganz dir.«

Da er dieses erste Gefecht gewonnen hatte, schlich sich Elijah unauffällig näher an Sarah heran, die dem Ersten

Maat des vor dem Riff ankernden Schiffes einen Brief gab. Ein Lächeln der Vorfreude über ihre Überraschung zerknitterte seine groben Gesichtszüge, während er darauf wartete, dass sie sich umdrehte und ihn erkannte.

Er wurde nicht enttäuscht.

»Ich wünsche einen guten Tag, Mrs. O'Riley«, sagte er, verächtlich den Mund verziehend, als er ihren Namen aussprach. Doch vorsichtshalber zog er den Hut in gespielter Höflichkeit, nur für den Fall, dass der Sergeant, der sie befehligte, gerade hersah. Er erkannte, wie sie blass wurde und ihre Lippen fest aufeinander presste, nicht aus Zorn, sondern etwas anderem. Er hoffte, dass es Furcht war. O ja, er hoffte inständig, dass sie Angst hatte.

Als Sarah den Mann sah, der sie vor mehr als vier Monaten fast vergewaltigt hätte, lief ihr ein Schauer der Vorahnung über den Rücken. Heilige Maria Muttergottes, was tat denn dieser Teufel hier? Als der Sergeant nach seinen Männern rief, wandte sich Elijah um und lief zurück in die Reihe zu den anderen.

Sarahs Herz klopfte in ihrer Brust wie ein Kolibri, und sie versuchte, die Angst zu beherrschen, die sich mit eisigen Tentakeln in ihrem Körper ausbreitete und sie erstarren ließ. Sie hatte geglaubt, der Vorteil, der einzige Vorteil, den ihr Norfolk Island bot, war, dass sie vor seinem ungehörigen Blick, seinem Spott und seinen Drohungen sicher war. Diese Hoffnung musste sie nun aufgeben. O Gott, was tat er hier?

»Diese Soldaten«, flüsterte sie dem Ersten Maat zu, »warum sind sie hier? Warum sind sie nicht in der Kaserne oder tun sonstwo ihren Dienst?«

»Ach die«, antwortete der Maat mit einem flüchtigen Blick auf die Kompanie. »Die haben die Sträflinge beim Entladen der *Laird of Dalgleish* beaufsichtigt.« Er lächelte sie an und gab ihr einen gutgemeinten Rat: »Das ist ein schräger Haufen, Ma'am. Fast so schlimm wie die Sträflinge selber. An Ihrer Stelle würde ich mich von ihnen fernhalten.«

Sarah starrte Elijahs Profil an, bemerkte die immer noch glühende Narbe in seinem Gesicht und drehte den Soldaten den Rücken zu. »Das werde ich, Sir, da können Sie ganz sicher sein.«

Mit Meggie an der Hand ging sie schnell fort, den Rücken kerzengerade haltend. Heiliger Jesus, sollten alle Gebete, die sie in den letzten Monaten gesprochen hatte, nichts genutzt haben? Erst kürzlich hatten die Albträume, die ihr Elijahs Angriff verschafft hatte, nachgelassen, und jetzt war er hier. Welches schreckliche Unglück würde ihr durch seine Anwesenheit geschehen? Sie hatte angefangen, sich sicher zu fühlen ... Und, oh, was hatte er gesagt, als ihn die Konstabler in dieser schrecklichen Nacht in Ketten gelegt und fortgebracht hatten? Sie runzelte die Brauen, als sie versuchte, sich daran zu erinnern.

»*Eines Tages werde ich mich rächen, Sarah O'Riley. Du wirst mir nicht entkommen!*« Sie zitterte, als ihr seine Worte wieder einfielen.

Als sie den Strand erreichten, zog Meggie ihre Hand aus der Sarahs.

»Muscheln, Mama, schau! Da ist eine schöne!«

Mit den Tränen kämpfend kniete sich Sarah auf den trockenen Sand und versuchte sich mit aller Kraft einzureden, dass ihr Leben nicht in Gefahr war. »Ja, mein Liebling, die sind wirklich sehr hübsch.« Sie konnte kaum ein Lächeln hervorbringen, als sie ihrer Tochter nachsah, die fortrannte, um noch mehr zu finden.

Sie musste mit dem Captain sprechen, das war das Einzige, was sie tun konnte. Wenn er es nicht veranlassen konnte, dass Elijah Waugh die Insel verließ, dann musste sie mit Meggie gehen.

»Nein, Sarah, ich habe keine Ahnung, warum Waugh hierher versetzt wurde. Gelegentlich werden schwierige Soldaten hierher sozusagen strafversetzt. Bei Waugh scheint mir das ziemlich wahrscheinlich zu sein.« Captain Stewart versuchte, seine Haushälterin zu beruhigen, die ihm händeringend gegenüberstand.

»Captain, ich kann nicht auf der Insel bleiben, wenn er hier ist. Ich will ganz ehrlich sein: Der Mann macht mir Angst. Ich bin fest der Meinung, dass er mir etwas antun will.«

»Sarah, Waugh wäre ein Narr, wenn er irgendetwas versuchen würde, obwohl sein Verbrechen und seine Strafe bekannt sind. Er würde sein Leben riskieren. Ich werde Befehl geben, dass er mit dem nächsten Schiff nach Sydney Town zurückkehrt.« Und bevor sie noch Zeit hatte, etwas zu sagen, fügte er hinzu: »Und bis dahin sorge ich dafür, dass er weit weg von Kingston seine Pflicht tut. Er kann bei einem der Holzfällerlager arbeiten.«

»O vielen Dank, Captain.« In Sarahs Stimme schwang ehrliche Dankbarkeit mit, obwohl die Furcht blieb. Sie würde nicht ruhig schlafen können, bis Waugh für immer von der Insel verschwunden war, und das bedeutete, dass er noch mindestens sechs Wochen in ihrer Nähe bleiben würde.

»Sie werden hier sicher sein, machen Sie sich keine Sorgen. Cynthia, Mrs. Stewart, braucht Sie, Sarah«, erinnerte er sie sanft. »In ihrem… ähm… angegriffenen Zustand verlässt sie sich ganz auf Sie.«

»Dessen bin ich mir bewusst, Sir.« Sie knickste und versuchte, als sie den Salon verließ, Trost in den Worten des

Captains zu finden. Die Gesundheit seiner Frau ging ihm über alles, und sie war sicher, dass er alles in seiner Macht Stehende tun würde, damit Sarah in seinen Diensten glücklich war.

Mit einem Ruck wachte Jessica auf und gähnte. Die Uhr neben dem Bett zeigte vier Uhr morgens. Wieder gähnte sie. Sie fuhr sich mit den Fingern durch die Haare, streckte sich und sah Simon an, der im Schlaf leicht vor sich hin schniefte. Fast reflexartig zog sie ihm die Decke über die Schultern.

Gott, war sie müde, als ob ihre Glieder mit Blei beschwert waren. Müde gähnend stand sie auf und fragte sich dann, warum sie das tat. Die Antwort war, dass, auch wenn ihr Körper müde war, ihr Verstand hellwach war. Sie warf sich einen Morgenmantel über und tapste in die Küche. Der Tranquilizer, den Simon ihr gegeben hatte, hatte sie vollkommen betäubt, aber dann war dieser Traum gekommen, und jetzt fühlte sie sich davon irgendwie überreizt.

Sie wollte weiter über diese Bilder nachdenken...

Es war alles so lebhaft und real gewesen, und sie wollte sich die geistigen Bilder noch einmal vor Augen halten, bevor sie verblassten. Sie konnte sich nicht erinnern, jemals schon einen so realen Traum gehabt zu haben. Sie schien darin eine Beobachterin zu sein, und doch hatte sie auch die Gedanken und Gefühle der Frau, besonders ihre Angst und den Hass des Soldaten auf sie sehr intensiv gespürt. Außerdem hatte sie Farben gesehen, was bei Träumen ungewöhnlich ist. Sie war sich sicher, irgendwo gelesen zu haben, dass sich die meisten Träume in Schwarz und Weiß abspielten. Sie konnte jedoch die rote Jacke des Offiziers deutlich vor sich sehen, auch wenn sein Gesicht verschattet war. Und das kleine Mädchen hatte ein blaues Kleid angehabt und ein gelbes Haarband. Und sie hatte das dunkle Grün der Pinien gesehen und das graue Kleid der Frau.

Aber warum träumte sie wieder von der Vergangenheit, von einer Zeit, die schon so lange zurücklag? Von Namen und Szenen, die für sie keinerlei Bedeutung hatten? Sie träumte häufig und wusste, dass diese nächtlichen Abenteuer für gewöhnlich keinen Sinn machten. Aber dieser Traum ging über das Gewöhnliche hinaus, und sie wollte wissen, warum.

Die Frau. *Die roten Haare.* Eine Erkenntnis stieg in ihr auf. Sie setzte das Glas Milch ab, das sie sich eingeschüttet hatte, und ging in den Wintergarten. Wo hatte sie die Zeichnung hingetan?

Einige Minuten durchsuchte sie die Unordnung, die sie geschaffen hatte, seit sie sich wieder mit der Malerei beschäftigte. Frustriert seufzte sie auf, weil sie die Zeichnung des Gesichts, das sie im Fenster bei Nan Duncan gesehen hatte, nicht finden konnte. Sie war sich sicher, dass es dieselbe Frau wie in ihrem Traum gewesen war. Ihre Verwirrung stieg noch, als sie zur Staffelei ging, um sich das Gemälde anzusehen.

Oft schon hatte sie davor gestanden und sich angesehen, was damit geschehen war, hatte versucht, das Rätsel zu lösen, versucht, sich daran zu erinnern, ob sie das vielleicht gemalt hatte. Simon wollte das Bild vernichten, aber aus irgendeinem unerklärlichen Grund wollte sie das nicht. Tief im Inneren wusste sie, obwohl sie es nicht erklären konnte, dass es einen Grund dafür gab, und sie betete – etwas, was sie selten tat –, dass die Absicht nicht die war, sie in den Wahnsinn zutreiben.

Bei dem Gedanken daran musste Jessica lächeln. Simon hatte ihr erzählt, dass Marcus morgen kommen wollte, um mit ihr zu reden. Genau wie Simon glaubte er wohl auch, dass sie geistig etwas verwirrt war. Die Beweise, musste sie zugeben – das Bild und die anderen Ereignisse –, unterstützten diese Vermutung allerdings stark.

Im Unterbewusstsein nahm sie wahr, dass es kühl geworden war, und schloss die Fenster des Wintergartens. Außerdem roch es ganz schwach nach etwas Süßem. Sie hatte es schon zuvor gerochen, konnte sich aber nicht daran erinnern, wo es gewesen war. Sie musste gähnen und hielt sich die linke Hand vor den Mund. Sie sollte ins Bett gehen. Doch stattdessen ging sie, als ob sie nicht anders konnte und keine Kontrolle über ihre Bewegungen hatte, zu dem Tisch mit ihren Malutensilien. Sie nahm einen Pinsel und dann eine Tube weißer Farbe, drückte etwas davon auf die Palette, mischte sie mit Ocker an und begann, die Farbe auf das Bild aufzutragen.

Simon fand Jessica am Morgen im Wintergarten, im Sessel zusammengerollt schlafend. Entspannt, die kastanienbraunen Haare lose um das Gesicht, sah sie sehr friedlich aus. Fast wollte er sie einfach in Ruhe lasse, als er plötzlich Farbspuren auf ihren Fingerspitzen entdeckte. Er betrachtete das Gemälde und stellte fest, dass ein weiteres Gesicht vollendet worden war.

»Mein Gott!«, stieß er erschrocken hervor. Nicht schon wieder!

Das Gesicht des Mannes konnte bestenfalls als schlicht bezeichnet werden. Die Haut war gerötet, das Haar hatte die Farbe nassen Sandes, er hatte Knopfaugen und war unrasiert. Wie der erste Mann trug auch er eine rote Uniformjacke mit einem einzelnen diagonalen Lederstreifen.

Er zog eine Grimasse und schüttelte Jessica an der Schulter, bis sie sich rührte. »Jessica, wach auf!«

Sie streckte sich und stöhnte leise, als sie ihre Glieder

auseinanderfaltete. Dann fiel ihr Blick auf Simon, der bereits fertig angezogen war. »Ich muss wohl hier eingeschlafen sein«, stellte sie überflüssigerweise fest und stand auf, um in die Küche zu gehen. »Ich mache uns Frühstück, ich habe riesigen Hunger.«

»Jess, bevor du gehst, sieh dir das an«, meinte Simon und wies auf die Staffelei.

Jessica stellte sich vor das Gemälde, legte den Kopf schief und betrachtete es verwirrt. Ein weiteres Gesicht war vollendet worden. Sie sah auf ihre Finger, sah die Farbspuren daran und runzelte die Brauen. O nein, es konnte doch nicht sein, dass sie das getan hatte und sich nun abermals nicht daran erinnerte? Doch während sie das Bild anstarrte, erkannte sie plötzlich das Gesicht des Mannes. O Gott, sie hatte es in ihrem Traum gesehen!

»Das ist Thomas, Thomas Dowd«, sagte sie leise.

Simon starrte sie an, als ob er seinen Ohren nicht traute. »Wie bitte? Wer soll das sein?«

Unvermittelt sprudelte alles aus ihr heraus: ihr Traum, seine Klarheit, die lebendigen Farben und die Emotionen, die sie mit den Menschen geteilt hatte.

»Das wird immer merkwürdiger«, stellte Simon fest. Dann kam ihm plötzlich ein Gedanke: »Vielleicht war die Erinnerung an den Traum so stark, dass du hier herausgekommen bist und in einer Art Post-Traum-Trance das Gesicht von Thomas gemalt hast.«

»Ist so etwas möglich?«, wunderte sie sich. Sie erzählte ihm nicht, dass sie sich daran erinnerte, aufgewacht und aus dem Bett gestiegen zu sein, sich ein Glas Milch eingeschüttet und Türen und Fenster des Wintergartens geschlossen zu haben…. und dieser Geruch, ein süßer Duft. Was war das? Wenn sie in einer Trance gewesen wäre, hätte sie sich daran erinnern können? Wohl eher nicht.

Simon zuckte mit den Schultern und sah mit ernster Miene das Bild an. »Ich weiß es nicht. Es könnte sein.« Schließlich nahm er sie in die Arme. »Lass uns Marcus eine Chance geben, das Rätsel zu lösen. Vielleicht gibt es eine ganz vernünftige Erklärung für das alles. Er wird gegen zehn Uhr hier sein.«

»Gut, dann habe ich ja noch genug Zeit, um Frühstück zu machen und aufzuräumen«, meinte Jessica erstaunlich munter. Warum verursachte ihr der Anblick des zweiten Gesichts keine Depressionen? Es war fast, als ob sie allmählich akzeptierte, dass sie seltsame Dinge tat, für die sie keine logische Erklärung fand. Hieß das, dass sie tatsächlich verrückt wurde? War die Krankheit schon immer tief in ihr versteckt gewesen, bis das Trauma um Damians Tod sie an die Oberfläche gebracht hatte? Wenn das so war, konnten dann Marcus oder Nikko oder irgendjemand anderes verhindern, dass es schlimmer wurde? Oder würde sie langsam immer weiter in eine permanente Geisteskrankheit absinken? Nein, nein ...

Ihre Beine begannen zu zittern, es war ein Beben, das sich über ihren Rücken bis in ihre Arme und Hände fortsetzte. Sie schluchzte gequält auf und brach fast zusammen. Simon konnte sie gerade noch auffangen, bevor sie zu Boden stürzte.

Marcus war viel zu professionell, um sich seine Überraschung anmerken zu lassen, als Jessica ihn zu dem Bild führte. Sein historisches Wissen ließ ihn sofort die Uniform der britischen Soldaten aus dem neunzehnten Jahrhundert erkennen – wahrscheinlich aus den fünfziger Jahren. Die Uniform hatte einen hohen Stehkragen aus gelbem Stoff mit dreieckigen gelben Streifen an den Schultern. Die Jacke selbst war hellrot und wurde mit zwei Reihen Messingknöpfen geschlossen. Außerdem hatte sie einen weißen Lederstreifen, der an der rechten Schulter ansetzte. Sehr charakteristisch. Es würde keine großen Schwierigkeiten machen, herauszufinden, zu welchem britischen Regiment die Uniform gehörte. Damit begann sich eine Idee in seinem Kopf zu formen, die er jedoch noch nicht auszusprechen wagte. An Jessicas angespannter Haltung sah er, dass sie vor allem Verständnis und Mitleid brauchte. Das würde er ihr geben, und er würde Simon dazu auffordern, es auch zu tun.

»Der hier«, meinte Marcus und wies auf das zweite Gesicht. »Er hat einen Namen?«

»Oh, Simon hat Ihnen davon erzählt. Ja, in meinem Traum heißt er Thomas Dowd. Ich weiß natürlich nicht, ob das ein realer Name ist oder ob es jemals so eine Person wirklich gegeben hat. Auf jeden Fall weiß ich, dass ich keinen von ihnen jemals zuvor gesehen habe.« Ihre Mundwinkel hoben sich zu einem vorsichtigen Lächeln. »Falls die Information irgendwie hilft.«

»Was ist mit dem ersten Gesicht?«

»Ich ... ich bin mir nicht sicher. Es könnte der andere Soldat gewesen sein. Die Details des Traums beginnen zu verschwimmen.«

»Vielleicht sollten Sie mir erzählen, an was Sie sich erinnern«, forderte er sie sanft auf und führte sie vom Wintergarten ins Wohnzimmer, damit das Gemälde nicht so dominant in ihrem Blickfeld stand, während sie sprachen.

Er machte sich Notizen, während sie redete, und unterbrach sie nicht ein einziges Mal, bis sie geendet hatte. »Sie sagten, der Name der Frau sei Sarah gewesen, nicht wahr? Und die Tochter hieß Meggie?« Er sah sie nicken und fragte weiter: »Und ihr Nachname?«

»Den habe ich vergessen. Aber ... und das ist äußerst

merkwürdig, Marcus, aber ich bin mir sehr sicher, dass es Sarahs Gesicht war, das ich in Ihrem Küchenfenster gesehen habe. Ich habe sie gezeichnet, wie Sie vorgeschlagen haben, obwohl Porträts nicht meine Stärke sind. Ich kann es nur nicht mehr finden.«

»Das taucht schon wieder auf. Wahrscheinlich haben Sie nur noch nicht am richtigen Ort nachgesehen«, beruhigte er sie, da er sah, dass sie sich immer mehr aufregte.

»Nun«, meinte sie und sah ihn mit ihren blauen Augen an, »bin ich jetzt so verrückt, wie es Simons Kollegin Sue Levinski bei Ihnen zu Hause allen verkündet hat?« Fast mit angehaltenem Atem wartete sie auf eine Antwort – falls er ihr eine Antwort gab.

»Glauben Sie, dass Sie es sind?«, konterte er.

Heftig schüttelte sie den Kopf. »Nein. Ich glaube, es geschieht etwas mit mir, das ich nicht verstehe und nicht kontrollieren kann, aber ich glaube nicht, dass ich verrückt bin.« Sie schenkte ihm ein überraschend herausforderndes Grinsen. »Sagen das nicht die meisten Verrückten? Dass sie ganz sicher nicht verrückt sind?«

»Manche schon«, gab er zu. »Aber ich glaube, es ist noch ein wenig zu früh, um zu sagen, dass sie geistig nicht im Gleichgewicht sind.« Er versuchte, seine Worte durch ein Lächeln abzumildern. »Ich habe die Akten gelesen, die Nikko durchgefaxt hat, und es steht zweifelsfrei fest, dass Sie einen emotionalen und nervlichen Zusammenbruch erlitten haben. Ob die Geschehnisse der jüngsten Zeit allerdings damit etwas zu tun haben, oder ob eine gewisse Paranoia aus einer anderen Quelle dafür verantwortlich ist, werden wir erst noch herausfinden müssen.«

»Das hört sich nach einer höflichen Art an zu sagen: ‚Ich weiß es nicht‘«, sagte sie lächelnd.

»Da haben Sie Recht, Jessica, ich weiß es auch nicht. Ich

muss alles betrachten und analysieren, was Ihnen passiert ist, seit Sie in Norfolk angekommen sind, und beurteilen, ob es eine Nachwirkung des emotionalen Traumas ist, das Sie nach dem Tode Ihres Sohnes durchlitten haben. Oder ob es etwas ganz anderes ist«, fügte er hinzu.

»Also, was soll ich tun?« Sie ließ ihren Blick über den Raum gleiten, der ihr so vertraut geworden war. »Simon sagt, wir sollten weggehen, zurück nach Perth.«

»Möchten Sie das?«

Ein paar Sekunden zögerte sie, bevor sie »Nein« sagte. Sie spannte die Schultern an und hörte auf, ihre Finger ruhelos ineinander zu verschränken. »Das hieße doch nur, vor dem Problem davonzulaufen, oder? Und wer weiß, wenn ich irgendwie aus dem Gleichgewicht bin, dann nehme ich das Problem schätzungsweise mit nach Hause.«

Er musste bewundernd feststellen, wie tapfer sie war. Er hatte Patienten erlebt, die sich ganz in sich selbst zurückgezogen und versucht hatten, lieber vor ihren Problemen davonzulaufen, anstatt sich ihnen zu stellen. Dadurch hatten sie sich immer irrationaler verhalten, weil sie nicht die mentale Stärke hatten, sich mit ihren Schwierigkeiten auseinanderzusetzen. Jessica Pearce war anders. Er spürte, dass ihr die Ereignisse Angst machten, dass sie nicht verstand, warum es geschah, und dennoch wollte sie sich dem stellen. Ihr Mut machte ihn noch entschlossener, dem Problem auf den Grund zu gehen und eine Lösung zu finden, auch wenn das hieß, dass er dafür seine geschichtlichen Arbeiten auf dem Friedhof ruhen lassen musste. Nichts, stellte er mit einer atemberaubenden Plötzlichkeit fest, war wichtiger, als dass Jessica wieder ganz gesund wurde.

»Ich glaube, das ist die richtige Entscheidung. Weglaufen löst selten Probleme, psychisch oder emotional.«

»Nun … was schlagen Sie dann vor?«

»Machen Sie einfach weiter wie bisher. Beginnen Sie ein neues Bild, joggen Sie weiterhin. Gehen Sie aus. Nan würde sich freuen, wenn Sie noch eine Töpferstunde nähmen.«

»Aber was ist, wenn ich noch mehr Träume habe? Und … noch zwei Gesichter müssen vollendet werden. Was auch immer mich dazu treibt, das zu tun, wird nicht aufhören, bis sie fertig sind, da bin ich ganz sicher.«

»Am besten ist es, jeden Tag einzeln anzugehen. Ich möchte, dass Sie immer ein Notizbuch und einen Stift bei sich tragen. Schreiben Sie es auf, wenn Sie sich merkwürdig fühlen, das heißt, nicht normal, und – und das ist sehr wichtig – wenn Sie noch mehr dieser Träume haben, und daran glaube ich fest, dann schreiben Sie sie so detailliert wie möglich auf.«

»Vielleicht kommt am Ende ein Buch dabei heraus«, scherzte sie. »Auf jeden Fall ist es mindestens so merkwürdig wie einige Romane, die ich gelesen habe.«

»So ist das meistens mit der Realität«, stimmte er zu. Ohne darüber nachzudenken, nahm er ihre Hände in seine, und sein Ton wurde vertraulicher. »Ich weiß, dass das schwer ist. Ich weiß, dass du Angst hast, aber ich bin sicher, dass wir drei, du, ich und Simon, eine Lösung finden.«

Es war erstaunlich, was ihre bloße Berührung in seinem Körper, seinem Herzen und seiner Seele anrichtete. Er spürte ein Singen in seinen Adern, als das Blut schneller pulsierte. Sie war ein ganz besonderer Mensch, aber, ermahnte er sich ebenso schnell, wie seine Reaktionen außer Kontrolle geraten waren, sie ist nicht *dein* besonderer Mensch. Du hast hier nur die Aufgabe, sie gesund zu machen, und darauf musst du, Marcus Hunter, dich konzentrieren. Alles andere wäre völliger Unsinn.

Sie drückte seine Hand und entzog sie dann vorsichtig seinem Griff. »Ich glaube dir, Marcus.«

Als Nan Duncan am Nachmittag für eine Tasse Tee aus ihrem Atelier kam, fand sie Marcus im Wohnzimmer inmitten eines Stapels von Büchern, Akten und einer alten Karte von Norfolk Island.

»Du strahlst ja wie ein Honigkuchenpferd«, bemerkte Nan, als sie seine Teetasse neben seinen Notizen auf den Kaffeetisch stellte. »Sieht aus, als ob du an einem netten Geheimnis arbeitest. Ich glaube, das ist wohl mit der Hauptgrund, warum du damals Psychologie studiert hast. Vielen Beschwerden deiner Patienten liegt bestimmt so etwas wie ein Geheimnis zugrunde.«

»Es ist interessant«, gab er zu. »Jessicas Probleme fingen an, als sie zum alten Teil des Friedhofs ging. Dort hatte sie dieses merkwürdige Gefühl und ist beinahe ohnmächtig geworden.«

»Und das bedeutet?«, fragte Nan, an einem Keks knabbernd.

»Möglicherweise mehrere Dinge. Sie war emotional labil, als sie nach Norfolk kam. Vielleicht hat etwas, was sie auf dem Friedhof getan hat, wie das Lesen eines Grabsteines, das sie deprimiert hat, eine Reaktion tief in ihrer Psyche ausgelöst.« Er sah seine Schwester an, froh darüber, so etwas mit ihr besprechen zu können, denn er wusste, dass sie mehr als nur ein wenig Verstand hatte. »Wer weiß schon, was in unseren Köpfen eingesperrt ist? Erinnerungen an die Vergangenheit und die Gegenwart. Aber Vergangenheit, wie weit reicht die zurück? Beginnt unsere Vergangenheit mit unserer Geburt oder bereits davor, wenn wir noch im Mutterleib sind, oder sogar noch eher?«

Nan runzelte die Stirn, und ihre grauen Augen weiteten sich interessiert. »Sprichst du von Reinkarnation?«

»Vielleicht, ich bin nicht sicher. Eine Sache, die mich bei der Theorie der Reinkarnation eines Geistes stutzig macht, ist die Kälte, die Jessica jedes Mal überkommt, wenn etwas passiert. Die Kälte oder das Gefühl, dass ihr sehr kalt ist, scheint der Katalysator zu sein, der die … Erinnerungen, die Heimsuchungen, vielleicht sogar die mentalen Blackouts hervorruft.«

»Und warum stöberst du in diesen Büchern herum?«, wollte Nan wissen.

»Nun, Jessica hat mir zwei Namen genannt, drei mit dem des Kindes. Ich mache ein wenig Detektivarbeit, um herauszufinden, ob es Namen realer Personen sind oder ob auch sie – möglicherweise wie ihr Traum – Fantasieprodukte einer hyperaktiven, gestörten Einbildungskraft sind. Bislang war es mir noch nicht möglich, einen der Namen zu belegen. Aber ich gehe noch zum Versammlungshaus und stöbere da etwas herum. Sie haben dort vollständigere Listen der Strafgefangenen und freien Siedler, die seit der ersten Besiedlung nach Norfolk gekommen sind. Ansonsten kann ich auch einen Freund in Sydney kontaktieren, der mir die nötige Information verschaffen kann.«

»Ist sie gestört, unsere Jessica?«

»Irgendetwas Unnormales – sei es paranormal, Reinkarnation, vielleicht sogar Wahnvorstellungen – passiert, das ist nicht zu leugnen.«

»Nun, wir beide wissen, dass auf der Insel viele seltsame Dinge vor sich gehen, nicht wahr? Geister, Gespenster, körperlose Wesen, nenn sie, wie du willst«, sagte Nan mit leisem Lachen, während sie an ihrem Tee nippte. »Wahrscheinlich hat jede dritte Familie, die seit etwa hundert Jahren hier ist, ein oder zwei Gespenster im Schrank.«

Marcus dachte einen Moment lang nach, bevor er antwortete: »Nan, ich kann mir nicht helfen, aber ich fühle – und es ist nur so ein Gefühl, ohne konkreten Beweis –, dass das, was sich bei Jessica manifestiert, ein Produkt der Vergangenheit von Norfolk ist. Gott weiß, dass es genug Gewalt gegeben hat, bei all den Strafgefangenenkolonien und dem Drumherum. Es ist ein Rätsel, das ich gerne lösen möchte.«

»Bist du sicher, dass du das kannst?«

Er blickte sie an, und seine markanten Züge wurden ernst. »Das muss ich, um Jessicas willen.«

Nan stand auf und nahm die leeren Tassen mit. »Dann werde ich dich nicht weiter stören. Oh, übrigens, Rory und Kate haben angerufen. Donna möchte, dass sie für einen kurzen Urlaub herkommen, bevor die Schule wieder anfängt. Es wäre doch schön, sie zu sehen, meinst du nicht? Ich habe gesagt, du rufst heute Abend zurück.«

»Danke.« Marcus seufzte auf. Da war sie wieder, die Realität, die sich in den Vordergrund drängte. Seine Kinder. Er hatte sie seit über drei Wochen nicht mehr gesehen. Nachdenklich kaute er an der Unterlippe, denn das Timing war absolut nicht das Beste, jetzt, da er sich um Jessica und ihre Probleme kümmern musste. Doch er konnte sie nicht abweisen. Außerdem vermisste er sie furchtbar, und sie liebten es, um die alte Siedlung bei Kingston zu streifen. Rory wurde allmählich ein begeisterter Golfer, auch wenn er Marcus noch mehr Macken in sein Schlägerset machte, als ihm lieb war. Und Kate legte eine Neigung an den Tag, alles und jeden zu psychoanalysieren. Vielleicht war es nur das Alter, aber vielleicht würde sie eines Tages auch eine gute Psychologin werden.

Er griff nach dem Telefon. Warum sollte er bis heute Abend warten, um mit ihnen zu reden …?

»Also, was hat er gesagt?« Sue konnte ihre Neugier kaum mehr bändigen. Sie hatte gewartet, bis Marcus Simons Büro verlassen hatte, und war dann so schnell wie möglich zu ihm gegangen.

»Das sage ich Ihnen beim Kaffee«, schlug er vor.

Drei Minuten später war sie mit dampfenden Tassen zurück und setzte sich auf die Armlehne eines Sessels, während sie darauf wartete, dass er ihr die Einzelheiten erzählte.

»Nicht viel«, begann Simon. »Aber das habe ich so früh auch nicht erwartet.«

»Aber Marcus muss doch irgendeine Vorstellung, eine Meinung haben«, forschte sie mit sichtlicher Ungeduld.

»Nun, er hat mehrere Theorien. Er sagt, dass es Zeit braucht.«

»Zeit.« Ihre Augenbrauen hoben sich. »Die Antwort ist typisch für einen Psychologen.«

»Er kann seine Diagnose nicht erzwingen, das wissen Sie, Sue«, verwies sie Simon leicht gereizt. »Da sind ein paar Dinge ... hmmm ... Verhaltensmuster, ihre Klarheit, so viele Aspekte, die er abwägen und analysieren muss.«

»Oh, ich weiß«, stimmte sie schnell zu, da sie merkte, dass er ärgerlich wurde. »Ich mache mir nur Sorgen um Sie, Simon. Die Anspannung, die Ungewissheit, das muss schrecklich für Sie sein.«

»Das ist es«, gab er zu und fühlte sich gleich verpflichtet, hinzuzufügen, »aber für Jessica muss es noch schlimmer sein.«

Jess. *Immer Jess.* Eine Welle der Enttäuschung überflutete Sue. Irgendwie musste sie ihn von dieser Frau loseisen. Was für eine Beziehung war das überhaupt? Na klar, er spielte den hingebungsvollen Ehemann, aber war er das auch? Langsam musste es ihm doch langweilig werden, sich die ganze Zeit Sorgen zu machen, was sie gerade anstellte.

»Warum gehen wir nicht nach der Arbeit zusammen etwas trinken? Sie wirken so angespannt, Sie müssen mal loslassen.«

Normalerweise hätte Simon abgelehnt, da er es für seine Pflicht hielt, nach Hause zu gehen. Aber was konnte es schon schaden, einen Drink zu nehmen?, fragte er sich. Und Sue versuchte nur, nett zu sein. Es wäre unhöflich, abzulehnen.

»Das ist eine gute Idee. Das machen wir.«

14

Wo war er? Zum zigsten Male schritt Jessica im Wohnzimmer auf und ab und blickte auf ihre Armbanduhr. Es war fast halb zehn. Simon rief eigentlich immer an, wenn er glaubte, dass es später wurde. Er sollte doch wissen, dass sie nachts nicht gerne allein im Haus blieb. Nachts passierten die merkwürdigsten Dinge. Es war nicht so, dass sie Angst vor dem Cottage hatte, sie fürchtete die geistige Verwirrung, die mit der Dunkelheit kommen konnte. Wenn Simon oder jemand anderes da war, fühlte sie sich sicherer.

Sie ging in die Küche und betrachtete die Teller auf dem Tresen. Ihr leckeres Kalb Parmegiana war verdorben. Das machte sie noch wütender. Doch dann kam ihr die schreckliche Idee, dass Simon einen Unfall gehabt haben könnte! Womöglich konnte er nicht telefonieren! Besorgt nagte sie bei diesem Gedanken an ihrer Unterlippe. Sie ging zum Telefon und wählte erneut seine Handynummer. Verdammt! Warum hatte er es ausgeschaltet?

Ein Lichtschein an der Haustür ließ sie in die Küchentür treten. Gleich darauf hörte sie das Klimpern von Schlüsseln und das Kratzen von Metall auf Metall, als er mit einigen Schwierigkeiten versuchte, das Schlüsselloch zu treffen.

Endlich bekam er die Tür auf und trat ein, sah sie warten und lächelte sie schief und schuldbewusst an. »Hallo, Liebling. Tut mir leid, dass es ein bisschen spät geworden ist. Bin noch mit ein paar Leuten vom Krankenhaus was trinken gegangen.«

»Ein bisschen spät!« Jessica hob eine fein gezupfte Augenbraue. »Du hättest mir Bescheid sagen können«, warf sie ihm vor, während er von einem Fuß auf den anderen trat.

»Ich habe Sue darum gebeten. Hat sie nicht angerufen?«

»Ich habe keine Nachricht erhalten«, erwiderte Jessica spitz. Wahrscheinlich hatte sie gar nicht angerufen, sondern es nur behauptet. Sie mochte und traute Sue Levinski nicht, trotz ihrer kürzlichen Annäherungsversuche.

Er zuckte mit den Schultern, doch dann fand er eine Entschuldigung. »Vielleicht warst du ja draußen im Garten und hast das Telefon nicht gehört.«

Das war nicht der Fall gewesen, aber es hatte keinen Zweck, jetzt wegen der Oberschwester eine Szene zu machen, denn zu ihrer Enttäuschung verteidigte Simon sie regelmäßig. »Du solltest etwas essen«, sagte sie und wies auf den Teller. Vor zwei Stunden war das noch ein leckeres Essen gewesen, jetzt war es nur noch eine aufgeweichte Pampe.

»Ich habe keinen Hunger, Jess. Ich habe mir etwas vom Chinesen geholt.« Er rieb sich über das Kinn. »Ich glaube, ich gehe ins Bett.«

»Willst du mir nicht verraten, was Marcus gesagt hat? Er hat mir erzählt, dass er zu dir wollte.«

Simon gähnte zweimal herzhaft. »Keine beunruhigenden Enthüllungen, Liebling. Wir sprechen morgen früh darüber. Ich bin erledigt.«

Jessica sah ihm nach, wie er unsicher ins Schlafzimmer wankte, und wurde wütend.

Verdammt! War es ihm nicht klar, dass sie nervös erwartete zu hören, was Marcus gesagt hatte, welche Prognose er ihm gegenüber geäußert hatte? Wie konnte er so selbstsüchtig, so... gefühllos sein?

Sie blinzelte enttäuscht und fragte sich: Was geschah mit Simon, dem Mann, der sie bedingungslos geliebt hatte, der ihr in all den Monaten im Sanatorium zur Seite gestanden hatte, der an sie geglaubt und sie unterstützt hatte? Seit sie nach Norfolk gekommen waren, schien er anders, härter geworden zu sein. Oder war es nur so, dass ihr, seit sie hierher gekommen waren, die Augen aufgegangen waren und sie mehr sah? Die Veränderungen waren so unmerklich vonstatten gegangen, dass sie es zuerst kaum bemerkt hatte. Dann kam eine wachsende Ungeduld, die Neigung, ihr nicht zu glauben, so als ob er der Meinung war, dass sie sich die Dinge, die ihr passierten, nur einbildete... um seine Aufmerksamkeit zu erringen. Ja, genauso hatte er sie angesehen, und zwar bei mehr als einer Gelegenheit.

Seufzend räumte sie die Teller fort und warf das Essen in den Mülleimer. Vielleicht war sie ja selbst daran schuld. Vielleicht bildete sie sich die Veränderung in ihm nur ein. Vielleicht war das ein Symptom ihrer Krankheit. Krankheit! Welche Krankheit? Sie unterdrückte die Tranen und stampfte mit dem bloßen Fuß auf den Boden. Sie war nicht krank! Sie war *nicht* geistig labil. Sie hoffte, dass Marcus das allen, die es interessierte, beweisen konnte.

Nachdem sie die Küche aufgeräumt hatte, ging sie ins Schlafzimmer und stellte fest, dass Simon in voller Kleidung quer über das Bett gefallen und eingeschlafen war. Sie versuchte, ihn auf seine Seite zu schubsen, aber es war unmöglich, ihn zu bewegen, also nahm sie sich ihr Kissen und eine Decke und ging zurück ins Wohnzimmer, um auf dem Sofa zu schlafen. Doch sie war noch viel zu zornig, um einschlafen zu können. Eventuell konnte sie eine Dusche beruhigen ...

Dreißig Minuten später kehrte sie abgetrocknet und im Nachthemd mit einer Tasse Kaffee ins Wohnzimmer zurück, dankbar, dass die Dusche ihr Temperament hatte abkühlen können.

Sie ging in den Wintergarten, wobei sie es sorgfältig vermied, das Bild mit den vier Gesichtern anzusehen, das von der Staffelei entfernt und an die Wand am Fenster des Wintergartens gelehnt worden war.

Gestern hatte sie ein neues Gemälde begonnen. Ihre Wanderungen über die Insel hatten sie die gewundene Stockyard Road hinuntergeführt, bis sie schließlich eine lauschige Wiese erreicht hatte. Das grasende Vieh ignorierend war sie zum Rand der eingezäunten Weide gegangen. Simon's Water hieß die Stelle. Spät am Nachmittag waren Wolken über der Insel aufgezogen, die dem Meer einen silbrigen Glanz verliehen. Das Licht betonte die Silhouetten der Felsnasen im Wasser und der allgegenwärtigen Gruppen von Norfolk-Pinien, die sich an der Küste entlangzogen. Eine schnelle Skizze und ein paar Fotos, die sie mit einer Polaroidkamera, erstanden in einem Laden in Burnt Pine, gemacht hatte, bildeten die Grundlage für Form und Farbe ihrer nächsten Arbeit. Die würde sich durch die Kargheit der Landschaft und das silbrige Licht stark von der von der Anson Bay unterscheiden.

Das Wispern einer Brise durch das offene Fenster ließ sie erschaudern. Sie ging hinüber und schloss es fest. Es war dumm, es offen zu lassen, wenn ihr ein wenig unheimlich zumute war, schalt sie sich selber.

Doch die Kälte blieb, und obwohl sie sich über die Arme

strich und die Finger aneinander rieb, wollte ihr nicht wieder warm werden. Dann roch sie wieder diesen süßen Duft. Jesus Christus, was war das? Rosen? Ja! *O nein! Es geschieht schon wieder!* Mittlerweile erkannte Jessica die Symptome. Plötzliche Kälte, die ihr in die Glieder fuhr und schließlich ihren Widerstand sowie ihren Geist erlahmen ließ.

Fest schloss sie die Augen und bekämpfte das Gefühl. In ruhigem, aber festem Tonfall sagte sie leise: »Nein, was auch immer mit mir geschieht, es wird heute Nacht nicht passieren. Ich bin stärker als diese seltsame Nemesis«, und mit einem kleinen Zögern fügte sie hinzu: »Ich muss es sein.«

Ein besonderer Kältestoß ließ ihren Körper erzittern. »Geh weg«, sagte sie bestimmt.

»*Das kann ich nicht, Jessica.*«

Rasch öffnete Jessica die Augen und sah sich nach links und rechts um, um die Person zu finden, die mit ihr gesprochen hatte. Doch es war niemand im Raum. Eine Reglosigkeit überkam sie, und ihre Kehle wurde ihr so eng, dass sie nur noch schwer schlucken konnte. Gott, jetzt hörte sie schon Stimmen aus dem Nichts, oder besser gesagt, eine einzige Stimme. Was würde Marcus zu dieser Entwicklung sagen? Stand sie tatsächlich an der Schwelle zum Wahnsinn oder einer Form von Demenz?

»Lass mich in Ruhe.« O Gott, sie sprach sogar mit der Stimme!

»*Das kann ich nicht. Ich brauche dich, Jessica Pearce. Du bist meine Verbindung. Du musst mir helfen, mich zu befreien.*«

Wieder! Sie hörte wieder Worte! Die Stimme hatte einen leicht singenden Tonfall und klang irgendwie ausländisch, aber sie konnte sie nicht richtig zuordnen.

»Ich werde nicht zulassen, dass du mir das antust, wer auch immer du bist.« Der Trotz in Jessicas Stimme stand im krassen Gegensatz zu ihrer Furcht vor dem, was geschah und der Tatsache, dass sie mit sich selbst zu reden schien. »Verschwinde einfach aus meinem Leben«, verlangte sie durch die Zähne gepresst, da ihr bewusst wurde, dass ihr mittlerweile so kalt war, dass sie nicht mehr klar denken konnte.

»Du kannst mich nicht bekämpfen, meine Liebe, dazu bin ich zu stark.«

»Warum tust du mir das an? Willst du, dass ich verrückt werde?« Jessicas Stimme schwoll im gleichen Maße an wie ihre Furcht.

Sarah lachte. *»Du bist nicht verrückt. Du hast viel Schweres durchgemacht. O ja, ich weiß davon. Komm, setz dich. Ich möchte dir eine Geschichte von Liebe, einem Mann und einer Frau erzählen...«*

Mit aller ihr zur Verfügung stehenden geistigen Kraft versuchte Jessica, dieser dominanten Macht, die an ihr zerrte, zu widerstehen. Von allem, was ihr in der Vergangenheit passiert war, war dies entschieden das Seltsamste. Sie fühlte, wie sie sich innerlich etwas beruhigte, sie hatte das Gefühl, sicher und geschützt zu sein, und so setzte sie sich in den Sessel gegenüber der Staffelei. Sie war sich kaum dessen bewusst, dass sie sich der fremden Macht ergeben hatte. Ihre Augenlider senkten und schlossen sich. Ein paar Sekunden lang zwang sie sich, sie wieder zu öffnen, doch dann überkam sie auf einmal eine schwere Müdigkeit, ihre Augen schlossen sich endgültig, und ihr Kopf fiel gegen die Rückenlehne des Sessels...

Es war ein schöner Traum, obwohl sie das Ende traurig machte.

Als Jessica aufwachte, zeigten sich am Horizont über dem Meer bereits die ersten Lichtstreifen. Sie hatte von derselben Frau geträumt, die auch in ihrem anderen Traum vorgekommen war. Von Sarah und wie sie mit ihrem Mann, dem Soldaten Will O'Riley, aus Dublin nach Sydney Town gekommen war. Sie hob eine Hand an die Wange und spürte die getrockneten Tränen, die geflossen waren, als Will gestorben war, und noch einmal, als Sarah von dem Monster namens Elijah angegriffen worden war. Der Traum hatte damit geendet, dass Sarah mit Meggie nach Norfolk gesegelt war und dort bemerkte, dass Elijah ihr dorthin gefolgt war.

Welche Ängste musste Sarah ausgestanden haben!, dachte sie plötzlich. Die Frau hatte schon so jung so viel durchgemacht. Ach, du Narr, das ist doch nur ein Traum! Warum glaubst du, dass Sarah eine reale Person ist oder war? Ruckartig setzte sie sich auf. Sie musste diese Skizze finden.

Während die Morgensonne den Wintergarten überflutete, durchsuchte sie mit wachsendem Unmut über ihre Unfähigkeit, das Bild zu finden, alle Ecken und Winkel. Irgendwie spürte sie, dass es für das, was mit ihr geschah, wichtig war zu wissen, ob die Sarah aus ihren Träumen die gleiche war wie die auf der Zeichnung. Unter dem Sessel, in dem sie geschlafen hatte, schaute ein Stück Papier hervor. Auf Händen und Knien zog sie es darunter hervor.

Da war es, wie sie es vor fast zwei Wochen zusammengerollt hatte. Fast ehrfürchtig entrollte sie das Blatt und starrte das Porträt an. Sie war es. Dann verglich sie die Linien der Zeichnung mit denen der Gesichter, die über das Bild der Anson Bay gemalt worden waren, und stellte fest, dass ihr Stil viel naiver, viel zögernder war. Wie interessant! Wenn sie annahm, dass sie die Gesichter der Männer ge-

249

malt hatte, konnte sie dann davon ausgehen, dass sie dabei Hilfe bekommen hatte? Vielleicht von Sarah? Mein Gott, ja, sie erinnerte sich, dass Sarah in ihrem ersten Traum in einem Brief eine Zeichnung erwähnt hatte...

Diese Möglichkeit war eine beängstigende Erkenntnis, die ihre Gedanken in verschiedene Richtungen schweifen ließ. Wie konnte das sein? Wie konnte eine Gestalt aus einem Traum das Gemälde beeinflussen? Bekam sie eine gespaltene Persönlichkeit? War sie zum Teil Jessica und zum Teil Sarah? Die Frage drängte sich ihr auf. Ihr Kopf begann zu schmerzen, und sie rieb sich die Schläfen. Zu viele Fragen und keine vernünftigen Antworten.

Sie ging zurück in die Küche und nahm ein paar Schmerztabletten. Danach legte sie sich aufs Sofa. Müdigkeit überfiel sie, aber Sarah wollte ihr nicht aus dem Kopf gehen. Gehörte die Stimme, mit der sie geredet hatte, ihr? Und wenn ja, warum brauchte sie Hilfe, und wie konnte *sie* ihr überhaupt helfen? Und wie konnte diese Stimme etwas über sie wissen, über ihre *Vergangenheit*? Zusätzlich, und das war das Merkwürdigste überhaupt, wuchs in ihr der Glaube, dass die Träume nur ein Teil eines größeren Zusammenhangs waren, den sie bis jetzt noch nicht erkennen konnte.

Dann erinnerte sie sich daran, dass Marcus sie gebeten hatte, alles Seltsame aufzuschreiben.

Nun, lächelte sie müde, das letzte Nacht *war* seltsam gewesen. Sie griff nach Bleistift und Notizblock...

Als sie wieder aufwachte, fand sie einen Zettel neben ihrem Kopfkissen.

»*Du hast so friedlich geschlafen, ich wollte Dich nicht wecken. Es tut mir leid wegen gestern Abend. Ich liebe Dich.*

Simon«

Unbeteiligt las Jessica den Zettel, knüllte ihn dann zusammen und warf ihn in den Mülleimer.

»Geister!«, wiederholte Simon ungläubig. »Mann, wovon reden Sie?« Die Furcht in seiner Stimme war fast körperlich spürbar.

Marcus hob die Hand, um den verunsicherten Simon zu beruhigen. »Ich versuche noch, das alles herauszufinden. Was ich nur sagen will ist«, fuhr er mit einem Blick auf Sue Levinski fort, die auf der anderen Seite an Simons Schreibtisch saß, »dass es bei der Geschichte Norfolks nicht unmöglich ist, dass Jessica auf der Ebene des Unterbewusstseins Kontakt zu einem Geist bekommen hat, und dieser Geist übt irgendeine Art von Einfluss auf sie aus.«

»Hört sich für mich ziemlich schwachsinnig an«, fand Simon verächtlich. »Jessica wäre die Letzte, die dieser Theorie zustimmen würde. Sie glaubt nicht an übernatürliche Ereignisse, Geister, Gespenster, übersinnliche Wesen oder wie auch immer man das nennt.«

»Ich halte mich an die mir vorliegenden Fakten und das, was ich über die Insel weiß. Ich glaube, wir sollten diese Möglichkeit nicht außer Acht lassen«, erwiderte Marcus, den Simons Zweifel ärgerten. Es sollte für einen liebenden Ehemann doch eigentlich leichter sein zu glauben, dass seine Frau möglicherweise von irgendetwas besessen war, als dass sie in eine Art melancholischer Geistesgestörtheit versank.

»Was werden Sie tun?«, fragte Sue Marcus.

»Ich werde weiter nachforschen. Ich habe ein paar Namen. Und die Uniformen der Männer gehörten zum 58. Regiment, das gelegentlich zwischen 1845 und 1853 auf Norfolk stationiert war. Ich werde mich ins Internet begeben und mit ein paar Kumpels in Sydney reden. Dort werden die

meisten Berichte über die Strafgefangenen auf Norfolk auf-
bewahrt.«

»Und in der Zwischenzeit werde ich die Dosis der Beruhigungsmittel für Jessica erhöhen«, erklärte Simon.

Nachdenklich sah Marcus Simon an. »Halten Sie das für
richtig? Sie wollen doch nicht, dass Jessica zu einem Zom-
bie wird. Außerdem besteht die Gefahr, dass Sie es dem
Geist oder was auch immer es ist, noch leichter machen,
sich in ihrem Unterbewusstsein einzunisten, wenn sie unter
dem Einfluss von Beruhigungsmitteln steht.«

Frustriert warf Simon seinen Stift weg. »Was soll ich
dann tun? Soll ich eine Gesellschafterin engagieren, die sie
bewacht?«

»Das würde ihr nicht gefallen«, stellte Marcus rasch
klar. »Ich glaube nicht, Simon, dass Jessica versuchen wird,
sich etwas anzutun. Bislang hat sie bei keiner dieser Heimsuchungen oder Manifestationen oder auch danach irgendwelche Anzeichen für Selbstmordabsichten gezeigt. Ganz
im Gegenteil. Ich glaube, sie ist außerordentlich gefasst,
wenn man bedenkt, was sie durchmacht. Jemand mit weniger geistiger Kraft würde von diesen Vorkommnissen möglicherweise völlig aus der Bahn geworfen werden.« Er fixierte Simon. »Ich glaube, es ist wichtig, dass Sie ihr erlauben, sich so normal wie möglich zu verhalten. Erhöhen Sie
die Dosis nicht, und tun Sie nicht so, als ob Sie ihr nicht
vertrauen würden. Dieses … was auch immer es ist … Also,
ich glaube, dass es ihr keinen Schaden zufügen will, weder
geistig noch physisch.«

Sue Levinski unterbrach ihn mit einem leisen Lachen.
»Marcus, wissen Sie, wie unwissenschaftlich das klingt?
Geister, Manifestationen, Heimsuchungen. Mein Gott, sollen wir etwa eine weiße Hexe oder einen Geisterheiler holen?«

Er funkelte sie an. »Glauben Sie nicht, dass ich nicht schon daran gedacht hätte.« Dann seufzte er. »Ich weiß, dass Sie beide nicht glauben, dass ich auf der richtigen Spur bin, aber ich versichere Ihnen, auch mir liegt Jessicas Wohl am Herzen. Ich bitte Sie nur darum, mir etwas Zeit zu geben, um nach den Namen aus ihren Träumen zu forschen, die sie mir genannt hat. Wenn das keinen Erfolg bringt, werden wir die Lage neu überdenken und eine andere Art der Behandlung versuchen.«

Widerstrebend zuckte Simon mit den Schultern. »Natürlich, Marcus. Genau wie Sie will ich nur das Beste für Jess. Es ist nur so verdammt frustrierend. Ich habe das Gefühl, dass sie sich mir entzieht, vielleicht wegen dem, was in ihrem Kopf vor sich geht. Ich weiß es nicht…«

»Ich glaube, wir müssen alle etwas mehr Geduld haben«, warf Sue beruhigend ein. »Als Profis wissen wir doch, dass die Heilung geistiger Probleme eines Patienten nicht über Nacht erfolgt.« *Wenn überhaupt*, fügte sie im Geiste hinzu, ein triumphierendes Lächeln verbergend.

Selbst wenn sie es minutiös geplant hätte, hätte es nicht besser laufen können. Simon hatte so gut wie zugegeben, dass seine Ehe in einer Krise steckte. Marcus war der Meinung, dass Jessicas Geist von einem lächerlichen Gespenst besessen war, was sie daran zweifeln ließ, ob er als Psychologe auch nur halb so gut war, wie Nan behauptete. Und Jessicas Probleme eskalierten. Gott, wenn sie dem Alkohol nicht abgeschworen hätte, dann würde sie heute Abend die Champagnerkorken knallen lassen. Aber keine Sorge, in nicht allzu ferner Zukunft gab es bestimmt eine Gelegenheit zum Feiern. Sie musste nur ganz subtil dazu beitragen, dass sich Simon immer weiter von Jessica entfernte. Was nicht allzu schwer sein sollte, da er zugegeben hatte, dass es zwischen ihm und Jessica nicht ganz so gut lief.

Marcus schaute auf die Uhr und nahm dann seine Aktentasche. »Ich muss gehen. Meine Kinder kommen mit dem nächsten Flugzeug an.«

»Oh?« Simons Kopf schoss in die Höhe. »Ferien?« Als Marcus nickte, runzelte er die Stirn. »Aber… Sie werden doch noch Zeit für Jessica haben, oder? Ich meine, sie braucht den Kontakt, die Überwachung.«

»Natürlich«, bestätigte Marcus. »Rory und Kate werden nicht mal eine Woche hier sein. Ich richte meine Besuche bei Jessica nach ihnen aus.« Einen Moment hielt er nachdenklich inne. »Ich glaube sogar, dass es gut wäre, wenn sie uns auf ein paar Ausflügen begleiten würde. Vielleicht ein Picknick und ein Besuch am Strand. Möglicherweise hilft es ihr, aus sich herauszukommen.« Er sah Simon an. »Wenn Sie nichts dagegen haben?«

»Nein, nein, ganz und gar nicht«, stimmte Simon leichthin zu.

Nachdem Marcus gegangen war, konnten Simon und Sue ihrer wahren Meinung über Marcus' vorläufige Diagnose von Jessicas Problemen Luft machen.

»Er ist doch wohl völlig auf dem Holzweg, nicht wahr?«, fragte Simon Sue.

»Das glaube ich allerdings ebenfalls. Marcus ist ein netter Kerl, da sind wir uns beide einig. Aber bei seiner Vorliebe für die Geschichte der Insel und der Tatsache, dass er hier geboren ist, glaube ich, dass er ein wenig vorbelastet ist, was die Diagnose Ihrer Frau angeht. Geister, die Besitz von ihr ergreifen!«, stieß sie hervor. »Ich meine, niemand, der auch nur halbwegs bei Verstand ist, könnte dem zustimmen.«

»Hmm, vielleicht haben Sie Recht. Dennoch stellt sich mir ein Problem: Wie lange kann ich es ihm erlauben, so weiterzumachen, bevor ich der Sache ein Ende bereite? Alle paar Tage scheint Jessica eine Stufe weiter zu sinken. Vielleicht sollte ich Nikko einfliegen lassen, um nach ihr zu sehen…«

»Warten Sie, Simon. Sie haben Marcus versprochen, ihm noch etwas Zeit zu geben. Lassen Sie ihm Zeit, bis seine Kinder wieder nach Neuseeland geflogen sind. Wenn sich dann nichts geändert hat, rufen Sie Ihren Freund aus Westaustralien an oder eventuell einen Psychiater aus Brisbane.« Sie nahm einen Zettel aus ihrer Rocktasche und reichte ihn ihm. »Dieser Doktor John Brinkley ist angeblich einer der Besten.«

»Vielen Dank, Sue«, lächelte er. »Wissen Sie, Sie machen es mir leichter, damit fertig zu werden… mit dieser seltsamen Sache.« Er seufzte. »Gott weiß, mir wäre es lieber, wenn der Aufsichtsrat nichts von ihren… Problemen erführe. Es wäre so peinlich.«

Sie lächelte zurück, hocherfreut über das Kompliment, da es ihr seine wachsende Abhängigkeit von ihr bestätigte. »Ich finde, das gehört zu meinem Job, Simon. Und der Aufsichtsrat wird nichts davon erfahren, das verspreche ich.« Machte sich Simon Sorgen um seinen Job oder um den Anschein? Interessant, dachte sie. Hatte sie hier eine weitere Schwachstelle in seiner Rüstung gefunden, eine, die sie später zu ihrem Vorteil nutzen konnte?

»Komm schon, Dad!«, rief Rory seinem Vater zu. »Das Wasser ist nicht kalt!«

Marcus zog eine große Show ab, steckte den Fuß ein paar Zentimeter ins Wasser und zog ihn dann schnell zurück, wobei er so tat, als sei es eiskalt. Während sie der Vorstellung zusah, stellte Jessica unwillkürlich fest, dass Marcus ziemlich gut gebaut war. Breite Schultern und eine voluminöse, leicht behaarte Brust, schmale Hüften, um die sich seine Badehose schmiegte, und Oberschenkel, die noch die Muskulatur aus seiner Rugby-Zeit hatten. Plötzlich peinlich berührt von der abschätzenden Art, wie sie ihn musterte, und wie ihr von ihrer Einschätzung ganz heiß wurde, wandte sie sich ab, um Rory zu beobachten.

Der stand bereits hüfttief im Meer bei Emily Bay, Norfolks beliebtestem und sicherstem Badestrand. Der Teenager gab die Bemühungen um seinen Vater auf, wandte sich um und schwamm über den Ponton hinaus. Die See war relativ ruhig, da sich die Wellen auf dem Weg zum Strand bereits am Korallenriff brachen. Er schwamm, bis er auf ein paar weitere Schwimmer traf, die fast aus der halbmondförmigen Bucht hinausgeschwommen waren.

Jessica grinste, als sich Marcus daraufhin ins Wasser stürzte und die anderen Schwimmer einholte. Sie sah sich nach Kate um, die bei zwei kleinen Kindern hockte, die vor der Wasserlinie eine Sandburg bauten, und mit ihnen sprach. Kate war ein reizendes Mädchen und sah Marcus sehr ähnlich, während Rory vor jugendlichem männlichem Übermut schäumte und ständig aktiv war, entweder physisch oder mental. Merkwürdigerweise belasteten die Teenager sie nicht, wie Simon befürchtet hatte, ganz im Gegenteil, sie fand ihre Gesellschaft reizvoll.

Es war ihr zweiter Ausflug mit Marcus und seinen Kindern. Anfangs war es ein wenig seltsam gewesen, ihn in einer so anderen Rolle, als Vater, zu sehen. Er war ein guter Vater. Er neckte sie, hauptsächlich wegen der Musik, die sie hörten, spielte mit ihnen und hörte zu, wenn sie ihm etwas erzählten, was sie für wichtig hielten. Sie stellte fest, dass sie ihn auch ein wenig bemitleidete, weil er sie wegen der Trennung nur so selten sah. Bei ihrem ersten Spaziergang mit den Kindern über die Insel hatte Marcus ihr erzählt, dass seine Frau die Scheidung eingereicht hatte.

Sie seufzte. Wusste sie nicht nur zu gut Bescheid darüber? Schließlich hatte sie Jahre – manchmal kam es ihr vor wie ein ganzes Leben – damit verbracht, das Für und Wider geschiedener Eltern abzuwägen, die gegeneinander intrigierten und sogar logen, um von ihrem jeweiligen Expartner Zugeständnisse zu erhalten. Sie hatte Mitleid mit Marcus und hoffte, dass er bei den Modalitäten der Scheidung nicht allzu schlecht behandelt wurde, denn sie erkannte klar, dass er kein reicher Mann war. Wohlhabend eventuell, mit seiner Professur an der Universität, aber auf keinen Fall unter den oberen zehn Prozent der Gehaltsempfänger. Dieser finanzielle Mangel schien ihn überhaupt nicht zu stören. Geld war Marcus nicht so wichtig, merkte sie. Nicht so wichtig wie für Simon.

Manchmal fragte sie sich, warum ihr Mann seine lukrative Praxis in Perth aufgegeben oder zumindest für sechs Monate auf Eis gelegt hatte, um sie hierher zu bringen. Sie nahm an, dass es ein Zeichen dafür war, wie sehr ihm ihr geistiges Wohlergehen am Herzen lag, und sie war ihm dankbar dafür, auch wenn er in der letzten Zeit etwas ungeduldig gewesen war und verärgert über das, was passierte. Nur mit einiger Anstrengung konnte sie einen bitterbösen Gedanken vertreiben, der sich ihr aufdrängte. Wäre Simon auch so besorgt gewesen, wenn sie ihm nicht ihr Erbe, nun fast zwei Millionen Dollar, angeboten hätte, um den Geriatriekomplex mit zu finanzieren, den er im neuen Jahrtausend bauen wollte? Erschrocken verdrängte sie diesen unloyalen Gedanken. So war Simon nicht, versicherte sie sich selber. Er liebte wirklich sie und nicht ihr Geld. Hatte er ihr nicht beigestanden, als sie ihn brauchte? Ja. Tat er das nicht immer noch? Sie machte eine gedankliche Pause. Doch. Natürlich tat er das.

Sie beobachtete eine Frau, die mit einem kleinen Jungen

mit Eimer und Schaufel über den Strand lief. Das Kind war so braun wie eine Rosine und hatte dunkle Locken, doch aus irgendeinem Grund erinnerte es sie an Damian. Wenn ihr Sohn noch leben würde, dann wäre er jetzt etwa so alt wie dieses Kind.

Tränen stiegen in ihr auf, sodass sie fest die Augen schloss. Mein kleiner Junge. Mein lieber kleiner Junge. Ihr Körper verkrampfte sich, und damit kam der Schmerz, der ihr so vertraut war. Mein Sohn. Sie vermisste ihn so sehr. Sie sehnte sich danach, ihn nur zu sehen, ihn zu berühren, sehnte sich nach dem Unmöglichen.

Neben sich nahm sie eine Bewegung wahr, und mehrere Wassertropfen fielen rasch nacheinander auf ihre Beine.

»Dir scheint es viel zu gut zu gehen.«

Als Jessica die Augen öffnete, sah sie Marcus' lächelndes Gesicht über ihrem. Zwei Tränen rannen ihr über die Wangen, und er runzelte die Stirn.

»Was ist los, Jessica?«

Sie schüttelte den Kopf, schluckte und versuchte, den besorgten Unterton in seiner Stimme zu überhören. »Nichts. Mir geht es gut.«

Er neigte sich vor und legte ihr die Hand auf den Arm. »Es geht dir nicht gut. Was ist los?«

Sie holte tief Luft, bevor sie mit einem müden Lächeln sagte: »Nur Erinnerungen. Manchmal kommen sie an die Oberfläche, zu den unpassendsten Gelegenheiten.«

»Ahhh, Damian«, sagte er leise und verständnisvoll. »Es ist in Ordnung, sich zu erinnern. Es ist sogar wichtig. Ich bin sicher, das hat dir auch Nikko gesagt.«

»Hat er«, bestätigte sie. »In letzter Zeit bin ich brav gewesen. Ich schätze, die ganzen anderen Probleme, die Dinge, die mir passiert sind, haben dafür gesorgt, dass diese kostbaren Erinnerungen verschlossen blieben.«

»Was du brauchst, ist etwas Ablenkung«, fand er und zog theatralisch die Augenbrauen hoch. »Komm schwimmen.«

»Nein, danke. Es reicht mir völlig zuzusehen, wie du wie ein Teenager im Wasser herumtobst.«

»Entdecke ich da etwa eine Spur von Spott in Ihrer Stimme, Ma'am?« Er fasste sie an den Händen und zog sie auf die Füße. »Komm schwimmen, das Wasser ist herrlich. Schön warm.«

Sie sah ihn belustigt an. »Das bezweifle ich.«

»Nun, es ist ein *kleines* bisschen warm«, schwächte er seine Lüge ab. »Komm schon. Schau, Kate ist mit Rory ebenfalls im Wasser.«

Erneut schüttelte sie ablehnend den Kopf.

Marcus ignorierte sie, nahm sie einfach hoch und trug sie trotz ihres Protestes zum Wasser.

»Lass mich runter!«

»Jawohl, Ma'am.« Er ließ sie ein paar Zentimeter ins Wasser gleiten.

»Du Frechdachs!«, quietschte sie. »Soll das eine Art Schocktherapie für mich sein?«

Er grinste unverschämt. »Was für eine ausgezeichnete Idee! Warum bin ich nicht selbst darauf gekommen?« Doch er dachte nur, wie wundervoll es war, sie in den Armen zu halten. Ihre bloße Haut berührte ihn, und ein Teil ihres Körpers drängte sich an seinen. Er stöhnte auf. Gott, er war auch nur ein Mensch. Ihre Gesichter waren einander so nahe… noch ein paar Zentimeter weiter, und er könnte diese Lippen wirklich küssen, anstatt in seinen Träumen. Und er wünschte es sich so sehr, dass es schmerzte.

Er watete tiefer ins Wasser und ließ sie dann hineingleiten, unfähig, seinen Blick von ihrem Badeanzug zu lösen, der sich mit Wasser vollsog und an ihrem Körper klebte.

Als ihn schließlich das Bedürfnis überkam, sich selbst zu retten, ließ er sie los. Eine Welle ließ ihre Körper aneinanderstoßen, und als sie aufschaute, trafen sich ihre Blicke.

Eine Sekunde lang sah er Überraschung, dann Erkenntnis und dann noch etwas anderes in der blauen Tiefe ihrer Augen. War es das blitzartige Erwachen von Gefühlen, die bis dahin verborgen gewesen waren? Vielleicht. Nein, er war nicht mutig genug zu vermuten, was sich in ihren Augen widerspiegelte. Noch nicht.

»Komm schon«, grinste er, »wir machen ein Wettschwimmen zum Ponton!«

Er wusste, was sie im Moment brauchten. Abstand voneinander, um die plötzliche Intensität, die zwischen ihnen aufgesprungen war, zu verdrängen. Später, viel später würde er versuchen zu analysieren, was es bedeuten sollte.

Simon stand in der Mitte des Wintergartens und betrachtete böse die vier Gesichter in dem Gemälde, Gesichter, die er leidenschaftlich zu hassen begonnen hatte, obwohl erst zwei davon wirklich fertig waren. Er nippte an seinem Napoleon-Cognac, den er so liebte, während er darauf wartete, dass Jessica ihm den Kaffee brachte. Er hatte schon gesehen, dass sie sich bei dem Ausflug mit den Hunters an den Strand zwar einen Sonnenbrand geholt hatte, aber ansonsten im Moment völlig normal zu sein schien.

Sein Mund wurde zu einem schmalen Strich. Normal. Verdammt, fragte er sich, würde sie je wieder völlig *normal* sein? In einem Moment der Selbstanalyse versuchte er zu erkennen, was mit ihnen geschah. Sie hatten Damians Tod verkraftet, ohne daran zugrunde zu gehen – er zumindest, aber dieses neue Trauma schien ihre Ehe zu gefährden. Er spürte es und fühlte sich machtlos, diese Entwicklung aufzuhalten. Sie trieben auseinander, und die Spannung, die durch Jessicas besondere Lage entstand, vergrößerte den Abgrund zwischen ihnen. Zumindest sah er es so, obwohl er bezweifelte, dass Jessica, loyal wie sie war, ihm da zustimmen würde. Ihre Erfahrungen vor Gericht hatten sie fast paranoisch werden lassen bei dem Versuch, Ehen zu retten.

Seine Augen verengten sich nachdenklich, als er aus dem Fenster über die in der Dunkelheit versinkenden Weiden blickte. Für seine Zukunftspläne wäre es sehr unangenehm, wenn dieses Problem zu einer Trennung führen würde. Er war derjenige mit den Ambitionen, dem Traum, der sie zu vielfachen Millionären machen sollte. Sein Geriatriekomplex würde ein voller Erfolg werden, davon war er überzeugt. Doch sie war diejenige, die das Geld hatte. Außerdem liebte er sie genauso wie ihre lukrativen Wertpapiere. Sein Lächeln wurde ein wenig zynisch, als er diesen Gedanken weiterverfolgte. Natürlich liebte er seine Frau.

»Simon, dein Kaffee.«

Er wandte sich und nahm ihn mit einem dankbaren Lächeln entgegen. »Warum setzen wir uns nicht ins Wohnzimmer?«

»Es ist schön hier im Wintergarten«, entgegnete sie und setzte sich in einen der beiden Sessel. »Die Weide ist wunderschön, nicht wahr? Ich werde die Aussicht vermissen, wenn wir hier fortgehen.«

»Oh, ich glaube nicht, dass du sie sehr vermissen wirst. Wir können das Haus in Mandurah verkaufen und in Perth ein anderes mit einer schönen Aussicht kaufen.«

»Ich glaube, das wäre am besten.« In ihrem alten Heim, das sie mit Damian geteilt hatten, steckten zu viele Erinnerungen, gab sie im Stillen zu.

»Ich könnte die Aussicht mehr genießen, wenn ich mir nicht dieses verdammte Bild ansehen müsste«, stieß Simon unvermittelt hervor. »Ich kann es nicht leiden, wie mich diese Gesichter ansehen. Es geht mir auf die Nerven.«

Jessica zog die Augenbrauen hoch. Er war schlecht gelaunt. Nicht, dass das in den letzten Tagen etwas Ungewöhnliches gewesen wäre. Sie hatte fast vergessen, wie ausgeglichen er zu sein pflegte. Früher. Sie konnte sich daran erinnern, dass er einmal, viele Male, sehr gelassen geblieben war, wenn es in ihrer Ehe zu Problemen oder Krisen gekommen war. Seine Ruhe im Angesicht einer drohenden Katastrophe hatte sie amüsiert. Jetzt allerdings konnte sie nicht behaupten, amüsiert zu sein, da er sich so stark verändert hatte.

Jessica betrachtete das Gemälde, besonders die Gesichter. »Ich weiß, was du meinst. In diesen beiden Gesichtern spiegelt sich so viel Grausamkeit und Gemeinheit wider. Ich kann immer noch nicht glauben, dass ich sie gemalt haben soll.« Einen Moment lang überlegte sie, ob sie Sarahs Zeichenkünste erwähnen sollte, ließ es jedoch lieber. Sie konnte sehen, wie sein Blutdruck stieg, sobald sie ihren Namen aussprach.

»Mir fällt es schwer, überhaupt etwas zu glauben, was dir passiert ist. Es ist so verdammt... absonderlich.«

»Marcus meint, das Bild müsse irgendeine besondere Bedeutung haben, und ich glaube, damit hat er Recht.«

»Um Himmels willen, warum werden wir das verdammte Ding nicht einfach los? Vielleicht hören dann auch die anderen Dinge, die Kälte und die Träume, auf. Lass es uns verbrennen.« In freudiger Erwartung rieb er sich die Hände. »Ich bin in der Stimmung für einen kleinen Scheiterhaufen.«

Sie musste das Erstaunen über seinen abrupten Anfall von Begeisterung verbergen. Simon meinte es ernst, er glaubte wirklich, wenn er das Bild verbrannte, würde alles wieder so sein, wie es war. »Das kann ich nicht tun. Sarah sagt ... *sie braucht mich*.«

»Sarah sagt«, äffte sie Simon nach. »Herrgott, weißt du, wie verrückt sich das anhört? Du tust ja so, als ob du Sarah für real hältst. Das ist sie nicht, Jessica. Sarah ist eine Gestalt aus einem Traum, das ist alles.« Er stellte den Cognac weg, beugte sich zu ihr und fasste sie an den Schultern, um sie einmal kräftig zu schütteln. »Reiß dich zusammen, bevor das Ganze außer Kontrolle gerät. Jess, ich bitte dich, lass mich das Bild verbrennen. Es ist, als ob wir damit all unsere Probleme verbrennen. Vertrau mir.«

Sie sah den fanatischen Ausdruck in seinen Augen, und ein Schauer überlief sie. Wenn Simon das Bild zerstörte, zerstörte er möglicherweise damit auch die Verbindung zu Sarah oder verschlimmerte ihre Probleme nur. Das konnte sie nicht riskieren, nicht einmal, um ihn zu besänftigen.

»Nein.« Sie sah, wie er zum Bild ging. »Nein, Simon. Ich meine es ernst. Ich gebe nicht vor zu verstehen, was mir geschieht, aber ich fange an zu sehen, dass es irgendwo einen Grund dafür geben muss. Das Bild gehört irgendwie dazu, und du wirst es nicht anfassen.«

Simon wandte sich um und starrte sie an, lange Zeit. Dann fuhr er sich abwesend mit den Fingern durch die Haare und murmelte: »Ich glaube es einfach nicht ... Vielleicht wirst du ja doch verrückt.« Damit stampfte er wütend aus dem Raum.

Tränen schossen Jessica in die Augen und liefen ihr langsam über das Gesicht. Wie konnte er nur so etwas Gemeines sagen! Also kam endlich heraus, was er wirklich von ihr dachte. Er glaubte, dass sie geistesgestört war, obwohl er bisher standhaft das Gegenteil behauptet hatte. Der alte Simon, der sensible, zärtliche Ehemann, an den sie sich erinnerte, hätte so etwas Verletzendes niemals gesagt.

Sie wollte den alten Simon zurück, aber sie fürchtete, dass sie ihn für immer verloren hatte. Seufzend schob sie die Kaffeetasse von sich. Der Kaffee schmeckte auf einmal sehr bitter.

15

Ich hasse es, dir lästig zu fallen, Nan«, sagte Jessica, als sie ihre Tasche neben dem Bett auf den Boden fallen ließ.

»Aber du fällst mir nicht lästig«, erklärte Nan, die in dem kleinen Schlafzimmer herumwuselte, die Decken glatt strich und die Kissen aufschüttelte. »Simon ist nur zwei Nächte in Sydney bei dieser Gesundheitskonferenz, aber er hat Recht, du solltest nicht allein im Cottage bleiben. Außerdem kommen wir beide doch gut miteinander aus, nicht wahr?«, meinte sie mit einem Seitenblick und betonte: »Und überhaupt brauchst du mindestens genauso dringend eine weitere Töpferstunde wie ich jemanden, der mir hilft. Wenn Rory und Kate da sind, kann ich schlecht arbeiten, dauernd kommen sie herein und stören meine Konzentration.«

Jessica lächelte. Nan Duncan hatte wirklich Talent dafür, dass sich Leute bei ihr wohl fühlten.

»Ja, ich brauche eine weitere Stunde. Meine erste hat ja ein ziemlich desaströses Ende genommen«, erinnerte sie sich. Damals war sie zum ersten Mal Sarah begegnet und hatte sich in die Hand geschnitten.

»Und mit Rory und Kate kommst du auch gut aus, nicht wahr? Sie fahren morgen wieder nach Hause.«

»Es war schön, sie kennen zu lernen, es sind gute Kinder – für Teenager«, schwächte sie lächelnd ab. »Die beiden von meiner Schwester sind, nun ja, milde ausgedrückt, launisch.«

»Schlechte Laune ist in Hunter's Glen kein Grund, schwierig zu sein. Meine Familie hat das nie akzeptiert, und ich habe es nicht bei meinen Kindern akzeptiert, daher werde ich es auch nicht bei Marcus' beiden akzeptieren.«

»Was akzeptieren?«, fragte eine männliche Stimme.

Jessica wandte sich um und sah Marcus mit Kate im Arm in der Tür stehen. »Wir reden gerade über Teenager und Launen«, erklärte sie.

Völlig unerklärlich war ihr jedoch ihre eigene Reaktion, als sie ihn so ansah. Sie fühlte eine Welle des Glücks. Sie fühlte sich sicher, und – ja, da war noch etwas mehr. Aber sie vermied es absichtlich, diese Reaktion zu analysieren. Hatte sie im Moment nicht genug Probleme, auch ohne dass sie sich von dem Mann, der ihr helfen sollte, ihre psychologischen »Schwierigkeiten« zu überwinden, sexuell angezogen fühlte? Mit Sicherheit!

Jessica schaute sich im Raum um und war zuversichtlich, dass sie hier in Hunter's Glen keine seltsamen Träume haben oder körperlose Stimmen hören würde. Aus irgendeinem, nicht sonderlich logischen Grund glaubte sie, dass Marcus' bloße Anwesenheit für ihre Sicherheit sorgen würde. Mein Gott, Jessica, befahl sie sich selbst, krieg dich wieder ein. Sie versuchte, sich darauf zu konzentrieren, was Marcus sagte.

»Ach so. Meine Theorie ist, dass man Teenager so viel wie möglich beschäftigen sollte, damit sie gar keine Zeit haben, schlechte Laune zu haben. Stimmt's Kate?«

»Das mit der Beschäftigung schon«, erwiderte Kate trocken und boxte ihren Vater leicht auf den Arm, bevor sie schnell außer Reichweite sprang. »Komm Dad, du hast mir vor dem Essen einen Motorradausflug versprochen.«

Marcus grinste Jessica an. »Verflixte Kinder.«

Dann drehte er sich um, bevor er verriet, wie froh er war, sie hier in Nans altem Kinderzimmer zu sehen. Jessica sah aus, als ob sie hier zu Hause wäre, in Shorts und kurzem Top, inmitten der ganzen Kleinigkeiten, die Nan im Laufe der Jahre angehäuft hatte. Das eiserne Einzelbett mit dem Patchwork-Quilt, die zahllosen Familienfotos an der einen Wand, die verblichene Tapete, die dringend erneuert werden musste. Die hohe alte Kommode aus Zedernholz und die niedrige Kommode aus Walnussholz, die mehreren Generationen gute Dienste geleistet hatten. Er dachte daran, dass sie zwei Nächte lang mit ihm unter demselben Dach schlafen würde, zwei Nächte lang wäre sie nur ein paar Türen weit weg. So nah, doch andererseits so fern.

Marcus würde dafür sorgen, dass er die Zeit, die sie hier verbrachte, so gut wie möglich nutzte. Auf der Ebene vom Patienten zum Psychologen brauchte er ihr vollkommenes Vertrauen, doch sie war nach wie vor zurückhaltend. Intuition und jahrelange Erfahrung sagten ihm, dass ihre Beziehung zu Simon der Hauptgrund für diese Zurückhaltung war. Selbst jemand mit schlechten Augen konnte erkennen, dass die Ehe belastet war und dass dieser Bruch ihren Geist und ihre Gefühle stark beanspruchte. Aufgrund der Notizen, die Nikko ihm geschickt hatte, wusste er, dass sie beide in den letzten sieben Monaten viel durchgemacht hatten. Doch Simon schien mit seiner Geduld, was Jessicas Probleme betraf, am Ende zu sein, weshalb er wahrscheinlich so offensichtlich froh gewesen war, ihren Fall in seine Hände abzugeben. Und aus nicht ganz professionellen Gründen wusste er, dass er Jessicas Problemen wirklich auf den Grund gehen musste, und zwar bald, bevor es sie wirklich geistig zu stark belastete.

»Nach dem Essen werden wir zu einer Partie Scrabble

herausgefordert«, verkündete er. »Die Jungen gegen die nicht mehr ganz so Jungen.« Er zwinkerte ihr zu. »Ich hoffe, du kannst gut buchstabieren, denn meine beiden schlagen mich normalerweise vernichtend.«

Jessica dachte eine Weile nach, dann grinste sie. »Na, ich glaube, wir werden sie etwas schwitzen lassen für ihr Geld.«

Marcus stöhnte auf. »Erwähne bloß nicht das Wort Geld. Sie werden mit mir wetten wollen, dass sie gewinnen, und dann muss ich ihnen versprechen, ihnen das Taschengeld zu erhöhen.«

»Na, dann sollten wir aufpassen, dass sie nicht gewinnen.«

Die Erwachsenen verloren beim Scrabble mit zwei Spielen zu einem, was Marcus befriedigte, da es technisch gesehen wenigstens keine katastrophale Niederlage war. Nachdem Rory, Kate und Nan ins Bett gegangen waren, saßen Marcus und Jessica noch auf der Holzterrasse bei einer letzten Tasse Kaffee zusammen.

Insgeheim war Marcus sehr zufrieden mit Jessica. Sie hatte gelacht und mit den Kindern gescherzt, hatte ihr Bestes gegeben und sich insgesamt so normal verhalten, dass es ihm schwerfiel, zu glauben, dass sie von mentalen und möglicherweise dazu emotionalen Problemen belastet war. Dennoch hatte ihn die jahrelange Beobachtung von Patienten gelehrt, dass einige von ihnen Meister der Verstellung waren und vorgaben, dass es ihnen ausgezeichnet ging, obwohl in ihrem Inneren die geistige Verwirrung kochte und schäumte. Er wollte nicht glauben, dass dies bei Jessica der Fall war, doch er wusste, dass er mit seiner Meinung im Moment vorsichtig sein musste.

»Die Familie Hunter muss hier schon lange wohnen«,

stellte Jessica fest. Sie sah, dass das Haus ziemlich alt war und dass je nach Bedarf Räume angebaut worden waren.

»Sieben Generationen, wenn man Rory und Kate mitzählt. Bede Hunter war ein Holzfäller aus Dorrigo in New South Wales. Der Familienchronik zufolge kam er irgendwann um 1890 mit seiner Frau und sechs Kindern nach Norfolk, als ein Unternehmer hier versucht hatte, eine Holzindustrie aufzubauen. Als der Industriezweig in den zwanziger Jahren dann zusammenbrach, hatten die Hunters bereits andere Beschäftigungen gefunden und blieben hier.«

»Warum gibt es dann nicht noch mehr Hunters auf der Insel?«, wunderte sie sich. Sie hatte bemerkt, dass an Weihnachten nur Nans Kinder und ihre Familien da gewesen waren.

»Das Übliche. Zwei von Bedes Kindern starben, bevor sie erwachsen wurden. Clarence, der Älteste, wurde getötet, bevor sie nach Norfolk kamen. Er war damals erst achtzehn. Eines der Mädchen, Frances, hat geheiratet und lebte in Neuseeland. Also blieben nur noch Beatrice, die Jüngste, die nie geheiratet hat, und mein Ururgroßvater Stewart. Er heiratete eine der Quintals, aber die nachfolgenden Generationen hatten jeweils nur einen Sohn. Mein Urgroßvater Luke hat Hunter's Glen zu einem richtigen Hof gemacht.« Er hielt inne, um Luft zu holen. »Damals bestand die Familie einschließlich Ehefrauen, Ehemännern und Nachkommen aus dreizehn Personen. Sie lebten von den Farmerträgen und verkauften die Produkte an andere Leute. Sein Sohn Geoffrey führte den Hof weiter, aber Eric, mein Vater, wandte sich dem Geschäftsleben zu. Er besaß einen Herrenausstatterladen in Burnt Pine an der Taylors Road zu einer Zeit, lange bevor Burnt Pine ein zollfreies Einkaufs-Mekka für Touristen wurde. Doch nach Mutters Tod verlor er das Interesse an allem und starb schließlich.«

»Das ist traurig, Marcus.«

»Ja«, stimmte er zu. »Doch so etwas geschieht.« Mit einem Zucken seiner breiten Schultern versuchte er die melancholischen Erinnerungen zu verscheuchen. »So ist das Leben, nehme ich an.«

»Und manche von uns schätzen nicht genug, was sie haben, bevor sie es verlieren.«

Marcus fixierte sie scharf von der Seite und fragte sich, ob ihr prophetischer Satz eine allgemeingültige Aussage sein sollte, oder ob sie ihn auf ihr eigenes Leben bezog, vielleicht sogar auf ihre Ehe und auf Simon. Oder vielleicht sogar auf die Tatsache, dass die unnahbare Art ihres Mannes und sein Desinteresse an ihrem Problem zunehmend offensichtlicher wurden?

»Das ist sehr tiefgründig«, meinte er leise lachend in dem Versuch, dem Moment die Spannung zu nehmen. Er wollte nicht, dass sie nach innen blickte und ihre Ehe sezierte. Er wollte, dass ihre Emotionen auf einem normalen Niveau blieben. »Alle Ehen haben ihre schweren Zeiten, Jessica. Meine zum Beispiel. Ich hatte nicht gemerkt, wie sehr Donna und ich uns auseinandergelebt hatten, wie sich unser Leben veränderte und dass wir auf einmal unterschiedliche Ziele hatten. Und dann war es irgendwann zu spät.« Seine Lippen verzogen sich zu einem spöttischen Lachen. »Angeblich bin ich ein guter Psychologe, aber ich habe nicht gesehen, wie meine eigene Ehe auseinanderbricht.«

Sie lächelte ihn mitfühlend an. »Wie sagt man so schön? Manchmal sieht man den Wald vor lauter Bäumen nicht. Also, theoretisch gesagt natürlich: Was kann man denn tun, wenn man weiß, dass seine Ehe in Schwierigkeiten steckt und man scheinbar nicht in der Lage ist, etwas daran zu ändern?«

»Das ist wirklich schwer zu sagen, theoretisch gesprochen. In deinem Berufszweig hast du viele gescheiterte Ehen erlebt. Ich glaube, wenn du ernsthaft danach suchst, findest du ein paar Auslöser, die vielen davon gemeinsam sind. Menschen verändern sich, leben sich auseinander, wachsen übereinander hinaus. Und ohne dass ich hier den Moralapostel spielen will, sage ich mal, dass es viele Paare einfach nicht stark genug versuchen. Manche glauben, es sei einfacher, wegzugehen und neu anzufangen, als den Schmerz zu ertragen, sich seine Fehler einzugestehen und zu versuchen, daraus zu lernen. Es gibt viele Gründe dafür, warum manche Ehen halten und andere nicht.«

»Das ist eine gute Zusammenfassung. Du hättest einen guten Anwalt abgegeben«, neckte sie ihn, ein Gähnen unterdrückend. Sie konnte sich nicht daran erinnern, wann sie sich das letzte Mal so… wohl gefühlt hatte, so unverkrampft in ihrer eigenen Gegenwart und in seiner. Es war fast so, als ob ihre Probleme gar nicht existierten, und vielleicht konnte sie – und sei es nur für diese eine Nacht – so tun, als gäbe es sie gar nicht.

»Müde?«

»Schlapp, ehrlich gesagt.« Im Dämmerlicht der Terrasse blitzten ihre blauen Augen kurz auf. »Rory und Kate sind effektive Waffen, um einen Erwachsenen zu ermüden, aber ich habe ihre Gesellschaft genossen. Es sind wundervolle Kinder.«

»Ich glaube auch. Und du siehst wirklich entspannt aus.«

Sie sah, wie er die Arme über den Kopf hob und sich streckte. Wie zuvor schon am Strand machte ihr die Bewegung seine pure physische Präsenz bewusst. Marcus Hunter war nicht gerade hässlich, das ließ sich nicht leugnen und er verfügte über eine Wärme und Herzlichkeit, die ihm eindeutig eine fast altmodische Attraktivität verliehen. Sie fragte sich, warum ihn die geeigneten Frauen der Insel oder in Auckland nicht umschwärmten wie die Fliegen – oder eher Bienen.

Irgendwo tief im Inneren begann es zu pulsieren. Der Puls an ihrer Kehle schlug auf einmal doppelt so schnell, und sie spürte das Blut durch ihre Adern rauschen und geradezu singen vor... ja, vor was? Oh, sie wusste es schon: Es war Verlangen. Nein, nein, nein! Sie unterdrückte das gerade entstehende Gefühl, bevor es zu stark wurde. Was war denn nur los mit ihr? In all den Jahren, in denen sie mit Simon verheiratet gewesen war, hatte sie keinen anderen Mann auch nur eines Blickes gewürdigt. Und jetzt, sobald er die Insel verlassen hatte, fragte sie sich auf einmal... Was würde Marcus von ihr halten, wenn er wüsste, was sie gerade dachte? Er wäre sicherlich schockiert. Bestimmt wäre er enttäuscht, und doch... Gelegentlich hatte sie ihn dabei ertappt, dass er sie ansah, als ob er sie attraktiv fände. Wirst du wohl aufhören!

»Nan hat gesagt, ihr wollt morgen im Atelier arbeiten.«

Sie hörte seine Stimme aus weiter Ferne zu ihr durchdringen. »Äh, ja. Ich bin so eine nervige Anfängerin. Deine Schwester hat wirklich eine Engelsgeduld mit mir.«

»Auch sie war mal Anfängerin«, entgegnete er. »Nun, die Kinder fliegen morgen ziemlich früh los, also gehe ich besser schlafen.«

»Hört sich nach einer guten Idee an. Auch ich könnte gut eine Nacht ruhigen Schlaf gebrauchen«, erwiderte Jessica, doch ihr war bewusst, dass, wenn sie in ihrem plötzlich so elektrisierten Zustand jetzt schlafen ging, sie nicht die ätherische Sarah in ihren Träumen besuchen würde, sondern ein gewisser braunäugiger Mann mit Locken.

»Hast du schon einmal auf einem Motorrad gesessen?«, fragte Nan, als sie sah, dass Jessica die alte Harley Davidson ohne große Begeisterung betrachtete.

Kopfschüttelnd verneinte sie Nans Frage. »Das nennst du ein Motorrad?«, neckte sie Marcus, der sagte, er müsse den Vergaser neu einstellen. »Das ist ein Relikt. Du solltest es dem Inselmuseum stiften.«

»Psst«, warnte er sie. »Wenn du Bonnies Gefühle verletzt, kriege ich das verdammte Ding nie in Gang.«

»Bonnie!«, riefen beide Frauen gleichzeitig und brachen in Gelächter aus.

Marcus sah ein wenig verlegen drein und verfiel in den Norfolk-Dialekt. »*Hei, du tork faret, shi miin bii es bohni baik ef she uni wanto goe.*«

Jessica war mittlerweile ein wenig mit der merkwürdigen Sprache vertraut und übersetzte für sich, dass sie sich lieber nicht über »Bonnie« lustig machen sollte, da das Motorrad zickig genug war, um beleidigt zu sein. Sie kicherte leise, denn sie hatte – hauptsächlich von Nan – einige Geschichten über die widerspenstige Natur des Motorrads gehört und besonders über Marcus' Geduld beim Herumschrauben und bei der Suche nach geeigneten Ersatzteilen. Nur mit viel Schmeicheleien brachte er das Motorrad zum Laufen – mehr oder weniger.

Jessica war seit dem frühen Morgen auf den Beinen, hatte Rory und Kate verabschiedet, obwohl sie nicht mit zum Flughafen gefahren war, und hatte dann mit Nan im Atelier gearbeitet. Sie hatte an diesem Tag bereits eine Menge über die Töpferei gelernt: welche Stücke sich leicht verkaufen ließen und was als unverkäuflich bewertet wurde oder auch wieder auf dem Lehmhaufen landete, um neu geformt zu werden. Nan hatte sie sogar geschickt dazu verleitet, zu versprechen, ein paar eigene persönliche Stücke herzustellen und Miniaturlandschaften der Insel auf ein paar Vasen zu malen, die dann eine Glasur bekommen und nach dem Brennen außerhalb der Insel verkauft werden sollten.

Jessica war der Meinung, dass Nan beabsichtigte, sie zu beschäftigen, um sie von den »merkwürdigen« Dingen abzulenken, wie ihre Freundin es nannte. Doch irgendwie war sie, obwohl sie Nans Bemühungen anerkannte, zu dem Schluss gelangt, dass sich Sarah, wenn sie sich einmischen und ihr ihre Gegenwart aufdrängen wollte, von nichts und niemandem daran hindern lassen würde.

Sie hatte sich lange mit Marcus über Sarah unterhalten, und schließlich musste sie zugeben, dass, auch wenn sie sich wochenlang gegen diesen Gedanken gewehrt hatte, der so sehr im Widerspruch zu all ihren früheren Überzeugungen stand, Sarah wahrscheinlich ein Geist war, der sich aus einem nur ihr bekannten mysteriösen Grund mit ihr in Verbindung gesetzt hatte. Jetzt dachten Jessica und Marcus das Gleiche: Sarah wollte oder brauchte etwas von ihr, und dieses Etwas hing mit einem Ereignis in Sarahs Leben zusammen und mit den Gesichtern in dem Gemälde.

Gott sei Dank konnte sie mit Marcus darüber reden, und zwar wesentlich besser als mit Simon. Ihr Ehemann fühlte sich bei dem Gedanken an Spiritualismus und den Glauben an das Übernatürliche ebenso unwohl wie bei dem Gedanken daran, dass sie geistig verwirrt sein könnte. Eine Welle von Traurigkeit durchlief sie, als sie sich dies eingestand *und auch*, wie sehr Simons Haltung sie enttäuschte. Sie hatte mehr von ihm erwartet, und seine immer dickköpfigere Weigerung, ihr bei ihrer Erfahrung mit Sarah zu helfen, trug nur zu ihrer Desillusionierung bei, wenn sie gelegentlich über den Zustand ihrer Ehe nachsann.

Je länger sie darüber nachdachte, desto klarer wurde ihr alles. Nicht Damians Tod war der Katalysator gewesen, der sie auf diesen felsigen Pfad geführt hatte. Die Veränderung hatte bereits vor seiner Geburt begonnen – nämlich als Simon angefangen hatte, seinen Traum von dem Geriatrie-komplex in die Tat umzusetzen, von dem er in den letzten beiden Jahren immer besessener wurde. Und während sie noch hoffte, dass ihre Ehe wieder so werden würde, wie sie früher einmal gewesen war, stark und glücklich, Tag für Tag, hatten Simons Entfernung von ihr und ihre eigene Reaktion...

Sie unterbrach sich mitten in ihrem Gedankengang. Was *war* ihre Reaktion gewesen? Akzeptanz, Verzweiflung, ein Gefühl der Trauer um das, was sie einst geteilt hatten, und ja, mittlerweile auch ein gewisses Maß an Gleichgültigkeit. Wirklich? Sie gab sich einen Ruck. Lass diese Gedanken fallen. Wir haben nur eine schwere Zeit, das ist alles.

»Fertig?«

Beim Klang seiner Stimme fuhr Jessica zusammen. Marcus saß bereits auf dem Motorrad und spielte am Gashebel. Er gab ihr einen Helm, den sie schnell aufsetzte. Sie band sich ihr Sweatshirt um die Schultern und stieg hinter ihm auf. Einen Moment lang wusste sie nicht, wo sie mit ihren Händen hin sollte.

»Du musst ihn um die Taille fassen, Liebes«, forderte Nan sie grinsend auf. »Er wird schon nicht beißen. Zumindest sagt er das den Frauen immer.«

»Frauen!«, lachte Marcus. »Welchen Frauen?«

Ein wenig zögernd schlang Jessica die Arme um seine Taille und verschränkte fest die Hände über seinem Bauch. Sie würde ganz bestimmt nicht darüber nachdenken, welche verräterische Reaktion ihr Körper auf diese Nähe zu ihm zeigte. Seine Wärme drang durch ihre Haut, durch das Gewebe bis direkt in ihre Seele. Mein Gott, sie benahm sich ja wie ein verliebter Teenager! Das war im reifen Alter von fast neununddreißig Jahren dann doch ziemlich lächerlich.

»Wohin fahren wir?«, erkundigte sie sich laut, um den Motorenlärm zu übertönen.

»Ich muss dir ein paar ganz besondere Orte zeigen. Wir fahren auf ein paar Wegen, auf denen man mit dem Auto nicht weiterkommt. Hast du deine Kamera?«

»Hängt um meinen Hals!« Sie überprüfte ihre Aussage, indem sie auf die Kamera klopfte.

»Na dann, lass uns fahren!«

Sie fuhren zur nördlichsten Spitze der Insel, Point Vincent, und zum höchsten Punkt, Mt. Bates, um die Aussicht zu genießen. Spät am Nachmittag kamen sie dann in Kingston an, auf der bewaldeten Seite der Slaughter Bay. Nan hatte ihnen eine Thermoskanne mit Kaffee, Kuchen und Kekse eingepackt, die sie nach der aufregenden Fahrt im Gras über dem Anleger sitzend genüsslich vernichteten.

»Nun, wie hat es dir gefallen?«

Jessica sah Marcus an. Sein zuvor vom Helm plattgedrücktes Haar fiel wieder frei und lockig. »Die Aussicht war grandios, ich habe ein paar tolle Aufnahmen gemacht. Ich sehe jetzt, was du damit gemeint hast, als du gesagt hast, hier gäbe es genug Motive zum Malen für Jahre.«

Er hob die Augenbrauen. »Ich habe das Motorrad gemeint. Wie hat es dir gefallen, auf Bonnie zu fahren?«

»Es war eine Erfahrung!« Sie lächelte ihn verschmitzt an. »Ich weiß nicht, wie du es geschafft hast, kein Schlagloch in den Straßen und Wegen auszulassen, über die wir gebrettert sind, aber ich denke, mein Hintern wird sich die nächsten paar Tage dran erinnern.« Dennoch hatte es ihr gefallen, nachdem sie sich erst einmal daran gewöhnt hatte, sich in die Kurven zu lehnen und sich so an ihm festzuhalten, dass sie sich wunderte, dass er überhaupt noch Luft bekam. Doch wenn sie darüber nachdachte, hatte er sich nicht darüber beschwert. Nicht ein einziges Mal.

»Ich kann es gar nicht fassen, dass du noch nie auf einem Motorrad gesessen hast«, gab er zurück. »Du musst ja sehr behütet aufgewachsen sein in Perth.«

»Meine Eltern wären entsetzt gewesen, wenn ich ihnen einen Freund mit einem Motorrad vorgestellt hätte«, gab sie zu. »Wenn meine Mutter noch gelebt hätte, hätte sie sicher gedacht, dass meine Tugend in Gefahr sei, und Vater hätte ihn glatt rausgeschmissen.« Sie dachte einen Augenblick nach. »Dad war nach Mums Tod ziemlich leicht rumzukriegen. Alison und ich konnten ihn beliebig um den Finger wickeln.«

»Hmmm, ich schätze, du warst ziemlich verwöhnt.«

»Natürlich.«

»Was ist mit deinem Vater passiert, Jessica?«

Ihr Lächeln war eine Spur traurig, als sie antwortete: »Er hat sich buchstäblich zu Tode gearbeitet. Am Ende hatte er einen Herzinfarkt. Er wollte der reichste Bauunternehmer von Perth werden und war geradezu paranoid davon besessen, der Beste zu sein. Vielleicht liegt Paranoia ja bei uns in der Familie«, grinste sie schief. »Eigentlich kommt Alison mehr nach Dad als ich. Sie muss immer die beste Ehefrau sein, die beste Mutter, die beste Gastgeberin in ihrer Gesellschaft. Ihre Kinder müssen die Besten sein und so weiter …« Sie begann die Reste ihres Picknicks einzupacken, auch wenn nicht mehr viel übrig geblieben war, das sie wieder in den Satteltaschen des Motorrads verstauen konnten.

Morgen, kam ihr der Gedanke, würde sie wieder im Cottage sein, wenn Simon von seiner Konferenz zurück war. Mit ziemlichen Schuldgefühlen wünschte sie sich, nicht dort sein zu müssen. Hunter's Glen war viel angenehmer und ruhiger. Doch sie musste zurückgehen und sich stellen… aber wem? Simon, Sarah oder den unvollendeten Gesichtern auf dem Bild? Ja, allen drei Dingen. Sie war dankbar dafür, sich ein paar Tage lang vor ihren Problemen verstecken zu können, aber das hieß nicht, dass sie weg waren. So viel Glück hatte sie nicht.

Marcus verstaute die Reste und die Thermoskanne in den Satteltaschen des Motorrads und stülpte sich dann den Helm auf. Er setzte sich auf das Motorrad und trat mit dem rechten Fuß auf den Kickstarter. Nichts. Er versuchte es wieder und wieder, ohne Erfolg. Nicht ein Spucken, kein Funke, kein Rauchwölkchen.

»Mist«, murmelte er böse. »Verdammtes zickiges Motorrad.« Er bockte die Harley auf und hockte sich hin. Dann warf er ihr einen entschuldigenden Blick zu. »Bonnie ist schwierig. Das hier könnte eine Weile dauern. Wahrscheinlich ist sie abgesoffen.«

»Na, dann gehe ich ein bisschen auf dem Hügel spazieren und genieße die Aussicht«, sagte sie, zog ihren Pulli über und machte sich auf.

Vom Meer her kam ein leichter Wind auf, der mit leisem Flüstern in den hohen Pinien rauschte. Die Bäume warfen ein sich ständig veränderndes Muster aus Licht und Schatten auf den Boden, der mit weichem Gras bewachsen war und auf dem zwischen Steinen verschiedener Größe und Form braune Piniennadeln lagen.

Der Hang war überraschend steil, und Jessica kletterte ihn hinauf, bis das Gelände wieder zur felsigen Küste und dem Meer dahinter abzufallen begann. Dicht am Rand stehend fuhr sie sich durch die Haare. Sie mochte den Wind, der sie zerzauste. Draußen auf dem Meer wurde das Licht vor dem nahenden Sonnenuntergang fahl. Zufrieden seufzte sie. Die letzten Tage hatten sie belebt, und sie fühlte sich stärker als seit Wochen. Ein kühler Windstoß vom Wasser her ließ sie unter dem dünnen Sweatshirt frösteln.

Sie schaute den Hügel weiter hinauf und sah etwas Merkwürdiges. Oder spielte ihr das Dämmerlicht, das durch die Pinien fiel, einen Streich?

Was war das? Ein Nebelstreifen.

Eine Dunstwolke hatte sich neben einem umgestürzten Baumstamm und einem Haufen Steine gebildet, doch je genauer sie hinsah, desto seltsamer wurde es. Die Wolke hatte eine grauweiße Farbe, aber sie schien von innen zu leuchten, so als ob die Sonnenstrahlen davon reflektiert wurden. Neugierig und ein bisschen schwer atmend ging Jessica darauf zu, wobei sie gar nicht bemerkte, dass ihr mit jedem Schritt kälter wurde und dass der Nebel, der zunächst unbeweglich gewesen war, sich zu bewegen und die Form zu ändern begann. Er wurde über anderthalb Meter hoch und bekam Konturen, helle und dunkle Flecken. Als sie nur noch zehn Meter davon entfernt war, hatte er die Gestalt einer Frau angenommen.

Jessica blieb wie angewurzelt stehen. Mein Gott, was war das? Doch sie ahnte es bereits …

Vor ihr stand ein Abbild von Sarah O'Riley. Sie erkannte ihr Gesicht und ihre Gestalt aus ihren Träumen. Mit einer Art fasziniertem Horror – ihre Kehle wurde trocken, ihr Atem blieb fast stehen angesichts dieses Phänomens, und ihr Herz schlug Purzelbäume – sah sie, wie sie ein grauer Arm heranzuwinken schien.

»*Komm, Jessica. Hab keine Angst.*«

Die rauschenden Pinien über Jessica schienen die Worte in ihrem Kopf zu verstärken, und sie wusste genau wie beim ersten Mal, dass Sarah telepathische Fähigkeiten hatte. Doch wie konnte sie … und warum?

Sie machte einen zögernden Schritt und hielt dann wieder an. Nein. Das war zu seltsam. Verwirrt strich sie sich mit einer Hand über die Augen, als ob sie das Bild wegwischen wollte, da keine vernünftige, gesunde Person sehen konnte, was sie sah.

»Was willst du von mir, Sarah?«

Mein Gott, hatte sie das wirklich laut gesagt? Zu einem Nebelstreifen, der plötzlich fast menschlich aussah? Vielleicht spielten ihr ihre Augen einen Streich, und sie bildete sich die Gestalt nur ein, glaubte nur, in dieser Form Sarah zu sehen. Sie schloss fest die Augen und versuchte, das Bild mit der Kraft ihrer Gedanken zu verdrängen.

»*Mädchen, komm näher, damit ich es dir sagen kann. Ich will dir was zeigen.*«

Diese in einem Singsang hervorgebrachte Aufforderung ließ Jessica wieder die Augen öffnen. Die Gestalt im Nebel wurde klarer, während ein Licht davon ausging. Sie versuchte, keine Angst zu haben. Sie versuchte es wirklich. Tief im Inneren wusste sie, dass, was auch immer das war, Sarah oder womöglich ein gestörter Teil ihrer eigenen Persönlichkeit, ihr keinen Schaden zufügen wollte. Dennoch wandelte sich ihre anfängliche Faszination mit jeder Sekunde in eine lähmende Angst, die bis weit in ihre Kindheit zurückreichte und zu den Geister- und Gruselgeschichten von damals. Gerne wollte sie akzeptieren, dass sie etwas Übernatürliches sah. Doch der gebildete Teil ihres Gehirns lehnte diese Möglichkeit ab und hatte, höchstwahrscheinlich trotz all seines Intellekts und Wissens, einfach Angst vor dem Wesen, das dort am Fuße der majestätischen Norfolk-Pinie schwebte.

»Ich kann nicht.«

»*Du musst, meine Liebe.*«

Winzige Schweißperlen bildeten sich auf Jessicas Stirn. Ihre Handflächen wurden so feucht, dass sie sie an ihren

Jeans abwischte. Der Aufruhr in ihrem Kopf machte sie schwindelig. Die Neugier, sich der Manifestation von Sarah zu nähern, kämpfte mit einer natürlichen Furcht davor, dem Glauben, dass sie sich in Gefahr begab, wenn sie dem nachgab. Schließlich siegte die Furcht vor dem Unbekannten, und blinde, unvernünftige Panik gewann die Oberhand.

Sie wandte sich ab, und nicht wissend, dass Marcus den Hang zu ihr heraufkam, begann sie hinunterzulaufen, so schnell sie ihre Füße tragen konnten. Er fing sie auf, als sie über eine Baumwurzel stolperte.

»*Geh nicht, Jessica!*«

Sie sah ihn verängstigt an. »Hast du gehört, was sie gesagt hat?«

Marcus runzelte die Brauen und spähte zwischen den Pinien hindurch. Er konnte niemanden sehen oder hören außer Jessica. »Hier ist niemand außer uns.«

»Sie war hier«, schluchzte Jessica an seiner Brust, während sie sich an ihn klammerte. »O Gott, Marcus, ich … ich habe sie gesehen, *Sarah*, dort oben.«

»Wo genau?«

»N-neben der hohen Pinie.« Sie wies auf die Stelle. »Aber jetzt ist sie weg.«

Marcus hielt sie fest und streichelte ihr Haar. Mehr wagte er nicht zu tun, aus Angst, seine Gefühle für sie zu verraten. Gott sei Dank hatte sie keine Ahnung, wie sehr sie ihn berührte, sonst würde er sie wahrscheinlich für immer verschrecken. »Es ist alles gut, Jessica, du bist in Sicherheit.« Sein Blick wanderte über die Stelle, auf die sie gezeigt hatte. Er konnte nichts Ungewöhnliches entdecken.

»Du glaubst mir doch, oder?«

»Natürlich«, versicherte er ihr. Er war unentschieden, ob er sie festhalten und trösten sollte, bis sie sich beruhigt hatte, doch der Psychologe in ihm erkannte den Vorteil, der darin lag, ihr jetzt Fragen zu stellen, solange das Ereignis noch frisch war.

»Sie, sie hat wieder zu mir gesprochen. Ich habe die Worte in meinem Kopf gehört. Es fühlte sich so seltsam an, als ob sie direkt mein Gehirn anzapfen würde.«

»Was hat sie gesagt?«, wollte er nachdenklich wissen.

Stirnrunzelnd versuchte sich Jessica an die genauen Worte zu erinnern und biss sich auf die Unterlippe. »Dass ich keine Angst haben sollte und dass sie mir etwas zeigen müsse. Als ich dann Angst bekam, bat sie mich, nicht zu gehen.« In ihren blauen Augen spiegelte sich ihre Verzweiflung, als sie ihn fragte: »Du hast wirklich nichts gesehen und gehört?«

Er schüttelte den Kopf. »Ist es okay, wenn ich zu der großen Pinie gehe und einmal nachsehe?«

Jessica hielt in seinen Armen auf einmal ganz still, so als ob ihr erst jetzt bewusst wurde, wo sie sich befand und dass sie dort nicht sein sollte. »Natürlich.«

Sie ließ die Arme sinken und trat zurück. Glücklicherweise hatte sie die Kontrolle über sich wieder. Sie hatte sie minutenlang verloren und nur noch ganz instinktiv reagiert. Außerdem wollte sie nicht darauf eingehen, wie es sich angefühlt hatte, in seinen Armen zu liegen, weil … Das brauchte sie nicht, denn sie wusste sowieso, dass es sich viel zu gut angefühlt hatte. Als Marcus ging, schlang sie die Arme um den Körper und konnte so ein paar Sekunden lang seine Körperwärme noch spüren.

Aus den Büschen um die hohe Pinie sah Sarah Jessica und dem Mann namens Marcus müde zu. Sie sah, wie sie sich umarmten, wie er forschend um den großen Baum schritt und sie dann an der Hand den Hang hinunter außer Sichtweite führte. Sie hatte sich ziemlich auf Jessicas Reaktionen eingestellt und spürte ihre widerstrebende Zuneigung zu diesem braunhaarigen Mann und auch, dass er sie zehnfach erwiderte. Jessica stand ein Sturm der Emotionen bevor, doch darum machte sie sich keine großen Sorgen. Sie wusste, dass Jessica, wenn die Zeit dafür gekommen war, die richtige Entscheidung treffen würde. Außerdem waren im Moment andere Dinge wichtiger.

Sie ärgerte sich über sich selbst, dass sie Jessicas Willenskraft und ihre Fähigkeit zu reagieren unterschätzt hatte. Die Frau war nicht schwach und würde daher nicht einfach tun, was sie wollte, nur weil sie es so wollte. Sie hatte gedacht, sie sei bereit für den visuellen Kontakt, und die physische Manifestation hatte sie zeitweilig viel Kraft gekostet. Sie war nun sehr erschöpft und hatte doch zu wenig erreicht.

Sie legte den Kopf schief. War das wirklich so?

Sie hatte gesehen, wie die Furcht Jessicas Neugier besiegte, hatte gespürt, wie sie sich zurückzog, noch bevor sie sich umgedreht hatte und weggelaufen war. Doch der Mann hielt es für möglich, dass sie existierte, und sie merkte, dass er keine Angst davor hatte, was sie darstellte: eine Art von Leben jenseits des Lebens, wie er es kannte. Außerdem hatte er Einfluss auf Jessica, das war deutlich, und das konnte ihr in Zukunft von Nutzen sein.

Wie müde sie war! Sie musste sich ausruhen und sich für die nächste Begegnung bereit machen. Im Gemälde mussten noch mehr Gesichter gezeigt werden, und bald würde sie Jessica zeigen, was diese brutalen, feigen Männer getan hatten … und auf welche Weise sie sich an ihnen gerächt hatte. Elijah Waugh, das Abbild des Teufels, der Anführer, die Wurzel all ihrer Leiden, war der Erste gewesen. Er war der Erste, an dem sie ihre neu entdeckten Fähigkeiten ausprobiert hatte …

Im dichten Gebüsch am Wasser wartete Sarah ab, denn ihr stand die ganze Ewigkeit zur Verfügung. Stundenlang hatte sie den Soldaten und Sträflingen bei ihren Bemühungen zugesehen, mit dem Leichter das Schiff zu entladen. Es war ein ungewöhnlich heißer Novembertag, sie bemerkte den Schweiß, der ihre Kleider durchtränkte und ihnen in kleinen Bächen übers Gesicht rann, als sie Fass um Fass und viele Kisten vom Schiff an die Küste brachten. Unterdrückte Flüche schallten über das Wasser, besonders von den Soldaten, denn es war Knochenarbeit. Der herzlose Aufseher war den Soldaten mit niedrigem Rang gegenüber fast genauso hart wie gegenüber den Gefangenen in Eisen. Der einzige Unterschied war nur, dass die Soldaten nicht wie die Sträflinge die Peitsche zu spüren bekamen.

Sie konzentrierte sich besonders auf einen Soldaten, Elijah Waugh. Seine kurze, untersetzte Gestalt unterschied sich nicht viel von der anderer Männer, doch er stach durch seine bullige Kraft hervor. Sie stellte fest, dass der Aufseher ihn nicht wegen möglicher Trägheit anschrie. Er schien Waugh zu respektieren, weil er deutlich härter war als die übrigen Soldaten – selbst als die Sträflinge, von denen viele als wilde Tiere betrachtet wurden.

Viele Tage beobachtete sie Elijah und plante ihre Rache. *Abwarten.*

Seinetwegen verharrte sie nun in diesem seltsamen Niemandsland. Getrennt von den Lebenden durfte sie doch nicht teilhaben am heiligen, ewigen Frieden. Sie hatte bemerkt, wie sie spezielle Kräfte entwickelte: Sie konnte durch Energieentladungen Dinge physisch bewegen. Außerdem konnte sie in die Köpfe von Menschen eindringen und ihnen Gedanken eingeben. Doch ihr Antrieb waren Hass und das Verlangen nach Rache, und das hielt ihre geistige Energie auf einem hohen Niveau.

Vier Taten musste Sarah vollbringen, und selbst wenn sie dazu eine Ewigkeit brauchen würde, würde sie es schaffen, denn sie war zu einer Ewigkeit von Zeit und Raum und Leere verdammt.

Als der Leichter vom Pier zum ankernden Schiff hinausfuhr, sah sie Elijah am Bug des Bootes stehen und die Ruderer anbrüllen, schneller zu rudern. Mit arrogantem Selbstbewusstsein balancierte er breitbeinig auf der schmalsten Stelle des Bootes, die Arme abweisend vor der Brust verschränkt, als ob ihm nichts und niemand auf Gottes grüner Erde etwas anhaben könnte.

Sarah glitt über die Wasseroberfläche auf den Leichter zu, Elijah ununterbrochen im Auge behaltend, und sah, wie er die Beine bewegte, um das Gleichgewicht zu halten. Als sie neben dem Holzboot ankam, sah sie ein Stück Seil ins Wasser hängen. Ein schneller Blick zeigte ihr, dass die Mannschaft mit Rudern beschäftigt war. Mit ihrer besonderen Energie schlang sie das Seil unbemerkt um seinen Stiefel und wartete ab, was geschah.

Der Leichter war auf halbem Weg zum Schiff, als sie ihre Chance sah. Das Korallenriff sorgte zwar für ruhiges Wasser in der Lagune, doch gelegentlich kam eine Welle ungebrochen durch. Sie bemerkte, wie solch eine Welle an Kraft und Höhe gewann. Sie war über zwei Fuß hoch, und als sie auf das Boot traf, zog Sarah mit einem Ruck am Seil, sodass sein Fuß über den Bug gezogen wurde. Ohne festen Halt für die Hände verlor er das Gleichgewicht und stürzte ins Meer. Prustend kam er wieder an die Oberfläche, wild um sich schlagend. Der Schwung trug das Boot noch eine Länge weiter, bevor die Ruder eingezogen wurden und der Bootsmann am Ruder zerrte, um es zur Küste zurückzuwenden.

»Wir kommen, Soldat!«, rief der Bootsmaat.

»Ich kann nicht schwimmen, Leute. Helft mir, schnell!«, schrie Elijah, der Salzwasser schluckte.

Mein Gott, wie konnte das geschehen? Den einen Augenblick noch war er der Hahn auf dem Hof gewesen, jetzt spuckte und zappelte er wie eine nasse Krähe. Er hatte schon immer eine geradezu unnormale Angst vor Wasser gehabt, davor, zu ertrinken. Er schüttelte den Kopf, um ein paar Haarsträhnen aus den Augen zu werfen, und als er das Wasser aus den Augen zwinkerte, sah er den Leichter umdrehen. Es würde gut gehen, die Jungs würden ihn rechtzeitig erreichen, auch wenn er spürte, wie ihn das Gewicht seines Körpers und die durchweichte Uniform nach unten zogen.

Voller Angst rief er: »Macht schneller, ihr Faulpelze, oder ich mach Strumpfbänder aus euren Eingeweiden!«

16

Ein bösartiges wässriges Lächeln spielte um Sarahs Mund. Unter Wasser, unempfindlich gegen die Kälte, zog sie fest an Elijahs Jacke und ließ ihn unter die Oberfläche sinken. Tiefer und tiefer zog sie ihn, während er gegen ihre übernatürlichen Kräfte ankämpfte und gegen das Gewicht seiner Sachen, seines Gurtels und seiner Stiefel. Nass wogen sie doppelt so viel wie trocken, und sie wusste, dass sie sie bei ihren Bemühungen unterstützen würden.

Ein, zwei Mal hätte er sich fast von ihr losgerissen, aber für Sarah war es ein Kampf, den sie gewinnen musste. Hatte sie nicht das Recht auf ihrer Seite? Nach kurzer Zeit wurde sein Strampeln schwächer, und seine Lungen begannen sich mit Salzwasser zu füllen. Sie ließ seine Jacke los und wandte sich ihm zu. Elijah musste wissen, dass sie da war. Er musste wissen, dass sie dafür verantwortlich war. Nur so konnte ihr Rachegefühl befriedigt werden.

Sie sah, wie Luftblasen aus seiner Nase aufstiegen, sah, wie er den Mund öffnete, verzweifelt, lebensspendende Luft einzuatmen, und doch nur noch weiteres Meerwasser aufnahm. Seine Arme standen jetzt im rechten Winkel vom Körper ab, doch er bewegte sie nicht mehr, dennoch spürte sie in ihm noch einen Rest Lebenskraft.

Die Rache ist mein bis in alle Ewigkeit! Sie projizierte den Fluch, den sie schon vor Wochen über ihm ausgesprochen hatte, in seinen Kopf und verfolgte, wie er die Augen aufriss.

Was zum …! Elijah erkannte Sarahs geisterhaftes Gesicht dicht vor seinem eigenen, und seine Züge verzerrten sich vor Angst. Wie konnte sie hier sein? Er hatte sie mit seinen eigenen Händen umgebracht, und ihre Leiche lag in der Erde Norfolks begraben. Wie also …? Und was hatte sie vor? Er versuchte, von ihr weg und nach oben zu kommen, aber sein Körper war zu schwer, seine Lungen mehr als zur Hälfte mit Salzwasser gefüllt, seine Kleidung ein totes Gewicht, das ihn nach unten zog, immer tiefer.

Sein Mund öffnete sich in einem stummen Schrei des Entsetzens, als sie ihn rachsüchtig anfunkelte, doch er stieß nur noch mehr kostbare Luftblasen aus. Was war das mit Rache? Sein Gehirn war fast schon zu verwirrt, um zu begreifen, was sie ihm eingegeben hatte, doch irgendwo im letzten Rest wachen Bewusstseins erfasste er die Botschaft. *Sie*, musste er zugeben, bevor ihn eine vernichtende Dunkelheit umgab, *hatte die letzte Schlacht gewonnen.* Im Leben wie im Tode – seinem eigenen – hatte sie ihn besiegt. Wieder.

Sarah sah zu, bis die letzten Luftblasen nach oben gestiegen waren. Sie wartete, bis seine vor Entsetzen geweiteten Augen brachen und er ganz ruhig wurde.

Drei Tage lang hatte Jessica im Cassell Cottage Ruhe, nachdem Simon aus Sydney zurückgekehrt war. Es hatte ihnen gutgetan, sich ein paar Tage lang nicht zu sehen, und Simon schien nicht mehr so kritisch und ungeduldig. Bis zum vierten Morgen ...

Jessica wollte gerade das Frühstück bringen und ging hinaus in den Wintergarten, um sich ein frisches Abtrockentuch vom Wäschestapel zu holen, den sie gestern dort abgelegt hatte.

Zu ihrem Erstaunen war das Bild, an dem sie gerade arbeitete, der Blick von Simon's Waters, von der Staffelei genommen worden, und an seiner Stelle stand das Bild mit *den Gesichtern*. Ein drittes Gesicht war mit Farbe ausgemalt worden, der Ausdruck bis ins Detail vollendet. Und wie zuvor hatte sie keine Erinnerung daran, dass sie es getan hatte. Irgendwie schaffte sie es, die aufsteigende Angst zu bekämpfen, die sie zu überwältigen drohte. Das hast du nicht getan, sagte sie sich. Das ist Sarahs Werk, dessen war sie sich jetzt sicher.

Mehrere Minuten lang studierte sie aufmerksam das Gesicht und versuchte, herauszufinden, ob sie es aus einem ihrer Träume kannte. Aber sie konnte sich nicht daran erinnern. Es war ein schmales, kantiges Gesicht, das Haar des Mannes war tiefschwarz und lang und fiel ihm in Wellen auf die Schultern. Ein dichter, überlanger Schnurrbart hing ihm zu beiden Seiten des Mundes herunter. Auch seine Augen waren dunkel, fast schwarz, und er wirkte insgesamt, als betrachte er die Welt ziemlich zynisch. Wie die anderen Figuren trug auch er eine rote Jacke mit einem weißen Lederriemen und gelben Epauletten.

»O Jesus, nicht schon wieder einer!«, ertönte Simons verärgerte Stimme dicht hinter ihr. »Der ist ja fast so hässlich wie der Erste!« Er hielt inne und fragte: »Kannst du mir sagen, wie der Kerl heißt?«

»Nein«, entgegnete sie ruhig.

»Jessica, das hier wird echt beunruhigend.«

»Ich weiß.«

»Und? Was wirst du tun?«

Traurig bemerkte sie, dass er nicht *wir* gesagt hatte, was bedeutete, dass sie mit diesem Problem allein dastand. Sie stieß einen langen Seufzer aus, bevor sie sprach. »Ich weiß nicht. Ich denke, ich werde Marcus anrufen und ihn bitten, sich das anzusehen. Vielleicht fällt ihm etwas dazu ein.«

»Ich kann dir auch hier und jetzt etwas vorschlagen. Lass uns auf der Stelle verschwinden und Norfolk für immer den Rücken kehren. Wir gehen zurück nach Perth. Dort kannst du wieder zu Nikko gehen, und ich kann den Geriatriekomplex bauen. Du weißt, wie gerne ich das würde. Es würde uns reicher machen, als wir es uns je erträumt haben. Und Jess, sollte Nikko feststellen, dass du tatsächlich an einer Neurose oder sogar an einer leichten Form von Schizophrenie leidest, dann bin ich sicher, dass es sich behandeln lässt.«

Sie wandte sich um, um ihn anzusehen, und kniff die Augen zusammen, als ihr der Gedanke kam, dass das Simon ganz ausgezeichnet passen würde. Er könnte sie wegschließen lassen, sodass sie ihn nicht länger störte und behandelt wurde, während er sich auf seinen großartigen Plan konzentrierte, um stinkreich zu werden. Plötzlich fiel ihr auf, dass er ähnliche Symptome zeigte wie ihr Vater.

»Was ist mit deiner Arbeit hier? Du bist erst knapp zwei Monate hier.«

»Zum Teufel damit«, meinte er und wedelte dramatisch

mit einem Arm. »Lass sie mich doch verklagen, wenn sie wollen.«

Sie wurde erneut nachdenklich, als sie ihn musterte, doch dann wandte sie sich dem Bild zu, als ob es eine Art faszinierender Anziehungskraft auf sie ausübte. »Ja, vielleicht wäre es ein kluger Schachzug fortzugehen.« Sie verschluckte sich und musste husten. »Wir könnten Norfolk für immer verlassen, wie du sagst.« *Und Marcus auch.* Der Schmerz in ihrer Herzgegend wollte den Gedanken daran nicht zulassen. Und die Insel. So kurz ihre Zeit hier auch gewesen war, sie hatte sich in den Ort verliebt, die Ruhe und die Freundlichkeit der Leute, die dort lebten. »Das kann ich nicht tun.«

Er gab ein tiefes Knurren von sich. »Sei doch mal ehrlich, Jess. Es ist nicht so, dass du nicht kannst; du willst nicht.« Er neigte sich vor und klopfte auf den Rand des Bildes. »Dieses verdammte Gemälde. Ich frage mich, wie ein Psychiater deine Obsession mit diesem Bild und deine morbide Faszination für Sarah einschätzen würde.« Zornig schob er die Hände in die Hosentaschen. »Gott, jetzt hast du mich schon so weit gebracht, dass ich rede, als ob ich sie für eine reale Person halten würde!«

»Vielleicht ist sie jetzt nicht mehr real, Simon, aber einst war sie es. Ich bin sicher, dass Sarah O'Riley einst genauso gelebt, geatmet, gelacht und geweint hat wie wir jetzt.«

»Tatsächlich? Jesus, Jessica, hast du schon mal daran gedacht, dass Sarah eventuell nichts anderes ist als ein Hirngespinst aus einer verdrehten Einbildung?«

»Das habe ich früher gedacht, aber jetzt nicht mehr. Nicht, seit ich sie gesehen habe.«

Er starrte sie an, als wäre ihr jäh ein zweiter Kopf gewachsen. »Du hast sie gesehen? Wovon in Gottes Namen sprichst du?«

O nein! Jessica presste die Lippen aufeinander. Zu spät hatte sie ihren Fauxpas bemerkt. Sie hatte es ihm nicht erzählen wollen. Marcus hatte gemeint, es sei vielleicht besser so. Doch sein Hohn hatte sie dazu verleitet, daher blieb ihr keine andere Wahl, als ihm alles zu erzählen.

»Ich war mit Marcus in der Slaughter Bay zum Picknicken. Ich bin ein bisschen herumgelaufen, und sie... Sarah erschien mir. Erst sah es aus wie Nebel, doch dann konnte ich ihr Gesicht und ihren Körper sehen. Sie sagte...«

»Sie hat tatsächlich mit dir geredet?«

Selbst erstaunt, lächelte sie. »Ja. Doch dann habe ich Angst bekommen, obwohl ich weiß, dass sie nicht die Absicht hatte, mich zu verletzen, und bin weggerannt.«

»Das ist wohl das Vernünftigste, das du seit Wochen getan hast«, stellte er fest und lachte dann grimmig auf. Gespaltene Persönlichkeit. O ja, er wusste, dass man einer solchen Möglichkeit sehr skeptisch gegenüberstehen sollte. Doch er verzweifelte langsam und wollte nichts ausschließen. Es könnte schließlich sein, dass sie sich in die beiden Personen Jessica Pearce und diese verdammte Sarah aufteilte. Und ihre Blackouts, ihre Gedächtnislücken, könnten stets dann auftreten, wenn sie die andere Persönlichkeit übernahm. Er war sicher, dass er vor vielen Jahren über mehrere gut dokumentierte Fälle von Personen gelesen hatte, die an einem bestimmten Punkt in ihrem Leben multiple Persönlichkeiten entwickelt hatten, die entweder durch die Vergangenheit oder Kindheitstraumata hervorgerufen wurden. Verdammt, er wünschte, er wüsste mehr darüber. Er musste Nikko anrufen. Wieder.

»Du siehst also, ich kann hier nicht weg. Es handelt sich um ein Rätsel, und Sarah und diese Gesichter sind ein Teil davon. Irgendwie bin ich darin verwickelt worden und muss es jetzt lösen.«

»Auch wenn du dabei möglicherweise den Verstand verlierst?«

Vehement schüttelte sie den Kopf. »Das glaube ich nicht. Eine Zeit lang habe ich gedacht, ich werde verrückt, weil das alles so merkwürdig war. Aber Marcus hat mir geholfen, viele Dinge über mich selbst und auch über Sarah zu sehen und zu verstehen.«

Mist! Ihm kam der Gedanke, dass Marcus möglicherweise ebenfalls nicht alle Tassen im Schrank hatte. Wer konnte das bei den dämlichen Psychologen schon sagen? »Jess, ich mache mir wirklich Sorgen um dich, weißt du.« Das stimmte zwar, aber genauso machte er sich Sorgen um sich selbst und darum, was die Leute sagen könnten. Der Ruf eines Arztes hing zum Teil auch von seinem Ansehen ab, und wenn die Leute erfuhren, dass seine Frau – ja was denn eigentlich? *Von der Rolle war? Nicht ganz dicht?* – könnte das nicht nur einen schlechten Einfluss auf seine Arbeit hier haben, sondern zudem auf seine Zukunftspläne mit dem Geriatriekomplex. Diesen zu bauen und zu betreiben würde ihm eine glänzende Karriere einbringen und auf Lebzeiten ein gesichertes Einkommen. Warum konnte Jessica das nicht einsehen? Weil sie viel zu sehr mit ihren eigenen Problemen beschäftigt war, Problemen, die sie selbst geschaffen hatte.

»Ich weiß, dass du dir Sorgen um mich machst, und ich weiß das auch zu würdigen, aber ... «

»Egal was ich sage, du willst hier bleiben.«

»Ja.« Entschlossen schob sie das Kinn vor. »So lange, bis ich dieses Rätsel gelöst habe.«

Sein Gesicht nahm den gewohnten schmollenden Ausdruck an. »Dir ist es also egal, wie ich darüber denke oder wie mir dabei zumute ist, bei dieser ... ganzen verrückten Angelegenheit?«

»Aber natürlich nicht.« Doch dann fuhr sie dickköpfig fort: »Simon, ich hatte gehofft, du würdest mich verstehen und mich dabei unterstützen.«

Ihr vorwurfsvoller Ton machte ihm ein schlechtes Gewissen. »Verdammt noch mal, Jess, das versuche ich ja«, gab er ärgerlich zurück. Er wusste, dass seine Wut zum größten Teil der Tatsache entstammte, dass er sie nicht länger beeinflussen konnte wie in der Vergangenheit. Enttäuscht über die Wendung, die ihr Gespräch genommen hatte, warf er einen letzten zornigen Blick auf das Gemälde, griff nach seiner Aktentasche und rief über die Schulter zurück: »Ich frühstücke im Krankenhaus.«

Aufgebracht stampfte Jessica mit dem Fuß auf. Es war Simon in letzter Zeit zur Gewohnheit geworden, jedes Mal, wenn er bei einer Diskussion nicht die Oberhand behielt, wegzulaufen, meistens zu seiner Freundin, der Oberschwester. Es verschaffte ihr eine gewisse Befriedigung, ihm hinterherzurufen: »Bitte! Oberschwester Levinski wird dir sicher gerne höchstpersönlich den Speck braten!«

Sarah hatte in der Nische zwischen Bad und dem großen Schlafzimmer gelauert und dem Streit des Paares ungeniert zugehört. Der Mann, Simon, konnte mit seinem fadenscheinigen Gerede und seinem Zynismus zu einem Problem werden. Schlau machte er ihre Bemühungen um Jessica zunichte, und das würde sie nicht zulassen. Dazu war ihr Ziel zu wichtig.

Außerdem gefiel es ihr nicht, dass er Jessica gewisse Medikamente gab. Was auch immer das war, sie machten es schwerer, in den Kopf ihres Opfers zu gelangen und nachts Jessicas schlafendem Körper ihren Willen aufzuzwingen. Es kostete sie viel zu viel Kraft und erschöpfte sie.

Sollte sie etwas gegen Simon unternehmen?

Das konnte sie. Es gab Mittel und Wege. Sie hatte es in der Vergangenheit schon getan. Doch damals war es um Gerechtigkeit gegangen, um Rache. Simon, stellte sie fest, war ein schwacher, selbstsüchtiger Mann. Zwar liebte er seine Frau in gewisser Weise, dachte aber zuerst immer an sich. Seine Charakterschwächen waren nicht schön, aber kein Grund, ihn zu töten.

Sie dachte an Elijah und wie sie ihn dafür hatte zahlen lassen, was er ihr angetan hatte. Und an die anderen, Dowd und McLean. Auch sie waren zu ihrer Zufriedenheit behandelt worden…

»Ich sage dir, Rupert, das macht keinen Sinn, so, wie Elijah ertrunken ist«, sagte Thomas Dowd in der halbdunklen Kaserne eine Woche, nachdem ihr Kamerad gestorben war. »Ich habe gehört, dass sein Gesichtsausdruck die Leute, die ihn auf den Felsen gefunden haben, zu Tode erschreckt hat.«

McLean zuckte mit den Schultern, als er seine Jacke auszog und sich heftig unter den Achseln kratzte. »Elijah ist nicht der Erste, der aus einem Leichter gefallen ist. Und wie die meisten von uns konnte er halt nicht schwimmen. Der Kommandant hat keine Fragen. Ich weiß also nicht, was du willst.« Er stopfte seine Pfeife, zündete sie an und setzte sich auf das untere Bett gegenüber von Dowd. »Und wen kratzt es überhaupt? Der Kerl war ein übles Schwein, so viel steht fest.«

»Das stimmt schon«, fand Dowd. Er sah zu, wie McLean zwei Kartenspiele auf der Decke ausbreitete. Mit einer Hand nahm er die Karten auf, während er sich mit der anderen über den Nacken unter seinem strähnigen Haar rieb. »Hier zieht es heute Abend ganz besonders, mir ist richtig eiskalt.« Verstohlen blickte er sich in der dämmrigen Baracke um. Die Beleuchtung bestand nur aus ein paar mickrigen Kerzen in Wandhaltern und gelegentlich mal einer auf einer Armeekiste, die gespenstische Schatten an die Wand warfen. »Es ist nur so, weißt du«, flüsterte er und wischte sich über die schweißfeuchte Stirn, »*ihr Fluch*. Rupert, glaubst du …«

»Bist du bekloppt, Mann? Halt die Klappe, Tom«, zischte McLean und ballte die Faust, als wolle er ihn schlagen.

Dowd zuckte zurück. »Is ja schon gut!«

McLean warf ihm einen vernichtenden Blick zu. »Was willst du einsetzen? Lass uns Karten spielen und Elijah vergessen und auch … du weißt schon wen.«

Etwa eine Stunde später spielten sie immer noch Karten, im Licht einer einzigen verbleibenden Kerze. Rupert McLean hatte Dowd so ziemlich alles von Wert abgenommen. Sein Gewinnstapel bestand aus ein paar Münzen, einem hübsch gravierten Zinnteller, einer kleinen Silberschachtel mit einer Goldrandbrille und einer schönen Wolldecke, auf die schon einige andere Soldaten neidisch waren, besonders in den Winternächten.

»Du hast heute Abend verdammt viel Glück, was?«, knurrte Dowd. »Hast mich völlig ausgenommen.«

»Hör auf zu jaulen, Tom, schlechte Verlierer kann ich nicht ausstehen.«

»Und du verlierst selten, stimmt doch, oder?«, beschwerte sich Dowd missmutig.

Sarah, die den Männern und dem Kartenspiel vom oberen Bett aus zugesehen hatte, fand Thomas' Feindseligkeit interessant. Andere Soldaten gingen ähnlichen Beschäftigungen nach wie die beiden, einige lagen auf ihren Betten, einer las ein Buch, und andere redeten, erzählten sich Geschichten und lachten dabei.

Sarah merkte, dass sich Thomas immer mehr aufregte.

Seine Haut hatte eine rötliche Färbung angenommen, und sein Atem ging schwer. Der Mann war schon sonst ziemlich humorlos und hatte Gerüchten zufolge ein hitziges Temperament. In der Küche der Stewarts hatte sie außerdem Gerüchte über McLean gehört. Als er nach Norfolk gekommen war, hatte er den Ruf, ein Falschspieler zu sein, aber Dowd hatte ihn nicht dabei erwischen können. *Sie* jedoch sah, dass er in jedem zweiten Spiel die Karten unter dem Stapel wegnahm und dass er ein oder zwei Extrakarten im Ärmel hatte, um seine Gewinnchancen zu erhöhen.

Vielleicht sollte sie Dowd helfen und ihm Ruperts Unehrlichkeit bewusst machen...

Rupert eine Karte aus dem Ärmel zu zupfen und auf den Boden flattern zu lassen, war leicht. Selbst der kurzsichtige Dowd konnte das kaum übersehen.

»Zum Teufel, Mann, du betrügst ja! Ich weiß es!« Dowds Wut kochte über, als er das Ass auf dem Boden sah. »Das ist dir grade aus dem Ärmel gefallen, du betrügerischer Schweinehund! Ich hab's gesehen!«

Rupert lachte verlegen, da er sah, dass sich auch andere Männer jetzt für sie zu interessieren begannen. »Ganz ruhig, Kumpel. Ich glaube, du täuschst dich. Das kam woanders her.«

»Nennst du mich etwa einen Lügner?«, fuhr Dowd auf, erhob sich vom Bett und griff McLean am Unterhemd.

Innerhalb von Sekunden entbrannte ein Faustkampf. McLean war im Vorteil, weil er größer war und eine größere Reichweite hatte, aber Dowd, untersetzter und weniger fit, war so wütend, dass er mit aller Kraft auf McLean losging.

Der Kampf zog die anderen Soldaten an. Sarah sah, wie sie sich im Kreis um die Kämpfenden aufstellten, Schimpfwörter riefen und sie heftig anfeuerten. Innerhalb von Minuten stellte sich heraus, dass McLean der bessere, ausdauerndere Kämpfer war. Er schlug Dowd voll auf die Nase, aus der Blut schoss, und das Knirschen von Knochen machte allen klar, dass er ihm die Nase gebrochen hatte.

Blutend und zerschlagen schrie Dowd seinen Gegner an. Dann fuhr seine rechte Hand plötzlich zu seinem Stiefel und zog ein Messer mit einer schmalen Klinge heraus. »Ich stech dich ab, du Schwein!«

Töte ihn, Thomas, töte ihn! Er ist ein Betrüger und ein Lügner, und er hat dich verhöhnt!, gab ihm Sarah ein. *Du kannst es, Thomas. Tu es! Zeig es allen, dass niemand Thomas Dowd hereinlegt!* Fortwährend sprach sie auf geistiger Ebene auf ihn ein, während sie Rupert zurückweichen sah.

»Komm schon, Kumpel, das Messer ist nicht nötig«, stieß er hervor. »Du kriegst alles wieder.«

»Das reicht nicht, ich will ein Stück von dir, McLean! Das wird dir eine Lehre sein, andere nicht zu betrügen!« Sarah stieg höher, sie setzte sich auf einen der freiliegenden Dachbalken, um das weitere Geschehen zu beobachten. *Töte ihn, Thomas! Töte ihn!*, sang sie weiter in seinen Gedanken.

Thomas stieß zu, aber Rupert war schneller und wich dem Kleineren aus. Doch mit einer Bewegung, deren Schnelligkeit der Hälfte der Umstehenden einen bewundernden Ausruf entlockte, drehte er sich um, stieß erneut zu und traf Rupert in den Rücken. Rupert schrie vor Schmerz auf und sank auf die Knie. Im Nu war Dowd über ihm und stach wie in einem Blutrausch immer wieder auf ihn ein, bis er sich nicht mehr bewegte.

Blutbesudelt, das Messer noch in der Hand, stand Dowd keuchend vor Anstrengung auf. Er sah die Umstehenden an. »Er...«, schnaufte er, »er hat's nicht anders gewollt, und bei Gott, ich hab's ihm gegeben, dem verdammten Betrüger!« Vorsichtshalber trat er dem leblosen Körper Ruperts noch heftig in die Rippen.

Die Reihe der Uniformierten machte Platz, als sie an der Tür ein Geräusch hörten und vier Soldaten mit aufgepflanzten Bajonetten eintraten, die das Ende gerade noch mitbekamen. Innerhalb von wenigen Minuten wurde Dowd, der jetzt anfing zu jammern, weil er mittlerweile begriffen hatte, was er getan hatte, in Ketten gelegt und abgeführt. Vier Männer wurden abgestellt, die Leiche wegzuschaffen, dem Rest wurde befohlen, sich in die Betten zu begeben und die Kerzen zu löschen.

Im hintersten Winkel der Baracke weinte ein junger Mann, dem noch kaum der Bartflaum auf den rosigen Wangen wuchs und der dem Kampf vom Rand der Menge aus zugesehen hatte, vor Selbstmitleid in die Kissen. Nach ein paar Minuten schlug einer der Soldaten in der Nähe Timothy Cavanagh auf den Kopf und wies ihn an, still zu sein.

Der Kommandant beschloss, an Thomas Dowd ein Exempel zu statuieren.

Hätte Dowd einen Sträfling auf die gleiche Art erledigt wie McLean, hätte er wohl nur mit einer milden Rüge rechnen müssen. Doch das Militärgesetz und der Glaube des Kommandanten an die Aufrechterhaltung der Disziplin erlaubten es einem Soldaten nicht, einen anderen Soldaten zu ermorden, ob er nun betrogen hatte oder nicht. Daher entschied sich das Militärtribunal, über Dowd die Höchststrafe zu verhängen, und verurteilte ihn zum Tode.

Sarah beobachtete, wie der Henker Dowd die Schlinge um den Hals legte und den Knoten an der Seite ausrichtete. Sie hatte auf Norfolk gelernt, dass die Position des Knotens wichtig war, denn sie entschied darüber, ob einem Delinquenten sauber das Genick gebrochen wurde oder ob er einen langsamen, qualvollen Tod durch Ersticken erlitt. Für sie kam der beste Teil, kurz bevor die Falltür geöffnet wurde. Sie stellte sich vor ihn und erlaubte ihm, sie zu sehen, damit er wusste, wer ihn in diese Lage gebracht hatte.

»*Ich habe es euch doch gesagt, Dowd*«, flüsterte sie mit einem triumphierenden Lächeln auf den vollen Lippen, während sie den Blick des Entsetzens auf seinem Gesicht genoss, ähnlich wie bei Elijah. Er begann zu heulen wie ein Verrückter. »*Die Rache ist mein bis in alle Ewigkeit!*«

Nan Duncan und Marcus standen im Wintergarten zu beiden Seiten des Gemäldes, ihr Blick auf die vier Gesichter geheftet, die das ehemalige Bild der Anson Bay nun dominierten.

»Ich frage mich, wie der Vierte wohl aussehen mag«, dachte Nan laut.

»Die ersten drei sehen ziemlich übel aus«, fand Marcus. »Sie wirken wie abgebrühte Veteranen. Wahrscheinlich haben sie auch in Indien gedient, seht nur, wie dunkel ihre Haut ist.«

»Die Bräune können sie sich ebenso in Sydney oder Norfolk geholt haben«, widersprach Jessica sanft, und sei es nur, um zu sehen, was er darauf antwortete.

»Das kann schon sein, aber keiner von ihnen ist jung. Der Erste, von dem wir annehmen, dass er Elijah ist, ist ungefähr Mitte dreißig. Dowd ist jünger, aber der Dritte muss ungefähr so alt sein wie Elijah. Wenn sie also als Teenager angeworben wurden, dann haben sie wahrscheinlich in mehreren Ländern rund um die Welt gedient.«

»Was hältst du von der Qualität des Gemäldes. Ich meine die Gesichter?«, fragte Jessica Nan, da sie wusste, dass sie sich genauso sehr für Malerei interessierte wie für ihre Keramik.

»Ich halte sie für ausgezeichnet. Nicht hübsch, natürlich, aber die Pinselstriche, der Ausdruck, der Blick in den Augen, das ist sehr intensiv, sehr realistisch«, fand Nan. »Wer immer das gemacht hat, hat das Talent zum Porträtmalen.«

»Das ist interessant«, fuhr Jessica fort, während sie die Zeichnung hervorholte, die sie von Sarah angefertigt hatte, »es scheint, als könne niemand anderes als ich diese Gesichter gemalt haben, und doch – seht euch die Zeichnung von Sarah an und dann die Gesichter. Das ist ein ganz anderer Stil.«

Marcus nahm Sarahs Zeichnung und heftete sie mit ein paar Reißzwecken, die er auf Jessicas Arbeitstisch gefunden hatte, über dem vierten, unvollendeten Gesicht auf das Gemälde. »Du hast Recht«, stimmte er zu, nachdem er die unterschiedliche Ausführung und Auffassung der Konturen der Gesichter miteinander verglichen hatte. Selbst einem Amateur wie ihm musste auffallen, dass die Gesichter und die Zeichnung von Sarah offenbar von zwei verschiedenen Künstlern stammen mussten.

»Meine Arbeiten, die Landschaftsbilder in Aquarell oder Acryl, unterscheiden sich stark von diesen Gesichtern. Um diesen Gesichtsausdruck so gut einzufangen, braucht man ein besonderes Talent. Wenn wir nur wüssten, wer sie sind«, fuhr Jessica wehmütig fort. Gelegentlich nagte stark die Neugier an ihr, zu erfahren, wer diese Menschen waren und welche Rolle sie in Sarah O'Rileys Leben gespielt hatten.

»Ich bekomme bestimmt bald ein paar Antworten auf meine E-Mails. Ein befreundeter Historiker in Sydney hat mir geschrieben, dass er mir eine Akte über die Namen zusammenstellt, die ich ihm gegeben habe.«

Plötzlich durchlief Jessica ein Schauer. »Glaubt ihr, dass diese Männer Sarah etwas angetan haben?«

Marcus zuckte mit den Schultern. »Das weiß ich noch nicht. Aber es könnte auch sein«, zwinkerte er ihr zu, um ihre trübe Stimmung aufzuheitern, »dass sie ihnen etwas angetan hat.«

Jessica behielt das letzte Wort. »Wenn ja, dann bin ich sicher, dass sie es verdient haben.«

17

Sue hörte aufmerksam zu, als Simon sie in seinem Büro in der Klinik über das neueste Kapitel des geistigen Verfalls seiner Frau informierte. Es fiel ihr schwer, nicht offen ihrer Freude Ausdruck zu verleihen, als er ihr erzählte, wie Jessica ihm von ihrer Begegnung mit dem Geist von Sarah O'Riley berichtet hatte. Geister zu sehen, Stimmen zu hören, Gesichter zu malen, ohne dass man sich daran erinnern konnte – für sie schienen das alles Symptome eines verwirrten Geistes zu sein. Sie spürte, dass Simon mit seiner Geduld am Ende war. Er hatte genug und brauchte etwas Stabilität in seinem Leben. Dafür würde *sie* schon sorgen, wenn die Zeit dafür reif war.

»Ich scheine nicht mehr zu ihr durchzudringen«, beklagte er sich in bitterem Tonfall. »Sie hat eine Mauer zwischen uns errichtet, es ist schlimmer als damals, als wir Damian verloren haben. Damals schien es, als ob ihr Geist an einem fernen Ort weilte und nicht zurückkommen wollte, aber jetzt ist es anders.«

Er hielt inne, um nachzudenken, wie er sich ausdrücken sollte. »Sie ist entschlossen, dieses Rätsel – wie sie es nennt – zu lösen, und nichts, was ich sage, zählt irgendwie.«

»Ja, nun, sie macht eine schwierige Zeit durch, und Sie ebenso, Simon.« Ihre Stimme und der Ausdruck in Sues Augen drückten Sympathie aus. Es war ja so einfach, Simon von ihrer Ernsthaftigkeit zu überzeugen! »Es ist offensichtlich, dass Sie alles tun, was sie können, aber manchmal, wenn jemand geistig nicht mehr zurechnungsfähig ist, kann ein Ehemann auch mit den besten Absichten der Welt nichts mehr ausrichten.«

Mit einem Kopfnicken stimmte er ihr zu. »Marcus kommt heute Vormittag. Er sagte etwas davon, mit Jessica etwas anderes zu versuchen. Ich weiß nicht recht. So langsam verliere ich das Vertrauen in das, was er tut, denn ich sehe bei ihr keine Veränderung zum Besseren.«

»Warten wir doch einfach erst einmal ab, was er vorschlägt«, riet sie. Dann gab sie ihm listig einen Gedanken ein, da sie seine langfristigen Pläne kannte. »Ihnen ist doch bewusst, dass Sie, sollte Jessica wirklich für unzurechnungsfähig erklärt oder zur Behandlung auf unbestimmte Zeit in ein Sanatorium eingewiesen werden, ihre Angelegenheiten regeln müssen.«

Er fixierte sie scharf. »Daran habe ich noch gar nicht gedacht. Sie hat ein beträchtliches Aktienpaket. Aber Sie haben Recht, wahrscheinlich muss ich mich darum kümmern.« Plötzlich ließ er die Schultern hängen, als ob er sich geschlagen gäbe. »Ich hoffe, dass es nicht dazu kommt, aber ...«

»Natürlich«, warf sie schnell ein, »das hoffen wir doch alle. Aber es ist besser, wenn man auf das Schlimmste vorbereitet ist. Es ist für alle Fälle klüger, mit einem Anwalt darüber zu reden.«

»Ja, das werde ich. Und ich werde ihr ein Rezept für ein

anderes Beruhigungsmittel ausstellen, das stärkste, das auf dem Markt zu haben ist.« Er sah Sue an. »Werden Sie es für mich einlösen?«

»Aber gerne.«

Es hätte nicht besser laufen können, wenn sie es von Anfang an so geplant hätte, um Simon Jessica zu entfremden. Er war frustriert und mutlos und, wie sie vermutete, obendrein ungeduldig, sowohl mit Jessica als auch mit Marcus. Bald würde sie den Vorschlag machen, Marcus durch einen richtigen Psychiater zu ersetzen, einen, den sie auswählen würde. Und mit dem richtigen Anreiz, selbstverständlich sehr subtil angeboten, würde dieser sicherlich eine Diagnose stellen, die Jessica Pearce vollständig aus dem Weg schaffen würde. Und sobald dies erreicht war, würde sich ihr Einfluss auf Simon verzehnfachen.

»Simon, Sie wollten mir doch die Pläne für den Geriatriekomplex zeigen, den Sie bauen wollen.«

»O ja«, erinnerte er sich begeistert. Er griff in den Aktenschrank hinter sich und öffnete die mittlere Schublade. »Ich habe gerade die überarbeiteten Pläne erhalten, die der Gemeinderat genehmigt hat. Sobald ich nach Perth zurückkomme, kann es losgehen.« Er breitete die Blaupausen auf seinem Schreibtisch aus und zeigte ihr die verschiedenen Punkte.

»Das ist wirklich ein wundervolles Konzept«, erklärte sie lebhaft, obwohl es ihren Horizont überstieg, detaillierte Architektenpläne zu lesen. »Sie scheinen an alles gedacht zu haben.«

»Dieses Gebäude wird die Unterbringungsmöglichkeiten und Pflege in der Geriatrie im einundzwanzigsten Jahrhundert revolutionieren. Wissen Sie, heutzutage gehen die Menschen früher in den Ruhestand, und sie leben nicht mehr in der gleichen familiären Situation wie noch vor fünfzig Jahren. Daher wird sich das Konzept – bei dem man zuerst unabhängig in Appartements im Stil von Luxusferienwohnungen wohnt, später mit Hotelunterbringung und schließlich mit dem vollen Pflegeprogramm auf einem bislang noch nie dagewesenen Niveau – auf jeden Fall gut verkaufen.«

»Wie sieht es mit der Finanzierung aus?«

»Die steht bereits. Ein Konsortium aus Ärzten, die das als eine Art Rentenbeitrag für ihren eigenen Ruhestand sehen, möchte sich beteiligen. Es kann nicht schiefgehen.«

»Darf ich eintreten?«, erklang eine männliche Stimme, als sich die Tür einen Spalt öffnete.

»Marcus. Natürlich«, erwiderte Simon und rollte die Pläne zusammen. »Wir haben gerade von Ihnen gesprochen.«

»Hallo Marcus«, sagte Sue und wandte sich dann an Simon. »Ich mache jetzt mal meine Runde.« Sie steckte das Rezept ein, das er ihr gegeben hatte, und stand auf. »Ich sehe Sie beim Mittagessen.«

Mittagessen. Marcus hob die Augenbrauen. Diese beiden steckten ja immer öfter zusammen. Fast jedes Mal, wenn er Simon besuchte, um ihm seinen Fortschrittsbericht zu geben, war Sue Levinski aus irgendeinem Grund entweder in seinem Büro oder kam gerade heraus oder ging gerade hinein. Es war nicht so, dass er Simon nicht vertraute, aber bei Sue war das anders. Was Männer anging, hatte sie auf der Insel den Ruf eines Piranhas. Und Simon und Jessica hatten eine Ehekrise. Er hielt die dunkelhaarige Sue durchaus für fähig, das zu ihrem Vorteil zu nutzen.

Würde dir selbst das nicht ebenfalls sehr gut passen?, fragte eine Stimme in seinem Kopf. Wenn Simon sich einen Seitensprung erlauben würde, würde es doch dein eigenes Gewissen beruhigen, so wie du für Jessica empfindest! Der Gedanke beunruhigte ihn, daher verbannte er ihn in den hintersten Winkel seines Kopfes, als er sich Simon gegenübersetzte.

»Marcus«, begann Simon ohne große Vorrede, »ich mache mir mehr Sorgen um Jessica als je zuvor. Ich glaube nicht, dass sich irgendeine Art der Verbesserung zeigt. Ganz im Gegenteil, ich glaube, es geht ihr schlechter: Was auch immer sie quält, beeinflusst sie immer mehr.«

Ein paar Sekunden lang schwieg Marcus. Er versuchte, die Dinge aus Simons Sicht zu betrachten. *Scheinbar* gab es keine Verbesserung, aber er persönlich sah auch keine Verschlechterung. »Ich wollte mit Ihnen darüber reden, das Problem anders anzugehen. Ich möchte Jessica hypnotisieren und sehen, was sie unter dem Einfluss der Hypnose erzählt.« Er sah Simon direkt in die Augen und versicherte ihm: »Das ist ein rein medizinisches Verfahren.«

Simon schien nicht überzeugt. »Wie könnte ihr das helfen?«

»Sie haben eine Theorie von einer Spaltung oder dem Beginn einer multiplen Persönlichkeit erwähnt. Wenn ich sie weit genug zurückführen kann, dann kann ich diese Theorie vielleicht beweisen oder widerlegen. In den meisten Fällen weiß der Hypnotiseur nicht, was der Patient ihm enthüllen wird«, meinte er entschuldigend, »es ist also ein wenig wie eine Entdeckungsreise.«

»Könnte es Jess noch mehr Schaden zufügen? Ich möchte sie ungern zu etwas überreden, wenn die Möglichkeit besteht, dass sie dadurch verletzt wird.«

Marcus runzelte nachdenklich die Stirn, die Vor- und Nachteile abwägend. »Das würde ich genauso wenig wollen. Ich kann Ihnen zwar keine hundertprozentige Garantie geben, aber ich glaube nicht, dass es ihr mental oder emotional schaden könnte. Aber es könnte uns helfen, mehr darüber herauszufinden, was ihr fehlt… vielleicht sogar mehr über Sarah. Ich glaube, es ist den Versuch wert, aber es ist Ihre Entscheidung.«

»Und Jessicas?«

»Natürlich.«

»Gut, dann können wir es ja versuchen. Aber ich möchte dabei sein, wenn Sie das tun.«

»Das hoffe ich doch. Ich dachte, es wäre eventuell besser, wenn wir das bei uns machen, anstatt im Cassell Cottage, wo doch viele der merkwürdigen Ereignisse stattgefunden haben.«

»Das ist mir recht. Wann?«

Marcus fuhr sich mit den Fingern durch die Haare und verschränkte sie dann hinter dem Kopf. »Je früher, desto besser. Wenn es Jessica recht ist, morgen Abend.«

Sie war nervös. Zwar hatte Marcus sie beruhigt, dass dazu kein Grund bestand, dass sie unter Hypnose nichts sagen würde, was ihr unangenehm war, doch sie war trotzdem nervös. Sie selbst war noch nie zuvor hypnotisiert worden, aber an der Uni hatte sie einmal erlebt, wie ein Kommilitone hypnotisiert wurde. Es war nichts Dramatisches gewesen, eigentlich sogar ziemlich unspektakulär, daher bestand kein Grund zur Nervosität, oder?

»Bevor wir anfangen, möchte ich dir sagen, was ich über die Namen herausgefunden habe, die du mir genannt hast. Alle, Sarah, Waugh und Dowd, sowie Captain Stewart und seine Frau Cynthia, haben existiert.« Er warf Simon einen kurzen Blick zu. »Damit hätten wir bewiesen, dass Jessicas Träume auf wirklichen Menschen basieren, die alle einmal auf Norfolk gelebt haben.«

»Du meine Güte, das ist erstaunlich«, meinte Nan überrascht und strahlte Jessica an. »Das scheint mir gleichzeitig der Beweis zu sein, dass du nicht halluzinierst.«

305

Jessica lächelte ihr dankbar zu. Sie waren also wirklich real. Gott sei Dank!

»Sarah kam mit ihrem Mann Will nach Sydney, und wie in Jessicas Traum starb Will an Lungenentzündung, woraufhin Sarah bei den Stewarts arbeitete. In den Militärunterlagen finden sich auch Belege dafür, dass Corporal Elijah Waugh wegen der versuchten Vergewaltigung von Sarah vor das Kriegsgericht kam. Er verlor seine Streifen, wurde ausgepeitscht und zu einer Kompanie in die Minen von Newcastle geschickt. Schließlich wurde er gemäß den Regimentsakten nach Norfolk strafversetzt. Diese Unterlagen besagen ebenso, dass Dowd auf der Insel war. Interessant ist«, fuhr Marcus fort, »dass Waugh im November 1853 ertrank und Dowd Streit mit einem Soldaten bekam, ihn tötete und im selben Jahr noch dafür gehenkt wurde. Ich denke, wir können davon ausgehen, dass das neue Gesicht im Gemälde das des Mannes ist, den Dowd getötet hat, ein gewisser Soldat Rupert McLean.«

»Aber was geschah mit Sarah?«, wollte Jessica wissen.

»Nun, sie war Haushälterin bei den Stewarts auf Norfolk, bis sie irgendwann im Oktober 1853 verschwand. Man hat intensiv nach ihr gesucht, aber keine Spur von ihr gefunden. Ein Eintrag in Captain Stewarts Tagebuch besagt, dass sie entweder ins Meer gestürzt und ertrunken sei oder sich im Busch verlaufen hatte – der damals noch sehr dicht war –, die Orientierung verlor und verdurstete oder verhungerte.«

»Wie schrecklich.« Jessica erschauderte bei dem Gedanken, dass eine so lebendige Frau wie Sarah ein so unrühmliches Ende genommen haben sollte. Dann dachte sie an das Kind. »Was passierte mit Meggie?«

»Das weiß ich noch nicht«, gab Marcus zu. »Ich erwarte in Kürze weitere Informationen. Aber«, fuhr er nach einer kleinen Pause fort, »was wir bislang wissen, ergibt schon ein Bild. Es erklärt nur noch nicht die Verbindung zwischen Sarah und den anderen Männern, außer Elijah.« Er lächelte Jessica an. »Aber ich hoffe, wir können unter Hypnose mehr darüber erfahren.«

Er bat Jessica, sich in den bequemsten Sessel zu setzen, und bedeutete Simon und Nan, sich außerhalb ihres Sichtfeldes zu halten, damit sie sich auf das konzentrieren konnte, was er tat. Er zog einen kleinen Recorder hervor und zeigte ihn ihr. »Wenn es dir und Simon recht ist, möchte ich das Gespräch gerne aufzeichnen. Das könnte uns später nützlich sein.«

»Von mir aus«, meinte Jessica.

»Das ist absolut schmerzfrei«, versicherte Marcus ihr lächelnd. »Ich hoffe nur, du bist für Hypnose empfänglich. Das ist nicht jeder, weißt du. Ich möchte, dass du dich hierauf konzentrierst.« Er zog einen Anhänger mit einer runden Scheibe aus der Tasche und hielt ihn ihr vor die Augen. »Sieh zu, wie er sich dreht, und konzentriere dich ausschließlich darauf. Und zähl dabei bitte von hundert rückwärts. Nach einer Weile wirst du müde werden und die Augen schließen wollen. Kämpf nicht dagegen an, überlass dich ganz diesem Gefühl. Dann wirst du nur noch meine Stimme hören und tun, was ich sage.«

»Neunundneunzig, achtundneunzig.« Jessica fühlte sich komisch und nicht im Mindesten müde. »Achtundachtzig, … sechsundsiebzig.« Die Scheibe schien sich immer schneller zu drehen, sie musste zwinkern. »Vierundsechzig.« Ihre Augenlider wurden schwer. Sie würde sie eine Weile schließen. Was sagte Marcus gerade …? Er hatte eine schöne, weiche Stimme, der man gerne zuhörte. »Einundsechzig …«

»Entspann dich, Jessica, dir kann nichts geschehen. Entspann dich einfach. Jeder Knochen in deinem Leib, jeder

Muskel wird schwerer und schwerer, auch deine Augenlider. Schließ sie, Jessica. Entspann dich, atme tief ein und aus. Ich werde dich nun in der Zeit zurückführen zu einigen Ereignissen in deinem Leben.«

Er wartete etwa noch eine Minute, um zu sehen, ob sie auch wirklich tief und gleichmäßig atmete. »Nun, Jessica, es ist dein fünfundzwanzigster Geburtstag. Wie heißt du, und wo bist du?«

»Mein Name ist Jessica Rose Ahearne, und ich bin in einem Restaurant in Perth. Alison, Keith und Dad sind bei mir. Wir haben doppelt Grund zum Feiern, da ich gerade einen großen Bonus von meinen Arbeitgebern, Lowe und Greiner, bekommen habe.«

»Das ist gut. Jetzt bist du sechzehn, und es sind Weihnachtsferien.«

Sie zögerte etwa zwanzig Sekunden. »Ich habe eine tolle Zeit mit meinen beiden besten Freundinnen Liah und Christine am Strand. Drei Jungs machen uns an. Der in der Mitte gefällt mir. Sie kommen zu uns herüber«, in ihrer Stimme lag mädchenhafte Vorfreude. »Er heißt Michael. Oh, er ist nett … Er fragt mich, ob ich mit ihm ins Drive-in komme. Dad wird es mir nicht erlauben, deshalb muss ich mich rausschleichen.«

»Ist das nicht unrecht, Jessica?«

»Ja, aber ich habe das schon öfter getan. Dad ist ziemlich streng, und mir macht es ehrlich gesagt einfach Spaß. Ich muss nur aufpassen, dass Alison es nicht rauskriegt, sonst macht sie mich zur Schnecke.«

»Schön, Jessica, das ist sehr gut. Wir gehen nun noch ein wenig weiter zurück. Du bist … zehn, und du bist zu Hause. Was passiert gerade?«

»Mami ist so krank«, ihre Stimme zitterte. »Sie kann nicht aufstehen, und Dad macht sich ernsthaft Sorgen. Er spricht kaum mit mir und Alison, sondern ist fast die ganze Zeit bei Mami. Alison ist richtig gemein.« Jessica klang jetzt fast kindlich. »Sie sagt, Mami hätte das große K, was auch immer das ist, und dass sie wahrscheinlich in ein oder zwei Jahren stirbt. Ich hasse Alison, sie lügt.« In ihren Augenwinkeln blinkten Tränen und liefen ihr schließlich über die Wangen.

»Schon gut, Jessica«, beruhigte sie Marcus. »Du musst nicht traurig sein. Entspann dich, lass den Schmerz gehen. Jetzt bist du noch viel jünger, dreieinhalb Jahre alt und im Kindergarten. Magst du den Kindergarten, Jessica?«

»O ja«, erwiderte sie mit Babystimme. »Zuerst nicht, weil Mami mich allein gelassen hat, aber dann habe ich eine Freundin gefunden. Sie heißt Tara. Wir spielen zusammen.« Sie kicherte. »Sie beschützt mich vor Alex, weil er so grob ist. Ich mag Alex nicht, weil er mir meinen Saft wegnimmt und mich schubst.« Sie zögerte ein paar Sekunden. »Mami hat gesagt, ich muss mich gegen ihn wehren.« Sie lächelte. »Das habe ich auch getan.«

»Was hast du getan, Jessica?«

»Heute Morgen hat mich Alex geschubst, und ich habe ihn zurückgeschubst. Er ist hingefallen und hat sich das Knie aufgeschlagen, ganz schlimm, er brauchte zwei Pflaster. Mrs. Booth war böse auf mich, aber das war mir egal.«

»Warum, Jessica?«, forschte Marcus.

»Tara sagt, er wird mich nicht mehr schubsen.«

Marcus grinste befriedigt. Typisches Vorschulverhalten. Sie sprach auf die Hypnose gut an, und ihre Atmung blieb entspannt. Nun kam der große Test. Sollte er sie noch weiter zurückführen, zurück in die Zeit vor ihrer Geburt? Was würde er dabei erfahren? Vielleicht nichts. Außerdem barg es ein gewisses Risiko, denn die Patientin könnte verwirrt werden oder sich aufregen.

»Das könnte jetzt schwierig für dich sein, aber ich möchte, dass du noch ein paar Jahre zurückgehst, in die Zeit, bevor du Jessica Rose Ahearne warst. Kannst du das?«

Schweigen.

»Jessica, bist du da? Sprich mit mir.«

Plötzlich holte Jessica tief Luft, und ihr Körper zuckte zusammen.

»Ich werd' mit Ihnen reden, aber ich bin nicht Jessica, sondern Sarah O'Riley. Was wollen Sie wissen?«

18

Marcus warf einen Blick auf Simon, sah, wie dessen Augenbrauen nach oben schossen und sein Kiefer herabfiel. Wer auch immer jetzt sprach, hatte eindeutig einen irischen Akzent.

»Ah, Sarah«, sagte er, »ich habe gehofft, dich zu erreichen. Ich weiß ein wenig über dich, Sarah, aber ich wüsste gerne mehr. Wo bist du geboren, und wie war dein Name?«

»Ich hieß Sarah Flynn, bis ich meinen Will geheiratet habe und O'Riley hieß. Meine Familie kam aus Armagh. Pa hatte eine Farm dort, und wir waren furchtbar arm.«

»Warst du in Armagh auch in der Schule, Sarah?«

»Natürlich!«, fuhr sie beleidigt auf. »Bis zur vierten Klasse. Und ich war eine der Besten in Father O'Connels Klasse, das kann ich dir sagen.«

»Da bin ich sicher«, versuchte Marcus sie zu beruhigen, da er erkannte, dass sie ein hitziges Temperament hatte. »Hast du auf der Farm bei deinem Vater gearbeitet?«

»Ja, ich und Paddy. Er ist mein Bruder. Also er hat die

schwere Arbeit gemacht. Ich hab beim Pflanzen geholfen und die Kühe gemolken und das Vieh gefüttert.«

»Hast du immer auf dem Land gelebt, Sarah?«

»O nein. Mit elf bin ich nach Dublin gekommen, nach Papas Tod. Ma hat eine Haushaltsstelle bei einem Doktor angenommen, aber nachdem mein Bruder gestorben war, ist sie krank geworden und einfach auch gestorben. Ich habe dann in den Docks gearbeitet, für einen Schiffsausrüster. Da habe ich dann Will getroffen.«

»Warst du glücklich mit Will?«

»O ja, sehr glücklich, besonders, als unsere Tochter Meggie geboren wurde. Wir wollten uns ein eigenes Leben in Sydney aufbauen. Will hatte Pläne, weißt du.«

»Was für Pläne, Sarah?«

»Er wollte eine Landzuteilung. Es hieß, dass die Regierung so etwas manchmal den Soldaten gewährt, wenn sie ihren Dienst geleistet haben, wusstest du das nicht?« Sie schien sich über sein mangelndes Wissen aufzuregen. »Wir haben alles gespart für unsere eigene Farm, wollten Schafe und Rinder züchten. Aber dann …«

Sie hielt inne, und Marcus runzelte die Stirn. Ihr Tonfall hatte sich geändert, er klang jetzt emotionaler. »Was ist geschehen, Sarah?«

»Mein Will ist erkrankt und dann … dann ist er dahingeschieden.«

»Und du bist nach Norfolk gekommen, nicht wahr?«

»Ja.« Es schien sie zu überraschen, dass er das wusste. »Und es ist der schlimmste Ort auf Erden. So viel Grausamkeit und Schmerz.«

»Hier hast du Elijah Waugh wiedergetroffen, nicht wahr? Und auch Thomas Dowd und Rupert McLean?«

»O ja.« Jessica zuckte mit den Schultern, und ihr Gesicht verzog sich einen Moment lang zu einer Grimasse des Abscheus. »Dowd schleicht ständig um mich herum und versucht, mich in ein Gespräch zu verwickeln. Aber ich will nicht, weil ich seinen Anblick nicht ertrage. Und Elijah muss Abstand halten, Gott sei Dank. Sein böser Blick macht mir Angst. Der Captain hat ihn in ein Holzfällerlager schicken lassen, deshalb fühle ich mich ein wenig sicherer. Er fährt mit dem nächsten Schiff weg, das hier vor Anker geht, das hat mir der Captain versprochen.«

»Was ist mit Rupert McLean? Kennst du ihn?«

»Rupert McLean!« Jessicas Lippen verzogen sich verächtlich. »Der Mann ist so frech wie ein Bettler. Kam eines Tages an, als ich die Quality Row entlangging und fragte mich, ob ich seine Frau sein wollte. Nicht seine Ehefrau, wohlgemerkt, sondern seine... Hure. Dem hab ich aber die Leviten gelesen!«

»Und was ist mit dem anderen Mann, der im Bild noch fehlt?«

Es entstand eine kurze Pause. »Der. Timothy Cavanagh. Ein rückgratloser, schwacher Bursche. Ich hab ihn gar nicht beachtet, aber ich glaube, Maude Prentiss hatte eine Schwäche für ihn.«

»Und wer ist Maude?«

Seine offensichtliche Dummheit entlockte ihr einen ungeduldigen Seufzer. »Mrs. Stewarts Mädchen natürlich.«

Marcus hielt kurz inne. Das ging besser als erwartet, aber jetzt musste er ihr die schwerste Frage stellen. »Welche Beziehung hast du zu Jessica, Sarah? Ist Jessica Pearce eine Reinkarnation deines Geistes?«

»Nein«, wies Sarah die Vorstellung von sich. »Mein Geist gehört mir und Jessicas auch.«

»Warum... benutzt du dann Jessica?«

Nach einer längeren Pause antwortete sie: »Ich muss. Sie muss mir helfen, zu...« Wieder hielt sie inne.

»Was muss sie dir helfen?«, forschte Marcus. »Hat es etwas mit den vier Männern zu tun, den vier Gesichtern im Bild?«

Er beobachtete Jessica jetzt scharf, um zu sehen, ob sie eine Reaktion auf seine Fragen zeigte. Sie wurde unruhig, ihr Atem ging schneller, und sie zeigte Anzeichen von Furcht.

»Warum fragst du mich das? Das geht dich nichts an«, bekam er zornig in starkem irischem Akzent zur Antwort. »Ich werde dir keine weiteren Fragen mehr beantworten!«

»Sarah? Sarah, bist du da?«

Schweigen.

»Holen Sie Jessica da raus, Marcus«, zischte ihn Simon an. Er hatte etwas Ungeheuerliches beobachtet und war total verwirrt. Mit seinen eigenen Ohren hatte er Jessica mit irischem Akzent reden hören und Sätze benutzen, die vielleicht im neunzehnten Jahrhundert üblich gewesen waren. Sie hatte außerdem bestätigt, was Marcus zuvor gesagt hatte, dass alle Menschen, die Jessica genannt hatte, irgendwann gelebt hatten, genau wie Sarah. Er unterdrückte einen Schauer der Unbehaglichkeit, als er Marcus beobachtete, der mit aufreizender Langsamkeit Jessica wieder zu Bewusstsein brachte. Als er zu Beginn Sarahs Stimme gehört hatte, wäre er fast in Panik geraten und wollte aus dem Raum rennen, fort von allem.

Nur die Furcht, für einen Feigling gehalten zu werden, ließen ihn sitzen bleiben. Gott Allmächtiger, in was waren sie da nur hineingeraten? Hypnose, Reinkarnation, Geister! Und diese Sarah hatte seine Theorie von der gespaltenen Persönlichkeit widerlegt und ihm das unangenehme Gefühl gegeben, dass Marcus Recht haben könnte. Hier war definitiv eine unbekannte, übernatürliche Kraft am

Werk. Irgendein Wesen aus einer Niemandswelt konnte nach Belieben von seiner Frau Besitz ergreifen und sie Dinge tun lassen, an die sie sich später nicht mehr erinnerte. Und nutzte das weidlich aus – so wie sie diese Gesichter über das Bild der Anson Bay gemalt hatte. Das überstieg seine Vorstellungskraft und war mehr, als er bewältigen konnte.

Jessica gähnte und streckte sich. Sie sah Marcus an.

»Wie lief es denn?«

»Du kannst dich an nichts erinnern?«, fragte Simon, ihr eine Hand auf die Schulter legend.

»Nein, an nichts.«

»O mein Gott, ich ertrage das nicht!«, schrie Simon fast und ballte die Hände zu Fäusten. »Ich muss gehen.« Er sah Marcus an. »Bringen Sie bitte Jessica nach Hause?«

»Natürlich«, stimmte Marcus zu, obwohl er seine Enttäuschung über Simons Verhalten nicht verbergen konnte. Jessica brauchte seine Unterstützung, nicht dass er davonlief.

Simon sah Jessica an. »Es tut mir leid, Liebes«, stieß er hervor, bevor er fluchtartig das Zimmer verließ, als ob alle Dämonen der Hölle hinter ihm her waren.

»Na, das ist ja nicht viel Unterstützung«, fand Nan, zornig über Simons Abgang. Sie umarmte Jessica, weil sie so verwirrt aussah und wirkte, als könne sie Trost brauchen. »Mach dir mal keine Sorgen, meine Liebe. Vielleicht ist es besser, wenn er nicht hier ist. Du willst dir doch sicher das Band anhören, nicht wahr?« Als Jessica nickte, fuhr sie fort: »Ich setze derweil den Kessel auf und mache uns eine Tasse Kaffee, während Marcus zurückspult. Dann hören wir es uns gemeinsam an.« Sie lächelte Jessica zuversichtlich an. »Das ist wirklich erstaunlich und beweist definitiv, dass du nicht verrückt bist.«

»Tut es das?« Jessica richtete ihre Frage an Marcus.

»Ich glaube schon.« Allein ein Blick in diese blauen Tiefen richtete in seinem Inneren merkwürdige und wunderbare Dinge an. In ihren Augen lag ein Vertrauen, das ihn fast beschämte. Und er war wirklich stolz auf sie, denn sie hatte großen Mut bewiesen, sich der Hypnose zu unterziehen. Mit dem Ergebnis war er außerordentlich zufrieden. Mehrere Punkte hatten geklärt werden können, und er hatte noch weitere Namen, nach denen er forschen konnte. Langsam löste sich das Rätsel und lief auf einen Höhepunkt zu. Und der würde kommen, wenn Sarah das vierte Gesicht gemalt hatte, da war er sicher.

Simon fuhr wie ein Besessener. Zuerst hatte er kein bestimmtes Ziel, doch als sich die Dunkelheit über die Insel senkte, wurde ihm klar, wohin er fuhr. Sue Levinskis Wohnung, denn er wusste, dass sie um sechs Dienstschluss hatte. Er musste mit jemandem reden, um die Sache loszuwerden, und wer war dazu besser geeignet als Sue? Sie hatte Verständnis für sein Problem gezeigt. Hatte sie das nicht von Anfang an? Er nickte bestätigend, während er fuhr.

Aus Gewohnheit verschloss er die Autotür, bevor er die Stufen hinaufging, und da er Licht hinter der Glasscheibe sah, klopfte er an.

»Simon!«, rief Sue erschrocken. »Was ist los? Sie sehen ja schrecklich aus. Kommen Sie herein!«

»Vielen Dank. Es ist furchtbar. Haben Sie etwas zu trinken?«

»Southern Comfort?«

»Sehr gut. Ich würde auch Kochwein nehmen, wenn es nichts anderes gibt.«

Sie füllte ein Glas zur Hälfte mit dem Alkohol, fügte ein paar Eiswürfel hinzu und reichte es ihm. Ihre Augenbrauen hoben sich aus Überraschung oder Bewunderung, als sie beobachtete, wie er die Flüssigkeit ohne die Eiswürfel hinunterstürzte. Sie füllte das Glas auf und bedeutete ihm, sich auf das Sofa zu setzen. Dann wartete sie, bis er sprach.

Nun am Alkohol nippend, sagte er: »Gott, das habe ich gebraucht. Ich... ich komme gerade von den Hunters.«

»O ja! Wie lief es denn mit der Hypnose?« Sie persönlich war der Meinung, dass nur Menschen mit einem schwachen Willen hypnotisiert werden konnten, und sie war sich nicht einmal sicher, ob Marcus dazu überhaupt in der Lage war.

»Es hat mich zu Tode erschreckt«, bekannte er mit brutaler Offenheit. »Marcus hat Jessica hypnotisiert und sie durch verschiedene Stadien ihrer Vergangenheit bis in ihre Kindheit zurückgeführt. Und dann kam auf einmal diese fremde Stimme aus ihrem Mund...« Er sah Sue an und schüttelte den Kopf, als ob er es immer noch nicht glauben könnte. »Das war Sarah!«

»Oh, wirklich!« Sue musste ein Lächeln unterdrücken. Was für einen Hokuspokus zog Marcus da ab, und warum? Sarah O'Riley, also wirklich. Was für ein Unsinn!

»Das hat mich völlig umgehauen, Sue. Diese Stimme war völlig anders als die von Jess, und sie hatte einen irischen Akzent und sprach von Dingen, die vor über hundert Jahren passiert sind.«

»Und Sie sind sich sicher, dass das nicht nur geschauspielert war? Vielleicht wollte Jessica Sie alle hereinlegen?«

Er nickte. »Zuerst wusste ich nicht, was ich davon halten soll. Sarah hätte ja eine der gespaltenen Persönlichkeiten von Jessica sein können, oder vielleicht war es auch eine Halluzination. Aber Marcus ist tatsächlich auf der richtigen Spur. Sarah ist eine Art Geist, der einen Teil von Jessicas Leben übernommen hat.«

»Aber wozu?«, fragte Sue, während sie sein Glas erneut füllte.

»Das wollte sie nicht sagen. Sie ist richtig wütend geworden, als Marcus sie direkt danach gefragt hat. Ich kann nur sagen, das Ganze war verdammt seltsam. Es hat mich fast wahnsinnig gemacht vor Angst. Ich habe es nicht mehr ertragen, also bin ich gegangen.«

»Armer Simon. Es muss schrecklich für Sie gewesen sein«, versuchte sie ihn zu trösten. Sag das Richtige. Lass ihn denken, dass du mit ihm fühlst.

»Ich weiß nicht, was ich tun soll… Ich habe ein geordnetes Leben geführt, alles lief genau nach Plan, bis wir hierher gekommen sind. Und jetzt ist auf einmal alles anders. Ich habe mich verändert. Jessica hat sich verändert. Es ist, als ob man in einem nicht enden wollenden Albtraum lebt«, endete er, sich selbst bemitleidend, und lehnte den Kopf ans Sofa.

»Haben Sie schon gegessen?«, fragte sie, und als er den Kopf schüttelte, stand sie auf und bot ihm an: »Ich mache Ihnen schnell etwas. Sie werden sich besser fühlen, wenn Sie etwas im Magen haben.« Das hatte ihre Mutter immer gesagt.

Als sie aufstand und zur Kochnische ging, fiel ihm erst auf, wie spärlich sie bekleidet war. Sie trug lediglich ein durchscheinendes weißes Hemd, das ihr nur halb über die Oberschenkel reichte und unter dem er die Umrisse eines schwarzen Büstenhalters und sehr kurzer Spitzenhöschen erkennen konnte. In seiner Brust wurde eine Art Kickstarter betätigt, dessen Reaktion sich langsam in seine Lenden vorarbeitete. Er musste schlucken und sah weg…

Doch nicht schnell genug, dass Sue seinen Blick nicht bemerkt hätte. Lächelnd verstärkte sie den Schwung ihrer Hüften, als sie die Kühlschranktür öffnete und sich extra

317

tief bückte, um ihm einen Ausblick auf ihre wohlgeformten Beine und ihren Hintern zu gönnen.

»Ist schon gut, ich habe keinen Hunger«, brachte er umständlich hervor, von seiner eigenen Reaktion auf sie aus dem Konzept geworfen. Sein Blick heftete sich wie gebannt auf sie. Jesus, warum war ihm das nicht schon viel früher aufgefallen? Seit zwei Monaten sah er sie nun fast jeden Tag, und doch hatte er sie offenbar noch nie richtig angesehen. Nun, jetzt hatte er die Augen auf, und was er sah, gefiel ihm. Sue Levinski war nicht nur eine gefühlvolle, fürsorgliche Person, sie war auch eine schöne, sogar eine sehr schöne, begehrenswerte Frau. Im unteren Rücken machte sich ein Kribbeln bemerkbar, das sich langsam bis in seinen Schoß ausbreitete. Mein Gott, was fiel ihm nur ein? Doch die Antwort darauf war ihm sehr gut bekannt. Er stürzte den Rest Whisky hinunter und wollte aufstehen. Er musste hier weg, bevor er sich zum Narren machte.

Im nächsten Moment war sie neben ihm und hielt ihn am Arm. »Gehen Sie nicht, Simon. Noch nicht.« Sie trat hinter ihn und legte ihm die Hände auf die Schultern. »Sie sind so verspannt. Lassen Sie mich das machen. Ich bin eine ziemlich gute Masseurin.«

Obwohl sie zierlich war, fühlten sich ihre Hände, die ihn zum Sofa zurückführten, an wie Stahlklammern. Sein Stöhnen war eine Mischung aus Schmerz und Vergnügen, als sie ihre Finger gnadenlos in seine verspannten Schulter- und Nackenmuskeln grub.

»Oh, mein Gott, tut das gut!«

»Das freut mich. Ohne Ihr Hemd wäre es allerdings weitaus effektiver«, schlug sie vor und lächelte wissend, als er begann, es aufzuknöpfen. Das ging ja leichter als erwartet. Dass er zu ihr gekommen war, war ein Zeichen dafür, dass er sich bei ihr wohl fühlte und ihr alles erzählen konnte. Sie entschied, dass es an der Zeit war, in ihrer Beziehung einen Schritt weiter zu gehen.

Zehn Minuten später schnurrte er fast vor Zufriedenheit. Ihre Hände vollbrachten ein Zauberkunststück, musste er zugeben. Sie hatten jeden verspannten Muskel in seinem Rücken gefunden und ihn bearbeitet, bis er sich lockerte und entspannte.

»Was werden Sie jetzt wegen Jessica unternehmen?«, fragte sie in leichtem Konversationston.

»Unternehmen? Ich weiß nicht.« Er holte tief Luft. »Ich habe keine Lust, nach Hause zu gehen. Wenn ich daran denke, ihr gegenüberzutreten, wenn ich weiß, dass sie dieses Ding, diese Person, Sarah, beeinflusst, dann frage ich mich, wie viel von dem, was Jessica tut, Jessica ist, und wie viel ist Sarah?«

»Ich verstehe«, meinte sie und fuhr nach einer Kunstpause fort: »Das ist, als ob Sie mit einer Fremden verheiratet seien, nicht wahr?«

Er wandte den Kopf, um sie anzusehen, und erschrak fast darüber, wie dicht ihr Gesicht sich vor seinem befand. »Ganz genauso ist es. Die meiste Zeit weiß ich nicht, wo oder wer die wahre Jessica ist.«

»Du musst nicht nach Hause gehen, Simon. Du kannst gerne hier bleiben, wenn du willst«, flüsterte sie heiser. »Du bist hier mehr als willkommen.« Sie neigte sich ein Stück vor und berührte flüchtig seine Lippen mit den ihren. »Du bist ein sehr attraktiver Mann, Simon. Du musst doch wissen, was ich für dich empfinde, oder?« Sie schlug scheu die Augenlider nieder. »Wegen der Lage, in der du dich befindest, habe ich versucht, meine Gefühle zu verbergen, aber du bist ein sensibler Mann. Du musst doch wissen, dass ich…«

»N-nein!«

Er hatte keine Ahnung, doch dann fielen ihm ein paar

Gelegenheiten ein. Die kleinen Dinge, die sie tat, um seinen Alltag bequem und angenehm zu machen. Ihr Interesse an seinen Problemen und seinem Geriatriekomplex. Natürlich. Er zwinkerte, wich ihr aber nicht aus. Stattdessen fragte er sich, wie wohl das wunderbare Parfum hieß, das sie trug. So berauschend und so verdammt erregend. Er war stocksteif, und hätte er vor ihr gestanden, dann hätte sie deutlich sehen können, welche Auswirkung ihre Massage auf ihn hatte. Aber … er war verheiratet. Seit er mit Jessica verheiratet war, hatte er keine andere Frau jemals angesehen. Zumindest nicht mehr als nur flüchtig, im Vorübergehen. Nun, das taten alle Männer, verheiratet oder nicht. Aber das hier, das war keineswegs mehr nur flüchtig. Er wollte Sue. Sein Verlangen nach ihr war heftig.

Als Sue vor ihn trat, bemerkte er, dass sie die Knöpfe an ihrem Hemd geöffnet hatte. Gott, sie war großartig. Ihre Brüste quollen fast aus dem tief ausgeschnittenen BH, und die Höschen zeigten und betonten mehr, als sie verhüllten. Er schluckte den Kloß in seiner Kehle herunter, unfähig, einen Grund zu finden, warum er sich bewegen sollte, um das zu tun, was er eigentlich hätte tun sollen – *gehen*.

Sue setzte sich rittlings auf seinen Schoß und legte ihm die Arme um den Hals. »Du willst doch nicht wirklich gehen, oder?«, fragte sie mit ihrer heißesten Stimme. Sein erregter Körper und sein schwerer Atem hatten ihr bereits die Antwort gegeben, doch sie musste es von ihm selbst hören. Sie neigte sich vor und küsste ihn, und als ihr Kuss drängender wurde und ihre Zunge forschend zwischen seine Lippen drang, hörte sie ihn aufstöhnen. Seine Arme zogen sie fest an seine nackte Brust.

»Das weißt du doch ganz genau«, flüsterte er heiser und opferte sein Gewissen den Freuden, die ihr williger Körper ihm verhieß.

Sie zog seinen Kopf an ihre Brust, als sei er ein kleines Kind, doch was er mit ihren Brüsten tat – er öffnete ihren Büstenhalter, um die beiden Halbkugeln zu befreien, und saugte gierig daran –, ließ kleine Pfeile der Leidenschaft durch ihren Körper schießen. O ja, er war genauso bereit wie sie selber. Als sie ihn ins Schlafzimmer führte, verbarg sie das triumphierende Lächeln hinter wollüstiger Leidenschaft. Jetzt gehörte er ihr so gut wie ganz, noch bevor sie das Bett erreichten.

Jessica streckte sich und wurde allmählich wach. Sie hatte mit Marcus und Nan bis tief in die Nacht geredet, und zum ersten Mal seit langer Zeit hatte sie wieder das Gefühl, eine gesunde Frau zu sein, sowohl physisch als auch mental. Mit halb offenen Augen erwartete sie, Simons Kopf auf dem anderen Kissen liegen zu sehen. Doch er war nicht da. Sie blickte auf die Uhr. 6:30 Uhr. Wo war er? Sie setzte sich kerzengerade auf und lauschte auf die Geräusche im Haus, ob die Dusche lief oder ob sie ihn in der Küche hören konnte. Doch es herrschte Stille. Sie sprang aus dem Bett, warf sich ihren Bademantel über und bemerkte im Umdrehen, dass er nicht in seinem Bett geschlafen hatte.

Gestern Abend war er in heller Aufregung einfach verschwunden. Wo konnte er sein? War er die ganze Nacht weggeblieben? In gewisser Weise konnte sie ihn sogar verstehen. Er konnte nichts dafür, dass ihn alles Gespenstische oder Übernatürliche zu Tode ängstigte. Manche Leute waren eben so, und das war genau genommen nicht ihre Schuld. Irgendetwas in ihrer emotionalen Konstitution konnte die Möglichkeit der Existenz von Dingen oder *Wesen*, die sie nicht sehen konnten, nicht akzeptieren. Hatte zumindest Marcus gesagt.

Sie tapste durch das Haus und ging in den Wintergarten,

um zu prüfen, ob er nicht heimlich das Bild der Anson Bay zerstört hatte. Als ihr Blick durch das Wohnzimmerfenster fiel, entdeckte sie seinen Wagen in der Auffahrt. Simon war auf dem Fahrersitz eingeschlafen. Sie fragte sich, wie lange er dort draußen wohl schon war, und eilte hinaus.

Sie öffnete die Beifahrertür und schüttelte ihn an der Schulter. »Simon!«

»W-was?«, murmelte er. Er öffnete blinzelnd die Augen und sah sie an. »Jessica, wie bin ich hierher gekommen?« Doch als sein Verstand zu arbeiten begann, fiel ihm alles wieder ein. Dass er die ganze Nacht lang leidenschaftlichen Sex mit Sue gehabt hatte und erst um fünf aus ihrem Bett gestiegen war. Er hatte vorgehabt, sich ins Cottage zu schleichen, doch als er das Auto angehalten hatte, war er eingeschlafen. Jesus, es würde einiges Überzeugungstalent brauchen, um sich da herauszureden.

»Ich weiß es nicht, Simon. Sag du es mir.«

Er gähnte, fuhr sich mit der Hand durch die Haare und warf einen Seitenblick auf sie. Sie hatte die Lippen fest zusammengepresst und trug diesen verschlossenen Gesichtsausdruck, den sie dann hatte, wenn sie furchtbar wütend war.

»Sei nicht so, Jess«, bat er und kratzte sich die Bartstoppeln am Kinn. »Wie spät ist es?«

»Zeit, um dich für die Arbeit fertig zu machen, nehme ich an.«

Ihr kühler Ton sagte ihm, dass sie ihm böse war, daher sollte er sich besser ruhig verhalten. »Es tut mir leid, dass ich gestern Abend so überstürzt abgehauen bin bei den Hunters. Ich weiß nicht, was in mich gefahren ist, ich musste da dringend weg. Ich... ich glaube, ich hatte einfach Angst.«

»Das verstehe ich, Simon«, erwiderte sie müde. »Es spielt

auch keine Rolle. Marcus und ich haben eine ganze Reihe von Dingen klären können, die mir passiert sind. Ich werde dir davon erzählen, wenn du dafür besser empfänglich bist.« Damit schloss sie die Tür und ging ins Haus zurück.

Er wartete ein paar Minuten, bevor er ihr folgte.

»Liebes«, begann er und versuchte, ihr einen reumütigen Kuss auf die Wange zu geben, »es tut mir wirklich leid, dass ich so ein emotionaler Feigling bin.«

Jessica wich zurück und betrachtete ihn aufmerksam. Er sah erschöpft aus, sein Atem roch nach Alkohol, und er roch noch nach etwas anderem. Was war das? Der Geruch kam ihr irgendwie bekannt vor. Ihr Geruchssinn lief auf Hochtouren. Parfum. Sie konnte schwach den Geruch von Parfum wahrnehmen, ein sehr aufdringliches Parfum. Konzentriert versuchte sie sich daran zu erinnern, wo sie es schon einmal gerochen hatte.

»Simon, wo warst du?«

Er zuckte mit den Schultern, während er seine Krawatte löste und sein Hemd aufknöpfte. »Eigentlich nirgendwo. Ich bin nur herumgefahren, habe irgendwo etwas gegessen ...«

»Wo hast du gegessen?«, forschte sie. Das Parfum begann ihre anfänglich fehlende Neugier durch einen rasch wachsenden Verdacht zu ersetzen. Der Geruch war ihr bekannt, und doch nicht vertraut. Ganz sicher kein Duft, den sie tragen würde. Zu erregend, zu ... offensichtlich verführerisch.

»Irgendwo. Ich erinnere mich nicht mehr. Warum willst du das wissen?«

»Ich bin nur neugierig«, wehrte sie seine Frage ab. Wenn sie sich doch nur daran erinnern könnte ... wer ... sie wusste, dass irgendjemand diese Parfummarke trug. O ja, es war *Poison*. Und dann fiel ihr ein, wer dieses Parfum trug: Sue

Levinski. Sue trug es immer, auch im Krankenhaus, obwohl sie es eigentlich besser wissen sollte.

»Ich gehe mich duschen.«

Simon begann sich unter ihrem forschenden Blick unbehaglich zu fühlen. Sie sah ihn so merkwürdig an. Ihm war klar, dass Jessica bei ihrem juristischen Hintergrund viel zu schlau war, um ihm abzunehmen, dass er die ganze Nacht nur herumgefahren war. Warum hatte er sich nicht die Zeit genommen, sich ein Alibi auszudenken? Mit einem Kopfnicken in ihre Richtung flüchtete er ins Bad und stellte sich fünf Minuten lang unter die Dusche, um alle Spuren seiner Nacht mit Sue von seinem Körper, wenn nicht sogar aus seinem Geist zu waschen.

Als er fertig angezogen für die Arbeit aus dem Bad kam, stand kein Frühstück auf dem Tisch. Nichts. Nicht eine Tasse Tee, keine Scheibe Toast. Gar nichts. Er war offenbar tief in Ungnade gefallen, stellte er fest, doch solange sie ihn nicht damit konfrontierte und er schnell aus dem Haus kommen konnte, würde er es überleben.

»Du warst bei Sue Levinski, stimmt's?«, erklang Jessicas Stimme irgendwo hinter ihm.

Einen Moment lang hielt er inne, er brauchte Zeit, um seine Gesichtszüge in den Griff zu bekommen und sich einen entrüsteten Tonfall zuzulegen. »Das war ich nicht«, leugnete er, als er sich zu ihr umwandte.

»Lüg mich nicht an, Simon. Du weißt, ich merke immer, wenn du mich anlügst.«

»Ich lüge nicht. Aber ich bin ziemlich beleidigt, dass du überhaupt nur denken kannst…«

»Oh, lass das doch, ich bin doch nicht dumm, selbst wenn du es eventuell bist. Außerdem habe ich viel zu häufig die ›Ich tu so, als ob ich beleidigt wäre‹-Masche gesehen, als ich noch im Familiengericht gearbeitet habe, um sie nicht zu erkennen. Glaubst du, ich würde die Zeichen nicht erkennen? Du hast kaum geschlafen, und ihr Parfum klebt – oder klebte bis eben – an dir. Ich wette, wenn ich genau hinsehen würde, würde ich irgendwo an deinem dreckigen Hemd Lippenstiftspuren finden und Kratzer auf deinem Rücken.« Sie versuchte nicht einmal, ihr Lächeln zu verbergen, als sie sah, wie er schuldbewusst zusammenzuckte. »Das habe ich mir doch gedacht. Vielleicht hättest du duschen sollen, bevor du von ihr weggegangen bist. Dann wärst du möglicherweise damit durchgekommen.«

»Und? Macht es dir überhaupt etwas aus?«, schoss er zurück, obwohl er sich darüber klar war, dass er seinen Seitensprung damit so gut wie eingestand. »Du steckst doch so tief in deinen eigenen Problemen oder in denen von Sarah. Ich passe dir doch gar nicht mehr ins Konzept.«

»Das ist nicht wahr, und das weißt du. Du hattest immer meine hundertprozentige Unterstützung. Außerdem hättest du mir ruhig etwas mehr helfen können«, warf sie ihm vor, »so wie ich es getan hätte, wenn die Dinge anders herum gelegen hätten.« Sie hob die Augenbraue. »Und? Hast du mit ihr geschlafen?«

Er konnte ihr nicht in die Augen sehen, konnte die Enttäuschung und den Schmerz darin nicht ertragen. »Warum lassen wir das nicht einfach, Jess? Lass uns so tun, als hätte es diese Nacht nie gegeben.« Doch noch bevor er die Worte ausgesprochen hatte, wusste er, dass es hoffnungslos war. Sie war wie ein Hund mit einem Knochen. Sie würde nicht locker lassen, bis sie alles bis ins kleinste Detail aufgedeckt hatte.

»Aber es ist passiert, Simon, und es verändert alles.«

»Also, ich habe einen Fehler gemacht. Es tut mir leid. Vertrau mir, Jess, es wird nicht wieder vorkommen. Ich verspreche es«, flehte er, obwohl er im Grunde seines Herzens wusste, dass das eine Lüge war. Sue war ihm unter die Haut gegangen, und schon der Gedanke an sie hob seinen Blutdruck, von anderen Körperteilen ganz zu schweigen. Bei Gott, sie wusste, wie man einen Mann ins Schwitzen brachte. Nur mit Mühe riss er sich von dem Gedanken los, wie gut sie im Bett war. Hier gab es größere Kluften zwischen ihm und Jessica zu kitten. Ihre Ehe war gut gewesen und hatte den größten Test, Damians Tod, überstanden. Er konnte das jetzt nicht aufgeben, besonders nicht, weil... der Gedanke kam ihm völlig unwillkürlich... weil sie das ganze schöne Geld hatte, das er für sein Projekt brauchte. Jawohl, alter Junge, konzentrier dich darauf!

Tief im Inneren war sich Jessica einer eisigen Ruhe bewusst. Warum regte sie sich über seinen Betrug nicht mehr auf? Von allen Frauen auf der Insel ausgerechnet Sue Levinski! Sue, die sie in Marcus' Haus bloßgestellt hatte, die sie mit kaum verhüllter Abneigung betrachtete und die in aller Klarheit signalisierte, dass sie sie für unzurechnungsfähig hielt. Die, wie sie jetzt wusste, ihr Bestes getan hatte, um ihre Ehe zu untergraben. Sie schätzte, dass der Zorn später kommen würde, doch in dieser Minute verspürte sie nur eine gähnende Leere, als ob eine Emotion, ein Gefühl der Anteilnahme, tief in ihrem Innersten, das seit geraumer Zeit krankte, nun endgültig abgestorben sei.

Der Abgrund, der sich in den letzten achtzehn Monaten schleichend zwischen ihnen aufgetan hatte, trat plötzlich klar hervor. Es machte sie betroffen, sein Vergehen schmerzte sie, aber das war lediglich ihr persönlicher Stolz. Was an der Wahl seiner Partnerin lag. Der Rest von ihr... o Gott! Sie empfand nichts mehr für Simon, es lag ihr nichts mehr an ihm, zumindest nicht genug, als dass es etwas ausgemacht hätte. Die Erkenntnis überraschte sie so sehr, dass es sie sprachlos machte. Wenn es ihr etwas ausmachen würde, wäre sie fuchsteufelswild und furchtbar verletzt durch das, was er getan hatte.

»Wir müssen darüber reden, Jess. Wir können nicht mehr als zehn Jahre Ehe einfach aufgeben, ohne wenigstens zu versuchen zu retten, was zu retten ist«, bat Simon sie flehentlich.

Sie starrte ihn an, als ob er ein völlig Fremder wäre. Ihr Gehirn weigerte sich zu arbeiten, sie konnte nicht klar denken. Wie hatte es nur so weit kommen können? Wie hatte ihre Liebe einfach so sterben können, wie eine Flamme, die langsam verlöscht? Warum hatte sie das nicht kommen sehen? So viele Fragen und keine Antwort, nur eine dumpfe Verwirrung in ihrem Kopf und in ihrem Herzen.

»Jess, bitte ...«

Sie gab sich selbst einen Ruck. Simon hatte Recht. Natürlich hatte er Recht. War es in ihrem Beruf nicht um Eheprobleme gegangen und darum, die Klienten zu Kompromissen zu bewegen und dazu, daran zu arbeiten, ihre Beziehung in Ordnung zu bringen, ohne das Gesetz dafür bemühen zu müssen? Wenn sie bei Klienten dazu in der Lage gewesen war, dann musste es in ihrer eigenen Ehe doch gleichfalls möglich sein. Zumindest musste sie es versuchen.

»Gut. Wir können reden. Aber nicht hier und nicht jetzt. Wir brauchen etwas Abstand und Zeit, darüber nachzudenken, was wir wirklich wollen. Wir gehen heute Abend essen. Eine neutrale Umgebung ist meistens das Beste. Ich werde uns einen Tisch bei Anabelle's reservieren.«

Simon runzelte die Stirn. Er war offensichtlich nicht damit einverstanden, doch vor dem Ausdruck in ihren Augen kapitulierte er. »Wenn du das möchtest, Jess, in Ordnung.« Er sah auf seine Uhr. »Ich werde zu spät kommen, ich sollte besser gehen.«

Er wollte sie auf die Wange küssen, aber sie wich zurück. »Lass das bitte.« Der Gedanke an seine Berührung machte sie krank, besonders, da sie wusste, bei wem er zuvor gewesen war.

Sie sah ihm nach, als er zur Tür ging, die Schultern gesenkt, und stellte sich unwillkürlich die Frage, ob sie selbst daran schuld war. Hatte sie ihn im Stich gelassen? Sicherlich war sie mit anderen Dingen beschäftigt gewesen, und Damians Tod hatte bei ihr zu einem Zusammenbruch geführt. Was für eine Frau war sie ihm seit Monaten gewesen? Auf jeden Fall keine liebevolle, fürsorgliche oder leidenschaftliche Frau. Aber auch Simon verhielt sich anders. Schon seit Monaten. Seit mehr als nur Monaten, es hatte lange vor Damians Tod begonnen. Zuerst hatte sie es der vielen Arbeit zugeschrieben, er tat einfach zu viel. Er hatte sich viel zu sehr seinem Projekt verschrieben, so sehr, dass es schon zu einer Obsession geworden war. Damals hatte die Entfremdung zwischen ihnen begonnen. Trugen sie also gleichermaßen Schuld an ihrem Scheitern? Und war Schuld überhaupt das richtige Wort dafür?

Jessica ließ sich aufs Sofa fallen und stützte den Kopf in die Hände. Sie musste über so vieles nachdenken …

Marcus' Blick war starr auf den Computer gerichtet, während er seine E-Mails las. Cynthia Stewart, Captain Edmund Stewarts Frau, hatte ein Tagebuch hinterlassen, und sein guter Freund Billy Lane in Sydney hatte es ausfindig gemacht und ihm zwei Seiten daraus exzerpiert und ihm gemailt, die einiges von dem, was er bereits wusste, erklärten und bestätigten.

2. November 1853

Seit Sarahs Verschwinden sind jetzt fünf Tage vergangen. Die kleine Meggie ist ganz durcheinander. Sie will nicht essen, und auch Doktor Bruce macht sich Sorgen um sie. Edmund sagt, dass es keine Neuigkeiten gibt und dass die Soldaten, die nach ihr suchen, nichts gefunden haben. Wie kann jemand einfach so spurlos verschwinden? Edmund sagt, ich solle tapfer sein und auf das Schlimmste vorbereitet.

5. November 1853

Meggie scheint sich Gott sei Dank zu erholen. Maude hat mir berichtet, dass sie heute Morgen ein wenig Porridge und eine halbe Tasse Milch zu sich genommen hat.

Das Kind sieht so schwach aus, und wir wissen nicht, was wir tun sollen, um das arme Ding etwas aufzuheitern. Sie vermisst ihre Mutter sehr, wie wir alle. Sarah ist eine Frau, die sich nicht so leicht geschlagen gibt. Obwohl die Soldaten ihre Suche aufgegeben haben, bin ich fest der Meinung, dass sie irgendwie überlebt hat und eines Tages in nicht allzu ferner Zukunft durch die Küchentür hereinkommen wird.

8. November 1853

Edmund hat mir erzählt, dass man untersucht hat, wo sich Waugh aufgehalten hatte, nachdem Sarah verschwunden war. Offensichtlich war er mit einer Wunde am Arm im Lazarett eingeliefert worden, die er sich im Holzfällerlager zwei Tage vor Sarahs Verschwinden zugezogen hatte.

Er liegt auch heute noch im Krankenhaus und kämpft mit einer Infektion.

15. November 1853

Heute hat Edmund zugegeben, dass er vermutet, bei Sarahs Verschwinden könne es nicht mit rechten Dingen zugegangen sein, auch wenn er keine Beweise dafür hat.

Die Befragung der Soldaten in der Kaserne hat nichts ergeben. Falls irgendjemand etwas weiß, dann schweigt er, wohl aus Angst vor Vergeltungsmaßnahmen.

14. Dezember 1853

Es ist wieder passiert. Eine weitere Fehlgeburt. Ich bin außer mir vor Trauer, denn es war bereits die fünfte. Edmund und der Doktor sind der Meinung, dass die Sorge um Sarah und die kleine Meggie dafür verantwortlich sind. Doktor Bruce hat uns strengstens davon abgeraten, es erneut zu versuchen, da ich keine weitere Fehlgeburt überstehen würde. Edmund trägt die Enttäuschung mit männlichem Großmut.

18. Dezember 1853

Edmund hat sich mit mir ernsthaft und ausführlich unterhalten, als wir unseren Tee auf der Veranda einnahmen. Er hat eine großartige Idee. Wir werden Meggie adoptieren. Er hat sie gern, und ich liebe das Kind sehr. Ich habe das Gefühl, dass Sarah, wo immer sie auch sein mag, damit einverstanden wäre.

25. Juni 1854

Heute hat unser Rechtsanwalt formal unser Adoptionsgesuch für Meggie eingereicht. Sarah ist nun schon so lange verschwunden, und es ist eine Erleichterung, nach Sydney zurückkehren zu können. Meggie, die nun Margaret Bridget Stewart heißen wird, ist wieder ein glückliches Kind geworden. Und da sie glücklicherweise noch so jung ist, wird sie sich kaum noch an das traurige Ereignis erinnern, das zu ihrer Adoption geführt hat.

Die kleine Meggie O'Riley war also zu Margaret Stewart geworden. Marcus lehnte sich im Stuhl zurück, ließ das Dokument ausdrucken und las sich Billys Transkript noch einmal durch. Der Romantiker in ihm war erleichtert, dass sich jemand um Sarahs Kind gekümmert hatte, und er wusste, dass es Jessica genauso gehen würde.

Er hörte die Haustür gehen, und kaum eine Minute später kamen Nan und Jessica durch die Diele in die Küche. Er nahm die Kopie, die Billy Lane ihm geschickt hatte, und ging zu ihnen.

»Hier«, sagte er, als er Jessica die Seiten überreichte. »Es wird dich freuen, etwas über Meggies Schicksal zu erfahren. Offensichtlich wurde für sie gesorgt.« Er sah Nan an. »Die Stewarts haben sie adoptiert.«

Nan zwinkerte, als hätte er eine große Entdeckung gemacht. »Stewart. Bist du sicher, dass es Stewart war?«, fragte sie und buchstabierte den Nachnamen.

Marcus runzelte die Stirn. »Ja. Warum? Was ist damit?«

Nan bedachte ihren Bruder mit einem verächtlichen Blick. »Du solltest hier der Familienhistoriker sein, aber du bist immer viel zu beschäftigt, um dich mit der Geschichte *unserer* Familie zu befassen. Siehst du die Verbindung denn nicht?« Verwundert schüttelte sie den Kopf. »Ich sage euch, es wird hier langsam wirklich gruselig.«

Jessica und Marcus sahen erst sich an, dann Nan.

»Um Himmels willen, von was sprichst du?«, fragte Marcus ein wenig ärgerlich. Intrigen waren normalerweise nicht Nans Stärke, aber er konnte sehen, dass sie etwas im Schilde führte, was der Name Stewart ausgelöst hatte.

»Hol die Familienbibel, und ich sage es dir.«

Marcus ging, nur um kurz darauf mit einer abgegriffenen Bibel unter dem Arm wieder aufzutauchen.

»Gut. Jetzt öffne die Bibel da, wo die Familiengeschichte steht. Schau dir den Namen der Frau an, die unser Ururgroßvater Bede Hunter geheiratet hat«, verlangte sie verschmitzt.

Marcus' Finger glitt über die Namen, dann blinzelte er sie mit einem verwunderten Ausdruck an.

»Was ist los, Marcus?«, fragte Jessica.

Wortlos drehte er die Bibel um, sodass sie sehen konnte, was dort vor über hundert Jahren eingetragen worden war.

Obwohl die Tinte mit der Zeit verblasst war, konnte sie es noch deutlich erkennen. »Margaret Bridget Stewart aus Newcastle heiratet Bede William Hunter am 21. März 1874.« Die Bedeutung dieses Namens, des Namens von Sarahs Tochter, hatte auf Jessica die gleiche Wirkung wie auf Marcus. »Vielleicht ist es ja nur ein Zufall«, meinte sie stockend.

»Hah«, machte Nan abfällig. »Das bezweifle ich. Das bedeutet, dass wir mit Sarah verwandt sind.« Sie wies auf Marcus und sich selbst. »Welch erstaunliche Wendung!«

Marcus sah Nan an. »Wir sollten das erst noch genauer überprüfen, aber ja, ich glaube, so könnte es sein. Billy soll nachforschen, was mit den Stewarts passiert ist. Ich hatte Margarets Mädchennamen vollkommen vergessen. Wie kommt es, dass du dich daran erinnerst?«

»Nun, als Kate und Rory hier waren«, gestand Nan, »da

332

habe ich Kate eines Tages die Familienbibel gezeigt. Kinder sind immer neugierig, wo sie herstammen. Unsere Familiengeschichte fängt mit der Geburt von Margarets und Bedes erstem Kind an, elf Monate, nachdem sie durchgebrannt sind. Deswegen habe ich mich wohl noch daran erinnert.«

»Wie ungewöhnlich«, fand Jessica. Diese erstaunliche Entdeckung, denn genau das war es, riss sie aus der Stimmung, in der sie gewesen war, als sie zu Hunter's Glen hinausgefahren war. Bei ihrem Abendessen hatte sie mit Simon eine Art Frieden geschlossen, um ihrer Ehe willen. Aber es war nur ein recht armseliger Waffenstillstand, und das wusste sie ebenso gut wie Simon. Heute Morgen hatte sie das Malen aufgegeben, weil sie sich einfach nicht konzentrieren konnte. Sie und Simon, ihre Ehe, ihre Beziehung. Wohin steuerten sie? Was war mit den Zielen geschehen, die sie einst gemeinsam verfolgt hatten? Konnten sie ihre Ehe retten? Und wollte sie tief in ihrem Innersten eine Beziehung retten, die sie für unwiderruflich beschädigt hielt? War denn das Einzige, was sie zusammen hielt, die gemeinsame Erinnerung an glücklichere Tage, und nicht die Überzeugung, dass sie sich nach wie vor liebten und gemeinsam ihre Ziele und Träume verwirklichen wollten?

Gemeinsam war das Schlüsselwort. In ihrem Kopf hatte sie eine Liste von Fragen und Antworten abgehakt, die sie nur noch mehr verwirrten. Wollte sie Simon immer noch körperlich? Nicht wirklich. Würde sie ihn vermissen, wenn er nicht mehr da war? Ja und nein. Allerdings würde sie auch ihr bequemstes Paar Schuhe vermissen, wenn es nicht mehr da war… Teilten sie ihr Leben und ihre Ehe, oder trieben sie in verschiedene Richtungen und blieben nur zusammen, weil es im Moment bequem und vorteilhaft war? *Ja.* Würde sie es gefühlsmäßig verkraften, wenn er morgen aus ihrem Leben verschwunden war? Das war eine schwierige Frage, die sie gründlich überlegen musste, bevor sie zu der einzigen ihrer Meinung nach ehrlichen Antwort kam: *Ja.*

Heute Morgen hatte sie erkannt, dass sie sich weiterentwickelte, unbewusst und ungeplant, vielleicht sogar wegen dem, was auf Norfolk geschehen war. Die Jessica Pearce von heute war eine andere als die, die sie noch vor wenigen Monaten gewesen war. Sie hatte eine seltsame Metamorphose von der Ehefrau über die Mutter und erfolgreiche Anwältin durchlaufen, zu einer anderen Person mit anderen Bedürfnissen, Wünschen und Zielen, als sie sie früher gehabt hatte.

Das war einerseits sehr beunruhigend und andererseits dennoch aufregend. Man sollte meinen, dass man so kurz vor dem Scheitern seiner Ehe am Rande der Verzweiflung sein sollte, aber das war sie nicht. Es machte sie traurig, ja, aber zugleich optimistisch, als ob das Leben, wie Marcus gelegentlich gesagt hatte, in Kreisen verlief. Und wo der eine aufhörte, begann ein neuer. Geschah das jetzt mit ihr?, fragte sie sich. Der Beginn eines neuen Zyklus, den sie allein beginnen würde?

»Ja, das alles ist hochinteressant«, fand Marcus. Er klang etwas unkonzentriert, da er Jessica beobachtete. Er spürte, dass etwas an ihr anders war, eine Spannung, dicht unter der Oberfläche, als ob sie etwas auf dem Herzen hätte. »Bist du gekommen, um uns mit den neuesten Episoden in Sarahs Rätsel zu erfreuen?«

Sie schüttelte den Kopf. »Nein, Sarah war ungewöhnlich ruhig. Vielleicht hat sie sich bei der Hypnosesitzung überanstrengt.« Sie warf einen Seitenblick auf Nan und Marcus. »Mir war nach etwas Gesellschaft zumute. Ich hoffe, es macht euch nichts aus.« Bei Marcus musste sie vorsichtig sein. Er war scharfsinnig genug, ihre Stimmungsschwankungen zu erkennen. Selbst wenn er technisch gesehen ihr Psychologe sein sollte, wollte sie doch nicht so gerne mit ihm über ihre Eheprobleme reden. Noch nicht.

»Etwas dagegen haben? Wir haben ganz und gar nichts dagegen«, sagte Nan und schob ihren Arm durch Jessicas. Sie grinste breit. »Lass dich von mir zum Töpferatelier geleiten, meine Liebe.«

Nachdem Jessica nach Hause gegangen war, verbrachte Marcus noch mehrere Stunden am Computer und lud die restlichen Informationen herunter, die ihm sein Freund Billy Lane geschickt hatte. Als Nan aus dem Atelier zurückkam, schaltete er den PC aus und verkündete: »Ich habe mich entschlossen, noch nicht zur Universität zurückzukehren. Ich werde hier bleiben, bis das Geheimnis um Sarah gelüftet ist.«

»Darüber wird man an der Uni aber sicher nicht sehr erfreut sein.«

»Ich habe vor ein paar Tagen mit dem Rektor gesprochen. Nein, es freut ihn nicht sehr. Aber es ist meine Entscheidung, damit müssen sie eben leben. Ich werde einen langfristigen Urlaub einreichen, mir stehen noch fast drei Monate zu. Und ich habe Amanda Townley von der historischen Fakultät gebeten, mich im ersten Semester zu vertreten. Sie hat zugesagt, und damit ist der Rektor einigermaßen zufrieden.«

»Nun, ich bin sicher, Jessica weiß es zu schätzen, dass du hier bist. Ihr beide versteht euch gut, nicht wahr?«, setzte sie fragend mit einem wissenden Lächeln nach.

»Wie meinst du das?«

»Oh, es ist für jemanden, der dich so gut kennt, ziemlich offensichtlich, Marcus. Du magst sie sehr. Ich würde sogar

sagen, dass es mehr ist.« Sie sah ihn offen an. »Habe ich
Recht?«

»Du warst schon immer neugierig, Nan. Kümmere dich
um deinen eigenen Kram«, erwiderte er nicht gerade freundlich.

»Ah, dachte ich es mir doch«, meinte sie selbstzufrieden.

Marcus entschied sich, auf diese Bemerkung nicht zu
antworten. Diese Diskussion konnte er sowieso nicht zu
seiner Zufriedenheit gewinnen, daher war ein strategischer
Rückzug sicherer. Er nahm den Papierstapel, den er ausge-
druckt hatte, und stand auf. »Ich gehe eine Weile auf den
Friedhof.«

»Schön. Um halb sieben gibt es Essen, wie immer«, erwiderte sie, drehte sich um und verschwand unbeeindruckt
von seiner schroffen Antwort in der Küche.

Marcus blieb ein paar Minuten stehen und starrte nachdenklich auf die Küchentür. Er hätte nicht in diesem Ton
mit ihr reden sollen, erkannte er zu spät. Seine Schwester
hatte ihn nur in ihrer nüchternen Art necken wollen. Aber
er war im Moment noch nicht dazu bereit, darüber zu reden, was er für Jessica Pearce empfand. Mit niemandem.
Das war sein Geheimnis, so dachte er zumindest. Und das
würde es auch bleiben, bis er so weit war, es zu enthüllen.

»Natürlich verstehe ich das, mein Liebling«, flüsterte Sue
Simon ins Ohr, als sie sich auf dem Vordersitz seines Wa-
gens an ihn schmiegte. »Für dich steht viel auf dem Spiel,
dein Projekt. Wir müssen es auf jeden Fall schützen.« Es
interessierte sie nicht, dass er noch mit Jessica unter einem
Dach lebte. Jedes Mal, wenn sie zusammen waren, wurde
sie besser darin, ihn um den Finger zu wickeln. Sag einem
Mann, was er hören will, und sage es mit der entspre-

chenden Begeisterung, lass ihn dich nach Belieben begrap-
schen, und man hatte schon halb, was man wollte, dachte
sie zynisch. Das war eines der wenigen Dinge, mit denen
ihre Mutter Recht gehabt hatte.

Auf Simons Gesicht spiegelte sich die Erleichterung wider, und er entspannte sich sichtlich. Er hatte sich Sorgen
gemacht, dass sie ungeduldig wurde. Aber er hätte es besser
wissen sollen – dazu war seine Sue viel zu mitfühlend. »Ich
bin froh, dass du es auch so siehst«, sagte er. »Es ist nicht
für immer, nur bis ich ihre Aktienpakete in die Finger bekomme, als Sicherheit für das Projekt. Bis dann werde ich
mich unterwerfen und den perfekten Ehemann spielen.«
Einen Moment lang überlegte er, dann fügte er hinzu: »Wir
werden diskret sein müssen. Sehr diskret.«

»Diskretion ist mein zweiter Name«, behauptete sie lachend, sah ihn aufreizend an und spielte an ihm herum.
»Glaub mir, auf dieser Insel können wir völlig ungestört
sein. Nach sechs Jahren hier kenne ich den Ort in- und
auswendig.«

Er küsste sie mit kaum gezügelter Leidenschaft. »Worauf
warten wir dann noch?«

19

Es bereitete Jessica ein morbides Vergnügen, alle Medikamente, die Simon ihr verschrieben hatte, in eine Tüte
zu stecken und in den Müll zu werfen. Darüber würde
Simon zwar nicht sehr erfreut sein, denn er glaubte nach
wie vor, dass sie ihre Emotionen unter Kontrolle halten
musste, aber bei dem, was gerade um sie her passierte, war
das sowieso völlig unmöglich.

Über eine Woche war vergangen, seit sie von Simons Untreue mit Sue Levinski erfahren hatte. Tag für Tag durchlebten sie die Rituale der Höflichkeit. Er gab ihr beim Kommen und Gehen einen Kuss auf die Wange. Sie bereitete das Abendessen, bei dem sie über Belanglosigkeiten redeten, über alles andere, nur nicht über ihre kriselnde Ehe. Keiner von ihnen wollte zu einer offenen Diskussion anregen, bei denen sie beide die Karten offen auf den Tisch legten. Es war eine Farce, das wusste sie. Sie glaubte, dass es auch Simon klar war, doch aus Gründen, die nur ihm selbst bekannt waren, wollte er es sich nicht eingestehen.

Es wird besser werden, versuchte sie sich einzureden, als sei das ein mächtiges Mantra. Wenn sie ihm erst vergeben konnte. Doch selbst nach vielen Stunden ernsthaften Nachdenkens wusste sie, dass es um mehr ging, als ihm zu verzeihen, dass er Sex mit Sue gehabt hatte. Das war nur der Auslöser gewesen, dass sie sich jetzt tatsächlich hinsetzte und über ihr gemeinsames Leben nachdachte. Darüber, wie ihre Beziehung langsam so weit abgekühlt war, dass sich ihre Liebe in etwas anderes verwandelt hatte: Toleranz, Pflicht und Vertrautheit ohne Zuneigung. Sie hatte versucht, sich selbst einzureden, dass ihr Leben zur Zeit unter einer großen Anspannung stand, da Simons Fehltritt erst so kurze Zeit zurücklag. Ja, das war es wohl. Der Schmerz würde mit der Zeit nachlassen. Sie musste nur Geduld haben. Sie musste daran glauben, dass alles wieder ins Lot kommen würde. O Gott, was für ein Haufen banaler Phrasen! Sie konnte sich gut daran erinnern, dies und mehr ihren Klienten in Perth geraten zu haben.

Mitten im Wintergarten stehend, versuchte Jessica, sich auf das Malen zu konzentrieren, und mischte auf ihrer Palette Himmelblau mit Weiß an. Trotz des Dramas in ihrem Leben – mit Sarah, Simon und Marcus (o ja, sie war ehrlich genug zuzugeben, dass auch Marcus Hunter zu einem wichtigen Teil ihres Lebens geworden war) – hatte sie es geschafft, fünf halbwegs gute Bilder fertig zu stellen. Nan war beeindruckt und hatte ihr geraten, sie zu einer Galerie in der Taylors Road zu bringen, um zu fragen, ob sie sie ausstellen wollten. Wenn sich die Dinge etwas beruhigt hatten, würde sie das vielleicht sogar tun.

Als es an der Vordertür klopfte, legte sie die Palette ab, wischte sich die Hände an einem Tuch sauber und ging nachsehen, wer das war. Ihre Augen weiteten sich erstaunt, als sie eine lächelnde, selbstbewusste Sue Levinski gewahrte.

»Wir sollten uns unterhalten«, sagte Sue seelenruhig und machte Anstalten, das Wohnzimmer zu betreten.

»Ich glaube nicht, dass es irgendetwas gibt, worüber wir uns unterhalten könnten«, gab Jessica steif zurück, ihr die Tür versperrend.

»Sie sind gemein zu Simon, und das kann ich nicht zulassen«, fuhr Sue fort, als ob sie Jessicas Bemerkung nicht gehört hätte. »Der Mann hat einen Fehler gemacht, um Himmels willen. Wollen Sie ihn deswegen auf ewig ans Kreuz nageln?«

»Wie mein Mann und ich uns in unserer Ehe verhalten, geht Sie nichts an, *Miss Levinski*. Und wenn Sie jetzt nicht freiwillig gehen, werde ich gerne Simon anrufen und ihn bitten, Sie zu entfernen.«

Sue kniff die dunklen Augen zusammen, als sie Jessica ansah und sich nervös auf die Unterlippe biss. »Tun Sie das nicht. Er weiß nicht, dass ich hier bin. Er ... er würde nicht wollen, dass ich Sie besuche.«

»Ich will das ebenso wenig«, erwiderte Jessica eisig. Ihr Gesicht drückte deutlich ihre Ablehnung aus. »Sie haben sich Simons Vertrauen erschlichen. Sie haben ihn ausgenutzt. Sie sind ein emotionaler Geier, Sue.«

»Ich … ich wollte doch nur das Richtige tun.« Sue hörte sich an, als würde sie jeden Moment in Tränen ausbrechen. »Ich wollte mich nicht zwischen Sie und Simon drängen. Es, Simon und ich, das war … ein großer Fehler.«

Würde die traumatisierte Jessica ihr diese reumütige Pose abkaufen?, fragte sie sich. Ihrer Meinung nach legte sie eine ziemlich gute Vorstellung hin, wenn man bedachte, dass sie kein Wort von dem meinte, was sie sagte. Simon war derjenige, dem Jessicas fortwährende unnachgiebige Haltung Sorgen machte. Allerdings nur, weil er ihr lukratives Aktienpaket brauchte, nicht weil er sie immer noch liebte. Er liebte jetzt sie, da war sie sich sicher. Aber was erwartete der Mann? Dass sich seine Frau auf ihn stürzte, wenn er aus den Armen einer anderen kam? Männer waren ja solche Narren!

»Bitte geben Sie ihm noch eine Chance, um Ihrer beider willen!«

Jessica seufzte absichtlich laut auf. »Würden Sie jetzt wohl bitte gehen? Ich möchte Ihnen ungern die Tür vor der Nase zuschlagen, aber Sie lassen mir keine andere Wahl.«

Überrascht von Jessicas Kühle trat Sue einen Schritt zurück. Wenn sie ihren Ton korrekt interpretierte, dann grämte sich diese Frau keineswegs händeringend wegen des Fehltrittes ihres Mannes, und es hatte sie auch nicht zum emotionalen Wrack gemacht. O nein! Ihrer Meinung nach zeigte Jessica Pearce ziemlich deutlich, dass es ihr relativ egal war, wohin ihr Mann strauchelte und ob er abends nach Hause kam oder nicht. Interessant. Sehr interessant!

Ihr Herz tat vor Freude einen Sprung. Jessica empfand gar nichts mehr für Simon, jedenfalls nicht das, was sie fühlen sollte. Die Ehe war tatsächlich im Eimer. Sie konnte das Lächeln kaum verbergen. Ihre Mission, Jessica direkt mit ihrer Gegenwart zu konfrontieren, war noch erfolgreicher, als sie gehofft hatte. Sie war zum Cassell Cottage gekommen, um Simons Frau davon zu überzeugen, dass zwischen ihr und Simon alles aus war, und ihre möglichen Befürchtungen zu beschwichtigen. Stattdessen hatte sie erfahren, dass es seiner Frau völlig egal war. Die einzige Frage, die sich jetzt noch stellte, und das ließ ihre Laune plötzlich in den Keller sinken, war, wie lange es wohl dauern würde, bis Simon seinen Marschbefehl bekam, wenn Jessica so dachte. Aber selbst wenn, was würde das ändern? Das Einzige, was Simon noch im Cassell Cottage hielt, war ihr Geld. Wenn sie die Köpfe zusammensteckten, fanden sie gemeinsam vielleicht einen Weg, wie sie es ihr abnehmen konnten.

»Nun, dann gehe ich«, verkündete Sue so hoheitsvoll wie möglich und drehte sich auf dem Absatz um.

Jessica sah der dunkelhaarigen zierlichen Frau nach, bis sie sich in ihr Auto gesetzt hatte und davongefahren war. Kopfschüttelnd fragte sie sich, was das wohl zu bedeuten hatte. Warum hielt Sue es für nötig, sie davon zu überzeugen, dass ihre Affäre mit Simon vorbei war? Weil es so war oder ... weil es in Wirklichkeit nicht so war?

Da ihre Konzentration gestört war, setzte sich Jessica im Wohnzimmer aufs Sofa. Sie ließ den Kopf gegen das Polster sinken und schloss die Augen. Was sollte sie tun? Wäre sie eine Klientin mit ihrem Problem und wüsste, wie sie in dieser Situation empfand, was würde sie dieser Klientin theoretisch raten?

Es schien sinnlos, den Schmerz noch zu verlängern und eine Lüge zu leben, vorzugeben, dass es sich lohnte, ihre Ehe zu retten, auch wenn es nichts mehr zu retten gab, wenn sie ganz ehrlich mit sich selber war.

Aber ... was war mit den schönen Zeiten? Ihre vielen Ehejahre zusammen, was war mit dem Leben, das sie mit Damian geteilt hatten? Erinnerungen ...

Konnte ein Betrug eine Ehe zerstören? Oder war die Affäre nur der Höhepunkt gewesen, der Tropfen, der das Fass zum Überlaufen gebracht hatte, wie man so schön sagte? Was machte das allerdings für einen Unterschied? Sie fühlte sich emotional leer, ausgehöhlt, ohne jedes Gefühl für Simon. Wie in Gottes Namen konnte sie das wiederbeleben, wenn nicht einmal mehr ein kleiner Funke existierte, von dem sie ausgehen konnte?

Jessica hatte keine Ahnung, wie lange sie dort gesessen und gegrübelt hatte, aber als sie sich schließlich zusammenriss und aufstand, stand ihr Entschluss fest.

Jessica schlief allein in dem großen Bett und warf sich unruhig herum, als der Traum immer lebendiger wurde.

…Vier Männer in Uniformen standen im Dämmerlicht dicht zusammen, verborgen in einem Gebüsch mit tiefhängenden Zweigen.

»Ich sag's euch, ich hab sie seit einer Woche fast jeden Tag beobachtet. Sie spielt ein bisschen mit der Kleinen, bis sie sagt, es sei Zeit, ins Bett zu gehen, und sie nach drinnen bringt«, erzählte Dowd den anderen. »Dann kommt sie mit einer Tasse Tee raus und trinkt sie da auf dem gepflasterten Hof neben dem Gemüsegarten, bevor es dunkel wird. Ich sag euch, die geht regelmäßiger als eine verdammte Uhr.«

»Das… das kann ich bestätigen«, warf Timothy Cavanagh zögernd ein. »M-Maude s-sagt, sie hat ihre Gewohnheiten, von denen sie selten abweicht.«

»Das ist gut«, murmelte Elijah und runzelte die Stirn. »Hier hinter dem Haus gibt es eine Menge dunkler Stellen, wo ihr euch auf die Lauer legen könnt.« Er rieb sich über den linken Ärmel, denn unter dem Material war sein Arm dick bandagiert und begann zu jucken. Er hatte sich im Holzfällerlager selbst eine Wunde beigebracht, sodass dem

Sergeanten nichts anderes übrig blieb, als ihn nach Kingston ins Lazarett zurückzuschicken, aus dem er sich später unbemerkt hinausgeschlichen hatte, weil sich der Assistent des Arztes, überarbeitet und missgelaunt, mit einer Flasche Rum bis zur Besinnungslosigkeit betrunken hatte.

»Elijah«, sagte Timothy, dessen Adamsapfel auf seiner dürren Kehle auf und ab hüpfte. »Ich weiß nicht, ob ich das t-tun kann.«

Elijah sah ihn kriegerisch an. »Tim, mein Junge, was sagst du denn da? Der Plan steht, es ist alles bereit. Heute Abend ist es so weit, das weißt du doch. Habt ihr nicht gehört, dass ein Schiff in Sicht ist? Es wird wahrscheinlich in den nächsten Tagen anlegen, und dann werde ich an Bord gehen und nach Sydney Town zurückgebracht.«

Rupert McLean, der bislang geschwiegen hatte, stieß den Jungen in die Rippen. »Was ist los mit dir, Kleiner? Wir wollen doch nur ein bisschen Spaß!«

»Aber, aber ...«

Mit einer Hand ergriff Elijah Timothy am Hemd, mit der anderen packte er ihn am Hals und drückte ihm die Kehle zu, bis die Augen seines Komplizen vor Angst fast aus den Höhlen sprangen. »Krieg jetzt nur keine kalten Füße, Junge! Du hast eine wichtige Aufgabe bei unserem Plan zu erfüllen!« Er verstärkte den Druck auf den mageren Hals, bis Timothy zustimmend nickte.

»Gut«, meinte Elijah zufrieden. Er blickte zum Haus des Captains und sah, wie dort die Lichter angezündet wurden. Dann funkelte er die anderen der Reihe nach an. »Ihr wisst alle, was ihr zu tun habt. Also los!«

Meggie war an diesem Abend ungewöhnlich aufsässig, und es dauerte eine Weile, bis sie eingeschlafen war. Eine Weile blieb Sarah in der offenen Tür stehen und betrachtete das schlafende Kind in der Wiege neben ihrem eigenen schmalen Bett. So friedlich, so unschuldig und so wunderschön war ihr Kind. Ihr Herz schwoll vor Stolz an, und einen Moment lang wünschte sie sich, Will würde neben ihr stehen, um ihre Freude über das, was sie zusammen geschaffen hatten, mit ihr zu teilen. Meggie, kleine, süße Meggie. Ihre Finger berührten die Perlenbrosche ihrer Mutter, die sie an ihre Bluse geheftet hatte. Sie hatte vergessen, sie abzunehmen und in ihre spezielle Schachtel zu tun, nachdem sie für Mrs. Stewart und Doctor Bruce den Tee aufgetragen hatte.

Sarah ging aus dem Cottage zur Küche hinüber, die zusammen mit dem Waschhaus und dem Stall durch einen überdachten Gang mit dem Haupthaus verbunden war. Maude schlief bereits in ihrem Bett unter dem Fenster, daher ging sie zum Feuer und goss sich eine Tasse Tee aus der Porzellankanne ein. Er würde noch heiß und stark sein, wie sie es mochte. In der Stille konnte sie die Stewarts leise miteinander reden hören, die in dem ihren Verhältnissen kaum angemessenen Salon bei einem Glas Portwein zusammen saßen, bevor sie ins Bett gingen. Im vierten Monat ihrer Schwangerschaft ging es Mrs. Stewart sehr gut, was den kleinen Haushalt des Captains sehr erleichterte.

Bei Einbruch der Nacht senkte sich mit der Dunkelheit auch etwas Kühle über die Insel. Ihren Becher in beiden Händen haltend, stand Sarah auf dem neuen Ziegelpflaster, das Frederick erst letzte Woche fertig gestellt hatte, im Schein des Lichts, der durch das Küchenfenster fiel. Sie holte tief Luft, denn das Atmen der kühlen Nachtluft gab ihr ein Gefühl der Erneuerung. Frühling war von Kindesbeinen an ihre liebste Jahreszeit gewesen, und selbst wenn das Leben auf Norfolk mit dem in Dublin in nichts vergleichbar war, so war doch auch auf dieser Seite der Welt die

Jahreszeit des Wiedererwachens angenehm vertraut. Im Vorgarten brachen die Frühlingsblumen durch, und an Sträuchern und Bäumen zeigten sich neue Knospen. Unglücklicherweise blieb die Tatsache, dass Grausamkeit, Entbehrung und das Fehlen menschlicher Würde auf der Insel herrschten, unabhängig von der Jahreszeit immer bestehen.

Sie musste an den Seemann von einem Walfänger denken, der angelegt hatte, um frisches Wasser zu bunkern. Er hatte der Siedlung davon berichtet, dass gestern am Horizont die Segel einer Barke aufgetaucht waren. Während Sarah ihren Tee trank, stieß sie einen Seufzer der Erleichterung aus. Bald würde sie die Bedrohung durch Elijah Waughs Gegenwart los sein, und das nicht einen Moment zu früh. Allein das Wissen, dass er auf der Insel war, auch wenn ihn der Captain von Kingston fernhielt, bereitete ihr ständig Angst.

Das Knirschen von Schritten auf dem Kiespfad ließ sie aufschauen, sie vermutete zu wissen, wer das war. Höchstwahrscheinlich der junge Cavanagh, der sich gelegentlich aus der Kaserne schlich, um Maude zu sehen.

»Ah, Miss Sarah«, grüßte Timothy sie, als er um die Hausecke bog und sie entdeckte. »Einen schönen Abend wünsche ich.«

»Ich Ihnen auch, Timothy. Aber ich fürchte, dass Maude bereits zu Bett gegangen ist.«

»Oh.« Seine Enttäuschung klang echt, doch dann hellte sich sein Gesicht auf. »Dann werde ich Ihnen einen Moment Gesellschaft leisten, Miss Sarah, wenn es Ihnen Recht ist.«

Sarah lächelte. Er war ein angenehmer junger Mann, kaum achtzehn, schätzte sie. Und er unterschied sich wohltuend von den anderen Soldaten, die zum größten Teil ein

345

ziemlich rauer Haufen waren. Sie setzte sich auf das Mäuerchen, das ihr vertrauenswürdiger Strafgefangener in den Wintermonaten gebaut hatte, um den Gemüsegarten zu vervollständigen, den Mrs. Stewart anlegen wollte.

»E-es ist kühl, aber angenehm, finden Sie nicht auch?«, begann Timothy zögernd.

»Ja, wirklich, Timothy. Es ist sehr willkommen nach dem kalten Winter.« Die Winter auf Norfolk waren normalerweise sehr mild im Vergleich zu denen, an die sie sich aus Dublin erinnerte, aber um der Konversation willen stimmte sie ihm zu.

Dowd und McLean hatten sich Lumpen um die Stiefel gewickelt, um das Geräusch ihrer Schritte zu dämpfen, und hielten sich im Schatten der dichten Büsche bereit, mit ihren Werkzeugen, einem Sack, einem Stoffknebel und einem Seil. Auf ein Nicken von McLean hin schlugen sie zu...

Sarah hatte kaum Zeit, den Kopf nach dem ungewohnten Geräusch umzudrehen, als sie auch schon über ihr waren.

Zuerst stopften sie ihr den Knebel in den Mund, damit sie nicht schreien konnte. Dann schlangen sie ihr das Seil um die Arme und banden sie an ihrem Oberkörper fest. Sarah wehrte sich und trat mit den Füßen nach den hinter ihr Stehenden, ihren Blick entsetzt auf Cavanagh gerichtet, der mit offenem Mund dastand und ihr nicht zu Hilfe kam, sondern nur zusah, was geschah. Sie erkannte noch, dass er dazugehören musste, doch nur Sekunden später wurde ihr der Sack grob über den Kopf gezogen, und ein Mann warf sie sich über die Schulter.

»Los, Mann, lass uns verschwinden. Und du, Timothy, mach die Küchentür zu.«

Sarahs Körper versteifte sich, als sie die Stimme erkannte. Thomas Dowd. Die schleimige Schlange! Was hatten diese Männer mit ihr vor? Ihr Herz schlug wild vor Panik, als der, der sie wie einen Sack Mehl trug, die Stufen neben dem Haus hinunterrannte. Großer Gott, was hatten sie nur vor? Sie wand sich in dem Bemühen, den Mann, der sie trug, aus dem Gleichgewicht zu bringen.

»Verhalt dich ruhig, du Luder!«

Etwas Hartes, wahrscheinlich eine Faust, traf sie seitlich am Kopf und machte sie ein paar Sekunden lang benommen. Als ihr Kopf wieder klar wurde, begann sie zu schreien und zu rufen, doch durch den stinkenden, ekligen Knebel drang kaum ein Laut hindurch.

Jessica erwachte mit einem Ruck, am ganzen Körper zitternd. Sie erblickte Simon ausgestreckt neben sich und fragte sich unbeteiligt, wann er wohl ins Bett gekommen war. Vorsichtig, um ihn nicht zu wecken, glitt sie aus dem Bett, fand ihre Pantoffeln und ging in die Küche.

Gott, was für ein schrecklicher Traum! Wie die anderen war er so lebendig, so real gewesen! Waugh, Dowd, McLean, und jetzt wusste sie auch mit Sicherheit, wer der vierte Mann war, dessen Gesicht im Bild noch unfertig war. Sarah hatte seinen Namen bereits in der Hypnosesitzung erwähnt: Timothy Cavanagh. So etwas wie ein unterbewusster Drang ließ sie in den Wintergarten gehen, wo sie das Bild, an dem sie arbeitete, von der Staffelei nahm und es durch das *andere* Bild ersetzte. Ein Mondstrahl beleuchtete die Gesichter der Männer mit einem gespenstischen Licht, und mit von ihrem Traum immer noch heftig klopfendem Herzen setzte sie sich der Staffelei gegenüber und studierte die einzelnen Gesichter sorgfältig.

Waughs Härte, seine Rattenschläue und sein »Hol's der Teufel«-Ausdruck hatte Sarah meisterlich eingefangen, da sie den Mann gut kannte. Dowd hingegen hatte den Anschein eines Mitläufers, doch irgendetwas in seinen Augen, ein rücksichtsloses Leuchten, verwies auf einen schlechten Charakter.... Und dann noch McLean. Wenn er sich das störrische Haar frisiert, sich rasiert und gut angezogen hätte, hätte sie ihn sich unter anderen Umständen gut in einem Londoner Spielclub vorstellen können. Doch der zynische Zug um seinen Mund und die »Leblosigkeit« in seinen Augen verrieten ihn als einen Mann, dessen Skrupellosigkeit ihn völlig gefühllos und unbarmherzig machten. Von dem vierten Gesicht, dem von Timothy, wusste sie, dass es sich stark von dem der anderen unterscheiden würde.

O Sarah, was haben sie dir angetan? Sie hatte fast Angst, sich diese Frage zu stellen, denn sie ahnte bereits die Antwort... etwas unvorstellbar Böses.

Jessica zitterte, als sie ein kühler Luftzug traf. Sie versteifte sich im Sessel, da sie die Zeichen mittlerweile kannte. Sarah war in ihrer Nähe, sehr nahe. Sie sollte Angst haben, wie früher, aber seltsamerweise blieb dieses Gefühl aus. Es war fast so, als seien sie irgendwie Freundinnen geworden. Sie wartete...

In den dunklen Schatten des Wintergartens lauernd beobachtete Sarah, wie Jessica das Bild studierte. Der Gesichtsausdruck der Frau spiegelte deutlich ihre Gedanken wider. Sie spürte, dass sie dieses Mal vielleicht dazu bereit war, zu akzeptieren, was ihr vor ein paar Monaten noch völlig unmöglich gewesen wäre.

»*Hallo Jessica.*«

Jessica wurde steif, blieb aber im Sessel sitzen.

»Sarah?«

»*Ja.*«

Im Raum gab es kein anderes Geräusch als ihren eigenen Atem, dennoch hörte sie sie Antwort der Frau irgendwo in ihrem Kopf. »Wo bist du?«

»*Neben dem Tisch.*«

Jessica wandte den Kopf und bemühte sich, etwas zu erkennen. Langsam begann sich links vom Tisch ein leichter Nebel zu bilden. Die Dunstwolke schwebte und pulsierte, bis die Gestalt einer Frau in einem langen Kleid mit langen Ärmeln sichtbar wurde.

Einen Augenblick lang wagte Jessica nicht zu atmen. Sie erkannte die Gestalt, das Haar, die Art, wie sie stand, stolz, selbstbewusst. Es war Sarah, die Frau, die sie verfolgt, verwirrt und verängstigt hatte. Aber jetzt nicht mehr. Im Moment hatte sie keine Angst, aber sie verharrte schweigend, aus Respekt vor dem, was sie das Privileg hatte, zu sehen: Ein Wesen aus der Welt jenseits dieses Lebens zeigte sich ihr.

»Du bist es«, flüsterte Jessica fast ehrfürchtig.

»O ja«, sagte Sarah und lachte dann. »*Ich werde dich nicht beißen, meine Liebe, hab keine Angst.*«

»Ich habe diesmal keine Angst.«

»*Ja*«, erwiderte Sarah. »*Das glaube ich dir.*«

»Wie? Warum?« So viele Fragen. Wo sollte sie anfangen?

»*Es hat vor langer Zeit angefangen, wie du schon weißt, Jessica. Ich bin hier gefangen, nicht an einem Ort, aber auch nicht am nächsten ... Bis du gekommen bist, hatte ich keine Hoffnung. Ich habe den Schmerz über den Verlust deines Kindes Damian gespürt ...*«

»Du weißt von Damian?«, fragte Jessica ungläubig, während sie eine heiße Welle von Schmerz durchfuhr, als sie den Namen ihres Sohnes aussprach.

Sarah nickte. »*Ich weiß viele Dinge. Und ich kann deinen Verlust nachfühlen. Es ist so schrecklich, ein Kind zu verlieren, wie einen Ehemann. Meine Meggie war für mich auch verloren, genauso wie Will. Ich habe mich so oft ge-*

fragt, was aus meinem geliebten Kind wohl geworden ist.«

»Sie hatte ein gutes Leben, Sarah. Marcus«, erzählte Jessica nach einer kleinen Pause sehr leise, um Simon nicht zu wecken, »hat viel über sie herausgefunden. Die Stewarts haben sie adoptiert, und sie hat einen Mann namens Hunter geheiratet. Er hat sie als Margaret Hunter auf diese Insel gebracht, wo sie sechs Kinder bekam und ein langes, erfülltes Leben führte. Ihr Grab befindet sich am Südende des Friedhofs.«

»*Ist das wahr?*«, fragte Sarah erstickt. »*Meine Meggie lebte hier auf Norfolk, und ich wusste es nicht! Es ging ihr gut, sagst du? War sie glücklich?*«

»Ich glaube schon. Marcus' Nachforschungen brachten eine erstaunliche Verbindung zwischen euch beiden ans Licht. Margaret war seine Ururgroßmutter, womit Marcus mit dir verwandt ist.«

»*Ohhh!*« Sarahs irischer Akzent verriet ihr Erstaunen. »*Weißt du, als ich ihn das erste Mal gesehen habe, hat er mich an meinen Will erinnert. Die Art, wie er steht, wie er spricht.*«

Jessica lächelte, erfreut, dass sie Sarah die Sorge um ihr Kind hatte nehmen können. Hätte sie sich besser konzentriert, wäre ihr vielleicht aufgefallen, wie merkwürdig es war, dass sie laut sprach, während sie Sarahs Antworten lediglich in ihrem Kopf hörte, aber sie war viel zu sehr in das Gespräch vertieft, das sich zwischen ihnen entwickelte. Sie unterhielten sich ganz natürlich, so als ob sie alte Freunde wären! Was sie in gewisser Weise ja auch geworden waren.

»Warum ich, Sarah?«

Ein paar Sekunden schwieg Sarah. »*Du musst versuchen, mich zu verstehen, meine Liebe. Ich war hier – gefangen –*

so lange.« Sie zuckte beredt mit den Schultern und lächelte Jessica traurig an. *»Vielleicht war es Teil meiner Strafe für das, was ich getan habe ... mit ihnen. Ich weiß es nicht. Als du gekommen bist, habe ich die Chance gewittert ... befreit zu werden, dass ich dich dazu benutzen könnte, und dass du Mitleid mit mir haben würdest, wenn ich dir nach und nach meine Geschichte erzähle.«*

Jessica runzelte die Brauen. »Aber wie? Wie kann ich dir helfen. Was ist dein Anliegen, Sarah?«

»Es gibt ... einen Ort.« Ihr Bild wurde schwächer und begann zu verblassen. Ihre Energie ließ verstörend rasch nach und entkräftete sie. *»Bald ... ist es so weit.«*

»Bitte geh nicht!«

»Ich muss ... mich regenerieren.«

Jessica starrte abwesend auf den Tisch. Sarah war so schnell verschwunden, wie sie sich materialisiert hatte. Mit einem lauten Seufzer strich sie sich über die Stirn. »Puh!« Sie überlegte, was sie in diesem Moment fühlte: Freude, Erschöpfung, Erstaunen, Ungläubigkeit, alles zugleich. Wer würde ihr das glauben? Ihr Blick fiel aufs Schlafzimmer. Simon sicher nicht. Aber Marcus und Nan. Sie sah sich nach Stift und Papier um. Sie musste alles aufschreiben, bevor die Erinnerung, die jetzt noch so stark war, verblasste.

Als Jessica erwachte, nachdem sie in traumlosen Schlaf gesunken war, stand die Sonne bereits hoch am Himmel und fiel durch die Fenster des Wintergartens. Als sie durch die Küche kam, bemerkte sie Teller und Tassen in der Spüle und schloss daraus, dass sich Simon selbst Frühstück gemacht hatte. Das Bett war unordentlich zerwühlt. Automatisch machte sie es, zog sich an und ging dann in die Küche zurück, um sich eine Tasse Kaffee zu brühen.

Sie fühlte sich merkwürdig belebt, als ob Sarahs Besuch

ihr eine seltene physische Energie verliehen hätte. Auch ihre Sinne schienen geschärft, als ob sie alles ganz bewusst wahrnehmen würde, tiefes Einatmen, Laufen, Farben, Stofflichkeit. Ihre Hände strichen über die halblange Jeans und fühlten das leicht raue Material, das sie dann mit der dünnen Baumwolle ihres T-Shirts verglich. Als sie zum Wintergarten zurückging, wusste sie, was sie zu tun hatte. Es war nicht einmal ein bewusster Gedanke, es war, als ob sie etwas dazu zwang, was sie nicht unter Kontrolle hatte.

Sie nahm die Palette auf, drückte eine Tube Farbe darauf und begann dann mit dem Kamelhaarpinsel einen Hautton anzumischen …

Drei Stunden später trat sie von der Staffelei zurück, um ihre Arbeit zu begutachten. Nicht schlecht! *Sie selbst* hatte das letzte Gesicht eingesetzt, das von Timothy Cavanagh. Ein sanfter Jüngling mit roten Wangen sah sie unter dichten Babywimpern aus blauen Augen an. Blondes Haar fiel ihm in die Stirn, und seine Koteletten waren sehr dünn, da er noch nicht viel Bart hatte. Sein Kinn war ausgesprochen schwach und verriet einen ebenso schwachen Charakter, und dem Ausdruck seiner Augen hatte sie eine gewisse emotionale Verletzlichkeit verleihen können. Ja, gar nicht so schlecht. Natürlich fehlte ihr die Reinheit von Sarahs Pinselführung, ihre subtile Art, Ton in Ton zu mischen, um Licht und Schatten zu erzeugen, doch insgesamt war es ein gutes Porträt des Mannes, den sie in ihrem Traum gesehen hatte.

Sie sollte Marcus anrufen.

20

Marcus trat von der Staffelei zurück, um das vierte Gesicht besser betrachten zu können. Timothy Cavanagh mit seiner typisch englischen Gesichtsfarbe, der hellen Haut, rosigen Wangen und seiner Jugend unterschied sich von den anderen dreien so sehr, dass er gar nicht in das Bild zu passen schien. Jetzt war Sarahs Schurkengalerie komplett, stellte er fest, als er das ganze Bild ansah, und sie hatten alle im 58. Regiment gedient, wie die Aufzeichnungen ergeben hatten. Jessica hatte ein gutes Porträt des jungen Soldaten gemalt, dachte er, sie hatte den Anschein von Schwäche, der von ihm ausging, seinen mangelnden Charakter und seine fehlende Persönlichkeit gut eingefangen.

Mit ungewöhnlich ernstem Gesichtsausdruck blickte er zur Küche, wo er Jessica den Kaffee machen hörte. Irgendetwas an ihr war anders, das hatte er sofort gespürt, als sie ihm die Tür geöffnet hatte. Es war nicht so, als ob sie deprimiert war, nicht einmal distanziert, sondern eher so, als ob ihr wichtige Dinge auf der Seele lägen, durch die sie etwas abwesend wirkte. Es war allerdings nicht schwer zu erraten, was sie bedrückte. Simon. Er hatte gestern mit ihm über ihre psychologische Situation gesprochen und war von seinem offenkundig mangelnden Interesse sehr entsetzt gewesen. Es war, als ob es ihm inzwischen egal war, ob seine Frau völlig durchdrehte oder ob sie mittlerweile zu einem relativ normalen Zustand zurückgekehrt war, was zumindest *Marcus'* professionelle Meinung war. Simons Verhalten war weit von der ängstlichen Besorgnis entfernt, die er zu dem Zeitpunkt an den Tag gelegt hatte, als er Marcus um Hilfe bat.

Marcus war scharfsinnig genug, um zu erkennen, dass sich in der Beziehung der Pearces etwas getan hatte. Er hatte die Spannungen seit Wochen gespürt, doch dass es schließlich in so kurzer Zeit passiert war, war mehr als erstaunlich. Zweifellos hatte Sarahs Einmischung wie ein Katalysator gewirkt, um einen Keil zwischen die beiden zu treiben, aber er war gleichzeitig intelligent genug zu erkennen, dass Sarah nicht der einzige Grund für ihr Zerwürfnis sein konnte… der lag wahrscheinlich viel weiter zurück. Außerdem konnte er den Levinski-Faktor nicht ausschließen. Bei allem, was er von ihr wusste, konnte er sich vorstellen, dass sie sich bei Simon eingeschleimt hatte – und das konnte für den Doktor Ärger der übelsten Art bedeuten.

Jessica reichte ihm seinen Kaffee. »Was hältst du davon?«

»Ich finde es sehr gut«, grinste er, während er am Kaffee nippte. »Das Bild, meine ich. Es ist erstaunlich, wie gut du seine Züge eingefangen hast, obwohl du ihn nur ein einziges Mal in einem Traum gesehen hast.«

»Nun, der Traum war sehr deutlich. Hätte Timothy Sarah nicht abgelenkt, hätten die anderen nicht so leichtes Spiel gehabt, sie zu entführen. Daher denke ich, dass sich seine Züge tief in mein Unterbewusstsein eingebrannt haben.«

»Hat Simon es schon gesehen?«

»Nein«, meinte sie zurückhaltend. »Ich habe es gemalt, nachdem er schon fort war.«

Marcus holte tief Luft und rückte mit der Frage heraus: »Möchtest du mit mir über Simon reden?«

Jessica wandte sich ab und gab vor, ihre Malutensilien auf dem Tisch neben der Staffelei ordnen zu müssen. O Gott, es wäre so eine Erleichterung, ihre Probleme mit irgendjemandem besprechen zu können. Aber nicht mit Marcus, obwohl sie wusste, dass er ein guter Zuhörer war. Ihr Problem war nur, dass sie einander viel zu nahestanden und dass die Gefühle für ihn, die in ihr schlummerten, noch nicht an die Oberfläche kommen durften.

»Du weißt, ich bin, oder war zumindest, Psychologe. Und das ist es, was Psychologen für gewöhnlich tun. Sie hören den Problemen anderer Leute zu, geben ihnen Ratschläge und so«, meinte er, wobei er nicht so locker wie sonst, sondern mit ungewohnter Ernsthaftigkeit sprach.

Sie lächelte ihn kurz an und schüttelte dann den Kopf. »Nein, ich glaube nicht. Noch nicht.«

»Gut«, murmelte er mit einem nonchalanten Achselzucken, während er versuchte, den unerklärlichen Stich in seinem Herzen zu erklären, der sich bemerkbar machte, weil sie ihm ihr Problem nicht mal ein kleines bisschen anvertrauen wollte. »Dann, wann immer du dazu bereit bist.«

»Natürlich.«

Marcus hielt es für angebracht, das Thema zu wechseln, daher sagte er: »Ich schätze, dass nun, da das letzte Gesicht vollendet ist, Sarah wohl bald wieder auftauchen wird. Ihre Geschichte nähert sich dem Höhepunkt, und ich glaube, wir beide haben eine ziemlich gute Vorstellung davon, was geschehen sein könnte.«

»Wir müssen erst noch wissen, was mit Timothy passiert ist. Denn ich vermute, da war irgendetwas.«

»Ich frage Billy Lane, ob er in den Aufzeichnungen über Norfolk in Sydney irgendetwas über ihn finden kann.«

Sie saßen immer noch redend im Wintergarten, als Simon hereinkam und sich zu ihnen setzte. Er schien überrascht, Marcus zu sehen, dann erblickte er das Gemälde. »Verdammt noch mal, noch so eine hässliche Fratze.« Vorwurfsvoll sah er Jessica an. »Wann ist das passiert, und warum hast du mir nichts davon gesagt?«

»Ich habe es selbst gemalt, heute Morgen, nachdem du zur Arbeit gegangen warst.«

»Ich verstehe. Du hast es gemalt!« Aufmerksam sah er erst Marcus, dann Jessica an. Interessant. Nein, erstaunlich, dass sie zugab, das vierte Gesicht gemalt zu haben, aber nicht die anderen. Warum? Er schwieg einen Moment nachdenklich, bis ihn die Neugier übermannte und er fragte: »Und, Jessica, wer ist er? Und woher wusstest du, was für ein Gesicht du malen musst?«

»Das ist Timothy Cavanagh«, antwortete Marcus an ihrer Stelle. »Jessica hatte einen Traum…«

»Scheiße. Wieder so ein verdammter Traum.« Simon funkelte seine Frau böse an. »Ich habe dir doch gesagt, du sollst deine Medikamente nehmen, oder?«

»Du hast mir eine Menge gesagt, Simon, manches davon habe ich getan, manches nicht«, entgegnete sie kurz und fast förmlich.

Marcus hob eine Augenbraue, beruhigte sich aber, als er Jessicas Tonfall hörte. Sie war eine Frau, mit der man rechnen musste, wenn es die Lage erforderte. Er hatte noch nie gehört, dass sie mit Simon so kühl sprach, ein sicheres Zeichen für eine Krise in der Ehe der Pearces. Wahrscheinlich war hier ein strategischer Rückzug angesagt.

»Ich muss gehen, ich soll für Nan noch ein paar Sachen vom Supermarkt holen, bevor er schließt.«

»Danke, dass du vorbeigekommen bist, Marcus. Wir sprechen uns bald«, lächelte Jessica, als sie mit ihm zur Tür ging.

»Ja, auf Wiedersehen, Marcus«, rief Simon ihm beiläufig nach. Immer noch starrte er das Gemälde an, in dem er mittlerweile die Quelle all seiner Probleme sah. Hätte er sie nicht nach Norfolk gebracht, dann wäre das erste Gesicht nicht gemalt worden, und wenn Jessica nicht diese Albträume bekommen hätte, wenn Sarah – verdammt sollte sie sein – nicht in ihr Leben getreten wäre, dann wären sie immer noch ein glückliches Paar. Doch jetzt konnten alle verdammten »Wenns« der Welt nicht mehr ändern, was geschehen war. Warum er?, stöhnte er. Warum hatte das Schicksal gerade ihn so unfair behandelt, obwohl er doch fast alles hatte, was er sich je gewünscht hatte? Er hörte Jessica in den Wintergarten zurückkommen und wandte sich zu ihr um.

»Du bist früh zu Hause«, stellte sie fest, als sie die Kaffeetassen einsammelte.

»Ja, ähm, zwei pensionierte Ärzte aus Sydney sind heute in der Klinik gewesen. Sie sind hier wegen irgendeines dämlichen Bowlingwettbewerbs oder so. Ich habe sie durch die Klinik geführt, und sie haben mich zum Essen eingeladen. Ich bin nur gekommen, um zu duschen und mich umzuziehen.«

Es entging ihr nicht, dass er mich statt uns sagte. Unbeteiligt sah sie ihm nach. Ein kleiner, misstrauischer Teil ihres Gehirns fragte sich, ob er ihr die Wahrheit sagte. Dann fragte sie sich selbst, ob ihr das etwas ausmachte. Nein. Sie durchliefen beide nur ein Ritual, und es war an der Zeit, dass sie etwas unternahmen.

»Sie sind ohne ihre Frauen hier, deshalb dachte ich, dass du dich wahrscheinlich langweilen würdest«, erklärte Simon, bevor sie ihn danach fragen konnte.

»Ich verstehe. Wenn du geduscht hast, sollten wir uns unterhalten.«

»Über was?«

»Uns.«

Gereizt blicke Jessica auf ihre Armbanduhr. Was tat er denn so lange im Bad? Er war schon eine Ewigkeit da drinnen.

Mit grimmigem Lächeln stellte sie fest, dass er das Unvermeidliche hinauszögerte. Zum Teil, um sich selbst aufzuheitern, zitierte sie die bekannten Zeilen aus *Alice im Wunderland: Die Zeit ist reif, das Walross sprach, von mancherlei zu reden*...

Schließlich kam er in bequemen schwarzen Hosen und einem grünen Sporthemd, das er aus einem der Geschäfte an der Taylors Road hatte.

Sie sah ihm zu, wie er zur Anrichte ging, wo ein Silbertablett mit einigen Spirituosen stand. Er hatte schon immer irgendeine Art Verstärkung gebraucht, wenn eine unangenehme Aufgabe bevorstand, fiel ihr auf. Armer Simon. Sie brachte noch genügend Mitgefühl auf, den Mann zu bemitleiden, zu dem er geworden war. Gierig, habsüchtig, fast verzweifelt bemüht, so erfolgreich zu sein, dass es die Leute bemerkten. Es reichte ihm nicht mehr, der beste Arzt zu sein. Irgendeine Komponente seiner Persönlichkeit, wahrscheinlich sein Ego, brauchte mehr. Gelangweilt fragte sie sich, was wohl ein Psychiater davon halten würde.

»Möchtest du auch etwas?«, fragte er. Als sie den Kopf schüttelte, goss er sich einen Whisky ein und setzte sich in einen Sessel gegenüber von dem Sofa, auf dem sie saß.

»Also, worüber sprechen wir jetzt?«, fragte er mit gespielter Fröhlichkeit.

»Ich glaube, du weißt es. In einem Wort: Scheidung.«

Seine Augenbrauen hoben sich, und er rutschte erstaunt auf dem Sitz vor. »Jesus, was redest du denn da? Scheidung! Das ist völlig lächerlich.« Er warf ihr einen Blick zu und sah dann schuldbewusst weg. »Ich dachte, wir hätten diese unangenehme Sache, ich meine Sue, hinter uns gelassen.«

»Mach dir doch nichts vor, Simon. Wir sind kein Paar mehr. Wir sind zwei einzelne Menschen, die im selben Haus wohnen, das ist schon fast alles.«

»Und wessen Schuld ist das? Du willst doch nicht, dass ich dich anfasse, du zuckst zurück, wenn ich dir zu nahe komme.«

»Du hast Recht.« Sie blickte ihm gerade in die Augen, damit er ihre Botschaft nicht missverstehen konnte. »Ich kann es nicht mehr ertragen, dass du mich berührst. Es ist fort. Alles. Ich liebe dich nicht mehr, und ich möchte nicht die Lüge leben, der Welt ein glückliches Paar vorzuspielen.« Sie holte Luft und registrierte seinen schockierten Gesichtsausdruck, bevor sie fortfuhr: »Wenn du ehrlich zu dir selber wärst, dann würdest du das ebenso zugeben. Du liebst mich auch nicht mehr, genauso, wie ich dich nicht mehr liebe. Was uns noch bleibt, sind die Jahre der Vertrautheit, dass wir über zehn Jahre als ein Paar zusammengelebt haben.« Sie strich sich eine Haarsträhne aus der Stirn und dachte kurz nach. »Ich weiß nicht genau, wie oder wann, aber irgendwo ist etwas mit uns geschehen. Es hat schon vor langer Zeit begonnen, und langsam, ohne dass wir es bemerkt haben, sind die Liebe und die Zuneigung einfach verschwunden.«

»Du bist wirklich verrückt«, entfuhr es ihm, seine Wangen vom Zorn gerötet und mit einer gehörigen Portion Verzweiflung in der Stimme. Er musste sie vom Gegenteil überzeugen, ihr beweisen, dass es für sie noch eine Chance gab, glücklich zu werden, auch wenn er Jessicas Dickkopf nur zu genau kannte und wusste, dass sie, wenn sie erst einmal eine Entscheidung getroffen hatte, weder Gott noch eine Atombombe davon abbringen konnte.

»Wir haben eine schlimme Zeit durchgemacht. Erst Damian und jetzt… diese verdammte Sarah-Sache. Alle Ehen machen solche Phasen durch, das hast du bei deiner Arbeit als Anwältin oft genug gesagt. Wir brauchen Zeit, Jess, nur etwas Zeit. Wenn mein Vertrag in Norfolk in zwei Monaten ausläuft, werden wir zusammen einen schönen Urlaub machen. Irgendwo in Übersee, an irgendeinem exotischen Ort, und dort wiederbeleben, was wir verloren haben.«

Sie schüttelte den Kopf, schmerzhaft die schreckliche Leere in sich spürend. Sie hatte keine Ahnung gehabt, wie schwer es sein würde, mit ihm zu reden, es zu beenden. Und es fiel ihr zunehmend schwerer. »Simon, unsere Gefühle sind nicht verloren gegangen wie ein Paket bei der Post. Sie sind tot.«

»Nein…« Er schluckte den Rest seines Whiskys herunter und setzte das Glas mit einem Knall auf dem Kaffeetisch ab. »Das kann ich nicht akzeptieren.«

»Manchmal ist es schwer zu akzeptieren, dass eine Ehe am Ende ist. Aber ich glaube, wir beide müssen erwachsen genug sein, diese Sache anständig zu beenden.«

Er saß da und versuchte verzweifelt, sich ein stichhaltiges Argument einfallen zu lassen, doch das Einzige, was ihm einfiel war, jemand anderen zu beschuldigen. »Es ist wegen Sue, nicht wahr? Wenn sie nicht da wäre, dann hätten wir noch eine Chance, nicht wahr?«

»Es ist nicht wegen Sue«, stritt sie ab. »Unsere Probleme haben schon lange vor Sue angefangen, aber wir haben es nicht gemerkt oder uns geweigert, es zu sehen. Du hast dich verändert, als du diesen Plan mit dem Geriatriekomplex gefasst hast.«

»Oh!« Aggressiv schob er den Kiefer vor. »Es ist also meine Schuld, weil ich unsere Zukunft sichern wollte, ja? Das ist ziemlich dumm und unfair. Und das weißt du.«

»Das ist nicht deine Schuld und meine auch nicht. Wir tragen beide die Verantwortung dafür.«

»Oh, schön. Das ist ja verdammt großzügig von dir. Du gehst als reiche Frau aus unserer Ehe hervor, und ich…«

Sie runzelte die Stirn, als sie auf einmal erkannte, wo das

eigentliche Problem dieser Unterhaltung und ihrer Wendung lag. Geld. Großer Gott. Natürlich. Darum war es immer gegangen. Geld. »Und du was? Was, Simon?« Als er nicht antwortete, forderte sie ihn auf: »Komm schon, leg die Karten auf den Tisch, jetzt gleich.«

»Du hast dir nie Sorgen machen müssen wegen des Geldes. Zuerst hat dein Vater für dich gesorgt, er hat dir und Alison alles geboten, was ihr euch gewünscht habt. Und nach seinem Tod hat er dir ein großes Vermögen hinterlassen. Deine Aktienpakete sind heute eine Menge wert, Jessica. An die zwei Millionen, schätze ich. Aber ich musste schuften wie ein Tier für das, was ich habe. Meine Eltern haben mir nichts hinterlassen. Die Farm wurde kurz nach Mums Tod verkauft, und das reichte gerade aus, um die Schulden zu bezahlen. Ich habe gearbeitet, um meinen Universitätsabschluss zu machen und die Assistenzzeit in London zu bezahlen. Ich habe praktisch von der Hand in den Mund gelebt. Und auch später, als ich mir über Jahre hinweg eine eigene Praxis aufgebaut habe ...«

»Was dir sehr gut gelungen ist«, gestand ihm Jessica zu. »Du bist ein hochangesehener Spezialist in Perth, und ich weiß, wie hoch dein Jahreseinkommen ist. Also erzähl mir nicht, dass du ohne mich verarmst. Das kaufe ich dir nicht ab.«

»Aber mein Projekt würde mich zum Multimillionär machen, Jess, und mich, ich meine uns, für unser ganzes Leben absichern.«

Ihr Gesichtsausdruck blieb eisern, um ihm nicht zu zeigen, wie sehr er sie enttäuschte. »Ich wünsche dir viel Erfolg damit, Simon, wirklich. Aber ich will kein Teil davon sein.«

»Verdammt noch mal, du weißt ganz genau, dass ich das Projekt ohne deine Mittel nicht verwirklichen kann. Ich habe nicht genügend eigenes Kapital.«

»Oh, darum geht es also bei der Aufrechterhaltung unserer Ehe? Nicht um mich oder uns oder unsere Erinnerung an Damian, sondern nur um das Projekt und das Geld. So ist es doch, oder?«

Er hatte den Anstand, beschämt dreinzusehen, und konnte ihrem Blick nicht länger als eine Sekunde standhalten. »Ich habe so hart gearbeitet«, jammerte er. »Ich habe meinen Erfolg verdient, und wenn wir uns jetzt trennen, dann machst du ihn mir unmöglich.«

Trauer umfing Jessicas Herz und schnürte es so eng zusammen, dass sie kaum mehr atmen konnte. Jetzt waren sie also am Grunde der Sache angelangt. In ihrem Arbeitsleben hatte sie gelernt, dass eine gütliche Beilegung der Scheidung meist durch die Frage des Geldes, des Hauses oder wer die Kinder bekommt unmöglich gemacht wurde. Ihr kam der Gedanke, dass sie ihm einen Teil ihres Vermögens überschreiben könnte. Sie brauchte das ganze Geld nicht. Doch dann fiel ihr wieder ein, wie hart ihr Vater dafür gearbeitet hatte, um die Grundlage dafür zu schaffen, und es erschien ihr auf einmal unmoralisch. Außerdem, was hatte Simon schon getan, um dieses Geld zu verdienen? Nicht annähernd genug.

»Ich bin sicher, wir können uns einigen«, meinte sie, um ihn zu besänftigen. »Wir müssen uns nur hier und jetzt darüber klar werden, dass unsere Ehe am Ende ist und dass wir die Absicht haben, in Zukunft getrennte Wege zu gehen.«

»Wenn du deine Freiheit willst, wird sie dich teuer zu stehen kommen! Ich will das Geld, und zwar alles!«, erklärte er mit Nachdruck. »Gott weiß, bei allem, was ich seit Damians Tod durchgemacht habe, habe ich einen Anspruch darauf!«

Jessica zuckte unwillkürlich zusammen. Es war ein

Schlag unter die Gürtellinie, ihren Nervenzusammenbruch ins Spiel zu bringen. Und … es war die schlechteste Aussage, die er machen konnte, denn es stärkte ihren Dickkopf aufs Wirksamste. »Ich glaube nicht.« In ihrer Stimme lag eine ruhige Bestimmtheit, als sie ihn fest ansah.

»Glaubst du nicht?«, äffte er sie hässlich nach. »Du bist dir da so sicher, was? Nun, ich habe mich bereits rechtlich beraten lassen, und mein Vertreter meint, ich hätte eine fünfzigprozentige Chance, mindestens die Hälfte zu bekommen.«

»Ach, tatsächlich?« Sie lächelte absichtlich zuversichtlich. »Erinnerst du dich zufällig daran, womit ich meinen Lebensunterhalt verdiene?«

Er starrte sie nur an und wartete darauf, dass sie weitersprach.

»Nun, ehrlich gesagt, könntest du sogar fast die Hälfte bekommen – diese Möglichkeit ist nicht ausgeschlossen –, aber wenn du das versuchst, werde ich dich so viele Jahre vor Gericht festhalten, dass du, wenn du endlich das bekommst, was du für deinen gerechten Anteil hältst, so alt bist, dass *du* einen Platz in einem Geriatriezentrum brauchst, anstatt eines zu bauen!« Das war zwar ein Bluff, aber sie hoffte, dass er das nicht merkte.

»Das würdest du nicht tun!«

In ihren Augen blitzte Kampfgeist auf. »Versuch es doch!«

»Du Luder!« Er sprang aus dem Sessel auf und schob die Hände in die Hosentaschen. »Bei all den merkwürdigen Ereignissen hier hätte ich dich schon für unzurechnungsfähig erklären lassen und alle Vollmachten bekommen können. Ist dir das eigentlich klar?«

Sie brauchte ihre ganze Selbstbeherrschung, um ihm nicht zu zeigen, wie geschockt sie war. »Das könntest du versuchen.« Dass er das auch nur in Erwägung zog, zeigte ihr nur allzu deutlich, wie tot ihre Ehe wirklich war. Und bei allem, was sie auf Norfolk durchgemacht hatte, wusste sie, dass er das sogar versuchen konnte, auch wenn die Wahrscheinlichkeit gering war. Allerdings würde er es ohne die Unterstützung von Marcus tun müssen, da war sie sich sicher.

Sie seufzte tief auf und sah weg. »Simon, ich glaube, wir sind in einer Sackgasse gelandet, und es ist wohl besser, wenn du jetzt gehst. Ich habe dir gesagt, was ich will, die Scheidung. Ich werde morgen mit Max reden, damit er die Scheidungspapiere fertig machen kann. Ich halte es für das Beste, wenn du so bald wie möglich ausziehst.«

»Einfach so, ja?«, höhnte er. Seine Verärgerung zeigte sich in seinen heruntergezogenen Mundwinkeln und seinem feindseligen Blick. »Die Leute werden reden. Norfolk ist ein kleiner Ort. Hier weiß jeder, was der andere tut.«

»Das stimmt, aber wie du schon gesagt hast, dein Vertrag läuft in zwei Monaten aus, also wirst du dich nicht allzu lange mit dem Tratsch herumschlagen müssen.«

Er warf ihr einen bitterbösen Blick zu, der sie hoffentlich einschüchterte, nahm seine Autoschlüssel und ging zur Tür. »Das ist noch nicht vorbei, Jessica, noch lange nicht.«

Nachdem er gegangen war, saß sie lange Zeit still da und dachte über seine Abschiedsworte und seine Drohungen nach. Sie wusste, dass sie ihn aus ihrem Herzen verbannt hatte, aber er war noch lange nicht aus ihrem Leben verschwunden.

»Mein armer Liebling.« Sue schlang die Arme um Simon, als er sich auf ihr Sofa fallen ließ.

»Nein, das war nicht sonderlich schön. Jessica kann ganz schön hart sein, wenn sie will.« Er ließ es zu, dass sie ihn beruhigte und umschmeichelte, bis er in besserer Laune war. »Ich glaube, wir haben beide Dinge gesagt, die wir später bereuen werden.«

»Das spielt jetzt keine Rolle mehr, es ist geschehen. Ich finde, das schreit nach Champagner«, meinte sie, sprang auf und lief zum Kühlschrank. In weniger als einer Minute waren zwei Sektflöten bis zum Rand mit dem perlenden Getränk gefüllt.

»Auf uns«, prostete sie ihm begeistert zu und ließ sich neben ihm nieder.

»Auf uns«, wiederholte er nicht ganz so enthusiastisch, als er einen großen Schluck nahm.

»Du wirst natürlich bei mir einziehen.« Sie wollte es so. So hatte sie ihn ganz für sich, und es würde jedem, den es interessierte, was wahrscheinlich die halbe Insel war, sagen, dass es mit ihrer Beziehung ernst war.

»Ich halte das für keine gute Idee. Sie könnte das später gegen mich verwenden, bei der Scheidung.« Er selbst glaubte nicht, dass Jessica das tun würde, aber er war noch nicht dazu bereit, eine solche Verpflichtung einzugehen. Er brauchte Zeit für sich allein, um nachzudenken, seinen nächsten Zug zu planen, denn er wollte das Geld nicht so einfach aufgeben, ihr Geld. Noch nicht.

»Aber …«, begann Sue, doch als sie den entschlossenen Ausdruck in seinen Augen sah, ließ sie die Sache fallen. Geduld, Mädchen, Geduld. Sie musste nur ein paar Monate warten, mehr nicht. Das würde sie schon schaffen. Natürlich würde sie das. »Du weißt es sicher am besten, Liebling«, flüsterte sie ihm ins Ohr. »Wir werden einfach weiter diskret sein.«

»Okay.«

»Und mach dir keine Sorgen wegen ihres Geldes«, meinte sie mit verächtlich gekräuselten Lippen. »Lass die dumme Kuh es doch behalten. Du bist doch so klug, du wirst schon einen Weg finden, dein Projekt durchzuziehen, wenn wir erst wieder in Perth sind.«

»Schon möglich«, stimmte er zu, »aber anders wäre es viel leichter. Jetzt werde ich noch wesentlich mehr Leute anwerben müssen, um für die Finanzlücke aufkommen zu können, und wahrscheinlich wird der Profit kleiner werden.«

Das gefiel Sue nicht. Das Luftschloss, das sie sich gebaut hatte, und in dem sie in Zukunft als die Frau eines wohlhabenden Arztes lebte, in einem luxuriösen Heim mit einem schicken Auto, gefiel ihr zunehmend besser. »Daran habe ich gar nicht gedacht«, meinte sie halb zu sich selbst, als sie sich an seine Brust schmiegte. »Weißt du, du könntest es mit dem anderen Plan versuchen, den, über den wir gesprochen haben. Sie für unzurechnungsfähig erklären zu lassen, erinnerst du dich?«

»Damit habe ich ihr gedroht«, verkündete er nicht ohne Stolz. »Sie schien nicht allzu beeindruckt. Hat mich nur herausgefordert, mein Bestes zu tun.«

»Nun, vielleicht solltest du das, mein Lieber. Du verdienst dieses Geld oder zumindest einen großen Teil davon, und es würde alles leichter machen.«

»Ich weiß, aber ...«

»Was aber?«

»Jessica ist eine angesehene Rechtsanwältin in Perth. Die juristische Bruderschaft würde hinter ihr stehen, und es könnte schädlich für meinen Ruf sein, wenn ich versuche, ihr das Geld abzunehmen.« Er sah sie an. »Und ob ich gewinne oder nicht, ich werde wie ein geldgieriger Mistkerl dastehen. Dafür werden ihre Rechtsanwaltskollegen schon sorgen.«

»Ich verstehe. Ja, es ist riskant, aber manchmal muss

man ein hohes Risiko eingehen, wenn es um einen hohen Einsatz geht, hat mein nichtsnutziger Vater oft gesagt.«

»Ich weiß nicht...« Er klang unsicher. »Und dann ist da auch noch Marcus. Er würde einen Antrag auf Unzurechnungsfähigkeit nicht unterstützen.«

Sue trank durstig den Champagner. »Ach was, pfeif auf Marcus. Wir besorgen einen richtigen Arzt.« Sie legte besondere Betonung auf das Wort *richtig*. »Einen Psychiater, dessen Meinung viel mehr Gewicht hat als die von Marcus Hunter.«

Simon gab ein tiefes Knurren von sich und fuhr sich mit der Hand durch die Haare. »Ich bin die ganze Sache leid.«

»Das ist doch nur ganz natürlich, es muss traumatisch für dich gewesen sein. Wir sprechen später darüber«, beschwichtigte sie ihn. Sie küsste ihn lange und heftig und ließ ihre Hand über seinen Körper gleiten, bis sie seinen Schoß erreichte und begann, die verräterische Versteifung zu streicheln. »Nun, ich frage mich, wo du heute Nacht wohl schlafen wirst?« In ihren Augen lag ein einladendes Glitzern.

Er grinste lasziv. »Hier natürlich.« Er berührte ihre Brust und meinte mit rauchiger Stimme: »Aber es könnte sein, dass wir nicht viel Schlaf bekommen.«

»Wie wundervoll!«

Nachdem sie zweimal miteinander geschlafen hatten, fiel Simon in einen tiefen Schlaf. Sue, die keine Ruhe fand, beobachtete ihn eine Weile. Ein Triumphgefühl durchpulste sie, aber auch eine Art Verwunderung. Wer hätte das vor vier Monaten gedacht? Nicht einmal sie selbst hätte davon geträumt, dass ihr Leben eine derartig dramatische Wendung nehmen würde. Sie stieg aus dem Bett, ging schamlos nackt in die Küche und holte sich die halbleere Champagnerflasche, mit der sie sich aufs Sofa setzte und in tiefen Zügen trank.

Ahh, wundervoll. Ein wenig von der Flüssigkeit rann ihr aus dem Mundwinkel über die Wange und auf den Hals. Sie kicherte, als das Rinnsal sie kitzelte. Langsam begann der Alkohol seine Wirkung zu entfalten, und mit einem Seufzer entspannte sie sich. Schließlich war die Flasche leer, doch sie hatte das Gefühl, sie brauchte noch mehr, und fand tatsächlich eine Flasche Cognac im Küchenschrank. Gierig setzte sie sie an die Lippen und schluckte, als ob sie aus der Wüste gekommen wäre.

Bis sie schließlich jeden Tropfen Alkohol in der Wohnung gefunden und vernichtet hatte, war sie sinnlos betrunken.

Sarah stand in einem Winkel des Wintergartens und bewunderte, wie gut Jessica ihre Emotionen unter Kontrolle hatte. Ihre Gefasstheit war bemerkenswert, und auf gewisse Weise erinnerte sie sie an ihre frühere Arbeitgeberin, Cynthia Stewart. Beide hatten Klasse und eine gewisse Eleganz. Ohne Scham hatte sie Jessicas Unterhaltung mit Simon belauscht und war zornig über dessen jämmerliche, ungehörige Antworten. Der Mann hatte sich nicht nur als Schwächling erwiesen, er war auch noch dumm. Er hatte seine Frau für jemanden verlassen, die kaum mehr war als eine billige Intrigantin, und sie ging davon aus, dass er noch den Tag verfluchen würde, an dem er sich mit ihr eingelassen hatte. Dass er Jessicas Vermögen wollte, das offenbar recht groß war, ärgerte Sarah, und sie betete darum, dass er sein Ziel nicht erreichte. Soweit sie das beurteilen konnte, konnte Jessica froh sein, Dr. Simon Pearce und alles, wofür er stand, los zu sein. Das hatte sie ohne zu zögern entschieden.

Dennoch empfand sie Mitleid für Jessica in ihrer schwierigen Lage. Es war nicht leicht, eine Ehe zu beenden, und sie spürte, dass es Jessica viele Stunden herzzerreißender Überlegungen gekostet haben musste, bis sie ihre Entscheidung getroffen hatte. Sie wusste, dass ihr die Zeit über die Enttäuschung hinweghelfen würde. Und dann war da ja auch noch Marcus... Ja, Marcus, von ihrem eigenen Blut, der sehr viel für Jessica empfand und irgendwann einen guten Partner für sie abgeben würde.

Plötzlich wurde Sarah die emotionale Anspannung zu viel, daher konzentrierte sie sich auf das Bild und begutachtete, wie Jessica das vierte Gesicht eingefügt hatte. Es war ein gutes Porträt und auch gut gemalt, fand sie.

Oh, Timothy. Sie schüttelte den Kopf bei dem Gedanken an ihn. So ein einfältiger junger Mann und so völlig ungeeignet für den Militärdienst. Amüsiert rief sie sich einige Dinge ins Gedächtnis, die Maude ihr über ihn erzählt hatte, wenn sie die Mahlzeiten im Hause der Stewarts zubereiteten und sauber machten.

Er war der zweitälteste Sohn in einer achtköpfigen Familie. Seine Eltern hatten Timothy aus dem Nest vertrieben, weil sie schon zu viele Mäuler füttern mussten, und ihn dazu ermuntert, der Armee beizutreten, da er bei den Streitkräften der Königin ein Dach über dem Kopf, Kleidung und Nahrung erhalten würde. Aber es war ein großer Fehler gewesen, sich mit Leuten wie Waugh, Dowd und dem gerissenen McLean einzulassen. Maude hatte Sarah erzählt, dass die drei hartgesottenen Kerle Timothy gezeigt hatten, wie man das Beste aus dem Leben bei der Armee machen konnte, wie man sich vor seinen Pflichten drückte, sobald die Vorgesetzten nicht aufmerksam waren. Und Timothy, naiv und verzweifelt auf der Suche nach Freunden, weil ihn die anderen Soldaten für einen Milchbubi hielten, hatte den älteren Männern jedes Wort geglaubt.

Rückblickend konnte sie erkennen, wie leicht es gewesen sein musste, Timothy von Waughs düsteren Plänen in der Nacht, in der sie entführt wurde, zu überzeugen. Unterdrückung und die Furcht vor Vergeltung hatten es für ihn praktisch unmöglich gemacht, sich ihren Wünschen zu widersetzen. Doch damit hatte auch Timothy sein Todesurteil unterschrieben.

Wochenlang hatte sie beobachtet, wie Timothy versuchte, mit dem Leben in der Armee fertig zu werden, nachdem seine Kumpel nicht mehr da waren, um ihn vor den Schikanen anderer Schufte in der Kompanie zu schützen. Sie machten dem jungen Mann das Leben zur Hölle und freuten sich daran, ihn bloßzustellen, zu erniedrigen und zu verprügeln, bis er von allen anderen in der Kaserne isoliert war.

Eines Tages hatte er sich krank gemeldet und war in sein Bett in der Kaserne zurückgeschickt worden. Dort fanden ihn ein paar Stunden später ein paar Soldaten mausetot am Deckenbalken hängend. Auf einem Zettel an seiner Jacke stand:

An meine Mutter

Ein Leben in der Hölle ist leichter zu ertragen als die Grausamkeiten des Lebens auf Norfolk.

Möge Gott mir vergeben

Timothy

Er wurde neben Dowd in dem Teil des Friedhofs in ungeweihter Erde begraben, der Mördern und Selbstmördern vorbehalten war.

Mit Timothys Tod war Sarahs Rache vollendet, und ihr langes Warten begann ... bis Jessica kam.

21

Jessica betrachtete die Fotografien, die sie von den Gebäuden der Siedlung in Kingston und an anderen Orten gemacht hatte, um sich ein Motiv für ihr nächstes Bild auszusuchen. Die *Bloody Bridge* mit ihrer grausigen Geschichte – dort hatten Sträflinge während des Baus eine Wache angegriffen, getötet und seine Leiche in den Fundamenten des Bauwerks versteckt – wäre ein interessantes Thema. Der Kontrast der moosüberwachsenen, handbearbeiteten Steine vor dem Hintergrund eines weichen Wiesenteppichs und hoher dunkler Pinien würde sich gut in Aquarellfarben übertragen lassen.

Nachdem sie diese Entscheidung getroffen hatte, bereitete sie das Papier vor und heftete es auf die Staffelei.

Dann begann sie mit leichten Bleistiftstrichen ihr Bild zu skizzieren.

Sie ging völlig in ihrer Arbeit auf, und die Konzentration führte dazu, dass sich mögliche Depressionen zerstreuten, die durch den Zerfall ihrer Ehe hätten auftreten können. Wenn sie darüber nachgedacht hätte, hätte sie zugeben müssen, dass sie irgendwie erleichtert war, dass es vorbei war, dass das Lügen, der Schmerz und die Enttäuschung in den langen Wochen der Unentschiedenheit Vergangenheit waren. Unbewusst, aber unaufhörlich hatte sie in den letzten Monaten versucht herauszubekommen, wann es zwischen ihr und Simon angefangen hatte, schiefzulaufen. Die Wurzel ihrer Unzufriedenheit war unscheinbar und heimtückisch. Sie reichte zurück bis in die Zeit, als er sich zum ersten Mal mit den Plänen für seinen Geriatriekomplex befasst hatte.

Anfangs hatte sie es für eine gute Idee gehalten, bis das

Objekt viel zu viel seiner Zeit zu beanspruchen begann. Es gab Treffen mit Architekten, Bauunternehmern, Finanziers, all das. Dennoch hatte sie zu diesem Zeitpunkt nicht viel darüber nachgedacht, weil sie viel zu sehr mit dem neugeborenen Damian beschäftigt gewesen war. Im Rückblick erkannte sie, dass Simon das Projekt außer Kontrolle geraten war. Er war so davon besessen, dass sie und Damian zu Besitztümern degradiert worden waren, denen er beiläufig seine Zuneigung schenkte und für die er nur wenig Interesse zeigte, und auch das nur, wenn er gerade mal daran dachte, was nicht allzu häufig geschehen war.

Als sie dann ihren Zusammenbruch gehabt hatte, hatte er ihr in seiner eigenen unnachahmlichen Art deutlich gemacht, dass der Zeitpunkt dafür höchst unpassend war und hatte ihr beinahe, wenn auch nicht direkt, vorgeworfen, dass sie absichtlich einen Nervenzusammenbruch erlitten hatte, um seine Pläne zu vereiteln. Jetzt erkannte sie, dass ihn nur sein gedrilltes Gewissen dazu getrieben hatte, sie zur Erholung nach Norfolk zu bringen. Sie war sich sicher, dass seine Entscheidung nicht aus Liebe gefallen war, sondern damit man sah, dass er als liebender Ehemann das Richtige tat. Sie lachte leise auf, als sie daran dachte, dass es für Simon stets sehr wichtig gewesen war, den Anschein zu wahren, etwas, was ihm seine Eltern in seiner Kindheit wahrscheinlich eingeprägt hatten.

Jessica schüttelte den Kopf, dass ihr das Haar nur so um die Ohren flog. Sie hatte es schwer gehabt in den letzten sechs Monaten, aber jetzt war es gut. Sie war so stark wie vor der Zeit, als Damian von ihnen gegangen war. Sie wusste es, denn sie hätte es nie geschafft, sich von Simon zu lösen, wenn sie noch von ihm abhängig gewesen wäre.

Doch tief im Innersten trauerte sie auch um etwas, das kostbar, glücklich und erfüllend gewesen war. Jetzt war ihre Ehe nur noch eine weitere Zahl in einer Statistik, und sie überkam gelegentlich ein Gefühl der Orientierungslosigkeit, weil sie nicht mehr bewusst – oder unbewusst – ständig an Simon denken musste: sich um seine Gefühle sorgen, ihn fragen, was er zum Essen haben wollte, seine Wäsche waschen oder dafür sorgen, dass sein Lieblingswhisky – oder was auch immer – vorrätig war. Von nun an musste sie nur noch an sich selbst denken und an ihre eigene Zukunft, eine Zukunft, die sie ins neue Jahrtausend führen würde.

Schon der Gedanke daran ließ es ihr eiskalt über den Rücken laufen vor … ja, vor was? Vorfreude, Freude, Erwartung? Wohl etwas von allem. Sie war allein im Cassell Cottage, seit er vor zwei Tagen seine Sachen abgeholt hatte und mit steinernem Gesicht gegangen war, nicht ohne zuvor noch einige Drohungen auszustoßen.

Während sie einen hellblauen Himmel mit ein paar Federwölkchen malte, musste sie zugeben, dass sie den Gedanken daran, was sie jetzt, nachdem sie buchstäblich frei war, tun würde, ganz bewusst aufgeschoben hatte. Natürlich würde der Scheidungsprozess ungefähr ein Jahr lang dauern. Aber alles in allem war sie jetzt wieder an dem Punkt, an dem sie vor gut zehn Jahren gestanden hatte, eine alleinstehende Frau … die ihre eigenen Entscheidungen treffen musste.

Sie dachte an Max und David, ihre Partner in der Kanzlei in Perth. Sie erwarteten, dass sie Ende Mai zurückkehren würde. Aber wollte sie das? Wollte sie wirklich in derselben Stadt leben wie Simon? Würde es nicht merkwürdig sein, wenn sie sich da über den Weg liefen und er hätte Sue Levinski am Arm? Wollte sie überhaupt noch als Anwältin praktizieren? Ah ja. Das war die Schlüsselfrage.

Ihr Blick wanderte von der Staffelei zur Aussicht aus

dem Fenster über die Wiesen und den Ozean. Sie erinnerte sich daran, wie sie Simon einmal gesagt hatte, dass sie diesen Blick, diese Üppigkeit und die Ruhe wahrscheinlich nur schwer würde vergessen können. Ihr Aufenthalt auf Norfolk – wie lange dauerte er jetzt schon an? Vier Monate? – hatte sie Geschmack am ruhigen Leben finden lassen. Vorher hatte das nichts mit dem Leben zu tun gehabt, das sie geführt hatte. Sie stellte fest, dass sie diesen Ort liebte. Ihr Mund verzog sich zu einem Lächeln, als sie ihren Gedankengang relativierte – trotz der Manifestationen von Sarah und dass sie sie in ihr Geheimnis hineingezogen hatte. Sie vermisste die hellen Lichter von Perth nicht, nicht die vielen Restaurants, die Partys und die Theaterbesuche. Auch das Leben vor Gericht vermisste sie nicht, die Spannung oder die Übelkeit, die sie überfiel, wenn sie vor einem Richter stand und darauf wartete, wie er über einen Fall entschied. Ihre Augenbrauen hoben sich erstaunt, als sie feststellte, dass es ihr wahrscheinlich überhaupt nichts ausmachen würde, wenn sie nie wieder einen Gerichtssaal von innen sehen müsste.

Sie trat von der Staffelei zurück, um ihr Werk zu überprüfen. Es sah jetzt schon gut aus. Ein Seufzer entrang sich ihren Lippen. Es war so schwer, seine eigene Arbeit zu beurteilen. Sie schaute über ihre fertigen Bilder, die an der hinteren Wand des Wintergartens lehnten. Es waren mittlerweile einige, insgesamt fast sieben. Sollte sie versuchen, das eine oder andere davon zu verkaufen? Nan Duncan hatte gemeint, sie seien gut genug dazu. *Ist Malen vielleicht das, was ich den Rest meines Lebens tun möchte?*, fragte sie sich.

Eine schwierige Frage, wirklich. Sie wusste, dass sie keinen einzigen Tag in ihrem Leben mehr arbeiten musste, wenn sie es nicht wollte, aber es widerstrebte ihr, untätig zu sein. Dazu kam sie viel zu sehr nach ihrem Vater. Sie könnte auf der Insel eine neue Kanzlei eröffnen, überlegte sie, und in ihrer Freizeit malen. Aber gab es bei der geringen Bevölkerungszahl überhaupt genug Arbeit für zwei Rechtsanwälte, egal ob Norfolk angeblich ein Zufluchtsort für Firmen war, die ein gewisses Maß an Einkommensteuer umgehen wollten? Was der Grund war, warum so viele Firmen ihren Sitz auf Norfolk hatten. Das war auch etwas, was sie in den nächsten Wochen einmal ausloten konnte.

Mit diesem Gedanken stellte sie fest, dass sie bereits eine Entscheidung getroffen hatte: Sie wollte auf Norfolk bleiben und für immer *hier leben*. Der nächste Gedanke ließ sie erröten und den Pinsel mitten im Strich innehalten. Marcus. Ihr Herz begann schneller zu schlagen, als sie die Augen schloss und sein Bild heraufbeschwor. *Ich liebe ihn.* Das war der wichtigste Grund, aus dem sie bleiben wollte.

Die Wahrheit dieser Gefühle traf sie mit geradezu biblischer Wucht. Ihre Hand fuhr zu ihrer Kehle und berührte den wild klopfenden Puls, und ihr Körper fühlte sich warm an, als die Anerkennung dieses Eingeständnisses durch ihre Adern schoss. Natürlich! Er war ihr Fels geworden, seit sie ihn das erste Mal gesehen hatte, die Grundlage, auf der sie, wenn es gut ging, ihre neue Zukunft aufbauen konnte. Gott, warum hatte sie die Zeichen dafür nicht schon früher erkannt? Sie fühlte sich so wohl, wenn er in der Nähe war, sie passten so gut zueinander, die kleinen Schauer, die sie durchliefen, wenn er sie ansah und wenn sie ihn verstohlen musterte. Es war geschehen, während er ihr mit dem »Phänomen Sarah« half, und bis zu diesem Moment war sie sich dessen gar nicht bewusst gewesen.

Aber… erwiderte Marcus dieses Gefühl auch? Sie war sich zwar ihrer Gefühle für ihn sicher, aber nicht, wie es um ihn stand. Idiotin, schalt sie sich selber. Er würde sich natürlich nichts anmerken lassen, selbst wenn es so wäre. Er war ein anständiger, guter Mann. Er wusste, dass sie verheiratet war, und das allein schon würde ihn daran hindern, etwas zu sagen.

Sie versuchte, sich wieder auf das zu konzentrieren, was sie tat, allerdings ohne Erfolg. Ihre Gedanken schossen wild hin und her. Vielleicht war sie ja doch verrückt. Nein. Was in den letzten Monaten auf Norfolk geschehen war, hatte ihr jedenfalls eines gezeigt: Sie war geistig so gesund wie jeder andere Mensch.

Das Telefon ließ sie die Palette weglegen und in die Küche gehen.

»Hallo.«

»Meine Liebe, wie geht es dir? Freust du dich auf den Besuch deiner Familie nächsten Monat?«, lachte Alison Marcelle. »Ich habe dich schrecklich vermisst, und die Kinder freuen sich wirklich darauf. Andrew hat seinen Führerschein und würde am liebsten überall herumfahren. Keith und ich sind aber noch nicht so sicher, ob das passieren wird.«

Jessica lächelte in den Hörer. »Alison. Ich habe gar nicht mit dir gerechnet...«

»Wie geht es denn dir und Simon?«

Einen Moment lang schwieg Jessica. Bislang hatte sie noch niemandem von ihrer Trennung von Simon erzählt. Aber jetzt war ein guter Zeitpunkt dafür...

22

Das ist schon in Ordnung, Liebes, wir verstehen das. Es ist traurig, aber nicht jede Ehe hält ein Leben lang«, meinte Nan freundlich.

Jessica hatte die letzten zehn Minuten damit verbracht, Nan und Marcus zu erzählen, dass sie sich von Simon getrennt hatte. Es war nicht einfach gewesen, darüber zu reden, ohne ins Detail zu gehen. Es war ein wenig peinlich gewesen, und sie fühlte sich unwohl, aber sie konnte in den Gesichtern ihrer Freunde Mitgefühl und Verständnis erkennen, was ihr über ihre Verlegenheit hinweghalf. Genauso schwierig war es, ihnen von Simon und Sue zu erzählen und der Tatsache, dass sie glaubte, dass die Affäre nach wie vor andauerte.

Es war genauso schwer gewesen, es ihrer Schwester am Telefon zu erzählen. Alison hatte eine Menge Fragen gestellt, zu viele, und sie hatte sie mit dem Versprechen abgewimmelt, ihr alles zu erzählen, wenn sie in den Ferien kam. Doch sie spürte, dass es, egal wie oft sie sagen mochte »Wir sind kein Paar mehr«, es nie leicht sein würde.

Ihr Partner Max Lowe hatte die Scheidungspapiere vorbereitet und für sie die Scheidung eingereicht. Doch es war ihr klar, dass es nicht so schnell gehen würde, da sie damit rechnete, dass Simon in der Hoffnung, sie dazu zu bringen, ihre Meinung zu ändern und ihr Aktienpaket mit ihm zu teilen, Schwierigkeiten machen würde. Max war jedoch zuversichtlich, dass Simons Drohungen in dieser Hinsicht fruchtlos waren, egal wie hart die Verhandlungen werden mochten.

»Der Mann ist total verrückt«, murmelte Nan angewidert. »Sue Levinski bedeutet nichts als Ärger. Die Schlampe hat ein Liebhaberregister so lang wie die Insel. Eins kann ich dir prophezeien, es wird kein ›Glücklich bis an ihr Lebensende‹ für die beiden geben. Simon hat keine Ahnung, auf was er sich da eingelassen hat.«

Marcus weigerte sich, einen Kommentar zu der Beziehung zwischen Sue und Simon abzugeben. Er sah keine Veranlassung, Jessica zu erzählen, dass er sie seit langem schon im Verdacht gehabt hatte. Dadurch würde sie sich auch nicht besser fühlen. Stattdessen erinnerte er sich an seine eigenen Erfahrungen und wie er sich nach seiner Trennung von Donna gefühlt hatte.

»Eine Zeit lang fühlt sich alles fremd an. Allein im Bett aufzuwachen, für einen, anstatt für eine Familie zu kochen, Dinge zu planen oder für einen einzukaufen. Dazu ist es einsam, es fehlt die andere Hälfte, mit der man über alles reden kann.« Er zuckte mit den Schultern und versuchte, den Anflug von Melancholie abzuschütteln, den die Erinnerung an diese Anfangszeit mit sich brachte. Jetzt betraf es ihn nicht mehr. Er hatte sich mit der Auflösung seiner Ehe bereits vor Monaten abgefunden, da er erkannt hatte, dass es für ihn und Donna das Beste war. »Nach einer Weile gewöhnt man sich daran, und man kommt damit zurecht.«

Nan nickte. »Ich habe Marcus oft gesagt, er solle sich beschäftigen.« Sie sah ihren Bruder an. »Jetzt bist du glücklich, nicht wahr, mein Lieber?«

»Einigermaßen. Das einzige ständige Problem sind die Kinder. Ich wünschte, ich könnte sie öfter sehen.«

»Dann kann ich wahrscheinlich froh sein, dass es bei uns nicht um Kinder geht«, meinte Jessica. Sie fragte sich, ob sie, wenn Damian noch lebte, heute ebenfalls da wäre, wo sie jetzt stand. Hätte ihr geliebter Sohn etwas daran geändert, ob es ihr etwas ausmachte, ob sie von Simon geliebt wurde oder bereit war, die Realität des Ehelebens als etwas anzusehen, das eben nicht perfekt war?

Nan seufzte. »Wenn es um Kinder geht, dann ist die Situation selten schön, weder für die Kinder noch für die Eltern«, meinte sie. »Das sollte dir der Job, den du machst, eigentlich gezeigt haben.«

»Den ich gemacht habe«, korrigierte Jessica. »Ich habe vor, meine Partnerschaft in der Kanzlei in Perth aufzulösen und hier auf Norfolk zu bleiben. Und wenn ich die Eigner dazu überreden kann, sich davon zu trennen, dann würde ich Cassell Cottage gerne kaufen.«

»Wie bitte?« Marcus riss erstaunt die Augen auf, als er das hörte. »Aber warum denn, Jessica? Bist du sicher, dass das nicht eine Überreaktion auf deine Eheprobleme ist?«

Sie schüttelte lächelnd den Kopf, da der Psychologe in ihm zum Vorschein kam. »Ich bin mir sicher. Ich habe viel darüber nachgedacht. Über alle Möglichkeiten sogar. Ich will nicht wieder in die Tretmühlen der Justiz zurückkehren.« Nach einer kleinen Pause fuhr sie fort: »Ich glaube, mit der Zeit könnte ich eine ziemlich gute Malerin werden. Ich würde es zumindest gerne versuchen.« Sie blickte Marcus an, sah, dass er etwas sagen wollte, dann jedoch seine Meinung änderte, und forderte ihn auf: »Was ist? Bitte sag es!«

»Bist du sicher, dass du nicht nur vor den Erinnerungen in Perth davonläufst? Vor Damian?«

Jessica dachte einen Moment nach und sagte dann: »Vor einiger Zeit wäre das wohl noch der Fall gewesen, aber jetzt nicht mehr. Ich scheine hier eine merkwürdige Art von Frieden gefunden zu haben, und vielleicht hat sogar Sarah etwas damit zu tun.« Sie seufzte. »Damian wird immer einen besonderen Platz in meinem Herzen einnehmen, und ich weiß jetzt, dass ich nicht in Perth sein muss, um ihm nahe zu sein. Die Erinnerung an ihn lebt in meinen Gedanken und in meinem Herzen und meiner Seele für ewig fort, egal wo ich bin.«

Marcus nickte, offenbar zufrieden mit ihrer Antwort. Er wedelte mit ein paar Papieren. »Das hier könnte dich etwas aufheitern, sozusagen die Stimmung heben«, meinte er, und als ihm die Frauen ihre ungeteilte Aufmerksamkeit schenkten, fuhr er fort: »Mein Internetkontakt Billy Lane hat in der Familie Stewart nachgeforscht, um zu sehen, was aus ihnen geworden ist, nachdem sie Norfolk im Februar 1854 verlassen hatten. Captain Stewart gab sein Kommando 1857 ab und kaufte einen großen Besitz in der Nähe von Morpeth bei Newcastle.

Nach Cynthia Stewarts Tagebuch zu urteilen wuchs die kleine Meggie zu einer ziemlich eigensinnigen jungen Dame heran.« Seine Augenbrauen hoben sich bedeutungsvoll. »Wie die Mutter, so die Tochter. Auf jeden Fall besagt Cynthias Tagebuch, dass Meggie Bede Hunter bei einem Kirchentreffen kennen lernte. Offensichtlich war es Liebe auf den ersten Blick. Doch die Stewarts waren gegen die Verbindung, denn sie hielten Hunter offensichtlich nicht für gut genug für ihre Tochter.«

Vorübergehend hatte Jessica ihre Probleme völlig vergessen und rutschte gespannt auf den Rand des Sofas vor, um den Rest der Geschichte zu hören.

»Meggie legte die Ungeduld der Jugend an den Tag – im Laufe einer Generation ändern sich die Dinge wohl nicht sehr, nicht wahr?«, merkte er trocken an. »Sie brannte mit Hunter nach Sydney durch, wo sie heirateten. Als der Captain sie endlich aufspürte, war Meggie bereits im zweiten Monat schwanger.«

»Also blieb den Stewarts gar nichts anderes übrig, als sich mit Meggies Mann abzufinden?«, vermutete Nan.

»Richtig. Der Captain besorgte Bede eine Arbeit und kaufte ihnen ein Häuschen. Unglücklicherweise lebte Cynthia Stewart gerade noch lange genug, um ihr erstes Enkelkind zu sehen, bevor sie an einem Herzanfall starb. Sie war gerade erst zweiundvierzig Jahre alt geworden.«

»Aber wie kamen die Hunters nach Norfolk?«, wollte Jessica wissen.

»Nun, das ist interessant. Nach dem Tod seiner Frau scheint es mit Captain Stewart bergab gegangen zu sein. Er begann zu spielen und zu trinken und verlor fast alles, was er besaß. Es gibt eine Todesanzeige, in der steht, dass er eines Tages reiten ging und nicht mehr zurückkam. Am nächsten Tag fand man ihn mit gebrochenem Genick. Meggie konnte nicht mehr viel erben, da auch die Pensionszahlungen für den Captain bei seinem Tod eingestellt wurden. Billy konnte nichts Schriftliches finden, aber ich glaube, wir können davon ausgehen, dass die Hunters auf Norfolk einen Neuanfang wagen wollten, nachdem Bede gehört hatte, dass sich dort die Holzindustrie ansiedeln wollte.«

Nan tätschelte Jessica den Arm. »Nun, meine Liebe, so wie bei Meggie und Bede werden sich deine Probleme sicher ebenfalls regeln. Du tust das Richtige«, bewertete sie Jessicas Entscheidung. »Und was das Malen angeht, du bist bereits eine gute Malerin. Ich sage dir doch andauernd, dass du deine Bilder ausstellen solltest, um zu sehen, ob du sie verkaufen kannst.«

»Gut, dass du das sagst«, meinte Jessica mit leisem Lachen. »Gestern habe ich fünf ungerahmte Gemälde in eine Galerie gebracht. Der Besitzer bot mir an, sie ein oder zwei Monate auszustellen, und hat ihnen lächerlich hohe Preise gegeben, daher glaube ich kaum, dass sie sich gut verkaufen lassen.«

»Na, lass dich überraschen«, meinte Marcus nachdenklich, fast unbestimmt. Jessicas Geständnis war wie ein Donnerschlag für ihn gekommen, und er stand noch immer etwas unter Schock. Er hatte davon geträumt, dass sie eines Tages in ferner Zukunft vielleicht frei sein würde. Doch tief im Inneren hatte er befürchtet, dass die Chancen dafür nicht sehr gut standen. Nun hatte sich die Situation auf einmal völlig geändert, jetzt hatte er eine Chance… eines Tages, wenn sie den Gefühlsaufruhr, den ihre Trennung ausgelöst hatte, überstanden hatte. Und was noch wichtiger war, sie wollte auf der Insel bleiben. Wer hätte das gedacht?

»Hast du noch ein paar Überraschungen für uns?«, fragte er halb im Scherz.

»Nein, ich glaube, für heute habe ich mein Soll erfüllt«, gab sie leichthin mit einem kleinen Glucksen zurück. Marcus hatte Recht, fand sie. Es tat in der Seele gut, sich Dinge vom Herzen zu reden.

Nan begann herumzuwirtschaften und die Kaffeetassen abzuräumen. »Ich muss meinen Hintern hochkriegen und zum Flughafen fahren. Ich hätte schon längst ein paar Arbeiten nach Brisbane schicken sollen.« Sie warf Jessica einen Blick zu. »Die Vasen, die du bemalt hast, bevor ich sie gebrannt habe, werden gutes Geld einbringen und vielleicht sogar Sammlerstücke werden. Marcus, könntest du mir die Kiste in den Kofferraum stellen?«

Als Marcus in die Küche zurückkam, wusch Jessica gerade die Tassen ab.

»Das musst du nicht tun.«

»Das weiß ich, aber ich möchte es gerne.«

Er sah ihr zu, wie sie die banale Tätigkeit beendete, und stellte fest, dass sie in dem bunten Sommerkleid fabelhaft aussah. Ihre Haut hatte jetzt eine gesunde hellbraune Farbe angenommen, und ihr kastanienbraunes Haar fiel ihr lose auf die nackten Schultern. Eine Weile fiel ihm einfach nicht ein, was er ihr hätte sagen können, so sehr nahm ihn ihre Schönheit gefangen. Um an etwas anderes zu denken, brachte er schließlich hervor: »Und was ist jetzt mit Sarah?«

»Ich weiß nicht, sie verhält sich zurzeit sehr ruhig«, meinte Jessica und sah ihn lächelnd an. »Wenn sich nicht gerade Sarah manifestiert und nachdem Simon jetzt fort ist, ist es im Haus ziemlich friedlich. Glaubst du, dass sie jetzt für immer weg ist, nachdem die vier Gesichter fertig sind?«

Er schüttelte den Kopf. »Nein. Du hast noch nicht getan, was sie von dir will.«

»Aber ich weiß nicht, was das sein soll. Sarah hat es nicht verraten.«

»Das wird sie noch, da bin ich sicher.« Er grinste sie an. »Wahrscheinlich steckt sie irgendwo, wo sie neue Kraft sammeln kann, oder macht irgendetwas, was Geister eben so tun.«

Jesus, er wollte gar nicht über Sarah sprechen – nichts gegen seine Ururgroßmutter –, und er wollte auch nicht über Sue und Simon sprechen. Er wollte über sie beide sprechen, oder genauer gesagt über seine Gefühle für sie. Er platzte beinahe vor Verlangen, ihr sein Herz zu öffnen, zuzugeben, dass er von der ersten Sekunde an von ihr fasziniert gewesen war, und dass diese Faszination sich in Liebe verwandelt hatte, die so stark war, dass sie ihm innerlich verbrannte. Aber sollte er das wirklich tun? Würde sie das nicht abschrecken?

Sie wanderten zum Wohnzimmer hinüber, wo sich Jessica aufs Sofa setzte, während Marcus den Sessel daneben nahm.

»Ich glaube, ich sollte gehen«, meinte sie nicht sehr überzeugend. »Es ist noch hell genug, sodass ich mich mit etwas Sinnvollem beschäftigen könnte.«

Sie sah ihn an und fing einen Blick auf, der so leidenschaftlich war, dass sie seine Bedeutung nicht missverstehen konnte. Seine Intensität ließ ihr Herz einen Schlag aussetzen, und für einen kostbaren Moment stand die Zeit still, als sie die Offenbarung seiner Gefühle bis ins Mark erschütterte. *Er liebte sie!* Die Worte standen in seinen Augen und zeigten sich in seiner Körpersprache so deutlich, als ob er sie ausgesprochen hätte. Sie sah, wie er einen langen, ausdrucksvollen Seufzer ausstieß und ihr dann behutsam die Hände hinstreckte. Sie überließ ihm ihre eigenen Hände gerne, und er lächelte sie an.

Es bedurfte keiner Worte. Worte hätten diesen unglaublichen Zauber brechen können, das Gefühl, das sie von diesem Moment an aneinander band.

Jessica hatte das nicht erwartet, aber sie hatte gehofft, dass er etwas für sie empfand. Da ihn bis zu dieser Offenbarung seine Professionalität und sein Anstand zurückgehalten hatten, weil sie verheiratet war, hatte sie seine Liebe nicht erkannt. Heute jedoch hatte ihn die Nachricht von ihrer Trennung von allen Hinderungsgründen befreit. Einen Augenblick lang befand sie sich in einer Zwickmühle. Sie hatte nicht beabsichtigt, ihm ihre Liebe zu gestehen. Es war noch zu früh. Die Trennung von Simon hatte sie emotional verletzlich gemacht, doch ein Bedürfnis, das Verlangen, seinem schweigenden Bekenntnis zu antworten, ließ sie ähnlich reagieren. Mit einem langsamen, strahlenden Lächeln brachte sie ihr Verständnis und ihre Liebe zu ihm zum Ausdruck.

Wortlos zog Marcus sie vom Sofa auf seinen Schoß und in seine Arme. Fasziniert beobachtete sie, wie sein Mund ihr immer näher und näher kam, und als sich ihre Lippen berührten, stieg Wärme in ihr auf, die durch ihren Körper pulsierte, bis sie die Liebe und Leidenschaft entzündete, die nur er in ihr auslösen konnte.

Es fühlte sich so herrlich, so wunderbar richtig an zwischen ihnen. Ihre Herzen, Gedanken und Seelen waren im Einklang miteinander. Jessica konnte ihre Gefühle nicht länger verleugnen und wollte es auch gar nicht. Und sie konnte sich nicht daran erinnern, wann sie sich zum letzten Mal so gefühlt hatte, so lebendig, so dynamisch, so verdammt glücklich. Dieses Gefühl war längst überfällig gewesen.

Atemlos lösten sie sich voneinander und sahen sich in die Augen. Eine Zeit lang wollte keiner die Stimmung durch ein einziges Wort zerstören. Sie genossen den Moment der gemeinsamen Entdeckung.

Er hielt sie so fest, als wolle er sie nie wieder gehen lassen, und sie genoss dieses Gefühl und seine Wärme. Instinktiv wusste sie, dass es zu früh war, irgendwelche Pläne zu machen oder darüber zu reden – sie waren noch nicht dazu bereit. Doch sie hatten etwas Kostbares entdeckt und die Möglichkeit, irgendwann vermutlich zusammenzuleben.

Für den Moment war Jessica zufrieden.

»Jessica!«

Alisons hohes freudiges Quietschen hallte über den relativ ruhigen kleinen Flughafen der Insel, als sie ihren Strohhut schwenkte, nachdem sie ihre Schwester ausgemacht hatte.

Jessica winkte zurück, als die Familie Marcelle mit einem riesigen Berg Gepäck auf einem Wagen auf sie zukam. Freudentränen blinkten in ihren Augen, waren sie doch ihre ganze Familie. Schnell zwinkerte sie sie weg, damit sie sie nicht bemerkten, und lächelte sie breit und einladend an. Innerhalb von Sekunden fand sie sich in einer familiären Umarmung wieder, die für Außenstehende wahrscheinlich eher nach einem Gedränge beim Rugby aussah.

»Du siehst eigentlich ziemlich gut aus«, fand Alison, nachdem sie Jessica kritisch von oben bis unten begutachtet hatte.

»He, Al, lass sie in Ruhe«, schalt Keith sie. »Wir sind noch nicht mal ganz auf dem Boden. Lass uns erst mal zur Ruhe kommen, bevor wir anfangen zu reden.« Er zwinkerte Jessica zu. »Ich warne dich, sie wird alles wissen wollen. Jedes kleinste Detail.«

»Reden, wer will denn hier reden?«, beschwerte sich Andrew mit einem teenagertypischen Schmollen. »Ich will alles sehen, Tourist spielen, Sachen kaufen. Vor allem zollfreie Computerspiele.«

»Du bist ja so ein Philister!«, bemerkte Lisa, Andrews jüngere Schwester, abfällig.

»Sagt wer?« Seinem Gesicht war anzusehen, dass er sich nicht ganz darüber im Klaren war, was ein Philister war, aber sein Instinkt sagte ihm, dass es wohl nichts Schmeichelhaftes war.

»Sag ich«, gab Lisa zurück, ihre reizenden Züge voller Verachtung für ihren Bruder.

»Wollt ihr zwei wohl aufhören!«, befahl Alison. »Waffenstillstand. Denkt dran, ihr habt versprochen, so zu tun, als ob ihr euch mögt.« Sie sah, wie Andrew mit den Augen rollte. »Es ist ja nur für eine Woche, dann könnt ihr euch wieder hassen.«

Keith zuckte mit den Schultern. »Teenager«, meinte er zu Jessica.

»Also, Kinder, was wollt ihr zuerst machen?«, fragte Jessica, als sie ihre Nichte und ihren Neffen umarmte und versuchte, sie nicht mit Marcus' Kindern zu vergleichen, die im Gegensatz zu ihnen wohlerzogen schienen und sich gegenseitig tatsächlich mochten.

»Schnorcheln und eine Angelexpedition und überallhin fahren«, platzte Andrew mit jugendlicher Begeisterung heraus. »Ich habe meinen Führerschein, weißt du?«

»Wohl eher nicht, Fangio«, bremste ihn Alison. »Wenn du hier fährst, dann nur in Begleitung eines Erwachsenen, klar?«

Andrew nickte widerstrebend und wandte sich beleidigt ab.

»Ich will einkaufen gehen, Tante Jessica. Dein Partner Max hat Mum erzählt, dass man hier ganz toll einkaufen kann. Und außerdem will ich die Strafgefangenenruinen besuchen«, erklärte Lisa. »Man sagt, dass es in Kingston Geister gibt. Ist das wahr?«

Jessica bemühte sich, ernst zu bleiben. »Wer sagt das?«

»Das hab ich irgendwo gelesen. Ganz bestimmt.«

»Das ist gut möglich.« Jessica schaffte es, das Gesicht zu wahren, obwohl Lisa völlig von der Vorstellung von Geistern besessen zu sein schien. »Meine Freunde, Nan Duncan und Marcus Hunter, sagen, dass bei der schrecklichen Vergangenheit der Strafgefangenensiedlung höchstwahrscheinlich ein paar Geister in den Ruinen ihr Unwesen treiben.«

»Cool«, fand Lisa fasziniert.

»Du wirst aber höchstwahrscheinlich nicht in Kontakt mit Geistern kommen«, warf Alison in geschäftsmäßigem Tonfall ein und warf Jessica einen vorwurfsvollen Blick zu. »Ermuntere sie nicht auch noch. Sie hat es mit diesem ganzen Geisterkram. Als sie noch kleiner war, hat sie diese Gruselgeschichten geradezu verschlungen.«

Irgendwie schaffte Keith es, zwischen den Gesprächen seine Familie und Jessica zum Ausgang des Flughafens zu bugsieren, wo Minibusse darauf warteten, die Urlauber zu ihren verschiedenen Zielen zu bringen.

Jessica wartete, bis Keith Alison und die Kinder in einen Minivan verfrachtet hatte. »Ich fahre euch zum Hotel nach.«

»Einen Moment mal, junge Dame!«, erklang plötzlich eine strenge Männerstimme hinter ihr.

Jessica wandte sich rasch um, und ihr Kiefer fiel vor Schreck herunter. »Max! Max Lowe, was tun Sie denn hier?« Ihr Geschäftspartner und seine Frau Tania lächelten sie an. Warum war er gekommen?, fragte sie sich und warf Alison einen vorwurfsvollen Blick zu. »Das hast du doch gewusst, oder?«

Alison nickte. »Max hat uns schwören lassen, nichts zu verraten. Er wollte dich überraschen«, erwiderte sie grinsend und unverschämt stolz darauf, dieses Geheimnis wochenlang für sich behalten zu haben.

»Aber«, begann Jessica erstaunt, »ich kann es nicht fassen. Sie sind wirklich hier!«

»Tania wollte einkaufen, und ich wollte Sie sehen, so einfach ist das.«

Jessica schüttelte den Kopf, äußerte ihren Zweifel aber nicht. Sie kannte Max, und so einfach war es dann doch wieder nicht. Sie drohte ihm scherzhaft mit dem Finger. »Sie kriegen mich nicht dazu, meine Meinung zu ändern, Max, wenn das der Grund sein sollte, dass Sie hier sind.«

»Ich bin hier, um Urlaub zu machen«, erklärte er mit Unschuldsmiene, »und Sie, Jessica, sind viel zu misstrauisch, was nur einer der Gründe dafür ist, dass Sie eine gute Rechtsanwältin sind. Darüber können wir später reden«, fügte er hinzu. »Wir wohnen übrigens im Colonial. Warum treffen wir uns dort nicht auf einen Drink? Sagen wir gegen sechs?«

»Ich werde bestimmt mit der Familie zum Essen gehen«, versuchte Jessica auszuweichen, immer noch leicht schockiert über sein unerwartetes Auftauchen auf Norfolk. Sie konnte nicht glauben, dass er den weiten Weg gemacht hatte, nur um sie dazu zu überreden, ihre Entscheidung bezüglich ihres Austritts aus der Kanzlei zu überdenken. Andererseits bewunderte sie seine Hartnäckigkeit, und sie fühlte sich geschmeichelt, auch wenn es reine Zeitverschwendung war. Jetzt, da sie und Marcus ihre Gefühle füreinander entdeckt hatten, würde sie nichts dazu bringen, die Insel zu verlassen.

»Natürlich werden Sie das«, lenkte Max diplomatisch wie üblich ein. »Ich habe Ihre Nummer, ich rufe Sie morgen an.«

»Gut.« Jessica sah zu den Marcelles hinüber, die sich mittlerweile in den Minibus gequetscht hatten, der gerade abfuhr. »Ich muss gehen«, meinte sie halb entschuldigend zu ihrem Geschäftspartner und lief stirnrunzelnd zu ihrem Auto.

Für Jessica folgte eine Woche hektischer Aktivität. Tagsüber Ausflüge, Picknicks am Meer, Fahrten zu Sehenswürdigkeiten, Erkundung der Geschichte der Insel und abends diverse Essen in Restaurants. Natürlich fanden sowohl Alison als auch Max die Gelegenheit, mit Jessica zu reden, und für Max war das Gespräch eine Offenbarung.

Er schickte Tania auf einen weiteren Einkaufsbummel und fuhr für einen Vormittagstee mit einem Mietwagen zum Cassell Cottage hinaus.

»Es ist zum Teil Ihre eigene Schuld«, erklärte Jessica, nachdem sie es sich mit dem Teetablett im Wohnzimmer bequem gemacht hatten. »Sie haben immerhin Simon davon überzeugt, dass es für mich das Beste wäre, hierher zu kommen. Und das hat sich als vollkommen richtig erwiesen.«

»Aber Sie sind eine begabte Anwältin, Jess. Es ist eine Schande, das so einfach wegzuwerfen.«

»Vielleicht tue ich das gar nicht. Vielleicht mache ich hier eine kleine Teilzeitkanzlei auf, nur um in der Übung zu bleiben.«

»Bei was? Beim Aufsetzen von Verträgen oder Testamenten? Nachbarschaftsstreiten? Abfindungen für Arbeitnehmer?«, lachte er leicht spöttisch. »Sie sind eine Spezialistin. Solche Routinearbeiten würden Sie in den Wahnsinn treiben.«

»Vielleicht. Aber ich hätte zum Ausgleich meine Malerei. Das ist es, was ich wirklich tun möchte. Kommen Sie, und sehen Sie, was ich hier gemacht habe«, forderte sie ihn auf, ihr zum Wintergarten zu folgen, der sich im Laufe der Monate in ein richtiges Atelier verwandelt hatte, und zeigte ihm zwei fertige Bilder. Auf der Staffelei stand noch ein weiteres, unfertiges Gemälde. »Nun?«

»Ich bin beeindruckt«, musste Max widerwillig zugeben. »Ehrlich gesagt, möchte ich das mit dem Meer und der Insel im Hintergrund gerne Tania zeigen. Was wollen Sie dafür haben?«

»Sie machen Spaß, oder? Max, es sieht Ihnen nicht ähnlich, einen Kollegen mit Geld zu bestechen«, neckte sie ihn.

»Ich meine es ernst. Wie viel?«

Jessica nannte einen ihrer Meinung nach völlig überhöhten Preis für das Gemälde, doch zu ihrer Überraschung zuckte er nicht einmal mit der Wimper.

»Betrachten Sie es als verkauft, vorausgesetzt, Tania ist einverstanden. Ich bin sicher, es gefällt ihr, und außerdem«, fügte er augenzwinkernd hinzu, »wird das ein gelungenes Geburtstagsgeschenk.«

»Na schön, aber glauben Sie nicht, dass Sie mich, wenn Sie ein Bild von mir kaufen, dazu rumkriegen, in der Kanzlei zu bleiben.«

»Meine liebe Jessica«, begann er ernst, »wenn überhaupt, dann habe ich mit diesem Kauf gerade bestätigt, dass Sie auf diesem Gebiet Potenzial haben.« Etwas mürrisch fügte er hinzu: »Aber verdammt noch mal, Sie geben so viel auf. David und ich haben nachgedacht und geredet. Bislang sind Sie nur Juniorpartnerin. Wir würden Ihnen eine volle Partnerschaft anbieten, zu der natürlich auch ein höherer Prozentsatz am Umsatz der Firma sowie weitere Vergünstigungen gehören.«

Sie lachte kehlig und schüttelte den Kopf. »O Max, es tut mir leid. Ich bin schlicht nicht interessiert. Ich habe hier ein neues Leben gefunden, das ich voll auskosten möchte.« Dann sah sie ihn lange und abschätzend an. »Ich weiß, dass das für Sie schwer zu verstehen ist. Manchmal verstehe ich es selbst kaum. Aber«, fügte sie entschlossen hinzu, »ich muss es versuchen. Ich will, dass dieser Lebenswandel funktioniert.«

Max seufzte niedergeschlagen und rieb sich das Kinn. »Nun, auf jeden Fall sehen Sie wesentlich besser aus als das letzte Mal, als ich Sie gesehen habe, daher muss hier irgendetwas richtig sein.« Eine Augenbraue hochziehend fragte er intuitiv: »Gibt es da womöglich einen neuen Mann? Wird er Teil dieses neuen Lebens sein?«

Jessica lächelte. Sie hatte nicht die Absicht, Max viel über Marcus zu erzählen, nur für den Fall, dass er die Information dazu verwenden wollte, sie zu beeinflussen. »Ich hoffe es. Aber wir sprechen noch nicht über unsere Zukunft.« Ihr Lächeln wurde breiter. »Wir müssen uns zuerst beide um unsere Scheidungen kümmern.«

»Ah ja, die Scheidung. Wir haben uns ein bisschen über

die verschiedenen Strategien unterhalten. Wie man das Verfahren verzögern kann. Aber das gefällt Ihnen vielleicht nicht, wenn Sie und Ihr neuer Mann heiraten wollen, sobald die Scheidung durch ist. Ich glaube, ich habe einen Kompromiss gefunden, der Simon daran hindert, Sie finanziell auszurauben. Sie wissen, dass er verzweifelt Mittel für sein Projekt sucht und möglichst bald damit anfangen will. Eventuell lässt er sich auf eine geringere Summe ein, damit er weitermachen kann.«

Interessiert horchte Jessica auf. »Und was wäre das?«

»Ihre Häuser in Perth, die Ihnen beiden gehören. Ich habe sie letzte Woche schätzen lassen, und sie sind ziemlich im Wert gestiegen. Wenn man schnell verkauft, könnten sie fast eine Million Dollar bringen.«

»So viel?«, staunte Jessica.

»Wenn Sie Simon anbieten, sie ihm zu überschreiben, könnte er wohl darauf eingehen. Schließlich könnte ihm eine Million in der Hand lieber sein, als in zwei oder drei Jahren dasselbe oder eventuell etwas mehr zu bekommen, besonders, wenn man die Gerichtskosten und die Zeit, die dabei verloren ginge, berücksichtigt. Es wäre sowohl für ihn als auch für Sie ein gutes Geschäft«, meinte er.

Jessica dachte ungefähr eine halbe Minute über Max' Vorschlag nach. Sie war nicht darauf erpicht, die Scheidung hinauszuzögern. Sie wollte, dass das Ende ihrer Beziehung so sauber und schmerzlos wie möglich vonstatten ging, ohne ihr ererbtes Vermögen anzutasten. »Machen Sie es. Machen Sie seinem Rechtsvertreter in Perth ein Angebot.«

»Gut.« Er nahm den letzten Schluck Kaffee und stellte die Tasse auf die Untertasse zurück. »Nun, wie steht es mit unserem Angebot, einer vollen Partnerschaft? Werden Sie darüber nachdenken?«

Max hatte ihr gerade einen annehmbaren Weg aus ihrem

Patt mit Simon gewiesen, daher schien es ihr angebracht, diplomatisch zu antworten: »Gut, das werde ich, aber ich kann nichts versprechen.«

Mit einem Kopfnicken zeigte ihr Max, dass er fürs Erste damit zufrieden war.

Mit schweigendem Erstaunen lauschten Alison und Lisa der Tonbandaufzeichnung, die Marcus von der Hypnosesitzung mit Jessica gemacht hatte. Als sie Sarahs Stimme hörten, sahen sich Mutter und Tochter erst gegenseitig und dann Jessica mit einer Mischung aus Anerkennung, Ehrfurcht und Ungläubigkeit an, die sich langsam in Einsicht wandelte.

Während der Woche, die die Marcelles auf Norfolk verbracht hatten, hatte Jessica Alison erzählt, wie Sarah in ihr Leben getreten war und es fast übernommen hätte. Und sie hatte die Skepsis ihrer Schwester bemerkt, bis sie ihr ihre Aufzeichnungen gezeigt hatte und das Bild von der Anson Bay. Das Tonband hatte sie schließlich überzeugt. Doch immer noch schien sie, während sie sich auf das Tonband konzentrierte – das sie nun schon zum dritten Mal hörte –, Schwierigkeiten damit zu haben, dass eine Person aus einer längst vergangenen Zeit durch ihre Schwester sprach.

Es hatte mehrere ernste Gespräche mit Alison gegeben, in deren Verlauf sie sie mit Fragen bombardiert und sie sanft gedrängt hatte, ihr alles über die gescheiterte Beziehung mit Simon zu erzählen. Wie und warum sie in die Brüche gegangen war – und von seiner Affäre mit der Oberschwester des Krankenhauses. Dabei hatte Jessica stets das Gefühl, dass Alison, die zudem mit Simon gesprochen hatte, ihr irgendwie die Schuld an der Trennung gab, auch wenn sie das nie laut sagte. Doch sie merkte es in ihren

Blicken und hörte es an ihrer Stimme, und es verletzte sie mehr, als sie für möglich gehalten hätte. Sie brauchte das Verständnis ihrer Schwester, selbst wenn Alison sie nicht offen unterstützen konnte.

Marcus war ihr während des Aufenthalts der Marcelles eine starke Stütze gewesen. Er und Nan hatten die Familie nach Hunter's Glen eingeladen. Marcus hatte Andrew auf dem Motorrad mitgenommen und sich die Zeit genommen, Lisa die Strafgefangenensiedlung zu zeigen und ihre vielen Fragen zu beantworten.

Jessica war überdies zu der Überzeugung gelangt, dass Alison, egal, ob sie ihre Trennung von Simon missbilligte – ihre Schwester war konservativ bis auf die Knochen –, Marcus gern hatte. Heute waren alle drei Männer, Marcus, Keith und Andrew, zum Fischen hinausgefahren, was Jessica die Gelegenheit bot, das Band abzuspielen.

»Das ist ja völlig irreal«, fand Lisa ehrfürchtig. Sie sah sich im Wintergarten um. »Ein Geist in diesem Raum! Wow!«

»Ich kann das nicht ganz fassen«, gab Alison kopfschüttelnd zu. Sie musterte Jessica. »Du musst dich doch fast zu Tode gefürchtet haben.«

»Ich hatte Angst, dass ich verrückt werde. Ja. Aber jetzt kann ich erkennen, wann sie kommt, und ich weiß, dass Sarah nicht darauf aus ist, mich zu verletzen. Sie will, dass ich etwas für sie tue.«

»Was?«, fragte Lisa.

»Das hat sie mir noch nicht gesagt.«

»Das ist alles sehr merkwürdig. Warum hat sie ausgerechnet dich ausgewählt?«, wollte die neugierige Alison wissen.

»Ich habe mit Marcus darüber geredet. Wir kamen zu dem Schluss, dass sie, als ich auf die Insel kam, nach meinem

Zusammenbruch eine Schwäche in mir gespürt hat. Ich glaube, sie hielt mich für ein einfaches Objekt, das sie kontrollieren konnte.«

Alison schnaubte belustigt. »Sie kannte dich wohl nicht sehr gut, was?«

Jessicas Lächeln war ein wenig geheimnisvoll. Auf manche Dinge ging man besser nicht ein. Alison hatte keine Vorstellung von Sarahs spirituellen Kräften. Es war gut möglich, dass es keine Rolle spielte, wen sie zu beeinflussen versuchte, weil diese Person nicht fähig gewesen wäre, ihr zu widerstehen und sich so Sarahs Wünschen gefügt hätte.

»Weißt du, Tante Jessica, du solltest ein Buch über Sarah schreiben. Es wäre sicher cool, das zu lesen.«

»Ein Buch!« Alison, die vor ihrer Heirat mit Keith als Verlagsassistentin in einem kleinen Verlagshaus in Perth gearbeitet hatte, dachte über die Idee ihrer Tochter nach. »Lisa hat Recht, das hat das Potenzial zu einer interessanten Geschichte. Und sie ist wahr. Du hast deine Aufzeichnungen, du kennst ihre Familiengeschichte, da sind das Gemälde und das Tonband...«

Jessica schreckte vor der Vorstellung zurück. »Ich bin mir nicht sicher. Ich habe noch nie etwas anderes geschrieben als Gerichtsakten.«

»Oh, bitte, Tante Jessica, tu es. Für mich!«, bettelte Lisa und fügte dann hinzu. »Für Sarah!«

Jessica schüttelte den Kopf. »Ich weiß nicht, aber... ich könnte es ja versuchen.«

»Sicher. Das solltest du. Außerdem, was hast du schon zu verlieren, außer etwas von deiner kostbaren Zeit?«, ermutigte sie Alison.

»Aber damit müsstest du warten, bis die Geschichte zu Ende ist«, stellte Lisa mit der Weisheit derer fest, die genau wissen, wie so etwas geht.

»Es überrascht mich nicht, dass Simon nicht damit fertig geworden ist. Er hat sich mit diesem übernatürlichen Zeug nie anfreunden können«, stellte Alison fest, während sie das Bild mit den vier Gesichtern betrachtete.

»Das konnte ich verstehen. Trotzdem hätte ich mir von ihm mehr Unterstützung gewünscht, anstelle der ständigen Neckereien und seiner Versuche, mich mental zu untergraben. Jetzt will er Sarah dafür einsetzen, mir das Geld wegzunehmen, das ich von Dad geerbt habe.«

»Das ist doch nicht möglich!«, rief Alison schockiert.

»Er hat mir damit gedroht, mich für unzurechnungsfähig erklären zu lassen.«

Alison warf den Kopf in den Nacken und lachte. »Was für ein Idiot! Da hat er nicht die geringste Chance.« Sie sah Jessica einen Moment lang an. »Vielleicht hast du Recht, vielleicht war es mit Simon einfach *vorbei*.« Dann fügte sie hinzu: »Du machst dir deswegen doch keine Sorgen, oder? Über die Sache mit der Geisteskrankheit?«

»Marcus sagt, das brauche ich nicht. Und Max ebenso. Mit meinen Aufzeichnungen und Marcus' Zeugenaussage kann ihrer Meinung nach Simons Plan nicht funktionieren. Ich denke, dass Sue Levinski dahintersteckt. Sie stachelt Simon garantiert an. Max hat allerdings einen guten Plan aufgestellt, und wir hoffen, dass wir uns bald auf die Sache mit den Häusern einigen können. Dann nimmt alles seinen Lauf.« Insgeheim war sie sehr froh über Alisons Eingeständnis. Es war das erste Mal, dass ihre Schwester zugegeben hatte, dass sie das Richtige getan hatte.

Alison seufzte lange und bedauernd. »Du bist wild entschlossen, hier zu bleiben, nicht wahr?«

»Ich habe mehrere gute Gründe.«

»Was ist mit uns? Wir werden dich vermissen«, sagte Alison, unfähig, das Zittern in ihrer Stimme zu verbergen.

»Ich werde euch besuchen kommen. So weit weg ist Perth nun auch nicht. Ihr könnt damit rechnen, mich ein paar Mal im Jahr zu sehen. Außerdem habe ich Freunde in Perth, zu denen ich den Kontakt nicht verlieren möchte.«

»Es wird nicht dasselbe sein«, meinte Alison missbilligend.

»Herrjeh, Mum, jetzt mach Tante Jessica doch kein schlechtes Gewissen«, meinte Lisa mit der Offenheit eines Teenagers. »Sie hat ihr eigenes Leben, und wenn sie das hier leben will, dann solltest du ihr dabei Glück wünschen, anstatt ihr ein mieses Gefühl zu geben.«

Alison blickte gottergeben zur Decke. Dann umarmte sie ihre Tochter impulsiv. »Perlen der Weisheit von jemandem, der noch so jung ist! Du hast Recht, Lisa.« Sie sah Jessica an. »Wenn du hier sein musst, um glücklich zu sein, dann ist das eben so.«

Jessica lächelte. Endlich hatte sie Alisons Segen. Es bedeutete ihr viel mehr, als sie im Moment zu analysieren wagte.

»Tante Jess, können wir zur Slaughter Bay hinuntergehen? Ich würde gerne sehen, wo dir Sarah zum ersten Mal begegnet ist.«

Alison und Jessica lachten gleichzeitig auf.

»Meine Güte, du bist selbst ein richtiger kleiner Geist«, meinte Alison und fuhr Lisa zärtlich über die schwarzen Haare.

Jessica blickte aus dem Fenster des Wintergartens. Es war ein schöner Herbsttag, keine Wolke zeigte sich am Himmel. »Ja, gerne«, gab sie nach und nahm ihre Autoschlüssel vom Tisch.

Sarah sah ihnen nach, als sie den Hang zur großen Pinie hinaufstiegen. Die beiden Frauen waren offensichtlich verwandt. Obwohl die Ältere rundlicher war und eine andere Haarfarbe hatte, sahen sie sich doch ähnlich genug, um die Familienzugehörigkeit erkennen zu lassen. Die Jüngste, ein Mädchen, musste die Tochter von Jessicas Schwester sein, da sie sich bemerkenswert ähnlich sahen.

Eine seit Ewigkeiten nicht mehr gespürte Frustration überkam Sarah. Sie wollte, dass die Fremden verschwanden, aufhörten, Jessica zu belästigen und ihre Zeit in Anspruch zu nehmen, damit sie sie für sich selbst haben konnte. Obwohl es nur ein paar Wochen waren, schien es ihr ewig her zu sein, seit sie mit Jessica im Wintergarten gesprochen hatte. Das hatte sie sehr erschöpft, und ihre Kräfte hatten eine Weile gebraucht, um sich zu regenerieren.

Sie war jetzt bereit, Jessica den letzten Teil ihrer Geschichte zu offenbaren, denn erst dann würde sie frei sein, um zu Will zu gehen. O ja, darauf freute sie sich schon so lange, dass es zu einer wahren Ewigkeit geworden war.

Während sie ihrem Geplauder lauschte, überkam sie auf einmal Neid auf ihre Vertrautheit, etwas, was sie in ihrem kurzen Leben außer in ihrer Freundschaft mit Bridget nie erfahren hatte. Stünde nicht dieser zeitliche Abgrund zwischen ihnen, wäre es schön gewesen, Jessica zur Freundin zu haben. Ja, das wäre wirklich nett gewesen. Sie verscheuchte die melancholischen Gedanken und lächelte dann spitzbübisch. Vielleicht sollte sie ihnen ein Zeichen geben, dass sie da war. Das würde sie tun. Sie sah einen umgestürzten Baumstamm in ihrer Nähe, konzentrierte sich darauf und ließ ihn mit Hilfe ihrer kinetischen Energie den Hang hinunter auf sie zurollen.

Lisa, die vorneweg ging, sah das Objekt zuerst und rief, aus dem Weg springend: »Achtung!«

Jessica und Alison hatten etwa zwanzig Sekunden, um aus dem Weg zu gehen, als der Baumstamm zunehmend schneller den Hang hinunterrollte und schließlich donnernd vor zwei Pinien krachte.

»Jessica, wie ist das passiert?«, kreischte Alison.

Lisa und Jessica sahen einander an und lächelten.

»Das war wahrscheinlich Sarah«, vermutete Jessica und versuchte, nicht über den Ausdruck in Alisons Gesicht zu lachen.

»Du machst jetzt keine Witze, oder?«

»Nein, Al. Das hier ist ihr Platz. Vielleicht glaubt sie, dass wir hier unbefugt eindringen.«

Entsetzt starrte Alison ihre Schwester an. »Wirklich? Verdammt noch mal!« Sie machte auf dem Absatz kehrt. »Dann sollten wir hier verschwinden und ihn ihr überlassen.«

23

Lies das«, bat Simon, als er Sue das Fax gab.

Sue überflog das Geschäftspapier, auf dem Simon die Häuser mit ihrem Inhalt, die Jessica und ihm gemeinsam gehörten, als sein Anteil im Scheidungsverfahren angeboten wurden. Dann reichte sie ihm das Blatt und musterte ihn. »Das ist ein Bestechungsversuch, ein Lockangebot. Wenn du darauf eingehst, wirst du weiter nichts erhalten.«

»Das ist mir klar.«

Simon fuhr sich durchs Haar, nahm die Brille ab und kniff sich in den Nasenrücken, eine gewohnte Geste, wenn er angestrengt nachdachte. In gewisser Weise bewunderte er Jessica und Max. Es war ein kluger Schachzug, und er sah wohl die Vorteile, die darin lagen, anzunehmen. Es machte ihm keinen Spaß, um einen größeren Anteil zu kämpfen und zu schachern, um sein Geriatrieprojekt zu finanzieren, auch wenn sein Rechtsanwalt das Schachern für ihn übernahm. Er hatte seinen anfänglichen Zorn auf Jessica und darauf, dass sie ihre Ehe für beendet erklärt hatte, überwunden und fand die nachfolgenden Verhandlungen zur Eigentumsregelung erniedrigend.

Und wenn er ehrlich war, was er ab und zu tatsächlich sein konnte, dann war es Jessica gegenüber auch unfair. Das Vermögen gehörte ihr, es hatte ihr bereits gehört, bevor sie sich getroffen hatten. Sie war diejenige, die es verwaltete, Aktien kaufte und verkaufte und es auf den heutigen Stand gebracht hatte. Er hatte damit nichts zu tun gehabt.

Verstohlen blickte er auf Sue. Auch die Lage, in der er sich jetzt befand, war seine eigene Schuld. Wenn er nicht auf Sue hereingefallen wäre, hätte er immer noch im Cassell Cottage leben können und hätte Zugang zu ihrem Geld. Doch das war endgültig vorbei. Es war an der Zeit, weiterzugehen und sich so im Leben einzurichten, wie er sich das vorstellte.

»Was willst du nun tun, mein Liebster?«

»Ich weiß es nicht. Ich möchte über das Angebot nachdenken und meine Optionen ausloten.«

»Nun, wenn du mich nach meiner Meinung fragst, dann würde ich ihrem schicken Anwalt raten, zum Teufel zu gehen.« Das war Sue in Hochform. »Mit dem, was du von ihr ertragen musstest, hast du dir das Geld sauer verdient. Du solltest es nicht zulassen, dass sie dich um deinen fairen Anteil betrügen.«

»Das hatten wir doch schon«, meinte er müde. »Können wir das nicht mal lassen?«

Sue war auf der Straße aufgewachsen, sie erkannte den missbilligenden Ton in Simons Stimme. Schwächling. Sie

wandte sich auf dem Absatz um und ging steif ins Schlafzimmer. Er würde es tun, er würde darauf eingehen, was
Jessica wollte. Simon hatte seine guten Seiten, er war ein
netter, freundlicher Mann, auch wenn er etwas eigensüch-
tig war. Aber er hatte eindeutig seine Schwächen, und eine
davon war, dass er Konfrontationen aus dem Weg ging. Sie
würde bis zum letzten Atemzug kämpfen, um dieser reichen Schlampe ihr Geld abzunehmen. Simon nicht. An seinem ausweichenden Blick konnte sie ablesen, dass er zwar
erst etwas murren und grollen und Ärger vorgeben, letztendlich aber auf das Angebot eingehen würde.

Sie war so tief enttäuscht, dass sie innerhalb von Sekunden furchtbar wütend wurde. Sie warf sich bäuchlings aufs
Bett, knüllte die Decke in den Fingern zusammen und grub
das Gesicht hinein. Verdammte Jessica Pearce! Sie würde
gewinnen, weil Simon einfach nicht den Mumm hatte, zu
kämpfen! Zum Teufel auch mit ihm!

Sie setzte sich auf und fuhr sich mit der Zunge über die
trockenen Lippen. Sie brauchte einen Drink. Innerhalb von
fünf Minuten war sie angezogen, ging ins Wohnzimmer zurück und suchte ihre Autoschlüssel.

»Was ist los? Wohin gehst du?«

Der Blick, den sie ihm zuwarf, war nicht gerade liebevoll. Sie war viel zu wütend, um den Anschein aufrechtzu-
erhalten. »Ich brauche ebenfalls etwas Zeit zum Nachdenken.« Mit der Hand am Türknauf meinte sie noch: »Bis
später, Liebster.«

»Marcus, ich mache mir Sorgen«, meinte Jessica stirnrunzelnd. »Seit über drei Wochen ist Sarah jetzt schon nicht
mehr mit mir in Kontakt getreten.«

Sie saßen mit ihrem Kaffee im Wintergarten-Atelier und
beobachteten einen Schauer, der über die Weiden hinaus

aufs Meer zog. Nachdem er vorübergezogen war, blieb der Himmel grau, und es war gerade noch hell genug, dass Jessica hätte weitermalen können, wenn sie gewollt hätte. Aber im Moment war sie es zufrieden, einfach nur zu sitzen und zu reden und den Mann, den sie liebte, anzusehen. Er war die Ruhe nach dem Sturm. Ihr sicherer Hafen. Er war und blieb ihr Fels in der Brandung.

»Mach dir darüber keine Sorgen. Schließlich sind deine Familie und Max eine Woche hier gewesen, da hatte Sarah nicht viel Gelegenheit, sich bemerkbar zu machen, da sie deine Zeit in Anspruch genommen haben.«

»Wahrscheinlich...«, meinte Jessica halb überzeugt.

»Ich schätze, Max war enttäuscht, als du ihm am Flughafen endgültig ›Nein‹ gesagt hast?«, fragte er ernst und forschte nach: »Bist du dir da auch sicher? Ich meine, wirklich ganz sicher?«

»Das bin ich. Max ist damit nicht glücklich, und David wird es auch nicht sein. Aber damit müssen sie fertig werden. Der Anwalt, der mich vertreten hat, macht seine Sache gut, hat Max gesagt. Wenn das so weitergeht, werden sie ihm in ein oder zwei Jahren eine Juniorpartnerschaft anbieten.« Zuversichtlich fügte sie grinsend hinzu: »Glaube mir, ich habe keine Schuldgefühle, dass ich sie im Stich gelassen habe oder dass ich eine tiefe Lücke in diesem Beruf hinterlasse. In der juristischen Welt ist niemand unersetzlich.«

»Das freut mich. Dann kann ich dir ja auch meine Neuigkeiten mitteilen. Stan Campbell hat mich angesprochen, das ist der Mann hinter dem politischen Arm unserer hiesigen gesetzgebenden Versammlung. Er möchte, dass ich in der Wahl zur nächsten Versammlung für ein Amt kandidiere, und wenn ich genügend Stimmen bekomme, könnte ich direkt Minister werden.«

Jessica verzog spöttisch lächelnd den Mund. »Marcus

Hunter, MLA, klingt gut. Was hast du diesem Stan geantwortet?«

»Ich sagte, ich würde darüber nachdenken. Eigentlich wollte ich es zuerst mit dir besprechen. Es ist ein großer Schritt, eine völlig andere Art von Verpflichtung, aber ich könnte mir vorstellen, dass es eine angenehme Herausforderung ist. Und die Politik auf der Insel ist nicht so kompliziert wie in Australien oder Neuseeland. Wir sind hier viel rückständiger. Im Grunde ist es wie ein Gemeinderat, der sich um die Belange einer Stadt und ihrer Umgebung kümmert.«

»Aber was ist mit dem Unterricht? Du liebst diese Tätigkeit doch, oder?« Er nickte zustimmend. »Vielleicht kannst du hier an der Schule in Teilzeit unterrichten und zugleich ein Vertreter der Versammlung sein.«

»Ich glaube, das wäre möglich. Viele Leute auf der Insel haben mehrere Jobs. Falls ich mich dazu entschließen sollte.«

Jessica nahm die leeren Tassen und brachte sie in die Küche. Als sie in den Wintergarten zurückkam, meinte sie: »Tu es, Marcus. Du bist bestimmt gut darin, da bin ich ganz sicher.«

»Es würde dir nichts ausmachen?«

Sie lachte. »Natürlich nicht.« Sie dachte etwas nach und meinte dann: »Es würde gut passen. Ich überlege, ob ich hier eine Kanzlei aufmache, in der ich halbtags arbeite. Es gibt nur zwei praktizierende Anwälte auf Norfolk, da ist eventuell noch Raum für einen dritten. Und die übrige Zeit verbringe ich mit Malen. Dabei fällt mir ein«, meinte sie und zog ein schmales Stück Papier aus der Tasche ihrer Jeans, »ich habe ein weiteres Bild verkauft. Der Galeriebesitzer hat mir gestern den Scheck vorbeigebracht.«

»Das ist ja wundervoll, Jessica. Nan hat Recht gehabt. Du hast Talent, und das sehen jetzt auch andere Leute.«

»Das wird die Zeit zeigen«, meinte Jessica bescheiden.

»Und wie ist es mit dem Schreiben? Lisa sagt, du wolltest Sarahs Geschichte aufschreiben?«

Jessicas Gesichtsausdruck spiegelte das Erstaunen darüber wider, dass er davon wusste. »Ich kann nicht darüber schreiben, bevor es nicht zu Ende ist. Und außerdem ist das ein Projekt, das noch in weiter Zukunft liegt.«

»Hört sich an, als hättest du dir alles gut überlegt und hättest genug zu tun.«

Aus den Augenwinkeln sah sie ihn zum Fenster herüberkommen, an dem sie stand und ins Dämmerlicht hinaussah. Langsam drehte er sie zu sich um. Seine Berührung, so sanft, beschleunigte ihren Puls. Sie hob den Kopf, um ihm in die Augen zu sehen, sah die Liebe, die sich in ihnen widerspiegelte, verstärkt durch ihre eigenen Gefühle. Für mindestens eine halbe Minute sahen sie sich nur an, prägten sich ihre Züge ein, genossen die Vorfreude darauf, sich zu berühren, und zögerten es hinaus, um die Erregung zu erhöhen.

Himmel, so sehr sie ihre Verwandten auch liebte, sie war froh, dass sie nach Hause gefahren waren, selbst wenn sie sie sicher vermissen würde. Sie und Marcus hatten kaum einen Moment für sich gehabt, seit sie sich gegenseitig ihre Gefühle gestanden hatten. Ihre Hände krochen seine Brust hinauf, und bei jeder Bewegung spürte sie die harten Muskeln unter seinem T-Shirt, bis sich ihre Hände hinter seinem Nacken trafen. Sie grub die Finger in sein Haar und zog, bis sein Gesicht sich ihrem näherte. Mit einem kehligen Seufzer nahm sein Mund von ihrem Besitz, und als seine Arme sie um die Taille fassten, um sie an sich zu ziehen, bis sie sich von der Brust bis zu den Knien aneinander pressten, schossen glühende Nadeln durch ihren Körper. Ihre Zungen tanzten, spielten miteinander, versprachen so vieles, und Jessica wusste auf einmal mit einer Bestimmtheit, die so alt war wie die Zeit, dass sie die Liebe ihres Lebens gefunden hatte, ihren Seelenpartner.

Schließlich lösten sie sich schwer atmend und erhitzt voneinander. Seine Hand strich über ihre glatte Wange, kämmte ihr das Haar aus der Stirn und fuhr dann sachte über ihre Brust. Sie lehnte sich zurück, um es ihm leichter zu machen und stöhnte leise auf, als er erst die eine, dann die andere Brustwarze zu höchster Sensibilität liebkoste. Tief in ihrem Magen begann es zu pulsieren, im Gleichtakt mit ihrem Herzen, das immer schneller schlug, bis sie kaum mehr klar denken konnte, bis sie überhaupt nicht mehr denken wollte. Sie fühlte ihn hart und pochend an ihrem Unterbauch, als er sich an sie drängte.

Plötzlich ließ er sie los, ganz offensichtlich, um zu gehen.

Lächelnd legte sie ihm die Hand auf den Arm und schüttelte langsam den Kopf. Die Einladung und das nackte Verlangen in ihren Augen waren deutlicher als alle Worte, hoffte sie. »Bitte ...«

Seine Augen glitten über ihr Gesicht, an jedem Merkmal sekundenlang verweilend. Erwartungsvoll versuchte sie, die Leidenschaft zu zügeln, die jeden Nerv in ihrem Körper nach Erlösung schreien ließ. Es war so lange her ... Hatte er denn keine Ahnung, was er mit ihr machte?

»Jessica, willst du meine Frau werden?«

Erfreut über die unerwartete Frage lächelte Jessica, doch dann verschwand das Lächeln allmählich. Sie ließ sich mit ihrer Antwort Zeit und presste die Lippen aufeinander, während sie ihn nachdenklich betrachtete. »Darf ich mit der Antwort so lange warten, bis ich weiß, wie du im Bett bist? Du weißt ...« Sein verblüffter Gesichtsausdruck machte es schwer, nicht mit dem Lachen herauszuplatzen, als sie fortfuhr: »... vielleicht sind wir sexuell nicht kompatibel, und da will ich mich nicht vorher verpflichten. In meinem Alter kann ich mir keinen weiteren Fehler erlauben und noch einmal den falschen Mann heiraten.«

Sein Lachen endete in einem gespielten Grollen, sein Griff schloss sich fester um sie, und seine Hände fuhren an ihrem Körper auf und ab, bis sie sich an ihn schmiegte. »Jessica Pearce, du bist ganz schön frech, weißt du?«

»Ich glaube, das habe ich schon mal gehört...«

Sie quiekte überrascht auf und lachte dann, als er sie auf den Arm nahm und durch die Küche zum Schlafzimmer trug. Da er seinen Mund an ihrem Hals hatte, klangen seine Worte etwas verschwommen, aber sie verstand sie gut genug.

»Dann mach dich darauf gefasst zu erfahren, was einer Frau passiert, die ihren Mann so reizt, dass er die Beherrschung verliert.«

»Ich bitte darum...«

Ohne Marcus war es in dieser Nacht einsam in ihrem Bett, aber er hatte hartnäckig darauf bestanden, nach Hunter's Glen zurückzukehren, und sei es nur, um den Anschein zu wahren. Sie lag auf dem Rücken, streckte sich und lächelte die Schatten an, die an der Decke des dunklen Zimmers tanzten. Marcus, wundervoller, aufregender Marcus, der, bevor er ging, dafür gesorgt hatte, dass ihre Antwort auf seine Frage, ob sie ihn heiraten wolle, ein definitives »Ja« war. Um ihre sexuelle Kompatibilität brauchten sie sich keine Sorgen zu machen. Das hatte er klargestellt: meisterhaft, dominant und oh, so zärtlich! Ihr Magen zog sich vor Erregung zusammen, wenn sie nur daran dachte, wie gut es mit ihm zusammen gewesen war. Jetzt fühlte sie sich so sinnlich, so herrlich erschöpft... und das mit gutem Grund. Marcus war gut. Besser als gut sogar.

Mein Gott, dachte sie mit einer Grimasse. Sie war schon wieder ganz heiß und aufgeregt. Wenn sie nicht bald aufhörte, an ihn zu denken, würde sie überhaupt nicht schlafen können.

Sie versuchte, sich auf etwas anderes zu konzentrieren. *Sarah ... wo bist du?*

Sie hatte sich so daran gewöhnt, dass Sarah sie in wachem und schlafendem Zustand gelegentlich aufsuchte, dass sie den Kontakt zu vermissen begann. Genauer gesagt starb sie fast vor Neugier, was Sarah eigentlich von ihr wollte. Doch schließlich musste sie immer wieder gähnen, zwinkern, und dann schloss sie die Augen und ließ sie geschlossen.

Sarah stand am Fenster und beobachtete, wie sich Jessicas Brust hob und senkte, als sie langsam einschlief. Sie bewunderte die Frau, die sie kennen gelernt hatte, die Frau, die ihre eigene emotionale und mentale Hölle durchlebt hatte, wie sie selbst, und überlebt hatte. Jetzt hatte Jessica die Möglichkeit, mit Sarahs eigenem Verwandten, Marcus, ein langes, glückliches Leben zu führen. Wohlwollend lächelte sie. Das war passend.

Sie glitt an die Seite des Bettes, neigte sich über die Schlafende und legte ihr eine Hand an die Schläfe.

Es ist Zeit, Jessica, dass du alles erfährst ...

Völlig zusammengeschnürt, geknebelt und getragen wie ein Sack Kartoffeln konnte Sarah nicht denken. Sie versuchte, sich darauf zu konzentrieren, was mit ihr geschah. Sie hörte die Schritte der Männer erst auf der Straße knirschen, als sie die Quality Row überschritten, und dann leiser, als sie auf Gras und durch Büsche gingen. Gelegentlich hörte sie einen Fluch, ein Schniefen und ein heiseres Husten sowie ein Grummeln von dem Mann, der sie so grob im Griff hatte.

»Hier, gib sie mir«, forderte Dowd ihn auf.

Ohne Rücksicht auf ihre Lage wurde sie dem kleineren Mann aufgeladen und dabei so gewürgt, dass sie ein Klumpen Galle in ihrer Kehle fast zum Ersticken brachte, bevor sich die Prozession wieder auf den Weg machte. Sie verlor das Gefühl für Zeit und konnte nicht mehr klar denken, solange die Furcht zeitweilig überwog und ihr Körper sich versteifte, da sie sich die Grausamkeiten vorstellte, die sie erwarteten.

»Nicht grade ein Leichtgewicht, was? Ist es noch weit?«, beschwerte sich Dowd.

»W-wir sind fast da«, flüsterte Timothy Cavanagh.

Schließlich hielt der Mann, der sie trug, an, und sein Keuchen wurde langsam leiser, als er wieder zu Atem kam.

»Bei Gott, ich hatte schon gedacht, ihr hättet gekniffen, Leute!«

Diese Stimme! Sarah hätte sie überall erkannt. Elijah. Sie erschlaffte und fiel gegen den Körper ihres Trägers, sodass er fast das Gleichgewicht verlor und stürzte.

»Lass sie runter«, schlug Rupert vor.

Sarah wurde grob zu Boden geworfen, wo sie reglos liegen blieb und kaum zu atmen wagte. Sie lauschte.

»Und? Lief alles nach Plan?«

»O ja, Elijah«, berichtete Dowd. »Sie hat keine Ahnung gehabt, was los war, bevor wir sie geschnappt haben. Rupert musste ihr eine verpassen, damit sie still war.«

»Recht so.« Elijah sah Timothy an, dessen Gesicht weiß im Schein des Dreiviertelmondes leuchtete. »Du bist ein guter Junge, das hast du gut gemacht.« Er blickte Rupert und Thomas an. »Hat euch keine von den Wachen aufgehalten? Seid ihr so durchgekommen?« Als sie nickten, holte er eine Flasche hervor, nahm einen tiefen Schluck und ließ sie dann herumgehen. »Gut gemacht, Jungs. Gut gemacht.«

In dem Sack, der sich auf ihr Gesicht presste und grob über ihre Haut rieb, versuchte Sarah, ruhig zu bleiben. Vor den anderen Männern hatte sie keine Angst, nicht vor Dowd, McLean und dem kriecherischen Cavanagh. Aber vor Elijah. Der Mann war böse bis ins Mark. Offensichtlich hatte er ihre Entführung mit militärischer Präzision geplant und war sich in seiner Arroganz sicher, damit durchzukommen. Plötzlich stellte sich ihr die Frage, was er überhaupt in Kingston machte. Captain Stewart hatte gesagt, er solle im Holzfällerlager in den Hügeln arbeiten, bis ein Schiff kam, das ihn nach Sydney Town zurückbringen würde.

So viel zu Versprechungen. Sie waren nicht mal den Atem wert, mit dem man sie aussprach.

Sarah O'Riley, jetzt sitzt du tief in der Tinte. Elijah hasste sie, weil sie seine Bestrebungen damals in Sydney Town zunichte gemacht hatte. Ihretwegen war er in das schreckliche Bergbaulager bei Newcastle geschickt und zum gefreiten Soldaten degradiert worden. Nicht, dass er es nicht verdient hätte, aber Elijah selbst sah das natürlich anders. Bei seiner verdrehten Sichtweise würde er eher ihr die Schuld geben als seinen eigenen bösen Taten.

Ein Stiefel stieß sie in die Seite. Sarah reagierte nicht.

»Glaubt ihr, dass sie ohnmächtig ist?«

»Stellt sich wohl eher tot.«

»Nimm ihr den Sack ab. Wollen doch mal sehen, wie die hochnäsige Mrs. O'Riley aussieht, wenn kein Captain Stewart oder ein paar Konstabler um sie herumtanzen.« Elijah zog die Jacke aus und rieb sich erwartungsvoll die Hände. »Ich hab schon lange darauf gewartet, der Schlampe ihren Hochmut auszutreiben.«

Dowd und McLean bückten sich, um Elijahs Befehl auszuführen. Sie setzten sie auf und zogen Sarah den Sack ab, doch sie ließen ihr den Knebel und die Fesseln noch. Dowd sprang zurück, als er den glühenden Hass in ihren Augen sah. Danach weigerte sie sich, einen von ihnen auch nur anzusehen. Stattdessen blickte sie sich um und stellte fest, dass sie sich irgendwo im Wald befanden. Hohe Pinien warfen im Mondlicht Schatten auf das Gras und die moosbedeckten Felshaufen, und wenn sie den Kopf neigte, hörte sie in der Ferne die See gegen die Küste donnern. Dieser Ort kam ihr irgendwie vertraut vor. War sie hier nicht vor kurzer Zeit mit Meggie gewesen, um Pinienzapfen zu suchen? Doch dann kam ihr der Gedanke, dass es ein ziemliches Stück von Kingston entfernt war. Wieder wandte sie den Kopf, um zwischen den Büschen hindurchzusehen, doch sie konnte nirgendwo einen Lichtschimmer erhaschen.

»Verdammt, sie hat den bösen Blick!«, murmelte Dowd. Er hielt sich schützend die Hand vor die Augen und trat von ihr zurück.

»Böser Blick!«, höhnte McLean, die Hände in die schmalen Hüften gestützt. »Du musst ein ziemlicher Idiot sein, Thomas, wenn du an so etwas glaubst.«

»Ihr solltet sie nicht unterschätzen, Jungs. Unsere Sarah kann viele Dinge, obwohl ich glaube, dass Hexenkünste nicht dazu gehören.« Elijah stieß ihr mit der Stiefelspitze in den Bauch. »Oder, Sarah?«

Da sie nicht antwortete, trat er sie nicht gerade sanft in den Magen, sodass sie hustete und spuckte. »Na, Sarah, du lernst besser gleich, wer hier der Boss ist.« Er nickte seinen Kumpanen zu und grinste. »Du nämlich nicht. Wenn ich dich etwas frage, dann will ich eine Antwort haben. Also?« Er zog den Fuß zurück und trat sie wieder. Es fühlte sich gut an, seinen Zorn und die Monate der Enttäuschung abreagieren zu können.

Daraufhin nickte sie zustimmend, und der Hass in ihren Augen machte Tränen Platz, als sie der Schmerz übermannte. Atemlos hustete sie und schnappte nach Luft, ihre Nasenlöcher weiteten sich, als sie ihre Lungen voll Luft sog. Es war tatsächlich Elijah Waugh, der feige Bastard!

»Nehmt ihr den Knebel ab«, befahl Elijah. »Hier hört sie eh niemand, wenn sie schreit. Wir sind viel zu weit weg.«

McLean bückte sich, um ihm zu gehorchen. Dowd fürchtete immer noch ihren Blick, und Cavanagh hielt sich hinter ihnen auf, offenbar unglücklich darüber, überhaupt dabei zu sein, aber auch nicht mutig genug, einfach wegzulaufen. Elijah stolzierte auf und ab wie ein Zwerghahn, und seine Augen glitzerten, als er ihre losen roten Locken auf ihre Schultern fallen sah.

Sie war noch genauso schön, wie er sie in Erinnerung hatte. Die ganzen Monate in Newcastle, bis er einen Verstoß beging und der Leutnant entschied, ihn zu »disziplinieren«, indem er ihn nach Norfolk schickte, hatte er ständig an Sarah denken müssen. So oft hatte er sich vorgestellt, wie seine Hände in ihrem Haar wühlten, sich um ihre Kehle krallten und zudrückten, bis sie kaum noch Luft bekam, und sie dann nahm, so lange er wollte. Als er sie jetzt fixierte, versteifte sich sein ganzer Körper, heiße Lust begann in ihm zu kochen und zu brodeln. Noch nie hatte er eine Frau so sehr begehrt!

Von dem Knebel befreit spuckte Sarah den sauren Geschmack zugleich mit ein paar Fusseln aus und versuchte, die Steifheit um die Muskeln um ihren Mund zu vertreiben. Die ganze Zeit über behielt sie Elijah im Auge, da er der Anführer zu sein schien. Die anderen waren nur schwächliche Narren, die tun würden, was er befahl.

»Nun, Sarah O'Riley, hast du nichts zu sagen? Keine gehässigen Bemerkungen für uns?«

»Mit dir rede ich nicht, Waugh. Wir haben uns nichts zu sagen«, erklärte sie und hob trotzig das Kinn.

»Mein Gott, du hast echt Mut, das muss ich dir lassen.«

»Dumm, dass das nicht für dich gilt, Elijah Waugh. *Tapferer Elijah*! Hah!« Sie sah die Männer der Reihe nach an und meinte mit einem verächtlichen Lächeln: »Ihr seid doch alle Feiglinge. Mein Will hatte im kleinen Finger mehr Mumm als ihr alle zusammen. Was für Männer entführen denn eine Frau, eine Mutter? Feiger Abschaum, das seid ihr alle!«

Die Narbe auf Elijahs Wange rötete sich, und er berührte sie flüchtig, mit kaum beherrschtem Zorn den Kiefer anspannend. »Mutige Worte, Sarah, wenn man bedenkt, in was für einer Lage du bist. Sag mal – und ich will eine Antwort haben –, kannst du dich noch daran erinnern, was ich dir gesagt habe, als mich die Konstabler in Sydney abgeführt haben? Kannst du?«

»Ja, kann ich.« Wie er sie giftsprühend angesehen hatte und ihr versprochen hatte, sich an ihr zu rächen, hatte sich tief in ihr Gedächtnis eingebrannt.

»Und?« Er hob den Stiefel, um sie erneut zu treten.

Sie zuckte sichtlich zusammen und wich zurück. »Du hast gesagt ›*Es ist noch nicht vorbei, Sarah, eines Tages werde ich mich an dir rächen*‹.«

»Sehr gut. Du erinnerst dich ja noch«, meinte er sanft, drohend. Sie ist schlau, vergiss das nicht, erinnerte er sich selbst. »Ich habe lange drauf gewartet, Sarah. Deinetwegen habe ich Striemen auf dem Rücken und keine Chance, jemals befördert zu werden. Sie haben mich in diese stinkende Kohlegrube geschickt, wegen dir. Und selbst hier auf Norfolk hast du es hingekriegt, dass ich an einen der schlimmsten Orte auf der Insel geschickt wurde. Du musst dich für eine Menge verantworten, Sarah O'Riley, und weißt du was?«, fragte er und wartete, bis sie ihn ansah.

Zitternd stellte sie schließlich die Frage, die er von ihr erwartete: »Was?«

»Der Tag der Abrechnung ist da.«

»Du hast nur gekriegt, was du verdient hast, Waugh, das weißt du genau!«

Elijah zog das Hemd aus, um seine haarige, muskulöse Brust zu entblößen. Er drehte sich um, damit sie die Narben auf seinem Rücken sehen konnte, und lächelte befriedigt, als sie unangenehm berührt wegsah. »Ja, Sarah, kein schöner Anblick, was? Wegen dir!« Er griff sich in den Schritt und schob ihr den Unterleib entgegen. »Und weißt du was? Ich werde jetzt beenden, was ich damals, am Abend von Wills Beerdigung, angefangen habe. Jetzt kriegst du, *was du verdient hast*. Auch für deine Unhöflichkeit gegen Dowd und McLean.« Er sah die anderen an. »Ist doch so, oder?«

Als er sie wieder ansah, konnte sie ihm seine Absichten im Gesicht ablesen. Sarah erbleichte, selbst im Mondlicht war das Erblassen ihrer Haut noch deutlich zu erkennen, als sie die volle Bedeutung seiner Worte erfasste. Gott im Himmel, nein! Sie begann, tief im Inneren zu erzittern, ein Zittern, das sich in ihren Gliedern ausbreitete, auch wenn sie wusste, dass sie es nicht sehen konnten, da sie noch gefesselt war. Sie erinnerte sich nur zu gut daran, was er damals begonnen hatte, kannte seine Kraft und seine Bosheit. Sie bekam Panik, und das Blut rauschte voller Angst durch ihre Adern. Was um Gottes willen konnte sie tun?

»Ihr seid doch alle verrückt«, stieß sie hervor, mit einem Mut, den sie nicht wirklich verspürte. »Ich verlange, dass ihr mich sofort zum Haus des Captains zurückbringt! Wenn ihr das tut, verspreche ich, dass ich ihm von… von diesem Unsinn… nichts erzählen werde.«

Dowd lachte hässlich auf und starrte sie gierig an, den Blick auf ihre sich heftig hebende und senkende Brust geheftet. »Und was lässt dich glauben, dass wir dir trauen?«

»Für solche Versprechungen ist es zu spät, meine Liebe. Wir sind hier, um etwas Spaß zu haben, und bei Gott, das werden wir«, erklärte McLean. Er grinste sie unheilvoll an und nickte dann Elijah zu.

»Macht die Fesseln ab, Jungs, und lasst uns mal prüfen, wie sie unter den Klamotten aussieht.«

Obwohl Sarah sich wehrte und versuchte, sie zu treten: Es waren zu viele, und bald lag sie ohne Fesseln hilflos auf dem Rücken, während die vier über ihr ragten. Ihr Blick trübte sich angstvoll, als sich Elijah über sie neigte und den Halsausschnitt ihres Kleides mit beiden Händen ergriff. Unter dem beifälligen Gemurmel und der Unterstützung der anderen zerrte er daran, bis das Material bis zur Taille zerriss.

»Lass uns ihre Titten sehen, Elijah. Da wollte ich immer schon mal ran«, forderte Dowd seinen Anführer erwartungsvoll sabbernd auf.

Sie hörte, wie ihr Hemd zerriss und spürte, wie das Material beiseitegezogen wurde, um ihre vollen Brüste der kühlen Nachtluft und den Blicken ihrer Peiniger preiszugeben. *Heilige Maria …* Sie versuchte, das Gebet aufzusagen, aber sie konnte nicht denken. Furcht vernebelte ihr das Gehirn. Was sollte sie tun? Wie konnte sie sie von ihrem lüsternen Vorhaben abbringen? Waugh ließ seine Hände leicht, fast zärtlich, über ihren Körper gleiten, doch dann sah sie, wie sich seine Züge verhärteten, als er eine ihrer Brustwarzen zwischen die Finger nahm, sie kniff und dann das Fleisch drehte, bis sie vor Schmerz schrie. Sie sah sein befriedigtes Lächeln, als er sich zurücklehnte, um den anderen ihren Anblick zu gönnen. Ekel stieg in ihrer Kehle auf, als sie ihre erregten Kommentare vernahm.

»Was für Schönheiten!«, erklang McLeans tiefe Stimme bewundernd.

»Lass mich sie anfassen«, erwiderte Dowd heiser.

Nur Cavanagh schwieg. Sarah sah ihn an und hatte tatsächlich den Eindruck, als würde er gleich ohnmächtig werden. Schnell wandte er sich ab und sah nervös zwischen seinen Kameraden hin und her. Der Junge war offenbar entsetzt darüber, was da geschah.

»Bitte, Timothy, du bist doch nicht wie diese… Tiere. Hilf mir!«, flehte sie ihn an. »Lauf und hol Hilfe, oh, bitte! Wenn du nur noch einen Funken Menschlichkeit in dir hast, dann tu es, wenn nicht für mich, dann für Meggie.« Als Cavanagh sich weigerte, sie auch nur anzusehen, machte sich die stetig wachsende Spannung in ihr in einem lauten Schrei Luft.

Elijah schlug ihr mit dem Handrücken ins Gesicht. »Das ist reine Zeitverschwendung, Sarah. So weit weg vom Ort hört dich niemand. Mir ist es egal, ob du schreist – ich mag es sogar irgendwie –, aber der Lärm geht meinen Freunden auf die Nerven. Also lass es!«

Ihre Wange brannte von seinem Schlag, sie hob die Hand und rieb sie sanft. Ihr Blick irrte zwischen ihnen hin und her, und auf einmal bemerkte sie zwischen Cavanagh und Waugh eine Lücke von etwa einem Meter. Sie stellte fest, dass die anderen beiden immer noch gierig ihren nackten Oberkörper anstarrten. Könnte sie… wenn sie schnell genug war, durch diese Lücke schlüpfen und in die Dunkelheit des Waldes fliehen, um sich dort zu verstecken?

Ihr Herzschlag beschleunigte sich, und Sarah zwang sich, ruhig und gleichmäßig zu atmen. Sie dachte noch einmal nach. Es war möglich. Wenn ihr Angriff überraschend genug kam, konnte sie es schaffen. Lieber Gott, sie musste es versuchen, es war ihre einzige Chance.

415

Sie hob ihren Oberkörper Dowd und McLean aufreizend entgegen, in der Hoffnung, sie noch weiter abzulenken, und begann, ihre Röcke in beiden Händen zusammenzuraffen, sodass sich das Material über ihren Knöcheln bauschte und bis fast ans Knie rutschte und ihre Unterkleider freigab. Fast musste sie lächeln, als sich ihre Augen wie gebannt auf ihren Körper richteten, und setzte sich langsam auf. Im nächsten Augenblick hatte sie sich mit atemberaubender Geschwindigkeit auf die Knie gedreht, und bevor sie noch erkannten, was sie vorhatte, war sie durch die Lücke geschlüpft, wobei sie Elijah mit der Schulter zur Seite stieß und aus dem Gleichgewicht brachte.

Ihr Herz schlug wie rasend in ihrer Brust, als sie auf die Füße kam und zu rennen begann, wie sie noch nie zuvor in ihrem Leben gerannt war.

»Scheiße! Die Schlampe haut ab! Verdammt soll sie sein!«, schrie Elijah wütend und schlug sich mit dem gesunden Arm auf die Hüfte. Nicht schon wieder! Er konnte das nicht noch einmal zulassen. »Schnell hinterher, ihr Idioten!«

24

Im Zickzack wilde Haken schlagend, auch wenn ihre Kleider in kleinen Zweigen hängen blieben, rannte Sarah um ihr Leben. Ihre Lungen brannten, als ob sie vor Anstrengung platzen wollten, aber die Furcht, was sie mit ihr tun würden, wenn sie sie wieder einfingen, trieb sie weiter. Die Röcke in den Händen, rannte sie nicht den Hang hinunter, da sie hoffte, dass die anderen das glaubten, sondern quer darüber hinweg zum Meer, darum betend, dass sie ihnen, da sie zierlicher und nicht so stark war wie sie, durch List entkommen konnte, wenn schon nicht durch Ausdauer.

Keuchend rang sie nach Atem, ihre Rippen schmerzten, und in ihren Muskeln pochte es von der Anstrengung. Schließlich entdeckte sie eine umgestürzte Pinie, deren Wurzeln den Elementen ausgesetzt in die Luft ragten. Sie rannte darauf zu, kletterte über die raue Rinde des Stamms und ließ sich auf der anderen Seite zu Boden fallen, so dicht am Holz wie möglich. Ihr Atem schien ihr überlaut zu gehen, sodass sie gierig nach Luft schnappte, um ihn zu beruhigen.

Sie konnte ihre Verfolger herumlaufen und bei ihrer Suche nach ihr kräftig fluchen hören. Im nächsten Moment knackte leise ein Zweig auf der anderen Seite des Baumstamms. Sarahs Herz schlug wie wild in ihrer Brust, fast konnte sie es im ganzen Körper spüren. Schweißperlen traten ihr auf die Stirn, liefen über ihre Wangen und das Kinn. Sie wagte nicht, auch nur einen Muskel zu bewegen. Einer von ihnen war ganz nahe, und aus dem Lärm, den sie machten, konnte sie schließen, dass sie äußerst wütend auf sie waren.

Sarah hielt den Atem an, obwohl sie die Anstrengung fast das Bewusstsein verlieren ließ, presste sich fest gegen den Baumstamm und wünschte sich einen wunderbaren Tarnmantel, der sie schützte.

»Wo ist die Schlampe?«

Elijah! Er klang wütend. Sie erlaubte sich, etwas Luft zu holen, wobei sie sorgfältig auf die Geräusche um sich herum lauschte. Das Rascheln von Füßen im Gras, schwerer Atem und gelegentliches Husten. Nach einiger Zeit wurde sie fast ohnmächtig vor Erleichterung, als sie feststellte, dass im Wald, abgesehen von den gelegentlichen Geräuschen der

Nacht, Stille herrschte. Gott sei Dank. Wer auch immer das gewesen war, er war weggegangen. Sie zählte bis dreißig, dann bis vierzig, bevor sie es wagte, sich zu bewegen und ängstlich wie ein Kaninchen vorsichtig den Kopf über den Baumstamm hob.

»Hab ich dich, du miese kleine Hexe!«, dröhnte Elijahs Stimme triumphierend, als er aufsprang, in ihre Haare griff und so fest zog, dass sie aufschrie.

»Dir werd ich's zeigen, Sarah O'Riley«, brüllte er und schlug sie ein, zwei Mal mit der Hand ins Gesicht. »Du entkommst mir nicht. Nicht heute Nacht, mein Schätzchen!« Dann rief er nach seinen Kumpeln. »Sie ist hier, Jungs, kommt her! Jetzt geht der Spaß los!«

Er zerrte sie über den Baumstamm und hielt sie fest an sich gepresst, und als sie versuchte, sich freizumachen, griff er sich eine Strähne ihres Haares und wickelte sie sich um die Hand, bis sie vor Schmerz stöhnte.

Mit einer Hand hielt er sie fest, während er ihr mit der anderen über den Körper strich, ihren Rock unter den Knien fasste, um an ihre Unterkleider zu kommen. »O Sarah, ich habe so lange darauf gewartet«, knurrte er heiser vor Wollust, »seit Monaten habe ich von nichts anderem geträumt, als genau das hier zu tun.«

»Bitte, Elijah, nicht…« Sarah sah ihm in die Augen und erkannte, wie sich seine Pupillen im Mondlicht weiteten. Noch weiter hinten sah sie das Böse in ihm, dessen Stärke ihr die Luft nahm, denn in seiner verdorbenen Seele glomm nicht ein Funken Mitleid oder Moral. Der Mann war mit dem Teufel im Bunde, daran konnte sie nicht länger zweifeln. Wenn er je dazu fähig gewesen war, Mitleid zu empfinden, dann war das lange vorbei.

Die anderen drei stießen gleich darauf zu ihnen, keuchend vor Anstrengung, die Gesichter schweißüberströmt.

»Du Schlampe!«, zischte McLean, der hinzuhinkte und versetzte ihr einen Schlag auf den Kopf. »Das ist dafür, dass ich mir den Knöchel verstaucht habe.«

Dowd stieß sie so fest, dass sie rückwärts umfiel und auf dem Boden liegen blieb. »Hast wohl gedacht, du könntest uns entkommen, was?«, höhnte er, als er die Jacke auszog. »Na, dir werden wir es zeigen!« Er blickte sich zu seinen Kameraden um. »Oder, Jungs?«

Nur Cavanagh schwieg, er zögerte, sich zu den anderen zu gesellen.

»Wir haben genug Zeit verschwendet«, fand Elijah ungeduldig. »Haltet sie fest.«

Bevor sie sich wehren konnte, ergriffen sie Dowd und McLean je an einem Fuß und zogen ihre Beine weit auseinander. Elijah sah Cavanagh an. »Halt ihre Arme, Junge. Ich hab keine Lust, mir von ihr das Gesicht zerkratzen zu lassen.«

»Ich… ich kann nicht. Bitte! Ich kann das nicht. Lasst mich doch in die Kaserne zurückgehen!«

Elijah stieß einen wüsten Fluch aus und versetzte ihm einen Hieb auf die Nase.

Cavanaghs Kopf flog zurück, sein blondes Haar klebte ihm schweißfeucht auf der Stirn. Er heulte vor Schmerz auf und hielt sich die Nase. Als er seine Hand wieder wegnahm, sah er Blut und jaulte erneut auf.

»Werd jetzt nur nicht weich, Junge«, warnte Elijah und nahm ein kleines Messer aus dem Hosenbund, das er Timothy unter die Nase hielt. Das Metall glänzte tückisch im Mondlicht. »Wir stecken da schon viel zu tief drin. Entweder bist du für uns oder gegen uns. Und wenn du gegen uns bist, na dann…« Er wedelte mit dem Messer drohend vor Cavanaghs Kehle herum.

»Komm schon, Tim, halt um Himmels willen endlich

ihre Hände fest!«, verlangte McLean. »Wenn ich sie nicht bald kriege, platzt mir noch der Schwanz!«

»Ja, mir auch«, bestätigte Dowd und streichelte sich den Schoß. »Mann, wisst ihr eigentlich, wie lange es her ist, dass ich eine Frau hatte?« Er seufzte. »Verdammt noch mal, viel zu lange.« Dann wurde sein Ton hart, und er sagte: »Jetzt mach schon, was Elijah sagt, oder ich stech dich selber ab!«

Heilige Maria Muttergottes..., betete Sarah vergeblich, während sie ausgebreitet wie ein Opferlamm um sich zu schlagen versuchte. »Ihr werdet alle in der Hölle braten dafür!«

»Höchstwahrscheinlich«, bestätigte Elijah unbesorgt und unterstrich die Bemerkung mit einem bösartigen Lachen. Er wartete ab, bis Cavanagh widerstrebend ihre Hände zu fassen bekam und schnitt ihr dann mit dem Messer endgültig die Kleider vom Leib.

»O ja, was für eine Schönheit«, stieß McLean fast ehrfürchtig flüsternd aus, als sein Blick über Sarahs schimmernde Nacktheit glitt.

Elijah kniete sich zwischen ihre gespreizten Schenkel und ließ seine rauen Hände über ihren Körper gleiten, lachend, als sie versuchte, sich ihm zu entwinden. Doch sie wurde viel zu fest gehalten, um sich mehr zu bewegen. Ein lustvolles Stöhnen entrang sich ihm, als er ihre Brüste umschloss, ihren flachen Bauch und den Hügel ihrer Weiblichkeit. Dann befreite er seinen geschwollenen Schaft aus seiner Hose und beobachtete mit bösartigem Grinsen, wie sich ihr Gesicht vor Furcht verzog. Einmal noch schrie sie auf, bevor seine schwielige Hand sich auf ihren Mund presste und alle Geräusche erstickte, während er schwer auf sie fiel.

»Zeig's ihr, Elijah!«, spornte ihn Dowd mit vor Lust leuchtenden Augen an.

Sarah blickte ein letztes Mal Cavanagh an, sah die Panik in seinen Augen und schloss ihre eigenen fest, während sie versuchte, den Schmerz zu ertragen, als Elijah wieder und wieder in sie stieß ...

Sie schwebte über ihrem Körper, obwohl sie wusste, dass das nicht möglich war. Doch wie dem auch sei, sie tat es und sah durch die Zweige einer hohen Pinie, was diese Tiere mit ihr machten. Wieder und wieder fielen sie über sie her, als ob sie nicht genug bekommen könnten. Bald entfloh sie dem Schmerz ihrer Brutalität an einen Ort, an dem sie sie nicht mehr erreichen konnten, weder physisch noch emotional. Sie konnte nur noch daran denken, wie sie dieses ... Verbrechen überleben sollte, das sie an ihr begingen. Für Meggie, ihre liebe, süße Meggie. Irgendwann, so dachte sie, obwohl ihre Gedanken sich mehr und mehr verwirrten, müssten sie doch genug haben und sie in Ruhe lassen.

Ja, darauf musste sie sich konzentrieren, nicht darauf, was sie ihrem Körper antaten. Sie würden bald aufhören. Lieber Gott im Himmel, sie mussten aufhören!

»Ist sie tot?«, fragte Dowd gleichmütig, nachdem er seine Gier befriedigt hatte. Er sah, wie Rupert ihr mit dem Finger in den Bauch stieß. Keine Reaktion. Er legte ihr die Hand an die Kehle.

»Sie lebt.« Rupert grinste seine Kumpel reuelos an. »Ich schätze, sie ist einfach nur erschöpft, Jungs.«

Elijah lachte, als er sich die Hosen hochzog und das Hemd hineinstopfte. Er betrachtete Sarah O'Riley von oben bis unten. Im Mondlicht, das durch die Pinien fiel, konnte er das Blut auf ihrem Körper erkennen und die bereits auftretenden blauen Flecken an den Schenkeln und am Oberkörper, mit dem Rupert nicht gerade sanft umgegangen war. Die würde nicht mehr hochnäsig sein. Er hatte seine Kumpel gut gewählt, alle bis auf Cavanagh. Ihm kam der Gedanke, dass er ihn am besten abstechen und ins Meer werfen sollte. Er war das schwache Glied in ihrer Kette, den wahrscheinlich als Ersten der Mut verlassen würde. Waughs Blick fiel auf Dowd und McLean. Sie würden das Vorhaben nicht unterstützen, denn sie mochten den Schwächling in gewisser Weise und behandelten ihn wie einen Schoßhund.

Cavanagh, der Sarah die ganze Zeit über festgehalten hatte, löste nun seine Hände von ihren Armen und wischte sie sich ein paarmal an seiner Jacke ab, als ob er das Stigma dessen, an was er mitgewirkt hatte, fortwischen wollte. Dann legte er das Gesicht in die Hände und weinte wie ein Mädchen.

»Mach dir nichts draus, dass du es nicht geschafft hast«, tröstete Dowd ihn und legte dem jungen Mann mit einem Augenzwinkern zu Rupert einen Arm um die Schulter. »Wir haben es alle einmal für dich zusätzlich gemacht.«

»Ich glaub, mir wird schlecht«, schluckte Cavanagh, stand auf und stolperte in den Wald, wo man ihn sein Essen ins Gras würgen hörte.

Elijah nickte Dowd und McLean bedeutungsvoll an. »Den müsst ihr beide gut im Auge behalten«, meinte er.

»Der wird schon wieder«, beruhigte ihn Rupert wegwerfend, doch auch er runzelte die Stirn, als ob er sich bei Cavanagh selbst nicht ganz sicher sei.

»Können wir noch mal, wenn sie wieder wach ist?«, erkundigte sich Dowd.

»Du bist ganz schön geil, was?«, fragte Rupert und hieb seinem Kameraden lachend auf den Arm.

»Na, ich meine, wir könnten sie doch vielleicht behalten.

Ich kenne eine Höhle unten am Wasser, über dem Meeresspiegel. Wir könnten sie da hinbringen, und dann wäre sie immer da, wenn uns danach ist.« Die Vorstellung gefiel ihm, und er fuhr fort: »Wir könnten sie fesseln oder eine Art Tor bauen, um sie einzusperren. Was haltet ihr davon, Jungs?«

»Spinnst du? Selbst wenn wir das irgendwie hinkriegen würden, ohne Verdacht zu erregen: Was glaubst du, was sie tun würde? Sie würde sich mit irgendeinem scharfen Gegenstand, den sie sich selbst macht, auf die Lauer legen, um ihn uns in die Eingeweide zu stechen«, erwiderte Elijah kopfschüttelnd über Dowds unsinnige Idee.

»Und wie sollten wir sie ruhig halten? Sie würde sich doch die Kehle aus dem Leib schreien, sobald sie die Gelegenheit dazu hat. Irgendwann würde sie jemand hören«, gab Rupert zu bedenken.

»Oh«, errötete Dowd verlegen, »daran habe ich gar nicht gedacht.«

»Du denkst sowieso nicht allzu viel, alter Junge, das ist das Problem«, lachte Rupert.

Elijah hatte sich in der Zwischenzeit seine Jacke geholt und reichte die Flasche herum, als er zurückkam. Sie tranken den Rum bis auf den letzten Tropfen aus. Nachdenklich stieß ihr Anführer Sarah mit der Stiefelspitze an.

»Stellt sie sich wieder tot?«

»Vielleicht.« Er zuckte die Schultern. »Ist auch egal.« Er sah sie der Reihe nach an. »Wir hatten unseren Spaß. Es war gut, nicht wahr?« Alle außer Cavanagh nickten zustimmend. »Jetzt ist es an der Zeit, es zu beenden.«

Dowd blickte auf Sarah hinab, deren fast nackter Körper in die Reste ihres ehemals zweitbesten Kleides verstrickt war. »Sollen wir sie einfach hier so liegen lassen?«

»Was hast du vor, Elijah?«, erkundigte sich Rupert.

»Was ich nicht will, ist, dass sie mit dem Finger auf einen von uns zeigt, klar?«

»W-wie meinst du das?«, fragte Cavanagh, zögernd und angstvoll Elijahs Antwort erwartend.

»Wenn der Kommandant davon erfährt, baumeln wir mit Sicherheit am Galgen«, stellte Elijah sachlich fest. »Also muss Sarah O'Riley für immer verschwinden«, meinte er und neigte sich über ihren leblosen Körper.

Der Aussage folgte betretene Stille.

»N-n-nein…«, brach Cavanagh das Schweigen. Anklagend starrte er die anderen an. »Damit will ich nichts zu tun haben.« Bevor sie ihn daran hindern konnten, rannte er in die Dunkelheit davon.

»Soll ich ihm nach?«, fragte Dowd.

»Nein, der kriegt sich schon wieder ein, wenn er sich erst beruhigt hat«, meinte Rupert gleichgültig. »Ist sowieso besser, wenn er nicht dabei ist.«

Ein Stöhnen erregte ihre Aufmerksamkeit.

Sarah versuchte, sich zu bewegen, schaffte es jedoch nicht, und selbst atmen schien schwierig. Im Schneckentempo konnte sie schließlich so viel von ihrer Kleidung zusammenraffen, dass ihre Nacktheit einigermaßen bedeckt war. Erst dann öffnete sie die Augen und sah ihre Vergewaltiger der Reihe nach an. Dowd schlug fast sofort die Augen nieder und wandte sich halb ab. McLean war kühner, da er wie Waugh keine Moral kannte. Und Elijah. Für sie war er die Reinkarnation des Teufels selbst. Er hatte diesen Überfall von Anfang bis Ende geplant. Und doch… fast hätte sie gelächelt. Sie hatte das Schlimmste, was sie ihr antun konnten, überlebt. Ihr Geist war stark, trotz der Erniedrigungen, die sie durch sie erdulden musste, zu abscheulich, um darüber nachzudenken.

»Nicht mehr ganz so frech, was, Sarah?«, sagte Elijah

leise und fingerte an seinem Messer herum. Ein horizontaler Schnitt – und es wäre zu Ende. Nur kurz tauchte ein Anflug von Bedauern in seinem Gewissen auf, das er jedoch schnell unterdrückte. Es gab keinen anderen Weg, nicht wenn er seine eigene Haut retten wollte, und das wollte er auf jeden Fall. Wenn sie nur damals eingewilligt hätte, ihn zu heiraten, als er sie gefragt hatte ...

Obwohl es sie schmerzte, das Kinn zu heben, antwortete Sarah durch zerrissene und blutende Lippen mit etwas von ihrem alten Kampfgeist: »Ihr habt vielleicht meinen Körper missbraucht, ihr elenden Geier, aber mein Geist und meine Seele sind immer noch intakt. Gott oder irgendjemand anderes wird euch für das bestrafen, was ihr diese Nacht getan habt. Du«, wandte sie sich an Elijah, »du sollst in der Hölle braten!« Mit letzter Anstrengung bäumte sie sich auf und spuckte ihm mitten ins Gesicht. »Teufelsbrut! Ich verfluche dich und die deinen, wo immer ihr auch sein mögt!«

Zorn übermannte Elijah. Er hatte vorgehabt, ihren Willen völlig zu brechen und sie zu unterwerfen, musste jedoch feststellen, dass er versagt hatte. Diese Augen, die Art, wie sie ihn ansah, voller Verachtung und Hass, als ob er weniger wert wäre als die niedrigste Lebensform! Aus dem Augenwinkel sah er den Felsbrocken und schloss seine Pranke darum. Er hob ihn hoch über den Kopf, damit sie ihn sehen konnte, während er sich mit der anderen Hand die Spucke aus dem Gesicht wischte.

Sarah zuckte nicht einmal. Völlig erschöpft konnte sie ihn nur ansehen, und in ihren blauen Augen loderte so tiefer Hass, dass sie seine Absicht nicht erkannte. Ohne es zu beabsichtigen, forderte sie ihn zum Schlimmsten heraus.

»Stirb, du Schlampe!«

McLean und Dowd zuckten zusammen, als sie den Stein auf Knochen und Fleisch treffen hörten.

Zweimal schlug Elijah zu, dann lag sie still. Er sah die anderen an und befahl: »Los doch, Jungs, hebt Erde aus und macht ein Grab. Beeilt euch! Ich muss zurück auf der Krankenstation sein, bevor die Wache aufwacht.« Ungeduld schwang in seiner Stimme mit, als ob er es auf einmal eilig habe, dass alles vorüber sei. Bei der Arbeit schüttelte er den Kopf, um die Erinnerung an den Blick, mit dem sie ihn angesehen hatte, zu vertreiben. Etwas, das er nicht als Furcht anerkennen wollte, begann, sich in seinem Magen breit zu machen und schien sich dort permanent niederlassen zu wollen. Gott, würde er denn nie von ihrer Gegenwart befreit sein? Selbst jetzt hatte sich dieser letzte Blick in sein Gedächtnis eingebrannt, und er wusste, dass er ihn nie vergessen würde, egal, wie alt er wurde. Es war, als ob sie selbst im Tode noch Macht über ihn hatte …

Während die anderen mit einem Stein und einem Ast eine flache Grube in den feuchten Boden buddelten, wickelte Elijah Sarah in ihre Kleider ein.

»Warte mal! Was ist das denn?«, fragte Dowd und zog etwas von ihrem Kleid. Seine Hand schloss sich um Sarahs Perlenbrosche. »Das behalte ich. Das bringt mir in Sydney Town bestimmt was ein.«

Elijah packte Dowd am Handgelenk und grub seine Finger so tief in seinen Arm, bis der andere aufjaulte. »Du Narr! Alle wissen, dass diese Brosche ihr gehört, es ist ihr einziger Wertgegenstand. Wenn man dich damit sieht, ist alles verraten. Lass sie fallen.«

»Aber …« Gier und Angst machten sich in Dowds Augen breit. Er wollte seine Beute nicht so einfach fahren lassen.

»Elijah hat Recht«, warf Rupert ein. »Das macht Sinn. Wirf sie weg, Thomas.«

Widerwillig steckte ihr Dowd die Brosche wieder an.

»Alles klar, Jungs«, meinte Elijah, nachdem er das provisorische Grab kurz inspiziert hatte. »Rollt sie rein.«

Danach standen sie kurz um das Grab herum und blickten auf ihren zusammengekrümmten Körper.

»Los Jungs, lasst es uns auffüllen.«

Keuchend schoben die drei Erde, Steine und Zweige über ihren Körper, als Sarah sich plötzlich mit einer schier übermenschlichen Anstrengung aufsetzte.

Die Männer sprangen zurück, ihre Gesichter vor Entsetzen verzerrt, da sie sie schon für tot gehalten hatten.

»Ihr elenden Feiglinge«, flüsterte sie, wobei ihr Kopf irgendwie zu schweben schien und unerträgliche Schmerzen jeden Teil ihres Körpers in Wellen überliefen. Ihr Atem ging immer schwerer, und ihr Blick trübte sich, doch nicht so sehr, dass sie sie nicht gut genug sehen konnte, um sich ihre Gesichter für ewig einzuprägen. Sie starrte sie durch einen blutigen Nebel – ihr eigenes Blut – an. »Denkt immer daran!«, brachte sie aus blutenden Lippen hervor. »Ihr alle! *Die Rache ist mein, bis in alle Ewigkeit!*« Damit fiel sie zurück in die Grube.

»Schnell! Macht fertig! Grabt sie ein, verdammt noch mal!«

»Vielleicht lebt sie noch«, wandte Rupert ein.

»Nicht mehr lange, das garantiere ich dir«, grunzte Elijah, hob den Stein, um sein Werk zu vollenden und warf ihn dann so weit wie möglich in den Wald.

Noch etwa zwanzig Minuten arbeiteten sie, schaufelten mit den Händen Erde und Gras und pressten es so dicht um Sarahs Körper, dass nur noch ein kleiner Hügel am Boden sichtbar war.

»Rollt ein paar Steine drüber und verwischt die Erde mit ein paar Zweigen«, befahl Elijah mit einer Spur seines früheren Hochmuts. Das Miststück hatte ihn ganz schön erschreckt, als sie sich aufgesetzt hatte. Beinahe hätte er sich in die Hose gemacht. Als sich die anderen aufrichteten, brachte er ein Lächeln zustande. »Gut gemacht, Jungs. Jetzt lasst uns hier verschwinden. Und behaltet Cavanagh im Auge. Wenn er nur ein Wörtchen piepst, schlitz ich ihm die Kehle auf!«

»Das wird kaum nötig sein«, meinte Dowd, »das tue ich schon selber.«

Als die drei den Hang hinunter zur Siedlung zurückgingen, kam Sarah wieder zu Bewusstsein. Warum war es so dunkel? Was drückte sie so schwer nieder? Sie rang nach Luft. Warum konnte sie nicht atmen? Und ihr war so kalt. Erdbröckchen krümelten in ihre Nasenlöcher, sie hustete und atmete noch mehr Erde ein.

Lieber Gott im Himmel! Diese Feiglinge hatten sie begraben. Lebendig!

Sie schrie, doch das hieß nur, dass sie noch mehr Erde aufsog. Sie versuchte, sich zu bewegen und schaffte es nicht, da sie die Erde um sie herum und über ihr festgestampft hatten. *Heilige Maria ...* Sie hielt mitten im Gebet inne und dachte an Meggie, ihr liebes kleines Kind, und rief sich ihr Bild vor Augen. Was würde aus ihr werden? Wer würde sich um sie kümmern?

Sie schnappte nach Luft, würgte und schluckte noch mehr feuchte Erde. Aus jeder Pore und jedem Muskel, allen Sehnen, Knochen, Fasern und Geweben stieß sie einen letzten Eid hervor, während sich gnädig ein dunkler Schleier über sie senkte: *Und wenn es eine Ewigkeit braucht, ich werde mich an ihnen rächen!*

Nach Leben spendender Luft schnappend wachte Jessica auf. Würgend. Ihr Herz hämmerte wild in ihrer Brust, und als sie hochfuhr, ihr Blick noch verschwommen, rangen ihre Lungen um jeden Atemzug. Einatmen, ausatmen, ein, aus. Dann begann sie von Kopf bis Fuß zu zittern, noch bevor sie wach genug war, um festzustellen, dass sie in ihrem Traum gerade die letzten Stunden von Sarahs Leben erlebt hatte.

Galle stieg in ihrer Kehle auf, sie warf die Bettdecke zurück und stand unsicher auf. Dann rannte sie ins Bad und übergab sich heftig.

Zehn Minuten später kam sie ins Schlafzimmer zurück, setzte sich an den Bettrand, fuhr sich mit den Händen durch das Haar und ließ den Tränen freien Lauf. Es waren Tränen der Trauer um ein Leben, das auf so tragische Weise verschwendet und verloren war. Aufgrund dessen, was *sie* getan hatten, hatte Sarah Meggie nicht aufwachsen sehen, hatte nie die Freuden einer Großmutter erfahren und ihr Leben nicht genießen können. Bastarde. Verdammte, stinkende Bastarde! Eine Welle von Hass überkam sie. Während sie versuchte, ihre Gefühle unter Kontrolle zu bringen, verlor sie das Gefühl für die Zeit.

Selbst Cavanagh. Ja. Der Einzige mit einem Gewissen, der aber zu schwach gewesen war, um irgendetwas zu tun. Er hätte versuchen können, sie zu retten, aber er hatte nur zugesehen. Der Schwächling. Sie schluckte den sauren Geschmack in ihrem Mund herunter. Gott, es war zu abscheulich, um darüber nachzudenken, aber sie musste es. Sarah würde es wollen.

Der Traum war grauenvoll gewesen, schlimmer als alles, was sie erwartet hatte. Es war mehr als ein schlechter Traum gewesen, stellte sie fest, es war eine Erfahrung, die weit über das hinausging, was sie je durchgemacht hatte oder hoffentlich nie durchmachen würde. Es mit Sarah zu erleben, in Elijahs Kopf zu stecken und seine animalische

Lust zu fühlen, in Sarahs Kopf zu sein und zu spüren, was sie gefühlt hatte, die Angst, die Erniedrigung... es war alles so furchtbar lebendig gewesen. Diese Männer. Ungläubig schüttelte sie den Kopf.

Sie presste eine Hand auf die zitternden Lippen. Niemand hatte verdient, so zu sterben...

»*Es ist gut, Jessica.*«

»Sarah?« Jessica setzte sich gerade hin und sah sich um. Sie konnte nichts sehen, keine ätherische Gestalt, nichts.

»*Es tut mir leid, dass ich dich das durchmachen lassen musste in dem ›Traum‹, aber du musstest verstehen, was sie mir angetan haben, bevor ich dir zeige, wie ich mich an ihnen gerächt habe.*«

»Du warst das!«, stellte Jessica ehrfürchtig fest. »Du hast Waugh, Dowd, McLean und Cavanagh getötet?«

Wo war sie? Sie konnte nur die übliche Kälte spüren, die Sarahs Gegenwart stets begleitete. Unbewusst griff sie nach ihrer Decke und zog sie sich um die Schultern. »Wie hast du das gemacht?«, fragte sie.

»*Nun, um ehrlich zu sein, habe ich mich nur um Waugh und Dowd gekümmert. Ich war diejenige, die Waugh an dem Tag, als er ertrank, aus dem Boot zog. Ich habe ihn unter Wasser gezogen, bis er nicht mehr geatmet hat. Das war ein humaneres Ende, als er es mir bereitet hat. Dann hat Dowd McLean netterweise erstochen, weil ich ihn davon überzeugt habe, dass McLean ihn betrog, woraufhin der Kommandant Dowd zum Tode verurteilt hat.*«

»Und Cavanagh? Hast du...?«

»*Nein, Jessica. Der arme Narr hat sich freiwillig umgebracht. Ich glaube, die Erfahrung dieser Nacht hat seine Sinne arg verwirrt, und das Schuldbewusstsein hat ihn letztendlich in den Selbstmord getrieben.*«

»O Sarah, ich weiß nicht, was ich sagen soll. Diese Männer, ihre Grausamkeit, ihre Gefühllosigkeit – nicht einmal Tiere würden sich so verhalten.« Sie runzelte die Stirn, während sie sich weiter im Zimmer umsah. Warum konnte sie sie nicht sehen? Hatte es sie zu viel Kraft gekostet, Jessicas Unterbewusstsein diesen Traum zu schicken, sodass sie sich nicht mehr materialisieren konnte?

»*Das ist wahr, meine Liebe, aber ich bin über den Schmerz hinweg. Ich habe meine Rache gehabt und bin dafür damit bestraft worden, dass ich seit einer Ewigkeit an diesen Ort gefesselt bin. Nun, da du alles weißt, fühle ich eine Art von Frieden. Und ich brauche dich, um noch eine Sache zu tun, das, was ich immer wollte, ja, brauchte.*«

»Natürlich. Was ist es?«

»*Du musst zu dem Ort gehen, an dem es passiert ist. Ich glaube, du weißt, wo es ist.*«

»Warum?«

»*Das sage ich dir ...*«, flüsterte Sarah mit deutlich schwächer werdender Stimme, »*wenn du da bist.*«

25

M arcus?«

»Wer? ... Jessica! Was ist los?«

Jessica lächelte, als Marcus' Stimme verschlafen durch den Hörer kam. Selbst vollständig angekleidet, sah sie auf die Uhr und stellte fest, dass es vier Uhr morgens war.

»Es geht um Sarah.«

»Oh! Noch ein Traum?«

»Ja, du würdest es nicht glauben. Ich muss zur Slaughter Bay. Sarah will es ... Ich weiß noch nicht, warum, aber ich glaube, ich werde dort herausfinden, was sie von mir will.«

Ihr Grinsen wurde breiter, als sie ihn in den Hörer gähnen hörte. Sie konnte sich gut vorstellen, wie sexy er gerade in seiner Schlafanzughose aussah, und prompt ging ihr Puls ein oder zwei Takte schneller.

»Na gut.«

Jessica konnte geradezu hören, wie er beim Sprechen langsam aufwachte.

»Wann gehst du los?«

»Jetzt.«

»Warte auf mich, ich bin in zwanzig Minuten bei dir.«

»Nein, ich hole dich ab, dann verlieren wir keine Zeit.« Marcus hatte die Aufregung in ihrer Stimme noch nicht erkannt, aber sie war ganz wild darauf, sofort zu dem Ort zu gehen, den Sarah ihr gezeigt hatte. Ihr Treffen mit Sarah an der Slaughter Bay würde der abschließende Höhepunkt all dessen sein, was bisher geschehen war, da war sie sicher.

»Okay.«

Hand in Hand, jeder zum Schutz gegen die morgendliche Kälte mit einer Jacke bekleidet, gingen Jessica und Marcus den Hang an der Slaughter Bay zu der großen Pinie hinauf. Marcus hielt eine Taschenlampe in der Hand. Langsam hob sich der herbstliche Nebel und verlieh der bewaldeten Gegend mit grauen Schleiern ein gespenstisches Aussehen. Ein leichter Wind vom Meer her ließ die Zweige abwechselnd über das schlafende Tal bis zur alten Siedlung von Kingston mit leisem Flüstern rascheln.

Als sie den Hang hinaufstiegen, hob sich der Nebel, besonders an der großen Pinie. Und da sahen sie sie.

»Großer Gott!«, entfuhr es Marcus ehrfürchtig. Sein Schritt wurde zögerlich, als er sah, wie Sarah Gestalt annahm und sich in einem anderen Grauton vom Nebel abhob. Bei ihrer genauen Betrachtung stellte er fest, dass ein gewisses Leuchten von ihr ausging, das aus ihrem Inneren zu kommen schien. Diesen Anblick würde er nie wieder vergessen, selbst wenn er hundert Jahre alt werden sollte. Und was ihn noch beeindruckender machte, war das Wissen, dass dieses Wesen mit ihm verwandt war. Wenn sie nicht gewesen wäre und hätte Meggie nicht geboren, dann wäre er heute nicht hier. Der Gedanke daran machte ihn geradezu demütig.

Etwa drei Meter vor ihr hielten sie an, und Marcus legte den Kopf auf die Seite. Er konnte etwas Merkwürdiges hören, ein Geräusch, das sich von der Umgebung abhob. Erst konnte er es nicht einordnen, doch dann erkannte er es. Weinen. Sarah weinte leise. Er sah Jessica an.

»Kannst du... kannst du Sarah hören?«, fragte er leise.

Sie nickte. »Sie weint. Ja. Ich höre das Geräusch in meinem Kopf, genau wie du.« Sie lächelte über sein verwundertes Gesicht. »Ein bisschen gruselig, nicht wahr?«

»Ihr seid gekommen. Beide.« Sarah sah Marcus direkt an und hob grüßend die Hand. *»Ich bin froh, denn auch du bist ein Teil der Geschichte geworden, mein Verwandter.«*

»Warum bist du traurig, Sarah?«, fragte Jessica.

Sarah lächelte. *»Erinnerungen machen mich jedes Mal ein wenig traurig, auch wenn der Schmerz schon lange vorbei ist.«*

»Ich habe Marcus von dem Traum erzählt. Er weiß, was dir geschehen ist.«

»Dann müsst ihr nur noch«, meinte sie und wischte sich eine Träne fort, *»meine Gebeine finden. Sie sind hier.«* Sie wies auf ein paar bemooste Steine auf einer kleinen Erhebung und schüttelte traurig den Kopf. *»Mein inoffizieller Grabstein in all diesen Jahren.«*

Neugierig fragte Marcus: »Wie soll es dir helfen, wenn wir dein Grab finden, Sarah?«

»Es wird mich befreien, haben mir die Geister erzählt. Sobald ein Priester mein Grab weiht, wird meine Seele nicht länger an diesen Ort gebunden sein«, erklärte sie lächelnd. *»Dann bin ich frei, um bei meinem Will zu sein und auch bei Meggie. Sie warten auf mich, wisst ihr,«* sagte sie und wies zum Himmel, *»da oben.«*

»Oh, jetzt verstehe ich. Das hast du mir schon vor Monaten zu zeigen versucht, aber da war ich noch nicht bereit dazu.« Tränen liefen Jessica übers Gesicht, und ein herzzerreißendes Schluchzen entrang sich ihrer Brust. »O Sarah, liebe, liebe Sarah! Was hast du leiden müssen!« Sie wandte sich zu Marcus, und er hielt sie fest, bis sie sich beruhigt hatte.

»Was sollen wir jetzt tun?«, fragte sie, als sie schließlich ruhiger geworden war.

»Nimm die Steine weg, Jessica.«

Jessica und Marcus fielen auf die Knie, und Marcus stemmte sich keuchend gegen den größten Stein. Er brauchte einige Kraft, um ihn zur Seite zu rollen. Darunter kam in der nun freiliegenden Erde ein kleines Stück zerrissenen alten blauen Tuchs zum Vorschein. Als er es mit der Taschenlampe anleuchtete, stellte er fest, dass es sehr alt war. Zeit und Elemente hatten das Material hauchdünn und äußerst fragil werden lassen. Mit der Geduld eines Archäologen wischte er mit dem Finger die Erde von dem Stoff, und als er etwas tiefer vordrang, stieß sein Finger auf etwas Härteres. Metall.

Er versuchte, die Stelle nicht zu sehr zu zerstören, und grub um das Objekt herum, bis er es freigelegt hatte. Es war eine schmutzverkrustete Brosche, die er Jessica zeigte.

Sie erkannte sie sofort. »Mein Gott, das ist Sarahs Brosche. Ich habe sie mehrmals in meinen Träumen gesehen.« Kurzzeitig überwältigten sie ihre Gefühle so, dass sie nicht sprechen konnte. Dann meinte sie schließlich: »Im Traum von letzter Nacht hat Dowd versucht, sie ihr zu stehlen, aber Elijah hat ihn daran gehindert und ihn gezwungen, sie zu ihrer ... Leiche zu legen.« Sie schluckte.

»*Weine nicht um mich, meine liebe Jessica. Ich kann jetzt in Frieden ruhen, denn ich habe mir endlich meine ewige Ruhe verdient.*«

Jessica hielt Marcus die Brosche hin. »Das hier ist doch der Beweis, dass hier irgendwo in der Nähe ...« Sie hatte Schwierigkeiten, das Wort auszusprechen, »... ihre sterblichen Überreste sind?«

Ernst nickte er. »Ich glaube schon.«

»*Ihr müsst einen Priester hierher bringen, damit er die heiligen Worte sprechen kann. Nur dann bin ich frei und kann zu meinen Lieben gehen.*«

Marcus sah Sarah an. »Das wird geschehen. Heute noch.«

»Kannst du das machen?«, flüsterte Jessica. »Einfach so?«

»Warum nicht?«, meinte er und wies auf die Landschaft. »Das hier ist jetzt eine historische Stätte auf Norfolk Island in Bezug auf die Geschichte der Strafgefangenenkolonien. Wir müssen die Polizei und andere Behörden informieren, die das Gelände bestimmt genau untersuchen und alles, einschließlich ihrer Gebeine, identifizieren wollen – all so etwas. Aber bevor wir in dieser Richtung etwas unternehmen, lassen wir einen katholischen Priester kommen und das Grab segnen.«

Jessica runzelte die Brauen. »Es gibt keinen Priester auf der Insel, Marcus.«

Marcus sah Jessica mitleidig lächelnd und ein wenig traurig in die blauen Augen. »In der St. Philip Howard's Church ist gerade ein Priester. Er hat am Sonntag die Messe gelesen, hat Nan mir erzählt. Sarah hat lange genug gewartet. Ich bin sicher, er kommt. Später, wenn die Behörden ihre Arbeit getan haben, lasse ich Sarahs Gebeine in unserem Familiengrab auf dem Friedhof beisetzen.«

Er stand auf und zog Jessica mit sich hoch.

»Wir kommen so bald wie möglich wieder,« versprach er Sarah.

»*Ich werde warten.*«

Fast zweieinhalb Stunden brauchten sie, um Father Finnigan dazu zu überreden, ihren Wunsch zu erfüllen. Sie erzählten ihm Sarahs ganze Geschichte, alles, was Jessica zugestoßen war, und zeigten ihm die Brosche. Sowohl Marcus als auch Jessica sahen die Skepsis in den Augen des Priesters, als er seine Bibel und das Weihwasser nahm und ihnen zur Tür der Sakristei folgte.

Als die drei die Slaugther Bay wieder erreichten und den Hang zur großen Pinie hinaufschritten, war es bereits heller Vormittag. Der Nebel war wie so oft auf dieser Insel einem sonnigen Tag gewichen.

»Ich muss schon sagen, das ist ziemlich unorthodox«, fand Father Finnigan, als sie ihn aufforderten, sich vor den Steinen aufzustellen und nach Osten zu blicken.

»Bitte! Es ist wichtig für Sarah«, bat Jessica.

»Na gut.« Er zuckte mit den Schultern und begann zu sprechen. »Meine Lieben, wir sind hier heute zusammengekommen, um von ... Sarah Flynn O'Riley Abschied zu nehmen, die diese Erde vor langer Zeit verlassen hat ...«

Im selben Augenblick stieg plötzlich vom Wasser aus ein heulender Wind auf, dessen Kraft die Zweige der Bäume schwanken ließ und an ihren Kleidern riss. Die Grasbüschel tanzten dazu wild im Wind. Innerhalb von Sekunden wurde das Heulen zu einem hohen Kreischen, so schrill, dass sie sich die Ohren zuhielten. Doch dann ließ der Wind so abrupt nach, wie er begonnen hatte, und machte die nachfolgende friedliche Stille umso spürbarer.

»Ganz außerordentlich«, bemerkte Father Finnigan. Er hatte sich bei dem kreischenden Wind so erschreckt, dass ihm seine Lesebrille heruntergefallen war.

Als er sich bückte, um sie aufzuheben, sahen sich Marcus und Jessica an und lächelten wissend. Sie waren mit der Quelle dieses Windes mittlerweile gut vertraut – es war Sarahs Art, sich zu verabschieden. Marcus sah Jessica lächeln und erkannte ungeweinte Tränen in ihren Augen.

Father Finnigans Stimme fuhr monoton fort...

Keuchend versuchte Simon den Deckel des Koffers mit seinem Gewicht zu schließen. Er sah zu seinen eigenen zwei bescheidenen Taschen hinüber und dann zu den vier von Sue, die nebeneinander an der Wohnungstür standen. Dafür würde er garantiert Übergewicht zahlen müssen. Sein Blick wanderte zu Sue, die sich in einem Spiegel mit Goldrand bewunderte, und ihm kam der Gedanke, dass er wohl in mehr als einer Hinsicht bezahlen musste.

Seit Tagen war sie schlechter Laune, und er wusste genau, warum. Zuerst hatte er gedacht, es sei, weil er sich entschlossen hatte, den Vorschlag mit den Häusern, den Jessica ihm gemacht hatte, anzunehmen. Doch er war sich mittlerweile klar darüber, dass Sue versuchte, die Finger vom Alkohol zu lassen. Und obwohl er ihr insgeheim dafür Beifall zollte, musste er doch feststellen, dass man nur verdammt schwer mit ihr leben konnte. Sie hatte einen Charakter wie Jekyll und Hyde: in einem Moment zärtlich und liebevoll und im nächsten sarkastisch und streitsüchtig.

Konnte er sich nicht einfach die erträglichsten Eigenschaften heraussuchen? Er schüttelte den Kopf.

Es würde besser werden, wenn sie erst in Perth waren und sie mit ihm an seinem Geriatrieprojekt arbeitete, beruhigte er sich. Es würde bedeuten, dass sie glücklicherweise gewissermaßen zur Normalität zurückkehrten, wenn sie nach Hause kamen. Er würde wieder in seiner Praxis anfangen und gutes Geld verdienen, sein Projekt auf den Weg bringen und Kontakt mit seinen Freunden aufnehmen, was anfangs bestimmt merkwürdig war, da er nicht mehr mit Jessica zusammen war. Er zuckte mit den Achseln und tröstete sich mit einem Blick auf Sue. Sie würden neue Freunde finden. Ganz sicher.

Zwei Stunden später seufzte Sue beim Anblick der Insel, über der das Flugzeug einmal kreiste, bevor es sich auf den Weg nach Südwesten machte, und sah Simon von der Seite an. Er hatte sich bereits in seine Zeitschrift vertieft, also zuckte sie mit den Schultern und spähte erneut aus dem Fenster. Zumindest war sie von dieser verdammten Insel herunter, da war sie schon einmal froh, dachte sie listig und lächelte selbstzufrieden. Sie hatte sich einen guten Ernährer gesucht – den Mann neben ihr. Er hatte ihr versprochen, sie zu heiraten, sobald seine Scheidung durch war. Breit grinsend dachte sie, dass ihre Mutter stolz darauf gewesen wäre, dass sie sich einen Arzt als Mann geangelt hatte. Jetzt hatte sie es endlich geschafft. Warum nur … war sie dann nicht glücklich? Hatte sie nicht erreicht, was sie wollte? Nein, sie hatte es nicht geschafft, dieses Miststück auf der Insel zu besiegen. Jessica hatte, finanziell gesehen, zuletzt gelacht, und sie hatte Marcus – den sie schon immer für einen ziemlich tollen Mann gehalten hatte – obendrein bekommen. Das hinterließ einen bitteren Geschmack in ihrem Mund.

Gelangweilt sah sie die Stewardess mit dem Getränkewagen den Gang entlangkommen, und als sie sie fragte, was sie trinken wollte, orderte sie einen Wodka mit Orangensaft.

»Ist das nicht ein bisschen früh?«, fragte Simon, der selber ablehnte.

»Ich muss es feiern, von diesem Ort wegzukommen«, erklärte Sue und wies auf die Insel, die schnell hinter ihnen im Dunst verschwand.

»Aber du brauchst doch keinen Drink, oder?«, beharrte er, obwohl er wusste, dass es reine Zeitverschwendung war.

Sie nahm einen Schluck und hob das Glas in seine Richtung. »Nein, mein Lieber, ich will nur *einen*, das ist alles.«

»Sicher.« *Einen*! Sie würde nie nur bei einem bleiben. Ärgerlich raschelte Simon mit den Seiten seiner Zeitschrift und versuchte, sich für das zu interessieren, was er gerade gelesen hatte, doch seine Konzentration war hinüber. Unruhig rutschte er in seinem Sitz hin und her, unfähig, eine Art Déjà-vu loszuwerden. Gott, würde Sue etwa genauso werden wie Jessica? Würde der Albtraum, eine Ehefrau – in diesem Fall eine zukünftige Ehefrau – zu haben, die sich nicht beherrschen konnte, von vorne anfangen...?

Allerdings – noch konnte er es sich aussuchen.

Nachdem der Priester gegangen war, blieben Jessica und Marcus noch bei den Steinen und hofften, einen letzten Blick auf das Wesen zu erhaschen, das sie zusammengebracht und ihr gegenwärtiges und künftiges Leben so sehr beeinflusst hatte. Da Sarah sich nicht zeigte, wanderten sie zum Cassell Cottage zurück, um die Geschehnisse des Tages zu reflektieren.

»Sie ist fort«, sagte Marcus schließlich mit leisem Bedauern.

»Ich werde...«, lachte Jessica gezwungen, denn sie versuchte, ihre Gefühle unter Kontrolle zu halten, »ich weiß, es hört sich lächerlich an, aber ich werde sie vermissen.«

»Das ist verständlich. Sie ist wie eine Kanonenkugel in dein Leben eingeschlagen und hat dich vor Angst fast fünf Jahre älter werden lassen, aber du hast erfahren, was sie durchgemacht hat und konntest Mitleid mit ihr empfinden.«

Sie gingen zum Wintergarten, wo das Bild mit den vier Gesichtern auf der Staffelei stand.

»Das werde ich einem der Museen stiften, wenn ich Sarahs Geschichte aufgeschrieben habe«, erklärte Jessica unvermittelt.

»Hm, gute Idee. So ein Bild möchte man nicht unbedingt in seinem Wohnzimmer hängen haben.«

»Nein, bestimmt nicht«, lachte sie und wurde dann plötzlich ernst. »Diese schrecklichen Männer haben bekommen, was sie verdient haben.«

Er nickte zustimmend.

Jessica hörte das Faxgerät anspringen und ging hinüber, um das Schriftstück zu holen, das da durchkam. Sie hatte einen neuen Telefonanschluss legen lassen, damit sie mit Max in Kontakt treten konnte. Aber das nächste Möbelstück für das Haus würde ein Computer werden. Nach dem heutigen Tag konnte sie es kaum mehr abwarten, Sarahs Geschichte niederzuschreiben, solange sie ihr noch frisch im Gedächtnis war. Sie las das Fax und reichte es dann Marcus.

»So, Simon brennt also mit dem Geld durch«, kommentierte er. Mit einem Blick auf das Datum auf dem Fax fügte er hinzu: »Dem hier nach fliegt er heute mit Sue ab.«

»Weißt du«, meinte sie und legte ihm die Arme um die Taille, »ich wünsche den beiden Glück.« Sie zwinkerte ihm zu. »Immerhin, hätte Sue nicht Simon angemacht, was mich dazu brachte, über das Scheitern unserer Ehe nachzudenken, könnte er nach wie vor hier leben, und wir … wären vielleicht kein Paar geworden und in angemessener Zeit«, lächelte sie erwartungsfroh, »ein Ehepaar.«

»Worauf ich mich schon freue.« Er verstärkte seinen Griff. »Mit wachsender Ungeduld.« Er küsste sie auf die Stirn, die Wangen und streichelte ihre Lippen mit einem federleichten Kuss, bis sie enttäuscht aufseufzte und seinen Kopf herunterzog. Nach einem befriedigenden Zwischenspiel mussten sie Luft holen. Er machte seinen Arm frei und hob die Hand zu einem Trinkspruch. »Auf die gute alte Sue!« Dann warf er den Kopf zurück und lachte herzlich, bis er ihre Verwunderung sah, woraufhin er sie über den Grund seiner Heiterkeit aufklärte. »Wenn sie wüsste, dass sie uns einen Gefallen getan hat, würde Miss Levinski toben vor Frust, meinst du nicht?«

»Richtig! Sollten wir sie das nicht wissen lassen?«

Marcus verzog die Lippen und sah sie einen Moment lang nachdenklich an, bevor er lächelte. Es gab Zeiten, sogar jetzt noch, da konnte er sein Glück nicht fassen. Er hatte das Glück gehabt, noch einmal die Liebe zu finden. Seine Kinder mochten sie, und er würde dafür sorgen, dass sie so oft wie möglich nach Norfolk kamen. Hier auf der Insel würde er mit Jessica ein erfülltes Leben führen können, und sie würden sich gegenseitig mit ihrer Liebe beschenken. Es war ein wahres Wunder. Er hielt kurz inne und dankte leise Sarah, die sie zusammengebracht hatte. Dann meinte er: »Ich glaube, dass sie das sowieso schon weiß.«

Epilog

Sind sie nicht ein schönes Paar?«, flüsterte Alison Nan Duncan zu.

Mit mehreren anderen Hochzeitsgästen standen sie im Halbkreis um die große Pinie auf der Lichtung über der Slaughter Bay, da der Platz für Jessica und Marcus besondere Bedeutung hatte.

In einem knöchellangen, cremefarbenen Rock und mit Sarahs Brosche, die einen Zweig Gipskraut und eine einzelne Orchidee an die passende Jacke heftete, sah Jessica blendend aus. Marcus trug einen grauen Nadelstreifenanzug, den er sich geleistet hatte, nachdem er in der gesetzgebenden Versammlung zum Minister gewählt worden war, und sah nicht weniger blendend aus.

Nan rümpfte indigniert die Nase. »Natürlich. Was hast du denn gedacht?«

Alison seufzte. »Ich bin altmodisch, nehme ich an. Ich dachte, Simon und Jessica würden für immer zusammen bleiben. Aber ich sehe, wie glücklich sie mit Marcus ist, und wenn ich darüber nachdenke, dann weiß ich, dass sie seit langer Zeit mit Simon nicht mehr glücklich war.«

Nan senkte ihre Stimme zu einem Flüstern. »Hat sie es dir erzählt?«

Alisons Augen schimmerten. »Das mit dem Baby?« Sie nickte.

»Sie ist im fünften Monat, und sie sind beide mächtig stolz auf sich.« Nan lächelte. »Man könnte glauben, es sei noch nie zuvor jemand schwanger geworden. Ich denke jedoch, dass Marcus Jessica gut zureden musste, noch ein Baby zu bekommen.«

Alison kicherte. »Ich bin froh, dass es funktioniert hat. Sie war so unglücklich nach Damians Tod. Man sieht ihr das Baby noch nicht an, oder?« Dann gab sie ihren Gedanken Ausdruck: »Der Ultraschall hat gezeigt, dass es ein Mädchen wird, was wahrscheinlich eine weise Fügung ist.«

»Es wird diesmal alles wunderbar klappen, da bin ich sicher. Und ich glaube, sie haben sich auch schon auf einen Namen geeinigt«, meinte Nan wissend.

Die beiden Frauen lächelten und raunten im Chor: »*Sarah*.«

Dank

Meiner Freundin und außergewöhnlichen Literaturagentin, Selwa Anthony,

meinen Verlegern, Deonie Fiford und Catherine Hammond,

Darian Causby für den Umschlagentwurf der Originalausgabe,

Dr. Kathryn Guy, Helena Cornelius

Hell and Paradise von Peter Clarke,

For the Term of His Natural Life von Marcus Clarke,

Elizabeth Robertson's Diary, Norfolk Island, 1845, herausgegeben von Merval Hoare.

Des weiteren vielen Menschen aus Norfolk wie Colleen McCullough, Gaye Evans, Nadia Cuthbertson, John Christian und Arthur Evans, die sich für mich Zeit nahmen und mir ihr Wissen zur Verfügung stellten.

blanvalet

Lynne Wilding bei Blanvalet

Liebe, Leidenschaft und Dramatik!

36340

Lesen Sie mehr unter:
www.blanvalet.de

Deirdre Purcell bei Blanvalet

»Eine Liebesgeschichte, die man nicht mehr aus der Hand legen kann.«
Maeve Binchy

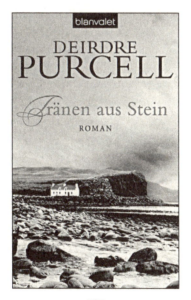

36815

Lesen Sie mehr unter:
www.blanvalet.de

Maria de la Pau Janer bei Blanvalet

»Eine Autorin, die ihre Leser süchtig macht!«
DIARIO DE MALLORCA

36675

Lesen Sie mehr unter:
www.blanvalet.de